눈꽃에
물들다

눈꽃에 물들다

초판 1쇄 찍은 날 | 2018년 1월 15일
초판 1쇄 펴낸 날 | 2018년 1월 22일

지은이 | 하예진
펴낸이 | 서경석

편 집 책 임 | 조윤희
편   집 | 이은주
            이예진
디 자 인 | 최진실

펴 낸 곳 | 도서출판 청어람
등록번호 | 제387-1999-000006호
등록일자 | 1999. 5. 31
어람번호 | 제5-467호

주소 | 경기도 부천시 부일로 483번길 40 서경B/D 3F
        (우) 14640
전화 | 032-656-4452 팩스 | 032-656-4453
http://www.chungeoram.com
E-mail | chungeorambook@daum.net

ISBN 979-11-04-91593-2   03810

Chungeoram romance novel

눈꽃에
물들다

하예진 장편소설

도서출판

목차

얼음송곳 한서후

"5, 4, 3, 2, 1, Out."

시계를 본 서후는 꼬았던 다리를 풀고 자리에서 일어섰다. 다부진 몸과 180이 넘는 커다란 키에 맞춤한 것처럼 딱 맞아떨어지는 검은색 슈트, 새하얀 셔츠에 대비되는 먹색 넥타이를 한 그는 머리카락 한 올까지 흘러내린 것이 없을 정도로 깔끔한 모습이었다. 그는 자신의 책상이 아닌 비서의 책상에서 눈을 똑바로 뜨고 숫자를 세고 있었다.

"좋은 아침입⋯⋯!"

이제 막 출근한 비서의 인사에 그나마 멀쩡했던 미간까지 구긴 그는 심기가 말이 아니었다. 항상 그림자처럼 따라다니는 실장 진하도 지금은 말을 아낄 수밖에 없다.

"아웃!"

구김 없던 바지에 행여나 구김이라도 갔을까 온통 신경이 쓰이는데 거기에 비서까지 지각이라니. 서후가 가장 못마땅해하는 것이 지각하는 것이었다.

"저, 저기, 사장님."

많이 지각한 것도 아니고 고작 30초쯤 늦은 비서는 억울할 수밖에 없었다.

"채 실장, 비서 좀 새로 알아봐."

"네, 사장님."

서후는 비서에게 눈길도 주지 않고, 임원 회의가 있는 회의실로 향했다. 진하도 뒤를 따르며 수첩에 메모했다.

-얼음송곳, 비서 채용 공고 내기

날카로운 눈빛으로 모든 것을 얼려 버릴 것 같은 냉혈 인간, 일명 얼음송곳 한서후. 진하가 부르는 한서후 사장의 별명이었다.

말 한마디를 해도 가슴에 비수를 콕콕 찌르고, 회의 중에도 못마땅하면 아버지뻘인 임원에게도 서슴없이 독설을 날리는 독설가.

이번에도 지각 한 번에 비서를 아무렇지 않게 갈아치우는 사장을 보면서, 오래전부터 일해온 진하도 혀를 내둘렀다. 진하는 고개를 절레절레 흔들며 서후의 뒤를 따랐다.

앞으로가 걱정이었다. 이미 성질이 더럽다는 소문이 나서 아무도 비서로 오려고 하지 않으니, 사람을 채용하는 데 애로사항이 많았다. 게다가 모셔오듯 겨우 힘들게 뽑아놓은 경력직조차 업무가 서툴다는 이유로 바로 해고해 버리곤 하니, 어떻게 해야 할지 눈앞이 깜깜하였다.

"후우."

진하는 저도 모르게 한숨이 나왔다.

"한숨 소리 거슬려."

"죄송합니다."

한서후, 그는 서일그룹 차남이다.

서일그룹은 증권, 물산, 호텔을 아울러 패션 업계까지 두각을 나타내는 일류 기업으로 젊은 경영진이 이끌어 나가고 있어 더욱 집중받고 있었다. 그의 형인 젊은 총수가 회장으로 서른넷, 사장인 그의 나이도 서른둘인 것을 보면 많은 이들의 입에 오르내리기에 충분한 이슈거리였다.

그가 프랑스에서 유학 후, 바로 프랑스 지사 본부장으로 지내다 작년에 SnI 패션 대표로 취임하자, 서후를 시기하는 이들은 금수저보다 더한 다이아몬드 수저를 물고 태어났다 비아냥대지만 사실 그의 숨은 노력도 만만치 않았다.

낙하산 소리 듣기 싫어서 처음에는 원단 공장에서 직접 일을 했을 정도였지만, 그러면 뭐하겠는가, 성격이 매우 안 좋다는 소문이 온 그룹 내에 자자했다.

서후가 회의실로 들어서자 모든 사람들이 인사하고 곧 회의가 시작되었다.

"그럼, 금년 S/S 패션 키워드 오드너리(oddinary)에 대해 먼저 살펴보겠습니다. 평범함(ordinary)과 특별함(odd)이라는 합성어로 평범함 속에 각자의 방식에 따라 다양한 특별함이 묻어남을 일컫는데요. 이번 컬렉션의 포인트는 바로 데님 컬러입니다. 70년대 유행한 데님 패션의 실용성과 편리성이 주목받으면서 오드너리에 걸맞은 키워드로 평가받고 있습니다."

레이저 포인터로 스크린을 가리키며 설명하는 남자는 어린 나이에 팀장까지 올라 요즘 가장 촉망받는 디자인 팀장이었다. 그는 서후가 별다른 반응 없이 설명을 듣고 있자, 다음 주재인 유행 컬러에 대해 소개를 하려고 하였다.

"부드러운 느낌에 포인트 있는 디테일로 개성 있는 감각을 담았는가 하면, 과감한 컬러와 유니크한 디자인으로 시선을 사로잡습니다. 그리고 파스텔 톤과⋯⋯."

"그만."

서후의 한마디에 불이 켜지고 설명하던 남자는 말을 멈췄다. 그러자 서후가 앞에 있던 자료를 들어서 가까이 보더니 휙 하고 테이블에 던져 버렸다.

"누가 못해. 심플리서티, 라이트, 오드너리. 그거 패션 쪽에서 모르는 사람 있습니까? 출장 가서 그거 안 보고 온 사람 있어요? 거기서 다 보고 느끼고 온 걸, 내가 복습하려고 여기 앉아 있습니까?"

서후의 호된 질타에 발표하던 남자의 얼굴에 당혹함이 비치고, 임원들 역시 멋쩍은 헛기침을 연신 내뱉고 있었다. 며칠 전, 서일 그룹에서도 중요하게 생각하는 S/S 패션 키워드 '오드너리' 설명회를 비롯해, 유행 트렌드를 알아보기 위해 그룹의 비서들과 임원진이 함께 프랑스로 출장을 다녀왔다. 그리고 그 트렌드를 분석한 회의가 지금 이 자리였다.

"당신! 연봉이 얼마야? 여기 계신 임원이라는 감투 쓰신 분들, 스톡옵션(Stock option)들 얼마나 받아요? 월급은 남들의 몇 배씩이나 가져가면서 이따위로 일할 겁니까? 집에서는 아주 훌륭한 부모를 뒀다고 자랑들 하겠죠. 그런데 나처럼 어린놈한테 욕먹는 건 압니까? 왜요? 욕먹으니까 기분 나빠요? 그럼, 이런 회의 자료는 만들지 말았어야지! 오늘 회의는 그냥 워밍업으로 하죠. 딱 하루 다시 줄 테니까 제대로 된 자료 준비해요."

오늘도 서후의 호통으로 회의가 끝날 모양이었다.

서후의 옆에 서 있던 진하도 변명 한마디도 못하는 임원진도 식은땀이 나기는 마찬가지였다. 서후는 그렇게 호통을 친 뒤 그의 성격대로 빠르게 회의실을 빠져나갔다. 그제야 숨죽이고 있던 회의실이 웅성거리기 시작했다.

"회장실로 가셔야 합니다."

"알아."

뒤따라 나와 다음 일정을 알리자 서후는 단답형으로 답하고는 앞서 걸어가 버렸다. 그런 그의 모습에 남모르게 식은땀을 닦아내는 진하였다.

옆 건물에 위치한 회장실로 가기 위해 그는 바로 엘리베이터를 탔다. 쌍둥이처럼 닮은 건물은 중간에 연결된 통로가 있었고, 지하를 통해서도 갈 수 있는데 그는 굳이 밖으로 나가서 정문으로 들어가 회장실로 올라가곤 했다. 잠시나마 쐬는 바람이 좋아서였다. 하지만 로비에 들어선 서후는 눈에 보이는 것 모두가 다 마음에 안 드는 것투성이라 속이 부글부글 끓었다.

'가족적인 분위기? 웃기시네. 캐주얼 입고 다니면 다 가족적인 분위기야? 하! 저 옷 꼬락서니 봐.'

"안녕하십니까?"

인상 쓰며 지나는 그에게 안내 데스크에 있던 여직원이 인사했다. 제법 정중하게 인사를 했지만, 그는 눈에 거슬리는 것이 있는지 걸음을 멈추었다. 그 바람에 뒤따라가던 진하는 하마터면 서후의 등에 부딪힐 뻔했다.

"잠깐, 규정이 바뀌었나?"

"네?"

"신발, 옷, 다 규정에 어긋나. 이 옷 말이야. 어디서 만든 유니폼인 줄 알아?"

위아래로 훑어보는 서후의 눈빛에 여직원은 말문이 막히고 얼굴이 빨개졌다.

"원래 스커트는 이게 아니었어. 품평회 때도 내가 참석했는데."

서후가 직접 참석했고, 디자인을 고르는 데에 한몫했다. 하지만 여직원이 입고 있는 옷은 그때의 유니폼과는 완전히 다른 디자인으로 변신해 있었다.

"저, 사장님."

진하가 몰려드는 직원들의 시선을 의식하며 서후에게 귀띔했다.

"직원들 시선이……."

"점심시간이 되려면 아직 30분은 족히 남았는데. 벌써 입구녕에 밥을 처넣으러 내려가는 직원들이 보이면 바로 시말서 작성할 각오하라고 하고, 나는 지금 내 회사에서 만든 유니폼을 이 1층 안내를 맡고 있는 직원이 훼손한 것에 대해 묻고 있는데 말이야. 왜? 채진하 실장은 불만 있나?"

"아닙니다."

그 순간 로비에 있던 직원들이 우르르 바람처럼 사라졌다. 여직원은 사시나무 떨듯 떨면서 금세 눈물이라도 흘릴 것처럼 주렁주렁 눈물을 매달고 있었다.

"죄송합니다. 제가 이것을 조금 손본 것은 사실입니다. 하지만 훼손할 생각은……."

"회사 지급품을 손봤다? 어디 사규(社規)에 그렇게 나왔지?"

"죄송합니다. 다시 원상태로……."

"채 실장, 담당자 불러. 이따가 내 사무실로 오라고 해."

"네, 사장님."

진하가 대답을 하며 수첩에 해야 할 일을 새로 적고 엘리베이터를 잡자, 여직원은 결국 눈물을 흘리고 말았다.

"죄송합니다. 사……."

여직원의 사과 따위는 필요 없는 서후는 손을 들어 직원의 말을 막으며, 입으로는 'STOP!'이라고 외쳤다. 그리고 엘리베이터가 도착하자 바로 몸을 싣고는 여직원이 울든 말든 신경 쓰지 않았다.

회장실이 있는 꼭대기 층에 도착해서야 서후의 인상이 부드럽게 변했다.

"안녕하십니까, 사장님."

"네."

"오늘은 넥타이가 화사해서 얼굴이 더 밝아 보이세요. 굉장히 잘 어울리십니다."

회장 비서 유하온의 칭찬에 서후가 넥타이를 만지며 살짝 미소 짓는 것이 아닌가! 한서후 사장의 미소라니! 진하는 놀란 나머지 입을 크게 벌렸다.

"들어가시죠. 기다리고 계십니다."

하온의 말에 서후는 답하지 않고 고개만을 끄덕이고는 그녀를 유심히 바라보았다.

하이힐을 신고 카펫 위를 걸으면서도 전혀 흐트러지지 않는 걸음걸이, 올백으로 넘겨 업스타일로 말아 올린 깔끔한 헤어스타일, 한 톨의 주름 없이 날이 서 있는 스커트 정장까지 어디 하나 마음에 안 드는 곳이 없었다.

똑똑.

하온이 살짝 문을 두드리며 말했다.

"회장님, 한 사장님 오셨습니다."

"들어오라고 해요."

그 말에 하온이 문을 열어주며 서후에게 가벼운 웃음을 보였다.

하온은 모델처럼 늘씬한 몸매에 큰 키의 소유자였다. 그렇다고 마르기만 한 것이 아니라 적당한 볼륨감을 가지고 있어 한눈에도 매력적인 여성이었다. 서후는 하온을 스쳐가며 자신도 모르게 헛기침이 나와 빠른 걸음으로 안으로 들어갔다.

"어서 와. 앉아. 바쁘니?"

"앉으라는 거야. 바쁜 걸 묻는 거야?"

회장인 형의 반대편에 앉으며 약간은 퉁명스럽게 어떻게 보면 투덜거리는 것처럼 보이게 말하는 서후였다.

"1층에서 한바탕했다며?"

"무슨 한바탕?"

1층에서의 일이 벌써 보고가 되었나 보다. 서후는 자신보다 키도 크고 잘생기고 나이는 두 살 많은 형이자 서일그룹 회장인 한재후를 보고 인상을 썼지만, 재후는 부드럽게 웃으며 서후를 바라보았다.

차가운 인상인 서후와는 다르게 웃을 때 눈꼬리가 살짝 휘어지는 것이 바로 그의 매력 포인트였다. 부드러운 인상과 순한 인성처럼 성격 또한 좋은 것이 그의 매력이었다. 어떻게 보면 닮은 것 같으면서도 다른 점이 서후보다 재후의 인기를 좋게 만들었다.

또한 패션 기업을 보유하고 있는 총수답게 패션 감각마저 뛰어나 지금 입고 있는 밝은 그레이색의 슈트는 그의 얼굴에 맞게 매치되어 있어 매력을 한층 돋보이게 하고 있었다.

'저렇게 웃으니까 여직원들이 좋아서 난리지. 유하온도 좋아하고.'

"우리 유 비서가 말해줬어. 너, 아래 왔는데. 그러고 있다고."

"흠흠."

그걸 또 어떻게 봤대? 하필이면 유 비서에게 들킬 게 뭐람. 서후가 그녀에게 그런 모습을 보였다는 것에 민망해하고 있는 그때, 하온이 차를 갖고 들어왔다.

"대추차입니다. 맛있게 드세요."

살며시 찻잔을 내려놓으며 보이는 그녀의 미소가 기분 좋게 했다. 서후도 살짝 고개 숙여 화답하며 웃었다.

"고마워요."

그렇지만 방금 형과 했던 대화 내용이 떠올라 괜히 하온의 눈치를 보게 되었다. 그 모습만 보고 이상한 성격이라고 생각하면 곤란한데, 라고 생각하는 서후였다.

"아, 유 비서, 우리 점심은 도시락으로 할까 하는데."

재후는 흔히 있는 일처럼 편하게 하온에게 말했다.

"네, 준비하겠습니다. 한 사장님께서는 고기보다는 새우가 좋으시죠? 그것으로 준비하겠습니다."

"하하. 어째 나보다 너를 더 챙긴다."

그런 말 같은 건 개의치 않는지 하온이 웃으며 서후를 바라보자, 그의 얼굴이 약간 붉어져 있었다.

"항상 먹는 거니까 그렇지."

"다른 지시 사항은 없으십니까?"

"아, 유 비서는 도시락이 좋아, 아니면 식당?"

"저는 식당에서 먹겠습니다."

"그래요. 나가 봐요."

끝까지 빈틈없는 자세로 나가는 하온의 뒷모습을 힐끔대는 서후의 입술이 비죽거렸다. 사귀는 사이에 서로 저렇게 딱딱하게 대할 필요 있나? 형도 그렇고. 왜 그렇게 대하지? 내 앞에서까지 말이야. 비밀이 새어 나갈까 봐 그런가? 서후는 연인 사이면서 데면데면한 재후와 하온이 그저 이상하게 보였다.

"형은 결혼 안 해?"

"갑자기 그건 왜?"

"형이 가야, 나도 가지."

"너는 결혼할 사람 있기는 하고? 너도 성격 좀 죽여. 로비는 직원뿐 아니라, 외부 손님도 드나드는 곳이야. 무슨 일개 직원과 그렇게 말싸움을 해?"

대추차를 마시던 서후가 멈칫했다.

"말.싸.움? 형은 일개 직원과 말싸움을 해? 제일 먼저 손님을 맞이하는 회사 로비의 얼굴이, 다른 업계도 아니고 패션 회사에서 지급되는 회사 유니폼을 제멋대로 몽땅 수선해서 입었기에 대표로서 지적한 것뿐인데, 말싸움이라고? 그게 그냥 넘어갈 일이야?"

"내 말은, 조용히 불러다가 따끔하게 말해도 됐을 거라는 뜻이야. 소리 지를 일이 아니라는 거다."

"당장에 혼을 내야지."

"후, 녀석 까칠하기는."

이때 노크 소리와 함께 하온이 들어왔다.

"식사 준비되었습니다."

하온이 사무실 옆에 마련된 회장 전용 식당으로 그들을 안내했다. 서후는 남자 둘이 밥을 먹으려니 참 재미없다는 생각이 들었다. 그러면서 괜히 재후의 배려심을 탓했다. 그냥 함께 먹자고 하지 무슨 의견을 물어보나 모르겠다. 나 같으면 '유하온 너도 와서 앉아, 같이 먹게.' 이렇게 말했을 텐데.

나란히 앉은 재후와 서후는 조용한 분위기에서 밥을 먹었다. 서로 사업에 관한 이야기를 하면서.

"같이 못 먹어? 흠. 나는 같이 먹고 싶었는데. 안 그랬으면 회장님이 도시락 시켜준다고 했을 때 그거 먹을걸."

하온은 전화 통화를 하면서 직원 식당으로 향하고 있었다. 1년째 남몰래 연애 중인 연인과 함께 먹을 생각이었는데 아무래도 그가 많이 바쁜 것 같다. 사내 커플이라서 공개적으로 데이트도 하지 못하는데 요즘은 만나기도 힘들었다.

[아, 미안. 조금 바쁘네. 다음에는 꼭 같이 먹자. 안 그래도 내가 기분이 별로야. 브리핑하는데, 그대로 퇴짜 맞았어.]

"아아, 한서후 사장님 성격이 워낙 그렇잖아. 그래도 일은 완벽하다며?"

[완벽한 거 사양이야. 진짜, 사장만 아니면…….]

"나 배고파. 안 되겠어, 오빠. 나중에 보자. 끊어."

하온은 고급 도시락이나 받아먹을 걸 잘못했다는 생각이 들었다. 연인 세형과 직원 식당에서 함께 먹으려고 깔끔하게 거절했던 건데. 사람을 무슨 점심시간까지 부려먹는 건지 모르겠다.

"하온 씨, 같이 가."

"아, 채 실장님."

서후의 비서 진하가 뛰어오면서 불렀다.

"오늘 메뉴는 뭔가?"

직원 식당은 한식 코스, 양식 코스, 퓨전 한식 코스 이렇게 세 가지 코너로 진행되는데, 오늘 한식이 갈비탕이라는 것을 이미 확인하고 내려오는 길이었다.

"저는 갈비탕 먹으려고요."

"와, 갈비탕. 나도 그거. 특갈비탕이나 나왔으면 좋겠다."

하온은 사원증을 단말기에 대고 결제를 마친 뒤 포켓에 넣었다. 직원 식당은 사원증에 결합되어 있는 신용카드로 손쉽게 결제를 할 수 있어 따로 식권을 구매하거나 할 필요가 없어 편리했다.

"특이랑 일반이랑 차이가 뭐예요?"

"차이? 특이랑 일반?"

"아휴, 썰렁해."

진하는 스물아홉으로 하온보다 한 살밖에 많지 않음에도 얼굴이 노안이라 그녀와 나이 차이가 꽤 나 보였다.

"오늘 얼굴이 참 화사해 보여요."

직원들의 영양을 책임지고 있는 영양사에게 하온이 먼저 인사했다.

"그래요? 날씨가 추운데, 얼굴이라도 화사해야죠."

하온은 얼마 전에 새로 온 영양사가 무척 마음에 들었다. 야리야리하면서도 강단 있게 생겼고, 오목조목하게 생긴 이목구비가 예뻤다. 큼직큼직하게 생긴 자신과는 반대되는 외모여서 호감 가는 스타일이다.

"네, 수고하세요."

웃을 때에 들어가는 보조개도 닮고 싶었다. 하온은 손가락으로 보조개를 만들어봤다.

"하온 씨, 뭐 해. 여기 음식 나왔어."

"아, 예."

하온은 앉아서 물부터 마시는 자신과는 달리 벌써 먹고 있는 진하를 보니 안 먹어도 배가 불렀다. 마른 체형인 진하가 실은 엄청난 대식가라는 것이 언제 봐도 놀라웠다. 하온은 그런 진하의 그릇에 고기를 덜어주었다.

"하온 씨는 남자한테 잘할 스타일이야. 이렇게 하면 누가 안 좋아하겠어."

"여성 비하 발언은 아니죠? 그냥, 음식 남기면 안 될 거 같아서 드리는 겁니다."

"난 또 챙겨주나 했지."

"요새 다이어트 중이거든요. 날씨가 추워지니까 군살이 늘어요."

"흐음. 나를 남자로 보는 건 아닌 게 확실하네. 그런 말도 하는 걸 보면. 씁쓸하네."

틀린 말이 아니라서 하온은 진하를 보면서 웃었다.

"남자로 보고 있어요. 채 실장님을 여자로 보면 큰일 나잖아요. 헤헤."

"어이쿠, 농담까지?"

하온은 모두와 잘 어울리는 성격이라 사람들과 함께 있을 때면 꾸밈없이 잘 웃었다.

점심을 간단하게 먹고 원단 공장으로 가기 전, 서후는 이 건물의 자랑인 건물과 건물 사이를 다리로 연결하여 전망을 볼 수 있는 곳에 와 있었다. A동은 그룹 본사 경영본부, 금융회사가 들어서 있고, B동은 디자인, 물산, 광고 회사와 사무실들이 있었다.

서후는 건물과 건물 중간 다리에 있었다. 오피스 주변에 이런 전망을 볼 수 있는 곳은 서일그룹이 유일할 것이다. 건설 당시 쌍둥이 건물을 연결하며 쉼터로 조성한 것이다. 서후는 이곳이 좋았다. 잠시 틈을 내서 쉴 수 있고 먼 곳을 보며 사색을 즐길 수 있는 곳이기도 했다. 잠시나마 마음을 비우기에 좋았다.

그때 안주머니에 넣어둔 휴대폰이 울려 확인하니, 진하였다.

'후, 잠시도 쉴 틈을 안 주네.'

서후의 미간이 자신도 모르게 구겨졌다.

[사장님, 어디십니까? 지금…….]

"내려갈게."

서후는 엘리베이터를 타기 위해 B동으로 향하며 전화를 끊었다. 복도 끝으로 나와 회의실 앞을 지나던 그때, 서후의 걸음이 우뚝 멈춰 섰다.

"하아. 으음. 좋아. 이런 것도 스릴 있다. 그치?"

"가만있어 봐. 하아. 오늘 기분 진짜 그렇단 말이야. 흐음."

회의실을 지나가는데 이상한 소리가 들렸다. 결코 회사에서 들려서는 안 되는 소리에 서후의 걸음이 소리의 발생지로 돌려졌다.

'감히 회사에서 이런 짓을 한다는 말이지?'

그렇게 서후가 막 회의실에 들어선 순간.

툭! 떼구르르.

원형 구슬 하나가 굴러와 그의 구두코에 맞고 멈춰 섰다. 발 앞에 떨어진 원형 구슬을 집느라 서후는 누군가가 뒷문으로 도망치는 것을 보지 못했다.

하온은 식사를 마친 뒤 다시 세형에게 전화를 걸었다. 그가 회의실에서 브리핑 자료를 다시 만들고 있다고 해서 하온은 얼마 전 출장 때 선물로 사 온 에펠탑 스노볼을 가지고 향하는 길이었다. 걸어가면서 스노볼을 꺼내 흔드니, 둥그런 용기 안에 흰 가루가 눈처럼 흩날렸다. 하온은 하얀 눈꽃에 반해서 가까이 들고 안을 들여다보며 걸었다.

"아직 겨울은 아니지만, 눈이 왔으면 좋겠다. 아름답다."

마음에 들어 했으면 좋겠는데. 그동안 만날 시간이 없어서 차일피일 미루다, 이제야 선물을 주게 된 것이다.

"어쩌면 팀장이 사장, 회장보다 더 바쁘니. 하긴 그러니까 그 나이에 팀장이 된 건가?"

하온은 툴툴거리면서도 서른 살인 그가 벌써 팀장이라는 것이 자랑스러웠다.

어느새 회의실 앞에 다다른 하온은 천천히 문을 열었다. 넓은 회의실은 불이 꺼져 있었고, 어두웠다.

"어디 갔나?"

하온은 의자에 앉아서 조금 기다리기로 했다. 잠시 후, 남자와 여자가 들어왔다.

"점심 맛있었어, 자기."

"나도. 역시 너랑 먹기를 잘했어."

순간 하온은 자신이 들은 소리가 맞는지 귀를 의심했다. 저 남자, 정세형 맞아? 나와 사귀는 사람? 하온은 회의 책상 아래로 몸을 숨겼다. 일어나서 당장 따지고 싶었지만 혼란스러운 마음이 더 커서 어떻게 해야 할지 생각부터 해야 했다.

'어떡해. 일단 그냥 나갈까? 아니면 일어나서 따질까? 하지만 그냥 단순히 밥만 먹은 걸 수도 있잖아.'

그러나 이내 쪽 하고 들려오는 소리에 하온의 주먹이 부르르 떨렸다. 몸을 일으키려고 하는데 더욱 듣기 싫은 소리가 들려왔다.

"하아. 으음. 좋아. 이런 것도 스릴 있다. 그치?"

"가만있어 봐. 하아. 오늘 기분 진짜 그렇단 말이야. 흐음."

설마 하는 마음으로 몸을 살짝 일으켜 둘을 지켜보니 정세형과 여자의 뒷모습이 보였다. 테이블에 세형이 앉아 있고, 여자가 세형의 다리 사이에 서 있다. 여자는 세형의 다리를 살살 비비며 몸을 꼬고 있었고, 손으로 그의 머리카락을 헤집고 있었다.

'아주 야동을 찍는구나.'

하온은 더 이상 참을 수 없었다. 당장 일어나서 따져야 했다. 하지만 눈물이 먼저 흐르고 있었다. 손등으로 눈물을 훔치던 순간 쇼핑백이 기울어지며 툭, 떼구르르하고 스노볼이 굴러떨어졌다.

아이, 저게 왜.

"누구야?"

스노볼이 굴러서 입구까지 갔다. 그 소리에 하던 행동을 멈춘 세형이 다가오고 있었고, 함께 있던 여자는 옷매무새를 정리하며 뒷문으로 빠져나갔다.

'저 여자, 잡아야 해.'

하온은 벌떡 일어나서 앞문으로 달려 나갔다. 여자를 놓치면 세형을 다그쳐도 소용없을 거란 생각이 들었다. 문을 여는 순간 누군가와 부딪쳤지만 신경 쓰지 않았다. 무조건 세형과 있었던 여자를 잡아야 한다는 생각뿐이었다.

서후는 회의실 안으로 들어갔다. 이상한 소리의 주인공인 남자도 당황해서 움직이지 못했지만 서후도 기막힐 노릇이다. 회사에서 이런 짓을 하다니 용서할 수 없었다.

"정세형 팀장."

"사, 사장님, 저기 자, 잘못 보셨습니다."

"뭘?"

서후는 흔들림 없이 말했다. 부딪쳤던 사람은 분명 여자였었다.

"이대로 넘어갈 수는 없어. 그렇지?"

전화벨이 울렸다. 서후를 애타게 기다리고 있는 진하였다.

[사장님, 어디 계…….]

"채 실장. 인사 위원회 소집해. 오늘 공장 시찰은 취소하고."

[예? 갑자기 무슨…….]

더 길게 말하지 않았다. 일단 전화를 끊은 서후는 앞에 있는 세형을 죽일 듯 노려봤다. 더러운 쓰레기를 보는 듯했다.

"사장님, 오해십니다. 저희는…….."

"풋! 저희라? 저희……?"

씁쓸하게 웃었다. 그리고 스노볼을 쥔 손에 힘을 주었다.

"정세형, 잘 들어. 사업장 내에 풍기문란, 음란행위 또는 성폭력을 행사하는 경우, 직장 질서의 문란행위로 판단, 해고할 수 있다. 더 할 말 있나? 상대방 여자도 함께 불러야 할 거야."

키스를 하다 분위기에 취해 저도 모르게 흥분하여 이런 사태가 났지만, 이대로 잘린다는 것은 억울했다. 하여 세형은 서후 앞에 무릎을 꿇고 잘못을 시인했다. 그러면서도 또 다른 목격자가 있다는 것과 이 추문이 소문이 나면 안 된다는 생각밖에 없었다.

나중에 뛰어나간 사람은 누구지? 그게 문제가 아니야. 하온이도 알게 될 거야. 아, 안 돼!

"사장님, 잘못했습니다. 사장님!"

세형의 간절한 외침에도 서후는 뒤도 돌아보지 않았다.

하온은 끈질기게 뒤쫓았지만, 그 여자를 찾지 못했다. 또 오늘은 비서실장이 없는 날이어서 오랜 시간 자리를 비울 수도 없었다. 자리로 돌아온 하온은 숨이 차기도 하고 스스로가 한심하기도 했다.

"하아, 하아. 나도 바보다. 찾아서 뭘 하게. 잡아서 뭘 묻게."

키스하는 모습. 세형이 손을 넣어 가슴을 만지는 모습. 여자의 아래까지…….

"회사에서 미쳤다. 정세형, 네가 그러고도 사람이니? 나쁜 자식."

"누가?"

뒤에서 회장인 재후가 하온에게 말을 걸었다. 디자인 실장인 율하도 함께 서 있었다.

"헉, 회장님."

놀란 하온이 벌떡 일어났다.

"유 비서, 왜 이렇게 숨이 차?"

"아닙니다."

"지금 한 실장이 놀러 왔어. 우리 차를 좀 마시고 싶은데."

"네, 회장님."

서른 살에 디자인 실장까지 거머쥔 그녀는 한재후, 한서후의 사촌 여동생이었다. 율하는 눈앞에서 자신을 놓친 하온을 비웃으며 안으로 들어갔다. 조금 전 회의실에서의 일을 생각하며 세형의 연인 하온에게 손을 흔들어주었다.

'불쌍한 유하온.'

한편, 사장실로 돌아온 서후는 책상에 스노볼을 올려놓고 주먹으로 책상을 내려쳤다. 이건. 이건……. 믿을 수 없었다. 정세 형과 있었던 사람이 당신이야, 유하온?

"가증스럽군. 형과 사귀는 사이 아니었나?"

서후는 하온과 형이 분명 사귀는 사이라고 알고 있다. 형은 자신이 좋아하는 여자가 있다며 말했고, 생김새가 꼭 하온을 나타내는 것 같았다.

유하온이 양다리를 걸쳐? 그것도 바람둥이에 기생오라비처럼 생긴 녀석과? 여자처럼 생긴 녀석이 뭐가 좋다고. 보는 눈이 그렇게 없나, 유하온?

"감히, 네가 우리 서일그룹을 우습게 본 거냐?"

서후는 책상 제일 아래 서랍을 열었다. 그 안에는 똑같은 스노볼이 한 개 더 있었다. 하온이 산 것과 같은 것이었다. 하온의 스노볼을 서랍에 넣으며 자신이 산 것과 동시에 매만졌다. 출장길에 하온이 사는 것을 보며 다음 날 같은 것을 사 왔던 것이다. 눈꽃이 들어간 에펠탑 스노볼.

부드럽게 어루만지던 손길에 점차 힘이 들어갔다.

네 연인은 자근자근 밟아줄게. 그리고 다음에는 너야, 유하온.

인사 위원회를 소집하고 서후는 잠시 눈을 감았다. 유하온. 그녀를 처음 본 날이 생각났다.

3년 전, 프랑스에서 유학하던 시절 그는 괜한 반항심에 미국으로 건너온 적이 있었다. 스피드를 즐기며 음악 듣는 것을 좋아했는데 그렇다고 레이서가 되고 싶은 것도 아니면서 자동차 운전을 즐겼다. 그러다가 사고가 났다. 다리가 부러지는 사고였다. 병원에 있을 때 그의 아버지는 미국까지 와서 신입사원부터 시작하라고 엄포를 놓았다.

서후는 한국으로 돌아와서 바로 신입사원 연수를 들어갔다. 그때는 서후가 서일그룹의 차남이란 사실을 아무도 몰랐다. 그때부터 눈에 담았던 하온이다. 하지만 금세 포기할 수밖에 없었다. 그녀는 형의 여자였으니까. 유하온, 당신은 도대체 어떤 사람이지? 형의 여자로 모자라서, 정세형의 여자야? 너는 도대체⋯⋯.

서후는 짝사랑만으로도 좋다고 여겼다. 형의 여자로 손색없는 여자니까. 내색하지 않았다. 마음을 비울 요량으로 SnI 프랑스 지사를 일부러 선택했다. 눈앞에 안 보인다면 잊을 수 있을 것이라 생각했다. 그리고 2년 만에 돌아왔다. 서후가 원해서가 아니라, 아버지의 별세로 형이 회장이 되면서 서후를 불러들인 것이다. 다시 돌아온 이곳에 그녀는 변함없이 웃으며 형의 옆에 있었다.

다시 그렇게 1년을 한결같이 바라만 보았다. 지켜만 보는 것도 괜찮다고 여겼다. 그런데 감히 형을 가지고 놀다니. 이대로 가만히 있지 않을 것이다. 형을 속인 죄, 내 마음을 기망한 죄 처절하게 갚아 나가게 할 것이다.

서후의 휴대폰이 울렸다. 형이었다.

"어, 형. 아니, 회장님께서 또 웬일로 전화를 주셨어."

[한율하 실장이 론칭 문제로 의논한다는데 이쪽으로 좀 와라.]

"그걸 왜 형이 아니, 후우, 회장실에서 의논을 해? 그 문제는 엄연히 내 소관이야. 그건 회장도 못 건드린다고 단단히 못 박으십시오. 저는 바쁩니다."

전화를 끊으려던 서후가 잠시 생각하더니 다시 말을 이었다.

"아니, 곧 갈게요. 기다리세요."

진하가 갑자기 나온 서후를 보며 재빨리 일어섰다. 서후를 따라 나서기 위함이었다.

"됐어. 회장실 다녀올 거야. 인사 위원회는?"

"오늘 저녁에나······."

가던 길을 멈추고 진하를 노려보는 서후의 미간이 잔뜩 구겨지고 눈빛이 날카롭게 변했다.

"채 실장도 나랑 일하기 싫은가? '저녁'이라는 말은 도대체 몇시를 말하는 거야? 그 애매한 기준을 가지고 나한테 보고하는 건가? 다섯 시? 여섯 시? 아니, 보통 나는 여섯 시 반에 저녁을 먹으니까. 그때로 생각하면 되나?"

"아. 죄송합니다."

"당신 입은 죄송합니다, 라고 말하라고 달린 입이야? 시간을 말하라고! 정확한 시간! 그 되지도 않는 어설픈 시간을 보고랍시고 해놓고, 일 다 했다고 빈둥거리면서 월급이나 받을 생각 말고. 다섯 시에 소집하고. 그 자식, 아니, 정세형하고 함께, 아니다, 정세형만 먼저 징계 수위를 정한다고 해. 내 눈에 둘이 걸렸어야 하는데······. 안타까워."

사장실을 빠져나가는 서후의 심기가 매우 나쁘다는 것에 진하는 고개를 끄덕였고 다섯 시 약속을 잡기 위해 부리나케 전화를 돌렸다.

하온은 세형에게 전화를 했지만 통화가 되지 않았다. 피하는 것이 분명했다. 아까 나를 봤을까? 그 여자는 도대체 누구지. 머리를 묶었었는데. 너무 어두워서 못 봤네.

하온이 생각에 잠겨 있는 동안 서후가 엘리베이터에서 내렸다. 정신없었던 하온은 미처 서후가 들어오는 것을 발견하지 못했다.

톡톡, 하온은 테이블을 두드리는 서후를 보고 놀라 일어섰다.

"어머, 사장님. 죄송합니다."

자리에서 일어선 하온이 서둘러 회장실에 알리기 위해 먼저 앞장섰다.

"고민 있습니까? 여기저기서 고민투성이네. 고민도 되겠죠."

"네?"

서후가 하는 말을 알아듣지 못한 하온은 잠시 멈추고 그를 돌아보았다. 고민 있는 걸 어떻게 알지? 얼굴에 쓰여 있나? 그걸 아는 걸 보니 귀신인걸?

"아닙니다."

서후는 멈춰 서 있는 하온을 뚫어지게 쳐다보고 있다. 눈을 마주치지만 결코 좋은 시선으로 바라보는 것이 아니다. 매우 날카로웠고 무언가 불만이 있는 표정이었다.

왜 저렇게 보는 거지? 점심때하고는 완전히 다르잖아. 하온은 서후의 날카로운 시선이 신경 쓰였지만 애써 무시하고 회장실 문에 노크를 하려 손을 들었다.

"됐습니다. 내가 하죠. 회장님은 유 비서를 전적으로 신뢰하는데, 유 비서도 그런가요?"

이건 또 무슨 질문이래? 한서후 사장님, 질문이 어렵습니다만.

"훗. 똑똑한 유 비서가 못 알아듣나 보네요. 그만 가서 일 봐요. 앞에서 얼쩡거리니까 거슬리네."

하온의 얼굴이 단번에 굳어졌고 서후는 하온을 비웃으며 회장실로 들어갔다. 혼란이 왔다. 저렇게 말하는 이유를 알 수 없었으니까.

자리에 돌아와서도 하온은 정신이 없었다. 하온은 종이 한 장을 꺼내 그에 대해 아는 것을 적어 나가기 시작했다.

한서후. 함께 일을 한 적도, 오랜 시간 대화를 한 적도 없는 사람. 회장의 동생. 서일그룹의 차남. 현재 빅토리아 호텔 장녀와 약혼설이 오가고 있고, 올해의 신랑감 톱 5에 들었을 정도로 젠틀한 사람. 물론 성격을 모를 때의 말이지만, 키는 180이 넘을 것이다. 커 보이니까. 몸무게는 알 게 뭐람.

이리저리 그에 대해 끄적거리다 생각했다. 그런데 왜 나한테 그런 말을 했을까? 하온은 세형의 일로 정신이 없고 혼란스러움에도 그의 일보다 서후가 한 말이 더 신경 쓰이기 시작했다.

"오빠, 내가 적임자야. 나 그 자리만 생각해 왔어."

율하가 서후에게 사정했다. 서후는 팔짱을 끼고 들어주지도 않고, 재후는 의자에 편하게 기대어 둘의 대화를 듣고 있었다. 뭐, 대화라고 하기엔 거의 율하가 하는 말뿐이었지만.

"오빠, 내가 사장으로 가야 해. 이건 거의 내정되어 있던 거야. 갑자기 변경하는 이유가 뭐야?"

"변경한 적 없다. 정해졌던 적이 없는데, 변경이라니?"

서후가 처음으로 입을 열었다.

"론칭한다고 했을 때부터 내가 점찍어뒀어. 그래서 여태 이렇게 잘 버텼고. 나는 이태리, 프랑스 안 다녀본 곳이 없잖아. 적임자가 나 말고 누가 있어?"

"적임자는 지금부터 찾을 거고. SnI 패션에서 '라이 패션'이란 이름으로 남성 캐주얼을 론칭하는 거야. 심혈을 기울여서 하는 거라고. 학연, 지연, 학벌, 그딴 것들은 다 필요 없어."

율하는 소파에서 몸을 떼어내고 서후에게 바짝 다가섰다.

"내가 데려가고 싶은 사람도 있어. 디자인 팀장 알지? 정세형 팀장. 그 사람도 함께 갈 거야. 오빠도 알잖아. 그 사람이 요새 우리 회사에서 가장 중심인물인 거."

서후는 세형의 이름이 나오자 율하의 얼굴을 자세히 살폈다. 듣고 싶지 않은 이름이고 옆에 있는 형이 계속 눈에 밟힌다. 멍청하게 형도 당하는 거야, 유하온한테.

쿵! 서후는 주먹으로 테이블을 내려쳤다.

"한서후, 너 뭐 하는 짓이야!"

재후가 소리를 질러도 소용없었다. 서후는 지금 세형 때문에 제정신이 아니었다.

"정세형 그 자식을 어디로 데려간다고? 너 제정신이야? 일이 장난이야? 나는, 일을 잘한다고 그 사람 됨됨이까지 좋게 평가하지 않아. 똑똑히 들어. 정세형은 오늘부로 아웃이야. 알았어?"

"오빠, 정 팀장은 일도 잘하고 사람도 좋아. 그 사람 겪어본 것도 아니면서 사람 됨됨이를 어떻게 그렇게 잘 알아?"

"너 말 잘했다. 너는 겪어봤어? 너는 잘 아는 것처럼 들린다. 너 혹시 정 팀장한테 청탁받은 거 아니야?"

"오빠!"

"한서후!"

재후와 율하가 동시에 소리쳤다. 서후가 성격이 급하기는 했지만, 막무가내는 아니었다. 무엇이 서후의 심기를 불편하게 한 걸까. 재후는 점심때와 달리 비뚤어진 태도의 서후가 신경 쓰였다.

"무슨 그런 말을 아무렇지도 않게 해? 율하 요새 선보고 다니는 거 몰라?"

"그러니까 말 안 나오게 처신 잘해."

그때, 마음을 추스른 하온이 차를 준비해 들어왔다. 그녀의 손은 떨리고 있었다. 조금 전에 서후에게 그런 말을 들었으니 그랬고, 지금 저들 사이에 세형에 관한 말이 오가고 있었기 때문에 그랬다.

달그락거리며 찻잔이 조금 흔들렸다. 하온의 표정도 밝지 않다.

"유 비서, 어디 안 좋아? 안색이 어둡네요?"

"아닙니다, 회장님."

하온이 차를 다 내려놓고 나가려고 할 때 서후가 웃는 얼굴로 하온을 향해서 말했다. 비웃음이었다.

"왜요. 애인 몰래 바람이라도 피웠나? 그래서 들켰나?"

"무슨 소리야? 한서후, 말이 심하잖아!"

아무리 윗사람이라고 해도 이건 너무 심한 처사였다. 재후가 봐도 지금의 서후는 상사로서 빵점이었다.

"아, 심했나. 비유를 한 건데. 미안합니다."

미안한 얼굴이 아니었다. 여전히 하온을 보며 비웃고 있었다. 괜스레 무안해진 하온은 빨리 자리를 벗어나고 싶었다.

율하는 차를 마시면서 입술 끝을 말아 올렸다. 당황하는 하온을 보니 기분이 좋아졌다.

'네가 어디 정세형 같은 사람을 넘봐!'

서후는 하온의 표정을 보면서 의자 등받이에 몸을 기댔다. 재후는 갑자기 날 선 서후의 태도가 이해되지 않았다. 하온이 당황하는 것이 보였다.

"한서후 사장, 말이 조금 지나쳤어. 유 비서 놀랐잖아."

재후가 역시 하온 편을 들었다. 서후는 얼굴을 굳히고 하온을 쳐다보며 입을 열었다.

"정세형은 누군가와 사내 연애를 하고 있어. 그런데 욕정을 참지 못하고 회의실에서 나쁜 짓을 하다가 오늘 나한테 딱 걸렸거든."

"풉! 캑캑!"

차를 마시다 사레가 걸린 율하의 표정이 심상치 않게 변했다. 서후 오빠가 그걸 어떻게?

하온도 몸을 움직일 수 없었다. 한서후 사장님이 그걸 봤어?

"무슨 소리야?"

재후도 반문에도 서후의 시선은 오로지 하온에게만 쏠려 있었다.

"지금 내 마음 같아서는 당장에 두 사람 사직서 받아도 시원찮은데, 그렇게 일방적으로 할 수는 없잖아. 그래서 인사 위원회 소집했어. 시간 됐다. 가볼게."

자리에서 일어나는 서후에게 모든 시선이 몰렸다. 율하는 눈이 커다랗게 변했고, 하온은 혹시 그때 부딪친 사람이 아닐까 하는 생각에 한참 서후를 바라볼 수밖에 없었다.

"어머, 내가 이러고 있을 시간이 없다. 일단 오빠한테 내 의견은 말했으니까. 참고해 줘. 나 정말 열심히 노력했어. 이번에는 반드시 그 자리 내가 가도록 힘써줘. 갈게."

율하가 다급하게 인사를 하고 자리를 비우자, 하온은 제 책상으로 돌아왔다. 세형이 서후에게 음흉한 짓거리를 걸렸다고 하니 이제 자신만 해결하면 된다는 생각이 들었다. 바람을 피우다니. 양다리였다는 생각을 하니 일이 손에 잡히지 않았다.

곧이어 서후가 빠져나가면서 하온을 한껏 노려보았다.

"안녕히 가……."

인사도 필요 없다는 듯 서후는 손을 들어 멈추라고 했다. 입술 한쪽 끝을 말아 올린 채 엘리베이터 문이 닫히던 순간까지 그는 하온의 인사를 받아주지 않았다.

율하는 자리에 돌아와서 풀이 죽어 있는 세형을 보았다. 실장실이 분리되어 있으니 바로 팀장인 세형을 불렀다.

"어떻게 된 거야. 오빠한테 걸렸으면 바로 나한테 전화를 했어야지."

율하는 블라인드 사이로 사무실 밖을 곁눈질하며 조용히 말했다. 세형은 지금 정신 자체가 혼미한 상태였다. 징계를 받으면 하온도 알게 될 것이고, 하온과의 결혼은 물론 회사에 다닐 수 있을지도 모를 일이다.

"그게 중요한 게 아니야. 하온이도 알게 된다고. 사장이 인사 위원회 소집했어. 지금 함께 있었던 여자를 찾고 있어. 회의실 CCTV만 찾으면……."

"웃기지 마. 그거 못 찾아. 내가 회장실 다녀오면서 그쪽에 다녀오는 길이야. 싹 지웠을 거야. 그때 점검 중이었다고 녹화 안 됐다고 하더라고."

손가락으로 원을 만들며 세형에게 말하는 율하의 모습을 보니 돈을 조금 쥐어주었거나 회장 사촌이라는 타이틀을 이용한 것이 분명해 보였다.

"그래도 여자를 찾으려고 할 거야."

"유하온 있잖아."

"한율하."

"허, 정세형 웃겨. 유하온 감춰주는 거야? 정말 결혼이라도 할 생각이었어? 그런데 나와는 왜 그렇게 지냈어?"

율하가 책상에 엉덩이를 기대고 팔짱을 꼈다. 율하가 실장으로 부임한 지난 6개월 동안 함께 좋아 지낸 사이면서 하온을 감싸는 것이 불만인 것이다.

"좋아. 마음대로 해. 유하온과 결혼하고 회사를 그만두든가. 나와 계속 유지하고 곧 론칭할 라이 패션으로 함께 가든가. 내가 사장이 되면 세형 씨는 브랜드 총괄 본부장 정도를 생각하고 있어. 그러니까, 잘 생각해."

세형의 눈빛이 흔들리기 시작했다. 하온은 착하고 현명한 여잔데, 율하는 배경이 좋고. 아, 미치겠다.

"내 말대로 해. 그러면 당신은 계속 회사를 다닐 수 있어. 유하온도 다닐 수 있을 거고. 어때? 할래?"

율하는 좋은 묘책이라며 세형을 구슬리기 시작했다. 율하는 어떻게 해서든 라이 패션 오너 자리를 따내야 했다. 의사 부모님,

의사 오빠, 갤러리를 운영하는 새언니. 그 사이에서 자신도 훌륭하다는 것을 보여줘야만 했다.

　인사 위원회는 위원장인 사장 서후를 중심으로 부사장, 인사 담당 총괄이사만이 참석한, 최소 인원으로 이루어진 자리였다. 먼저 간사, 인사 담당 이사가 말을 꺼냈다.
　"죄송합니다. 먼저 인사 위원회가 구성되는 것은 3일 전에 사전 통보가 있어야 하는 것이 원칙이나, 긴급으로 열리게 된 것임을 알려드립니다. 오늘 안건은……."
　차근차근 설명해 나가는 가운데 중점이 된 사항은 사내 연애 금지라는 조항이 사규 어디에도 없다는 것이다. 그렇다면 세형이 연애를 하고 있다는 것을 밝힌다면 심각한 풍기문란은 아니라는 것이다.
　"정세형 팀장이 누구랑 있었는지가 중요하다면 그것에 대한 증거를 대십시오."
　서후는 속으로 하온이 아니기를 바랐다. 실망하기 싫었다. 세형의 징계 수위가 문제가 아니라 자신이 실망할 것이 두려웠다. 제발 형과 나를 생각하면 하온 당신은 아니길…….
　"유하온 씨입니다. 회장 비서실에 근무하는 유하온. 그녀와 저는 1년 전부터 사귀는 사이고, 제가 감싸주고 싶어서 먼저 내보냈습니다. 물의를 일으켰다면 죄송합니다만, 사랑하는 사람과 함께 있는 것이 풍기문란으로 생각되지는 않았습니다."
　세형의 말을 듣고 하온을 감싸주고 싶은 마음을 이해한다는 의견이 다수로 나왔다. 오히려 세형이 멋진 남자라는 말도 나왔다.
　서후는 속으로 욕지거리를 되뇌었다. 이래서 인사 위원회 위원들은 젊은 사람으로 뽑으면 안 돼. 죄다 사랑에 눈이 멀어서는 저 봐라, 정세형이 멋있단다. 유하온이 앞으로 어떻게 될지도 모르는 주제에. 너 때문에 유하온은 더욱 힘들게 됐다.

"위원장님, 징계 수위는 조절하는 게……."

"과반수가 반대로 나왔습니다."

누가 무슨 말을 하는지 들리지 않았다. 하온의 이름이 거론된 지금, 그는 형의 얼굴만 떠올랐다.

"그렇게 하시죠."

서후의 말 한마디에 인사 위원회는 간단하게 끝났다. 세형은 안도의 한숨을 쉬었다. 한서후 사장도 별수 없네. 과반수가 나를 믿으니까. 당신도 내 말을 믿어주고 말이야. 하하. 눈앞에 여우를 키우면서 그걸 몰라? 율하, 고 앙큼한 것이 나를 살렸어.

인사 위원회가 시작되었다는 소식을 듣고도 하온은 별다른 연락을 받지 못했다. 이럴 때 비서실장님이 휴가일 게 뭐람. 살짝 엿볼 수도 없으니 말이야. 회의를 마치고 회장은 바로 퇴근한다고 했으니 하온도 바로 퇴근해도 되지만 세형과는 만나야 했다. 담판을 지어야 했다. 나쁜 자식.

그때 비서실로 전화가 왔다.

"회장 비서실 유하온입니다."

[하온 씨, 채진하예요.]

"네, 실장님."

[지금. 여기 호출.]

"저를요?"

하온은 자신을 찾는다는 서후의 호출에 급하게 걸음을 옮겼다. 한서후 사장은 성격이 급해서 시간을 체크하고 있을 것이다. 하온은 휴대폰으로 시간을 확인하며 다다다 달리듯 빠르게 움직였다. 그가 회장 비서인 하온을 따로 부른 적은 이번이 처음이었고, 근무시간도 아닌 퇴근 무렵이어서 머릿속이 혼란스러웠다.

"무슨 일이시지? 나를 왜 찾을까."

안 그래도 하온은 지금 몸과 마음 상태가 말이 아니었다. 가뜩이나 세형 때문에 정신이 없는데 한서후 사장이 급히 찾는다는 진하의 전화 한 통에 혼란스러웠다. 무슨 일인지 모르니 답답함이 컸다.

"아무튼, 자기 멋대로야. 하아. 그나저나 이 인간은 끝까지 전화도 안 되고."

입술을 깨무는 하온은 분노로 파르르 떨었다. 세형은 끝까지 말썽이었다. 전화를 걸어도 통화가 되지 않았다. 나쁜 자식!

SnI 패션 사장실 앞에 멈추자 실장인 진하가 문을 열어주었다. 진하는 하온에게 들어가라며 손을 내밀었고, 고맙다고 인사한 후 안으로 들어간 하온은 등을 돌려 창밖을 보고 있는 서후를 발견했다. 팔짱을 낀 그는 하온의 입실에도 미동조차 없었다.

하온은 자신이 왔다는 것을 소리로 알려야 하나 고민했다. 움직이지 못한 채 정적에 잠겨 시간만 흘러가자 하온이 그제야 한 발 다가서며 헛기침을 했다.

"흠흠."

그러자 서후가 뒤를 돌아봤다. 날카롭게 쳐다보는 강렬한 눈빛에 하온은 저도 모르게 숨을 멈췄다. 왜 저렇게 보는 거지, 아까부터? 내가 정말 무슨 실수했나?

독설(毒舌), 그녀를 울리다

　하온은 침이 바짝바짝 마르고 있었다. 직속상관도 아닌 한서후, 그가 저를 불렀다는 것도 모를 일인데 왜 이렇게 노려보는 것일까?

　"유하온 씨."

　서후가 내뱉은 첫마디는 날카로웠다. 하온은 정말 자신을 부른 것이 맞나 싶었다. 평소와 다른, 저를 대하는 그의 태도 때문이었다.

　"저, 저요?"

　결국 바보처럼 대답하고 말았다. 이곳엔 단둘뿐인데, '저, 저요'라니.

　"하, 유하온 씨 말고 여기 또 누가 있습니까?"

　"아, 아닙니다."

　"참, 쉽게 살아가는 거 같아요. 그렇죠?"

　말을 돌려서 하니 알아들을 수가 있나?

　"네?"

"양다리 말입니다. 아무렇지도 않게 양다리 걸치는 걸 보니까 세상 참 쉽게 사는 거 같아서요."

"무슨 말씀이신가요?"

천천히 걸어오는 서후의 모습에 놀란 하온은 눈을 크게 뜨고 뒤로 몇 걸음 물러났다.

"시치미도 잘 떼고 말이죠."

"사장님, 도대체 무슨 말씀하시는 건지? 저는……."

"내가 유하온 씨를 부르면서 딱 한 가지는 내 입으로 말하지 말자 생각했는데, 하는 수 없네요."

조금 더 다가오니 쿵 소리가 났고, 하온의 등이 문에 부딪쳤다. 하지만 서후는 전혀 아랑곳하지 않았다. 시선을 떼지 않고 점점 더 다가왔다. 그의 숨결이 느껴질 정도로 가까워졌다. 하온은 숨이 멎을 것만 같았다. 불과 30㎝도 남지 않은 거리.

"능력 있는 유 비서가 몇 명에게나 웃음을 팔고, 또 뭘 다른 걸 팔았는지. 어디 한번 보고 싶어서 말이죠. 양다리도 가능한데, 더 늘려보는 건 어떨까 하고."

하온이 주먹을 쥐었다. 한서후 사장 미친 거 아니야? 이 남자 뭐라고 하는 거야? 너, 입 있다고 말 함부로 하는 거냐? 뭐를 팔아? 기가 차서 말도 나오지 않아 하온은 입술을 앙다물었다. 그래 회장 동생이다. 이곳은 직장이다. 참아야 한다. 이렇게 회사를 그만둘 수는 없으니까.

"한재후 회장, 정세형 팀장, 이제는 한서후. 나도 네 마음대로 주무르라고. 네가 원하는 대로 해줄게. 어때, 구미가 당기지? 집, 차, 원하는 걸 말해. 잘만 하면 평범하게 회사생활 하는 것보다 많은 걸 얻을 수도 있어. 아, 형한테는 비밀로 해줄게. 어때, 괜찮은 조건 같지 않아?"

짝!

순식간에 벌어진 일이었다, 그에게 손이 올라간 것은. 눈시울이 젖어 바들바들 떨고 있는 하온은 뺨을 맞고도 미동도 없는 서후를 노려보며 가슴이 들썩거릴 정도로 숨을 가쁘게 쉬었다.

"이 나쁜 자⋯⋯."

"저런, 내가 알아버려서 무척이나 당황하셨나 보네. 하긴 그동안 잘도 숨기면서 지냈는데, 이렇게 나한테 들켜 버렸으니. 형을 우습게 알았다면 큰 오산이야. 하지만 그건 눈감아줄게."

입술을 떨며 눈물을 흘리는 하온을 바라보는 서후의 마음도 결코 좋지만은 않았다. 왜! 잘한 것도 없으면서 울어, 유하온! 네가 자초한 일이잖아. 애초에 왜 사람을 갖고 놀아!

"정세형이 다 말했어. 너와 회의실에서 함께 있었다고. 그럼 우리 형은 너한테 뭐지? 응? 말해!"

서후는 하온의 턱을 잡아 올렸다. 말을 안 하는 하온을 보니 더욱 폭발할 것 같았다. 세형의 말을 듣기 전에는 이렇게까지 화가 나지는 않았다. 그녀를 짝사랑하는 제 마음만 정리하면 그만이었으니까.

"정말 가증스러운 여자야, 당신. 그래서 내가 제안을 하나 할까 해. 대 서일그룹 장남과 차남을 동시에 갖고 놀면서 밤일은 누가누가 잘하나 비교하고, 그러다 질리면 가끔은 일개 나부랭이 정세형이나 만나 '나는 평범한 사람이 좋습니다' 코스프레 하라고. 순진한 형이 좋을까, 저돌적인 내가 좋을까, 아니면 여자 같은 그 정세형 새끼가 좋을까. 응?"

"저⋯⋯."

"한마디도 하지 마. 네 말이나 듣고자 여기에 부른 건 아니니까. 그리고 네 목소리 역겨워."

"뭔가 오해를⋯⋯. 저는 회장님과 아무런 사이도 아닙니다."

고개를 흔들며 아니라고 해도 그는 믿어줄 마음이 없었다.

"끝까지 발뺌하신다, 이건가? 정세형이 다 말했다고! 낮에 함께 있었던 거. 그렇다면 네가 형을 갖고 논 거잖아. 내가 여기서 당장 형한테 말할 수도 있어. 그래도 끝까지 아니라고 할 건가?"

"정말 아닙니다. 회장님과 전……."

서후가 하온의 어깨를 손으로 밀면서 그녀의 몸을 눈으로 훑어 내렸다. 이렇게 하고 있는 나도 내가 아주 싫어. 그러면서도 네가 생각나고 네가 형의 여자가 아니었으면 했어. 그런데 너는 감히 형도 모자라서 다른 놈과 연애를 했어?

목이라도 졸라 꺾어버리고 싶었다. 바라보고 있었는데. 그것만으로도 좋다고 여겼는데. 형을 배신하고 웃음을 팔아? 유하온, 이제는 여기까지. 더는 못 봐.

하온은 눈을 감았다. 눈물이 쏟아졌고, 당장에 소리를 지르고 싶었지만 말이 나오지 않았다.

"흑. 흐흑…… 하아. 흑……."

"유하온 씨, 그런 눈물은……."

"정세형 팀장과 사…… 귄 사이는 맞습니다."

하온은 왜 이 사람에게 이런 말을 해야 하는지 모르지만 얼른 오해를 풀어주고 이 자리를 벗어나고 싶었다.

"이제야 말하는군. 그러면서 형하고 만나고. 그게 양다리가 아니면 뭐지?"

"아닙니다. 저는 한재후 회장님과는 아무런 사이가 아닙니다. 정말입니다."

"웃기지 마. 내가 분명히 봤어."

"뭐…… 를 보셨는데요?"

하온은 눈물 때문에 앞이 보이지 않을 지경이었다. 서후는 그녀의 눈가에 손을 대서 눈물을 닦아냈다.

"울지 마, 내 앞에서. 형은 울면 어떻게 해줬지? 살살 달래주나? 정세형 그 새끼는 어떤 방식으로 너를 달래줬지? 말해!"

"당신 원하는 게 뭐야. 나한테 왜 이래? 우리는 서로 이런 말을 주고받을 만큼 가까운 사이도 아니야."

하온은 용기를 내서 말했다. 떨리고, 무섭고, 두려웠다. 하지만 온 힘을 다해 그를 노려봤다.

"오호, 얌전한 사람이 말도 제법이네. 좋아. 네 애인이 말했으니, 더는 묻지 않을게. 그만 가. 대신 형과도 안 돼. 더는 더러운 짓 그만해."

서후가 어깨는 놓아주자 다리에 힘이 빠진 하온은 바닥에 주저앉았다. 세형이 도대체 그에게 뭐라고 말한 걸까.

"정세형이 뭐라고 했는데요."

"이봐, 유하온. 이제 그만해. 왜 자꾸만 시치미를 떼는 거지? 내 입으로 말해줘? 낮에 회의실에서 사랑하는 사람과 애정 행각을 조금 벌였다. 그런데 그 사람은 회장 비서실에 있는 유하온이다."

정세형이, 그렇게 말했다고? 바닥에 손을 짚고 하온은 하염없이 눈물을 흘렸다. 세형을 만나면서 양다리는커녕 다른 누군가를 마음에 둔다는 것을 생각해 본 적도 없었다. 저를 배신한 것은 정세형이었다. 그것을 제삼자가 본 것도 부끄러운 일인데, 거짓말로 저를 모욕하다니 뻔뻔하기 그지없었다. 하온은 배신감에 치가 떨렸다.

서후가 그녀 앞에 무릎을 굽혀 앉았다. 여전히 울고 있는 하온을 보니 마음이 아팠지만, 그녀에 대한 실망감이 너무나 컸다.

"그 몸을 갖고 형에게도 접근하고, 또 다음 날은 정세형에게 가고, 이제는 내게도 오라고. 기회를 준다잖아. 한 사람에게 만족못 하고 남성 편력도 많다니까, 내가 기꺼이 그렇게 해준다고. 어때?"

서후는 분노를 참지 못하고 거침없이 쏘아댔다. 하온이 수치심을 느끼도록. 제가 듣기에도 비열한 목소리였다.

짝!

또다시 뺨을 맞은 서후의 눈빛이 날카롭게 변했다. 하온의 몸을 일으켜 세워 감쌌고 그녀에게 눈을 떼지 않았다.

"한 번만 더 손대, 유하온. 가만히 안 둔다."

"한서후! 당신 미쳤어! 당신 정말 미쳤다고! 나한테 원하는 게 뭐야?"

하온의 심장이 빠르게 뛴다. 두려움이 밀려왔다. 그의 날카로운 눈빛이 마치 날이라도 선 것처럼 보였다.

하온에게 맞은 서후의 볼이 붉어지고 있었다. 서후는 하온의 두 손을 잡고 힘을 주었다. 부들부들 떠는 하온의 몸짓이 서후의 몸에까지 전해지고 있다. 눈을 마주한 상태로 피하지 않는 하온을 보고 서후는 어떤 말도 하지 않고 그녀의 손을 놓아주었다.

서후는 하온의 말처럼 제정신이 아니었다. 미친놈처럼, 분노가 치밀어 쏘아댄 것은 어쩌면 그녀의 양다리가 아니라, 짝사랑했던 시간과 마음이 허망하게 끝난 것 때문이 아닐까 싶었다. 그 말투와 몸짓이 그녀에게는 충분히 미친놈처럼 보였으리라.

"그래. 미친놈이라. 그럼 마음껏 때려. 네 속이 풀릴 때까지."

서후는 체념한 듯 하온에게 나지막이 말했다.

"허!"

주먹을 쥔 하온이 손을 들었다. 하지만 더는 때릴 수 없다. 아까도 말이 심해서 저도 모르게 손이 올라간 것이다.

서후는 망설이는 하온의 손목을 잡아 벽에 밀어붙이고 눈을 마주했다. 유하온. 네 마음속엔 항상 다른 사람만 있네. 나 같은 사람은 없어? 미친놈이라서?

서후는 눈을 지그시 감고 심호흡을 했다. 이렇게 다그치려고

부른 것이 아닌데. 마음에 없는 말만 나왔다. 네가 이러니까 연애
는 삼류라는 소리를 듣는 거야, 한서후.

"말이 심했다면……."

서후는 하온을 돌려보내야겠다는 생각에 말을 꺼냈고, 하온은
이 자리를 벗어나고 싶은 마음에 말을 이었다. 못 할 것이 없었다.
잘못한 것이 없으니까.

"좋아했고, 그렇다고 여긴 사람이, 눈앞에서 다른 여자와 키스
하는 모습과 더한 행동을 하는 걸 오늘 봤습니다. 그런데 그 자리
에서 아무 말도 못 하고 비겁하게 도망쳤어요. 왜냐면 두렵기도
하고, 행여나 발뺌할까 봐 겁나서……."

서후는 하온의 말을 들어주었다. 그녀의 목소리는 조용하고 차
분했다. 마치 고해성사를 하듯이. 서후는 짝사랑하는 하온이 자
신이 아는 것과 전혀 다른 말을 하고 있음을 알았다.

낮에 그 모습을 '봤다'는 건, 그 여자가 유하온이 아니라는 소
린가? 그렇다면 내가 여기서 하온에게 하는 말들은 실수가 된다.

"내가 지금 당신 말을 믿어야 하나? 그래도 당신 말을 못 믿겠
다면?"

"믿지 않으셔도 상관없습니다. 사장님과 저는 아무런 사이가
아니니까요."

"아무런 사이가 아니다……. 아무런 사이가 아니다?"

서후의 손힘이 느슨하게 풀어진 틈을 타 하온은 손목을 빼내고
눈물을 훔쳤다. 호흡도 나름 내쉬어보고 눈을 감았다.

서후는 하온을 보며 씁쓸한 마음이 들었다. 저와 하온은 배신
자 정세형보다 못한, 아무 상관도 없는 사이였다. 눈물이 멈춘 하
온은 옷을 가지런히 하고 서후를 똑바로 바라보았다. 서후도 하
온의 시선을 피하지 않았다.

"이제 그만 가보겠습니다. 제가 할 말은 다 했거든요."

"유하온, 그 말 정말 사실인가?"

"말 놓지 마. 이제 나 당신네 회사 직원 아니야. 알았어?"

하온이 가슴에 달린 사원증을 서후에게 던지고 다시 한 번 뺨을 후려치기 위해 손을 들었다. 하지만 이번에는 서후가 하온의 손을 잡아챘다.

"다시는 내 몸에 손대지 말라고 했다."

하온이 서후의 손을 뿌리치려 했지만 쉽지 않았다. 그의 손아귀 힘이 어찌나 센지, 손목이 부러질 것만 같았다. 하온은 눈을 질끈 감았다. 제발 나 좀 놔줘요. 배신감에 힘들고, 모욕감에 치가 떨려요. 이렇게 서 있기도 힘들다고요. 그러니까 제발 저를 놓아주세요. 부탁합니다. 눈물이 또다시 볼을 타고 흐른다.

한서후, 너 이 여자한테 무슨 짓을 한 거야? 울리고 있잖아. 네가 삼 년이나 좋아해 온 여자를!

"울지 마. 내 앞에서 제발 울지 좀 말라고!"

"……."

"손 놓아줄게. 이대로 나가. 하지만 울지 말고 나가. 네가 말한 게 모두 사실이라면, 내가 수습해야겠지? 그런데 정말 형과 아무 사이도 아니야? 나는 그렇게 삼 년을 알고 지냈는데. 그리고 오늘 본 건 그럼 뭐야? 내 발 앞에 떨어진 눈꽃은 뭐냐고?"

삼 년? 눈꽃? 도무지 알아들을 수 없는 말이었다.

서후가 손목을 놓아주었다. 이미 손목은 빨갛게 부어올랐고 하온의 눈시울은 아직도 눈물로 젖어 있었다. 손을 들어 하온의 눈물을 닦아주려다 말고 그는 문을 열어주고 뒤로 돌아섰다.

"가. 오늘 일은 내가 오해했다면……."

휘이잉- 쿵!

순간, 문이 닫히며 서후의 머리카락이 날렸다. 바람이 불어서 머리카락이 날린 것일까? 바람이 불어서 문이 닫힌 걸까? 제발 이대로 하온이 나간 것이 아니길 바랐기에 서후는 뒤를 돌아볼 수 없었다. 이대로 돌아서면 하온이 그대로 저를 보고 아무렇지 않게 서 있기를 진심으로 바랐다.

서후는 숨을 천천히 쉬며 뒤돌아섰지만, 빈 공간에 우두커니 혼자 남아 있었다. 나를 한 번도 보고 싶었던 적은 없었나? 앞으로도 보고 싶지 않겠지. 내가 그렇게 상처를 줬으니까. 그래도 이대로는 안 돼.

서후는 재킷을 집어 들고 사무실을 나갔다.

하온은 서후가 문을 열어주고 뒤돌아서자마자 바로 사장실을 나갔다. 그녀는 돌아보지 않았다. 하지만 문을 닫고 한동안 서서 움직일 수가 없었다. 삼 년? 눈꽃? 그가 내뱉은 단어들이 계속 머릿속에 맴돌았다.

하온은 천천히 걸음을 옮기다가 바로 뛰었다. 내일 정식으로 사표는 제출해야 하기 때문에 오늘은 가방과 휴대폰만 챙기고 로비를 빠르게 걸어 나왔다. 볼을 타고 눈물이 계속 흘러내렸지만 손으로 대충 닦았다.

'한서후 사장님. 그렇게 오해했다고 함부로 말하지 마세요. 평생 누가 좋아하겠어요. 그러다가 혼자 외롭게 늙습니다.'

회장실을 방문할 때나 중요한 행사 때 봤던 서후는 하온에게 까칠하게 대한 적이 없었다. 오늘이 처음이었다. 하온은, 서후가 프랑스에서 돌아오던 날 그를 처음 보았고, 늘 그가 낯설었다. 회장 비서로 삼 년 있었지만, 현(現) 회장인 재후의 비서가 된 것은 고작 일 년 남짓이었다. 계속 비서로 남아 있어서 나를 회장님과 사귄다고 생각했나? 아, 삼 년은 정말 뭐지?

로비를 벗어나서 버스를 타기 위해 도로를 걸었다. 바람을 쐬니 진정이 되는 것 같았다. 그나저나 정세형 이 인간은 아직도 연락이 안 되고. 만나서 어떻게 혼을 내줄까. 진짜 나를 사랑하긴 했을까? 그 여자는 도대체 누구였을까. 아, 혼란스럽다.

다시 눈물이 흘러나왔다.

조금씩 걷다 보니 버스 정류장을 지나쳤다. 이러다가 집까지 걸어가는 거 아냐? 한심하다. 그렇게 생각하면서도 걸음을 멈출 수 없었다. 학교생활 잘하고, 대기업에 들어와서 잘나가는 사람과 잘 만나서 평범하게 흘러간다고 생각했는데, 그것도 아니네. 뒤늦게 인생이 꼬이기 시작했다.

멍하니 걷다 보니 어느새 한강까지 왔다. 다리 중간에 다다라 강물을 내려다보니 자신의 모습이 이렇게 한심할 수가 없었다. 이것저것 따질 것 없이 제주도 집에나 다녀올까? 엄마도 보고 싶고, 아빠도 보고 싶고, 할머니도 보고 싶다. 하아.

"어렸을 때 과수원집 아들놈이 다 커서 결혼하자고 했을 때 그냥 군소리 없이 한다고 할걸. 그랬으면 이런 일도 안 생겼을 텐데. 대학 동창생 중에 의대 다니는 남자 소개해 준다고 했을 때 그냥 소개나 받을걸. 그랬으면 여기 들어와서 정세형 같은 놈…… 만나지 않는 건…… 데. 흑흑……."

고개를 숙이고 하염없이 울었다. 코가 빨개질 때까지 울고 또 울었다.

"나갈 때 울지 말고 나가라고 했을 텐데. 가만 보면 참 말을 안 듣는 사람이네."

옆에서 나는 남자의 목소리에 하온은 고개를 들었다. 그곳에는 한서후 사장이 떡하니 서 있었다.

몇 분 전, 서후는 하온이 나가자마자 바로 뒤따라 나왔다. 다행이다, 놓치지 않아서. 그녀를 놓쳤다면 집 앞이라도 찾아가서 미안하다고 할 참이었다. 버스를 타려나? 지하철을 타려나? 그는 자동차로 계속 하온의 뒤를 따랐다. 뒤에서 차들이 빵빵거려도 속도를 높이지 않았다. 하온이 마침내 한강 다리 위에 멈췄다.

"다리 위는 바람이 센데. 옷도 얇으면서."

또 우네, 유하온. 이제 그만 울어라. 내가 오해했다면 어떤 방법을 쓰든 해결할게. 제발 그만 울어. 가만히 지켜보던 서후는 결국 자동차를 세워두고 하온에게 다가갔다. 혼잣말을 하는 하온의 곁으로 가서도 한참을 서 있었다. 하온의 코와 얼굴이 얼어 빨갛게 된 것이 보이자 그제야 서후는 입을 열었다.

"나갈 때 울지 말고 나가라고 했을 텐데. 가만 보면 참 말을 안 듣는 사람이네."

하온이 훌쩍거리는 얼굴로 서후를 보았다. 반갑지는 않은 얼굴이군. 그렇겠지.

"울지 말라고 했잖아. 유하온 씨, 여기서 창피하지도 않습니까?"

여기는 또 웬일로? 또 무슨 소리로 괴롭히려고. 하온은 진짜 이 인간이 보고 싶지 않았다. 하온은 재빨리 눈을 깜빡거렸다. 이미 떨어진 눈물이야 그렇다 치고 더는 그에게 눈물을 보이고 싶지 않았다.

이젠 우는 것까지 방해하시는군요, 한서후 사장님.

"나랑은 말도 하기 싫습니까?"

"네, 그렇습니다. 그럼 볼일 보고 가세요. 저는 이만……."

하온이 돌아서려 하자 그가 손목을 세게 붙잡았다. 하온의 인상이 저절로 구겨졌다.

"어어! 그냥 가면 어떡해?"

마른 가지처럼 건드리기만 해도 툭 부러질 것 같아 보였지만, 이렇게 잡지 않으면 하온이 영영 떠날 것 같아서 잡을 수밖에 없었다.

"아팠으면 미안."

"아픈 건 손이 아닙니다. 마음이지. 이만 놓으세요."

"거참, 말 야박하게도 하시네."

하온의 손을 놓고 대신 바바리 소맷귀를 잡았다. 그 행동에 하온의 시선이 그의 손끝에서 얼굴로 향했다. 길을 잃어버릴까 봐 소맷부리를 붙잡고 있는 아이 같았다.

"다 놓으면 그냥 갈 것 같아서, 나랑 얘기 좀 합시다."

"아직 할 말이 있으신가요? 저는 더 할 말 없습니다. 이미 모욕은 충분히 받았으니, 이젠 그만하시죠. 저를 얼마나 더 벼랑 끝으로 몰아야 직성이 풀리시나요? 저는 오늘 기분 최악이거든요? 도대체 무슨 말이 더 남아서 이러시죠?"

정말 이해 못 할 사람이었다. 이렇게 집요하게 따라와서 할 말이라는 게 도대체 무엇일까?

'유하온, 오늘 하루가 지옥이었나? 나는 삼 년이 매일 지옥이었어. 나는 지난 이 년은 당신을 잊기 위해 노력하면서 시간을 보냈고, 이곳에 온 일 년은 고백도 못 하고 바라보면서 매일을 그렇게 보냈어. 알기나 해? 오늘 하루 종일 내 기분은 어땠는데…….'

"사장님? 사장님?"

"……아."

"자, 이제 말씀하세요. 계속 이대로 못 보낸다고……."

서후와 하온은 어느새 그의 차 안에 들어와 있었다. 그동안 서후는 어떤 말들을 할 것이냐 생각에 잠겨 있었다. 운전석에는 서후가, 조수석에는 하온이 앉아서 나란히 고개만 돌려 서로 마주 보고 있었다. 하온이 저렇게 보고 있으니 서후는 말문이 막혔다.

"이렇게 앉아서 대화하는 건 처음인가?"

서후가 말했다. 하온이 고개를 끄덕였다.

"유하온 씨가 아니라면 정세형 팀장은 누구와 있었던 겁니까?"

그걸 알면 이대로 있겠어요? 정세형을 살려두지 않지.

"유하온 씨는 정세형에게 배신당한 겁니까?"

그것도 질문입니까, 한서후 사장님? 마음을 상당히 아프게 하시네요. 제가 다른 여자와 키스하는 걸 봤다고 했잖아요. 이제 그 질문은 그만하시죠.

"유하온 씨는 우리 형, 한재후 회장과 아무런 사이가 아니라고 했죠?"

도대체 몇 번이나 확인하려고 하십니까? 저는 정말 회장님과는 아무런 사이가 아닙니다.

"후, 사장님. 아까 일, 반복하려고 제 뒤를 따라오신 건가요? 그렇다면 걱정하지 마세요. 저는 이제 아무하고도 사귀지 않아요. 정세형, 그 자…… 사람과는 헤어질 거고, 회장님과는 아무런 사이도 아니니까. 양다리는 물론, 문어발 인생도 아닙니다. 무엇을 걱정하시는지는 알지만, 이젠 저는 혼자니까. 아무런 걱정하지 마세요."

또 한 번 열변을 토해냈다. 이제 됐습니까? 이렇게 또 대답을 들어야 직성이 풀려요?

"잘됐네요."

잘됐다니. 이 사람이 정말! 놀리는 거야?

"일단 내가 오해한 것은 사과하죠. 내가 원래 실수 안 하는 사람으로 유명한데, 워낙 일을 훌륭하게 처리해서. 하아, 그런데 오늘 일은 완벽한 오류를 범했어요. 유하온 씨한테 미안합니다."

"네?"

한서후 입에서 미안하다는 말이 나왔다. 하온은 순간 당황했다. 미안하다고? 세상에 이런 일이! 귀신이 곡할 노릇이다. 서프라이즈! 해가 서쪽에서 뜨겠는걸!

"모욕을 줬다면 사과한다고. 그리고 앞으로 차근차근 갚을게. 유하온, 내 옆에 있어. 이제는 어디 가지 말고."

"네?"

"내가 오늘 일은 반드시 해결할게. 그러니까 하온 씨는 내 옆에 있어요. 내가 해결할 테니까."

하온은 서후가 장난을 친다고 생각했다. 말을 들어주려고 하니 정도가 심해서 이대로는 안 될 것 같았다. 따귀로는 모자랐나?

"저, 그만하셨으면 좋겠습니다. 사과를 하신다기에 진심으로 여기고, 자존심 강하신 분이 웬일인가 했는데. 농담이신가요?"

하온은 이런 간섭은 딱 질색이다. 아무리 상사라고 해도 그렇지, 이것은 어디까지나 개인적인 일이었다.

"농담? 지금 내가 유하온 데리고 농담한다고?"

"아까는 상처 주시더니. 지금은 옆에 있으라니 혼란스럽습니다."

아. 그렇겠네. 그렇겠어. 후우. 어쩐다. 오늘은 시기상조인가? 서후는 조금 기다려야 하는 건가 생각했다. 회사에서 그리 울렸는데. 이렇게 말하면 나도 싫다고 하겠다.

"저는 이만 가겠습니다."

"아아, 자꾸만 어디를 간다고 그래. 여기 다리 중간이야. 일단 가면서 생각해 봐."

무엇을 생각하라는 말이지? 하온은 서후를 뚫어지게 보았다. 도움을 줄 테니까 받으라는 말로 들렸다.

서후는 하온의 눈치를 보았다. 뭔가 기분이 개운치 않았다. 사과를 했는데 개운하지 않은 이유가 뭐지? 유하온은 왜 내 옆에 있으라는 말에는 뜨뜻미지근한 반응만 보이지?

서후의 자동차는 부드럽게 도로를 빠져나갔고 하온의 집을 자연스럽게 찾아왔다. 초행길 같지 않았다. 서후가 하온의 집 앞에 주차하고 그녀를 향해 몸을 조금 틀어 앉았다.

"자, 이거. 유하온 씨 사원증. 이거는 화가 나도 함부로 던지지 마요. 그렇게 내가 꼴 보기 싫습니까?"

서후는 사원증을 목에 걸어주고 하온을 보며 살짝 웃어주었다. 하지만 하온은 웃지 않았다. 아, 웃을 타이밍이 아닌가? 이 여자 은근히 민망하게 만드는 구석이 있어.

"사장님, 저희 집은 어떻게 알고 오셨어요?"

표정이 상당히 매서웠다. 서후가 집을 묻지도 않고 찾아왔으니 하온은 깜짝 놀랐다. 하온의 기습 질문에 서후는 당황했다. 그의 심장이 급속도로 빨라지고 있었다.

"응? 아, 저기…… 물론 오해였지만, 명색이 서일그룹 회장인 형의 애인인데 내가 유하온 씨 조사도 안 했겠습니까?"

서후는 되레 하온에게 소리쳤다. 철저하게 형을 위해 하온을 조사한 것처럼.

"아, 예……."

하온은 고개를 끄덕이며 바로 수긍했다.

아, 착한 유하온. 신상 명세는 이미 오래전에 알아보았다. 얼마 전에 이곳으로 이사해서 지금은 혼자 살고 있다는 것도, 할머니께서 편찮으셔서 제주도로 가족이 모두 이사 갔고, 오빠는 따로 산다는 것도 이미 알고 있었다. 이 정도면 유하온 좋아할 준비는 된 거 아닌가? 준비는 항상 되어 있었지만, 기회가 없었을 뿐이었다.

씨익.

서후가 혼자 웃었다. 하온은 그런 서후를 이상하게 보며 내렸다. 민망해진 서후는 헛기침을 하고 뒤따라 내렸지만, 그녀는 인사 후 그냥 돌아섰다.

"안녕히 가세요."

"하온……."

서후는 망설이다가 하온을 불렀다. 그러나 하온은 들리지 않는지 그대로 걸어갔다. 하온을 뒤따라간 서후는 입구에 서 있던 세형을 발견하고 건물 모퉁이로 돌아가 숨었다.

"하온아."

하온은 자신을 부르며 입구에 서 있는 세형을 발견하고 재빨리 다가가 발길질을 해댔다.

"정세형! 이 나쁜 자식!"

나쁜 자식, 비열한 자식, 비겁한 자식, 더러운 자식.

"이제 너랑은 끝이야!"

하온의 목소리에는 가시가 있었고, 서후와 있었을 때처럼 떨리거나 울먹이지 않았다.

"내 말 들어봐. 내가 다 설명할게. 아무것도 하지 않았어. 사장님이 보고 오해한 거고, 징계 때문에 어쩔 수 없었어."

"뭐? 뚫린 입이라고 막말하니? 사장님이 잘못 봤어?"

하온이 이를 악물고, 발로도 모자라서 가방으로 때리고 급기야 무릎으로 급소를 찼다.

"허억! 윽! 하…… 온아!"

"오늘부로 내 이름도 부르지 마. 이걸로 끝날 거라는 생각도 하지 마. 네가 살기 위해서 나를 팔고, 정작 함께 있던 여자는 가만히 뒀어?"

"하온아, 내가 사랑하는 건 너뿐이야."

"웃겨. 내가 잡지에서 봤는데, 남자들이 발뺌하기 위한 일 순위가 그 말이라고 하더라. 나는 그 말에 안 넘어가거든? 각오해. 이대로 안 넘어갈 거야."

"유하온, 너 너무 까다롭다. 내가 미안하다고 하잖아!"

철썩!

하온은 세형이 소리 지름과 동시에 뺨을 때렸다. 어찌나 세게 쳤는지 손바닥이 욱신거릴 정도였다.

지켜보던 서후는 세형이 소리칠 때, 가서 도와야 하는 것은 아닌가 생각했다. 그런데 문득 스치는 생각이 있었다. 하온의 마음이 얼마나 아플까. 가뜩이나 막말도 들었는데, 지금 이런 모습을 자신에게 보인다면 얼마나 자존심이 상할까. 어쩌면 영영 마음을 안 열 수도 있을 거란 생각이 들었다.

"이게 어디다 손을 대!"

"시끄러워. 입만 살았지. 여기 와서 이럴 게 아니라 회사 가서 하자고. 나는 함께 있지 않았으니까. 다 밝힐 거야. 공개적으로 네 여자친구 안 한다고."

하온이 한 번 더 세형의 급소를 찼다.

"억! 유하온 너……."

서후도 동시에 인상이 구겨졌다. 엄청나게 아프게 찼다. 저가 맞지는 않았어도 그 아픔이 고스란히 전해지는 느낌이었다. 아이고, 나한테는 저 정도는 아니었는데. 따귀 맞은 게 다행인가? 서후는 그렇게 생각하며 저도 모르게 시선을 내렸다. 자신의 중심으로…….

눈시울이 붉어진 하온은 숨을 몰아쉬었다. 이제 정세형, 이 사람과도 마지막이다.

"잘 들어, 날 얼마만큼 사랑했는지는 묻지 않을게. 이미 끝났다고 생각하면서 구질구질하게 묻고 싶지 않아. 하지만 그동안의 정이라도 남아 있다면, 이런 비겁한 방법 쓰지 말고 그냥 깨끗하게 헤어져야 옳지. 나도 그럼 최소한 정세형에 대한 마음은 좋은 추억으로 남았을 거 아니야. 그동안 알고 지낸 시간이 너무나 아까워."

하온이 잠시 고개를 숙인다. 훌쩍이는 것을 보니 또 우는 것 같았다. 나한테 그 심한 말도 들었는데. 오늘 정말 유하온 최악의 날이구나. 서후는 지켜보고 있을 뿐 전혀 관여하지 않았다. 마음이 좋지 않았다.

"앞으로 편하게 회사 다닐 생각하지 마. 내가 따라다니면서 오늘 일은 꼭 짚고 넘어갈 거야. 도망칠 생각하지 마."

하온은 그 말을 끝으로 세형을 한 번 노려보고 들어갔다. 서후는 성큼성큼 걸어서 하온에게 맞아 정신 못 차리는 세형에게 다가갔다. 세형은 그림자가 드리워지는 것에 놀라서 고개를 들었다.

"어! 사장님!"

"놀랐나? 정세형?"

세형은 자신 앞에 출현한 서후 때문에 아픈 곳도 만지지 못하고 자세를 바로 했다. 이곳엔 어쩐 일로 왔는지 의아한 표정으로 볼 뿐이다.

"정세형은 낮에 유하온과 함께 있었던 게 아니야. 그리고 사랑해서 보호하려고 했던 것도 아니야. 네가 보호한답시고 했던 거짓말 때문에 아주 큰일이 났었지."

"네?"

퍽!

서후의 주먹질에 세형은 그대로 나가떨어졌다. 서후는 주먹이 욱신거려도 세형을 일으켜 세웠다.

"일단, 거짓말한 대가."

퍽!

또 한 대. 세형은 어찌나 세게 맞았는지 정신이 없었고, 별이 보이기 시작했다.

서후는 세형을 잡아 일으키며 가까이 끌어당겼다.

"방금 것은 유하온 대신. 믿고 사귄 남자에 대한 배신감도 들지 않겠어? 그리고……."

서후의 말소리는 상당히 작았다. 행여나 하온에게 자신의 목소리가 들릴까 봐서 최대한 소리를 낮췄다. 사실 서후의 목소리는 들릴 수가 없었다. 하온의 오피스텔은 9층이기 때문이다.

퍽!

서후가 다시 한 대 더 때렸다.

"어억!"

세형은 또다시 나동그라졌다. 도대체 사장이 무슨 소리를 하는 건지, 여기는 어떻게 알고 온 것인지 의아하면서도 그의 주먹질에 정신이 하나도 없었다.

서후가 다시 세형을 잡아 일으켰다. 세형의 입가엔 피가 맺혀 있었고, 눈에는 시퍼렇게 멍 자국이 생기고 있었다. 서후는 세형을 바짝 잡아당겨 귀에 대고 말했다.

"이번 것은 나를 혼란스럽게 한 대가. 하마터면 삼 년의 기다림을 끝으로 평생 못 볼 뻔했거든. 내 인생이 여기서 종 칠 뻔했어."

멱살을 놓는 서후의 입가에 비소(非笑)가 걸렸다. 세형은 비틀거리며 고개조차 들지 못했다. 서후가 자신의 흐트러진 옷매무새를 정리하며 한 발 다가서자 세형이 움찔하며 뒤로 물러섰다.

"왜 도망가지? 이봐, 정세형. 한 가지는 알아둬. 내가 반드시 네 손으로 사직서 제출하게 만들 거야. 하지만 이대로는 아니야. 왜 그런지는 출근해 보면 알 거고. 그러니까 회사는 반드시 출근해. 알았나? 또 하나, 지금 여기에서의 일이 바깥으로 흘러나가서 어떤 누군가의 귀에, 특히 유하온 귀에 들어가는 날에는 너는 뼈도 못 추릴 줄 알아. 내가 누군지는 알지? 한서후야. 즉, 너는 경쟁 상대가 안 되니까 유하온 인생에서 꺼져."

표정 하나 눈썹 하나 움직이지 않았고 언성조차 높이지 않았다. 비웃음을 날리며 서후는 돌아섰다. 마음을 간직하고 있는 것이 최선이 아니었다. 까딱했으면 삼 년의 짝사랑이 물거품이 될 뻔했다. 실수를 만회하기 위해서라도 저 머저리를 제대로 처리해야만 한다. 서후의 머릿속이 분주해졌다.

다음 날, 서후는 오늘 하온을 따로 불러서라도 이야기를 자세히 해야겠다고 생각했다. 회사에 도착하자 미리 대기하고 있던 진하가 빠르게 와서 오늘 할 일을 보고했다. 걸어가면서 들을 건 듣고 버릴 건 버리며 머릿속으로 정리하였다.

"어! 사장님 손은 왜 그러십니까. 어디 다치셨습니까?"

로비를 가로질러 걷는데 진하가 그의 손에 감긴 붕대를 보고 놀라서 물었다.

"별거 아니야."

"많이 다치신 것 같습니다."

수첩을 보랴, 서후의 손을 보랴, 진하의 눈은 무척이나 바빴다.

"오늘은 업무 보고만 들으면 되고, 론칭하는 라이 패션 디자인 공모전 보고하라고 하고. 시상식 일정은……. 그보다 어제 했던 브리핑 다른 사람으로 바꾸라고 해."

"네? 디자인 팀장 말고 다른 사람으로요?"

"응."

엘리베이터 안에서 진하는 서후를 호기심 어린 눈으로 보았다. 이번 기획은 아주 심혈을 기울이는 것이라며 디자인 팀에 일임한다고 했는데 팀장 말고 누구를 시키려고 하는지 모르겠다.

"정세형 팀장 출근했는지 알아봐."

"네. 사장실로 몇 시까지 오라고 할까요?"

서후가 진하를 노려봤다. 진하는 순간 등골이 싸한 느낌에 적던 것을 멈췄다.

"그냥 알아봐, 출근했는지. 다른 것은 묻지 말고. 그리고 정세형한테는 아무런 일도 맡기지 말라고 해."

"네?"

"채진하 실장! 귀 좀 파라. 두 번씩 말하게 하지 말고."

자리로 걸어오는데 비서 책상이 비워진 것이 눈에 들어왔다.

"비서는?"

진하는 한숨이 나왔다. 어제 비서를 잘랐다. 하루 만에 비서를 구한다는 것은 정말 힘든 일이다. 특히 얼음송곳 한서후의 비서는……

"후우-"

"한숨, 거슬린다 했는데."

"죄송합니다, 사장님. 아직 지원자가 없습니다."

사장실 문을 열어주며 진하가 말했다. 정말이지 하루하루 가시밭길을 걷는 기분이다. 자신을 노려보는 서후의 시선이 매서웠다.

"지원자가 없다? 있을 리가 있나. SnI 패션에서 임원들 비서 중에 나한테 올 사람 백날 찾아봐라 있을 리가 없지."

"아~"

서후가 고개를 끄덕이는 진하를 노려보았다. 진하는 재빨리 손으로 입을 막았다. 아차, 저도 모르게 수긍하고 말았다.

꼴 보기 싫다는 듯 손짓으로 진하를 사장실에서 쫓아낸 서후는 의자에 기대 눈을 감고 곰곰이 생각했다. 세형과 함께 있던 여자가 하온이 아니라는 것이 밝혀졌으니 진짜 당사자를 찾아서 가장 혹독한 벌을 줄 것이다. 어떤 벌을 줄진 더 고민해 봐야겠지만.

서후는 서랍을 열어 눈꽃이 든 에펠탑 스노볼을 내려다봤다. 프랑스 출장을 다녀온 후, 매일 아침 출근하면 스노볼을 쳐다보는 것이 그의 일과가 되었다. 나란히 놓인 두 개의 스노볼이 어쩐지 정답게 보였다.

"이렇게 나란히 있으니까. 유하온과 함께 있는 거 같네."

서후는 그로부터 한 시간 후, 회장실로 업무 보고를 하러 갔다. 꼭대기 층으로 향할 때면 항상 그랬듯이 엘리베이터 안 거울을 한 번 더 힐끔 쳐다보았다. 엘리베이터에서 내려 회장실로 들어가면 가장 먼저 하온이 보일 것이고, 하온은 인사 후에 옷 색깔, 넥타이 색깔, 헤어스타일이 어떻다는 말로 사람을 기쁘게 해 주었기 때문이다.

그동안은 형과 사귀는 사이로 알았어도 그 말에 기분이 좋았는데, 이젠 아닌 것을 알고 그 말을 듣는다면 기분이 얼마나 좋을까 생각해 본다. 저절로 웃음이 나왔다. 잔뜩 긴장된 상태로 내려서자 옆에 있던 진하가 복도 유리문을 열었다.

"안녕하십니다."

문을 열자마자 들리는 인사말 소리. 서후의 행복한 상상은 여기서 끝났다. 하온은 자리에 없었다.

"윤 실장님, 휴가는 즐거우셨습니까?"

서후는 일부러 말소리를 크게 했다. 행여나 하온이 다른 곳에서 목소리를 듣고 나오지 않을까 하는 생각에서였다. 하지만 아무리 두리번거려도 하온은 나오지 않았다.

"네. 아주 좋았습니다. 감사합니다."

서후는 회장실에 하온이 있을 거라는 기대감으로 걸음을 옮겼다. 그러나 하온은 없었다. 서류철을 내밀고 서후는 재후가 고개를 들길 기다렸다.

"한 사장이 제일 늦었어. 잠시 앉아."

재후가 고개도 들지 않고 얼굴을 숙인 채 말했다.

"이것만 보고하고 나도 공장 가봐야 해."

재후가 얼굴을 들었다. 화가 난 눈빛으로 턱짓으로 소파를 가리키자, 서후는 풀이 죽은 모습으로 자리를 찾아 앉았다. 뒤따라 일어나 상석 소파에 앉은 재후의 인상이 사나웠다.

"한 사장, 나한테는 반항하지 마!"

재후의 입에서 큰 소리가 나왔다. 드문 일이었기에 서후도 다소 놀랐다.

"손은 또 왜 그래? 너 싸움도 하고 다니냐?"

재후는 서후의 손에 감긴 붕대를 보고 미간을 잔뜩 구겼다. 재후는 동생이 계속 못마땅해서 언성을 높였다.

"왜 그렇게 소리를 질러? 그리고 내가 애야? 싸우게?"

"너! 인사 위원회 일 유 비서와 연관이 있었어?"

재후가 다짜고짜 물었다.

"그걸 어떻게 알아?"

"내가 모를 거라고 생각했어? 회사에 직원이 몇 명인 줄 알아? 그런 녀석이 사장실에 비서 불러다가 무슨 짓을 한 거야. 그래서 어제도 여기서 그런 거야? 다 앉혀놓고? 너 상당히 저렴해 보였어. 알기나 해?"

"저렴이라……. 유 비서가 그래?"

하온이 이미 형에게 모두 말한 걸까? 사장실에서의 일까지? 그래서 형이 이렇게 화가 난 거고? 서후는 고개를 끄덕이며 인정했다. 저렴하다고 해도 어쩔 수 없는 일이었다. 오늘은 정식으로 하온에게 사과할 참이었으니까.

"유 비서가 네가 무슨 말을 했는지 고자질했을까 봐 겁나? 겁나는데 이상한 소리는 왜 했어?"

재후가 보는 서후는 지금 화가 난 표정이 아니었다. 잘못을 인정하는 얼굴이었다. 이 녀석, 무슨 심경의 변화야?

"알았어. 내가 오해한 건 다시 한 번 사과할게. 나가면서 말할게."

"인마, 늦었어. 유 비서 여기 없어."

오늘 오전. 하온은 출근길 내내 마음이 무거웠다.

'그래. 까짓것 사표 쓰고 여행이나 다니자. 퇴직금하고 적금하

고 몽땅 깨서 마음껏 여행하는 거야.'

평소보다 30분이나 일찍 나왔고 회사에 도착해서 소지품과 필요 없는 것들을 분리해 두었다. 사직서만 제출하고 정세형만 망신 주고 나면 끝이다.

"내가 하루 없는 사이에 무슨 일 있었나요?"

사십대 후반의 윤강욱 비서실장이 출근하고 말을 걸었다. 윤 실장은 비서실에 오래 근무하며 회장님을 보좌하다 보니 어지간하면 사람 눈빛만 봐도 무슨 생각을 하는지 알 정도로 눈치가 빨랐다. 강욱이 날카롭게 하온을 보며 안경을 추켜올렸다.

"아닙니다, 실장님."

"흠, 눈이 개구리눈인데?"

"아, 눈이……. 저 실장님, 출근하시자마자 죄송해요. 이것 좀 수리해 주세요."

봉투에 적힌 사직서라는 문구를 본 강욱은 당황한 기색이 역력했다.

"유 비서, 확실하게 생각하고 내린 결정이야? 무슨 일인지 몰라서 말이야."

"사유를 먼저 말씀드려야 하는데. 죄송해요. 그냥 여행도 다니고 시간을 조금 갖고 싶어서요."

강욱은 하온을 뚫어지게 쳐다보았다. 단순히 여행 때문이 아닌 것 같았다.

"내가 바로 처리할 수 있는 문제는 아니라는 거 알지? 오늘은 평소처럼 문제없이 일해줘요."

"네, 그럼요."

하온이 웃어 보이고 탕비실(湯沸室)로 들어갔다. 곧 회장이 출근하면 보고하러 임원들이 줄줄이 올 것이다. 하온은 임원들의 식음료 취향을 적어둔 수첩을 꺼내 들었다.

"아, 한 사장님은 대추랑 박하를 좋아하신다고 했는데. 어디 보자. 박하차가 남아 있나?"

서랍을 열어 쟁반을 꺼내고 찬장을 살피는 손길이 분주했다. 부족한 차 종류를 체크하고, 이가 나간 잔들이 없는지도 확인했다.

"유 비서, 회장님 1층이시래."

"네, 나가요."

찻잔을 씻던 하온은 손에 묻은 물기를 닦았다. 재후와 인사를 나누면, 곧 강욱이 그에게 저의 사직을 보고할 것이다. 이어서 나를 호출하겠지. 하온은 마음이 무거워지고 있었다.

엘리베이터가 도착하고 재후가 내렸다. 엘리베이터 앞까지 마중 나간 강욱이 함께 들어오고 있었다.

"안녕하십니까, 회장님."

평소와 다름없이 인사하는 하온을 주시하던 재후가 잠시 멈추었다.

"유 비서, 잠깐 사무실로 들어올래요?"

강욱의 눈치를 보니 오면서 바로 자신의 사직서 문제를 말했나 보다. 오늘이 서일그룹의 비서로 있는 마지막 날이다. 회장 비서실 내부를 한 바퀴 빙 둘러보고 하온은 재후를 따라 회장실로 들어갔다.

"앉아요."

"감사합니다."

재후는 하온이 겉옷을 받으려고 하는 것도 마다하고 소파를 가리켰다.

"자, 봅시다. 요새는 결혼해도 회사 다니는 것에 지장 없습니다. 유 비서 신상은 내가 잘 알고 있고. 유학 가는 것도 아니고. 심경에 변화가 있는 것도 아직은 아니고. 도대체 이유가 뭘까?"

"……."

"말할 수 없는 이유가 있는 건가요?"

"죄송합니다, 회장님."

똑똑.

"네."

강욱이 들어와 재후에게 서류철 하나를 건네주고 나갔다. 잠시 서류를 훑어본 재후가 하온을 보더니 입을 열었다.

"인사 위원회 문제, SnI 디자인실에 디자인 팀장 정세형, 그거 맞아요?"

놀란 하온의 입이 절로 벌어졌다. 강욱이 바로 조사한 것이다. 역시 비서실장은 아무나 못 해.

"윤 실장이 대단해 보이네요. 그렇죠? 유 비서도 저 정도까지는 승진하고 그만둬야지. 왜 벌써 그만두지? 쉽게 입사할 수 있는 곳도 아니고. 유 비서가 어제 일 잘못했나? 보아하니 어제 여기서 한서후 사장이 말한 것도 모두 실수한 거네. 내가 대신 사과할 문제는 아니지만, 일단 형으로서 사과하죠. 이 사직서는 당분간 보류."

"회장님. 저는, 제가, 조금, 불편해서 그렇습니다."

"무슨 일인지는 자세히 몰라도 '피하는 것만이 상책은 아니다'라는 말도 있잖아요. 곧 해결책이 보일 거야. 자, 업무 시작해야 하는데. 어떻게 할까. 여기 이대로 있을래요?"

"나가보겠습니다."

하온이 일어났다. 역시 사직서는 안 받아주는 건가? 한재후 회장은 원래 잘 타이르는 성격이니까.

"유 비서, 휴가 다녀와요. 사람이 너무 일만 해도 탈 나는 법이야. 출장 다녀오느라 사실 마음껏 휴가도 못 썼잖아요. 다녀와. 가서도 마음이 그러면 그때 다시 이야기해 보고."

"감사합니다, 회장님."

"그리고 한 사장한테는 꼭 사과 받아요. 윗사람이라고 해도 나쁜 말 했으면 당장에 사과 받아야지."

하온은 어제 서후가 사과하려고 한강까지 쫓아왔던 것을 떠올렸다. 하온은 인사하고 회장실을 나왔다. 강욱이 하온의 등을 두드려 주었다. 인사 위원회에서 세형이 했던 말이 이슈가 되어 건물 전체에 소문이 파다하단다. 그래서 하온의 사직 이유를 알아내기 손쉬웠다고.

잠시 후, 다시 회장실에서 호출이 왔다.

"네, 회장님."

"휴가는 어디로 갈 겁니까?"

"아직……. 그냥 집으로 가서 쉬다 오려고 합니다, 회장님."

"그래요. 잘 쉬다 꼭 돌아오길 바라요. 여기."

재후가 봉투를 내밀었다.

"특별 보너스."

"아……."

"받아요. 난 이거 받고 돌아왔으면 하는 마음이 커."

"감사합니다, 회장님."

하온은 무거운 마음이지만 재후의 설득에 반 이상은 넘어갔다고 봐야 했다. 그렇게 오랜만에 하온은 휴가를 떠났다.

"인마, 늦었어. 유 비서 여기 없어."

재후의 말을 듣고 서후의 눈이 휘둥그레졌다.

"사직서를 가져왔더라."

정말 사직서를 냈다고? 어제 사원증까지 매달아주었는데. 이젠 고백하고 만나려고 했는데. 하온이 떠나는 건가?

"그래서 지금 어딘데?"

서후는 자리에서 일어났다. 더는 앉아 있을 수 없었다.

"왜 그렇게 신경 써? 사과하려거든 진작 했어야지."

재후는 다급한 서후의 마음이 무엇인지 모르고 웃어 보이기만
했다.

"형, 내가 유하온 씨를 좋아해. 오래됐어. 기회를 찾지 못하고
있었는데, 이제 찾았다고 여겼거든. 내가 오해했어. 형하고 사귀
는 줄……. 아니지? 아니라고 해라. 응?"

어느새 회장실 문 앞까지 달려간 서후가 큰 소리로 물었다. 재
후는 갑작스러운 질문에 고개만 끄덕였다. 서후는 그런 재후를 보
더니 웃으며 나갔다.

"뭐야, 저 녀석. 저렇게 급하게 어딜 가는 거야. 하하하. 하하
하."

회장실 너머로 커다란 웃음소리가 들렸다.

"나랑 사귀는 줄 알았다고? 무슨…… 그런 오해를 할 수가 있
어? 하하."

도대체 뭘 보고 그런 오해를 한 건지 모르겠다. 재후는 머리를
갸우뚱거렸다.

서후는 사장실에서 하온에게 전화를 걸었다. 회사까지 그만둘
정도로 그렇게 상처였다면 얼굴을 보고 말하자고. 그런데 하온은
전화를 받지 않았다. 유하온! 어디 간 거야? 짜증이 머리끝까지
났다.

삐~

[사장님, 업무회의…….]

"취소해!"

서후는 회의에 들어갈 정신이 없었다. 제 머리를 휴대폰으로
쥐어박으며 하온이 어디 갔을까를 생각 중이었다. 손가락을 부딪
쳐서 딱 소리를 냈다. 좋은 생각이 났다. 국가 정보기관에서 일하

고 있는 친구에게 전화를 걸었다.

　[어! 한서후. 어쩐 일이냐. 반갑다. 언제 술…….]

　"응. 나중에 마시고, 일단 사람 한 명만 찾아주라."

　[누군데? 이게 정보 누출은 안 돼. 내가…….]

　"여자. 엄청난 걸 훔쳐 갔다."

　엄청난 건 맞지. 엄청난 건……. 그게 내 마음이니까.

3

눈꽃 농장

[승객 여러분, 저희 아시아나 항공은 제주국제공항에 도착했습니다. 좌석 벨트 사인이 꺼질 때까지 자리에서 일어나지 마시고, 내리실 때는 놓고 내리는 물건이 없는지 선반과 좌석 주위를 다시한 번 살펴주십시오. 특히 선반을 여실 때에는 안에 있는 물건이 떨어지지 않도록 주의해 주시기 바랍니다. 무엇보다 즐거운 여행되시기 바라며 안녕히 가십시오. 감사합니다.]

승무원의 안내가 이어지고 무사히 비행기가 멈췄다. 하온은 기지개를 켰다. 짧은 비행이었지만 하온은 흔들리는 기체와 고소 공포증으로 다소 힘이 들었다. 하지만 프랑스 출장에 비하면 제주도는 아무것도 아니었다. 하온에게는 특정 공포증이 있다. 흔히 비행기 공포증처럼 높은 곳을 올라갈 때 나타나는 고소 공포증과 꽉 막힌 곳에 들어가면 느끼는 페소 공포증이다. 약을 먹거나 할정도로 심하지는 않지만, 공포심을 느끼기에 충분했다. 보통 공포증은 대개 후천적인 요인, 직접적인 경험으로 인해 발발하곤하는데, 하온은 언제부터인가 모르게 나타난 증상들이었다.

"안녕히 가십시오."

승무원의 인사를 받고 간단하게 챙겨온 짐을 찾아 공항을 빠져나왔다. 가을 날씨가 서울과는 다르다. 아직까지는 후텁지근했다.

하온의 부모님들은 서울의 공무원이었다. 그러나 갑자기 찾아온 친할머니의 병환에 서울 생활을 접고 모두 제주도로 내려올 수밖에 없었다. 할아버지의 고향이라며 할머니가 원하셨기 때문이다. 결국 하온과 오빠 성온만 서울에 남고 남은 가족들은 모두 제주도로 옮겨갔다. 이름난 효자인 아버지는 할머니의 청에 망설이지 않고 바로 제주행을 택하셨다.

어느 여름날 한 번과 추석 명절을 제하고 처음 오는 제주도였다. 벌써부터 깜짝 놀랄 가족들의 표정이 하온의 머릿속에 그려졌다. 남원읍에 위치한 집으로 가는 길은 시간이 제법 걸리지만 다행히 환승할 필요 없이 편하게 버스로 갈 수 있었다. 길 중간에 감귤 농장들이 보였다. 한참 수확 시기라 그런지 체험 농장 푯말이 세워져 있었다.

"우리도 한참 따고 있으려나?"

하온은 40분 남짓 걸려서 집에 도착했다. 작은 농장 밭에 알알이 감귤이 열린 나무가 보였고, 코끝에 상큼한 향기가 스치기 시작했다.

농장 입구에 걸린 '눈꽃 농장'이라는 팻말을 본 하온은 피식 웃었다. 처음 이곳으로 이사하고 아버지가 만들어놓은 것인데, 글씨가 작고 팻말도 작아서 바꾸라고 했는데도 이 년이 다 되어가는 지금까지 그대로인 것이다.

농장을 찾아오라는 것인지, 아니면 가족들만 알아보라고 푯말을 박아놓은 것인지, 고작 30㎝ 정도밖에 되지 않는 작은 크기의 팻말이었다. 하온은 양쪽으로 감귤 나무가 늘어선 흙길 위를 천천히 캐리어를 끌고 걸어갔다.

"이게 누구야? 하온이 아니야? 형님! 하온이 왔어요!"

농장의 자질구레한 일을 돕는 아저씨가 나무 사다리에 올라가서 톱을 들고 계셨다.

"안녕하세요, 아저씨."

"어, 네가 여길 어쩐 일로 왔어? 주말도 아니고. 지금은 회사에 있어야 하잖아."

"휴가요. 조금 쉬러 왔어요."

"일부러 휴가 냈구나. 네 할머니 생신이라고."

"네?"

깜빡 잊고 있었다. 할머니의 생신. 가을이 막 접어드는 이맘때였다.

"왔어? 얘가 연락도 없이. 어머, 너 며칠 있으려고 온 거니?"

넓은 챙모자에 수건을 질끈 목에 감아 묶고 무릎까지 오는 장화를 신은 중년 여성이 손수레 하나 가득 감귤을 담아 나왔다. 하온의 엄마, 김정옥 여사였다.

하온은 캐리어를 놓고 수레 옆을 잡아주며 정옥을 향해 웃었다. 깨끗하고 순수했던 동사무소 직원, 김정옥. 첫눈에 반해서 아버지와 결혼하고 쭉 공무원 생활을 하다가 이렇게 감귤을 따고 수레를 끄는 농장 안주인이 되었다.

"엄마 보고 싶어서 왔어. 헤헤. 잘 있었어?"

"이 계집애가 엄마 뒤로 넘어가겠네. 공항에 오기 전에 전화해야지! 그래야 네 아버지가 마중 나갈 거 아니야?"

"누가 왔다고?"

"아빠!"

풍채 좋고 키도 큰 하온의 아버지, 유재민 씨가 녹색 모자를 쓰고 작업용 장갑을 벗으면서 걸어오고 있다. 문득 걸음을 멈추고 한참동안 하온을 유심히 바라보던 그의 입에서 걱정 어린 말이 나오고야 말았다.

"너는 왜 이렇게 말랐어? 일부러 살 빼는 거야?"

육십대 초반의 나이에 비해서 키가 180에 육박하고 풍채가 엄청나게 좋은 재민은 하온을 보면 항상 툴툴대기 바빴다. 결혼도 안 한 딸을 혼자 살게 해서 마음이 좋지 않은 것이다.

"아빠도 말랐는데, 뭐."

하온이 다가가 팔짱을 꼈다. 얼굴을 올려다보니 살이 제법 탄 재민이 살짝 웃는 것도 같았다.

"또 저런다. 괜히 하온이 너, 걱정돼서 그래. 네 오빠가 함께 살면 좋은데. 너는 왜 싫다고 하니?"

"엄마는……. 오빠랑 사는 거 싫어. 잔소리도 심하고. 결국 집 안일은 내 차지가 될 거야."

"그건 그래. 하온이가 무슨 가정부야? 성온이 뒷바라지해야 할 거야. 회사 일도 바쁜 애를."

재민은 무조건 하온의 편이었다. 결국 딸 편을 들어줄 거면서 무뚝뚝했던 것이다.

"그래. 할머니 생신 때문에 왔어?"

"어? 어, 네."

하온은 어쩔 수 없이 거짓말을 했다.

"뭐 해? 애 배고파. 밥 좀 차려."

재민은 무뚝뚝하게 내뱉고 다시 장갑을 끼고 농장 끝으로 걸어갔다. 정옥은 하온에게 감귤을 하나 까서 입에 넣어주며 얼굴을 살폈다.

"으음~ 진짜 맛있다. 엄마, 요새 사람들은 많아?"

"가을에는 수학여행 온 학생들이 제법인데. 다음 주부터 예약된 학교가 많아. 이젠 아르바이트도 둬야 해. 그런데 너 정말 별일 없지? 왜 그렇게 피부가 까칠하니?"

"까칠하기는, 뭘. 할머니는요?"

"안에 계셔. 어서 들어가서 할머니께 인사드려."

"응. 그래야지."

하온은 고개를 끄덕였다. 1층으로 된 집은 평수는 넓지 않지만 창문이 매우 컸다. 농장은 전 주인에게 인수한 것이지만 집은 새로 지었다. 그리고 할머니를 위해 거실에 베란다 창문만큼은 신경 써서 크게 만들었다.

"할머니, 저 왔어요. 잘 계셨어요?"

하온이 들어가자마자 할머니 옆으로 가서 얼굴을 마주했다. 팔십이 넘은 노 여사는 무릎에 담요를 덮고 페르시안 고양이를 닮은 하얀색 인형을 안고 있었다. 목에는 화려한 진주 목걸이를 걸고 곱게 화장한 상태였다.

"왔어?"

"응, 할머니. 저 왔어요. 보고 싶었어요."

하온이 노 여사를 보며 활짝 웃었다. 노 여사도 하온의 볼을 만져 주며 웃는다. 웃을 때 눈가에 주름이 잡히며 눈이 감긴다.

"우리 메리 왔어?"

"또 그런다. 또 메리라고 한다."

"우리 메리 왔어. 애? 메리 왔다, 메리."

노 여사는 항상 하온을 보면 메리라고 한다. 정옥이 손을 씻고 나와서 킥킥거리면서 웃었다.

"어머님, 곧 어머님 생신이잖아요. 그래서 하온이가 휴가 내고 왔대요."

"메리야. 내 선물 샀어? 나는 오늘 메리랑 잘래."

"할머니, 그냥 하온이라고 불러. 그건 강아지 이름이잖아. 메리가 뭐야?"

"너는 메리야, 메리."

노 여사가 부르는 메리는 '우리 똥강아지'의 또 다른 이름이었다. 여자는 메리.

하온은 얼른 편한 트레이닝복을 입고 머리를 하나로 질끈 묶고 나왔다. 음식 준비를 돕기 위해서였다.

"휴가는 어떻게 낸 거야? 회장님은 안 바쁘셔? 여름휴가도 회장님 스케줄 맞춰서 내야 하면서. 할머니 생신인데 낼 수 있었어?"

"으응. 회장님이 다녀오라고 하셨어. 오늘은 채소가 많네?"

"그래? 일하는 분들하고 저기 안쪽에 사는 사람 알지? 별채에 모여서 다들 먹기로 했어. 괜찮지?"

"그럼. 다 같이 먹어야 맛있지."

일을 돕는 사람이 모두 모이면 엄청난 대가족이다. 모두 피는 섞이지 않았지만 한 가족같이 지내는 사람들이기 때문에 별채에 모여 종종 식사를 하곤 했다. 커다란 별채 방에는 테이블이 줄지어 놓여 있었고, 집집마다 가지고 온 음식 냄새로 가득했다. 김이 모락모락 나는 밥을 푸던 아주머니가 하온을 보며 반겼고, 커다란 접시에 제육볶음을 담아 나오는 아주머니도 보였다.

식사를 하는 중간에 하온에게 질문이 쏟아졌다. 서울의 유명한 회사에 다닌다니 저마다 궁금한 것이 많은 것이다.

"하온아! 너 찾아온 사람 있다."

노 여사의 잠자리를 봐주고 나오던 재민이 하온을 불렀고, 그 목소리에 하온이 입구를 보며 일어섰다.

"누구요?"

하온과 눈을 마주한 서후의 입가에 미소가 떠올랐다. 드디어 하온을 만났다. 하루도 안 돼서 보는 것인데 정말 오랜만에 보는 느낌이었다. 놀라서 눈이 두 배로 커진 하온이 서후의 앞까지 뛰

다시피 나왔다.

"여기는 어떻게……."

"먼저 인사부터 해야겠는데. 부모님은……."

하온의 물음에 대한 답은 일단 젖혀놓고, 서후는 먼저 하온의 부모님께 인사를 드리는 것이 예의라고 생각했다.

이게 갑자기 무슨 일인지……. 하온은 어리둥절해서 정신을 차릴 수가 없었다.

"아빠, 엄마. 저기 그……."

"안녕하십니까, 한서후라고 합니다."

서후는 조금 전에 안내해 준 분이 하온의 아버지라는 것을 알고 큰 소리로 인사했다.

"난 하온이 애비, 유재민이오."

재민이 손을 내밀어 악수를 청했다. 서후는 고개 숙여 정중히 악수했다. 재민은 서후를 유심히 봤다. 낯이 익은데, 인상이 날카롭지만 인물은 참 훌륭한 사내였다. 인사만 대충 받고 재민은 식사를 위해 테이블에 자리를 잡았다. 특별히 서후에게 관심을 갖지는 않았지만 시선이 계속 가기는 했다.

하온은 일단 여기서 나가 자초지종을 물어봐야겠다는 생각으로 겉옷을 주섬주섬 챙기기 시작했다. 신발을 막 신고 있는데 서후가 다가오더니 조용히 말했다.

"내가 할 말이 있어서 왔는데. 전화를 왜 안 받았지?"

낮에 통화한 친구는 하온이 제주도에 있다고 알려주며, 어쩌다 여자가 도망까지 갔냐며 서후를 놀려댔다. 친구는 하온이 일부러 전화를 안 받는 것이라고 했다. 정말 그렇다면 살짝 실망할 것 같았지만 물어는 볼 것이다.

"전화요? 아~"

하온이 '아~' 한마디 하며 자세를 바로 하더니 더듬더듬 그 자

리에 철퍼덕 앉아버렸다. 겉옷 주머니에서 휴대폰을 꺼내 확인해
보니 서후에게서 전화가 여러 번 와 있었다. 비행모드로 해두어
몰랐었다.

'전화는 왜 했대? 여기는 왜 왔고?'

"비행 모드로 됐는데, 바꾼다는 걸 잊어버렸어요. 그런데 전화
는 왜 하셨어요?"

그저 잊어버린 것이었다니. 남의 속이 까맣게 타는 것도 모르
고 말이야. 서후는, 그래도 부러 전화를 꺼놓은 건 아니라고 하니
다행이라고 해야 하나 하고 생각했다.

❄ ❄ ❄

서후는 제주도로 오기 전에 진하를 불러 당일 스케줄을 확인
했다.

"채 실장. 내 스케줄 어떻게 되지?"

"업무 보고가 각 팀별로 있습니다. 김 전무님과 오찬 약속이 있
으시고 하남 원단공장 시찰이 있으십니다. 그리고 정확히 오후 4
시에는 라이 패션에 관한 브리핑이 있을 예정입니다."

"공모전 시상식이 언제지?"

"다음 주 월요일입니다, 사장님."

서후는 진하의 답을 듣고 라이 패션이란 말을 다시금 되새겼
다. 오늘은 금요일이다. 시상식 전에 하온을 반드시 이곳으로 데
리고 올 것이다.

"채 실장, 보안팀장 좀 불러."

진하를 시켜 보안팀장을 불렀다. CCTV를 확인했지만 세형이
들어갔던 그 시간을 전후해서 약 두 시간 정도가 점검 중이라서
회의실 녹화가 안 됐다고 했다. 이상했다. 왜 하필 딱 그때 녹화

가 안 됐을까?

"시스템 결함입니까?"

서후의 물음에 보안팀장은 대답을 얼버무린다. 서후가 다가가서 귓가에 대고 조용하게 이야기했다.

"사람은 말이죠. 성공도 한순간이지만, 물먹는 것도 한순간이죠. 잘 처리할 걸로 생각하고 기회를 딱 한 번 주죠. 고칠 수 있습니까? 불가능하다면, 그 업체 시스템을 사용할 이유가 없다고 보는데……."

"고쳐 보겠습니다."

서후는 대답이 마음에 들지 않아 인상을 쓰고 고개를 저었다.

"고칠 수 있습니다, 사장님."

"좋아요. 비서실장한테 말해둘 테니까. 아무도 거치지 말고 직접 보고해요. 그리고 출입했던 인원들 명단도 가지고 와요."

"알겠습니다, 사장님."

정세형만 물고 늘어질 것이 아니라 함께 있었던 여자를 찾아내서 거짓말을 한, 두 명을 동시에 벌줄 것이다.

"채 실장, 업무 보고받읍시다."

서후는 변함없이 업무를 시작했다. 머릿속이야 하온의 존재로 가득했고 일분일초마다 언제 어떤 방식으로 하온을 만날 것인가를 생각하고 있었지만 업무에 지장을 줄 수는 없었다. 어제 미뤘던 원단공장 시찰도 다녀와야 했다. 오찬 모임이 끝나고 하남으로 이동하면서 진하에게 제주도행 비행기 티켓을 예매하라고 했다. 대신 라이 패션에 관한 것은 제주도에 가서 화상으로 하겠다고 했다.

얼마 전 SnI 패션에서 새롭게 론칭할 브랜드의 명칭을 공모했다. 브랜드네이밍 공모전 심사에 직접 참여했던 서후는 응모작 중 '라이 패션'이라는 명칭이 유독 마음에 들었는데, 그 이름의 응모자가 다름 아닌 하온이었다.

어찌 보면 사심 가득하다고 할 수 있을 것이다. 하지만 서후는 공정하다고 맹세할 수 있었다. 그 뜻이 매우 좋았기 때문이다.

"사장님, 유하온 대리가 지금 제주도에 있습니까?"

"응. 그러니까 내가 도착하면 브리핑 시작하라고 해. 유하온 씨가 생각한 '라이' 뜻이 맞는지, 그리고 표어와 로고가 어울리는지 봐야지. 그래도 이왕이면 당사자가 좋다고 해야 할 거 아닌가."

"알겠습니다."

진하는 휴가까지 냈다는 하온을 직접 찾아간다는 것이 이상했지만 브랜드네이밍 공모전에서 당당히 대상을 차지했으니 사장이 직접 가서 로고와 표어까지 신경 쓰는 것이라고 생각했다.

서후는 입가에 미소를 지으며 제주도로 날아갈 시간이 빨리 되기를 바라고 바랐다.

❊❊❊

모든 사람들이 서후와 하온을 보며 수군거렸다. 하온은 계속 서후가 왜 왔을까 생각하고 있었고, 서후는 난처한 표정으로 하온을 보고만 있다. 그때 정옥이 다가와서 하온 옆으로 자리를 마련해 주었다. 누군지 궁금했지만 나중에 물어보면 될 일. 하온의 지인이라니 식사 대접이라도 하고 싶었다. 그런데 옆집 민이 엄마가 먼저 선수를 쳤다. 서후의 팔을 끌어당기면서 자리에 강제로 앉힌 것이다. 하온은 어쩔 수 없이 신발을 벗고 자리로 돌아왔다.

"안트레 들어왕, 저녁 먹엉 갑서(안으로 들어와, 저녁 식사하고 가십시오)."

서후는 얼떨결에 들어오기는 했지만 사실 하온과 이야기가 먼저라고 생각했다. 그러나 뭐라고 하는지 알아듣지 못해서 그는 답을 할 수가 없었다.

하온은 서후 앞에 수저를 놓았지만 서후가 먹을 만한 음식이 없을 거란 생각이 들었다. 아무래도 자라난 환경이 다르니까.

"사장님, 억지로 드시지 마시고 그냥 일어서세요. 저랑 나가서 다른 거 먹어요."

그러자 서후가 아주 작은 소리로 귓가에 속삭였다.

"나 지금 엄청나게 배고픈데. 이거 먹읍시다."

재민은 둘이 귓속말로 속닥거리는 것을 보고 있었다. 딸과 붙어 앉아 있는 녀석이 제법 못마땅했다.

"하온이 너랑은 어떤 사이니?"

재민은 두 사람의 앞자리로 자리를 옮겨 앉아 하온에게 단도직입적으로 물었다.

"이이는. 딱 봐도 회사 동료지. 뭘 물어요."

정옥은 재민이 행여나 싫은 소리라도 할까 봐 따라와서 하온의 옆구리를 툭 쳤다.

"아, 네 아빠. 이분은 저희 회장……."

"론칭 브랜드 책임자입니다. 브랜드에 관한 브리핑을 해야 하는데, 유하온 씨가 꼭 있어야 하거든요."

하온은 서후를 쳐다보았다. 그런 이야기는 금시초문인데. 서후는 하온을 보며 고개를 끄덕였다. 사실이니까.

"아~ 왜 제가 말씀드렸죠? SnI 패션요. 거기 브랜드네이밍 공모전에서 제가 대상 받았거든요. 그 회사 다니세요."

하온은 브리핑한다는 것은 처음 들었지만, 그 회사에 다니는 것은 사실이니까 거짓말한 것은 아니었다.

"아, 그 싸가지 없다는 사장 회사? 너희 회장님은 좋은데. 그 동생은 왜 그렇게 못됐냐? 형제여도 성격이 어쩜 그렇게 달라. 이것도 봐라. 하온이가 휴가여도 일을 시키잖아. 그것도 직원까지 보내면서. 그래, 어쨌든 잘 왔어. 식사부터 하고 해요. 여보, 밥이 모자라겠다. 어서 밥 좀 더 가져와."

"어머, 그래야겠다. 편하게 먹고 일해요."

그 말을 끝으로 재민과 정옥이 자리로 돌아갔고, 하온은 얼음이 되었다. 한바탕 폭풍우가 몰아칠 것만 같은 느낌이다. 서후가 아주 뚫어지게, 시선을 피하지 않고, 눈도 깜빡거리지도 않고, 하온을 바라보았다. 하온은 서후의 시선에 몸 둘 바를 모르고 점점 밥그릇에 코를 처박았다. 이러다가 얼굴 뚫어집니다, 사장님.

"유하온 씨가 말한 겁니까? 나 싸가지 없다고?"

"아닌데요?"

"그럼, 안이지 밖입니까?"

어찌나 목소리가 컸는지 일순간 모든 사람들이 동작을 멈추고 서후와 하온을 쳐다보았다. 오히려 당황한 것은 하온이었다. 더군다나 서후까지 노려보고 있으니 하온이 '싸가지'라고 말한 것이 기정사실이 되어버린 것이다.

"제가 안 그랬습니다."

"……."

"정말 제가 말하지 않았어요, 사장님."

"유하온 씨 찔려요?"

"네? 아니, 저희 아빠가 말씀하신 거 때문에 화나신 거 아닌가요?"

서후는 어깨를 으쓱해 보이더니 별것 아니라는 듯 밥을 먹기 시작했다. 아무런 말도 없이 아주 맛있게. 나, 여기 온 김에 잘 보이고 가야 하는 거지? 서후는 밥을 먹으면서 고민했다. 그걸 헛소문이라고 생각하게 만들어야겠다는 생각을 말이다.

갈치조림도 먹고 제육볶음도 밥에 얹어서 먹었다. 하온은 서후가 식성이 까다로울 줄 알았다. 너무나 평범한 반찬들이어서 신경이 쓰였는데 굉장히 맛있게 먹는 것을 보고 놀랐다.

오히려 하온이 밥을 먹지 못했다. 옆에 앉은 서후가 신경 쓰여 밥이 넘어가지 않아 젓가락으로 깨작거리자 서후가 하온을 보며 말했다.

"유하온 씨, 원래 이렇게 밥 먹어? 복 나가는데."

그러면서 갈치조림을 발라 가시가 있는지 보더니 밥 위에 얹어 주었다.

"저…… 사장님?"

"하온 씨, 일단 먹고 말합시다. 궁금한 건 그때 물어봐요."

서후가 고개를 숙여 마치 개미가 기어가듯 귓가가 간질거리게 말했다. 하온은 에라 모르겠다 하는 심정으로 냉큼 받아먹었다. 그 뒤로는 폭풍 흡입이다. 아주 맛있게 먹어 치우기 시작했다.

"호호. 애인인가 봐. 곧 좋은 소식 있는 거 아니야?"

"맞아. 아이고, 키도 크고 얼굴도 아주 훤칠한데?"

동네 아주머니들의 수군거림이 하온의 귀에 들려왔다. 하온은 슬쩍 서후의 눈치를 보았다. 괜한 오해를 일으키면 큰일이다. 애인이라니. 또 오해해서 신경질이라도 낼까 걱정이 앞섰다.

"죄송해요, 사장님. 괜히 오해하셨나 봐요. 제가 말씀드릴게요."

"그냥 둬요."

서후가 하온의 팔을 잡고 고개를 저으면서 말렸다.

"거짓말 아닌데, 뭘. 훤칠하다고 하잖아. 그리고 애인으로 만들면 될 걸, 뭘 신경 써."

하온은 그 순간 밥을 뿜을 뻔한 것을 간신히 삼켰다. 애인으로 만들다니. 점점 왜 이러실까?

"여기서 회의를 하자고요?"

"그렇죠. 유하온 씨가 휴가라는 건 알지만 방해하려고 온 건 아닙니다. 아주 중요한 업무 차 온 거지."

식사를 마치고 모두 돌아간 뒤, 서후가 준비해 온 노트북과 캠을 연결했다. 브리핑을 보면서 상표 등록을 마치기 전에 로고 설명이 정확한지 확인이 필요하다고 했다.

"제가 돌아가서 해도……."

"집에 언제 오는데?"

궁금했다, 하온의 휴가는 언제 끝나는지. 형에게 물어보면 아주 간단할 일이지만 직접 물어보고 싶었다. 사실 일분일초가 빠듯한데 한가롭게 제주도에서 여유를 부릴 시간은 없었다. 하지만 그녀라면 상황이 다르다. 유하온을 반드시 내 것으로 만들어야 하니까. 유하온에게 투자하는 시간은 전혀 아깝지 않았다.

"화요일까지 휴가입니다. 그때 돌아가서 하면 안 되는 건가요?"

"흠. 월요일에 공모전 시상식이 있어요. 대상 수상자가 시상식에 불참한다는 건, 수상 여부를 다시 고려해 볼 수도 있어. 그래서 여기까지 내가 찾아온 건데."

"아, 네에."

브랜드네이밍 공모전이고 서일그룹 전 직원이 참여하라는 회장지시가 있어서 참여한 것이다. 사실 따지면 SnI 직원은 아니기 때문에 하온의 역할이 이렇게 중요할 거라는 건 몰랐다.

서후는 꼼꼼하고 똑똑한 줄 알았던 하온이 이런 면에서는 순진무구하다는 것에 웃음이 나왔다. 그대로 그 말을 믿으면서 고개를 끄덕이는 모습을 보니 아주 심각한 농담을 했다가는 제대로 속아 넘어갈 것처럼 보였다. 대상이라고 꼭 참석해야 하고 브리핑에 도움이 필요하다는 것은 서후가 만들어낸 말일 뿐, 하온의 역할은 브랜드 네임의 해석이 맞는지 그 뜻만 잘 알려주면 되는 것이었다.

"자, 여기 화면 봐요."

서후가 노트북 화면에서 버튼을 누르자 회의 화면이 뜬다.

[뭐야, 오늘 하기는 하는 거야?]

[어, 연결됐다.]

누군가가 커다란 얼굴이 보이더니 다시 멀어진다. 정말 실시간이었다. 동그란 탁자에 디자인팀과 마케팅팀, 기획팀이 모여서 마치 서후를 기다리고 있었던 것처럼 자리를 잡고 앉더니 인사한다.

[안녕하십니까, 사장님.]

"왜요? 기다리느라 짜증이 막 납니까?"

[아닙니다.]

서후의 한마디에 일제히 부정하지만 이미 목소리는 제주도까지 흘러들어 왔다.

"자, 여기 유하온 씨."

"안녕하세요. 저는 회장 비서실 유하온입니다. 반갑습니다."

하온도 멋쩍게 인사했다. 옆에는 진하도 보였지만 세형은 없었다.

"일단 어디까지 하고 있었나요?"

서후는 조금 전에 하온에게 말했던 부드러운 인상이 아니었다. 아주 차갑고 냉철한 이미지였다. 안경을 쓴 삼십대 남성이 프로젝트를 가리키자 서후가 노트북으로 메일을 열어보았다.

목차

Ⅰ. Intro: 제안 브랜드 네임 간략 소개

Ⅱ. 브랜드 네임 개발 과정

1. 라이 패션의 비전(Vision)

2. 네이밍 개발 브랜드의 아이덴티티(Identity)…… 중략.

[위의 자료는 유하온 씨의 PPT 자료를 토대로 만들었습니다. 신개념 남성 캐주얼 브랜드로 발돋움하기 위해 '워크 룸'이라는 공간을 설치하여 고급화 전략과 업사이클링 브랜드 레코드 전략, 이 모든 것은 현재 대표로 거론되고 있는 한율하 실장이…….]

"잠깐!"

서후가 말을 멈추게 하였다.

"누가 거론돼? 한율하 실장? 나는 라이 패션 대표로 한율하 실장을 거론한 적이 없는데."

옆에서 듣고 있던 율하가 일어났다. 무슨 소리냐고 흥분한 모습을 보이며 서후를 향해서 다시 소리를 지른다.

[내가 아니면 누가 하죠? 내 프로필 봤어요?]

"한율하 실장 프로필이야 알지. 뉴욕 디자인스쿨 중퇴. 프랑스 에스모드 디자인스쿨(Boutique Esmod Editions), 이탈리아 패션스쿨 모다랩(Modalab) 등 들어가기는 했지. 그런데…… 다음에는 어떤 말들이 나올까, 한율하 실장."

서후가 말을 마치자 화면 속 율하는 인상을 쓰고 회의실을 나가 버렸다. 율하는 실력보다는 뒷배가 많이 작용했다는 것을 모르지 않기 때문에 그녀가 사장 자리에 못 간다는 것을 두고 반박하는 사람은 없었다.

"우리 SnI가 학벌, 학연, 지연을 무척 따지면서 사람을 뽑았다는 건 누구보다 내가 더 잘 알아요. 그런데 이번 라이 패션은 내가 그걸 뿌리째 뽑을 겁니다. 누구 하나라도 그곳에 아는 사람에게 특혜를 주는 사람 있으면 그 사람과 동시에 물먹는 거야. 알았어? 아, 사설이 너무 길었네. 계속하지."

하온은 서후의 이런 모습을 처음 보아서 그런지 약간은 어색했지만 아주 차갑고 독설만 가득한 사람은 아니라는 생각이 들었다.

[……그럼 계속하겠습니다. 캐주얼 브랜드에 따른 고급화된 상품 구성으로 유통 맞춤형 브랜드로 탈바꿈할 예정입니다. 여기 로고입니다.]

그림이 보이는데 한 마리의 매가 인간의 형상을 하고 걸어가는 모양으로 서 있었다.

"어, 이거는 제가 공모한 내용과 다릅니다."

하온이 처음으로 말했다. 서후가 마이크에 멈추라고 지시하고 하온에게 설명하라고 말했다.

"라이의 '라'는 고대 이집트의 태양신을 뜻해요. 인간의 몸에 매의 얼굴을 갖고 있으니까. 여기까지는 맞아요. '이'는 다를 이(異). 다른 두 개의 태양. 낮 동안은 지상을 비추고, 다른 태양은 하늘로 올라가 밤을 비추죠. 즉 '라이'는 한 번도 지지 않은 태양이에요. 영원한 빛. 그런 좋은 뜻인데. 여기는 한 마리뿐이네요."

하온이 서운한 듯 내뱉은 말에 화면 속 서울에 있는 사람들은 긴장되어 어찌하지 못하고 있다. 서후가 내지를 불호령에 다들 좌불안석이 된 것이다.

"유하온 씨, 여기는 두 마리여야 한다는 말이지?"

"네, 두 마리요. 두 개의 태양이니까요."

서울에서는 진하가 회의 자료를 녹화하고 있었다. 분명 서후의 얼굴에 웃음이 보였는데 역시 하온을 보면서 웃고 있었다. 녹화는 녹화고, 당장에 그 화면을 캡처했다. 혼자 보기 아까운 표정이었다.

'사장님이 제주도에 내려간 이유를 이제야 알겠네.'

"유하온 씨 얘기 잘 들었어요? 그 뜻이 틀렸으니 다시 해야겠네. 누가 할 겁니까? 내일 오전까지 바로 수정 작업합시다."

화면 너머 사람들이 서로 눈치를 보기 시작했다. 실장인 율하도 나갔고, 팀장인 세형은 사실상 업무 정지로 대기 발령이 난 것이나 마찬가지였다. 누가 해야 할지 난감하기 짝이 없었다.

　서후는 대답하지 않는 직원들을 보며 짜증이 밀려오기 시작했다. 대답을 해야 회의를 끝내든지 할 것 아닌가. 이대로 계속 앉아만 있을 거냐고!

　"김기혜 대리."

　[네?]

　"내일 오전 열 시까지. 메일로 보내세요."

　김 대리의 표정이 어두워졌다. 싫은 기색이 역력했다. 서후가 화면에 대고 표정을 구겼다.

　"왜요. 불만 있어요?"

　불만 있습니다, 그렇게 말하고 싶어도 누가 감히 말하겠는가. 김 대리는 마지못해 그냥 하겠다고 말하려고 했다.

　"저기, 사장님. 내일은 토요일인데요?"

　그런데 걸고넘어진 사람이 있었으니 바로 하온이었다. 아주 맑은 눈으로 서후를 보며 당연하다는 듯 말했다.

　진하를 비롯해서 모든 직원은 회의실 중앙 화면에 커다랗게 보이는 사장과 하온의 팽팽한 눈싸움의 승리자가 누구일까를 A4 종이 한 장을 꺼내 내기를 하고 있었다. 불금(불타는 금요일)의 시간을 이리 보낼 수는 없는 일이었고 늦은 퇴근이어도 술이라도 한잔하고 싶었다. 모두 서후의 승리를 예상한 가운데 단 한 사람, 진하만 하온의 승리를 예상했다. 아까 사장님의 미소를 믿~습니다. 하하하. 진하는 하온의 이름에 동그라미를 크게 그렸다.

　"내일이 토요일?"

　"네, 사장님. 토요일요. 아무리 그래도 일을 시키시는 건……. 아, 죄송합니다. 제가 오버……."

　"아니. 내가 착각을 했어요. 요일 개념이 없었네. 좋아요. 월요일 오전까지로 합시다."

서후가 바로 인정하고 변경했다. 아주 깔끔한 하온의 승리였다.

"그리고 채진하 실장, 오늘 늦게 끝났는데 간단하게 한잔씩 해요. 내가 쏘는 걸로 하고."

[오호~ 예, 감사합니다. 멋져요, 사장님.]

[역시 우리 사장님, 최고!]

환호성이 들렸다. 직원들은 박수도 쳤다. 서후의 입가에도 미소가 보였다. 하온은 의외의 모습을 여러 번 보는 것 같아 신기했다.

[사장님, 감사합니다.]

"그래, 채 실장. 수고했어. 모두 수고했어요. 이상 마칩시다."

시각이 벌써 밤 열 시가 넘어가고 있었다. 노트북과 캠을 정리해 렌트한 자동차에 옮기자 서후는 무언가 아쉬움이 남았다. 내일은 또 어떤 핑계를 대고 만나자고 할까. 그냥 데이트하자고 하면 유하온이 뭐라고 하려나. 그냥 밀어붙여도 되나?

"흠흠. 너무 늦었어요, 사장님. 숙소는 어디로 하셨어요? 혼자 오셨어요?"

"한 가지만 묻지. 늦은 건 하늘을 보니 그런 거 같고. 숙소는 이곳으로 바로 오느라 그냥 왔는데. 채 실장이 예약은 했다고 했고. 혼자 온 것도 맞아. 애인도 없고. 비서도 없이."

"예. 당연히 혼자 오셔야죠."

서후의 키가 크기 때문에 아래로 내려다보는 시선이 약간은 삐딱해 보였다. 서후는 하온의 말에 살짝 기분이 상했다.

"그건 어떤 의미지? 애인이 없어 보여서 하는 소린가? 허! 이래 봬도 나 인기 많은 남자야. 혼자 안 올 수도 있었어."

"다음에 여기에 여자친구 데리고 오시게요? 그건 별로 좋은 방법이 아니죠. 여기가 여인숙도 아니고. 하하."

"유하온 씨, 나 데리고 노는 거 좋아하지? 아닌 척하면서 데리고 놀지? 어떻게, 그 말과 그 말이 같은가?"

입가에 웃음을 머금고 있는 것을 보면 그렇다. 가지고 놀고 있다.

"그 말(言)은 타는 말(馬)인가요?"

"유하온! 그걸 농담이라고."

"아까, 사장님이 하신 '안이지 밖입니까?'보다는 낫지 않아요?"

하온은 서후를 향해서 웃고만 있다. 서후는 처음에는 어이가 없다가 웃는 하온의 얼굴을 보니 그냥 따라 웃고 말았다.

"아니 그냥 가? 이 시간에?"

정옥이 헐레벌떡 나와서 서후가 가는 것을 말렸다.

"여기는 어두워서 운전하기도 사나워. 어서 들어와요."

하온은 엄마 때문에 난감해서 미칠 지경이었다. 정옥은 갑자기 자고 가라고 하더니, 침대도 없이 짐이 잔뜩 쌓인 방에 강제로 서후를 밀어 넣고는 묵고 가라고 했다. 하온이 옆에서 정옥을 말려봤지만 소용없었다.

"불편해도 위험한 것보다 나을 거야. 여기서 자요. 이불은 다 빨아놨어. 깨끗하니까 걱정 말고."

"아, 예."

"자, 이걸로 갈아입고. 우리 아들이 오면 입는 옷인데 얼추 나이도 비슷할 거 같네. 입고 자."

정옥은 하온의 오빠 성온이 입던 옷까지 주었다. 하온은 더는 엄마를 말릴 수 없다는 생각에 어쩔 수 없이 이불을 잘 펴주며 서후의 얼굴을 살폈다.

"저기, 거실에 오시면 욕실이 있어요. 여기는 어두우니까 조심하셔야 해요. 괜찮으세요?"

"괜찮아. 걱정하지 마."

문을 닫고 하온이 나가자 이제 정말 혼자다. 갈아입으라고 준 옷은 줄무늬 추리닝. 옷을 벗어 갈아입고 보니 아주 보기 좋게 짧다. 도대체 키가 몇인데 이렇게 짧아? 누워서 잠을 청해보는데, 불을 끄지 않아서 다시 일어섰다. 이거 불편하군. 평소에는 리모컨 하나면 해결했던 것이라서 불편함을 몰랐다.

　"후우, 베개가 왜 이렇게 딱딱하냐. 아, 진짜. 허리도 아프다. 으음……."

　회사 스케줄을 모두 소화하고 제주도까지 내려와 회의를 진행하느라 제법 고단했던 서후는 자리가 불편했음에도 곧 깊은 잠에 빠져들었다.

　월월! 꼬끼오!

　"조금씩 피어오르네, 아지랑이가 피어올라. 킥킥."

　자꾸만 코가 간지러워서 손을 움직여서 털어냈다.

　"욱. 읍……. 누구야. 하지 마."

　서후는 꿈을 꾸는 거 같아 손을 마구 휘저었다.

　"일어나. 아침이다. 우리 복구, 일어나."

　"캑캑. 간지러워……. 흑흑. 하하."

　누군가 서후의 코를 계속 간질인다. 두 손으로 휘저어도 간질인다.

　하온은 서후가 걱정되어 일찌감치 방을 기웃거렸다. 그런데 맙소사! 할머니! 재빨리 들어가서 할머니의 손을 잡았다.

　"할머니, 여기는 들어오면 안 돼요. 우리 식구 아니야."

　"메리야. 얘는 복구다, 복구."

　"아니야, 할머니. 복구는 서울에 있어."

　하온은 서후가 깰까 봐서 노 여사의 손을 잡았다. 그녀는 순순히 하온의 손을 잡고 일어서며 밖으로 조용히 따라 나왔다. 더욱이 그가 묵고 있는 곳은 별채라 가족들이 살고 있는 집과는 거리가 제법 있는데 혼자서 어떻게 여기까지 왔는지, 정말이지 하온은 노 여사 때문에 까무러치는 줄 알았다.

하온은 얼른 할머니를 방에 모셔다드리고 농장으로 나와 바람을 쐬고 있었다. 이제 정말 서후를 깨워야 하는데. 순간 샤르락~ 하는 작은 소리와 함께 인기척이 느껴져 뒤돌아보니 서후가 서 있었다.

"엄마야!"

언제 일어나서 나왔는지 주머니에 손을 넣고 서 있었다.

"도둑고양이야? 왜 그렇게 놀라?"

"일어나셨어요? 아침 드세요. 안 그래도 말씀드리러 가려고 했어요."

성온의 촌스러운 추리닝도 잘 소화하는 서후가 신기한 하온은 아침을 먹으라는 용건이 있는 것처럼 말했다.

"내가 아까 잠결에 들은 게 있는데. 복구가 뭐야?"

"아, 그거요? 나중에 알게 돼요. 일단 가서 식사하세요."

식사를 하기 전에 하온이 할머니께 서후를 인사시켰다. 넙죽 인사하는 서후를 보며 노 여사가 활짝 웃어주었다. 서후는 그녀의 인상이 매우 인자하다고 생각했다. 그런데 집에서 상당히 화려한 복장에 화려한 액세서리를 하고 있었다.

"앉아요. 잘 잤나 모르겠네."

정옥이 밥을 담아주며 서후를 살핀다. 그래도 손님인데 불편하게 잤을까 봐 걱정이 됐다.

"잘 잤습니다."

"시골집이 다 그렇지 뭐."

재민의 무뚝뚝함에 서후도 더는 말하지 않았다.

"복구다, 우리 복구. 얘는 메리."

"할머니, 하지 마요. 복구 아니라니까."

또 들었다. 복구. 서후는 하온에게 넌지시 물었다. 도대체 복구라고 하는 이유가 무엇인지. 궁금해하는 서후에게 하온이 대답했다.

"아시면 조금 실망하실 텐데. 저희 서울 살 때 키우던 개 이름이요. 여자는 메리, 복구는 남자."

"아니, 엄마, 왜 이래. 됐다니까."

"야, 그래도 그게 아니지. 제주도에 와서 구경도 못 하는 게 말이 돼?"

정옥에게 떠밀려 강제로 제주 관광을 하게 되었다. 밥을 먹고 나더니 서후와 하루 관광을 하라는 것이다. 하온의 짐을 보더니 입을 옷도 없다면서 구시렁거리는 엄마는 급기야 등을 때리기 시작했다.

"직원이 여기까지 와서 쉬는 날에도 못 쉬고 있으면 네가 응당 보답을 해야지. 그냥 가라고 해? 여기가 무슨 옆 동네니? 어서 준비 못 해?"

"아니, 그러니까 내가 왜 관광을 시켜요. 그러지 않아도 돼. 불편하단 말이야."

"뭐가 불편해. 회사 동료라면서? 많이 높은 사람이야?"

하온은 서후에 대해 말을 해야 하나 망설였다. 어제 아빠의 '싸가지 없는 사장' 발언이 자꾸만 걸렸다. 어떻게 소문이 여기까지 난 것일까? 괜히 초면에 그 말을 듣게 해서 신경 쓰였다. 아니다. 따지고 보면 무슨 상관이지? 날 오해해서 안 좋은 말을 한 사람인데. 그 바람에 이렇게 쓸데없는 휴가를 쓴 것인데. 그냥 말하고 싸가지 없는 사람으로 낙인을 찍어버려?

"엄마, 사실은 그분이……."

"그 싸가지 없다는 사장만 아니면 되지."

"음. 에이. 요새는 어디가 좋아? 오름을 다녀야 하나?"

하온은 결국 서후가 '그 싸가지야'라는 말은 하지 못하고 말을 돌리며 관광을 나설 준비를 마쳤다. 옆으로 가방 하나를 메고 나가자 언제 준비를 마쳤는지 말끔한 한서후 사장이 서 있었다.

'역시 남자는 슈트발, 옷발이네. 그래도 뭐. 추리닝도 나쁘지 않았어.'

"복구야! 어디 가니?"

창문에서 손을 흔드는 노 여사에게 서후가 멋쩍은 미소를 보이며 인사하자, 하온은 웃음이 나오는 것을 간신히 참았다.

"메리랑 복구랑 결혼했어?"

"할머니!"

"나쁜 년. 메리가 나쁜 년이야. 바람이 났거든."

"하하. 어머니 또 그 말씀이세요? 그래서 메리가 새끼를 세 마리나 낳았다고 좋아하셨잖아요."

재민이 창문을 닫고 노 여사를 안으로 모시고 들어갔다. 서후는 노 여사의 찰진 말에 웃음이 나오는 것을 참고 있었는데, 그 모습에 하온이 서후를 보며 눈을 흘겼다.

"햇볕이 따가울 거야. 쓰고 다녀. 하루는 부족해도 좋은 곳 둘러봐야지. 여기만 있으면 재미없지. 구경 잘 하고 저녁까지 먹고 와요."

정옥이 모자를 들고 나와서 하온에게 주며 말했다. 서후가 정옥에게 꾸벅 인사를 했다.

"네, 다녀오겠습니다."

서후가 친절하게도 조수석 문을 열어주었다. 하온이 놀라 쳐다보자 서후는 '타'라고 말했다.

정옥은 참 매너가 있는 사람이라고 여겼다. 복구라고 불러도 화도 안 내고, 말없이 티내지 않고 하온을 챙겨주는 것이 보기 좋았다.

"사람은 겉모습만 보고 평가하지 말라고 하던데. 참 겉모습만 봐도 좋네, 좋아."

집을 빠져나와 한적한 도로에 접어들자 하온이 할머니에 관해서 설명하기 시작했다.

"저희 할머니 때문에 기분 나쁘셨죠?"

운전하던 서후가 살짝 하온을 쳐다보았다.

"할머니께서 약간 편찮으세요. 그래서 서울 생활도 접고 제주도로 이사 왔고요. 부모님이나 나이 드신 분들은 안 잊으셨는데 손녀, 손자는 잊으셨나 봐요. 기분 나빴더라도 이해해 주세요."

"말이 참 이상하네. 내가 싸가지 없다고 그런 것도 이해 못 할 거라고 생각한 겁니까?"

태연한 목소리였지만 하온에게 날카롭게 들렸다.

"어느 집이건 속상하고 마음 아프신 어르신들이 있을 수도 있지, 유하온 씨. 그래도 아들 며느리는 알아보시니 다행이라는 생각이 드는데?"

하온은 서후의 새로운 면을 보았다. 세형을 집에 인사시킨 적은 없지만, 자연스레 집안 이야기를 할 때면 적지 않은 친인척 수와 편찮으신 할머니가 부담이 된다고 말했었다. 그런데 한서후 사장은 많은 사람들과 낯선 환경에서도 불편한 기색 없이 시종일관 예의 바르게 행동했다. 그 모습만 봐도 하온은 역시 사람의 됨됨이는 만나봐야 알 수 있다는 것을 새삼 느꼈다. 서후가 잠시 차를 세우더니 버튼을 눌렀다. 기계음이 들리더니 갑자기 머리 위로 하늘이 보이기 시작한다.

"어, 와, 지붕이 열리네요."

"여기는 하늘이 맑아서 이렇게 열어두고 가면 좋을 것 같아서."

"어, 제주도는 처음이라고 하지 않으셨어요?"

들켰다. 하온과 나갈 방법을 궁리하고 있는데, 정옥이 다가와서 제주도는 어디를 가봤느냐고 물었다. 서후는 제주도 관광은 처음이라고 답했다.

"이번에도 여행은 못 하고 가야 할 것 같습니다."

"왜. 주말인데. 관광하다가 가요. 집에 가족들 때문에? 결혼했어요? 안 한 거 같은데."

"네. 아직 안 했습니다. 그런데 이 넓은 곳을 혼자 다니기도 그렇고……."

"우리 하온이 있잖아. 휴가라는데. 같이 가요. 하온이도 바람 쐰다고 나갈 거야. 괜찮죠?"

아무렴요. 유하온 때문에 그 많은 일을 팽개치고 온 건데. 그런데 딱 들켰다. 하온이 집에서 가지고 온 안내 책자를 빼앗아 펼치며 말을 돌렸다.

"어디가 좋아?"

"사장님, 말씀을 회피하시면……."

"이렇게 여행은 처음이야. 여기에 서일 계열 리조트도 있는데, 안 왔다면 거짓말이지. 관광은 처음이야."

'네네. 저기 소가 넘어가네요.'

하온은 괜스레 이마에 손을 얹어 멀리 쳐다보며 눈을 찡그리자, 서후도 그녀처럼 똑같이 멀리 쳐다보며 두리번거렸다. 거기에 뭐가 있나?

"어디 가보고 싶은 곳 있으세요?"

"유하온 씨가 말해봐."

"어, 이 여행의 목적은 사장님의 관광인데."

"그렇게 말하니까 꼭 효도 관광 온 거 같다."

"네? 하하. 어머! 효도 관광! 아이고, 나 죽어. 큭큭, 킥킥."

효도 관광이라는 말에 배꼽을 잡고 웃으며 하온이 눈물까지 흘렸다. 원래 이렇게 재미있는 사람인 것을 모르고 냉정하고 차갑게만 생각했는데. 유머 감각이 남다른 것 같다.

"이게 웃긴가? 울 정도로 웃겨?"

"아~ 아니요. 하하. 사장님이 말씀…… 킥킥, 하셔서 더 웃겨요. 하하."

"참 이상한 사람이네. 이런 걸로 웃어주고."

서후가 손으로 하온의 흐르는 눈물을 닦아주었다. 하온은 손가락으로 쓸어주는 느낌이 오묘해서 웃음을 멈추고 자세를 바로 했다.

"큼큼, 시간이 없으니까 그럼 유명한 곳을 돌아볼까요?"

하온의 눈물을 닦아주던 서후는 문득 지난번에 그녀가 울었던 것이 생각났다. 지금은 비록 웃다가 눈물이 나온 거지만, 그때는 정말 울었으니까. 저 때문에 눈물을 두 번씩이나 흘린 것이다. 엄지와 검지로 비비자 눈물은 금세 증발되어 사라졌다.

"유하온 씨, 내가 여기 온 목적은 사실 급하게 처리해야 할 일 때문도 아니고 효도 관광 때문도 아니야."

조수석 쪽으로 몸을 바짝 밀어붙여 하온에게 다가갔다. 조금씩 다가오는 그의 행동에 점점 하온의 심장이 벌렁벌렁하기 시작했다. 왜 이러세요.

"내가 여기 온 이유는……."

"……진짜 왜 이러세요. 지난번 일로 이러시는 거면 저는 할 말 없어요. 오해 푸셨으면 좋겠어요. 어색하게 지내고 싶지 않아서……."

"나는 말 꺼내지도 않았는데. 먼저 그렇게 말을 하면……. 좋아. 유하온, 사표 내고 갔다는 말에 놀랐어, 그래서 여기까지 왔어. 안 믿어져? 정말 일 때문에 온 것 같아? 나 오로지 유하온 한 사람 때문에 왔어."

"네? 아직도 저한테 하실 말씀이 남아 있으신 거예요? 음. 사실 정세형을 혼내주려고 했는데, 일단 조금 쉬고 싶었습니다. 그래서 사직서를 냈는데 그것 또한 마음대로 안 됐고. 휴가가 끝나면 그때 밝힐게요. 제가 정세형과 사귀다가 헤어졌다고. 저도 오해 받기는 싫거든요."

"후우. 나는 그런 말이 아니라고. 내 말 좀 들어! 짜증 나게 하고 있어!"

서후는 하온에게 결국 큰 소리를 내고 말았다. 넘겨짚고 있는 하온이 답답했다.

"내가 정식으로 너와 사귀고 싶으니까 나한테 기회를 줘. 정세형, 그 자식 얘기는 꺼내지 말고. 오해라는 걸 알았으니까 이제 그건 나한테 맡겨. 유하온만 마음먹으면 돼."

"하아~ 도무지 무슨 말씀을, 아침부터……."

"이래도 모르겠어?"

서후가 손을 들어 하온의 얼굴을 쓸어내렸다. 어느새 그녀의 입술에 서후의 엄지 끝이 닿았다. 다행히 그녀가 얼굴을 피하지 않았다. 이렇게, 조금만, 가만히 있어라. 피하지 말고……. 서후는 그렇게 마음속으로 간절히 바랐다.

점점 다가오는 서후의 얼굴을 보며 하온은 어쩔 줄 몰라 벨트를 꽉 움켜잡았다. 지금 이곳은 지붕이 열려 내부가 훤히 보이는 차 안이었다. 그나마 다행인 것은 지나가는 차들이 별로 없다는 것이었다. 하지만 서후의 얼굴은 도저히 볼 수 없어 눈을 감아버렸다. 어느새 차의 지붕이 닫히는 것이 느껴졌다.

순간 어둠이 몰려왔다. 서후는 벨트를 풀고 서서히 하온에게 다가갔다. 서후의 입술이 살포시 그녀에게 닿는 순간 하온은 놀라 눈을 떴다. 그러자 두 사람의 눈이 마주쳤다.

서후는 입꼬리를 올리며 하온의 머리카락을 넘겨주었다. 하온은 다행히 자신을 피하지 않았다. 단순히 입술만 닿았을 뿐이지만 자신을 밀어내지 않는 그녀가 고마웠다.

쪽! 서후는 다시 입술에 가볍게 키스하고 살짝 입술을 내리눌렀다. 촉촉한 하온의 입술을 혀로 살짝 건드려 보아도 그녀는 피하지 않았다. 머리를 받친 손에 힘을 주어 입술을 빨아 삼켰다. 연약한 입술이 힘을 잃은 모양새로 금세 빨려 들어오고 살짝 벌어진 잇새로 몰아쉬었던 숨을 내뱉는다. 서후는 당장에라도 그녀의 입안으로 바로 침범하고 싶었지만, 천천히 음미하며 혀끝으로 입술을 핥아갔다.

"난 일하러 여기에 온 게 아니야. 나는 딱 하나. 오직 유하온을 보러 왔어."

"으읍……."

말이 끝남과 동시에 서후는 본격적으로 하온의 입안을 탐하기 시작했다. 얼굴을 감싸고 입술을 머금은 후 치열을 훑으며 점점 혀를 감아올리고 제 입속으로 빨아 당겼다. 온 힘을 쏟았다고 해도 과언이 아니었다.

"흐…… 흡."

그녀의 촉촉하고 말캉한 혀를 제멋대로 희롱하고 이로 잘근잘근 깨물어댔다. 그럴 때마다 하온은 주먹을 쥐고 가슴을 때리기도 했고, 옷깃을 잡은 손에 힘을 주며 미간을 구기기도 했다. 하여, 서후는 그녀의 볼을 살짝 쓸어주다가 손을 맞잡았다.

서후는 그녀의 눈을 응시한 후 말하고 싶었다. 그동안 기다렸다고. 삼 년을 고스란히, 아무도 바라보지 않고 오직 당신, 유하온을 바라보며 지냈다고. 이제는 자신에게 기회를 달라고.

"이건…… 너무 갑작스러워서."

"너만 갑작스럽지. 나는 아니야."

"……으읍!"

또다시 겹쳐 오는 따뜻하고 부드러운 입술에 매료되어 하온은 가슴이 두근거렸다. 입술을 당기는 힘에 정신을 차리기 힘들어 그의 옷깃을 잡고, 때리기도 했다. 빨려 들어가는 블랙홀처럼, 혼돈스러웠다.

머릿속은 아직 정세형이 정리가 덜 되었다고 아우성치고 있었다. 아직 한서후가 들어설 자리가 없다고, 이렇게 받아들이면 그때는 정말 그를 기만하는 것이라고, 빨리 떼어내고 물리치라고 말하는데 몸으로는 그를 받아들이고 있었다.

감각이 점점 무뎌지고 이제는 스스로가 거부하기 힘들다고 여겨질 때 그가 입술을 뗐다. 엄지 끝으로 타액으로 젖어 있는 입술을 다정히 문질렀다. 갑작스레 일어난 일에 잔뜩 힘이 들어가 주먹 쥔 하온의 손을 부드럽게 감싸며 서후가 일일이 손가락을 펴 주자, 하온은 발개진 얼굴로 그의 얼굴을 물끄러미 바라보았다.

서후는 그녀의 흘러내린 머리카락을 한 올 한 올 정성스럽게 손가락으로 빗질하여 귀 뒤로 넘겨주었다. 혹시라도 그의 손가락 사이에 끼어서 아플까 봐 무척이나 조심하고 있다는 것이 느껴질 정도로 섬세한 행동이었다. 그러고 나서 아직도 긴장하여 숨이 다소 거친 하온의 가슴에 손바닥을 펴서 살며시 눌러주며 말했다.

"이제 진정 좀 하지?"

하온은 생각했다. 원래 이 사람은 이런 사람이면 안 된다고. 하온이 생각한 한서후는 냉철하고, 남을 배려하지 않고, 차가운 말만 하며, 가슴에 비수를 팍팍 꽂는 아주 무섭고 잔인한 사람이어야 맞는데, 지금 이 모습은 전혀 그렇지 않았다.

사장실에서 오해였다고 말했을 때도, 서슴없이 독설을 던지던 그 사람이 자신이 알던 한서후여야 하는데. 지금 앞에 있는 이 남자는 그 한서후가 아닌, 다정하고 멋진 남자다.

"하온아, 나한테 기회를 줘. 내가 사랑할 기회."

하온은 저도 모르게 고개를 저었다.

"응? 싫어?"

이게 뭐야. 실컷 키스하고 싫다는 반응을 보이는 건, 어떤 의미지? 이 여자가 정말 나를 갖고 놀아?

"유하온?"

눈을 감아버렸다.

"저, 사장님."

"그 사장님이라는 소리 좀 집어치워! 적당한 선에서 고백했으면 사람이 진지하게 받아는 줘야지. 키스는 왜 했는데! 나는 기회도 없다는 거야? 나에 대해 알지도 못하면서, 바로 안 된다고 퇴짜 놓는 이유는 뭔데? 아, 진짜 자존심 상해서."

서후가 문을 열고 내렸다. 한쪽에 서서 허리에 손을 얹고 마음을 진정하려고 노력 중이다. 하온도 따라 내렸다. 사랑할 기회? 혼란스러웠다. 키스 한 번에 사랑할 기회를 달라니.

"사장님."

서후가 노려본다. 사장님이라고 해서 마음에 안 들었나 보다. 서후가 무서운 속도로 다가왔다. 하온은 그 모습에 너무 놀라서 '엄마!' 하고 소리쳤다.

"유하온 씨는 나만 보면 놀랍니까?"

서후는 그냥 지나쳐서 가더니 차에 올라타서 그냥 출발한다. 설마, 두고 가는 건 아니겠지? 서후가 멀뚱멀뚱 쳐다보는 하온을 두고 갔다.

"진짜 갔다. 가네, 나 참!"

하온은 생각했다. 이대로 걸어서 집으로 돌아갈까, 아니면 서후를 뒤쫓아 갈까.

서후는 하온을 무시하고 차를 출발했다. 얼마 안 가서 바로 세우긴 했지만 말이다. 그녀 때문에 화가 나서 그녀를 두고 온 것은 아니다. 창피했다. 고백한 것이 깨끗이 묵살당했으니까. 그렇다고 정말 무시하고 갈 수도 없었다. 그럴 용기도 없다.

부우웅~ 후진하기 위해 창문을 내리고 고개를 살짝 내밀었다. 순간 입가에 미소가 생겼다.

"후우. 하하. 나 참!"

서후는 한쪽으로 차를 세우고 재빨리 내려서 뛰었다. 그녀가 쫓아올 것이라고는 예상을 못 했는데. 그녀가 왔다. 가까이 가자 하온이 얼굴을 든다. 화가 났을 줄 알고 서후가 유심히 얼굴을 살피고 하온을 껴안았다.

"미안해."

"저…… 하아. 아까 하신 게, 고백인 거죠?"

"마음속으로……."

"마음속으로?"

"여태껏 그랬어. 그런데 앞으로는 표현할게. 표현할 기회를 줘."

서후는 힘주어 하온을 더 세게 끌어안았다.

"피하지 않은 걸로 됐어. 나를 거부하지 않았으니 그걸로 됐어."

"사실 갑작스러워서 혼란스러웠지. 거부한 건 아니에요."

하온은 속마음을 말했다. 서후가 어찌나 세게 안고 있는지 숨이 턱턱 막혔다.

"혼란?"

"네. 저는 분위기 때문에 키스한 걸로 생각했어요. 사장님이 나를 왜. 그럴 리가 없으니까."

"왜? 내가 좋아하면 안 돼? 나 유하온 씨 좋아해. 이제 그걸 용기 내서 말하는 거야. 오래됐어."

"사장님……."

"내가 다가갈 테니까. 하온 씨는 그냥 그 자리에 있어."

도로에서 하는 키스는 어떤 기분일까? 항상 막연하게 상상만 했었던 하온은 이제 상상이 아닌 현실에서 느끼게 되었다. 그것도 상상조차 하지 못했던 서후의 허리를 감싸 안고.

서후는 다시 하온과 키스를 하며 그녀의 얼굴을 세심하게 눈에 담았다. 가까이서 볼 수 없었던 얼굴. 조그마한 얼굴에 감고 있는 눈이 파르르 떨리는 것까지 유심히 보았다.

그렇게 둘은 시간 가는 줄도 모르고, 도로 위에서 키스를 했다. 지나가던 자동차의 클랙슨 소리가 아니었으면 온종일 하지 않았을까 하고 막연히 생각하며 서후는 조수석 문을 열어 하온을 태우고 말했다.

"여행, 마저 해야지?"

정옥은 노 여사의 생신 준비로 분주했다. 연세가 있으니 매년 잔칫집처럼 음식을 차렸다. 재민이 장남이라 신경을 쓰지만 제주도여서 가족들이 모이기 힘든데, 특히 평일은 더 그랬다. 이번에도 월요일이라서 많이 모이지는 못할 것 같았다. 그래도 음식은 전부 모일 것을 예상해서 푸짐하게 차릴 것이다.

"올해도 성온이는 안 온대? 제일 한가하지 않아?"

"글쎄요. 항상 뭐가 그렇게 바쁜지. 저 혼자 바빠요."

정옥은 일은 혼자 하는지 항상 바쁜 아들이 못마땅했다. 작년처럼 전화해서 용돈이나 보내겠다고 하면 올해는 당장에 쫓아갈 것이다. 재민은 벌써부터 어떤 음식을 할 것인지 꼼꼼하게 간섭했다. 항상 뭐가 불만이지. 음식을 어느 정도를 해야 만족하려는지. 정옥이 노트에 음식 목록을 적고 밖으로 나가려고 할 때, 전화가 울렸다.

"여보세요?"

[안녕하세요, 어머니. 윤희예요.]

"어 그래, 윤희야."

하온의 친구 윤희는 정옥과도 자주 통화하고 가족처럼 지내는 아이였다.

[할머니 생신 때문에 전화드렸어요. 저는 또 인사만 드려요, 어머니.]

"아니야. 전화만으로도 고맙다. 애기는 잘 크지? 돌쯤 됐니? 우리 하온이가 문제다. 언제 결혼하니. 걱정이다, 얘."

[걱정하지 마세요. 또 좋은 사람 만나겠죠. 그 사람만 남잔가요?]

"응? 그게 무슨 소리야? 하온이가 왜?"

통화를 하는 정옥의 표정이 점차 어두워졌다. 윤희와 통화를 끝낸 정옥은 한참을 그 자리에 앉아 있었다. 아무래도 하온이 휴가를 낸 이유가 따로 있었던 것 같다.

하온과 서후가 처음으로 도착한 곳은 투명 카약을 탈 수 있는 쇠소깍이라는 곳이었다. 하온이 아름다운 곳이라며 감탄해서 두 사람은 폭포를 보기 전에 먼저 카약을 타기로 했다.

《쇠소깍은 '소가 누워 있는 모습의 연못'이라는 뜻으로 '깍'은 제주도 방언으로 '끝'을 뜻한다. 민물과 바다가 만나서 하나를 이루는 곳이기도 하다.》

하온은 설명을 읽으며 사진과 같은 곳을 찾기도 했다. 역시 책에서 보는 것보다 멋졌다.

"와, 정말 멋지다. 오호, 이런 곳을 왜 이제야 알았죠?"

뒤에 당연히 서후가 있을 줄 알았는데 없어 찾아보니 그는 자동차로 돌아가 무언가를 하고 있었다. 하온이 살짝 다가가서 보니 겉옷을 갈아입고 있었다.

"옴마야!"

재킷을 벗고 그 위에 티셔츠를 입는 과정에서 배가 살짝 보였는데, 맨살이었다. 제법 탄력 있는 복근을 보는 순간 눈이 호강한 것인지 저절로 소리가 나오고 말았다. 놀란 하온이 입을 막고 뒤로 돌아섰지만, 서후는 대수롭지 않다는 듯 벗은 옷을 차 안으로 던지고 자동차 문을 잠갔다.

"갑시다."

"……네."

민망한 나머지 하온의 얼굴이 빨개졌다.

"풋!"

하온의 옆으로 다가온 서후가 그녀의 얼굴을 빤히 쳐다보더니 웃음을 터뜨렸다. 하온은 왜 웃느냐고 묻고 싶었지만 묻지 않았다. 갑자기 그가 손을 잡고 손등을 두드리는 바람에 할 말을 깨끗하게 잊어버렸다. 그런데 이 남자 하는 말이 가관이었다.

"내가 이래서 수영장을 안 가요. 다들 유하온 씨 같은 반응이거든. 당최 운동을 못 하겠어. 배만 보면 '꺄악꺄악!' 아주 난리야. 그래서 앞으로는 보디슈트를 입을 생각이야."

병에 걸리셨구만, 심각한 왕자병.

"아, 네에. 그런데 그거 아세요?"

하온이 아주 심각하게 질문하자 서후가 '응?' 하고 물었다.

"그거 잘못 입으면 낀다고 하던데. 끼어서 엄청나게 아프대요.

으음, 그 고통은 아마 당해본 사람만 안다고 하던데."

하온이 고개를 까딱하면서 인상을 팍 찡그리더니 한마디를 추가했다.

"거기가 어딜까~요?"

하온은 유유히 먼저 앞으로 걸어갔다. 서후는 기가 막혀 말이 안 나왔다.

"이봐, 유하온. 당신 원래 그런 캐릭터였나? 내가 아는 유하온이 아닌데?"

창피한 것도 모르고 어디를……. 중요한 부분을 말한 것이 분명해. 어쭈! 저 여자 봐라. 저러면서 주변 구경한다고 잘도 걸어 다니지. 하, 미치겠네.

"거기 서!"

서후는 걸음이 점점 빨라지는 하온을 따라가다 웃고 말았다. 이렇게 걸어 다니면서 데이트하는 것은 생각도 못 했는데 마치 꿈만 같았다.

카약을 타려는 사람들의 줄이 제법 있었지만 서후와 하온은 먼저 탈 수 있는 기회가 생겼다.

"어이구, 여기는 신혼부부인가 보네. 어쩜 이리도 잘 어울리나. 먼저 타."

"아니에요. 저희는 신……."

"네, 감사합니다."

하온은 부정하려 했지만 서후는 냉큼 기회를 살려 구명조끼를 먼저 입고 배를 탔다. 투명한 배 바닥 때문에 하온은 처음에는 겁이 나 망설였지만, 서후가 먼저 올라타서 손을 내밀어 잡아줘서 괜찮았다.

"잡아."

"아, 네."

하온은 서후가 해주는 모든 것이 부끄러웠다. 그녀가 먼저 자리를 잡고 앉자 서후도 앉아서 노를 젓기 시작했다. 절경이 정말 아름다워서 하온은 사진을 찍기 시작했다.

촥촥! 촥촥!

노 젓는 소리가 규칙적이다. 하온은 풍경을 찍다가 서후의 얼굴을 찍었다. 인상을 쓰며 다소 찡그리고 있는 얼굴. 노 젓는 것이 힘들어서일까? 이런 것을 해보기나 했을까? 서후는 한 번도 자신의 의견을 강요하지 않았고 무조건 하온의 의견을 먼저 들어주었다. 고집 있는 한서후는 어디에도 없었다.

"유하온?"

"……네?"

"무슨 생각을 그렇게 해?"

"아니요."

노를 살짝 내려놓고 서후도 주위를 둘러보았다. 어느새 연못 한가운데까지 나와 있었다. 둘이서 어색하게 있는 사이 서후가 하온에게 손을 내밀었다. 하온은 손을 달라는 서후 때문에 부끄러웠다. 이제는 아무 때나 손을 잡으려고 한다. 하온이 손을 뻗어 살며시 서후의 손 위에 올려놓았다.

"풉! 하하!"

갑자기 웃음이 터진 서후 때문에 멀리 있던 사람들마저도 이쪽으로 시선을 돌렸다.

"하하하. 진짜. 유하온 씨 이런 캐릭터였어? 나는 사진 찍은 것 좀 보자고 한 건데. 그래도 손을 주는 것 보니까. 내가 싫지는 않은가 보다. 그치?"

"하아. 이런……."

서후가 놀린 뒤로 하온은 차 안에서도 입을 꾹 다물었다.

"자, 뜨거워."

바람을 쐰 탓인지 몸이 으스스해서 따뜻한 차를 사 온 서후가 차를 건네도 하온은 말이 없었다.

"마셔."

"감사합니다."

"예의를 다하니까 엄청난 거리가 느껴지네."

하온이 입을 삐죽거렸다. 서후가 그런 모습을 보며 살짝 미소 짓더니 차를 출발시켰다. 삼십 분을 달려 도착한 곳은 넓은 초원이 펼쳐진 곳이었다. 서후가 문을 열고 내려서자마자 누군가 와서 꾸벅 인사하고 차 키를 건네받았다.

"오셨습니까?"

"잘 계셨어요? 말 좀 타려고 하는데."

"잘 오셨습니다. 날씨가 좋아서 기운들이 넘칩니다."

어리둥절해하는 하온에게 서후가 손을 내밀었다. 하지만 하온은 손을 잡지 않았다. 또 놀리려는 거겠지, 뭐.

"손잡아."

"싫습니다."

"뒤끝 있기는. 그럼 내가 잡는다."

서후가 하온의 손을 잡아끌었다. 서후의 손은 매우 따뜻했다.

"여기는 어디예요?"

"여기는 한서후 농장."

"네? 정말요?"

하온의 눈이 휘둥그레졌다. 이 넓은 곳이 정말 사장님 농장이라는 말이야?

"보통은 그렇지 않나? 놀라도 숨기면서 쿨한 척. 돈에 관심 없어요."

"그런 여자를 많이 아시나 봐요?"

"하하. 아니. 전혀. 처음 데리고 오는 거야. 여기 사실, 내 농장도 아니고."

뭐야. 놀리고 있어. 하온은 자꾸만 놀리는 서후 때문에 입술을 삐죽거렸다.

"아, 그런 표정은 처음 보는데? 이 표정이 더 예쁘다."

쪽.

"예쁜 짓 했으니까 답례는 해줘야지."

선수였나 싶을 정도로 서후의 승마 실력은 일품이었다. 하온이 겨우겨우 훈련된 말에 앉아 직원이 안내하는 대로 움직이는 반면 서후는 자유자재로 속도를 조절하며 들판을 달렸다. 그 모습이 꼭 만화 속 주인공 같았다. 저대로 머리카락만 길고 옷만 갖춰 입으면 캔디에 나오는 테리우스 같겠다.

한 바퀴를 돌고 나니 말먹이를 주어도 된다고 해서 직접 손으로 주었다. 올라타서 볼 때는 무섭지 않았는데 가까이서 보는 말은 얼굴이 길어서 무서웠다. 멀찌감치 떨어져서 먹이를 주고 있으니 '따다따닥' 말발굽 소리가 들렸다.

"뭐 해? 말 밥 줘?"

"네."

서후가 내려서 말을 끌고 다가오는데 웃음이 나왔다.

"왜 웃어? 흐음~"

다소 숨이 차는지 숨을 몰아쉬는데, 그 모습이 왜 그렇게 멋있게 보이는지. 하온은 귀부터 점점 빨갛게 변하기 시작했다. 서후가 다시 말에 오르더니 하온에게 손을 내밀었다.

"잡아봐."

하온이 손을 털고 서후의 손을 잡자 그는 그녀를 냉큼 끌어당겼다.

"엄마야!"

하온은 옆으로 앉아서 두 다리를 모으는 자세가 되어 서후의 팔에 몸을 기댔다. 마치 무도회를 다녀오는 백마 탄 왕자가 아가씨를 에스코트하는 모습이 연상되었으나, 서후의 단 한마디에 하온의 환상은 말끔히 무너졌다.

"이렇게 타면 조금 가다가 팔 부러지겠다. 완전히 몸을 기댔잖아. 다리 하나 벌려서 앉아. 바지 입었으니까."

알아요, 바지 입은 거. 민망하게 말씀하시네. 하온이 몸을 돌려 앞으로 앉자 서후는 한 손으로 자신의 팔을 잡게 하더니 천천히 달리기 시작한다. 순간 하온의 몸이 뒤로 눕혀졌고, 반대로 서후의 몸은 앞으로 다가왔다. 그의 숨결이 목덜미에 닿자 숨이 막혀왔다. 오늘 많은 경험을 하는구나. 미치겠다.

그는 조금 더 빨리 달리려고 하는지 다리로 말을 찬다. 그런데 말이 속도를 못 내고 오히려 '푸르르! 푸르르!' 하면서 입에 거품을 물며 천천히 걸었다.

"역시 안 되는구나. 후우~"

길게 내쉬는 한숨에 목덜미에 자극이 오자 하온이 고개를 돌려 서후를 보았다. 서후는 하온을 향해서 얼굴을 더 가까이 하고 살짝 웃었다. 이제 미소도 멋지게 보였다.

"유하온 씨, 내려라. 말이 무겁대. 역시 둘은 무리야. 일단 내려."

하온이 서후를 노려보다가 화가 나서 저도 모르게 '씨~이!'라고 했다. 서후는 깜짝 놀란 눈을 하더니 먼저 내렸다. 하온 혼자서 말 등에 앉아 있게 되어 오도 가도 못 하는 상황이 되었다.

"어! 어! 내려주세요."

"다시 말해봐. 씨~이? 지금 나한테 그랬지?"

"저, 정말 내려주세요, 사장님. 정말요. 무서운데."

서후는 고삐만 잡고 있을 뿐, 먼 산을 바라보고 딴청을 피웠다. 하온은 높은 곳에서 내려다보며 울상이 되어가고 있었다.

서후는 제주도 말은 일반 말보다 크기가 작아서 둘이 탈 수 없다는 것을 알고 있었다. 관리인에게 물어보니 어린아이 정도면 어른과 둘이 타는 것이 가능해도 성인 남녀는 말이 힘들어서 안 된다고 했다.

한 바퀴 돌고 오니 하온이 말에게 사료를 주고 있는 것이 보였다. 혼자만 즐기는 기분이어서 하온을 태워주고 싶은 마음이었는데 역시 무리였다. 서후가 팔을 벌렸다. 하온은 이제야 내려주려나 싶어 보는데 그는 팔을 벌리고만 있었다. 어쩌라고?

"내려!"

"그냥 잡아주세요. 아니면……."

"싫으면 말고. 계속 앉아 있던가."

아이, 진짜!

"그럼 살짝만 잡아주세요."

그의 팔을 잡고 말에서 내리려 몸을 띄운 순간 서후가 그녀의 겨드랑이 사이에 손을 넣어 번쩍 안아 들었다. 땅에 내려선 하온과 그의 얼굴이 마주쳤고 무척 가까운 거리가 되었다. 하온이 얼굴을 피하려고 할 때, 잽싸게 서후가 입술을 겹쳤다.

"으음……."

이번에는 피할 겨를이 없었기 때문에 그녀의 반응이 궁금했지만, 그녀의 배꼽시계가 아우성을 쳐 분위기를 웃게 만들었다.

꼬르륵!

여기서 왜 이 소리가 나니? 들었겠다. 아, 엄청 크게 들렸는데.

"아, 배고파? 우리 말 그만 타고 밥 먹으러 갈까?"

하온은 민망했지만 고개를 끄덕였다. 서후는 한 손에는 말고삐를, 다른 손에는 하온의 손을 잡고 그녀의 보폭에 맞춰 걸었다.

하온은 고개를 흔들었다. 소문은 정말 소문인가 보다. 정말이지, 이 남자는 그동안 알던 한서후가 아니다.

"사장님도 이거 좋아하세요? 저 때문에 일부러 오신 건 아니시죠?"

"나도 이런 거 잘 먹어."

하온이 다른 음식을 먹어도 괜찮다고 했지만 서후는 이것을 먹자고 했다. 나올 때부터 하온이 책자에 표시해 두는 것을 보았기 때문에 오늘은 하온이 좋아하는 위주로 움직이기로 했다.

하온은 대형 수제버거가 나오자마자 서후에게 휴대폰을 빌려서 버거 옆에 나란히 두었다. 엄청난 크기였다. 하온은 블로그에 올릴 사진을 찍기에 바빴다.

하온은 조각낸 버거를 서후의 접시에 담아주면서 '드세요'라고 했다. 서후도 하온의 접시에 담아주었다. 서후는 이거 한 조각이면 배가 부르겠다고 생각하고 먹기 시작했고, 하온도 서후가 입에 넣자 자신도 입에 넣었다. 오물오물 씹던 하온은 감탄사를 뱉으며 한 입, 또 한 입 열심히 먹기 시작했다.

서후는 하온이 먹는 것만 봐도 좋았다. 정말 잘 먹네. 원래 이렇게 잘 먹나? 서후가 하온의 접시에 햄버거를 한 조각 올려주었다. 하온이 웃으며 고맙다고 했다. 또 한 입에 넣더니 순식간에 두 조각을 먹어 치운다. 입가에 묻은 소스는 티슈를 가져다 닦아주었다.

"천천히 먹어. 누가 쫓아와?"

"네, 천천히 먹고 있어요."

소리도 안 내고 먹던 하온은 이제 그만 먹으려는지 물티슈로 손을 닦았다.

"왜? 그만 먹게?"

"아니요. 머리 좀 묶어야겠어요. 흘러내려서요."

하온의 먹성이 엄청 좋다는 것도 새롭게 알게 되었다.

"와아. 이걸 다 드셨네요. 모자라시면 2인분 하나 더 추가하세요."

지나가다가 주인이 보고 놀랐다. 둘이서 이걸 주문할 때부터 놀랐는데 남기지 않고 다 먹었다.

"이게 그거, 2인분 아닙니까?"

"이건 세 분 이상 오시면 주문하는 건데. 배가 많이 고프셨나 보네요."

하온이 먹던 동작을 멈췄다. 그러고 보니 서후는 이제 두 조각째인데. 이미 접시는 동이 나고 없었다. 그렇다면 나머지는 누가 먹었다는 말인가.

"하하하. 어머나. 이걸 누가 다 먹었을까요?"

"나 참, 민망해하지 않아도 되니까 먹기나 하시죠. 하나 더 주문할까?"

하온은 끝까지 괜찮다고 하지 않았다. 결국 서후가 손을 들어 추가 주문을 했다.

날이 어둑해지고 둘은 농장에 도착했다. 자동차가 들어오는 소리가 나서 그런지 개들이 요란하게 짖어댔다. 하온은 서후에게 오늘은 호텔로 가라고 할 생각이었다. 말은 안 했어도 지난밤 제집에서 자는 것이 많이 불편했을 것이다. 그때 서후의 전화가 울렸다.

"네, 한서후입니다. 무슨 일이야? 잠깐만⋯⋯."

전화기를 손으로 막고 하온에게 목소리를 낮춰 '잠깐만' 하더니 자리를 옮겼다. 하온은 고개를 끄덕이고 천천히 안으로 걸어갔고, 서후는 농장 입구를 벗어났다.

"이 시간에 네가 웬일이야?"

서후가 눈을 감고 깊게 숨을 내뱉었다. 율하의 전화를 받으니 좋았던 기분이 싹 사라졌다.

"한율하, 너 술 마셨어? 지금 실장이 사장한테 불만 있다고, 술 마시고 따지는 거야? 내가 너한테 설명해야 할 이유가 없잖아! 이건 나한테 반감을 갖겠다는 거밖에 더 돼? 불만 있으면 정식으로 이의 제기하든지. 이 밤에 뭐하는 짓이야?"

[오빠잖아. 오빠가 그 정도도 못 해?]

"말 잘했다. 핏줄이 섞인 사촌이라면, 네가 더 훌륭하게 일 처리를 하든가. 너 지금 실장 자리에서 하는 일이 뭐가 있어!"

[그럼 누굴 라이 패션 사장으로 세울 건데? 정말 학별도 안 보겠다는 거야?]

"통화할 가치가 없다. 끊어."

[오빠! 오빠…….]

때마침 자동차 소리에 밖으로 나오던 정옥은 외진 곳에서 통화를 하는 서울 남자를 발견했다. 통화 목소리가 들려 그냥 지나치려 했지만, 제법 큰 소리에 놀라서 엿듣고 말았다. 상대방 여자 목소리가 들렸다. 사장? 이름이 한서후라고 했지? 회장님 이름이 한재후……. 어머, 어머! 그럼 그 싸가지 사장이라는 말이야?

"엄마, 여기서 뭐 해?"

하온이 부르자 정옥은 재빨리 하온을 다른 곳으로 데리고 갔다. 하온은 갑작스러운 정옥의 행동을 멀뚱멀뚱 보면서 의문스러운 눈을 했다.

"너, 솔직히 말해. 저 사람, 아니 저, 사장하고 어떤 사이야?"

사장이라는 소리에 깜짝 놀라서 하온의 눈이 커졌다.

"왜 여기까지 와서 일이다 뭐다 한 거니?"

"말 그대로 일한 거야. 왜 그렇게 정색을 해?"

"사장이 엄청 성격 못됐다고 내가 들었는데. 왜 같이 다녀?"

하온은 주위를 둘러보았다. 행여나 서후가 들어서 기분이라도 상할까 걱정이 되었다.

"엄마, 그거 다 헛소문이야."

따지고 보면 자신이 가자고 한 것도 아니었다. 엄마가 등 떠민 것이지. 그래놓고 이렇게 정색하는 이유는 뭐람.

"오늘 보니까 꽤 자상하더라. 그리고 성격이 강해야, 사업도 하는 거지. 또 그런 로열패밀리가 오죽 자존심이 강하겠어?"

"이것아! 그러니까 같이 다니지 말라고. 성질 강해봤자, 너만 상처야."

"안 그래. 오늘 보니까 안 그랬어. 엄마도 좋았던 거 아니야? 그러니까 여기서 재운 거면서."

"그래, 일단 그렇다 치고. 너 왜 그 인간하고 헤어진 건, 말 안 했어?"

그걸 어떻게 알았을까. 한 번도 보여준 적 없는 사람인데⋯⋯. 하온은 쉽게 말하지 못하고 입을 다물고 있었다.

"윤희가 전화 왔더라. 친구라서 걱정된다고. 휴가까지 냈냐면서, 어쩜 전화도 없느냐고 하더라."

"그날, 전화했으면 됐지."

윤희와는 세형이 집 앞에 왔던 날 통화했다. 울고불고하지는 않아도 속상한 표현을 했기 때문에 윤희가 고스란히 말했는가 보다.

"완전히 헤어진 거야?"

"응."

"깨끗이 정리됐어?"

말을 못 했다. 정리가 안 된 것이 아니라, 아직 깨끗한 복수를 못 해서 말을 못 했다.

"왜? 미련이 남았어?"

"아니야, 그런 건. 그런데 엄마, 일 년을 사귀고 하루아침에 바로 잊기가 힘들기는 해. 그렇다고 미련이 있는 건 아니야. 후, 나 그만 말할래요. 말하고 싶지 않아. 좋은 일도 아니고."

"그래, 알았어. 그리고 그 사장하고는 거리 확실하게 둬. 엄마는 성질 더러운 건 싫어."

"안 더럽다니까?"

툴툴대던 정옥은 하온의 이야기가 끝나지도 않았는데 그냥 무시하고 안으로 들어가 버렸다. 한참을 서 있던 하온은 서후가 통화를 끝내고 이쪽으로 오고 있는 것이 보여서 곧장 그에게 걸어갔다.

"저기 사장님, 오늘은 호텔……."

"조금 걸을까?"

하온이 호텔로 가서 자라고 말하려는 순간 서후가 말을 끊었다. 그의 표정은 제법 진지했다.

감귤 나무를 지날 때까지 나란히 걸었다. 그때까지 그는 말이 없었다. 하온이 앞서가고, 그가 뒤따라왔는데 나뭇가지들이 발에 밟히는 소리만 들렸다.

"나는 감귤 향기가 이렇게 좋은지 몰랐네."

"이건 오렌지 나무예요. 귤보다는 나무가 많지 않지만 향기가 강해서 좋아요."

하온이 서후를 향해서 돌아섰다. 진한 향기에 코가 뻥 뚫리는 기분이었다. 서후가 깊게 숨을 쉬며 감귤, 아니 오렌지 향기를 맡았다.

"이게 오렌지? 흐음. 향기는 같은데."

"비슷하죠. 제주도는 감귤이 더 유명해서, 거의 다 감귤 농장을 많이 해요. 그래도 이 향기가 좋아서, 요새는 오렌지도 많이 기른다고 해요."

"음……."

또 침묵이 흘렀다. 긴장감에 어쩔 줄 몰라서 멍하게 걷는데 서후가 드디어 입을 열었다.

"유하온 씨."

갑자기 '씨' 자를 붙여서 놀란 하온은 걸음을 멈추고 서후를 바라봤다.

"……정세형을 잊기가 힘들어?"

하온은 뜬금없는 질문에 놀랐지만 왜 그런 질문을 하는지 금세 눈치챘다.

"혹시 들으셨어요?"

"일부러 들은 건 아니야. 들렸어, 저절로……."

서후는 정옥이 하온을 끌고 갈 때부터 알고 있었다. 발자국 소리부터 목소리까지 작은 것이 없었기 때문이다. 정옥에게 말 못 하는 하온을 봤을 때는 열불이 났다. 여자와 있던 모습을 봐놓고도 정리가 덜 됐는지 대답을 못 했으니까.

"정세형과는 헤어졌어요. 그날 저를 찾아와서, 아! 그날은 저를 집에 바래다주신 날이요."

하온은 서후가 세형을 혼쭐낸 것을 모르고 있었다. 서후도 시치미를 뗐다.

"발로 차고, 때리고 헤어지자고 했어요. 그런데 개운하지가 않아요. 그 여자를 찾아서 둘을 그냥 확! 그래야 마음이 놓이려나."

"대신 패줄까?"

이미 때려주기는 했어도 부족하지.

"하하. 그러실래요? 그런데 그 성격에 살려두시겠어요?"

하온이 서후를 보며 웃었다. 한 성격 하는 걸 빗대서 말한 것이었다. 서후의 입꼬리가 올라갔다.

이번엔 서후가 앞서 걸었다. 그 뒤를 하온이 따라갔다. 걸어가다가 멈춘 서후가 하온의 손을 잡는다. 하온은 피하지 않았다.

"피하지 않으면 그걸로 됐어. 기다릴게."

"아……."

하온은 미안한 마음이 들었다. 오늘 키스도 하고 이렇게 손도 잡았는데. 막상 표현을 못 하고 있으니 하온 자신도 답답했다.

"참! 여기는 왜 눈꽃 농장이야? 겨울에 눈이 날리나?"

올 때부터 궁금했었다. 입구에 들어설 때 작은 팻말을 보았었다. 눈이 많이 내리는 지역도 아닌 이곳 이름이 왜 눈꽃 농장인 걸까?

"아, 오렌지 꽃."

"오렌지 꽃?"

"아주 아름다워요. 봄에 오렌지 꽃이 피는데. 무슨 색일까요?"

하온은 마치 오렌지 꽃이 이 앞에 있는 것처럼 눈을 반짝이고 있었다. 서후는 하온의 시선을 따라 함께 나무를 봤다. 가지만 앙상한 오렌지 나무를 보며, 과연 어떤 꽃일지 상상이 가지 않았다. 하지만 하온의 표정에는 '아름다움'이라는 그 자체가 보였다.

"오렌지면 주황색? 오렌지처럼."

"땡! 흰색. 벚꽃만 흐드러지게 아름다운 게 아니에요. 오렌지 꽃도 그래요. 그래서 제가 눈꽃이라고 이름을 붙였어요."

서후가 걷던 걸음을 멈추고 하온을 바라봤다.

하온이 붙인 이름. 오렌지 꽃.

그에게는 하온이 하얀 오렌지 꽃이자, 눈꽃이었다. 서후는 그렇게 생각했다. 자신에게 있는 것도 눈꽃이었다. 스노볼이 눈꽃이었다. 내게도 눈꽃이 하나 있는데.

"유하온 꽃이네."

"하하하. 멋지네요. 유하온 꽃."

서후는 호텔에서 자라고 하는 것을 마다하고 하온의 집에 머물렀다. 사실, 안 불편하다고 하면 거짓말일 것이다. 밤늦게까지 하온과 얘기를 나누다가 늦잠을 잤다. 아침도 당연히 늦을 수밖에 없었다.

"휴가 다 사용하고 갈 건가?"

"시상식 참석해야 하죠? 흠, 어쩌나. 내일이 할머니 생신인데."

"그래? 그걸 왜 이제야 말해? 진즉 말하지."

서후가 밥을 먹다 말고 어디론가 전화를 걸었다. 무언가 지시를 내리고 곧 전화를 끊었다.

오전에는 귤을 따야 해서 편한 옷으로 갈아입고 나왔다. 서후는 오후에 공항으로 출발할 생각으로 하온을 따르기로 했다.

"그냥 계세요."

"나도 가."

재민은 서후가 함께 간다는 말을 듣고 바지를 가지고 나와 그에게 건넸다.

"이거 입고 따라오든지."

서후가 방에서 갈아입고 나온 옷을 보고 모두가 웃었다. 그가 입은 옷은 일명 몸빼로 불리는 일바지였다. 무늬가 꽃무늬로 알록달록 화려했고, 길이가 매우 짧아 밑단이 서후의 종아리까지 올라왔다.

"이걸 입고 일합니까?"

"이게 편해."

재민의 말과는 다르게 바지가 엉덩이에 붙어서 불편했다. 이미지 완전히 죽었다.

"아빠, 왜 그래요. 그냥 평상복 입어도 되는데."

"저 사람, 너 좋아하지? 어디 자격 있는지 보자."

재민은 그가 아직 사장이라는 것을 몰라서 그러는 거다. 하온은 그를 말려야 했다.

"아빠, 저분이 바로……."

"알아. 사장이라는 거. 네 엄마가 말 안 했겠냐? 그런데 남자가 보는 눈은 정확하다. 너를 좋아해서 저렇게 인상을 쓰면서도 참고 하는 거야. 하온아, 싸가지 사장이 너를 정말 좋아하나 보다."

"네, 그렇다 쳐요. 그런데 무슨 자격을 본다고 해요? 아빠는 자식 없어요? 우리도 나가서 자격 운운하면서 이런 대접받으면 좋겠어요?"

재민은 화를 내는 하온을 보고 기가 차서 말이 안 나왔다. 하온이 서후에게로 가서 손을 냉큼 잡아당겼다.

"왜 이래. 인상을 다 쓰고."

화가 난 하온의 얼굴을 보면서 이상하다고 생각하는 서후였다.

"사장님, 이거 아빠가 장난치는 거예요. 이런 옷 입지 않아도 되거든요. 죄송해요."

얼굴이 빨개지는 것은 물론 가슴까지 들썩거린다. 하온의 이런 모습에 서후는 웃음을 터뜨리고 말았다.

"알았어. 진정해. 걱정해 주는 거야? 이미지 구긴 것보다 이렇게 걱정해 주니 좋은데? 많은 걸 얻었네. 제주도 오기를 잘했어."

*
4
지.못.미 유하온!

비행기 시간이 되어 제주공항에 도착한 서후는 노 여사 생일에 나올 출장 담당 조리장에게 다시 한 번 당부하기 위해 전화를 걸었다.

"시간 늦지 않게, 고급스럽게. 나가기 전에 반드시 사진부터 찍어서 나한테 보내고."

[네, 알겠습니다. 그렇게 하겠습니다.]

이륙 시간이 남아서 의자에 앉아 대기하자니 하온이 떠올랐다. 서후는 피식 웃음을 터뜨렸다. 농장에서 하온은 울먹이다가 화를 냈다가, 재민에게 대들기도 했다.

"알았어. 진정해. 걱정해 주는 거야? 이미지 구긴 것보다 이렇게 걱정해 주니 좋은데? 많은 걸 얻었네. 제주도 오기를 잘했어."

"그냥, 평상시 모습을 보이세요. 왜 그러세요. 제가 뭐라고⋯⋯. 저를 언제부터 좋아했다고 여기서 이러시냐고요."

울먹이며 말하는 하온에게 서후는 다시 웃어주었다.

지.못.미 유하온!   115

"삼 년, 삼 년 됐어."

하온은 잠시 말을 잇지 못하더니 또 놀린다면서 고개를 흔들곤 귤을 따겠다고 자리로 돌아갔다. 흙바닥 위에서 하는 고백이라고 제 고백이 믿기지 않는 걸까? 서후가 따라가서 햇빛을 가려주기 위해 자신이 쓰던 모자를 벗어 덮어주고 수건으로 땀도 닦아주었다. 그 모습을 보던 정옥이 재민을 툭툭 치며 신기하게 보았고, 재민은 크게 기침을 하며 모르는 척 해주었다.

하온은 삼 년이라는 말에 처음 서후가 했던 말을 생각했다. 사장실에서도 삼 년이라고 했었는데.

하온이 서후의 얼굴을 뚫어지게 보자, 서후는 주변의 눈치를 보며 귤을 한 개 까더니 반으로 가르고 다시 반으로 갈라 하온의 입에 넣어주었다.

"아, 시다."

서후는 오물거리는 하온의 입안에 다시 귤을 넣어주며 입술에 살짝 입을 맞췄다. 서후는 얼굴이 발개진 하온을 뒤로하고 돌아섰다. 하온은 다급히 주위를 두리번거렸다. 정옥과 재민은 분주히 손을 놀리고 있었다. 다행히 감귤 나뭇가지에 가려져 그들의 입맞춤을 보지 못한 듯했다.

한 시간 남짓 귤을 더 따고 바구니를 옮기는데, 재민이 조용히 서후를 불렀다. 재민은 서후의 직업은 상관없었다. 됨됨이가 중요했기 때문이다.

"내 딸을 많이 좋아하지? 나는 내 딸을 아껴줄 사람을 원하네. 지금은 그냥 지켜볼 건데. 울리지는 않았으면 좋겠어."

그렇게 말하고 재민은 자리를 벗어났다.

"복구야!"

밖으로 나오지 않고 창가에 앉아서 문만 열고 있던 노 여사는 서후에게 손짓했다. 서후는 다가가 노 여사가 내민 손을 마주 잡았다.

"안녕히 계세요."

"복구야, 어디 가?"

"네, 집에 갑니다."

노 여사가 바싹 서후에게 다가와 귀엣말로 속삭였다.

"복구야, 메리 사랑하지?"

서후는 고개를 끄덕였다.

"메리도 복구 사랑해?"

"아직 모릅니다."

팍!

갑자기 노 여사가 서후의 머리를 때렸다. 매운 손맛에 서후는 절로 인상을 썼다.

"으이그. 당연히 메리는 너를 사랑하지 않지. 진돗개가 복구를 왜 사랑하니? 킥킥!"

노 여사가 웃는다. 메리는 진돗개고 복구는 서후 자신이라는 소리였다. 서후는 노 여사 앞이라 당황한 내색은 못 하고 있을 뿐이었다.

생각에 잠겼던 서후가 다시 혼자 피식 웃었다. 곧 비행기 탑승 안내 방송이 나오고 서후는 시계를 보며 게이트로 걸음을 옮겼다.

❄❅❄

하온의 표정이 좋지 않았다. 혼자 서후를 보내야 하는 것이 마음에 걸렸다. 옷을 챙겨 입고 나오니 서후는 어느새 할머니와 손을 잡고 인사를 나누고 있었다. 할머니가 귓속말로 뭐라고 하자

고개를 갸웃거리면서 생각을 하기도 했다.

하온은 서후가 삼 년이라고 했던 말을 계속 상기했다. 삼 년이라면 언제를 말하는 거지? 자신이 입사한 후일 텐데.

모두에게 인사를 마치고 운전석에 오르면서 서후는 아쉬운지 계속 '할머님 생신 때문에 그냥 두는 거야'라고 했다.

"가세요, 사장님."

"그 사장님 소리가 불만인데. 오늘은 바빠서 안 되겠다."

서후가 차에 시동을 걸고 손을 흔들었다. 하온은 작별 인사가 '끝'인 것 같아서 자동차가 보이지 않을 때까지 한참을 서 있었다. 이내 하온은 잽싸게 방으로 들어갔다. 짐을 챙기고, 모자를 하나 눌러쓰고, 마지막으로 그가 준 봉투를 집었다.

"유하온. 이거는 말이지. 내가 혼자 돌아가지 않겠다고 결심하고 가지고 온 거거든?"

봉투 안을 열어본 하온은 밖으로 뛰쳐나와 큰 소리로 외쳤다.

"아빠! 아빠! 나 서울 가야 해요. 빨리요!"

정옥과 재민은 한쪽에서 귤 박스 포장을 하다 말고 하온의 목소리에 놀라 달려왔다.

"무슨 소리야. 갑자기 왜?"

"나 서울 가야 해, 빨리. 아빠, 나 공항에 데려다줘요. 빨리요!"

하온의 성화에 재민은 배달용 트럭을 끌고 나왔다. 하온이 노여사에게 먼저 인사하고 나머지 분들에게는 크게 인사하고 말았다.

"하온아, 할머니 생신도 안 보고 가는 거야?"

"엄마, 죄송해요. 내일 시상식에 빠지면 나 대상 취소돼."

거짓말을 하고 말았다. 할머니 생신도 안 보고 가는 나쁜 손녀가 되더라도 이렇게 그를 보내면 영영 이별이 될 것 같아서 가야했다.

"갑자기 가는 이유가 뭐야?"

재민은 하온의 말대로 트럭을 공항으로 운전하였다. 마음이 급한지 편하게 앉아 있지 못하는 딸을 보니 덩달아 재민도 마음이 급했다.

"알아볼 게 있어요. 꼭 오늘 물어봐야 해."

"그걸 오늘 말 안 하면 죽어? 그 한서후 사장이 어디 가냐?"

"아빠, 기회가 왔을 때 해야 하잖아요. 지금이 그 기회예요."

"무슨 소리야. 나는 아직도 모르겠다. 소문은 진짜일 수 있어. 그게 너한테는 잘하는 것……."

"죄송해요. 전화 드릴게요."

트럭이 덜덜거리면서 속도를 줄였다. 완전히 멈춰 서기도 전에 하온이 뛰듯이 내려섰다.

"다친다. 조심해!"

재민은 뒤도 안 보고 달려가는 하온의 뒤로 소리를 지르면서도 딸이 늦지 않았기를 바랐다.

비즈니스 석에 앉아 있던 서후는 보던 신문을 빈 옆 좌석에 내려놓았다. 창밖을 보니 이륙 준비가 얼추 된 것 같았다. 서후는 눈을 감고 의자에 몸을 기대었다.

"잠깐만요. 아직이요. 출발하면 안 돼요. 잠시만요!"

누군가 급하게 탑승하는지 매우 시끄러웠다.

"기내에서는 뛰시면 안 됩니다. 아직 이륙 시간 남았으니 진정하십시오. 좌석 안내해 드리겠습니다. 이쪽으로 오시겠습니까?"

스튜어디스는 그녀의 티켓을 확인하고 자리로 안내했다. 뒤따라 들어가는 하온은 굴 땄을 때 복장 그대로였고 화장도 하지 않은 상태였다. 머리카락도 헝클어진 상태였다.

"허억! 허억! 아이고 숨 차라. 저기, 여기 맞죠? 여기요."

"네, 맞습니다."

스튜어디스와 여자의 목소리가 바로 귓가에서 들려서 서후가 눈을 떴다. 그런데 눈앞에 하온이 서 있었다. 서후는 믿을 수 없어 눈을 몇 번 깜빡였다. 다급하게 뛰어왔는지 하온의 머리칼은 비죽비죽 튀어나와 엉망진창이었다.

"안쪽 자리가 제 자리예요."

그러면서 하온은 당당하게 안쪽 자리까지 요구했다.

서후는 얼떨결에 자리에서 일어나 비켜주었다. 지금 눈앞에 있는 여자가 항상 깔끔하고 완벽한 그 유하온이 맞나?

"내가 아는 유하온 맞아?"

"네, 같이 가려고 왔어요."

서후가 하온의 흐트러진 머리칼을 넘겨주었다.

"지.못.미 유하온."

"그거, '지켜주지 못해서 미안해'의 약자잖아요. 지금 이상하다는 말씀이죠?"

서후가 씨익 웃는다. 그의 미소에 하온의 가슴이 콩닥거리며 떨려왔다. 그러면서 얼굴이 홍당무가 된다.

"아니. 지금 못 봤으면 미칠 뻔했어, 유하온."

'지못미 유하온.'

서후에게 이런 말을 들을 줄이야.

비행기가 이륙함과 동시에 서후는 마치 모든 것을 알고 있는 것처럼 행동했다. 하온이 비행기를 탈 때 무서워하는 것을 알고 있다는 듯이 눈을 감게 하고 자신의 어깨에 얼굴을 기대게 했다. 그리고 귀를 손바닥으로 막아주었고, 손을 꽉 잡아주었다.

"자, 이제는 편할 거야."

도무지 알 수 없는 사람이다. 공포증이 있다는 건 어떻게 알았을까. 모든 것이 미스터리였다.

"유하온의 마음이 갑자기 변한 게 신기해."

"갑자기 변한 건 아니고. 궁금했어요. 삼 년은 뭐고, 제가 비행기 무서워하는 건 어떻게 알고 계시는지요."

"그걸 쉽게 말해주면 재미없지. 알아내는 것도 유하온이 할일."

서후가 내준 과제다. 앞으로 알아가라고 한다. 그걸 어떻게 알아가지? 물어보면 대답해 줄 거라 생각했는데 쉽게 말을 안 해준다.

"그걸 어떻게……. 제가 알아내려면 어떤 방법을 써야 하죠?"

"하하. 아예 밥을 먹여달라고 하지?"

"흐음."

"어차피 유하온이 결정할 건 없어. 내가 누군지 알지? 서일그룹 한서후. 내가 얻고자 하는 건, 어떤 방법을 동원해서라도 얻었어. 그전에 기회를 주는 것뿐이야. 네가 선택해. 내가 기다려 온 만큼 이제는 너도 나한테 다가와."

서후는 진하에게 돌아오는 비행기 티켓은 일부러 두 장을 예약하라고 했다. 하온을 반드시 데리고 오기 위해서였다. 하온에게 마음을 표현했음에도 불구하고, 그녀는 제주도에 있는 동안 좀처럼 마음을 보여주지 않았다. 서후는 강제로 데리고 올 생각도 했지만 곧 방법을 달리 하기로 했다. 그녀가 마음을 열기를 기다리기로 말이다.

그에게는 엄청난 인내와 끈기가 필요하겠지만, 말도 못 하고 보냈던 기나긴 시간들을 생각하면 이쯤은 아무것도 아니었다.

"피하지 않아서 좋다고 하셨잖아요."

"그랬지. 피하지 않았잖아. 이젠 이렇게 함께 가려고 나를 따라왔고. 어느 정도 마음은 있다는 소린데. 나는 표현하기로 했으니까 당신은 내게 다가오라고. 아! 아주 섹시하게 다가와 주면 더 좋고."

'섹시'라는 단어에, 하온의 얼굴이 붉어졌다.

김포공항에 도착하자 회사 차량이 이미 도착하여 대기하고 있었다. 서후는 당연하게 하온을 데려다주었다.

"오늘은 이만 들어가. 나도 할 일이 많아. 내일은 지장 없이 출근하고, 시상식에서는 네이밍 공모전 대상 수상자로 만나."

"네, 안녕히 가세요."

서후가 이마에 가볍게 입술을 댔다. 이제는 자연스러운 스킨십이었다.

하온은 제주도에 전화해서 이상 없이 집에 도착했다는 말을 하고 간단히 통화를 끝냈다. 침대에 누워서 눈을 감았다. 할머니의 생신도 못 보내고 와서 마음이 안 좋았지만, 그의 마음이 진심이라는 것은 확실히 알았기 때문에 괜찮았다. 이제는 차근차근 알아갈 것이다.

❅

서후는 출근하자마자 하온의 휴대폰으로 전화를 걸었다. 메일로 도착한 새로운 라이 패션 로고를 하온에게 다시 보내주었다.

[회장실…… 하아, 아니, 사장님, 출근 잘 하셨어요?]

"개인적인 전화는 사장님 소리 안 할 수 없나? 아. 메일 확인 좀 해주겠어? 로고가 완성됐는데."

[네, 알겠습니다, 사장님.]

"거참, 이름을 불러주면 좋으련만."

[지금은 개인적인 용무가 아닙니다만. 제가 확인하고 답장 드리겠습니다.]

"흠. 알았어. 문자로 '좋아요, 싫어요' 그렇게 보내줘."

[네, 알겠습니다. 그럴게요.]

"다시 유하온으로 돌아왔군."

[하하. 이따 봬요.]

그래도 나긋나긋하기는 하군.

하온에게서 만족한다는 답장이 도착하고 나서야 서후는 시상식을 연다고 했다. 로고에 대한 하온의 의견이 어떠하든 시상식은 진행될 것인데 그럼에도 불구하고 서후는 우선 그녀의 대답을 듣고 싶었다.

"사장님, 보안팀장 올라왔습니다."

보안팀장이 건넨 서류를 보던 서후의 미간이 구겨지기 시작했다.

"이게 사실입니까?"

"시간은 확실합니다. 그때 사장님께서 들어가시기 전, 분명히 녹화가 안 됐다는 부분이었습니다."

서후가 보안팀장의 얼굴을 본다. 그러면서 입꼬리를 올려가며 가볍게 웃었다.

"누가 또 알고 있지?"

"지금 바로 가지고 올라왔습니다. 사장님께 가장 먼저 보여드리는 겁니다."

"그렇다면 나와 백 팀장만 안다는 소리죠? 이게 원본입니까?"

"네, 그렇습니다."

서후는 고개를 끄덕이고 진하를 불렀다.

"부르셨습니까?"

"내가 준비한 거."

"네, 알겠습니다."

서후는 진하에게 그만 나가보라 손짓하며 보안팀 전원 회식을 시켜주라고 했다. 보안팀장과 진하가 모두 나간 후, 서후의 인상이 매섭게 변하기 시작했다.

"한율하, 네가 이런 짓을 하고도 멀쩡한 얼굴로 다녔어!"

주먹으로 테이블을 내려친 뒤 서후는 정세형과 한율하를 처리할 일만 생각했다. 그런데 그때, 하온에게서 온 문자에 서후는 어리둥절해졌다.

'이 여자, 욕한 거야?'

[하온아, 이게 어떻게 된 거니?]

정옥이 아침부터 전화해서 호들갑이다. 느닷없이 회사로 전화를 해서는 어찌나 소리를 질러대는지 하온은 정신이 없었다.

재후는 잘 왔다며 그녀를 환영해 주고는 조찬 약속에 참석하기 위해 곧 자리를 비웠다. 회장실이 한가해서 다행이었지 그렇지 않았다면 아마 회장실 전체가 다 울렸을 것이다.

"엄마, 조용히 좀 말해봐요. 왜 이렇게 흥분을 해서 그래요?"

[애! 내가 이걸 어떻게 고맙다고 인사해야 하니. 그 사람 정말, 그 싸가지…… 아니, 이제는 그렇게 불러서는 안 될 거 같아.]

"무슨 말씀이에요?"

휴대폰 진동이 울려서 보니 서후에게 온 전화였다. 하온은 정옥에게 잠시 기다리라고 하고 전화를 받았다.

"회장실…… 하아, 아니, 사장님, 출근 잘 하셨어요?"

하온은 직업병이라고 할 정도로 전화만 받으면 회장실이라는 말을 잘했는데 역시나 오늘도 마찬가지였다. 서후가 메일을 확인하라고 했다. 하온은 바로 메일함을 열어 수신함을 클릭했다.

"지금은 개인적인 용무가 아닙니다만. 제가 확인하고 답장 드리겠습니다.”

[흠. 알았어. 문자로 ‘좋아요, 싫어요’ 그렇게 보내줘.]

“네, 알겠습니다. 그럴게요.”

[다시 유하온으로 돌아왔군.]

“하하. 이따 봬요.”

하온은 전화를 끊고 다시 정옥과 하던 회사 전화에 귀를 댔다.

[왜 이렇게 오래 걸려!]

“엄마, 나 바빠서 이만 끊어야 할 거 같아. 급한 거 아니면 나중에 전화 드릴게요. 할머니 생신 축하드리는 의미로 제가 따로 뷔페나 식당 알아볼게요. 모시고 가서 진지 드셔요. 응?”

[하온아, 그거 안 해도 돼. 세상에나, 호텔에서 나와서 종류별로 음식을 차리고, 동네 사람도 다 초대하라고 넉넉하게 준비했대. 이걸 사진으로 어떻게 보내지? 여기요, 이봐요……]

“엄마, 엄마! 그게 무슨 말씀이셔?”

대답이 없는 정옥 때문에 일단 메일을 확인했다. 제대로 설명이 되었는지 로고는 마음에 들었다. 바로 서후에게 문자를 쓰기 시작했다. ‘아주 좋아요’를 쓰고 있는데 정옥이 보내온 사진을 보고 깜짝 놀랐다.

호텔에서 출장 요리를 보냈다고 한다. 서후가 직접 지시했고, 할머니 생신 선물이라고 했단다. 메뉴도 서후가 확인한 후, 허락받은 것만 보낸 것이라고 한다. 하온은 놀란 나머지 엉뚱하게 적힌 문자의 발신 버튼을 눌러 버렸다.

“어머! 이를 어째!”

〈아주 조까요.(아주 좋아요.)〉

잠시 후, 하온이 서후에게 고맙다며 전화를 했다. 물론 문자 이야기는 언급이 없었다. 서후는 분명 그녀가 시치미 떼는 것으로 생각했다.

[저기, 이건……. 언제 이렇게 신경을 쓰셨어요? 이렇게 안 하셔도 되는데. 감사해요.]

"이것 봐, 유하온. 감사하기 전에 나한테 해명부터 하지."

[아, 문자. 그게, 저기…….]

"당황하지 말고 말해. 뭐가 문제여서 나한테. 조.까.요 했냐고."

"허얼~ 이럴 때, 사용하는 말이 맞는 거 같아. 정말 헐이네, 한 사장."

문 앞에는 언제 왔는지 라이 패션 사장이 서 있었다. 김원순 사장. 여걸로 알려진 그녀는 서후가 직접 스카우트한 사람이다. 서후가 씩 하고 웃었다.

"웃지 말고, 누군지 몰라도 욕이나 마저 하고. 나 좀 봐."

김 사장은 터벅터벅 들어와서 소파에 앉았다.

[누가 오셨나 봐요. 제가 나중에…….]

"중요한 사람 아니야."

김 사장은 자신을 홀대하는 서후를 향해서 입술을 깨물었다. 저렇게 무시하면서, 왜 저를 사장 자리에 앉혔는지 모르겠다. 원순은 서후 엄마뻘의 나이지만, 사회생활을 오래해서 그런지 웬만하면 모든 사람과 편하게 지내려고 했다. 더구나 동대문에서 남자들 옷만 30년 동안 만들어서 납품도 했기 때문에 적당히 남자를 다룰 줄도 알았다.

원순은 시간을 확인하고는 서후를 향해서 손목시계를 툭툭 쳤다. 시간이 없다는 신호다. 그런데 서후는 오히려 보란 듯이 느긋하게 책상에 걸터앉았다.

"자, 말해봐."

[죄송해요. 잘못 보낸 거예요, 너무 놀라서. 엄마가 사진을 보

내주셨는데 세상에, 농장 길 전체가 음식으로 세팅돼서…… 그 사진을 보는 순간 놀라서 그만……. 놀라셨죠?]

"놀라셨죠? 이봐, 유하온 씨. 내가 입에 거품 물고 쫓아가길 원한 거 아니야? 나 당장에 거기로 달려갈 뻔했어!"

[너무 놀랐고, 감사하고, 멋졌어요.]

"정말?"

누구와 통화를 하는지는 모르겠지만 서후가 저렇게 좋아하며 웃는 모습은 처음 보는 것 같은 원순이었다. 저런 사소한 통화에 좋아하는 것을 보면 참 단순한 사람이라는 생각마저 들어 고개가 절로 절레절레 흔들렸다. 그러고 보니 처음 서후가 자신을 찾아왔을 때의 모습이 생각이 났다.

6개월 전이었을 것이다. 다짜고짜 찾아와서는 명함을 내밀며 함께 일하자고 하여, 그 자리에서 명함을 찢어버렸었다. 그런데 서후는 눈도 꿈쩍하지 않고, 그 자리에서 자신의 명함 한 통을 꺼내 놓더니 다 찢어보라고, 그럴 때까지 움직이지 않겠다고 하였다. 하여 결국 원순은 그가 찾아온 용건이나 듣자고 하였다.

그에 서후는 이번에 새롭게 출시하는 남성 캐주얼 전문 회사의 사장 자리를 맡기고 싶다고 말하며 회사 자료를 두고 갔다. 그것이 첫 만남이었다. 그 뒤로도 몇 번을 찾아와서 자신을 귀찮게 한 서후가 결국 설득에 승리했다. 그리하여 원순은 30년 넘게 운영하던 자신의 가게를 정리하고 고작 한 달 남짓 본 한서후를 따라와서 SnI 패션부터 라이 패션에 관한 것을 알아나갔다.

"내가 과제를 내주겠어."

[네? 과제요?]

"오늘 중으로 '조.까.요'로 만족할 만한 삼행시를 보내. 문자도 좋고, 메일도 좋고."

통화하는 내내 서후의 얼굴은 계속 싱글벙글이었다. 당황하고 있을 하온의 얼굴이 보이는 것만 같았다. 하여 저절로 웃음이 나왔다.

[네?]

"엄청나게 화가 났으니까, 내 기분을 풀어주라고. 안 그러면 당신! 나한테 또 안 좋은 소리 들을 거야. 분명히 말했어. 뭐, 아주 기분 좋은 말을 해주면 내 화가 풀리겠지? 기대할게."

[사장님, 봐주세요. 정말 잘못 보낸…….]

서후는 하온의 말을 듣지 않고 전화를 끊어버렸다. 꼭 그녀의 삼행시를 듣고야 말 것이다.

"연애한다고 자랑해? 시간 없다고 분명히 말했는데, 한 사장."

"하하. 시상식 때 봐도 될 텐데, 무슨 일로 오셨어요?"

서후가 드디어 원순 앞에 앉았다.

전화를 끊은 하온은 고민에 빠졌다. 정말 화가 났으면 어쩌나 걱정이 되었다.

그래도 그렇지, 난데없이 삼행시라니. 하온은 삼행시에 자신이 없었다. 가장 취약한 부분이 작문이었는데, 어째서 삼행시란 말인가. 하온은 아무리 머리를 굴려도 '조까요', 이 말로는 전혀 생각나지 않았다. 꼭 머리말에 운을 뗄 필요 있을까?

좋은 말을 해주면 화가 풀릴 거라 했었지? 그의 말을 곱씹던 하온은 아침에 제주도에서 찍어 보내온 사진을 다시 보며 서후를 향한 자신의 마음은 어떤 것인지 곰곰이 생각하기 시작했다.

"안 됩니다."

"그럼 신입들만 데리고 일하라는 말이야? 그건 곤란해요, 한 사장."

김원순 사장의 용건은 라이 패션으로 기존 SnI의 디자이너들을 데리고 가고 싶다는 것이다. 특히 한율하 실장과 함께 정세형 팀장까지.

"다른 디자이너는 괜찮아요. 한율하, 정세형. 둘은 안 돼요. 새로 발령 낼 거라서."

"어디 새로운 곳에 발령 냈어? 못 들었는데?"

서후가 씩 웃었다.

"한 사장, 그렇게 웃지 좀 말고!"

"이번에 새롭게 대상 받은 누구더라……."

서후가 자신의 책상으로 돌아가서 시상식 명단을 보며 이름을 거론했다. 이번에는 브랜드네이밍 공모전과 동시에 디자이너 공모전도 열렸고, 두 공모전의 시상식이 오늘 함께 열리는 것이었다.

"은시혁? 이 친구가 대상? 경력도 없고, 학벌도 그저 그래. 뒤에 빽도 없고."

"그게 왜 결격 사유가 돼?"

원순의 표정이 당장에 일그러졌다. 서후도 역시 저런 사람이었나? 학벌, 지연, 학연. 그런 것만 따지고, 배경을 중요시하는?

"포트폴리오에 관심이 가요. 솔직히 아주 평범해 보이면서 자연스럽거든. 남들처럼 꾸미지 않았는데, 멋지더라고요. 이런 사람이 주위에 많았으면 하는 바람이죠."

"훗! 나도 그랬으면 좋겠어. 그래서 디자이너 좀 데리고 간다고, 한 사장."

다행히 서후는 그런 부류는 아닌지, 대상 입상자의 실력을 제대로 평가하고 있었다. 원순은 서후의 그런 면이 마음에 들었다.

"그렇기 때문에 더욱 그 둘은 못 데리고 가요. 아주 쓰레기 같아서 말이야. 나는 말이죠. 나를 속이는 사람을 아주 싫어하거든요."

"한 사장, 무슨 소린지 알아듣게 말해. 그리고 내가 듣기로는 한 실장은 사촌으로 아는데, 말이 심하네. 내가 오기 전에 사장으로 거론되었던 사람을 그렇게까지 말할 필요 있어?"

"풋! 그딴 소문 믿으세요? 사장님은 김원순 사장님이시니까 걱정하지 마시고, 디자이너가 부족하면 더 충원하십시오."

원순의 결국 고개를 끄덕였다. 율하와 세형의 실력을 마음에 두고 있어서 라이 패션으로 데리고 가고 싶었던 것은 아니다. 신입이 많아서 중간 관리자가 필요했던 것이다.

시상식 시간이 다가오자 서후와 원순은 함께 사장실을 나섰다. 그러다 시상식이 열리는 홀 앞 로비에서 사람들과 어울려 오고 있는 율하와 마주쳤다.

"한율하, 넌 여기 참석할 필요 없어. 내가 아직 말을 안 했나? 채 실장, 당장 공문 띄워. 한율하 대기 발령이라고."

느닷없는 서후의 말에 직원들은 눈치를 보며 바로 시상식장 안으로 들어갔고, 율하는 자리에서 꼼짝 못 하고 있었다. 원순도 모른 척 안으로 들어갔고, 진하만 어쩔 줄 몰라 했다.

"뭐 해? 내가 끌어내? 한율하, 여기서 나가라고. 아웃!"

"오빠!"

"오빠? 공과 사도 구분 못 하나? 지금 바쁘니까 문책은 시상식 끝난 후에 하겠어. 가서 대기하도록."

서후는 돌아서 식장 안으로 들어갔고, 진하는 공문 발송을 위해 자리를 떴다. 서후의 뒤를 따라가려던 율하의 앞을 보안 담당이 가로막았다. 그러자 서후가 뒤돌아보며 한마디 했다.

"아, 만약 소란 피우면 건물에서 끌어내. 그래도 소란 피우면 경찰에 신고하고."

"네!"

"사장님, 왜 그래요. 내가 뭘 잘못…….."

율하가 말하거나 말거나 서후가 안으로 완전히 들어가자 보안

직원은 대강당 문을 가차 없이 닫아버렸다.

서후는 단상 위 중앙에 원순과 나란히 착석했다. 단상 아래 맨 앞줄에는 시상 순대로 공모전 입상자들을 위한 자리가 마련되어 있었다. 네이밍 공모전 수상자가 순서대로 앉았고, 그 옆으로 라이 패션 디자인 공모전 수상자가 순서대로 앉았다. 그리고 직원과 가족들은 그 뒤에 줄지어 앉았다.

서후의 눈에 멀리 하온이 들어오는 것이 보였다. 하온도 서후를 보았는지 미소를 지었다. 서후는 저도 모르게 입술을 살짝 말아 올렸다. 하온은 제 이름이 적힌 좌석을 찾아 앉더니 열심히 무언가를 하고 있었다.

'유하온, 여기 좀 봐. 얼굴 좀 보자.'

가뜩이나 멀리서 바라보는 것이 속상한 서후였는데 고개까지 숙이고 있는 하온이 마음에 들지 않은 것이었다.

"띠링! 문자 왔다!"

그때 서후의 문자 벨소리가 울렸다.

〈아침에 문자는 정말 실수. 너그럽게 이해해 주신다면, 그대는 진정한 멋쟁이~~~♥〉

또다시 벨소리가 울렸다. 연달아 온 문자에 서후의 미소는 지워질 줄 몰랐다.

〈(조)급하다고 여겨도 좋아요.〉

〈그냥 좋아한다고 말해 버릴(까)?〉

〈다시 생각해도 부족하지만……. 이젠, 제가 다가갈게(요).〉

순간 넋이 나간 서후는 문자를 반복해 읽다 고개를 들어 하온을 쳐다보았다. 그녀가 저를 보며 빙긋 미소 짓고 있었다.

"잠시 후, 시상식이 거행되겠습니다. 모든 내, 외빈 여러분께서는 자리에 착석해 주시기 바랍니다."

곧 시상식이 시작됐다. 먼저 디자인 공모전 시상식이 있었다.

사회자의 안내에 따라서 호명되는 사람들이 차례로 무대로 올라왔다.

그때까지도 멍하니 있던 서후를 누군가 툭툭 쳤다. 바로 진행 요원이었다.

"사장님, 다음은 대상 수상자가 나올 차례입니다. 시상은 사장님께서 하셔야 합니다."

"어, 알았어요."

그 말에 서후는 간신히 정신을 차렸다.

"다음은 대상 수상자입니다. 대상 시상에는 SnI 패션 한서후 사장님께서 수고해 주시겠습니다."

서후는 이름이 불리자 눈을 감고 심호흡을 한 뒤, 자리에서 일어나 단상으로 걸어 나갔다.

"다음은 라이 패션 디자인 공모전 대상 수상자입니다. 수상자는……. 은시혁 씨."

검은 슈트를 입은, 다소 마르고 키가 큰 남자가 걸어 나왔다.

서후가 상패와 상금을, 꽃다발은 김원순 사장이 전달한 뒤 서후가 수상자에게 악수를 청했다.

"축하해요."

"감사합니다."

"다음은 라이 패션이라는 이름을 탄생시킨 주인공이죠. 바로 호명하겠습니다. 대상입니다. 대단하게도 SnI 패션에서 나온 것이 아니라, 비서실에서 나왔습니다. 서일그룹 비서실 소속 대리 유하온 씨입니다. 축하합니다."

드디어 이름이 불렸다. 하온은 자신의 차례가 오기를 누구보다 기다렸다. 무척이나 떨렸다. 사실 학창시절에도 대상이라는 것을 받은 적이 없어서 기대 이상으로 기뻤다.

시상 역시 서후가 하였다. 이상하게 상을 받은 그녀보다 주는 그가 더 떨고 있는 것 같았다.

"축하해요, 유하온 씨."

"감사합니다, 사장님."

하온은 이 사람도 긴장할 때가 있구나 하는 생각을 했다. 천하의 한서후가 말이다.

"문자 잘 봤어, 유하온."

악수를 하며 말하는 서후의 입은 웃고 있었지만 장난기에 입가가 살짝 떨리고 있었다. 그 행동에 뭔가 떠올라 하온은 살짝 겁이 났다.

'마이크!'

하온은 소리는 내지 않고 입 모양으로 마이크라고 했다. 다행히 사람들을 등지고 있어서 서후를 향해서 입만 벙긋하는 것이 가능했다.

"오프."

서후는 축하 인사 후에 일부러 마이크 온오프 스위치를 찾아서 오프(OFF) 위치에 두었음을 말했다. 하온은 바로 알아들었고 그냥 웃었다.

서후는 악수하는 손을 오랜 시간 잡고 흔들면서 반가움을 내색하지 않으려 무한 노력 중이었다. 괜히 입을 막고 기침했다.

"자, 유하온 대리, 소감 좀 부탁해요."

서후가 하도 악수를 오래하자 사회자가 먼저 소감을 부탁했다. 그제야 서후가 손을 놓고 슬쩍 마이크를 다시 켜며, 사회자를 레이저가 나올 만큼 째려본 뒤 들어갔다.

서후는 마이크 쪽으로 이동하는 하온과 잠깐 눈이 마주치자, 눈웃음을 지어 보였다.

아, 우리 유하온, 웃는 모습도 예쁘네.

"아, 이렇게 큰 상 주셔서 감사합니다. 특히 소개된 대로 저는

SnI 패션 소속도 아니고, 그룹 비서실 소속인데 말이죠. 한서후 사장님께 가장 감사드립니다."

하온이 갑자기 뒤를 돌더니 그에게 꾸벅 인사했다. 서후는 앉았던 자리에서 살짝 일어나서 그녀의 인사를 받아주었다.

"부탁 하나 드리고 싶습니다, 사장님께. 수상자 모두와 식사를 한다고 들었습니다."

하온은 앞을 보고 말하고 있었지만 서후를 향해서 묻고 있었다.

"저는 다른 방법을 생각해 봤는데, 들어주셨으면 합니다. 공식적으로 단둘이서 먹으면 안 되나요?"

하온은 소감을 말하는 것이 아니라, 공개 데이트 신청을 한 것이다.

"오, 뭐야!"

"꼬리치는 거야?"

"어머, 멋지다."

"저는 안 됩니까?"

강당 안은 순식간에 소란스러워졌다. 몇몇 사원은 하온을 비난했고, 몇몇은 그녀의 용기에 감탄했다. 심지어 그 모습에 반했다는 듯 도리어 데이트 신청을 하는 이도 있었다.

서후는 안절부절못했다. 하온이 원하는 것은 도대체 무엇일까. 이런 자리에서 말하는 이유가 무엇일까. 반면, 하온은 대답도 듣기 전에 돌이 날아올까 걱정이 되었다. 사람들의 반응으로 보아 그가 이렇게 인기가 좋았나 싶었다. SnI 패션에 그와 자신이 공개적으로 데이트한다고 말하고 싶었다. 하지만, 뒤를 돌아보니 당황하고 있는 서후의 모습에 아, 사과해야겠구나 싶었다.

"사장님, 죄송합니다. 제가 그만 결례를 했습니다. 그냥 회식 참……."

"좋아요."

그녀가 말을 무르려고 하자 서후가 큰 소리로 대답했다. 그러자 '우와!' 하면서 함성과 박수가 쏟아졌다. 과연 다가온다는 것이 이거였나? 공개연애 못 할 거야 없지. 대신 유하온도 각오해야 할 거야. 나중에 놔달라고 애원해도 절대 안 놔줄 테니까.

"하하. 정말로 그렇게 하신답니다. 공개로 데이트하시고, 우리 인증 사진은 사내 게시판에 올릴까요? 하하."

사회자의 말에 파장은 더욱 커지고 있었다.

서후는 '저 새끼를 죽일까 말까' 생각 중이었고. 하온은 '멋진 남자로 등극'이라며 눈을 반짝반짝 빛내고 있었다.

시상식이 끝나고 모두 밖으로 나가면서 웅성거리는 소리가 들렸다.

"야, 대단하다. 사장님이 그걸 받아주더라. 나는 성격이 그래서 그 여자한테도 아~웃! 그럴 줄 알았어."

"그 대리도 대단하다. 이러다가 사장님하고 유하온 비서 진짜 사귀는 거 아니야?"

"설마. 그냥 한 번 만나고 말겠지."

"그래도 한 번이 어디야. 나도 밥이라도 한 번 먹어봤으면."

"나는 싫어. 그런 까칠남과 밥 먹다가 체할 거 같아."

나가면서도 그들의 이야기가 단연 화제였다. 하온은 모두가 나갈 때까지 자리에 앉아 있었다. 고개를 숙이고 꽃다발 향기를 맡고 있었다.

"아직 안 갔어?"

"어머!"

서후가 언제 왔는지 뒷짐을 쥐고 앞에 서 있었다. 하온이 자리에서 일어났다.

"죄송해요. 그냥 싫다고 하시지."

"연달아 터뜨리는 폭탄에 놀랐는데. 이유를 알기는 했어. 나한 테 배신하지 말라는 경고, 아니면……. 이렇게 만나도 그만, 아니 어도 그만. 아닌가?"

"……."

"유하온은 머리가 좋은 건가? 그 순간을 잘 활용하는 거 같아. 삼행시도 아주 하늘을 날게 해주더니, 이번 것은 바이킹 탄 기분 이야. 대신, 데이트 장소는 내가 정할 거야. 유하온, 절대 거부하 기 없기. 알았어?"

5
공개 데이트

율하는 사장실에서 서후가 오기만을 얌전히 기다리고 있었다. 자신이 왜 이런 수모를 당해야 하는지를 생각해야 했다. 재후와 달리 서후는 어떤 아양이나, 애교 또는 회유책도 먹히지 않는 성격이라는 것을 그 누구보다 자신이 잘 알고 있었다. 분명한 것은 서후는 이유 없이 이럴 사람이 아니라는 것이다.

'지난밤에 술 마시고 전화했던 것 때문에 그런가?'

율하는 화가 나서 따지기 위해 전화를 했었다. 어려서부터 친하게 지냈던 재후와는 또 다른 성격의 서후였다.

'재후 오빠한테 도움을 요청할까? 아, 정말……. 오늘도 애들하고 뭉칠까?'

막상 이유를 몰라 답답한 율하는 친구들에게 또 한 번 뭉치자는 카톡을 남겼다. 요즈음은 세형과도 사이가 원만하지 않았다. 사실 그녀에게 세형은 단순히 엔조이 상대일 뿐이었다. 그도 그렇게 느끼는지 대기 발령 이후로는 전화도 없었다. 예전부터 그랬다. 율하는 사람을 오래 사귀지 못하고 항상 쉽게 질리는 경우가 많아 단발성 만남이 주된 관계였다.

"훗! 정세형. 그렇다고 이렇게 나오면 안 되지. 내가 이래봬도 서일그룹 회장의 사촌이라고. SnI 패션 사장도 사촌이고. 그런데 네가 이렇게 나와?"

고민하던 것도 잠시 율하는 도도하게 소파에 다리를 꼬고 앉아 있었다. 시간이 어느 정도 지났는지 문이 열리는 소리가 들리며 서후가 들어왔다. 율하는 입을 뾰로통하게 내밀고 서후에게 다가 갔다.

"도대체 나한테 왜 그래?"

서후는 율하의 말을 무시하고 겉옷을 벗어 걸고, 자리에 앉았 다.

"오빠! 내 말 안 들려?"

서후의 날카로운 시선에 율하는 침을 꿀꺽 삼키고 다시 이유를 묻기로 했다.

"이유를 알아야……."

"기회를 줄게. 네가 잘못한 걸 네 입으로 말하면 선처해 줄 의 향은 있어. 말해."

서후는 깍지를 끼고 턱을 괴며, 율하에게서 시선을 떼지 않았 다. 그 상태로 표정에도 변화가 없었다. 다만 서후가 지금 무척 참 고 있다는 것은 확실하게 보였다. 그 증거로 손에 힘이 잔뜩 들어 가 있었다.

'기회? 뭐를 말하라는 거야? ……혹시?'

"한율하? 머리 굴려서 거짓말하라고 시간 주는 거 아니야. 자, 어서 말해."

짐작이 가는 것은 있었지만, 율하는 말하지 않았다. 잡아떼면 그도 어쩔 방법이 없을 것이다. 만일 증거가 나와도 조작된 거라 고 하면 그만이고, 최후에는 부모님께 도움을 요청하면 될 것이라는 그런 생각을 하고 있었다.

"말 안 해? 기회는 네가 찬 거다."

"도대체 뭘 말하라는 거야? 나는 잘못한 거 없어. 혹시 전화해서 내가 라이 패션……."

"아니. 고작 그걸로 내가 너를 대기 발령 내렸겠어? 그것도 정세형과?"

그의 입에서 세형의 이름이 나오자 율하는 입안에 침이 바짝 말랐다. 역시 알고 있었다.

"네가 원한다면 증거도 보여줄 수 있어. 그리고 나면, 넌 모든 사람들을 동원해서 빠져나갈 궁리를 하겠지. 그런데 말이야, 한 율하. 원래 이렇게 조용히 말하는 게 내 방식은 아니야. 아주 답답해서 미칠 거 같아. 그런데 왜 이렇게 말하는지, 아니?"

율하는 서후의 눈이 무서웠다. 그렇다고 이럴 정도로 잘못했다고는 생각하지 않았다. 따지면서 대구를 해야 하는데, 항상 한서후 앞에서는 얼음이 되고 만다. 오히려 조용히 말하니까 더 대들지 못하겠다.

"이렇게 하기를 원하는 사람이 있어."

서후는 픽 하고 웃더니 인터폰을 눌러 진하에게 말했다.

[네, 사장님.]

"들어오라고 해요."

곧 문이 열리더니 하온이 들어왔다. 하온이 표정 변화 없이 율하를 직시했다.

❀❄❀

조금 전, 대강당.

"데이트 장소는 내가 정할 거야. 절대 거부하기 없기. 알았어?"

"네? 하하. 네."

그때 진하가 서후에게 다가와 귓속말을 했다. 진하가 다녀가고 나서 서후의 얼굴이 급속도로 구겨졌다. 하온은 그의 일에 문제가 생겼다고 생각하고 자리에서 일어났다.

"사장님, 바쁘시죠? 저도 이만 가볼게요."

"유하온 씨."

서후의 목소리가 자못 심각했다.

"잠깐, 얘기 좀 해요."

상사와 부하 직원의 관계.

딱 그 분위기였다. 두 사람은 강당을 나와 외부 손님과 간단한 미팅을 하는 접견실로 향했다.

"뭐 좀 마실까?"

"네. 제가 할게요."

그러자 서후가 손을 들어 하온을 저지하더니 직접 커피머신에 캡슐을 넣어 커피를 내렸다. 라떼 한 잔만 가지고 돌아온 서후를 하온이 의아하게 쳐다보자, 서후가 '나는 물' 하며 손에 든 물병을 흔들었다.

"마시면서 놀라지 말고 들어."

하온은 얼마나 놀랄 일이기에 저러나 싶었다. 커피 잔을 입에 대며 서후를 쳐다보았다.

"정세형과 함께 있던 여자를 찾았어."

"푸웁!"

그 말에 하온은 정말 놀라서 커피를 내뿜었다. 서후는 어디까지 튀었나를 살피며 휴지를 뽑아 하온의 얼굴을 닦아주었다.

"놀라지 말라니까. 누군지 알면 더 놀라겠네."

"누구……?"

"한율하."

서후는 뜸 들이지 않고 말했다. 강당에 있을 때, 진하는 율하가 사장실에서 기다리고 있다는 말을 해주었다. 생각해 보니 문자로 하온의 마음도 알았고, 공개적으로 만나보자고 약속도 했는데 정세형과 한율하를 그냥 둘 수는 없는 노릇이었다. 그래서 서후는 하온에게 먼저 말하고 그 둘을 해결하자 싶었다.

하온은 많이 놀랐는지 멍하니 앞만 쳐다보고 있었다. 서후는 차마 하온의 생각을 묻지 못했다. 율하가 제 사촌 동생인데, 등잔 밑이 어둡다고 처음에 애꿎은 하온을 오해하고 막말을 해댔으니까 말이다.

"알고 나니까, 내가 더 미안해지네."

서후는 진심이라서 고개도 못 들었다.

"알기 전에는 덜 미안하셨어요?"

"하아. 그런 말이 아니라……."

"진심으로 사과하셨으니까 그 상대가 누구였다고 해도 더 미안하실 필요는 없어요. 알고 그런 것도 아니고."

서후는 하온이 이해해 주는 것이 그저 고마웠다.

"정세형과 한율하 실장이라니……."

"둘에게는 확인 전이지만 증거는 있어. 자, 이제 어떻게 할까. 내가 가서 확!"

"사장님, 그 자리에 저도 있고 싶어요. 그리고 소리부터 지르지 마세요. 궁지에 몰리면 쥐도 고양이를 물잖아요. 그냥 기회를 주죠. 스스로 말할 기회."

"그랬는데 말 안 하면?"

"그때는 사장님 뜻대로 하세요."

서후는 담담하게 말하는 하온이 신기했다. 아니다, 그녀의 눈빛은 이미 초점을 잃고 허공에서 흔들리고 있었다. 아무리 그래도 충격이 크긴 했나 보다.

"좋아. 그런데…… 정말 괜찮아?"

"괜찮지 않으면, 여기에서 울고불고할까요?"

"차라리 나한테 원망이라도 하지? 왜 알지도 못하면서 의심했느냐고. 그 상대가 자기가 아니라, 그 잘난 서일그룹 계열의 서일메디컬센터 병원장 딸이 남의 애인 가로챈 건데 억울하다고."

"진심이세요?"

"아니!"

바로 대답했다. 하온의 원망을 듣는다면 그것 또한 엄청난 고통일 것이다. 이미 율하가 한 일이 자신이 당한 것처럼 가슴이 아팠었기 때문이다. 사장실로 오면서 서후가 말했다. 율하에게 기회를 주겠노라고, 하온이 원한 것이니까. 그러면서 속으로 생각했다.

'한율하, 하온이 기회를 주라고 해서 주지만, 네가 그 기회는 잡지 않길 바란다. 왜냐면 난 용서 따위 할 생각이 없거든.'

＊❅＊

"유하온? 깜찍하네? 지금 이 상황 다 네가 꾸민 거야?"

"닥쳐! 한율하. 이제 기회는 없어."

율하를 마치 잡아먹을 듯했던 서후의 눈빛이 하온을 볼 때는 부드럽게 변했다.

"유하온 씨, 나는 하온 씨가 원하는 대로 했는데, 한율하가 그걸 놓쳤어. 이제는 내 방식대로 할 거야. 하고 싶은 말 있으면 하고 이만 비서실로 돌아가요."

"네, 사장님. 사실 저는 정세형에게 감정이 있지, 한율하 실장에게는 할 말 없습니다. 한율하, 정세형…… 그냥 너 가져!"

그러곤 하온이 쿨하게 사장실을 나갔다. 율하는 하온의 말을 들고 황당함을 감추지 못했고, 서후는 웃느라 정신이 없었다. 서후가 계속 웃으니 율하는 급기야 주저앉아 울먹이기 시작했다.

"왜 울어! 일어나!"

"오빠. 너무해. 아무리 그래도 어쩜 이렇게 망신을 줄 수가 있어?"

"뭐? 망신? 네가 한 짓은 생각 안 하고 잘났다고 하는 거야? 내가 그때 회의실에서 똑똑히 보고 밝혔으면 너는 여기 이 자리에서 있지도 않았어."

"그, 그게 무슨 말이야?"

"정세형 꼬드겨서 어찌어찌 넘어갔다 여기고 있었지? 잘 들어. 나는 너를 감싸줄 마음 없어. 작은 아버지 끌어들여서 조금이라도 힘쓰려는 거 보이면 그땐, 녹화된 것뿐만 아니라 네가 평소 누구와 어울리는지 다 밝힐 거야. 못 할 거 같아?"

비열해 보여도 강수를 뒀다. 하온이 상처받았으므로 율하를 가만둘 수 없었다.

율하는 말 한마디도 못 했다. 서후가 다른 문제까지 거들먹거리자 할 말이 없었다. 그간 저질러 왔던 사생활이 집에 알려지면 아마 호적에서 빼질지도 모른다.

단단히 작정한 듯 서후는 진하를 시켜 세형까지 호출했다.

잠시 후, 세형이 사장실로 들어왔다.

며칠 사이 마음고생을 했는지 얼굴이 많이 핼쑥해져 있었다. 세형은 서후에게 인사를 했지만, 깨끗하게 무시당했다. 사장실에서 생각지도 못한 율하를 본 세형은 놀랐다. 둘도 그 일이 있은 뒤 오랜만에 보는 것이었다.

"잘 들어. 나는 너희 둘, 자를 마음 없어. 그렇다고 봐준다는 소리도 아니야. 정세형, 당신은 공개적으로 유하온 씨한테 사과해. 그리고 한율하는 유하온 씨 말대로 정세형, 가져!"

율하의 얼굴이 새파랗게 변했다. 세형은 무슨 말인지 몰라 서후의 얼굴만 멀뚱히 쳐다보았다.

"앞으로 둘은 내 관리를 받을 거야. 즉, 내 직속 소속이 되는 거야. 사표도 내가 직접 수리하기 전까지 너희는 그만둘 수 없어."

"그건 노동법에 걸리는⋯⋯."

"한율하는 보직에서 해임. 앞으로 평직원으로 일하게 될 거야. 아, 그래도 걱정하지는 마. 네가 좋아하는 디자인은 할 수 있게 할 테니까."

서후는 반박하려는 율하의 말을 자르고 자신의 의견을 말했다. 엄연하게 따지면, 사규집에 나온 것을 바탕으로 보직 해임과 직위 해제가 결정된 것이다.

"너무해요. 보직 해임이라니. 나 디자인 실장이야. 어쩜!"

이어지는 율하의 울먹임 역시 깨끗하게 묵살당했다.

"그리고 정세형, 당신은 총무과로 가봐."

세형은 서후의 말에 가타부타 말없이 고개를 숙이고 사장실을 나갔다. 그는 처음부터 끝까지 한마디도 하지 않았다. 말을 아끼는 것 같았다. 서후는 율하에게도 고개를 까딱이며 문을 가리켰다. 속으로 비명을 삼킨 율하는 주먹을 쥐고 밖으로 나갔다. 서후는 열린 문 사이로 진하를 불렀다.

"채 실장, 각 부서에 정식으로 공문 보내도록. 한율하 디자인 실장은 보직 해임, 정세형 디자인 팀 팀장은 직위 해제하고 총무팀 대기 발령이라고. 그리고 승진 대상자 명단 올리고."

"알겠습니다, 사장님."

율하는 보직이 해임되면서 회사에서 운영하는 보육 시설인 유치원으로 파견 업무를 하게 되었다. 하는 일은 '미술 교사(보조업무)'였다. 율하는 일단 시키는 대로 회사 건물 내 유치원으로 향했다. 로비에서 자신을 힐끔거리며 지나가는 직원들의 시선이 느껴졌다. 가뜩이나 아이들도 싫은데 미술 교사 보조라니, 정말이지 끔찍했다.

'이게 말이 돼?'

교실로 들어가자 벌써 오후 수업이 진행 중이었다. 그림을 그리는 아이들은 손바닥을 이용해 물감으로 찍기 놀이를 하고 있었다. 그런데 율하를 보며 한 아이가 달려왔다.

"와아~ 새로운 선생님이다!"

한 아이가 외치자 다른 아이들이 모두 쳐다보았다. 그리곤 '와아!' 하면서 모두 그녀를 향해 달려왔다.

'안 돼. 오지 마. 그 더러운 손으로 제발 오지 마! 아악!'

밝은 아이보리색의 원피스가 트로피컬 컬러가 되는 것은 한순간이었다. 옷이 엉망이 되고 얼굴에도 손도장이 찍힌 율하는 정말 울고 싶었다. 디자인을 할 수 있다는 곳이 이런 곳이라니.

'나는 세상에서 아이들이 제일 싫단 말이야!'

겨우 아이들에게서 빠져나와 화장실에서 물감을 씻어내고 있는데 인상이 온화한 중년 여성이 뒤에서 다가왔다.

"사장님께 말씀 들었어요, 한율하 씨. 원장이에요. 이걸로 닦고 원장실로 올래요?"

원장이 건네준 수건을 물에 적셔 얼룩을 닦아낸 율하는 씩씩거리며 원장실로 들어갔다. 아직도 옷은 알록달록 그대로였다.

"이곳은 SnI 패션 임직원들의 자녀들이 다니고 있어요. 그래서 아주 속속들이 모든 이야기가 전달됩니다. 디자인 실장이었다는 것은 깡그리 버리고 새롭게 시작한다는 마음으로 각오해야 할 거예요. 그리고 비싼 옷은 피하세요. 머리도 깔끔하게 묶고 오시고요. 그럼 앞으로 잘 해봅시다."

율하는 원장이 내민 손을 잡지 않고 자리를 박차고 밖으로 나가 버렸다. 원장은 바로 서후에게 전화를 걸었다.

강미애 원장.

지금은 온화한 유치원 원장으로 있지만, 한때는 이미지메이킹 전문 강사로 활동했고, 승무원들을 무한 배출한 항공서비스승무원학과 교수로도 유명했다. 지금은 오십대가 넘었지만 한때 마녀라는 별명을 지닐 정도로 악명이 높았던 강미애 원장은 서후로부터 율하의 막무가내 성격을 고쳐 달란 부탁을 받았다. 율하의 행동을 본 강 원장은 그녀가 군소리 없이 제 발로 출근하도록 만들겠다는 각오를 다졌다.

강미애 원장의 눈빛이 날카롭게 반짝였다.

세형도 어이없기는 마찬가지였다. 제 이름이 운전기사 명단에 있었기 때문이다.

1층으로 내려가자 주차관리팀에서 나와서 세형에게 서후의 자동차 키를 주며 앞으로 해야 할 일을 설명했다.

"아주 쉬워. 하는 건 오로지 그거."

"이게 쉬운 일이라고? 허, 어이없어."

"정세형 씨, 대기 발령이면 잘 보여야지. 삐딱하게 사람이 그러면 되나? 젊은 사람이 요령 피우지 말고 잘 들어. 아침에 출근하면 후문에 차를 두고 내리셔. 그럼 키를 받아서 여기 사장님 전용 공간에 차를 세우고 세차를 해. 그럼 끝. 비서실에서 연락이 오면 또 후문에 차를 대기만 하면 돼. 쉽지?"

세형은 자존심이 상했다. 디자이너로 활동하던 자신이 한서후의 차나 주차하고 있어야 한다니. 세형의 자존심에 금이 팍팍 가고 있었다.

"어이고! 사장님. 퇴근하시면 연락을 주시고 내려오시죠. 바로 대기했을 텐데요."

"새롭게 투입된 정세형 씨가 무리 없이 배우고 있는지 확인하러 나왔죠."

"아, 예. 어려운 게 아닌데요. 다만, 자존심 문제 아니겠습니까?"

세형을 놓고 자존심 운운하는 사람은 서후의 아버지, 전(前) 회장의 운전만 20년 가까이 해온 임원으로, 전무이사다. 지금은 건물 관리의 총 책임을 맡고 있었지만, 세형은 그것을 몰랐다. 편견에 휩싸여 운전이나, 청소 업무를 우습게 보고 있었던 것이다.

"박 전무님은 그만 들어가시죠."

서후가 일부러 큰 소리로 말하자 세형이 그를 쳐다봤다.

"예, 사장님. 남은 저녁도 마무리 잘 하십시오."

"네, 박 전무님."

서후가 손을 내밀었다. 세형이 키를 건네고 말없이 서 있었다.

"아직 멀었어, 정세형. 낮은 곳도 볼 줄 알아야지."

서후가 입을 삐죽거리며 말하고 시계를 보았다. 곧 올 때가 되었는데…….

"사장님, 여기 계셨네요."

"아, 마침 내려오네. 조수석 문 좀 부탁해."

서후와 하온의 공식적인 데이트 날이었다. 하온은 세형을 보곤 많이 놀랐다. 이를 눈치챈 서후가 하온의 손을 잡아끌어 조수석으로 안내했다. 세형은 이를 악물고 조수석 문을 열어주었고, 하온이 사뿐히 올라타자 문을 닫았다.

"저런, 정세형. 하온이 놀랍니다. 살짝 닫아야죠."

서후는 세형을 향해서 비꼬듯이 말하며 운전석에 올라탔다. 서후와 하온이 탄 차가 부드럽게 주차장을 빠져나갔다. 이를 악문 채 절망에 빠진 세형을 뒤로하고서.

서후는 호텔 레스토랑에서 저녁을 먹자고 했다. 예약을 했는지 들어가자마자 직원이 자리를 안내해 주었다. 넓은 홀 안은 잔잔한 음악이 흐르고 있었다. 하온을 에스코트하고 있는 서후의 손이 하온의 등을 감싼 듯이 보였지만, 닿지 않았고 점잖은 신사처럼 그녀를 이끌고 있을 뿐이었다.

"오랜만에 오셨습니다, 한 사장님."

서후를 알아본 지배인이 나와 인사를 했다.

"네, 반갑습니다."

서후도 지배인을 잘 아는 것 같았다. 지배인이 하온의 의자를 빼주려고 하자 서후가 손을 들어 만류하고는 직접 해주고 나서 그도 자리에 앉았다.

"오늘은 등심보다 안심이 좋습니다. 사장님께서는 오늘도 새우로 하시면 좋을 것 같습니다."

지배인의 말에도 서후가 그녀의 얼굴만 빤히 바라보고 있자, 괜스레 민망해진 하온은 어떤 것을 주문해야 할지 난감했다.

"안심 어때?"

"네. 괜찮아요."

하온은 그의 말에 냉큼 대답했다.

"적당한 굽기로 해주시고, 기름기도 없이. 저는 평소에 먹는 걸로."

"네, 준비하겠습니다."

단둘만 남자 하온은 크게 숨을 쉬고 물을 마셨다.

"궁금하지 않아? 지금 물어보고 싶은데, 참고 있지?"

"네?"

"주차장에서……."

"아~"

"왜 거기에 정세형이 있었는지, 지금 온통 그 생각일 텐데. 오면서 나한테 묻고 싶었는데 참았잖아."

"어떻게 아셨어요?"

"당당하고 멋진 유하온이 유일하게 못하는 것, 거짓말. 표정에서 나타나. 눈에 보이더라."

서후는 하온에게 세형이 주차장에 있게 된 경위, 직위 해제에 대해서 모두 설명했다. 대기 명령을 받은 자에 대해서 능력 회복을 위한 교육 훈련 등 특별한 조치를 취해야 했다. 그리고 직위 해제의 사유가 소멸하면 임용권자는 지체 없이 직위를 부여해야 한다.

"보통 3개월 정도를 대기 명령하고 나서 근무 성적을 다시 평가해. 그리고 나서 다시 복직하느냐, 마느냐가 결정되지."

"그렇구나."

"한율하는 보직 해임."

보직 해임은 어떤 사람에게 주어진 직책과 업무를 정지시키는 징계의 한 종류를 의미한다. 일반 회사, 공무원, 군대에서 두루 사용된다. 보통 당사자가 어떠한 잘못을 저질렀을 때 징계로써 주어지는데, 일반적인 회사의 경우 CEO의 권한으로 바로 실행이 가능했다.

이보다 중징계인 파면·해고·해임, 형사고발 등의 경우는 일반적으로 이사회의 승인이 필요했다. 즉, 일단 보직 해임시키고, 정식으로 인사 청문회나 징계 위원회를 열어서 추가적인 징계를 부여한다. 참고로 보직 해임은 파면이나 해임 등의 중징계와는 조금 다른 개념이다. 보직을 없앤다고 해도 그냥 그 보직만 없어지는 것이지 회사원·공무원·군인의 신분이 소멸되는 것은 아니기 때문이다.

"저는 바로 사직서 받으실 줄 알았어요."

"그럼 재미없지. 내가 혼내준다고 했잖아. 그리고 사실 하온 씨한테 공개 사과도 안 한 상태고."

"공개 사과……. 그걸 한다고 뭐가 달라질까요?"

"달라지지. 이제 나와 공개 연인이 됐는데?"

"네에? 공개 연인? 저는 밥 한번 먹으면 어떨까 한 건데."

서후는 고개를 저었다. 이왕에 모두에게 대놓고 데이트를 한다고 한 이상, 끝까지 공개 연애로 밀어붙일 것이다. 그나저나 서후는 자신의 말을 심각하게 받아들이는 하온이 재밌었다. 마이크에 대고 그렇게 자신만만하게 말해놓고 이제 와서 걱정이 될까?

음식이 나오자 서후는 하온의 접시를 가져와 먹기 좋게 고기를 잘라주었다. 하온은 괜찮다고 그냥 두라고 계속해서 말했지만 서후는 하온의 말을 듣지 않았다. 반면 서후가 주문한 새우 요리는 아주 간단했다. 양념도 없이, 그냥 물에 데친 요리 같았다.

"싱거워 보여요."

"먹어봐."

"그래도 돼요?"

서후가 포크로 새우를 한 개 찍어 접시에 놔준 것이 아니라, 하온의 입가로 가져다주었다. 이걸 받아먹으라는 소린가? 하온이 받아먹었다. 상큼한 레몬 향과 함께 단 새우의 맛이 느껴졌다.

"맛있어요. 향긋하고. 굉장히 간단한 요린가 봐요."

"만들 수 있겠어? 유하온 씨, 요리 실력은 어떤가?"

"아. 저요? 음. 아직 평가를 해준 사람이 없어서."

"내가 해주겠다면?"

하온은 마른침을 꿀꺽 삼켰다.

"네. 뭐. 오셔서 간이나 봐주세요. 하하."

하온은 당장에 요리라도 배워야 하나 아주 잠깐 심각하게 고민을 했다. 적당히 배가 부른 상태로 식사가 끝난 뒤 서후가 다음 데이트 코스로 공연 관람을 제안했다.

"어떤 공연이에요?"

하온이 묻자 서후는 기다렸다는 듯이 지갑에서 티켓을 꺼내 들었다. 《퍼포먼스 [페인트] '네 명의 남자 이야기'》라는 제목이었다.

"아, 이거구나."

"아는 거야?"

"그냥 뭐⋯⋯."

사실 하온도 잘 모르는 공연이었다. 이름은 들어봤지만 그렇게 유명한 건 아니라서 대답하기 애매했다. 서후의 반응을 보니 그가 직접 예매한 것은 아닌 것 같았다. 일단 둘 다 잘 모르는 공연이니 한번 가보기로 했다.

"후우~"

한참 공연을 관람하던 서후가 한숨을 내쉬더니, 턱을 괴고 하온의 얼굴을 보며 하품까지 했다.

"재미가 없다."

하온은 충격이었다. 분명 데이트 코스는 서후가 정한 것이었다. 그런데도 재미가 없다니. 그건, 나와 같이 있는 시간이 별로라는 거잖아. 그 생각 이후로 하온은 공연에 집중을 못 했다. 오로지 서후가 한 말이 머릿속에 맴돌아 물만 들이켰다.

하온의 마음에 평지풍파를 일으킨 서후는 사실 이런 공연이 취향이 아니었다. 따분하고 재미도 없었다. 이럴 바에 그냥 하온과 나가서 이야기하는 게 더 재미있을 것 같았다.

벽에 그림도 그리고, 춤도 추고 관객과 어우러진 나름 재미있는 공연이었지만, 각자의 생각으로 두 시간이 어떻게 지나갔는지 모르는 두 사람에게는 아무런 감흥이 없었다. 사람들이 공연장 밖으로 나가는 것을 보고 하온도 나갈 준비를 했다.

"사장님, 공연 잘 봤습니다. 오늘 즐거웠어요."

"재미없었지?"

틀에 박힌 인사를 하는 하온의 모습에 서후는 자신이 재미없었기에 당연히 그녀도 그럴 것이라고 생각했다.

"네? 아니에요."

하온은 그런 의미로 한 인사가 아니어서 손을 저었다. 괜히 또 어색하게 분위기를 만들었나 보다 하고 자책했다.

하온의 집으로 돌아가는 차 안에서 서후는 연신 웃어댔다. 조금 전과 분위기가 사뭇 달라 하온은 어리둥절했다.

'지금은 또 왜 웃어. 얼굴에 뭐가 묻었나?'

하온은 괜히 자신의 얼굴을 만졌다. 이상하게 얼굴이 화끈거렸다. 괜히 저녁을 먹자고 했다는 생각이 들었다. 공개적으로 말한 건 역시 실수였다.

서후가 하온의 집 앞에 차를 세우더니, 그녀의 손을 잡았다. 오늘 만난 이후, 손을 잡은 것은 처음이었다.

"오늘 지루한 데이트 하느라 수고했어, 유하온."

"네? 무슨……."

"퇴근하기 전에 사내 방송팀에서 나를 찾아왔어. 사보에 내고, 영상에 담아서 방송에 내고 싶다고. 계속 들들 볶아서 어쩔 수 없이 응하기는 했는데, 아주 지루했어. 아! 둘이 있었던 시간이 지루했다는 게 아니라 자유롭지 못해서 지루했다는 거야. 손도 잡고 싶고, 키스도 하고 싶었는데."

다가오며 입을 맞추는 서후는 당황하는 하온의 모습에 다시 소리 내어 웃었다.

"그럼, 우리를 몰래 찍었다는 말이에요?"

"자연스러운 모습 찍는다고 했는데. 유하온이 눈치가 없었던 거지."

사내 방송팀에서는 하온의 수상 소감을 보고 'CEO와 일일 공개 데이트'라는 기획물을 촬영하자고 했고, 사보를 비롯하여 영상에 사용할 수 있도록 허락해 달라는 요청을 해왔다. 언제 예매했는지 공연 티켓도 가지고 왔다. 서후는 간단한 장면만 허락한다고 했는데, 이렇게 시간이 지루하게 흘러갈 거라는 건 생각하지 못했다.

"토요일 시간 비워둬. 갈 곳이 있거든."

"거기가 어딘데요?"

서후는 그녀의 질문에 답하지 않고 그간 참았던 키스를 마음껏 했다.

토요일 오전.

하온은 서후가 집으로 데리러 온다는 전화에 서둘러 샤워를 마치고, 침대 위에 여러 벌의 옷을 꺼내 고르기 시작했다. 가을이라서 무채색 옷이 많았지만, 잘 보이고 싶은 마음에 그중 나름 화려한 원피스를 선택했다. 가슴까지 타이트한 옷이라 속에는 꽉 끼는 올인원 코르셋도 입었다.

"어디를 가려고 아침부터 만나자고 하는 거지?"

아직 머리가 덜 말랐지만 그가 도착할 시간이 되었기에 서둘러 내려갔다. 역시, 서후는 시간 하나는 칼같이 지켰다. 비즈니스 캐주얼 차림의 그는 넥타이를 안 해서 그런지 몇 살은 더 젊어 보였다. 까딱하면 나를 누나로 알겠다. 이런.

운전하는 내내 그는 계속해서 곁눈으로 하온을 쳐다보았다. 이른 시간이라 도로는 주말인데도 막힘없이 뚫렸다.

"유하온 옷부터 사야겠다. 오늘 드레스 코드가 안 맞아."

"이 옷이 어때서요? 이 옷도 SnI 패션 브랜드예요. 엘레강스하고, 러블리한 매직아일랜드 브랜드라고요!"

"하하하. 알고 있어. 옷이 안 어울린다는 소리는 아니니까 오해하지 마."

잠시 후에 하온은 서후가 드레스 코드 운운했던 이유를 알게 되었다.

두두두두! 우우 웅! 두두두두!

고막이 터질 것 같아 하온은 귀를 막았다.

"어디를 가는데 이걸 타요?"

"빨리 가려고."

"네? 헬리콥터를 타고 가요?"

'SEO-IL'이라는 그룹 로고가 박힌 웅장한 프로펠러의 굉음에 말소리조차 잘 들리지 않았다.

"가보면 알아."

먼저 올라탄 서후가 하온의 손을 잡아 옆자리에 앉히고는 이어 헤드폰을 씌워주었다. 귓가에 울리던 굉음이 잠잠해지면서 두 사람의 눈이 마주쳤다.

잠시 후, 기체가 움직이려 하자 하온은 눈을 감았다.

서후는 기장에게 이제 이륙해도 좋다고 헤드폰 마이크를 통해서 말하고 하온의 손을 꼬옥 잡아주었다. 솔직히 미안했다. 고소공포증이 있다는 것을 알고 있지만 빨리 가려면 어쩔 수 없었다.

하온은 눈을 감고 있었지만, 가슴이 두근거리며 두려움이 몰려왔다.

"조금만 참아. 어쩔 수 없었어. 정 힘들면 나한테 기대."

귓가에 들려오는 걱정 어린 목소리에 하온은 겨우 눈을 뜨고 그와 눈을 마주했다.

"괜찮아요."

"그다지 괜찮아 보이지 않는데?"

서후가 하온의 이마에 맺힌 땀을 닦아주었다. 오랜 시간 비행한 것도 아닌데 숨이 막힐 지경이었다. 기장은 높은 곳에 올라와서 산소가 부족한 것이라고 했다.

"방법이 없네."

서후가 그렇게 말하고 몸을 옆으로 틀었다. 가슴을 들썩거리는 하온의 양쪽 어깨에 손을 얹고 입술을 포갰다.

"흐읍……."

하온의 두 눈이 번쩍 떠졌다.

'이 남자 미쳤나 봐. 지금 저기 사람들이 보고 있는데.'

서후의 가슴을 밀어내자 이번에는 손목을 잡고, 더욱 강하게 입술을 가르고 혀를 밀어 넣어 침범했다. 고개를 흔들며 거부하고 소리를 내려고 하자, 입술이 맞닿은 상태로 서후가 말했다.

"가만히 있어. 조종사들이 조종하고 있지, 우릴 구경하겠어?"

서후는 말을 끝내고 다시 혀를 밀고 들어왔다. 공기까지 불어 넣어 정신을 차릴 수가 없었다.

"으음……."

결국 저절로 소리까지 흘러나왔고, 하온은 눈을 감아버렸다. 그의 키스에 몸이 반응하였고, 그의 입에서는 나는 알싸한 박하 향에 취해 버렸다. 밀어냈던 그의 가슴을 이제는 움켜쥐고 있었다. 감각이 마비될 정도로 그의 키스는 열정적이었다. 입천장을 핥고 있으니 몸이 바닥에 떨어지는 느낌이 들었다.

"으으음."

한 번 더 욕심껏 하온의 입술을 빨아 당긴 서후는 당황한 그녀의 얼굴을 보곤 품에 가두고는 쿡쿡대며 웃기 시작했다.

시간이 얼마나 흘렀는지 모르겠다. 그와 함께 키스를 즐겼고, 그의 가슴에 안기어 눈을 감고 긴장한 것이 풀어질 때쯤 그가 나지막한 소리로 귓가에 속삭였다.

"도착했다."

"네?"

"벌써 도착했어. 힘들지 않게 왔지? 내 덕분에."

벌써 도착한 건가? 창밖을 바라보는 하온의 눈이 커다래졌다. 이내 헬리콥터가 완전히 멈춘 후 서후는 먼저 내려서 하온의 손을 잡아 내리기 좋게 해주었다. 하온이 내리자 조종사가 거수경례를 했다.

"좋은 시간이었습니다."

서후가 커다랗게 인사하자 모두 웃었다.

"왜 웃고 있어요? 저분들 계속 웃어요."

헬기장을 빠져나가는 길, 뒤를 보면서 하온은 서후에게 물어보았다.

"업무 수칙 첫 번째, 봐도 모른 척해라."

"네?"

"봐도 못 본 척한 거야. 아까 우리 둘의 달콤한 키스."

"헉. 그걸 봤다고? 못 본다면서요?"

"그걸 믿어? 자동 조종 모드로 했을지도 모르지. 그리고 조종은 기장과 부기장 둘 다 할 필요도 없었고. 아주 좋은 구경 했을 텐데. 아, 어쩌나. 우리 유하온 씨, 느끼는 것도 다 들었을 텐데."

"아~ 아악! 몰라. 일부러 그러셨죠?"

하온이 때리려고 하자 서후는 재빨리 도망쳤다. 그래도 곧 그녀에게 순순히 잡혀주더니 대뜸 하온의 볼에 입을 맞추었다.

"아무 곳에서나 그럴 거예요?"

옥상이었고 바람이 세차게 불었다. 아직도 프로펠러가 돌고 있어서 머리가 마구 엉클어지고 있었지만, 서후는 아랑곳하지 않고 하온을 감싸 안았다.

"사람들이 봐요."

"여기만 벗어나면 놓아줄게."

그때, 옥상 문이 열리면서 누군가 급하게 달려왔다.

"오셨습니까? 안 오실 줄 알았습니다."

다가온 남자가 서후에게 정중히 인사를 했다.

"딱 한 시간입니다."

"네. 감사합니다."

하온은 영문을 몰라 어리둥절했다.

"정말 미안한데. 한 시간만 여기 아래서 놀고 있을래?"

"……."

"여기가 어딘지는 1층에 가면 알 수 있어. 나는 딱 한 시간 동안 할 일이 있거든."

하온은 서후의 말을 알아들을 수 없었지만 일단 고개를 끄덕였고, 계단으로 내려갔다. 서후는 하온의 뒷모습이 더는 보이지 않자 어디론가 걸음을 옮겼다.

1층에 내려온 하온은 그제야 이곳이 어디인지 알게 되었다. 자신이 입사하여 신입사원 연수를 받았던 곳이다. 그 뒤로는 본사와 가까운 천안이나 평창으로 가서 교육을 받았는데, 영암을 한 시간 만에 도착했다는 것이 놀라웠다.

벤치에 앉아서 시간을 보내니 금세 한 시간이 지났다. 하온은 조각상 근처를 돌며 예전에 사진을 찍었던 자리를 찾았다. 변한 것이 없어 보였는데 벌써 3년이나 흘렀다. 4주간의 교육이 끝나고 단체 사진도 찍었던 생각이 났다. 하온은 그때 자신이 서 있었던 자리로 가 보았다.

"여기다. 여기서 찍었는데. 이렇게 서서. 그때 동기들은 다들 잘 다니고 있을까?"

동기들은 모두 발령을 받아 전국으로 뿔뿔이 흩어졌다. 해외로 파견 나간 사람도 있었다.

"그중에 한 명이 나야. 나도 동기."

어느새 볼일을 마친 서후가 걸어오고 있었다. 하온은 무슨 소리인지 몰랐다. 동기라니?

"우리 입사 동기야. 입문 교육도 같이 받았어."

"네? 정말요? 어쩜, 전혀 기억이 안 나지?"

"이런. 내가 그렇게 존재감 제로야?"

"한서후라는 이름도 기억 안 나요. 그리고 이런 생김새의……."

"하하하. 이런 생김새……. 잘생겼다는 소리지? 그런데 그거 기억나? 교육 프로그램 중에 '서로를 믿어라'. 서로를 의지하고 오로지 그 짝을 믿고 가는 거야. 눈을 가린 채 손만 잡고."

서후가 손을 내밀자, 하온이 그의 손을 잡았다. 따뜻한 손을 잡고 한 발씩 그에게 의지하여 걸었다. 눈만 감지 않았을 뿐, 시선은 오직 서후에게만 향해 있었다.

"또 그 짝은 말을 할 수 없어. 그냥 손을 당겨 움직이는 대로 가는 거야. 기억나?"

하온이 고개를 끄덕였다. 기억난다. 눈을 가리는 것이 걱정이었다. 앞을 가리는 것이 꽉 막힌 공간에 갇혀 있는 느낌이어서 두려웠다. 짝도 기억난다. 안경을 쓴 사람이었다.

"그때 내가 유하온 짝이었어."

"에이, 아니에요. 제 짝은 안경 쓰고, 배가 좀 나오고, 말이 상당히 많은 남자였어요. 마스크를 쓰고 입을 다물어야 하는데, 그걸 참을 수 있을까 아주 걱정했는데."

거짓말하는 것이다. 그 사람은 절대 한서후가 아니었다. 그는 살집도 있었고, 안경도 썼었다.

"사장님은 또 거짓말을 하고 있어요."

"거짓말이라니, 눈을 가린 유하온은 내 손을 잡았어. 잘 기억해 봐. 이 감각을……."

서후는 하온의 손을 잡고 걷기 시작했다. 주위에 사람들이 볼 수도 있는데, 그는 신경 쓰지 않는 모양이다. 그건 그렇고, 이렇게 손을 잡는다고 어떻게 그때의 감각이 살아나겠는가. 여태껏 잡았어도 몰랐는데.

＊❆＊

삼 년 전, 서후는 프랑스로 유학을 다녀왔다. 그가 하고 싶은 것은 디자인이었지만 집안의 반대로 말끔히 무산되었다. 그렇게 하고 싶으면 신입사원과 동등한 입장에서 시작하라는 것이다. 그는 아버지가 내건 조건에 자존심이 상했다. 이미 형은 아무런 조건 없이 원하는 경영자 수업을 받고 있는데, 그에게는 조건을 걸고 이루어내라고 하니, 서후 입장에서는 자존심이 상할 수밖에 없었다.

그래서 화가 난 서후는 신입사원으로 입사하기 전에 미국으로 잠시 여행을 떠났었다. 평소 스피드를 즐겼던 서후는 그곳에서 교통사고가 나는 바람에 다리를 다쳐 입원했었던 적이 있었다. 그래서 살집이 붙어난 서후를 하온은 알아보지 못한 것이었다.

서후가 신입사원 연수를 받게 된 것은 순전한 객기였다. 그런데 우스운 것은 자신에 대해 전혀 알리지 말라 하며, 그의 이름도 아닌 전혀 다른 이름으로 입사를 하게 된 것이었다.

서후는 연수원에서 처음 그녀를 보았다. 아주 새침하고 도도하고 까다롭게 생긴 여자, 그것이 서후가 느낀 그녀의 첫인상이었다. 갸름한 턱선, 단발머리, 새카만 흑발의 그녀는 남자들의 시선을 한 몸에 받을 정도로 우아한 몸짓으로 걸어 다녔다. 하지만 그것은 어디까지나 겉모습이었다.

소탈한 웃음소리가 좋았고, 남들과 통하는 대화 솜씨를 지녔는지 그녀 옆에는 사람이 넘쳐 났다. 시간이 지날수록 털털한 면도 보였다. 운동화가 없는 동기에게 자신의 운동화를 빌려주고 정작 하온은 높은 힐을 신고 아침 운동을 한 것이었다.

서후는 그날의 일도 생각했다.

안대를 손에 든 하온은 한참을 어둠이 두려워 망설이다가 덜덜 떨리는 손으로 눈을 가렸다. 서후는 그녀의 짝인 남자, 이름도 모르고 관심도 없었던 남자에게 가서 어깨를 툭 쳤다.

"뒤로 가요."

"정해진 짝이……."

"뒤에서 그쪽하고 바꿔달래."

서후가 뒤에 서 있던, 원래 자신의 짝인 여자 연수생을 가리키며 말하자 남자는 어쩔 수 없이 자리를 바꿔주었다. 그사이 눈을 가리고 심호흡을 깊게 하며 가슴을 들썩거리고 있던 하온에게 말을 하지 못하게 되어 있던 서후는 마스크를 쓰기 전에 얼른 주위를 살피고 한마디 했다.

"내 손 꼭 잡아. 그러면 괜찮아."

서후의 한마디에 하온은 해맑게 웃으면서 고개를 끄덕였다. 그녀가 손을 먼저 내밀며 웃어주는 그때 서후의 심장이 두근거렸다. 환한 그녀의 미소가 좋았다.

"자, 지금부터 시작하는데 말하거나 안대를 벗어서 앞을 보는 것은 안 돼요. 곳곳에서 체크할 겁니다. 일찍 들어오는 건 소용없어요. 길이 다소 위험할 수 있지만, 빨간 리본으로 묶어뒀으니까 길을 잃지는 않을 겁니다."

교육팀 진행자가 시작을 알리기도 전에 서후가 하온의 손을 감쌌다. 그와 그녀는 그날, 처음 손을 잡았다. 서후가 처음 마음과 눈으로 하온을 담았던 날이었다. 하온은 서후의 손을 잡고 그가 이끄는 대로 잘 따라왔다. 많이 떨면서도, 숨을 몰아쉬면서도, 따뜻한 온기를 주던 그녀의 모습은 아직도 잊을 수 없었다.

❆ ❆ ❆

"나를 기억 못 하고 말이야."

서후는 기억을 못 하는 하온에게 자세히 설명해 주었다. 하온이 먼저 알아차리길 바랐는데, 이제야 기억해 내다니. 그래놓고 기억났다며 좋아라 한다.

"제가 기억력이 부족하기는 해요. 그래도 이런 신입사원을 기억 못 하지는……."

"어떤 의미지? 그게 무슨 말이야?"

서후가 걸음을 멈추고 물었다.

"하하. 일단 키 크고, 몸 좋고, 삼 년 전이면 지금보다 훨씬 어려 보였을 테고. 제 기억에는 그때 사원들의 비주얼이 오징어와 문어들만 있었는데 인기 좀 얻을 거란 말씀이죠."

생각이 날 것도 같다. 저런 비주얼이 흔하진 않으니까. 그렇게 말하고 하온이 앞장서자, 그 뒤에서 서후의 입을 찢어지기 일보 직전이다.

'잘생겼다는 말이잖아. 하하.'

"물론, 성격을 알기 전입니다만……."

서후의 입술이 단번에 일그러졌다.

"이봐! 유하온 거기 서! 당장! 아. 진짜! 내 성격이 어때서?"

'본인 성격은 본인이 아시죠. 그걸 왜 제게 물어보시나요?'

하온의 걸음이 빨라졌다. 서후가 점점 가까워지고 있었지만, 하온은 뛸 수 없는 상태였다. 오늘 같은 날, 타이트한 원피스에 힐이 웬 말인가? 걸음아 나 살려라 해봐야…… 바로 잡혔다.

"도발은 책임질 수 있을 때 하는 건데. 어때? 오늘 자신 있나 봐?"

그녀의 코트 깃을 잡은 서후가 하온의 귓가에 그녀만 들을 수 있도록 나지막하게 말하였다. 그러더니 음흉한 미소를 흘리고 먼저 앞서 걸어갔다.

하온은 온몸에 전율과 소름이 돋아나며 털이 곤두서는 느낌을 지울 수가 없었다. 몸이 부르르 떨렸다.

"빨리 와. 뭐 해? 그만 느끼고 가자."

'아악~ 뭐야, 정말! 느끼다니. 아무렇지 않게 저런 말을 하고 가냐.'

또각또각 구두 소리를 내며 하온은 얼른 그를 뒤따라 쫓아갔다.

"이제 서울 가요?"

삐끗!

창피하게 발이 삐끗하여 하온의 몸이 휘청거리자 서후는 웃느라 말도 제대로 하지 못했다.

"아니, 킥킥! 유하온, 크음. 옷 사러 가자. 도저히, 하하. 그 옷을 입고는 못 놀아."

하온은 창피했지만 아무렇지 않게 턱을 치켜들고 걸어갔다.

'아, 이런, 개망신! 그런데 아까부터 웬 옷 타령이야!'

연수원에서 가장 가까운 백화점에 가서 서후는 편한 옷을 사야 한다며 캐주얼복 코너로 갔다. 역시 SnI에서 만든 브랜드였다. 서후는 고객으로 왔지만 날카로운 눈으로 상품을 골랐다. 바지와 스웨터, 그리고 아웃도어 재킷까지. 손가락 한 개로 '이거' 한마디면 끝이었다.

"어느 분이 입으실 거죠?"

뻔히 여성 옷을 골랐는데도 물어보는 판매원의 말에 서후는 함께 온 사람이 안 보이냐는 듯이 직원을 뚫어지게 쳐다보았다.

"아, 제가 입을 거예요."

하온이 얼른 가까이 다가와서 직원에게 말했다. 서후는 귀찮게 한다는 듯이 길게 한숨을 내쉬고 이번에는 양말, 신발을 둘러보면서 어울리는 색상을 골랐다.

"이 바지 작아요. 이거보다 큰 걸 입으셔야겠어요."

하온에게 바지를 건네주던 직원의 말소리가 쩌렁쩌렁하게 울렸다. 하온이 당황하는 것이 눈에 보였다.

"하하. 그래도 입어보면……."

"딱 봐도 작아요. 사이즈 변경해서 입으시는 게 좋겠는데요."

"그럼, 한 사이즈 큰 걸로……."

"그 사이즈가 없는데."

"아, 그럼, 그 위에 사이즈로 주세요."

하온은 옷 갈아입는 것 자체가 난감했다. 코르셋이 걸렸지만, 그냥 그 위로 옷을 입었다. 또 두 사이즈를 크게 입으니 헐렁했다. 하온은 벨트까지 착용하고 나서야 겨우 옷을 갈아입었다.

"하온 씨, 먼저 내려가서 있어. 나 화장실 좀……."

"아, 예. 그럴게요."

서후는 하온에게 자동차 열쇠를 건네주며 화장실에 간다고 말하고는 다시 옷 매장으로 돌아왔다. 명함을 주며 누가 되었든 관리자급을 나오라고 전했다. 서후가 매장 앞에서 기다리고 있을 때, 급하게 여러 명의 남자들이 뛰어왔다.

"안녕하십니까, 저는……."

"됐고. 여기 매장은 철수하겠습니다. 사장님께 전해주세요. 우리 상품을 이렇게 불친절한 백화점에서 판매하고 있었다니 믿을 수가 없네."

"사장님, 제가 교육 담당……."

"됐다고. 내가 당신네들이 뭐를 담당하는지 알 필요 있습니까?

고객이 민망할 정도로 직원이 큰 소리로 말하는 게 이곳의 응대 방식인가? 이곳 판매율이 왜 저조한지 알겠네. 서비스 교육이 전혀 안 된 직원들이 판매하고 있으니까 당연히 이곳 지점 판매율이 저조한 거 아닙니까? 나는 그런 꼴은 못 보겠으니까. 철수한다고."

판매가 부진했던 이유가 옷이 아닌 친절도 문제일 수 있다는 것을 느꼈다. 불친절하면 그곳에서는 다시 사고 싶지 않을 테니까 말이다.

백화점 관리자들은 어쩔 줄 몰라서 당황하고 있었다. 매장 철수는 서후에게도 피해가 가는 일이었다. 입점이 어려운 백화점에서 철수라니.

"특히 나와 함께 온 사람이 당황했고, 무시당한 느낌이 들어서 상당히 불쾌해. 당장에 모든 매장 철수한다고 전해. 이게 가장 큰 이유야!"

서후의 이야기는 거기서 끝났다. 당황하던 하온의 얼굴을 생각하면, 그 자리에서 소리치고 화내고 싶었지만, 못 본 척했다. 하온이 혹시나 민망해할까 봐서.

"사장님, 사장님!"

여직원은 민망함에 울상이 되고 있었다.

연수원에서 임시로 타고 온 자동차라 하온은 번호를 못 외워서 겨우겨우 찾았다. 이건 데이트가 아니고, 무척이나 힘든 고행길 같다는 생각을 하며 조수석에 앉자마자 눈을 감았다. 직원이 옷이 작다고 말했을 때, 혹시 서후가 들은 것은 아닐까 하는 걱정이 되었다. 남자한테는 감추고 싶은 비밀인데.

하온은 스스로가 뚱뚱하다고 생각하진 않았지만 조금 더 마른, 좀 더 여리여리함을 추구하는 요즘 사람들이 문제라고 여겼다. 그래서 그런 마른 사람들 때문에 옷도 작게 나오는 것이 아닐까 생각했다. 그래서 항상 다이어트가 따라다닌다.

특히, 가을 겨울만 되면 불어나는 뱃살이 문제였다. 팔과 다리는 가는 반면, 안 보이는 배가 문제다.

"아, 이놈의 뱃살!"

덜컹! 문이 열리는 소리에 하온이 자세를 바로 했다.

"참치 뱃살? 그거 먹을까?"

자동차에 올라탄 서후는 '뱃살'이라는 말만 듣고, 점심 메뉴를 그것으로 정해 버렸다. 하온은 '뱃살이 그 뱃살이 아닌데. 귀도 밝아'라고 작게 중얼거렸다.

"왜, 싫어?"

그녀에게서 대답이 없자 서후는 재차 물어보았다.

"아뇨. 회 좋죠. 그런데 이렇게 입고 어디를 가요? 저, 정말 궁금한데."

"좋은 곳이야. 그럼 가볼까?"

우선 배를 채워야 한다면서 정말 회를 먹으러 갔다. 주방장에게 특별히 '참치 뱃살 위주로'라고 주문하며 웃는 서후를 향해서 하온은 '그 뱃살 아니라고' 정확히 말해주고 싶었지만, 차마 말할 수 없었다. 그러면서도 하온은 뱃살을 원 없이 먹었다.

'이놈의 뱃살'이라고 말한 덕분에 입이 호강하고 있었다. 그러면서 또 한 번 서후를 놀라게 했다.

"유하온 대단해. 정말 잘 먹는다."

"네. 잘 먹었습니다."

서후는 운전을 하면서 기분이 좋은지 콧노래를 불렀다. 그가 하는 대로 손가락으로 또 박자를 맞추는 하온이다. 서로가 그렇게 가고 있다는 사실조차 모르고 약 이십 분을 달려 도착한 곳은 그냥 허허벌판 같은 곳이었다.

넓은 주차장만 보여서 하온이 서후를 노려보았다. 오늘 정말 개고생 시킬 작정이신가? 복구? 할머니가 부르셨던 복구가 생각 났다. 정말 복구다, 복구.

"내리자. 잠깐만."

서후가 열어준 조수석 문 밖으로 나와서야 하온은 이곳이 어딘 줄 알았다.

"어, 여기 알아요. 그런데 여기서 뭐를 해요?"

허허벌판인 줄 알았던 곳은 영암 F1 경기장이었다. 일반인도 탈 수 있는 카트장도 있었다.

"뭐를 하기는. 여기 온 김에 스피드나 즐기고 갈까?"

"뭐야, 고작 범퍼카 타자고 왔어요? 이렇게 멀리?"

"범퍼카? 하하. 조금 틀려. 이거 은근히 재미있어. 유하온도 좋아할걸? 오늘 교육생 격려 방문이 있어서 겸사겸사 온 건데. 와 서 보면 유하온이 나를 기억해 주려나 하고 왔거든. 바로 옆인데, 그냥 가면 서운할 거 같고. 조금 놀다가 또 다른 곳에서 놀자. 아 주 재미있어. 계속 타자고 하지나 마."

서후는 관리자급 교육을 격려하는 차원에서 연수원에 방문할 일정이 있었고, 겸사겸사 하온이 자신을 기억하기를 바라는 마음 에 그녀와 동행했던 것이다. 그리고 연수원과 가까운 이곳을 들 른 것이다.

'즐기러 왔는데. 즐겨야지.'

두 사람은 손을 잡고 안으로 들어갔다. 간단하게 안전 수칙을 듣고 안전모를 착용하고 카트에 앉아 벨트를 찼다. 하온은 출발 과 동시에 몸이 튕겨 나가듯 카트를 움직였다. 서후도 뒤를 따라 달렸다.

'재미없을 거 같다면서 잘만 타네.'

서후는 하온이 타는 것을 보며 저절로 웃음이 나왔다. 하온은 즐겁고 신나는지 연신 입을 벌리고 카트를 몰았다. 처음에는 속도가 나지 않더니 점점 속도를 낸다. 몸이 쏠릴 정도로 속도를 내다가 급기야 서후를 추월하기까지 했다.

"와, 정말 신나요! 빨리 오세요!"

"오케이!"

말소리가 들릴 수가 없는데 엄청난 크기로 대화를 하고 있었다.

"누구와 어디를 갔어? 서후가?"

스파와 마사지를 마치고 귀가한 서 여사는 비서의 보고를 받으며 하온과 서후의 사진을 보았다.

"이건, 홍보팀에서 이번 사보와 방송에 내보낼 사진들입니다."

"어디…… 아, 유하온 비서……."

지난번 데이트에서 홍보팀이 찍은 저녁 식사 사진과 공연 관람 사진이었다.

"아주 자연스럽다."

세련된 외모와 늘씬한 몸매, 큰 키의 소유자인 서 여사는 재후와 서후의 어머니로 나이는 육십대였지만 누가 보아도 제 나이로 보지 않았다. 서 여사는 소파에 편한 자세로 앉아 있다, 서후와 하온의 사진을 보며 몸을 앞으로 숙였다. 아들의 밝은 표정이 낯설어 보이기까지 했다.

"이거 한번 만난 거 맞아? 아닌 거 같아. 아주 다정해 보이잖아."

"네, 이사장님. 저도 그렇게 보입니다."

서 여사는 그룹에서 운영하는 복지 재단의 이사장이었다.

"그렇지. 서후가 정말 밝아 보여. 조금 더 확실히 알아봐."

"네, 그리고 조금 전에 전화가 왔습니다. 다급하게 이사장님을 찾았는데, 이유는 말씀 안 하시고……."

서 여사는 비서가 건네는 메모를 보고 고개를 끄덕였다. 비서가 나가자, 서 여사는 전화기를 들었다.

"네. 전화하셨다고……."

[서 이사장님, 이런 경우는 없어요! 도대체 어쩜…….]

"무슨 일이시죠?"

서 여사의 인상이 대번에 찌그려졌다.

한참 카트를 몰던 서후는 주머니 속 휴대폰 진동에 카트를 입구에 멈춰 세웠다. 하온은 아직도 정신없이 카트를 운전하고 있었기에 서후는 통화를 위해 카트장 밖으로 나갔다.

한편 신나게 달리던 하온은 뒤늦게 서후가 없어졌음을 알아차리곤, 주변을 두리번거리다가 핸들을 돌려 입구에 카트를 세웠다.

"어, 어디 갔지?"

벨트를 풀고 내리려는데, 서후를 찾기에 바빠 하온은 미처 뒤에서 오는 카트를 발견하지 못했다. 카트 운전자가 뒤늦게 하온을 발견했지만, 핸들을 돌리기에는 너무 늦어버린 상황이었다.

"어어, 비켜요! 이봐요!"

큰 소리에 놀란 하온은 뒤로 물러서다 다리가 걸려 넘어지고 말았다.

"아야!"

넘어지면서 손바닥이 쓸리며 까졌다. 운전자가 카트를 한쪽에 세우고 하온에게 다가왔다.

"이봐요. 그렇게 서 있으면 어떡해요? 이쪽으로 걸으면 안 돼요. 여기 한쪽으로 걸어가야지. 아니, 여기는 직원도 없나?"

"아, 죄송해요. 뒤에서 오는 걸 못 봐서."

하온이 손바닥을 보며 일어섰다.

"어디 봐요."

그 남자가 손수건으로 손을 감싸주고 한쪽으로 데리고 갔다. 까진 곳에서 피가 났다. 약을 바르자고 하면서 손수건을 누른 곳에 힘을 주었다. 때마침 통화를 마친 서후의 눈에 두 사람이 손을 잡고 있는 것이 보였다.

"그 손 놓지! 누구 손을 잡고 있어!"

서후는 큰소리로 말하며 하온에게 다가왔다.

"일행이십니까?"

말을 거는 남자를 무시하고 서후는 하온의 손을 보면서 미간을 잔뜩 구겼다.

"그 손 놓으시죠. 남의 여자 손 잡지 말고. 그 더러운 손으로 어디를 잡습니까?"

낯선 남자가 그녀의 손을 잡고 있다는 사실에 화가 난 서후는 제 앞으로 하온을 당겨서 다친 손을 살폈다.

대체 어머니 전화를 받고 온 그 잠깐 사이에 도대체 무슨 일이 벌어진 거야?

조금 전.

"네, 접니다. 어머니."

[이게 무슨 소리니? 네가 정말 아르떼 백화점에서 매장을 철수한다고 했어?]

서후는 어머니의 전화를 받고 역시, 아르떼 백화점에서 서 여사에게 도움을 요청했구나 하는 생각을 했다. 백화점 사장의 어머니와 알고 지내는 사이이니까.

"벌써 연락이 갔어요?"

[벌써라니? 서후야, 감정적으로 처리할 문제가 아니잖아. 무작정 철수한다고 했다면서. 그렇게 막무가내로 말하고 나오면 어떡

하니?]

"이상하게 그 지점에서 반품도 많고 그랬어요. 본사 직영 사원을 보내도 그쪽이 워낙 불친절하니까 사람들도 없었던 거고. 안 그래도 고민하던 일이었습니다. 감정적인 건⋯⋯."

[유하온 비서 때문이니? 오늘도 함께 있다고 하더구나. 고작 여자 때문에 일 처리를 허투루 했다면 실망이다.]

서후는 어머니가 모르고 있을 거라는 생각은 하지 않았다. 헬기까지 탔고, 연수원에 데리고 왔는데, 당연히 알고 있을 거라 생각했다. 그래도 여자 때문에 일을 그르친다는 말을 듣는 건 꽤나 거슬렸다. 아무리 어머니라고 해도 말이다.

"그런 거 아닙니다. 그리고 그 일은 관여하지 마세요."

[관여 말라니?]

"제가 알아서 하겠습니다. 서울 도착하면 말씀드릴게요."

[연애를 하는 건 반대하지 않지만, 일을 그르친다면 연애를 하지 않는 게 좋을 거 같아. 그게 뭐니? 당장 취소해. 기분 나쁘다고 매장 철수라니. 사업이 장난이야?]

"지금 어머니께서 간섭하시는 것도 썩 좋은 방법은 아니세요."

[뭐야?]

"죄송합니다. 서울 가서 뵐게요."

전화를 끊고 한숨을 쉬었다. 아르떼 백화점에서 뭐라고 말했기에 바로 연락을 해서 감정에 치우치지 말라는 것인지 모르겠다. 서후는 걱정이 앞섰다. 행여나 이번 일로 하온과의 관계가 힘들어질까 우려되었다.

그때 생각에 잠겨 걷는 서후의 눈에 들어온 것이 있었다. 바로 남자와 서 있는 하온의 모습이었다.

'하, 가뜩이나 화나 죽겠는데. 너는 뭐 하고 있어? 그냥 뿌리쳐야지!'

어머니여서 소리 지르고 화를 못 냈을 뿐, 서후의 속은 천불이 날만큼 화가 나 있었다.

"그 손 놓으시죠. 남의 여자 손 잡지 말고. 그 더러운 손으로 어디를 잡습니까?"

"일행이십니까?"

서후가 남자의 것으로 추정되는 손수건을 냅다 바닥에 던져 버리자, 하온과 그 남자는 놀랐는지 동시에 서후를 바라봤다. 하온은 도와준 사람에게 미안하면서 성급한 서후의 행동에 실망했다. 손수건을 준 남자는 안하무인인 서후가 기막혔다.

"뭡니까? 남의 손수건을 왜 던져요?"

남자는 서후를 노려봤지만, 서후는 전혀 신경 쓰지 않고 있었다.

"여기 다쳤어? 어쩌다가 다쳤어? 넘어졌어?"

하온은 서후에게 잡힌 손을 빼고, 재빨리 손수건을 집어 남자에게 건넸다.

"도와주셨는데 죄송합니다."

"아, 예. 아니, 아니요. 그쪽이 죄송할 일이 아니죠. 약 바르세요."

남자가 손수건을 받아 들고, 다친 하온의 손을 걱정하며 뒤돌아서 걸어갔다.

"유하온! 너 지금 뭐 하는 거야? 내가 걱정하는 건 안 보여?"

서후는 제 손을 뿌리친 것이 어이없었다. 하온에게 소리 지르자 그녀는 한숨을 쉴 뿐 말이 없었다. 그렇지만, 가던 길을 멈춘 남자가 서후를 보며 잔뜩 힘주어 말했다.

"저기요? 여자분 때문에 그냥 참고 갑니다. 성격 아주 까칠하시네."

남자는 손수건을 탁탁 털며 걸어갔다. 서후는 자신의 손을 뿌리친 하온을 보다가 남자의 말에 열이 나기 시작했다.

"거기 서! 이봐, 거기 서라고!"

"그만 가요."

하온이 서후의 손을 끌고 주차장으로 갔다. 지금은 서후가 잘못 안 것이기에 진정시킬 필요가 있었다. 하지만 서후는 그런 말을 듣고 그냥 가자는 하온이 이해되지 않았다.

"그만 가자고? 저 말을 듣고 그만 가자고?"

"네. 지금 사장님이 잘하신 게 없어서 저는 그만 갔으면 좋겠어요."

하온의 인상도 썩 좋지 않았다. 괜한 시비는 서후가 걸고 있었다.

"잘못도 제가 했어요. 그 사람은 도와준 사람이고, 넘어져서 다친 것도 저고. 그런데 손수건을 바닥에 던지다니요. 자기 마음에 안 들면 모두 더럽고 쓰레기로 보이세요?"

"야, 유하온. 말이 심하잖아! 내가 언제 쓰레기로 봤다고 그래?"

"하아. 이번 일은 사장님 잘못이에요. 실망입니다."

"말 다 했어?"

"네."

서후의 눈빛이 날카롭게 변했다. 조금 전까지는 하온이 뿌리쳐서 서운했다면, 이제는 하온의 말에 화가 났다. 잡아먹을 듯 독기를 내뿜었다. 하지만 하온도 지지 않았다. 이런 남자라면 다시 생각해 봐야겠다는 마음이다.

"그 사람이 도와줬어? 도와준 건지 몰랐어. 괜히 환심이나 사려고 하는 줄 알았다고. 그래서 던진 거야."

"이유나 알고 판단하셨어야죠. 냉철한 판단력은 대체 어디에 두고……."

"이제 그만해! 네가 지금 날 가르치려고 하는 거야? 그래, 순간 눈이 돌았어. 안 보는 사이에 남자 새끼가 들러붙었구나, 눈이 돌아서 나도 모르게 던졌어! 냉철한 판단? 그런 순간에 무슨 판단? 네가 딴 놈이랑 손잡고 있는데 무슨 판단이 서!"

서후가 하온을 두고 뒤로 돌아갔다. 하온에게 어디를 가는지 말도 안 하고 서후는 빠른 걸음으로 사라져 버렸다. 하온은 자동차 앞에서 한참을 서 있었다. 오랜 시간이 지나 지루하던 찰나 서후가 나타났다. 손에는 비닐봉지가 들려 있었다.

서후가 다가와서 하온의 손을 잡고는 까진 손바닥에 약을 바르고 밴드를 붙여줬다.

'뭐야. 약 구하러 다녀온 거야?'

"안 아파?"

"이거 가지러 다녀오신 거예요?"

"아니. 화장실도 다녀왔어."

'그럼, 말이라도 하고 갔다 오지. 기다리게 하고 있어. 그래도 뭐. 상처도 치료해 주고. 아까 그렇게 말해서 화가 많이 날 텐데.'

"저 사장님, 제가 심했다면……."

어쨌든 화해는 해야 하니까 하온은 사과부터 했다. 그렇지만, 전혀 풀리지 않는 눈치였다. 서후는 들어주지 않았고 눈을 마주치지도 않았다.

"유하온, 운전할 줄 알지? 운전해."

서후가 차 열쇠를 주면서 먼저 걸어가 버렸다. 하온은 얼떨결에 차 키를 받아 들었다. 그런데 이 남자, 조수석도 아닌, 뒷좌석에 탄다.

'화가 났다고 시위하는 건가? 그래, 시위하세요. 아, 어이없는 사람. 밴댕이 소갈딱지.'

"유하온, 운전 기대할게. 나는 좀 피곤해서 말이야."

서후는 팔짱을 끼고 눈을 감았다. 잠을 자는지 미동이 없다.

드르륵. 서후의 휴대폰 진동이 울렸다.

"사장님, 전화가⋯⋯."

"거, 스피커 통화 있잖아. 그거로 받아."

"네."

서후는 전화도 받을 생각이 없는지 하온에게 건네주면서 받으라고 했다. 하온이 통화 버튼을 누르고, 스피커 버튼을 눌렀다.

[저, 채진하 실장입니다.]

"어. 왜?"

[조금 전에 사장님을 찾는 전화가 회사로 왔는데, 하도 이상해서 당직이 제게 전화를 했어요. 혹시 누가 사칭을 하나 해서요.]

"무슨 소리야? 자세히 말해봐."

[손수건 주인인데, 사장님이 오셔서 사과하며 명함을 주셨다고, 한서후 사장님이 맞는지 확인 전화를 했다고 하더라고요. 나중에 밥을 산다고 했답니다.]

"흐흠. 저기 채 실장, 나중에⋯⋯."

서후는 자세를 바로 잡고 똑바로 앉았다.

[아, 요새 사칭 전화가 많아서요.]

서후는 침을 꿀꺽 삼켰다. 생각지도 못한 전화에 놀란 것이다.

[사장님? 듣고 계십니까?]

"어어, 알았어. 일단 가서 말해. 끊어."

전화가 끊겼다. 서후가 일방적으로 전화를 끊고 손바닥으로 얼굴을 쓸었다. 괜히 하온의 눈치도 봤다. 하온은 서후를 백미러로 보며 물었다.

"사장님, 설명이 필요한데요? 손수건, 명함? 그게 뭔가요?"

하온에게 화를 내고 돌아선 후, 서후는 카트를 타던 곳으로 가서는 휴게실 안에 웃고 떠드는 사람들 틈 속에서 손수건을 준 남자를 발견하고는 진심으로 사과하며 명함을 건넸다. 대외적인 명함으로 SnI 패션 대표번호가 적힌 것이었다. 하온의 입에서 실망이라는 단어와 잘못이라는 단어가 나왔을 때, 서후는 솔직히 자신이 오해했다는 것을 알았다. 진심으로 사과해야, 그녀의 마음도 풀리지 않겠는가. 지금 이 상황에서 자존심 따위 지켜봐야 무슨 소용일까 싶었다.

진하의 전화를 들었음에도 서후는 아니라고 발뺌했다. 그것을 굳이 숨기는 이유는 무엇일까.

"채 실장이 잘못 알았나요?"

"뭐. 그럴 수도 있지."

들킨 게 창피한가? 웬 시치미야. 그리고 왜 뒷좌석에 앉아? 이 남자 자존심이 상했나? 하온은 자신이 서후에게 한 말들을 곱씹어 생각했다.

"……자기 마음에 안 들면 모두 더럽고 쓰레기로 보이세요?"

"이번 일은 사장님 잘못이에요. 실망입니다."

'분명히 저 말들 때문에 자존심이 상했다는 것인데. 사과를 하고 왔다? 멋진데? 그래요. 모르는 척 넘어가 드리죠.'

서후는 진하의 전화는 끝까지 잘못 안 것이라고 했다. 바로 가서 인정하고 사과했다는 것을 하온이 알게 된다는 것이 싫었다. 그냥 모르게 넘어가고 싶었는데.

끼이익~ 부우웅~ 끼이익! 하온은 브레이크를 밟다가 액셀을 밟기를 반복했다.

"유하온, 지금 뭐 해? 똑바로 앉아 가질 못하잖아!"

"이게 최선입니다만……."

"운전을 못하나? 이러다가 우리 둘 다 저세상으로 가겠어!"

"면허를 딴 건 9년이 넘었습니다만, 운전은 초보입니다. 도로 주행하고 지금 처음이니까요."

"하. 진짜, 어이없네. 그럼 처음부터 그렇다고 말하던지. 나랑 바꿔!"

하온이 아직도 주차장을 벗어나지 못한 채 한쪽으로 차를 세웠다. 그리고 서후의 말대로 자리를 바꿨다. 하온은 조수석에 앉지 않고 뒷좌석에 앉았다.

"뭐 하는 거야? 왜 거기 타?"

"자리를 바꾸라고 하셔서요. 그럼 그냥 옆으로 타! 그러셔야죠."

"하, 진짜! 후우~ 하하하."

하온이 다시 조수석으로 옮겼다. 서후는 그런 하온을 보며 웃었다. 서후가 어색함을 풀지 못해서 투정 부린다는 것을 하온도 알고 있던 모양이다. 서후가 본 하온은 자신보다 더 했으면 더했지, 덜하지 않음을 알고 여기서 관두기로 했다. 자존심은 이미 접고 사과했으면 그만이지 하온에게 투정을 부려서 무엇 하겠는가.

"사과하신 건 정말 멋져요, 사장님."

서후가 화내서 미안했다고 사과하려던 순간 하온이 그를 향해서 먼저 말을 꺼냈다.

그동안 느낀 서후의 성격으로 보아 잘못을 인정하고 사과한다는 것은 상당히 어려웠을 것이다. 자존심이 워낙 강한 사람이기에 잘못을 인정한 것을 숨기고 싶었는지도 모르겠다. 하온은 그의 행동에 스르르 마음이 녹고 있었다.

"아주 멋집니다. 그런데 왜 감추세요?"

"그럼 어떡해? 그렇게 하고 왔어도 네 표정은 굳어 있고, 그렇다고 내가 사과하고 왔으니까 화 풀어라 그래?"

"그래서 뒷자리에 앉고 이때다 싶어서 직위 이용하셨어요? 자존심 상해서?"

"내가 괜히 투정 한번 부려봤어. 실망했다는데 어떡해, 그럼."

"제가 죄송해요. 말이 심했어요. 이렇게 바로 인정하시는 멋진 분이신데……."

서후는 하온의 얼굴을 당겨 입술에 입을 맞춰 버렸다. 하온에게 실망했다는 말을 들었을 때, 앞이 캄캄했다. 일단 그 문제부터 해결하고 그녀와 조용히 이야기를 나눠봐야겠다고 생각했다. 그런데 하온도 썩 좋은 기분이 아니니 말도 꺼내지 못했던 것이다.

"사과해서, 실망 안 했어? 사과 안 했으면 실망했고?"

"아니요. 말이 심했어요."

"그래. 나도 심했어."

두근두근.

하온은 심장이 멎는 느낌이 들었다. 숨을 쉬기 힘들어서 손에 점점 힘이 들어가고 있었다.

"예뻐."

"예?"

"너, 긴장하는 모습. 부끄러워하는 모습이 예뻐."

그러곤 서후는 하온에게 안전벨트를 채워주고는 아직까지 흥분하는 그녀와는 달리 침착하게 차를 몰았다. 이다음 데이트 일정도 세워두었는지, 그렇게 얼마를 더 달려서 차가 목적지에 멈춰 섰다.

"여기야. 내려."

주말이라서 사람은 무척 많았지만 꼭 한 번 와보고 싶었던 곳이었다.

"여기도 오고 싶었어요? 와, 의외다."

《죽녹원》

담양에 있는 죽녹원이었다. 이곳은 차를 두고 계속 걸어야 했다. 서후는 걸어 다니는 것을 싫어할 거라고 생각했는데 이곳을 목적지로 정했다고 하니 의외였다.

"내가 하는 것은 무조건 신기하구만……."

서후가 혼잣말을 하는 동안에 하온은 벌써 앞서 걷고 있었다.

"어! 우리 저기 구경 가요."

"싫어. 이쪽으로 가."

하온의 부탁을 단박에 거절하고, 서후는 원하는 방향으로 그녀를 끌고 갔다.

'아무튼, 자기 멋대로. 고집도 세고. 자존심도 세고. 조금 보고 가도 좋겠는데. 쳇!'

"유하온. 눈 좀 치켜뜨지 말지. 째려보는 거 같아. 여기가 더 좋아. 여기 보고, 저녁 먹자. 그리고 거기도 가자. 메타세콰이어 길."

"아, 그 길 알아요. 아주 감성적인 분이시다."

"하하. 칭찬인가?"

"그렇다고 하죠."

"고마워."

서후가 하온의 손을 더욱 세게 잡아당겨 천천히 걸었다. 십 분 가량 걷자 생태 연못과 폭포가 보였다. 그곳에 놓인 징검다리를 건너면서도 서후는 한시도 손을 놓지 않았다. 하온은 따뜻한 그의 손에 감싸인 채, 이십여 분을 그렇게 걸었다.

"우리는 이제 사랑이 변하지 않는 거야."

처음에 하온은, 서후가 하는 말의 의미를 알아차리지 못했다. 그러다 길 안내 설명을 보고서야 깨달을 수 있었다.

《대나무 향기 따라 떠나는 여행 '죽녹원 8길 중, 제5길: 사랑이 변치 않는 길'》

"사랑이 변하지 않는 길. 우리가 걸어온 길이 여기야."

"하하. 그래서 여길 꼭 걸어가야 한다고 했어요?"

"응. 사랑이 변하지 않는다는데, 알고서 어떻게 안 와. 꼭 한번 와봐야지."

하온의 손을 놓지 않고 계속 걸었으니 이제 이루어지기만 하면 된다.

"여기를 알고 오신 거예요?"

"그럼. 내가 헬기까지 타고 그냥 어영부영 놀러 온 거 같아? 내가 계획 없이 움직이는 놈이야? 다 알아보고 왔지. 어디를 갈까, 가서 무엇을 먹고, 뭐를 하고 놀까. 담양에 가면 죽녹원이 있고 그곳에 사랑이 변치 않는 길이 있으니까 그곳은 시간이 없어도 꼭 가봐야겠다 생각했어. 우리도 과연 그럴까 하고 말이야."

여길 꼭 오고 싶었다고? 그런 생각까지 했을 줄은 몰랐다. 단순하게 연수원 온 김에 잠시 들렀다고 생각했다.

"다음에는 헬기 타고, 알래스카 가서 팥빙수 먹고 스키 타자."

"네?"

"하하. 농담이야. 아휴. 얼굴이 금세 변하네. 농담이라고 해서 변한 건가? 가자."

하온은 서후가 걷는 것을 좋아한다는 사실을 처음 알았다. 운동도 안 하고, 편한 것만 좋아하고, 고급만 찾을 줄 알았는데 아니었다. 그는 지치지 않는지 길고 긴 거리를 끄떡없이 걸었다. 하온이 지나가는 말로 찹쌀 도넛을 먹고 싶다고 하자, 바로 사주는 모습만 봐도 은근히 자상했다.

"이런 건 안 드실 줄 알았어요."

특이하게 대나무 잎으로 만든 설탕이 뿌려진 도넛이었다. 손으로 먹어야 해서 불편했지만, 맛은 제법 있어 서후에게 한 개 건넸지만 받지 않았다.

"왜요? 왜 안 드세요?"

서후가 건너편 연인들의 모습을 턱으로 가리키며 하온에게 눈치를 줬다. 마치 같은 방법으로 하라는 듯이. 하온이 하는 수 없이 도넛을 엄지와 검지로 살짝 뜯어 서후의 입으로 가져가자 그제야 냉큼 받아먹었다.

저녁까지 먹고 다시 헬리콥터를 타고 서울로 향했다. 오전에 웃었던 그 기장과 부기장인지 확실치는 않았으나, 하온은 서후에게 분명하게 다짐을 받았다. 절대로 키스하지 말 것을. 하지만 하온이 떨고 있고, 달래기 위해서는 어쩔 수 없다며 서후는 고개를 흔들었다.

키스를 허용해야 한다는 서후의 정당한 요구가 있었다. 사실 서후의 일방적인 키스에 맥을 못 추린 것은 하온이었다. 결국 오전과 같이 하늘길은 키스로 시작해서 키스로 끝이 났다.

"오늘 정말 즐거운 데이트였어요. 아, 그리고 한 가지 생각났어요. 입사 때, 이름이 다르다고 하셨죠? 혹시 맨 뒤에 혼자서 말도 안 하고 앉아 있던 그 남자?"

"남자는 맞지. 말도 안 했고."

"기억나요. 과묵하고, 혼자서 무게만 잡고 다니고. 폼은 다 잡는다고……."

"무슨 폼을 잡고 다녔다고 그래?"

"그냥 그랬다고요. 그래도 기특하죠? 기억도 하고."

하온이 머리를 살짝 내밀었다.

'어쩌라고? 칭찬해 달라고?'

서후는 하온의 머리를 쓰다듬었다. 이름도 아닌, '뒤에 앉아 있던 남자' 하나 기억해 냈다고 칭찬해 달라고 한다.

"그래, 그래. 내가 칭찬해 준다. 나는 유하온의 모든 것을 알고 있고, 이건 거의 스토커 수준이라고 할 정도의 경지에 올랐는데. 유하온은 내가 입사 동기라고 해도 고작해야 뒤에 앉아 있었던 남자 하나 알아냈는데. 칭찬해 줘야 해?"

"아, 서운하시겠구나. 음. 그럼 저는 어떤 칭찬을 해드릴까요? 머리를 쓰다듬어 드릴까요?"

대단한 한서후 사장의 머리를 쓰다듬을 수 있는 좋은 기회였다. 진짜 한다면 이건 해외 토픽감이었다.

"은근히 머리 한번 만져 보려고? 됐고. 부탁 하나 들어줘."

"부탁요?"

"응. 내가 예전부터 생각한 게 있어. 꼭 들어줘. 이건 명령이 아니라, 부탁이야."

그렇게 말하고 잠시 뜸을 들이던 서후가 입을 열었다.

"내 비서로 와줘. 지금 비서가 공석이야. 업무를 보좌할 비서로 유하온 씨가 와줬으면 좋겠어."

이런 자리에서 할 부탁은 아니지만, 그동안 충분히 지켜보았고 그녀의 고과나 능력 평가에 관한 것은 이미 잘 알고 있었기 때문에 다른 평가는 필요 없었다. 전출 명령이야 본인 동의가 없어도 내릴 수 있었고, 회장인 재후가 승낙을 하면 가능하기도 했다. 하지만 서후는 그녀의 의견이 먼저라고 생각했다. 서후는 그녀도 찬성할 거라고 생각했다.

"음. 그건 썩 좋은 생각은 아닌 것 같아요."

그런데 예상을 뒤엎는 대답이 나왔다. 서후는 하온의 대답에 기분이 급속도로 나빠졌다.

'이 여자 봐라. 고민도 없이 대답하네.'

"최소한 고민은 해야 하는 거 아니야? 왜 그렇게 냉정하게 대답해? 왜 싫은데?"

서후는 서운한 마음이 쉽사리 진정되지 않았다. 하루 종일 했던 데이트로 업(up) 됐던 기분이 순식간에 바닥으로 다운(down)되는 것은 눈 깜짝할 사이였다. 한숨을 쉬며 창문을 연 서후는 정말이지 화가 머리끝까지 났다.

"오해하지 마세요. 싫은 게 아니라. 좋아하는 사람 옆에 있는데, 실수하는 모습 보이는 게 겁이 나서 그래요. 제가 실수하고 안 좋은 모습만 보일까 봐서요. 업무 면에서 좋은 모습만 보이고 싶어요."

하온이 몸을 틀어 그를 바라보며 자신의 속마음을 전했다. 서후가 하온의 얼굴을 뚫어지게 쳐다봤다. 말이나 못하면.

"나는 매일 보고 싶은데. 실수 같은 거 했으면, 회장 비서로 오래 있지도 않았겠지. 내가 실수해도 예쁘다고 해도 싫어?"

"아이고, 그건 사장님 생각이시죠. 어떻게 그게 예뻐 보여요? 저는 일로서도 완벽한 사람이고 싶은데요."

"완벽한 사람이라. 깔끔하게 거절이군. 좋아. 알았어."

'너무 쿨하게 놔주시네요. 흐음. 이상하게 서운하네. 보통 삼세 번은 권하지 않나?'

하온은 몇 번 더 권할 줄 알았다. 화나서 그냥 받아주는 척하나?

"혹시 화나셨어요?"

"아니야. 네 마음 충분히 알았어. 실수하면 그것만큼 속상한 게 없겠지. 잘 보이고 싶은 것도 이해하고. 내가 아무리 성인군자라고 해도 얼마나 이해하겠어. 예쁘게만 볼 수는 없을 거고. 그래, 알았어."

"네. 고마워요. 오늘 정말 즐거웠어요."

"응. 어서 들어가."

서후가 하온에게 마지막으로 입맞춤을 했다.

하온은 무언가 서운하면서도 내색할 수 없는 그런 기분이었지만, 서후에게 인사하고 집 안으로 들어갔다. 그렇게 하온의 모습이 사라지고 서후는 잠시 생각에 빠졌다. 눈을 감고 앞으로 해야 할 일들을 그려내기 시작했다. 그리고 잠시 후, 내내 무표정하다가 갑자기 입꼬리를 말아 올리며 미소를 지었다.

"그래. 바로 받아들이면 유하온이 아니지. 강제 발령은 나도 싫어. 그런데 부탁도 거절? 오케이. 쉽게 오겠다고 하면 나도 재미없지. 하온아, 나는 네가 실수하고 엉망이어도 내 옆에 있었으면 좋겠어. 그게 너의 매력이거든. 그런데 말이야. 나는 매일 매 순간 보고 싶어서 안 되겠어……."

서후가 다시 하온을 생각하며 웃었다.

6
아군이야, 적군이야?

철컹! 지이잉.

거대한 문이 열리고 서후가 운전하는 자동차가 매끄럽게 저택 안으로 들어갔다. 평소 혼자 살고 있는 서후는 일요일을 맞이해서 인사차 집에 들렀다. 철문이 자동으로 닫히고 조금 더 안으로 들어가 자동차를 세우고 내리자 관리인을 비롯하여 제복을 갖춰 입은 여러 명의 사람들이 나와 서후에게 인사했다.

"오셨습니까?"

집안일을 책임지고 있는, 흔히 말하는 집사로 불리는 사십대 남자가 나와서 옆에 바짝 붙어 마치 업무 보고를 하듯 줄줄이 읊어댔다. 서후는 건성으로 듣고 말았다.

"사모님께서는 지금 꽃꽂이 중이십니다."

서후는 고개를 끄덕이고 안으로 들어갔다.

"안녕하셨어요. 저 왔습니다."

"왔니?"

서후가 어머니에게 정중히 인사를 한 후에 소파로 자리를 옮겼다. 서 여사는 직접 꽃꽂이를 해서 장식하는 것을 좋아했다. 서 여사는 가사도우미를 시켜 널브러져 있는 이파리와 꽃가지 따위를 치우게 하였다.

"그냥 계속하세요."

"됐어. 꽃이 별로 안 좋아. 어디서 저런 걸 구해왔는지. 요즘은 시키면 다들 건성이야."

꽃의 상태를 보니 아침에 구해온 것이 분명한데, 서후가 와서 괜한 핑계를 대는 것 같았다. 괜히 심부름한 사람들이 욕을 먹었다.

서 여사는 맞은편에 앉은 서후의 모습을 찬찬히 훑었다. 얼굴이 제법 밝아진 것을 보니 연애를 하는 것이 맞는 모양이다. 서 여사는 직접 확인하고 싶었다.

"어제는 늦었니? 어제 올 줄 알았어."

"네. 어제 늦게 들어가서 들르지 못했어요. 바로 잤어요."

어제는 하온의 생각에 머리가 조금 아팠다. 집에 도착해서 뒤척이다가 잠이 들었다. 요새는 아무 때나 생각이 나서 바로 잠들기도 힘들었다.

"어제 함께 움직였더구나. 어떤 사이니?"

안 그래도 말을 하려고 했다. 어머니 정도면 누구와 어디를 갔다는 것쯤은 소식통에 의해 듣고도 남았을 것이다.

"저기 안 그래도 말씀을 드……."

그때 현관문이 열리고 재후가 들어왔다.

"어! 왔어?"

운동을 다녀왔는지 트레이닝복을 입고 있었다.

"어, 형."

"웬일로? 주말이라고 얼굴 보기도 힘들던데."

"형한테 볼일도 있어서."

서 여사는 재후에게 눈길도 주지 않고, 서후에게 답을 재촉하고 있었다. 함께 살며 매일 보는 재후보다야 가끔 들르는 둘째에게 더 궁금한 게 많은 건 당연했다.

"하하. 어머니. 서후한테 관심 많으시죠? 이 녀석, 연애하는 거 맞다니까요. 내가 대충 말씀드렸어. 그런데 안 믿으셔."

"서후야, 그 상대가 유 비서니?"

"네, 어머니."

주방으로 향하던 재후의 발걸음이 서후의 말을 듣고 멈춰 섰다. 녀석, 숨이나 쉬고 말해라. 어머니가 더 놀라신다. 뭐가 그리 급해서 묻자마자 바로 말해? 재후는 입가에 미소를 머금고 다시 움직였다.

"서후야, 그 백화점 문제는 다시 생각해 보는 게 어떻겠니?"

"죄송합니다, 어머니. 먼저 말씀드릴게요. 아르떼 백화점과는 상관없어요. 어제 이상한 소리라도 들으셨어요?"

하온과 함께 있었던 일이 금세 보고가 되었나 보다. 서후는 걱정할 서 여사를 대신해서 먼저 설명했다. 그 무엇보다 하온을 의심하는 것은 싫다.

"정말, 유 비서와 상관없어?"

"지금 여기서 매출 현황을 뽑아드릴 수도 없고. 그걸 어머니께 보고 드린다면 제가 무능한 사장이 되는 겁니다. 제가 드리고 싶은 말씀은 유하온 비서와 상관이 있든 없든 어머니는 그냥 뒤에서 응원만 해주세요."

서후의 말에 서 여사는 웃고 말았다. 나서지 말라는 소리를 저렇게 하고 있다. 결국, 유하온을 건드리지 말라는 소리구나.

"유 비서는 나도 잘 알아. 네 아버지 때부터 비서였어. 서후야, 빅토리아 호텔에서 너를 만나고 싶어 하는데 어떻게 할 거니?"

"싫다고 하세요. 벌써 몇 번쨉니까?"

역시 거절할 줄 알았다. 서후에게 씨알도 안 먹힐 말이었다.

"어머니, 말씀 끝나셨으면 일어날게요. 오늘 형한테 볼일이 있어요. 실례하겠습니다."

서 여사는 소파 등받이에 깊숙이 기대고 서후가 하는 행동을 보기만 했다. 처음에는 서후가 말을 가로막으면 화가 났지만, 이제는 그런 아들의 행동에 웃음이 났다. 서후를 사위로 마음에 두고 있는 빅토리아 호텔 회장이 만나보고 싶다고 그렇게 연락을 넣어도 서후는 눈 하나 꿈쩍하지 않았다. 그 이유가 따로 있었다니 이제 정말 포기시켜야 할 것 같다.

"나한테 볼일? 나 바빠, 인마! 일이면 회사에서 끝내."

주방에서 나오던 재후가 볼멘소리를 했다. 쉬는 날 찾아와서 무슨 할 말? 나도 이따가 나가야 하는데. 간단한 거 아니면 절대 안 들어줄 테다. 마음속으로 다짐하고 있었다.

"일단 들어가자. 어디로 들어갈까? 서재? 아니면……."

"따라와."

재후가 안내하는 가족실로 따라가는 서후는 괜히 서 여사 때문에 마음이 무거웠다. 빅토리아 호텔이 또 거론되었다. 아니, 항상 볼 때마다 빅토리아 호텔이야. 사람이 그렇게 없어? 이 정도면 그 집 상속녀도 아줌마 되고도 남았겠다. 벌써 몇 년째야? 아주 끈질기네.

가족실에 들어가 서후는 재후와 마주 보고 앉았다. 재후는 슬쩍 본 서후의 얼굴에 근심이 보여서 유심히 바라봤다. 무슨 중요한 말을 하려고 이렇게 뜸을 들이고 있을까?

"뭐야? 할 말이?"

서후는 자신이 찾아온 목적을 달성하기 위해서 재후에게 계획을 말하기 시작했다.

띠, 띠띠 띡~ 띠릭!

하온은 도어록 잠금을 해제하고 집 안으로 들어갔다. 오피스텔치고 넓고 아늑한 곳이다. 처음에는 그랬다. 항상 부러웠는데, 지금은 아니다. 절대 부럽지 않은 곳이다.

하온은 지금 찌들 대로 찌들고, 어둡고, 냄새나는 곳에 서서, 발을 어디에 둬야 하나 고민하고 있다.

아침에 다급한 목소리의 전화를 받고 달려온 곳은 바로, 오빠 성온의 집이다. 전화 목소리가 당장 오지 않으면 죽을 것 같아서 왔더니, 그 이유가 배가 고파서였단다. '차라리 배고파서 죽어라'라고 하고 싶었다. 이건 무슨 돼지우리도 아니고, 더러워서 말이 좋게 나오지 않았다.

"오빠가 돼지야? 왜 이렇게 하고 살아?"

발을 내디딜 때마다 옷이 걸리고 있었다.

"윽. 내 동생. 라면이라도 끓여주라."

"침대에 누워서 얼굴만 내밀고 하는 첫말이 고작 라면이야?"

"나 지금 며칠 만에 누웠어."

눈이 저절로 감기는지 깜빡깜빡하며 제대로 뜨지도 못하고 있다. 저 인간 정말 누가 안 잡아가나? 하온은 밥통과 냉장고를 열어 먹을 것을 찾기 시작했다. 그런데 쌀도 없고, 반찬도 없었다.

"아~악! 이렇게 왜 살아? 돈 버는 거는 다 어디다 써? 응?"

그렇다고 백수도 아니었다. 성온은 잘나가는 드라마 작가다. 아주 잘나가서 매일 쌍코피 터지고, 솜으로 틀어막으면서 대본을 쓰고, 쓰기만 하면 빵빵 터지는 작가가 왜 이 모양으로 사는지 하온은 알 수가 없었다.

"이 구더기보다도 못한 인생아!"

하온은 바닥을 대충 치우고 라면을 끓이기 시작했다.

'이거, 유통기한은 안 넘겼나? 에잇, 몰라.'

라면이라도 끓여주고 빨리 이곳을 빠져나가야 했다. 하온이 성온과 함께 살기 싫은 이유가 바로 이것이다. 더러움. 더러움의 끝. 청소를 안 하는 것은 기본이요, 심부름은 옵션이다. 하나부터 열까지 모든 것을 부려먹는 하나뿐인 오빠라는 존재. 그리고 대중없이 일어나서 또 몇 날 며칠 밤을 꼬박 새고, 그러다 보면 히스테리 부리고. 돈을 벌면 뭐 하나. 나이 서른에 복구요, 찌질이인 것을.

원래 성온이 복구다. 서후가 나타나기 전까지. 할머니가 성온을 항상 복구라고 불렀었다. 남자는 무조건 복구라고 불렀으니까.

"다 됐어. 와서 먹어."

눈에 보이는 책을 대충 식탁 위에 깔고, 그 위에 라면 냄비를 놓고 성온을 깨웠다. 사실 손으로 깨우고 싶지도 않았다. 이불은 빨았나? 아. 정말 더러워.

"빨리 일어나."

"응. 간다. 이놈아."

"이놈은 무슨. 내가 남자야?"

"이 녀석이. 그럼 이년아, 그래?"

벌떡 일어난 성온은 즐겨 입는 녹색 추리닝에 머리는 언제 감았는지 까치집을 지었고, 그것도 모자라서 배를 벅벅 긁으면서 걸어왔다. 키는 제법 크다고 생각했는데. 서후가 커서 그런가. 하온은 오빠의 키가 갑자기 무척이나 작아 보였다.

"오빠? 키가 몇이지?"

"나? 갑자기 왜? 한 190?"

"쳇! 그럼 나는 180이야?"

성온이 식탁 의자를 빼 다리 하나를 척 올려놓고, 엄마 다리를 하고서 하온을 향해 씨익 웃는다. 그런데 성온의 얼굴이 이상했다. 눈 밑이 부었고, 멍도 들었다.

"유성온? 싸움도 하고 다녀? 잘한다. 아주 쥐 터졌구나?"

성온이 젓가락질을 멈추고 자신의 얼굴을 더듬으면서 만져 본다. 살짝 누르니 아픔이 몰려오는 듯 인상을 찌푸린다. 코를 한두 번 훌쩍이더니 별일 아니라는 듯 라면을 계속 먹었다.

후루룩, 후루룩. 소리가 요란하게 났다.

"오빠! 누구랑 싸웠냐고? 밥 먹을 시간도 없다면서, 누구랑, 왜 싸웠어?"

"건방지구나. 어디 아녀자가 침이 튀도록 소리를 지르고 그래? 내가 이 정도면 상대방은 어느 정도일지 생각은 해봤나, 동생?"

"멀쩡하겠지."

"흐음. 됐고. 나가서 햇쌀밥 하나 사와. 밥 말아 먹게. 하얀 쌀밥 먹은 게 한 일 년은 넘은 거 같아."

"싫어."

"싫기는? 그러니까 남자가 너 싫다고 다른 여자……."

찌를 듯 하온의 눈빛이 날카롭게 변하면서 성온을 노려봤다. 그걸 어떻게 알았을까, 하는 표정으로 커다란 눈으로 노려보고 있다. 성온이 아무리 오빠라고 해도 동생의 화가 난 눈빛에는 이길 방법이 없었다. 이럴 때는 '나 죽었소!' 하는 수밖에 없었다.

"누구야? 엄마?"

성온이 고개를 끄덕였다. 그럴 줄 알았다. 엄마가 어디 가만있을 사람인가. 그새 전화해서 오빠한테 미주알고주알 다 말했을 것이다.

"동생, 세상에 널린 게 남자야. 어떤 스타일을 원해? 내가 아주 멋진 사람으로다가 다리 놔볼게."

"오빠, 나는 오빠 같은 사람……."

"오~ 역시, 동생이 최고야. 요즘 연봉은 얼마나 되나? 내가 용돈 좀 줄까?"

"……만 아니면 돼."

성온의 표정이 금세 일그러졌다.

빰빰빠~ 빰빰 ♬

성온의 휴대폰 벨소리가 요란하게 울리자, 성온이 손으로 휴대폰을 가리키며 그녀에게 가져오라고 하였다. 하온은 가지러 가기 싫어 온갖 인상을 쓰며 입을 삐죽거렸지만, 끊기기 전에 가져오라 시키는 오빠의 말에 결국 몸을 움직일 수밖에 없었다.

"아, 진짜!"

"얼른. 끊기면 네가 책임질 거야?"

오빠가 아니라, 원수다, 정말!

하온은 전화기를 갖다 주며 나갈 준비를 서둘렀다. 빨리 사라져야 저런 쓸데없는 심부름하지 않지.

"강 감독. 뭐? 싫어. 네가 오면 되잖아. 응? 아! 잠깐!"

성온이 손까지 들고 하온에게 멈추라는 신호를 주면서 벌떡 일어섰다.

"강 감독. 저스트 모멘트. 아주 획기적인 아이디어가 떠오르네? 꼭 우리 둘이 움직일 필요가 있을까? 기다리고 있어."

전화를 끊고 안 어울리는 웃음을 짓는 성온에 하온은 뒷걸음질 치고 있었다.

이런 씨! 또 잡혔어! 내가 이래서 여기 오고 싶지 않았어. 악마의 본성이 느껴져. 저리 가! 한서후보다 더 심한, 이 나쁜 놈아! 오빠도 아니야! 한 사장이 그립다!

"형, 잠깐! 아, 왜 이렇게 귀가 간지럽지?"

서후가 손가락으로 귀를 판다. 갑자기 귀가 간지러웠다.

"서후야, 너 지금 나한테 이렇게 해달란 거야? 너는 요새 안 하던 짓을 한다. 일이 장난이야!"

"아, 깜짝이야! 왜 소리를 지르고 그래?"

재후와 서후는 아직도 가족실에 앉아서 이야기를 나누고 있었다. 처음엔 서후의 이야기를 진지하게 듣던 재후는 듣자 하니 어이가 없었다. 이제는 자신의 앞에 앉아 있는 사람이 진정 한서후가 맞나 싶기도 하다. 요구 사항이 제가 하는 연애에 도움을 주라는 것인데, 모두 일과 연관이 있었다.

"서후야, 일은 일이야. 이걸 왜 네 사랑과 결부시켜야 하냐?"

"힘들어? 도움을 못 주겠어? 그것만 말해봐."

"흐음……."

재후가 대답을 하지 않자 서후가 자리에서 일어났다. 잔뜩 굳어가는 서후의 얼굴에서는 다시 냉정함이 묻어났다.

"힘들면 됐어. 이게 형한테 그렇게 어려운 일이야?"

"어렵다고 하지는 않았어. 꼭 곁에 두고 봐야 하니?"

재후도 차갑게 말했다. 옆에 두고 봐야 할 정도로 유하온이 그렇게 대단한 사람인지 알고 싶었다.

"형이라면 어떨 거 같아? 형이 사랑하는 사람이 생겼다면. 형도 생각해 봐."

재후가 잠깐이지만 서후의 얼굴을 뚫어져라 쳐다보았다.

"나? 나도 너와 똑같아. 나라고 별다른 줄 알아? 결정하기 힘든 걸 묻는구나. 하지만 때론 냉정할 때도 있어야 해. 항상 갖고 싶은 걸 갖고, 원하는 걸 다 원하면서 어떻게 살아?"

"내가 원하고, 갖고 싶은 걸 가졌어? 그게 있다면 말해줘. 어떤 것이 있는데? 욕심을 부리는 건가? 가지면 안 되는 것을 갖는 거야? 그렇다면 말해줘."

재후는 서후에게 할 말이 없었다. 성격이 모나서 그렇지, 욕심이 많지는 않았다. 고집이 센 동생이지만, 그 고집을 가지고 재후를 이기려고 했던 적은 단 한 번도 없었다.

"그동안 어떻게 참았어?"

재후가 대답은 안 하고 궁금한 것을 물었다.

"참은 게 아니라 스스로를 학대했어. 생각나면 운동하고, 일하고. 형이 좋아한다고 생각하고 포기했고. 최근에 그게 아니어서 가장 행복했던 거 같아."

"어이없는 녀석. 인마, 오해할 것이 따로 있지. 어떻게 유 비서와 나 사이를 오해해?"

"지금, 그래서 나름 죗값을 치르는 중이야."

"죗값?"

"표현이 그런가? 만나면 화 안 내려고 노력 중이고. 그녀가 하고 싶은 거 위주로 하려고 하고. 길에서 파는 음식도 먹으려고 노력해. 그 정도면 나 노력하는 거 아니야?"

죗값이라는 표현이 웃겼지만, 서후는 하온을 만나면 그랬다. 하온이 좋아하는 것으로 하려고 노력하며 자존심도 버리려고 했다. 그녀에게 했던 심한 행동을 만회하기 위한 방법이었다.

"좋아. 네가 하자는 대로 하기는 할게."

"고마워, 형."

"아깝지만 어쩔 수 없잖아. 네가 곁에 두고 싶다는데."

그제야 마음의 여유가 생겼는지 서후의 입에 미소가 걸렸다. 그 미소에 재후 역시 얼굴에 웃음기가 생겼다.

'그렇게 좋은가? 짜식!'

하온은 결국 성온의 심부름을 해주기로 했다. 대신 심부름 값으로 성온의 자동차를 하온이 당분간 사용하기로 했다. 성온은 외출을 잘 하지 않으니 세워놓기만 하기에는 차가 아까웠다.

"심부름치고 대가가 비싸다."

"싫으면 관둬."

"어디서 협상질이야? 너, 내 동생이지만, 아주 잘 배웠다."

성온이 머리를 쓰다듬었다.

"윽. Don't touch me! 어디를 만져! 오빠 손 더럽잖아!"

"어허! 깨끗해. 자, 이거 아주 중요한 거야. 잘 전해줘."

성온이 USB 메모리를 하온의 손에 쥐어 주었다.

"이거 가져다주라고?"

"이걸로 이 오빠가 농장도 사드리고 그랬어. 조심해."

성온의 첫 작품이 대박이 나면서 귀농하시는 부모님의 농장을 구입하는 데 일조한 것은 사실이었다.

"오늘 일요일인데 이게 왜 필요해. 내일 주면 될 걸?"

"너는 주말에는 연속극 안 보냐?"

하온은 고개를 흔들었다.

성온의 심부름으로 하온이 찾은 곳은 방송사였다. 방송사 로비에 들어선 하온은 1층 커피숍으로 향했다. '감독 만나서 전해주라고 했는데, 빨리 좀 나오지.' 하며 테이블 의자에 앉아 두리번거리고 있을 때, 누군가 하온의 앞으로 다가와 손을 흔들었다.

"안녕하세요? 혹시, 저 기억하세요?"

"누구…… 어! 안녕하세요? 혹시, 손수건?"

하온은 영암 카트장에서 만났던 손수건 남자를 보고 반가운 마음에 소리를 지르고 말았다.

"하하. 맞네. 웬일이에요? 여기서 일해요?"

"저는 여기 심부름 왔어요. 전달할게 있어서. 그러는 그쪽은?"

"나는 뭘 받으러 왔는데."

남자가 하온을 잠시 빤히 보더니 입가에 미소를 그렸다.

"에이 설마. 유…… 작가 동생?"

"그럼 혹시…… 강 감독님?"

남자는 고개를 끄덕였다.

둘은 따뜻한 커피를 주문하고 어색하게 마주 보고 앉았다. 하온은 두 사람의 놀라운 인연이 신기했다.

"와, 유 작가가 거짓말했네요."

"거짓말이라니요?"

"하하하. 여자가 한 명 갈 거라고 해서 생김새를 말하라고 하니까. 자기 얼굴에 머리만 길다고. 그런데 유 작가랑 전혀 안 닮았는데요?"

하온은 어이가 없었다. 어디를 봐서 닮았다는 말인가. 그렇게 소개하고 제 명에 살기를 바랐다는 말인가. 정말 오빠가 아니라 원수다.

"USB 없어지면, 어떻게 되는 거죠?"

"아, 그거요? 글쎄요. 유 작가 인생에 최대 고비를 맞이하려나? 컴퓨터에 백업해 놓지 않았으면 아마 큰일 날 겁니다. 왜요?"

순간 고민했다. 손에 쥐고 있는 USB를 이 남자에게 건네지 않고 여기 앞에 커피 잔에 빠뜨리면 오빠가 어떻게 될까. 하지만 차마 오빠 인생을 여기서 종 치게 만들 수는 없어서 손을 내밀었다.

"하하하. 무슨 고민을 그렇게 해요?"

"아니요. 여기 있어요."

"자요, 이거는 내 명함. 강서준이라고 해요."

하온은 고개를 끄덕이며 명함을 확인했다.

"그런데 정말 그때 그 사람과 사귀어요?"

"네? 네. 왜요?"

"아니. 성격이 강해 보여서. 벅찬 거 아닌가?"

하온은 그냥 자리에서 일어났다. 괜히 기분이 좋지 않다. 쳇! 그 사람을 언제 봤다고, 평가하고 난리야!

"보아 하니까, 위치가 높아서 자존심이 강한 사람 같더라고요."

"이봐요! 무슨 상관인데요. 자존심 없는 사람보다 낫지. 그리고 가서 사과했으면 된 거 아닌가요? 그리고 그쪽도 썩 깔끔한 성격 아닌데요, 뭘! 명함 받고 그 사람이 정말 사장인가 확인 전화도 했잖아요. 설마 사과하러 와서 거짓말로 남의 명함 줬겠어요? 진짜 별꼴이야!"

하온은 자리를 박차고 나왔다.

서후는 나름 심사숙고했을 것이고, 그것도 말 못 해서 숨기고 있었다. 자기는 명함이 가짜가 아닌 가 확인 전화도 한 주제에 남의 성격은 왜 평가해?

서준은 웃음이 나왔다. 성온과 생긴 것은 닮지 않았는데. 화낼 때 톡 쏘는 말투는 닮았다. 성온도 화낼 때는 톡톡 쏘고 자신의 말만 하고 자리를 벗어났다. 하여튼 성질하고는 남매가 똑 닮았다고 생각하는 서준이었다.

"화났어요? 조만간 밥이나 먹어요."

"내가 그쪽과 밥을 왜 먹어요?"

"밥 한번 대접한다고 했는데. 정말 밥 먹으러 갈 거거든. 그때 같이 먹어요."

하온은 그러거나 말거나 걸음을 멈추지 않고 서준의 말을 무시하고 나와 주차장으로 갔다. 운전을 하고 돌아가는 길에 성온에게 전화해 온갖 화풀이를 했다.

"다시는 이런 심부를 시키지 마. 뭐 그런 사람이 다 있어?"

[강 감독은 좋다고 하던데? 야, 너희 둘 어제도 봤다면서? 어떤 히스토리가 있었던 거야?]

"히스토리 같은 소리 하네. 히스테리 부린다!"

[어허! 자동차 다시 가져올래?]

"이딴 고물차, 가져가. 더럽게 치사하게 구네. 그리고 내가 어딜 봐서 오빠를 닮았어?"

[하하하. 그것 때문에 지금 골났지? 딱 봐도 너는 나랑 붕어빵이야. 머리카락 짧아지면, 아무도 너를 유하온으로 안 봐. 다 유성온으로 본다?]

갑자기 등골에 소름이 돋더니 땀이 흘렀다. 말도 안 되는 소리다. 저주의 소리다.

"오빠, 나랑 전생에 원수였어? 왜 그래? 내가 그런 말 하지 말라고 했지?"

[동생아, 아까 그놈 어때? 강 감독?]

"뭐가?"

[음. 좋다고? 흐흐흐. 좋아. 아주 좋았어. 하하하…….]

"무슨 소리야? 이상한 생각만 해봐! 오빠? 오빠……?"

성온은 혼자 웃더니 전화를 끊었다. 뭐가 좋다고 하는지도 모르겠다. 하온은 다시 전화를 할까 아니면 이대로 성온에게 쳐들어갈까 고민했다. 다시 울리는 휴대폰을 신경질적으로 받았다. 당연히 성온이라 생각했다.

"여보세요!"

[목소리가 왜 그래?]

그런데 성온이 아니라, 서후였다.

"아, 아니에요. 오빠 줄 알고. 지금 집에 가는 중이에요."

성온과 하던 통화와는 다르게 목소리가 부드럽게 흘러나왔고, 표정도 밝아졌다. 이어폰을 꽂고 말하는 하온은 부드럽게 운전해 나갔다. 통화를 하다 보니 어느새 집에 도착을 한 하온은 이제 주차를 하고 있었다. 일요일이라서 주차장에 차들이 빼곡했다.

겨우 주차할 공간을 찾아 주차를 하려고 하자 바닥이 긁히는 소리와 말소리가 울리고 있었다.

[어딘데 소리가 울려?]

"지금 주차장이에요. 주차해야 해요. 아, 드디어 집에 도착했어요."

[응. 주차장, 그래 주차해…….]

하온이 주차할 공간을 보고 있었다.

[……잠깐!]

"네?"

[지금, 주차라고 했어?]

"네. 왜요?"

[유하온? 지난번에 도로 주행 이후로 운전 못한다고 하지 않았나?]

"헉!"

주차 중에 이게 무슨 날벼락인가? 서후에게 했던 거짓말이 딱 걸렸다. 아 이런! 오늘은 재수 없는 날인가?

[거기 서. 딱 서! 스톱!]

"저기, 스톱은 곤란해요. 주차는 하고 스톱을…….

정말이지, 벨트를 풀고 의자 밑으로 들어가고 싶은 심정이었다. 하온의 얼굴이 울상이 되었다.

[좋아. 주차해. 최대한 빨리.]

"네에~"

사실 하온은 베스트 드라이버로 불릴 만큼 운전을 잘했다. 카트장에서는 골려주려는 마음에 운전을 못하는 척하면서 그를 골탕 먹였었는데 그새 들키고 말았다. 전화기 너머에서 서후가 노려보고 있는 것 같아 심장이 두근거리고 손이 떨렸지만, 주차를 무사히 마쳤다.

"주차 끝났어요."

그런데 이게 죄지은 것은 아니잖아요. 이렇게 말하고 싶었다.

[자, 지금 곧장 집으로 올라가. 그런데 유하온, 아무렇지 않게 거짓말도 하네. 자, 기회를 줄게. 또 어제 속인 거 말해봐.]

하온은 대답하지 않았다. 사실은 또 거짓말한 것이 있는지 생각하느라 그의 말에 대답할 생각을 못 했다.

[왜 말을 못 해? 또 숨기는 거 있어? 하! 이 여자 봐라.]

"숨기는 거 없어요. 뭘 사람을 그렇게 못 믿고……."

하온은 주차장을 벗어나서 집으로 올라갔다. 집 안으로 들어가서도 전화는 끊지 않았고, 서후와 계속해서 통화를 이어갔다. 하온은 겉옷을 벗어 옷장 안에 집어넣었다.

[그렇다면, 내 기분은 풀어줘야 정상이잖아?]

"보고 싶어요."

하온은 머릿속에서 빙빙 돌았던 생각을 툭 내뱉었다.

[응?]

"보고 싶다고요."

사실이다. 하루 종일 성온에게 시달리고 나니 서후가 더욱 보고 싶었다.

"화 풀라고 대충 말 돌리는 거 아니고, 정말 보고 싶어서 하는 말이에요."

[하~ 거짓말한 거 넘어가 달라고 하는 말 아니야?]

"그런 거 아니에요. 종일 그런 생각했어요. 어제도 봤는데, 오늘도 보고 싶다는 생각했어요."

[그래? 그럼 문 좀 열어봐.]

"네?"

[현관 문 좀 열라고. 나도 보고 싶으니까.]

"저희 집에 오셨어요?"

서후의 말대로 하온은 현관문을 열었다. 그런데 서후는 없었다.

[응. 문 열라니까?]

"열었는데……."

하온이 밖으로 나가서 주변을 살폈다. 그리고…….

"왜 거기에……. 저희 집은 903호, 거기는 902호……."

"아."

예쁘게 포장된 와인과 과일을 든 서후가 아주 멋진 모습을 하고, 항상 내뿜는 카리스마가 무색하게 남의 집 앞에서 하온이 나오기를 기다리고 있었다.

"거기는 왜?"

십여 분 전, 서후는 있는 폼 없는 폼 다 잡고, 문이 열리면 자신이 취할 자세와 표정, 그리고 하온이 지을 감동의 눈빛을 생각하며 현관 앞에 멈췄다. 사실 그녀보다 빨리 도착해서 함께 올라오고 싶었으나 형에게 아주 귀중한 와인을 빼앗아 오느라 조금 늦어진 것을 자책하며 서둘러 주차를 마치고 올라온 길이었다.

또 그녀의 '보고 싶어요' 한마디에 벽에 기대서 심장을 달래느라 시간을 조금 허비했다. 그런데 계획이 완전히 틀어졌다. 그동안 잘만 보던 숫자를 하필 오늘 잘못 본 것은 무슨 경우인지. 2와 3은 비슷하지도 않은데 말이다. 어찌 되었건 멋쩍어도 아닌 척. 당당하게 그녀의 오피스텔 안으로 들어가고 있는데, 등 뒤에서 하온이 가장 먼저 하는 말이…….

"전화 통화라도 해서 다행이다. 그 집 초인종 눌렀어 봐요. 더 망신이었지. 풉!"

그렇게 말한 뒤로 십 분이나 흘렀지만, 그때부터 하온은 웃음을 멈추지 않았다.

"하하하. 킥킥, 아, 아이고. 어쩜 좋아."

"그만 웃어."

"네……. 풋! 그래야 하는데. 계속…… 풉!"

"야! 그만 웃어!"

결국 서후가 소리를 버럭 질렀지만, 그래도 하온은 계속 웃었다. 어깨까지 들썩이고 배까지 부여잡더니 끝내는 눈물을 글썽거리기까지 했다.

어떻게 안 웃을 수 있겠는가. 저렇게 완벽한 사람이 그런 사소한 실수를 했는데 말이다. 하온은 겨우 웃음을 참았지만 얼굴이 빨개져서 터지기 직전까지 되었다.

"아, 유하온! 그만 웃어!"

하온은 볼을 부풀리고 웃음을 참느라 말을 못 하고 있었다. 핑계를 대고 자리라도 피해야지. 욕실에 가서 실컷 웃고 나와야겠다. 정말 웃음을 참기 힘들었다.

"저, 잠…… 시만…… 흠…… 실례…… 큭큭……."

"이리 와. 딴 데 가서 나 비웃으려고 그러지?"

서후가 하온의 팔을 낚아채서 품에 안았다.

"옴마!"

일인용 소파에 앉아 있던 서후의 무릎 위에 하온이 앉게 되었다. 하온은 웃음을 멈추고 침을 삼켰다.

"아니, 저기, 차라리 한 오 분만 웃을 시간을 따로 주시면 안 돼요? 흐흐."

"뭐? 그게 그렇게 웃겨? 사람이 실수도 할 수 있지."

"완벽해 보이는 사람이 실수하니까, 더 재미있어서. 아, 놀리는 건 아니고……."

서후가 하온의 등을 감싸고 뚫어지게 보고 있으니 말문이 막혔다. 이 남자의 눈빛이 이렇게 깊었었나? 호수같이 맑았었나? 깊은 심해에 빠져드는 기분이다. 점점 깊은 심해에서 허우적거리는 기분이 들어 넋을 놓았다.

서후도 하온의 얼굴을 보고 있자니 아무런 생각이 들지 않았다. 이곳에 단둘이 있고 어떠한 행동을 해도 상관없지 않을까. 왠지 그런 불손한 생각이 들기 시작했다. 그녀의 마음이 어디만큼

와 있는지 모르지만 자신과 같은 곳을 보고 있다면 가능하지 않을까?

꼼지락대는 하온 때문에 생열이 오른 서후는 하온의 얼굴에 가까이 다가갔다. 촉촉한 입술을 머금고 얼굴을 내려 목덜미에 입술을 눌렀다.

"흐읍!"

하온이 놀랐는지 숨을 들이마시며 서후의 품 안에서 파르르 움직이자 그의 아랫배가 더욱 묵직해졌다. 이 여자야, 좀 가만히 있어. 웃는 것부터 네 행동 하나하나가 다 자극이 된단 말이야!

"적당히 좀 해. 안 그럼 내가 죽겠거든?"

"네? 네. 안 웃어요."

서후는 하온에게 그만 움직이라고 말했지만, 하온은 그만 웃으라고 말한 것으로 알아들었다. 결국 서후가 하온이 움직이지 못하게 등을 힘껏 눌러 자신의 가슴에 기대게 하고 계속해서 목덜미에 입술로 지분거리다가 이번에는 이로 살짝 깨물었다. 그러자 하온이 일어나려고 하는지 몸을 움직였다.

하온은 그만 웃겠다고 말하고 일어나려고 했지만, 그가 놓아주지 않고 어루만지자 미칠 것만 같았다. 남자의 다리 위에 앉아 있는 것이 이렇게 힘든 것인지 몰랐다.

"저, 무겁지 않아요?"

"아니."

다시 한 번 하온이 몸을 들썩이며 서후의 다리 위에서 제멋대로 움직이고 있다.

"그만 움직여. 이대로 자리를 옮길까?"

그의 가슴에 기대어 듣는 말치고는 너무 노골적인 말이어서 하온은 두 눈을 꼭 감고 입술을 자근자근 깨물었다.

서후는 웃음이 나오는 것을 최대한 참았다. 지금 당장에라도 이곳에서 그녀와 함께 밤을 보내고 싶지만, 그녀가 원하지 않는다면 그럴 생각은 추호도 없었다. 하지만 남자가 참는 것은 한계가 있는 법. 지금 이 몸뚱이가 얼마나 참아줄지 그것은 모르겠다.

"하온아."

이렇게 다정하게 불러준 적이 있었나?

"네에~"

하온은 침을 삼키고 그의 가슴에 기대어 최대한 작고 앙증맞은 목소리로 대답했다.

"풋!"

결국 서후를 웃게 만들었다. 하온이 얼굴을 들려고 하자 서후가 손으로 눌러 못 들게 했다.

"……왜 웃어요?"

"아, 미안해. 네 목소리가 낯설어서……."

쳇. 창피하게!

"흐음, 저기 말이야. 내가 기다릴게. 무슨 말인지 알지? 이거는 정말 획기적이다. 지금 당장 이대로 마음껏 내 뜻을 펼치고 싶지만, 지금은 망설이고 있는 유하온을 위해 참을게."

서후가 하온의 머리를 감싸고 있던 손에서 힘을 빼자, 하온이 고개를 들었다. 뭘 참는다는 것인지, 어떤 것을 기다린다는 것인지 알 수 있었다.

"나는 온전한 사랑을 원해. 그날 기분에 들떠서 원하는 하룻밤 그런 거 말고. 우리는 이제 시작하는 단계고. 아, 비록 나는 오래돼서 당신을 온전히 믿고 사랑하지만, 당신이 아직 아니라면 기다린다는 소리야."

하온의 이마에 입을 맞추고 서후가 웃었다.

"유하온 사랑해. 그러니까, 너도 나를 사랑해 봐."

하온이 그에게서 처음으로 듣는 말이었다. 세형에게도 그 말은 수십 번 들었었다. 그런데 이런 느낌은 아니었다. 심장이 쿵쾅거린다.

"나도 사랑하는데. 나도 사랑해요. 정말인데. 정말…… 으읍!"

하온은 말을 끝내지 못했다. 서후가 볼을 잡아 입술을 막았다. 혀를 강하게 당겨 오랜 시간 키스했다. 한참 후에 하온을 놓아주고 숨이 가쁜 그녀에게 한마디 했다.

"후, 유하온 도발은……."

"도박이요?"

하온이 서후의 품에서 빠져나오면서 말했다.

"일부러 못 들은 척하는 거지?"

"후후. 그러지 말고 와인 마셔요, 우리."

"아, 정말 미치겠네."

서후는 정말 미치기 일보 직전이다. 자신의 위에 앉아서 들썩거리며 움직였던 하온 때문에 서후의 몸은 눈에 보이는 변화가 있다.

저 여자를 어찌해야 할꼬. 몸을 이 지경으로 만들어놓고 저는 쏙 빠져나가면 끝인가? 아까 괜히 참는다고 했나? 아. 진짜, 죽겠네.

7
어긋난 계획

세형은 하온의 오피스텔 앞에서 연신 담배를 피우고 있었다. 얼굴은 말이 아니게 생채기가 나 있어서 입도 벌리기 힘든 상태였다.

세형은 지난 토요일 밤 갑자기 찾아온 하온의 오빠, 유성온 때문에 머리끝까지 화가 나 있었다. 연인끼리 만나고 헤어질 수도 있는 거지. 성온이 했던 행패를 생각하면 오히려 하온에게까지 화가 났다. 가족들에게 어떻게 말했기에 한서후 사장도 모자라서 성온에게까지 맞아야 하는지 모르겠다.

그런데 세형이 한숨을 팍팍 쉬는 이유는 서후가 하온의 오피스텔로 들어가는 것을 본 다음부터였다. 마음이 혼란스럽다. 하온에게 몹쓸 짓을 했고 헤어졌다. 그것을 알면서도 미련이 남았다. 율하를 만나면서도 하온에게는 진심이었다. 그런데 하온이 그새 자신을 잊고 다른 남자를 만나고 있다는 생각을 하니 화가 나서 견딜 수가 없었다.

"그새 다른 남자를 만나? 그곳은 나와 지냈던 곳이기도 해."

하온이 성온을 일부러 보낸 것은 아닐까 하는 생각이 들자 순간 또 울화가 치밀었다.

지난 토요일 늦은 밤.

집 앞으로 누군가 세형을 불러내었다. 성온이었다. 나이도 서른 살로 같아서 친구처럼 편하게 지내던 사이였다.

"네가 무슨 일이야?"

퍽! 성온은 다짜고짜 주먹질부터 시작했다.

"무슨 짓이야! 아이씨, 왜 때려?"

"몰라서 물어? 얼마나 못났으면, 남자로서 하면 안 되는 짓을 하냐?"

얼굴을 감싸고 세형이 성온을 노려보았다. 평소에 장난기가 다분한 성온이 아니었다.

"뭐야. 오빠 노릇 좀 하러 오셨어? 야! 평소에 좀 잘하지. 지금 이렇게 하면 하온이가 너한테 고마워할 거 같아?"

"상관없어. 이 새끼야!"

팍! 이번에는 주먹으로 머리를 때렸다. 세형은 더는 참을 수 없었다.

"에이, 씨이!"

퍽! 세형도 주먹을 휘둘렀고 성온의 턱이 돌아갔다. 성온의 몸이 휘청거렸다.

"억! 이게 어디를 쳐!"

"네가 먼저 때렸잖아! 남녀가 사귀다 보면 헤어질 수도 있지! 너는 동생 바보냐? 헤어졌다고 동생이 불쌍하냐? 평소에 잘해, 인마!"

"네가 배신한 거 아냐? 어디 할 짓이 없어서 양다리야? 확! 그걸 못 쓰게 만들까 보다!"

"해, 어디 해봐! 웃기고 있어."

세형의 집 맞은편 편의점을 오가던 사람들이 하나둘 그들의 싸움을 구경하기 시작했다.

"이게! 그래도 잘했다고!"

성온이 세형의 배를 향해 발을 들었다. 하지만 세형은 요령껏 허리를 돌려 발을 피했다. 그 바람에 성온은 발을 헛디뎌 미끄러지며 벌러덩 자빠지고 말았다. 아, 다리가 한 5㎝만 더 길었어도 조금 전 발차기가 빗나가는 일은 없었을 텐데. 성온은 괜스레 부모님을 원망했다.

세형은 이때다 싶어 성온에게 달려들어 주먹을 휘둘렀다. 성온은 세형의 머리를 품 안에 감싸고 주먹으로 꿀밤을 먹였다.

팍 팍 팍!

세형은 잡혀 있는 머리를 빼내려고 두 팔을 번갈아 허우적거리며 용을 쓰다 뒤이어 성온의 배를 집중적으로 공략했다.

"그만!"

누군가 소리를 질러 그들의 싸움을 멈추게 하였다. 바로 편의점에서 일하는 아르바이트생이었다.

"지금 남의 가게 앞에서 왜 쌈질이에요? 아휴. 진짜! 경찰에 신고하기 전에 그만둬요!"

한참을 뒤엉켰던 둘의 싸움이 아르바이트생의 말 한마디에 끝났다. 성온은 눈 주변과 광대가 멍이 들었고, 세형은 입 주변과 머리가 마구 헝클어져 있었다. 그들의 주변으로 어느새 사람들이 잔뜩 모여 있었다.

"야! 정세형. 너 그렇게 살지 마. 나는 다른 건 몰라도 동생 울리는 새끼는 지구 끝까지라도 따라가서 응징할 거다."

"흐읍~ 퉤! 지구 용사 나셨네. 씨발!"

"닥쳐! 이 개자식아. 오늘은 여기서 끝나지만. 앞으로 뒤통수

조심하고 다녀! 여기 아가씨, 컵라면 하나에 얼마지?"

"웃기네. 그런 사람 하나도 안 무섭다! 헤이엑! 퉤!"

성온은 편의점으로 들어가고 세형은 입안이 터졌는지 계속해서 피가 섞인 침을 뱉으며 집으로 돌아갔다.

세형은 그 뒤로 하온에게 전화를 걸었다. 하온에게 묻고 싶었다. 배신을 했건 안 했건 헤어졌으면 끝 아닌가? 그런데 오빠에게까지 맞아야 할 정도로 잘못한 것인지 묻고 싶었다. 하지만 하온은 연락이 안 됐다. 결국 집으로 찾아왔는데, 하온의 집으로 들어가는 한서후 사장을 본 것이다.

그의 머릿속에 온갖 생각이 스쳐 지나갔다. 하온과 서후가 더욱 깊은 관계가 되기 전에 다시 하온을 되찾고 싶었다. 그렇게 세형은 아무것도 하지 못하고 한숨만 푹푹 쉬다 자동차를 출발시켰다.

"와, 로마네 꽁띠. 이 와인을 가져오신 거예요?"

과일을 씻고 와인 잔을 꺼내던 하온의 입에서 탄성이 터져 나왔다. 서후가 꺼낸 고급 와인 때문이었다. 이렇게 고급일 줄은 생각도 못했다.

"왜?"

"이걸 여기서 마셔요?"

"안 될 게 뭐야?"

"이게 가격이……."

아니다. 말하지 말자. 가격 말하면 내가 너무 없어 보여. 이 집과 결코 어울리지 않는 와인임에 분명하지만, 그냥 모르는 척 마시자. 이 잔에 이 와인은 정말 안 어울리는데.

"이거 담을 그릇 좀 줘."

서후가 포장을 벗기며 치즈를 꺼내고 있었다. 하온이 접시를 건네주자, 먹기 좋게 잘린 치즈와 과일이 놓이고 그 옆에 비스킷이 담기며, 이내 작은 테이블에 음식이 차려졌다.

서후가 잔에 와인을 따랐다.

"이거 조금씩 마시자. 괜찮지?"

잔에 조금씩 따르며 양해를 구하자 하온은 그냥 고개를 끄덕였다.

"많이 마시지도 못해. 운전해야지. 아니면 자고 갈까?"

"네?"

"하하. 놀라기는. 농담이야, 농담. 집에 이 2000년 말고, 2002년 빈티지가 있었어. 그때 우리나라 월드컵이라고 그 와인이 인기였지. 그걸 가지고 오려고 했는데, 어머니께서 끝까지 안 된다고 하시더라고. 샤토 페트뤼스는 또 형이 좋아하는 와인이라고 못 가져가게 하잖아. 그래서 이걸 가져왔어."

하온은 와인 맛을 보며 잔을 내려놓았다.

"이것도 형이 아끼는 거라고 아주 잔소리가 심했어. 그래도 내가 억지로 뺏었어. 잘했지?"

"달콤하지는 않은데 맛있어요. 일부러 가져오셨어요? 이거 상당히 고급이라서 이곳과는……."

"장소가 뭐가 중요해. 이렇게 둘이 마시는 게 중요하지."

잔을 들어 서로 부딪치자 레드 와인이 찰랑거리며 흔들린다. 이렇게 보니 와인 잔이 싸구려라는 것은 느껴지지 않았다.

"여기 치즈랑 함께 먹어봐."

서후가 치즈를 한 조각 입에 먹여준다. 하온은 받아먹는 것이 부끄러워 아주 작게 입을 벌렸다. 그런데 서후가 치즈가 아니라 손가락을 넣고 장난쳤다.

"엑. 퉤퉤! 사장님. 왜 그래요?"

"어, 여태 사장님이 뭐야? 다시, 이름을 불러. 빨리! 당신은 사장과 키스도 하고 그러나? 아주 불손한 사람이네. 빨리. 이름 불러."

"서, 사장님."

"뭐?"

"헤헤. 아니, 서후 씨."

"좋아. 잘했어. 자, 여기, 이제 치즈 줄게. 앞으로 이름 불러. 그때마다 기회 되면 먹여줄게. 물론 입으로 먹여준다는 소리야."

이번에는 입으로 치즈 끝을 물고 하온의 입안으로 치즈를 넣어주었다. 순식간에 당한 하온은 어리둥절해서 서후를 보았고 그런 모습의 그녀가 귀여워 그는 잘했다며 하온의 머리를 쓰다듬었다.

월요일 아침.

서후는 새로 온 비서의 이력서와 자기소개서를 진하에게서 건네받았다.

"이름은 조서예. 나이는 스물일곱. 이화여대 국제사무학과 졸업. 신성그룹에서 인턴으로 6개월간 근무, 정직원으로 1년 6개월 재직 후에 서일그룹으로 이직했습니다. 토익은……."

"여기에도 적혀 있어. 토익은 상당한 수준이네. 기타 외국어에 불어, 스페인어를 한다고 쓰여 있고……."

서후가 진하를 대신해서 파일에 적힌 글을 읽어 내려갔다.

"네, 맞습니다."

"그런데?"

"예?"

"그런데 어쩌라고? 내가 여기서 비서 잘 구해왔다고 채 실장 칭찬이라도 해줘?"

진하는 서후의 반응에 어찌할 바를 모르고 멀뚱하니 서 있었다.

잠시 후에 노크 소리가 들렸다. 새 비서는 차와 함께 서후가 볼 신문과 오늘 있을 스케줄을 시간별로 탭에 입력하여 그가 터치만 하면 확인할 수 있도록 갖고 들어왔다.

"안녕하세요. 저는 조서예입니다."

서후는 인사하는 비서의 얼굴을 뚫어지게 보고 있다. 서예는 인사 후에 서후 앞에 차를 내려놓고 차에 관해 설명하기 시작했다.

"루이보스찹니다. 산화를 억제하는 능력이 있고 활성산소의 생산을 억제하는 효과와 아토피성 피부병, 사마귀, 검버섯, 백내장, 빈혈, 류머티즘에 약효가 있다고 합니다."

차를 내려두고 다음 지시를 기다리는 서예는 효능까지 알아온 차가 식기 전에 마시기를 간절히 원하며 자신의 앞으로 쟁반을 가지런히 모으고 서 있었다.

"이거 마시라고? 나는 아토피도 아니고, 검버섯도 없고, 빈혈도 없는데. 이건 그냥 두고 나가든지, 아님 채 실장 마시든지. 우선 부서별 업무보고부터 받읍시다. 그리고 조 비서? 앞으로는 박하차로 줘요. 마음대로 빈혈 있는 사람 만들지 말고. 자 뭣들 해. 업무보고 받자니까."

서예는 옆에 있는 진하를 보며 울상이 되었고, 진하는 서후가 또 어떤 말을 터뜨릴지 몰라 얼른 인사를 했고 서예 역시 인사를 따라하고 나갔다. 그러거나 말거나 서후는 그 둘을 신경 쓰지 않았다.

"한재후, 더럽게 빨리 보냈네. 오늘부터 어떻게 하라고……."

서후는 창가 쪽으로 의자를 돌리고 깊은 고민에 빠졌다. 이제 본격적으로 하온이 질투할 만한 계획에 돌입해야 하지만 시기가 너무 빨랐다. 어제 하온과 좋게 헤어졌는데 당장 오늘부터 어떻게 해야 할지 자신이 없었다.

"와인은 잘 마셨나요?"

서류를 보던 재후가 하온을 보며 웃었다. 하온은 '경제자문단 창립회의 국제포럼 주제발표'에 관한 자료를 스크랩해 두고 있었다.

"네. 귀중한 걸 주셔서 잘 마셨습니다."

"강제로 가져갔지. 내가 준 건 아닌데."

하온이 대답을 못 하고 민망해하자 재후가 손을 휘저었다.

"농담입니다. 기꺼이 가져가라고 했어요. 서후가 힘들게 하면 나한테 일러요. 내가 도울 수 있는 선에서 도울게요. 그런데 유 비서가 빨리 결정해요. 너도 나도 힘드니까."

"네? 무슨 말씀이신지……."

"곧 알게 돼요."

하온은 재후가 무슨 말을 하는지 통 감이 잡히지 않았다. 재후는 한쪽 눈썹을 올리더니 시계를 본다. 곧 그룹 사장단 회의가 있을 시간이다.

"회의 차질 없이 준비하고. 아, 한 가지 당부. 업무에 지장 없는 선에서 만나요. 보아하니 백화점에서 문제가 있었던데, 그런 일은 나도 반대야. 서후 성격 알지?"

"네? 그게 무슨……."

"아, 그것도 몰라? 흠. 모르면 됐어. 모르게 할 모양이지. 됐어. 나가봐요."

"네."

회장실을 나온 하온은 회장의 말에 궁금증만 증폭되었다.

회의가 시작될 때, 다른 임원들 비서들이 올라와서 다과 준비를 돕는데 서후가 진하 외에 비서와 함께 왔다. 새로 비서를 뽑았다는 이야기를 들었는데, 외부에서 전문 비서가 온 모양이다.

"안녕하세요."

"네."

서후는 하온에게 고작 '네' 한마디 하고 회의실로 들어갔다. 눈도 마주치지 않았다.

'뭐야. 그게 인사야? 어제 우리가 기분 나쁘게 헤어졌나? 아닌데.'

하온은 서후의 이상하리만치 차가운 행동에 의아함을 느꼈다.

"조 비서, 나는 박하차."

"네? 네, 사장님."

'내가 준비하려고 했는데.'

하온은 서후의 행동에 어이가 없었다.

탕비실로 들어간 하온은 '조 비서'로 불리는 여자 옆에 서서 유심히 관찰했다. 다른 비서 몇몇은 벌써 인사를 나누고 이름도 묻고 했지만 하온은 서서 쳐다보기만 했다.

"성격은 어때요?"

증권사 사장 비서로 있는 직원이 새로 온 조 비서에게 물었다. 아무래도 까칠한 서후에 대해 궁금한 것이겠지. 실제로 데이트했던 하온에게 물었을 때는 입을 꾹 닫고 있으니 더욱 궁금증이 일었을 것이다.

"아, 뭐 그냥. 아직은……."

서예는 오전과 달리 지금은 조금은 부드러워진 한서후 사장을 생각했다. 성격이 다혈질이라는 채진하 실장의 말을 생각했지만, 함구하는 것이 원칙이니까 그런 말은 하지 않았다.

"지각만 안 하면 괜찮지 않을까? 다른 건 몰라도 지각하는 건 싫어하잖아."

서후가 가장 싫어하는 것은 익히 들어 알고 있는 눈치들이다.

"지각을 가장 싫어해요? 루이보스차도 싫어하는 거 같아요. 조금 까다롭나? 아직 첫날이라서 모르겠어요."

서예는 아침에 느낀 점을 털어놓았다. 거의 울상이 되어 말했고, 옆에 다른 직원들은 고개를 끄덕인다. 충분히 이해한다는 것처럼.

"여기가 험담이나 하라고 모여 있는 장소야, 조서예 씨? 애초에 뭘 좋아하는지 여쭤봤어요? 효능이 좋다고 그걸 무조건 좋아할 거라고 생각해요? 까다로운 걸 맞추는 건 당연한 거지. 그게 비서가 할 일 아닌가? 여기에 왜 박하차가 있어요? 이건 회장님은 좋아하지 않아요."

하온이 서랍을 열어서 준비된 차와 커피 종류를 꺼냈다. 신입인 서예의 얼굴은 더욱 붉어졌고 울상이 되었다. 하온은 대리 신분으로 얼굴에 근엄함이 보였다. 상사에 대한 말들은 서로 조심해야 했다. 특히나 모시는 상사에 대해서는 말들이 오가니까.

"여기를 보면 종류가 이렇게 많아요. 여기에 라벨을 붙여놨어. 어쩌다 한 번 오시는 분들의 이름도 있어. 사람마다 취향, 성격이 다른데 당연히 좋아하는 것도 다르지. 어떤 보스는 볼펜을 어떤 방향으로 놔주라고 한대. 그럼 그게 까다로운 거야?"

하온이 서후의 취향에 맞게 박하차를 담아내고 서후가 즐겨 마셨던 찻잔을 서예에게 건넸다.

"자, 이거 갖다 드려요."

하온은 역시 오랜 시간 취향을 알아두기를 잘했다고 생각했다.

"와, 언니. 모든 임원들을 다 기억할 줄은 몰랐어요."

"나도 기억은 못 해. 그래서 상자에 표시를 해둬. 회장님은 커피를 좋아하셔. 나이가 많은 임원분은 차를 좋아하시고, 나도 전에 계시던 비서한테 배운 거야."

회의실로 들어가서 단상에 마이크와 스크린 등은 비서실장이 살피고, 하온이 사탕이나 간식을 중간 정도에 비치해 놓았다. 말을 많이 하면 입이 텁텁할 것을 우려해서 준비해 두기도 했다. 물과 함께 마실 것들을 놓았다. 하온은 전반적으로 필요한 물수건 등을 비치했고, 나머지 손수 타서 마실 것들을 뒤에 따로 마련해 두었다.

"고마워요."

하온은 깜짝 놀랐다. 잘못 들었다고 생각했다. 이건 분명 서후의 목소리다. 아주 부드럽고 다정한 목소리였다. 언제 이렇게 다정한 목소리로 말했다고?

"맛있네."

서후는 끝까지 서예에게 눈을 떼지 않고 말했다. 표정 또한 다정해 보였다. 하온은 속에서 열불이 날 것 같았다. 회의실에 들어와서 단 한 번도 자신에게 시선을 주지 않는데 새 비서에게는 다정한 눈빛을 하고 있다? 이건 뭐니? 비서한테 꼬리 치는 상사야?

하온은 물을 내려놓고 서후에게 다가갔다. 그런데도 서후는 서류만 보고 있다. 곧 회의 시간인데, 이제 나가야 하는데, 끝까지 고개도 들지 않고 있었다.

"사장님, 넥타이가 조금 삐뚤어졌어요."

하온은 옆으로 가서 작은 목소리로 속삭였다. 서후는 그제야 고개를 들고 하온을 봤다.

'아. 이제야 눈을 마주하네.'

하온은 미소를 지어 보이며 자신의 목 네크라인 부분에 손을 댔다. 서후는 제 넥타이를 따라 만지면서 '고마워요'라고 한마디 하고 고개를 숙였다.

'고작 그게 다야? 당신 왜 그래? 어제랑 너무 다르잖아! 나한테 화난 거 있나? 말하고 싶어도 내 얼굴을 봐야 말을 하지!'

잠시 후, 어느 정도 좌석이 모두 차자 곧 회장인 재후가 들어왔다. 하온도 제법 화가 나기 시작했다. 서후를 한참 동안 바라보다 회의실 밖으로 나갔다. 서후는 그제야 회의실을 나가는 하온의 뒷모습을 보았다.

'미안해. 이럴 수밖에 없어. 그러니까 비서 자리 거절하지 말지 그랬어. 그래도 실망한 표정 보니까 나는 좋다, 유하온.'

마라톤 회의라도 하는 것처럼 회의는 오래도록 계속되었다. 도시락까지 주문하였고 회의실 안에서 식사를 하며 회의를 진행하였다. 점심시간이 지나서까지 회의가 이어졌다. 비서들과 멀리서 온 수행비서, 운전기사들은 오랜만에 다른 스케줄이 없다며 오히려 좋아했다. 하지만 언제 불쑥 호출이 있을지 모를 일이고, 회의가 언제 끝날지도 모르기 때문에 긴장의 연속이었다. 비서실장인 강욱이 수시로 회의를 체크하며 필요한 것은 하온에게 지시했고, 갑작스럽게 지난 자료 등을 요청하는 때에는 정신을 빼놓을 정도로 바빴다.

자리를 비울 수 없어서 역시 도시락을 먹고 일찌감치 자리에 돌아왔다. 하온은 입맛도 없을뿐더러, 서후의 행동이 납득이 가지 않았고, 신경이 온통 저기 있는 조서예라는 여자에게로 쏠려 있다. 그리고 지금 스토커처럼 울리는 이 전화에도 쏠려 있다. 휴대폰에 세형의 전화번호를 스팸으로 등록하고 모조리 삭제해 두었음에도 또 다른 번호로 전화가 오고 있었다.

"나 지금 바빠. 왜 자꾸 전화해?"

화장실로 옮겨서 전화를 받았다. 소리도 크게 지르지 못하고 숨죽여 말하는 하온은 속이 답답한 상태였다.

[오늘 좀 만나자. 할 말 있어.]

아무도 없는 것을 확인하고 몰래 전화를 받는 것이 꼭 수상한 짓을 하는 것 같아, 하온은 괜히 스스로에게 화가 났다. 숨어서 받을 이유가 없음에도 사방에 눈이라도 달려 있나 주변을 두리번 거리고 있다.

한심하게 이게 뭐니? 월요일부터 재수가 없으려나?

"무슨 말. 간단하게 끝내. 오늘 회의 때문에 바빠."

하온은 누군가가 듣게 될까 신경 쓰였다.

[그냥 나오라면 나와. 나도 할 말 많아. 더는 못 참겠어. 여기서 말할까? 네가 어제 누구와 있었는지? 회사에 소문 쫙 나면 뭐라 고 할까?]

"뭐? 무슨 말이야?"

하온은 한 손으로 입을 가리며 말했다.

어제 오전에 오빠의 집에 갔었고, 심부름으로 방송사에서 강 감독을 만났고, 저녁에 서후가 오피스텔에 왔었다. 이렇게 전화로 말하려고 하는 것은 분명, 서후와 있었던 것을 말하는 것이리라.

"너 왜 이래. 뭘 말하겠다고 그래? 어제 뭘 봤는데?"

[네가 더 잘 알잖아. 네 오피스텔. 내가 그냥 할 말이 있어서 그 래. 지금 나도 화딱지 나니까. 얼굴 보고 얘기하자.]

세형의 목소리는 화가 난 것이 아니었다. 살살 달래듯 조용히 말하고 있었다. 도대체 무슨 할 말이 있어서 이러는 것일까. 어쨌 든 끈질기게 전화를 해대니 마냥 그를 피할 수만도 없는 일이었 다.

"일단, 나 지금 바빠. 퇴근하고 다시 통화해."

[거기서 기다릴게. 집 근처 카페.]

하온은 마음이 무거웠다. 세형이 갑자기 왜 보자고 하는지 알 수도 없었고, 서후의 태도는 왜 갑자기 변한 건지 모르겠다. 머리 가 혼란스러웠다.

회의는 오후 늦게 끝났다. 하온은 줄줄이 빠져나가는 사장들에게 공손히 인사하느라 바빴다. 새로 온 서예도 마찬가지였다.

"유 비서는 아직 혼잔가? 이제 나이가 꽤 됐을 낀데."

서일 중공업 대표이사로 있는 유한열 사장은 육십대로 하온에게 항상 며느리 하자, 아니면 남자를 소개해 준다는 말을 많이 했었다. 가끔 지나치게 농담을 해서 눈살을 찌푸리게 하는 임원들이 있는가 하면, 유 사장의 경우는 그렇지는 않았고, 정말 하온을 마음에 들어 했다.

"아직도 소개받을 생각은 없나?"

"말씀은 감사한데……."

그때 서후가 회의실을 나오고 있었다. 딱 눈이 마주쳤는데 하온을 보더니 눈을 피했다.

'오호라, 피했어? 나도 오늘 기분이 썩 그렇거든?'

"계속 거절하는 것도 그렇고. 말씀 감사합니다, 사장님."

"하하하. 우리 유 비서가 이제 처음으로 내 말을 받아주네. 좋아. 내가 자리 한번 만들끄고만."

유 사장의 화통한 웃음소리가 울렸다. 뒤따라오던 사람들이 궁금해하자 유 사장은 큰 소리로 자랑하듯 늘어놓았다.

"내가 같은 유 가라서 좋은 선 자리가 있으면 다리 좀 놓으라고요, 유 비서 참하다 아입니까?"

"하하. 벌써 찜하셨습니까? 유하온 비서, 인기 좋죠. 그런데 왜 여태 혼자야?"

서후의 눈이 매섭게 가늘어졌다. 하온을 날카롭게 쳐다보며 무언의 텔레파시를 보냈다.

'유하온 당장 취소해.'

'싫어요.'

하온은 서후의 텔레파시를 깔끔하게 무시하고 유 사장에게 방긋 웃어 보였다.

서후는 하온과 이야기를 나누고 싶었지만 도저히 시간이 나지 않았다. 디자인 실장과 팀장 승진 대상자 면담 시간이 회의로 인해 늦어지면서 더는 뒤로 미룰 수 없었고, 아르떼 백화점 SnI 패션 매출 현황 보고 및 회의 시간이 곧 다가오고 있었다.

'이런, 아주 시간을 분으로도 모자라서 초 단위로 쓰고 있구나.'

사무실에 오자마자 겉옷을 벗고 당장에 소리부터 지른 서후는 회의실에서 들은 '선 자리'라는 말에 피가 거꾸로 솟는 기분이 들었다. 옆에 있는 서예는 손이 덜덜 떨리고 있었고 옷을 받아야 하는데 미처 용기 있게 행동하지 못하고 있었다.

"됐어. 이런 건 안 해도 돼."

서후는 다시 아침처럼 말투가 차가워졌다. 칼날을 물고 있는 듯한 말투. 서릿발이 내린 듯 저 시린 눈빛. 아, 정말 무서운 분인가 봐.

"지금 디자인 실장, 팀장 보자고 해."

"네, 사장님."

서예가 나가고 서후는 의자에 풀썩 앉았다. 무언가 잘못 흘러가는 느낌이었다. 당장에 휴대폰을 꺼내 전화를 걸었다.

"왜 이렇게 늦게 받아? 말해. 무슨 소리야? 선을 본다는 건 뭐야?"

다짜고짜 전화해서 물었다. 하온은 대답이 없었다.

"유하온?"

[뭐가 어때서요? 제 마음이죠?]

"하. 유하온 당신! 미쳤어?"

서후는 벌떡 일어나서 소리를 지르며 입술에 침을 바르고 허리에 손을 얹고, 또 머리를 쓸어 넘기며 흥분했다. 하지만 하온의 목소리는 흔들림이 없었다.

[나는 도.레.미.파.솔.라.시.도~ 까지 칠 거예요.]

"말장난하지 말고!"

[아, 귀먹겠어요.]

"당장 취소해."

[뭘 취소해요?]

"정말 나 미치는 거 볼래? 선은 무슨 선을 본다고 그래! 장난치냐고!"

버럭 내지른 소리는 밖에 있는 진하와 서예에게까지 들릴 정도였다. 서후는 진정이 안 돼서 숨을 헐떡거렸다.

[소리 다 질렀어요?]

하온은 아직도 멀쩡하게 말한다.

아~ 정말 이 여자 때문에 미치겠다. 발을 동동 구르고 땡깡을 부리고 싶을 정도로 지금 서후는 미치기 일보 직전이었다.

[약속한 게 없는데. 뭘 취소해요. 왜 흥분하세요? 오늘 저를 꿔다놓은 보릿자루처럼 대하신 분이 갑자기 웬 관심? 저는 그것이 궁금합니다.]

"응? 내가 언제 보릿자루처럼 대했다고. 그리고 네가 선을 본다고 하니까……."

[흥분하지 마세요. 혈압에 안 좋아요. 어! 회장님께서 찾으세요. 이만 끊을게요. 사.장.님!]

"어, 어! 유하온! 하온……."

끊어졌다. 끊어졌어. 아무래도 이게 좋은 계획이 아닌가 봐.

서후는 하루 만에 자신감을 잃고 있었다.

8

이제 와서 왜 이래?

퇴근 후에 하온은 서후에게는 급한 약속이 있다고 하고 바로 집 앞에 있는 커피숍으로 왔다. 세형은 미리 와서 그녀를 기다리고 있었다.

"뭐 마실래?"

"안 마셔."

하온은 길게 이야기 나눌 것도 아니었기 때문에 마실 걸 주문하지 않았다. 그런데 세형이 평소에 즐겨 마시는 녹차 프라푸치노 두 잔을 들고 왔다. 하온이 좋아하는 휘핑크림까지 잔뜩 얹어서.

"자, 마셔. 너 좋아하는 거야."

"갑자기 보자고 한 이유가 뭐야?"

세형은 냅킨을 깔고 그 위에 잔을 올렸다. 평소에 컵 아래 냅킨을 깔고 마시는 하온의 버릇도 기억하고 있었다.

"이제 와서 뭐 하자는 거야?"

하온이 냅킨을 빼서 세형의 앞으로 던졌다.

"네가 하던 습관대로 했을 뿐이야. 왜? 이러니까 옛날 생각나?

내가 이렇게 해줬잖아."

세형은 그렇게 말하고 미소 지었다. 오랜만에 본 하온은 더 예뻐졌고 얼굴이 환했다. 뽀얀 살결의 하온이 보인다. 그 향기도. 이렇게 예쁜 여자한테 무슨 짓을 한 건지, 내가 미쳤었지.

"할 말이 뭔데?"

"성온이가 찾아왔었어. 그래서 이렇게 했다."

세형은 얼굴에 난 상처를 하온이 잘 볼 수 있도록 얼굴을 가까이 했다.

"무슨 소리야?"

"성온이. 유성온이 찾아왔다고."

"둘이 싸웠어?"

"하온아."

나직한 세형의 목소리에 하온은 등골에서부터 소름이 돋았다.

"그렇게 부르지 마. 왠지 벌레가 기어갈 것만 같아."

하온은 팔짱을 끼고 세형의 시선을 피했다.

"미안했어, 하온아. 내가 정말 잘못했어."

"후우~ 이제 와서 그 말을 왜 해?"

"어제 네 오피스텔에 갔어. 너 그새 한서후 사장과 그런 사이가 된 거야? 집에도 오가는 사이?"

그걸 보았다는 것이 신경 쓰였다. 행여나 또 이상한 소문에 연루되는 거 같아서 말이다.

"무슨 말을 하고 싶은지 모르겠지만……."

"유하온도 그렇고 그런 여자였어? 고작 며칠이나 지났다고 남자를 집에 불러들여? 나한테는 아주 비싸게 굴더니."

하온은 세형이 무슨 말을 한 건지 자신의 귀가 의심스러웠다. 기가 막혀서 심장이 쿵쾅거렸다. 저 사람이 정말 정세형 맞아? 내가 저런 사람과 사귀었단 말이야?

"무, 무슨 말이야?"

"너희 집에 한서후 들어가는 거 봤다고. 둘이 뭘 했을지는 모르지만."

"정세형!"

"오빠라고 해야지. 나한테 오빠라고 했잖아."

"양다리 걸친 건 너야! 네가 먼저 배신했어. 왜, 이제 와서 미련이라도 남아? 내가 누구를 만나건 무슨 상관이야?"

하온이 자리에서 일어났다. 더 이상 여기 있을 이유가 없었다. 그의 말은 들을 필요도 없는 말이었다.

'뭐 이런 비열한 놈이 다 있어?'

"그래. 덕분에 그래서 한서후 사장이 엄청 두들겨 패더라. 그래서 숨겼어, 쪽팔려서. 그런데 생각해 보니까, 숨길 이유가 없어서 말이야."

세형이 일어나서 두 손을 맞잡고 떨고 있는 하온의 손을 잡아 다시 앉힌다. 그리곤 무슨 고백을 하는 사람처럼 아주 부드러운 목소리로 말했다.

"하온아, 우리 다시 시작하자. 너, 나와 처음이었어. 만약에 첫 관계를 나랑 했다고 하면, 한서후, 그 성격에 너와 계속 만날까? 너는 그냥 버림받을 거야."

'미친놈!'

하온은 당장에 세형의 얼굴에 오선지를 그어주고 자리를 박차고 일어나서 발로 차고 때리고 소리치고 싶었지만, 손이 떨리고 몸이 떨려서 그럴 수가 없었다. 수치심이 느껴졌고, 누군가가 들었을까 봐서 저도 모르게 주변을 살폈다.

"지금 무슨 소리를 하는 거야? 그게 중요해? 요즘 어떤 세상인데……."

"하하하. 하하!"

세형이 웃기 시작했다. 의자에 몸을 기대고 그는 여유 있는 표정으로 하온을 비웃었다.

하온은 얼굴이 발개졌다. 누군가 자신을 쳐다보며 웃고 있을 것만 같았다. 하온은 떨리는 입술을 깨물고 피가 통하지 않을 만큼 주먹을 꽉 움켜쥐었다.

왜 남자는 이런 일을 자랑스럽게 말하고 여자는 부끄럽게 생각하지? 왜 그래야만 하지? 그렇게 말하려고 입술을 움직였지만 말소리가 나오지 않았다. 그냥 입술만 움찔거렸다.

"분명히 너는 처음이었어, 그치? 그런데 한서후 사장이 그걸 이해할까? 아, 이해할 수도 있지. 그런데 그 처음이 나였다고 한다면 그 사람이 어떻게 받아들일까? 그래도 너를 보면서 사랑한다고 할까? 그 짓을 하면서 사랑할 수 있을까? 내 얼굴이 떠오를 텐데? 너를 보면?"

촤악!

하온이 세형의 얼굴에 물을 뿌렸다. 이런 것을 이용할지 몰랐다. 이런 사람과 지난 일 년을 사귀었다는 것에 시간이 아까웠고, 무언가 눈에 단단히 씌었던 것은 아니었나 하는 생각이 들었다.

"내가…… 그 사…… 람과 헤어져도 너한테는 안…… 가."

"하하. 그래? 나도 이미 바닥을 찍어서. 너희 둘, 그냥 안 둘 거야. 내가 말해줄까 봐. 네 성감대가 어디인지. 하하."

세형은 얼굴에 묻은 물기를 손으로 훔치고 일어났다. 어깨를 두드리고 나가는 세형의 손길에 소름이 돋았지만 하온은 멍하니 앉아 있을 뿐이었다.

하온은 입술을 깨문 상태로 눈물이 흐르지 않게 안간힘을 쏟았다. 입술에서 피가 나올 정도로 악물었다. 두 눈에 핏대가 설 정도로 눈에 힘을 주고 눈물을 참아냈다.

'뭐 이런! 인간 같지 않은 자식이 다 있어!'

하온은 한참을 그렇게 그 자리에 있었다. 오래 힘을 주고 움켜쥐었던 손을 펴는데 손가락이 저릿했다. 땀이 흥건한 손바닥에 손톱자국이 남아 있었다.

하온은 천천히 자리에서 일어났다. 괜히 성온이 세형을 때려서 이런 일이 벌어진 것이라는 생각이 들어서 집으로 가지 않고 택시를 잡아 성온의 집으로 향했다.

성온의 집 현관 앞까지 다다른 하온은 현관문을 마구 두드렸다.

"누구세요?"

"나야! 문 열어!"

"동생? 하온이니?"

"빨리 문 열어!"

성온은 문을 열었고 바로 달려드는 하온 때문에 놀라서 뒤로 몸이 밀려났다.

"오빠 때문이야! 오빠 때문이야! 괜히 때려서 그래! 왜 때렸어!"

팍팍!

하온은 성온을 보자마자 가슴팍을 때리기 시작했다. 주먹으로 때리면서 울먹였다.

성온은 뿔테 안경을 쓰고 글을 쓰고 있었다. 그런데 느닷없이 찾아와서 달려드는 동생의 주먹질을 고스란히 맞으면서도 아무런 말도 없었다.

"이게 다 오빠 때문이라고. 그냥 두지. 누가 혼내주라고 했어? 누가 도와주라고 했어? 이제 어떻게 할 거야. 나 이제 그 사람 사랑하는데, 이제 어떻게 할 거야!"

퍽퍽!

"헉헉. 흑…… 흡."

주먹을 성온에 가슴에 대고 동작을 멈춘 하온이 고개를 숙였다. 숨을 몰아쉬더니 훌쩍거리는 소리가 들려왔다.

'그냥 두지? 왜 혼냈어? 도와주라고 했어?'

성온은 하온의 말을 조합해서 생각했다. 이 개자식이 왔다 갔나?

"정세형 그 새끼 만났어? 뭐라고 해?"

설마 정세형이 너한테 해코지했어? 그 씹새가?

"……흐흑."

"사랑하는 사람은 또 뭐야? 너 사랑하는 사람 생겼어?"

하온이 대답은 안 하고 고개를 든다. 눈물을 글썽거리는 동생을 성온이 안아주었다. 세형이 하온을 건드렸으면 정말 가만 안 있겠다는 생각을 하며 하온의 등을 두드려 주었다. 점점 하온이 진정하는 것이 느껴졌다.

"그 새끼가 뭐라고 했냐고? 숨기지 말고 말해! 오빠가……."

성온은 세형이 하온에게 나쁜 짓을 한 것으로 생각했다. 하온의 상태를 살피면서 걱정을 떨치지 못했다.

"하아. 됐어. 괜히 또 찾아가서 싸우지나 마."

하온은 일이 더 커질까 봐 걱정이 되었다. 괜히 세형을 건드려 봐야 좋을 것이 없었다.

"숨기지 말고 말해."

"없어. 나, 갈래."

"이 상태로 어디를 가! 이거 완전히 탈진했네. 여기서 쉬어."

성온은 하온의 초췌한 얼굴을 보니 다시 화가 났다. 다시 혼내 줄까. 그날 너무 어설펐어.

"여기 더럽잖아!"

"청소했어. 여기서 자고 가."

하온은 성온에게 끌려 침대로 갔다. 그러고 보니 그 돼지우리가 아니었다.

성온은 하온의 몸이 떨리는 것을 느끼고 침대에 눕혔다. 아픈 것은 아닐까 걱정이 되었다.

"정세형 그 새끼 정말 죽여줄까?"

"제발 그냥 둬. 제발……."

"알았어. 그 개새끼. 내가 죽여놓을게."

지친 하온이 눈을 감을 무렵에 성온이 말했다. 그 개자식을 어떻게 혼내지? 성온이 하온이 잠든 것을 확인하고 돌아서려는데 하온의 손에 들린 휴대폰이 울렸다. 하온은 잠을 자면서도 아주 꽉 움켜쥐고 있었다.

"기다리는 전화 있어? 뭘 이렇게 꼭 쥐고 자냐?"

그는 하온의 손에서 강제로 휴대폰을 빼앗아 전화를 받았다.

"여보세요?"

[누구야?]

"어쭈! 그러는 너는 누구냐?"

급한 약속이 있다는 하온을 철석같이 믿었는데. 하온의 집 현관 앞에 선 지금 서후는 배신감에 치가 떨릴 지경이었다. 이 늦은 시각, 낯선 남자가 하온의 전화를 받고 있었다.

"누구야?"

최대한 화를 삭이며 입을 열었다.

[어쭈! 그러는 너는 누구냐?]

너? 방금 너라고 한 거 맞아? 허!

"내가 말할 이유 없다고 보는데. 하온이 바꿔."

[싫어.]

서후는 저도 모르게 속에서 갖은 욕설이 튀어나왔다. 이런~~ 개XX! 십XX!

"바꿔!"

[바꾸고 싶어도 그럴 수 없어. 지금 내 침대에서 자고 있거든.]

한계에 도달한 서후는 하온을 보는 즉시, 회사고 뭐고 당장에 집에 가두고 감금을 해서라도 옆에 끼고 있어야겠다는 생각을 했다. 급한 약속이 남자를 만나러 가는 거였어? 그것으로 모자라서……. 아니야. 지금 내가 무슨 의심을……. 이런 개사이코 말을 믿고 누굴 의심을 하는 거야. 하아. 생각을 하자. 이 사람은 도대체 누굴까? 이 사람 혹시! 하온이를…….

서후는 빠른 걸음으로 복도를 걷다가 뛰기 시작했다. 목소리는 최대한 차분하게 유지하고 자극하지 않기 위해서 조용조용 대화를 계속해 나갔다.

"옆에서 자고 있어? 예쁘지?"

[엉. 예뻐.]

미친 새끼. 이 새끼 가만 안 둬!

자동차 시동을 거는데 손이 떨리는 것을 느꼈다. 지금 이 자식을 만나면 반 죽일 것 같았다.

성온은 흥분하는 상대가 누굴까 궁금해 수신인으로 뜬 이름을 보았다.

《bokgoo》

복구? 보~옥구? 하하하. 하하. 너도 복구냐? 성온은 혼자서 깔깔대고 웃었다. 전화기에 대고는 웃지 못하고 입을 막고 자고 있는 하온을 보고, 지금 저쪽에서 흥분하고 있을 남자를 향해 웃어주었다.

'아, 너도 '복구'냐? 우리 할머니도 아는 놈이네? 하온이가 말한 사랑하는 남자가 너야?'

[바꿔!]

"바꾸고 싶어도 그럴 수 없어. 지금 내 침대에서 자고 있거든."

[옆에서 자고 있어? 예쁘지?]

"엉. 예뻐."

성온은 서후가 묻는 말에 대답하기 바빴다. 웃느라 정신없었고, 복구라 불리는 상대가 하온의 남자라고 생각하니 어떻게 놀려줄까 고민하고 있었다. 하온이가 오늘 힘들었나 본데. 그걸 일단 말하고 둘이 합세해서 세형을 무찔러 줄까? 정의의 이름으로! 그럼, 우리는 뭐가 되는 거야? 한 명은 사랑하는 사람이고, 한 명은 오빠잖아. 용감무쌍 형제? 아니 우리가 형제가 아니고, 처남? 아이씨! 족보가……. 일단 내 존재를 밝히자.

"이봐. 나는 말이야……."

[됐고, 거기가 어디야?]

"당신, 나한테 잘 보여서 나쁠 게 없는데. 이렇게 나오면 곤란하지. 먼저 신상 좀 읊어봐. 회사는 어디 다니나?"

[내가 그쪽을 뭘 믿고 내 신상을 말하지? 그렇게 자신 있으면 그쪽 먼저 말해.]

성온은 까짓것 자신을 먼저 소개하기로 했다.

"유성온. 들어보니까 감이 오지? 유하온. 유성온."

[그리고?]

"엉? 참. 나도 복구야. 복구. 알지? 내가 원조 복구."

성온이 말하고 나자 상대는 조용했다. 뭐야? 끊어졌나?

"이봐, 듣고 있어? 야!"

[말해. 나이는?]

음. 의외로 싹퉁바가지는 아니군.

"나이? 서른."

[사는 곳은?]

"나? 서울시 강남구……."

성온은 천천히 제 소개를 이어 나갔다. 서후는 한층 흥분을 가라앉혔다.

[오케이. 하는 일은?]

"아, 그건 비밀이야. 밝혀지면 안 돼."

[설마, 직업도 없이 여자 뒷골이나 빼먹는 뭐…….]

"이것 보시게. 그런 싹수없는 사람은 아니거든? 그러는 그쪽은 뭐 하는 사람인데?"

[알 필요 없어.]

그 말을 끝으로 뚝, 전화가 끊어졌다. 성온은 황당한 얼굴로 휴대폰을 내려다보았다.

"엉? 이게 뭐지? 엉? 정말 끊어졌어?"

휴대폰을 흔들어보고 앞뒤로 돌려본다. 정말 끊어진 것이 믿어지지 않았다. 이 남자의 정체는 하나도 얻은 것이 없는데, 자신의 신상만 흘려준 꼴이 되었다. 한마디로 자신만 털린 것이다.

"나만 털렸잖아. 나는 나이, 이름, 주소 다 말했는데, 그 사람은……. 여기에 적힌 복구 외에는 알아낸 것이 없잖아. 이런, 머저리. 내가 오빤데. 바보같이."

성온은 머리를 박박 긁었다. 그러고 보니 목소리부터 힘이 느껴지는 것이 카리스마가 폴폴 날리는 남자였다. 기가 살짝 눌릴 정도였다.

"옘병. 목소리에 힘 엄청 주고 전화받네. 아, 나도 그 음성변조 어플 하나 깔까? 여~보~세~요?"

힘을 잔뜩 주고 목소리를 굵게 흉내 내자 속에서 신물이 올라왔다.

"욱, 우욱!"

대본도 보내야 하고 할 일이 많은데. 세형 때문에 신경이 그리 쏠려서 작업을 하나도 못 하고 있다.

'복구, 이 남자가 힘이 되어주려나? 정세형 같은 자식이면 애초

에 싹을 자를 것이고.'

서후는 가슴이 진정되지 않지만 성온이 불러준 주소를 따라 그 집 앞에 도착했다. 친구에게 부탁해 추적한 하온의 전화기 위치도 이 근처가 맞았다.

[지금이 두 번째다. 그런데 무슨 여자가 매일 도망치냐?]

"도망 아니야. 함부로 말하지 마!"

[농담이다. 까칠하기는. 아무튼, 지금 퇴근 시간이 훨씬 지난 거는 알고 있어?]

"응. 그런데 네가 오늘 당직인 것도 알고 있어. 고맙다."

[헐. 너한테 고맙다는 인사로 기분이 풀어진다. 알았어. 언제 술이나 사라.]

"응. 그럴게. 끊는다."

성온의 집 현관 앞까지 달려간 서후는 잠시 문 앞에 서서 숨을 골랐다.

당장 문이라도 부수고 들어가고 싶었지만 하온에게 해코지라도 할까 겁났다. 하온이 무사한 것을 확인한 후에 마음이 놓일 것 같았다. 초인종을 눌렀다.

[쳇! 우리집 온 거 맞아요? 확실히 봐요. 호수가 정확해?]

들려야 할 벨소리는 안 들리고 사람의 말소리가 들린다. 하~ 깜짝이야. 벌써 보고 있어? 나를?

"문 열어."

묵묵부답.

"뭐야!"

다시 벨을 눌렀다.

[쳇! 우리 집 온 거 맞아요? 확실히 봐요. 호수가 정확해?]

"이런 젠장!"

벨소리 자체가 녹음된 음성이었다. 천천히 문이 열린다.

"누구세요? 아니, 왜 말을 안 해. 벨을 눌렀으면 말을 해야지. 친절하게 우리 집 온 거 맞는지 멘트도 날려줬구만. 쯧!"

오피스텔 문이 열리며 이상한 남자가 보였다. 뿔테 안경에 추리닝을 입고 씻지도 않은 몰골을 한 이상한 놈이었다. 분명히 오빠 성온이 있다고 했는데, 오빠는 어디 있고 이상한 사람이 있다는 말인가.

"하온이 어디 있어! 당신은 누구야?!"

"나야 나, 복구."

"그래서!"

서후는 남자의 면상에 주먹을 날렸다. 퍽 소리가 요란하게 울렸다.

오늘은 별을 보는 날인가? 성온은 생각했다. 아까는 동생에게 주먹으로 가슴을 맞았다. 그때는 동생이니까 참았고, 많이 아프지는 않았다. 그런데 지금은 별이 반짝반짝 빛나고 있었다.

무작정 집에 쳐들어와서 신분도 밝히지 않은 사람이 얼굴을 때렸다. 턱이 돌아갔고 뒤로 뻗은 기억만 난다. 이렇게 아팠던 기억이 언제였는지 모르겠다.

'아, 내 자존심!'

눈을 감고 일어나지 않았다. 저 앞에 서 있는 사람은 딱 봐도 복구가 틀림없다. 그렇다면 하온이 사랑하는 사람이고 자신과 통화도 했던 사람인데, 왜 와서 저를 때렸을까 생각해 볼 문제다. 먼저 웃어주면서 '복구?'라고 반겨주기도 했건만…….

실눈을 뜨고 지켜보니 하온의 곁으로 가서 자는 모습을 지켜보고 있다. 어쭈! 영화 한 편 나오겠다. 간지는 제법 괜찮네. 아씨! 아프잖아. 정말 나를 왜 친 거냐?

한편 하온은 꿈을 꾼 것처럼 커다란 소리를 듣고 눈을 떴다. 정말 꿈이 맞는 모양이다. 앞에 한서후 사장이 떡 버티고 있다.

"하아……."

무뚝뚝한 표정이 변함없었고, 낮에 본 옷도 변함없었다. 그런데 표정이 잔뜩 흐리다. 꿈에서도 그는 밝은 모습이 아니다. 언제나 밝아지려나?

"잘 잔다?"

목소리에 하온이 서서히 눈을 떴다. 들리는 목소리가 꿈인 줄 알았다.

"음? 사장님?"

"사.장.님?"

하온이 벌떡 일어났다. 꿈이 아니다. 여기는 오빠의 오피스텔이고 지금 앞에는 서후가 앉아 있다. 응? 오빠가 누워 있는 건지, 자는 건지.

"오빠?"

"오빠? 유하온, 네 오빠? 누가? 이 자식이?"

서후는 하온의 오빠가 어디 있는지 궁금했다. 고작 한 대 맞고 기절한 이상한 사람은 경찰에 넘길 것이다. 주먹을 냅다 휘두르고 나자 남자는 쓰러졌다. 기절한 것인지 그런 척하는지 그는 꼼짝도 안 하고 누워 있었다.

하온은 널브러져 기절한 것으로 보이는 오빠 성온에게 갔다.

"오빠! 오빠!"

저리 가!

"오빠!"

"……으윽!"

"오빠, 왜 그래? 응? 어디 다쳤어?"

하온이 성온을 흔들어서 얼굴을 보자 입 주변이 까져 있었다.

"유하온, 이 사람이 정말 오빠야? 지금 나한테 거짓말하는 거지? 누구야? 분명히 말해."

"네? 그게 무슨 말씀이세요? 거짓말이라니요?"

서후는 하온의 말이 거짓말로 여겨졌다. 이 사람이 어떻게 유성온이라는 말인가? 서후는 이곳에 오기 전, 진하에게 전화를 걸어서 이 주소에 사는 사람을 알아보라고 했고, 하온의 가족사진을 휴대폰으로 받았다. 사진 속 성온의 얼굴을 기억했기 때문에 들어오자마자 이상한 남자를 때렸던 것이다. 그런데 그 사람이 유성온이라고?

서후는 휴대폰에 저장된 성온의 사진을 하온에게 보여주었다. 하온은 서후가 보여준 사진을 보며 서후가 왜 오해를 하는지 이해할 수 있었다.

"이거 오빠 맞아요. 제가 입사하고 나서 가족사진을 제출하라고 했는데, 오빠 사진이 마땅한 게 없어서 뽀샵을 심하게 했거든요. 지금하고 많이 다르죠? 이걸 보고 착각하셨어요? 설마…… 그래서 오빠를 때리셨어요?"

"어? 어……. 처음에는 너 납치당한 줄 알았어. 여기 와서는 오빠 집인데 오빠가 없고, 도둑이 든 줄……. 아, 이거 미안합니다."

서후는 아직도 누워 있는 성온에게 손을 내밀었다.

"쳇. 허! 나 이거 참……. 내가 그럼 납치범에 도둑이야?"

성온은 그 말을 듣고 뽀샵을 심하게 한 하온을 욕해야 하는지, 그 사진을 보고 자신을 때린 복구를 욕해야 하는지 갈등했다.

성온이 상체를 일으키자 서후가 부축하고자 다시 손을 뻗었다. 성온은 그것을 말끔히 거부해 주고 멀쩡하게 일어섰다. 그리고 서후를 노려보다가 같은 방법으로 주먹을 휘둘렀다.

퍽!

성온은 때리지 않으려고 했지만 하온 앞에서 오빠로서 체면이 서지 않았다. 그래도 내가 오빤데. 어디서, 까불고 있어!

서후는 가만히 맞고 있었다. 몸이 비틀거리며 옆으로 휘청거렸다. 하지만 인상을 쓰거나 아픈 내색은 하지 않았다. 당연하다는 듯이 말을 안 하고 입술을 손등으로 닦고 서 있을 뿐이다.

"오빠! 왜 때리고 난리야. 아, 정말 내가 미쳐! 사장님 괜찮아요? 어디 봐요."

하온이 서후의 곁으로 가서 입 주변을 살폈다. 아무리 그래도 때릴 건 뭐람. 서후가 조용히 있으니 더 신경 쓰였다. 하온은 성온을 노려봤다.

"허! 남자가 생기면 오빠는 눈에도 안 보이냐? 응? 쯧!"

성온이 부러진 안경을 집었다. 이 안경 정말 아끼는 건데.

"그래, 사장님이면 어디 사장인데?"

궁금했다. 그래도 하온의 남자친구면 떳떳한 직업은 있어야 하니까. 요상한 직업이어 봐라. 당장에 강 피디 연결시켜 줄 테다.

서후가 명함을 꺼내 성온에게 공손하게 건넸다. 초면에 주먹질부터 했으니 말은 하지 못하고 어색하게 명함만 주었다.

"뭐, 어디. 중소기업이나, 벤처기업인가? 뭐 그런 데야?"

성온은 서후의 명함을 받고 한참을 살폈다.

"구라치네."

"오빠!"

서후는 어이가 없었다.

'구라? 하~ 정말.'

성온은 엄마다리를 하고 의자에 앉아 검지와 중지 사이에 끼운 서후의 명함을 까닥였다.

"아, 진짜, 이런 구라를 어디서 배워서는……."

"오빠! 진짜 왜 그래?"

"하온아. 너, 정세형 같은 인간 또 만나냐?"

서후는 성온의 입에서 세형의 이름이 나오자 대번에 인상이 구겨졌고, 하온은 성온의 입을 손으로 막았다.

"퉤퉤. 얘가 왜 입을 막아! 더럽게! 아 놔, 젊은 사람이 명함 하나 파서는 어디 이런 거짓말을 해!"

"그만 좀 해! 오빠, 도대체 왜 안 하던 짓을 해? 맞아, SnI 패션 사장 한서후 맞다고! 구라는 누가 구라를 쳐! 아, 정말 오늘 다들 왜 그래? 오늘 남자들 도대체!"

하온은 말을 줄였다. 하마터면 세형과 만났던 일까지 나올 뻔했다. 서후의 얼굴을 보고 성온의 얼굴을 보고, 또 세형의 얼굴이 떠올랐다. 아주 가지가지 한다.

"알았어. 그러니까…… 거짓말이 아니라 이게 사실이라는 거지?"

하온은 당장 눈물이 나올 것 같아서 재빨리 욕실로 들어가 버렸다. 자신을 놓고 공격하는 것은 아닌데, 모든 것이 자신을 향한 화살 같았다.

성온이 진지한 얼굴로 일어나서 서후에게 다가갔다.

"한서후 사장님? 우리 아버지가 항상 하시는 말씀이 있어요. 다른 건 다 필요 없고, 우리 하온이 눈에서 눈물 흘리게 하는 날에는 그날이 당신 제삿날이다! 무섭지?"

성온이 씩 웃었다. 서후는 알아듣고는 고개를 끄덕였다.

"와, 사장님이라서 말귀를 빨리 알아듣네. 좋아. 사귀어봐요. 우리 하온이가 사랑하는 사람이라고 했으니까, 어디 잘 해봐요."

서후의 심장이 쿵쾅쿵쾅 요동쳤다. 그런 말을 오빠에게 했다는 말인가?

"오늘 그 자식 때문에 아주 힘들었는데, 한서후 사장님이 있으니 믿어볼게요. 그래도 되죠?"

"누구 때문에 힘들었죠?"

서후는 혹시 낮에 회의실에서 있었던 일로 하온이 힘들었나 생각했다.

"아, 하온이 과거 문제라, 먼저 말하기가 조금 그런데."

"과거?"

서후의 낯빛이 어두워졌다. 과거라, 과거. 하온의 과거라면……

정세형인가?

"오늘 그 사람을 만났답니까?"

"그야 모르죠. 만났는지 통화만 했는지. 울었으니까……. 이봐

요. 내 말 명심해! 울리지 마요."

성온은 하온이 욕실에서 나오는 소리가 들리자 시선을 돌렸다.

서후도 따라 고개를 돌리자 세수를 했는지 하온의 얼굴에 화장기

가 없었다.

"저기 이제 그만 가요. 오빠 나 이만 가볼게."

"어? 그냥 간다고?"

주섬주섬 옷을 챙기는 하온의 뒤에서 서후도 따라 일어섰다.

정말 정세형이 왔다 갔다는 말이지? 오늘 그 자식을 만난 거라는

말이지? 어떤 말을 하고 싶어서 왔는지, 무슨 이야기 오고 갔는

지, 반드시 알아내고 말겠다고 다짐했다.

"초면에 실례했습니다."

서후가 하온을 데리고 나가며 인사했다. 하온은 무언가 가슴에

돌덩이가 얹어 있는 느낌이었다.

"하온아. 그냥 여기서 자고 가지, 왜? 오빠 옆에서 자고 가.

응? 아까같이. 하하하!"

"오빠, 좀!"

서후가 성온에게 인상을 쓰기 시작했다.

"아, 이건 농담. 하온아. 집에 가서 문단속 잘하고 자라. 이상

한 늑대나 개는 조심하고."

서후의 눈에서 레이저가 나오기 시작했다. 늑대나 개?

성온은 문 앞에서 손을 흔들어주었다. 다시 한 번 서후가 성온에게 날카롭게 눈빛을 건넸지만 성온은 신경 쓰지 않았다. 오히려 하온에게 다가가서 일부러 들으라고 말했다.

"가까이 있을수록 더 조심해. 알았지?"

"오빠? 지금 무슨 소리 하는 거야?"

"한 사장님, 나중에 우리 쐬주?"

"전화 주세요."

"좋습니다. 제가 시간을 좀 내보죠. 하하. 요새 바쁜데 시간이 나려나? 잘 가요."

뒤에서 들리는 성온의 말소리에 서후는 귀가 따가울 지경이다. 일부러 말을 많이 하는 것 같기도 했다. 하온의 표정이 어두운 것 같아서 성온이 더 그러는 것으로 보였다.

하온의 집까지 가는 길에 두 사람 사이에 별다른 대화는 없었다. 또 현관 앞에서도 특별한 대화는 없었다. 서후도 일부러 누구와 약속이 있었는지 묻지 않았다. 지금 기분으로는 이름부터 튀어나올 것 같았다. 정세형 만나서 뭐라고 했어? 정세형이 뭘 물었어? 이러면 하온이 상당히 곤란하겠지?

"정말 선 봐?"

괜히 엄한 질문을 했다.

"선이요?"

서후는 말하지 않고 얼굴만 보고 있었다.

"아, 유 사장님? 아니에요."

"그래. 아니어야 정답이지."

"네. 한 사장님 무서워서 선 같은 건 안 봐요."

"착하네, 유하온."

그러면서 머리를 쓰다듬어 줬다. 그러다 문득 걱정이 되었다.

"아까는 미안해서 어떡하지? 나 오빠한테 찍힌 거면?"

"옷도 그렇고, 하고 있는 것도 그랬죠?"

"어? 아, 사실 정말 못 알아봤어. 잠든 너한테 이상한 짓 한 나쁜 사람으로 보였거든. 물어보면 됐는데, 그냥 때렸어."

잠시 생각에 잠겼던 서후는 호흡을 깊게 들이마셨다 다시 입을 열었다.

"유하온?"

"네?"

하온은 가볍게 대답했다.

"약속 하나만 해주라. 앞으로 힘든 일이 생기면 서로에게 무조건 의논하기."

"힘든 일?"

서후는 하온이 세형을 만난 것을 말하길 바라는 게 아니었다. 다만, 힘든 일이 있다면 저에게 다 털어내고 힘들어 하지 않았으면 좋겠다.

"할 수 있지?"

끄덕끄덕.

고개를 끄덕이는 하온의 허리를 당겨 안았다.

"그래."

화장기 없는 얼굴에 까칠한 입술이 신경 쓰였다.

"하온아, 오늘 자고 갈까?"

"허업! 안 돼요!"

그녀가 눈을 번쩍 뜨고 큰 소리로 말했다. 완전한 거부의 목소리에 서후도 놀랐다. 이렇게 거부할 정도인가?

"아, 성급했어? 눈 튀어나오겠다. 농담이야. 한번 해본 소리라고."

서후는 웃으며 하온의 목덜미에 입술을 누르고 자근자근 이로 장난쳤다. 하온은 그의 애무에 묘한 기분이 들면서도 오늘 겪은 일 때문인지 그의 말을 쉽게 받아들이지 못했다.

"하아. 갈게."

조금 뒤 얼굴을 들고 호흡이 다소 거칠어진 서후가 말했다.

"조심해서 운전해요. 오늘 고마워요. 저 구해주셔서……."

"응? 구해줘?"

"그곳으로 저를 찾으러 오셨잖아요. 저를 구해주신 거죠."

"아. 그런가? 하하. 얼마든지 구해줄게. 들어가."

서후가 하온의 입술에 가볍게 입맞춤을 했다. 쿵 하고 문소리가 들렸고, 하온이 안으로 들어가면서 모습이 사라지자 웃고 있던 서후의 얼굴이 일순간에 차갑게 변했다. 얼마든지 구해줄게, 얼마든지. 정세형 그 자식한테서…….

서후는 집으로 가는 척하다 다시 되돌아왔다. 길가에 차를 세우고 운전석에 앉아서 차창을 열었다.

"하나, 둘. 셋. 넷. 다섯. 여섯. 일곱. 여덟. 아홉……."

손가락으로 창문을 하나씩 짚어가며 숫자를 셌다. 그리고 9층에 멈췄다. 벌써 불이 꺼진 창문이 보였다. 하온은 이미 잠이 들었겠지?

곧바로 휴대폰을 꺼내 번호를 눌렀다. 애초에 세형에게 사람을 붙였어야 했다. 그때 몇 대 때린 것과 대기 발령으로 문제가 해결될 거라고 생각한 것이 오산이었다.

"나야. 잘 지냈어?"

전화를 걸어 상대를 확인한 후에 바로 말했다. 친구였다.

[오~ 이게 누구야? 사업하느라 바빠서 술도 안 마시는 사람이 어쩐 일이야?]

"너의 힘이 좀 필요한데."

[내 힘이 왜 필요해? 너는 힘이 없어? 그 정도의 재력이면 힘이

넘칠 텐데. 아! 밤 기술이 부족해?]

서후가 전화하는 친구는 중학교와 고등학교를 함께 나온 친구다. 이 친구는 중간에 중퇴했지만 지금은 사업을 한다. 좀 어두운 곳을 다루는 사업이긴 하지만.

"지금 그걸 농담이라고 하는 거냐? 그런 힘이 아니야. 농담은 전혀 모르는 놈인 줄 알았는데, 제법 장난도 치네. 짜식!"

무형. 이름이 무게 있고 생긴 것도 아주 남자다워서 줄곧 어울렸지만, 서후의 집안에서 어울리는 것을 매우 싫어하기도 했었다.

[네가 내 도움이 필요하다? 왜? 누가 스파이 짓 했어?]

"스파이 짓? 그랬으면 회사에서 처리하지, 너한테 부탁하겠어?"

[그렇다면 혹시…… 여자 문제야?]

"……."

[그렇구나? 어느 정도로 해주면 돼?]

무형의 말은 어느 정도로 혼내면 되느냐는 질문 같았다.

"감시, 그냥 감시."

[감시? 감시해서 뭐하게.]

"혼을 내는 건 내가 할 거라서."

[아, 아주 단단히 걸렸구나? 알았어. 그 사람, 얼굴 좀 보자.]

"그래. 얼굴 보여줘야지."

서후는 통화하는 내내 긴장감을 늦추지 않았고, 한시도 하온의 집 창문에서 시선을 떼지 않았다. 통화가 끝나고 나서도 차는 한동안 움직이지 않았다.

9
이제 그만할까?

　재후는 고급 바(Bar)에서 일행들과 함께 술을 마셨다. 옆에 비서실장인 강욱도 있었다. 고위층이나 올 법한 술집이라서 시끄럽게 술을 마시는 사람이 없을 텐데, 그날따라 소란을 피우는 이가 있었다. 여자들을 옆에 끼고서 만취한 젊은 남자였다.

　"하하, 야! 술 그만 마시고 2차 갈까? 2차?"

　"어머! 오늘 기분 좋으신가 봐요."

　"응. 좋아. 내가 누구랑 사귀었는 줄 알아? 하하. 서일그룹 차남과 만나는 여자, 그 여자가 내 전 여친이야. 내가 만났던 여자 중에 제일 예쁜 여잔데, 다시 나랑 만날 거야. 내가 다시 빼앗아 오려고. 하하. 아주 대박이지?"

　유하온 비서 말하는 거잖아? 재후는 대번에 누구의 이야긴 줄 알 수 있었다. 한숨이 저절로 나왔다.

　"저는 이만 실례하겠습니다."

　재후는 일행에게 양해를 구하고 자리에서 일어났다. 자리에 있었던 사람들이 행여나 젊은 남자의 목소리를 듣지 않았을까 걱정이 되었다.

"윤 실장, 저 남자를 압니까?"

일단 밖으로 나온 재후는 강욱에게 아까 본 남자에 대해 알아보라고 했다. 안으로 들어갔다 나온 강욱은 그 남자가 그새 사라졌다고 했다. 직원에게 물어보니 많이 취했던 손님은 없었다고 했단다.

"회장님, 얼굴 생김새가 전에 보고 드렸던 정세형 같습니다."

"그렇지만 그렇게 소란스럽게 하던 사람이 금세 사라졌다고요?"

세형이라는 말에 일부러 그런 것은 아닌가 하는 생각이 들었다. 일부러 자신에게 와서 큰 소리로 말하고 사라진 것은 아닌가 말이다. 왜 그랬을까? 왜? 아직 정리를 못 했나?

"윤 실장님, 정세형에 관해서 알아봐 줘요."

"네, 회장님."

강욱이 세형의 신상에 관해 알아오는 것은 어렵지 않았다. 다음 날, 재후에게 보고했다.

"대기 발령 상태로 한서후 사장님께 좋은 감정은 아닌 듯 보이고, 또 과거에 사귄 사람이 유하……."

재후는 강욱의 말에 손을 들어 멈추게 했다. 나올 이름이 뻔했다.

"지금 떠난 사람을 보니 배가 아픈 거군. 남의 여자가 돼서 아까운 거야. 배가 아프다고 샘 부리면 배 터지는데."

"그러게 말입니다. 회장님, 어떻게 하실 생각이십니까?"

"글쎄요? 서후가 무슨 생각으로 한 건물에 뒀을까요? 나 같으면 해외 발령이나, 아예 퇴사 쪽으로 생각해 볼 텐데."

세형이 일부러 자신에게 했다고 한다면 다행이지만, 그래도 하온과 서후가 어떤 마음인지 알아야 했다. 또 세형이 이렇게 떠벌리고 다니게 둘 수는 없었다.

"백화점에서 직원 교육하겠다는 공문이 다시 왔습니다."

서후는 진하가 전해주는 공문을 읽어보았다. 지난번과 날짜만 변경되었고, 바뀐 내용이 없었다.

"점점 실망하게 만드네. '실망했느냐, 미안하다, 교육시키겠다'는 전화면 될 문제를 말이야. 융통성이 없어. 대꾸하지 마."

"알겠습니다."

서후는 며칠 사이에 세형의 움직임을 지켜보느라 골치가 아팠다. 하온은 아직 자신의 비서로 오겠다는 말이 없었고, 무형에게서는 별다른 연락이 없었다.

진하가 나가고 서예가 들어왔다. 한꺼번에 보고하면 되지 번갈아가며 성가시게 군다.

"무슨 일이야?"

"사장님, 강서준 PD라고 전화가 왔었습니다."

"그 사람이 누군데?"

"카트 경기장에서 만난 사람이라면 아신다고 했습니다."

서후는 누군지 생각났다. 가뜩이나 머리가 아픈데 점심을 먹자고 연락이 온 것이다. 약속은 약속이니 어찌하겠는가? 서예에게 고개를 끄덕이고 나가보라고 했다.

"저 그런데. 이번에 드라마 제작에 들어가는데 PPL을 비롯해서 협찬 요청이 들어왔습니다."

"그걸 왜 나한테 상의를 해? 홍보실에서 할 일을?"

"그 담당 PD가 강서준 씨라고 합니다."

"아, 그러니까, 사과하는 김에 협찬도 해라? 밥 먹으면서 어떻게 해보자는 건가? 일단 알았어."

'기회를 노려보자 이거야? 밥 먹으면서 일 얘기도 하고?'

서후는 강서준에게 전화를 걸어 머지않은 시간에 약속을 잡고 전화를 끊었다.

퇴근 무렵에 재후가 하온을 회장실로 불렀다. 재후는 업무 외 시간에 따로 이야기를 하고 싶었다.

"따로 저녁이나 먹으면서 얘기를 하자고 하면 서후가 나를 오해할 거 같아서."

입꼬리가 올라가며 웃지만, 재후는 결코 기분이 좋아서 웃는 것은 아니었다. 하온은 오랜 시간을 옆에서 본 회장이었기에 알 수 있었다.

"지금 얘기를 듣기로는 한서후 사장이 디자인실을 싹 물갈이했다고 하더군?"

하온에게는 디자인실이 아니라, 세형의 문제를 묻는 것이 더 정확할 것이다.

"유 비서도 알아요?"

"네, 알고 있습니다."

"옆에 1층에서 간혹 정세형을 봤지. 하도 유명해서 얼굴도 익혔어."

회장은 따로 운전기사가 있기 때문에 후문에서 내린다. 또 회장실과 SnI 패션은 다른 건물에 있어서 주차장이 따로 있다. 회장인 재후가 정세형을 알 정도면 그만큼 세형의 소문이 났다는 말이거나, 따로 알아보았다는 소리다.

"정세형과는 아직 정리가 덜 됐나?"

세형에 관해 묻자 하온이 당황하는 것이 보였다.

"아직이야? 왜 내 눈에 그렇게 보이죠?"

"아닙니다. 문제없습니다."

"그럼, 그 사람 혼자 그러는 건가?"

하온은 재후의 질문에 머릿속이 혼란스러웠다. 느닷없이 불러서 이러는 이유를 알 수 없었다.

"유 비서, 며칠 전에 내가 그랬죠. 너도 나도 힘들기 전에 결정하라고."

"네, 회장님."

"그리고 또 하나 말했던 거 기억나?"

"······한 가지 당부. 업무에 지장 없는 선에서 만나요······."

"업무에 지장 없게······."

"그렇지. 기억하네. 업무에 지장을 주면 안 된다고 했지. 그 정세형은 아직 덜 끝났나 봐. 맺고 끊는 게 허술했나? 그 사람은 아직인 걸 보면?"

하온은 확실한 끝맺음을 못 했다고 탓하는 것으로 들렸다. 정세형이 찾아왔었나? 그렇다면 서후 씨에게도?

"저, 회장님, 혹시 정세형이 찾아왔나요? 이상한 말을 했나요?"

"하, 여기를 찾아와서 이상한 말을 할 정도로 유 비서가 깔끔하지 않은 연애를 했어요?"

하온은 고개를 숙였다. 특별히 잘못이 없는데 왜 겁이 나고 떨릴까? 세형이 여기에 와서 떠벌릴 일이 아닌 것을 알면서도 왜 이렇게 두려울까?

"나는 유 비서를 힘들게 하나 궁금했어. 그랬군. 힘들게 한 거였어. 여기서 나눈 이야기는 서후에게 비밀이야. 됐으니 이만 나가봐요."

재후는 그러면서 일어나 옷을 입었다. 울상이 된 하온이 회장실을 나가자 재후가 스피커폰으로 강욱을 불렀다.

"윤 실장, SnI 패션 사장실 구경 갑시다."

서후는 갑작스럽게 찾아온 재후를 보고 반가워해야 하는지 놀라야 하는지, 어떤 반응을 보여야 할지 몰라 멀뚱멀뚱 바라보기만 했다.

"무슨 반응이 그래?"

"회장님께서 웬일이신가 해서. 시찰?"

"재미없다. 퇴근 시간 지났어. 시찰은 무슨 시찰. 둘이 이야기 좀 나누자."

재후가 들어와서 소파에 앉았다. 서후의 성격대로 깔끔하게 정돈된 사무실이 한눈에 들어왔다. 좀처럼 이곳에 들르지 않는 재후는 한참 사무실을 둘러봤다.

"뭐야. 내가 어떻게 생활하는지 둘러보러 왔어?"

서후가 재후의 맞은편에 앉으며 물었다.

"미리 말하지. 오늘 하온이랑 저녁……."

"취소해!"

서후는 형의 단호한 말투에 더욱 놀랐다. 아무런 대꾸도 못 하고 있었다.

"뭐 해? 취소하라고. 내가 말해?"

"왜 이래? 개인적으로 감정 있는 것처럼?"

재후는 더는 말하지 않고 전화기를 꺼내 서후에게 건넸다. 서후는 개인적인 문제, 하온과 연관된 문제란 생각이 들어서 바로 전화를 걸었다.

"하온아, 오늘 약속 취소해야 할 거 같아서. 뭐? 어디를 간다고? 알았어."

하온도 급하게 일이 생겼다고 한다. 다행이다. 일방적으로 약속을 깬 것이 아니어서…….

재후는 서후를 계속 쳐다보고 있다. 서후는 형의 시선이 부담스러웠다. 왜 이렇게 날카롭게 쳐다보는지 모르겠네.

재후는 하온과 세형의 문제를 직접 말해서 바로 해결하고 세형은 바로 퇴사 처리하든 해외로 발령 내든 어떠한 결정이라도 내리라고 말하는 것이 좋다고 여겼다.

"너, 유하온 씨와 헤어져라."

서후는 표정 관리하기가 힘들었다. 다짜고짜 헤어지라니. 무슨 말을 하는 것인지 모르겠다. 이건 한재후의 방법이 아니다. 재후는 상대방의 이야기를 듣지 않고 자기의 생각을 말하는 사람이 아니다. 그것이 아주 사소한 것이라도 말이다. 서후는 단순한 문제가 아님을 간파했다.

"뭐야? 뭐를 말하고 싶어서 왔어?"

"너, 이렇게 일 처리하려거든 당장 헤어져."

"헤어지라니? 왜?"

"너, 정세형을 가까이에 두는 이유가 뭐야?"

서후는 재후의 질문을 깊게 생각했다. 단순히 세형에 관해 궁금해서 질문을 하는 것이 아니다. 문제가 생겼기 때문에 이렇게 나오는 것이 분명하다. 여태껏 세형 문제는 단 한 번도 거론한 적이 없던 형이었다.

"왜? 정세형이 형을 찾아갔어?"

"정세형이 그렇게 대단한 사람이야? 나를 찾아올 정도로? 이유가 뭐야? 옆에 두는 이유. 옆에 있으면 유하온 씨가 힘들 거라는 생각은 단 한 번도 안 했어?"

"그렇게 생각한 이유가 뭐야? 갑자기 이러는 이유가 있을 거 아니야?"

"네가 잘 알 텐데."

"말해."

"명령하지 마. 네가 지금 벌려놓은 일, 하나도 수습하지 않았어. 나는 지금 그걸 지켜보고 있는 상태고. 네가 잘 알아서 처리하겠지, 그렇게 보고 있었는데 완전히 엉망이야! 그 모든 일은 유비서 때문이고. 지금 일과 사랑을 혼동하고 있니?"

재후는 평소와 변함없는 말투였지만, 서후에게 실망한 것이 분명했다.

띠링! 문자 왔다!

서후는 휴대폰 소리에 재후의 눈치를 봤다.

"잠시만."

하더니 문자를 확인했다.

〈지금 정세형이 퇴근하고 있음. 사진 전송.〉

무형의 수하로 있는 남자에게서 온 문자다. 서후는 문자 확인을 하지 못하고 그대로 진동으로 바꾸고 형의 말에 집중했다.

"정세형을 해외로 보내든, 자르든 당장 조치 취해. 네가 평범한 직원도 아니고, 유 비서와 사귄다면 언젠가 소문도 날 텐데. 아직도 옛날 애인이 근처에 있어? 그건 아니라고 본다. 계속 마주치다 보면 사람들 입에 분명히 오르내려. 그때는 이렇게 조용히 말하는 것으로 안 끝나. 지금도 솔직히 너와 유 비서 찬성하는 입장 아니다."

"찬성이 아니면, 반대라는 거야?"

"당연한 거 아니냐? 회사에 피해를 주면서까지 네가 하는 사랑을 응원하라고? 그럴 수 없어. 그러니까 빨리 해결해."

재후는 항상 그랬다. 회사에 피해를 주는 행동은 냉정하게 쳐냈다. 사랑도 분명하게 쳐 낼 것이다.

"일부러 둔 거야. 복수해 주라고. 하온이 당한 만큼 복수하라고."

"복수? 복수하기 전에 유 비서 상처받아. 너는 그런 생각은 못

했어?”

“알고 있어. 그래서 나도 조만간 해결하려고 했어.”

옆에 두고 괴롭히는 것이 복수라고 생각했다. 퇴사시키는 것은 깔끔하기는 해도 속이 후련하지는 않으니까. 하온이 배신당한 만큼 세형을 힘들게 할 생각이었다.

드르륵. 드르륵.

이번에는 진동으로 휴대폰이 울렸다. 사진이 전송되었다. 서후의 인상이 조금 전보다 더욱 어두워졌다.

“정세형 입부터 단속하도록 해. 어디서 어떤 말을 떠벌리고 다닐지 알 수 없어.”

“정세형이 어떤 말을 했는데 그래? 무슨 소리라도 들은 거야? 그래서 그러는 거야?”

“그건 네가 알 필요 없고. 네가 알아내도록 해. 네가!”

“도대체 뭐를 말하고 싶은 거야?”

“정세형 주변은 살폈어? 율하는? 네가 지금 몇 명을 힘들게 하는지 알아? 나는 네 형이기 전에 서일그룹 총수야. 네 편이기 전에 회사 편에 설 수밖에 없어. 앞으로 내 귀에 이상한 소리가 또 들리면 정세형뿐만 아니라 유 비서 사직서도 받을 생각이다.”

단호한 재후의 말에 서후도 입이 굳게 다물어졌다.

“진심이야?”

“내가 지금 너와 농담하는 거로 보이냐? 이만 갈게.”

서후는 재후의 시선을 피하지 않았다. 형은 결코 자신의 편이 아니었다. 그렇다고 적도 아니다. 재후는 뒤도 돌아보지 않고 나갔다.

“정말 하온이를 그만두게 하겠다는 소리야? 미쳤어, 한재후?”

이미 사라지고 없는 재후에게 큰소리쳐도 소용없었다.

서후는 그보다 조금 전에 전송된 사진을 다시 보았다. 미간을 잔뜩 찡그리고 어딘가에 전화를 걸며 재빨리 사무실을 나갔다.

"나야. 응. 지금 출발해. 잘 지키고 있어."

하온은 서후와 저녁을 먹기 위해 약속 장소로 가고 있었다. 회사 앞에서 만나는 것은 싫어서 일부러 조금 떨어진 곳에서 약속을 잡았다. 자리를 잡고 앉아서 서후가 오길 기다리고 있는데, 어떻게 알았는지 세형이 나타났다. 정말 스토커가 따로 없었다.

조금 뒤, 서후에게 전화가 왔다. 급한 일이 생겼다고 한다. 하온은 다행이라는 생각이 들었다. 서후가 왔으면 세형을 봤을 테니까. 서후가 약속을 못 지켰다면서 미안해하는 것을 하온은 친구 윤희 핑계를 대고 끊었다.

언제 왔는지 앞에 세형이 앉았다. 웃고 있는 세형의 모습에 속까지 울렁거렸다. 하온은 곧바로 자리에서 일어났다. 세형을 볼 필요도 없었고 할 이야기도 없었다.

"한재후 회장님께서 아무런 말씀 없으셔?"

하온의 동작이 일시에 멈추었다.

"그냥 넘어갈 회장님이 아닐 텐데."

"정세형! 너, 회장님한테 뭐라고 한 거야?"

"아니. 그런 거 없어. 그냥 너랑 다시 만날 거라고 했는데. 그걸 들었을까? 아! 서일그룹 차남과 만나는 여자가 내 전 여친이라고도 했다. 그것도 들었을까? 거짓말 아니니까 잘못한 거는 아니잖아."

'지금 뭐라고 하는 거야……'

하온은 세형이 하는 말이 거짓이기를 바라면서 자리에 앉았다. 회장이 갑자기 불러서 세형에 관해 물었던 것이 이 때문이었나 보다.

"정세형, 너 정말 왜 이렇게 변했어. 원래 이런 사람이었어?"

하온은 측은한 마음까지 들었다. 원래 세형은 이런 남자가 아니었다. 적어도 하온을 만나는 동안에는 그랬다.

"하온아, 더 늦기 전에 내게 돌아와. 더는 못 기다리겠어. 한서후 사장과 약속 깨진 거야? 혹시 알아? 다른 곳에서 다른 여자를 만나고 있을지. 너로는 만족 못 할 남자야, 한서후."

"말도 안 되는 소리 하지 마."

"하온아, 나랑 다시 사귀자."

세형이 하온의 손을 잡으며 매달리기 시작했다.

"제발. 이러지 좀 마!"

하온은 그 손을 뿌리치며 테이블 위에 놓인 꽃병을 들어 세형에게 뿌렸다. 쫙 소리가 나며 세형의 얼굴에 물이 쏟아졌다.

"이게, 손버릇만 나빠졌나. 물 뿌리고 때리고. 지금 뭐 하는 거야?"

"너한테는 이 물도 아까워. 정신 좀 차려! 지금 누구를 협박하는 거야? 내가 그럼 무서워할 줄 알고?"

아무리 지금은 헤어졌어도 전에 만났던 사람인데, 완전히 미친 사람이 된 것 같아서 불쌍하다는 생각마저 들었다.

"정세형?"

검은 양복의 사내가 세형을 불렀다. 세형이 쳐다보자 재빨리 다가와 세형의 팔을 잡아 세웠다.

"당신 뭐야?"

"가만히 있어!"

하온도 그 모습에 놀라 눈이 커다랗게 변했다.

"유하온. 오래 기다렸어?"

또 다른 남자가 다가와 하온을 다정하게 불렀다. 그러면서 하온의 어깨를 감싸 안고 일으키면서도 시선은 세형에게서 떨어지지 않았다.

"누, 누구세요?"

하온은 자신의 어깨를 감싸고 다정하게 제 이름을 부르는 남자를 쳐다보았다.

"쉿! 조금만 기다리고 있으면 데리러 올 거야."

하온을 다정하게 바라보는 남자의 목소리는 저음으로 매우 낮았다. 하온은 처음 보는 사람인데 이 남자는 저를 잘 아는 사람처럼 대했다.

세형은 벌레 씹은 얼굴을 하며 자신을 잡고 있는 사람을 쳐다보기 바쁘다. 도대체 누구기에 이렇게 죄인 다루듯이 두 팔을 꼭 잡고 세워두는지. 그리고 저 앞에 하온을 다정하게 부르며 어깨를 감싸는 남자는 누구인가?

"이거 놔. 당신 뭐야?"

"잠자코 있어. 여기서 다치기 싫으면."

세형을 잡고 있던 남자는 가볍게, 정말 가볍게, 세형의 옆구리를 툭 쳤다. 그런데 세형은 신음을 내뱉으며 옆구리를 움켜쥐었다.

"우욱!"

세형의 신음을 듣곤 잔뜩 움츠러든 하온의 얼굴에 두려움이 가득했다.

"저, 저기. 정말 누구세요. 이거는 놓고……."

하온이 감싸인 어깨를 뿌리치고 남자를 올려다보았다. 남자는 운동선수처럼 어깨가 넓고 덩치가 좋았다. 다부진 체격의 그가 하온을 자리에 앉히고 자신도 그 옆에 앉으며 말했다.

"아아. 이 손을 놓으면 도망칠지 모르잖아?"

남자는 웃고 있을 뿐이었다.

"도망? 제가 도망을 왜? 잘못한 것도 없는데."

"시끄러워. 곧 온다고 했으니까. 기다려."

"저, 여기⋯⋯."

하온이 사람을 부르려고 하자 그가 험악하게 인상을 써댔다. 심장이 벌렁거린다. 가까이서 입모양으로 '그냥 가만히 있어'라고 말하는데 그 모습조차 무서웠다.

하온은 갑자기 몸이 마구 떨리기 시작했다. 영화에서 나오는 무서운 아저씨들이 절로 연상되었다. 갑작스러우면서도 비현실적으로 느껴져 마치 꿈을 꾸는 느낌이 들었다. 사람이 많은 레스토랑이었음에도 그들을 말리는 사람은 아무도 없었다.

"그냥 지키라고 했지. 누가 옆에 앉으래?"

마침내 서후가 왔다. 하온이 뒤를 돌아보고 일어섰다. 이렇게 반가울 수가.

"이렇게 있는 게 가장 쉬워. 현장을 잡은 거라서 말이지."

친구의 등장에 그제야 무형의 얼굴에 작게나마 미소가 걸렸다. 서후는 긴장한 하온의 어깨에 살짝 손을 올리며 눈을 마주쳤다.

"현⋯⋯ 장?"

서후는 잔뜩 겁먹은 하온을 보고 무형이 놀린 것은 아닌가 하는 생각이 들었다.

'후~ 이 녀석, 여자 문제라고 이상한 생각을 했구나? 이런⋯⋯.'

"자, 이제 어떻게 할 거야?"

무형은 아예 관객 모드로 돌아서 턱을 괴고 하온을 빤히 쳐다보았다. 장난기가 가득 어린 미소를 짓고서.

하온은 그의 시선이 부담스러워서 재빨리 얼굴을 돌렸다. 서후가 이곳에 와주어서 안심되면서도 그가 이 사람을 시켜서 자신을 감시했는지 궁금하기도 했다.

서후는 직원을 불러서 하온을 자신의 자동차로 데려다주라고 부탁했다.

"차에 가서 잠깐만 기다려. 잠시면 돼."

"······네."

서후의 굳은 얼굴을 보고 하온은 그의 말을 따랐다. 세형과 함께 있어서 화가 난 것이 분명했다.

"한서후 사장님, 지금 뭐 하시는 겁니까?"

하온이 나가고, 지금의 이 상황이 불쾌하다는 티가 역력한 세형이 먼저 입을 열었다.

"하하, 이 자식 겁이 없구나?"

무형이 세형의 얼굴을 보며 미소를 지우지 않았다.

"무형아. 너희 가게에 방 하나만 비워둬. 내가 곧 갈 테니까. 저 사람도 부탁해."

"그래. VIP 룸은 TAX(세금)는 별도야. 여자도 필요해?"

"필요 없어."

서후가 인상을 썼다.

"다행이다. 내 친구가 밝히는 녀석이 아니어서. 술은 까뮤 트레디션? 아, 넌 꼬냑은 별론가? 그럼, 발렌타인? 아니면, 로열 샬루트. 어떤 게 좋겠냐?"

"그만해라."

"하하하!"

무형은 서후를 보며 크게 웃었다. 장난을 치는 것이 분명했다. 서후의 기분이 좋지 않으니 기분을 풀어주기 위함이었다.

"정세형, 오늘은 할 말이 있어. 가서 기다려."

서후는 무형을 뒤로하고 서둘러 밖으로 나왔다. 바람을 쐬니 축 처진 기분이 조금은 나아졌다. 남의 가게에서 큰 소리를 낼 수 없어 참느라 혼났다. 서후는 그래서 일부러 하온도 내보낸 것이었다. 하온이 없는 곳에서 말하고 싶었다.

하온은 입안이 타는 느낌에 침을 삼키기 바빴다. 바로 서후의 태도 때문이다. 운전을 하는 내내 서후는 단 한마디도 하지 않았고, 단 한 번도 눈을 마주치지 않았다. 하온은 잔뜩 긴장하고 있었다.

서후는 하온을 일단 자신의 집으로 데리고 왔다. 집으로 오는 동안 하온에게 시선을 주지 않았다. 하온과 세형이 함께 있는 모습을 보는 순간, 화가 나서 그녀의 얼굴을 보면 좋은 소리가 나오지 않을 것 같았다.

"여기는 왜……."

서후는 말없이 들어가라는 손짓만 했다. 이젠 말하기도 귀찮은가? 빌라나 아파트에 살 거라는 하온의 예상과 달리 그는 뜻밖에도 단독주택에서 살고 있었다.

서후는 현관문을 열어 하온을 먼저 들어가게 하면서도 그녀를 거실에 세워두고 혼자 소파로 가서 앉았다. 그렇게 한참 말없이 하온을 바라보던 서후가 한숨을 길게 내뱉었다.

"유하온. 거기가 약속 장소였어? 친구는 갔어?"

역시 그는 세형을 만난 것 때문에 화가 나 있었다. 그것도 자신과 만나기로 한 장소에서 세형을 만났으니 더욱 화가 났을 것이다.

"걱정할 것 같아서 일부러……."

"몰래 만난 건 아니고?"

몰래 만나다니. 하온은 고개를 마구 흔들었다. 절대 아니다. 절대로…….

서후가 피식 소리를 내며 웃었다.

"그래 그건 아니겠지. 설마 만난다고 말하고 만날까? 바보가 아닌데 말이지."

소파에서 일어난 서후가 곧장 가까이 다가오더니 하온의 두 볼을 감쌌다. 재빨리 입술을 겹치고 입안을 탐하기 시작했다. 갑작스러운 서후의 행동에 놀란 하온은 거부하였지만, 저를 꼭 안는 그의 거센 힘을 이기지 못했다. 하지만 그의 키스는 거칠거나 아프지 않았다.

서후는 재후와 대화 중에 무형의 수하에게서 사진을 받았었다. 《정세형이 만나는 여자》라는 제목의 사진이었는데 그 주인공은 다름 아닌 하온이었다.

순간, 눈이 돌고 심장이 멈추는 줄 알았다. 무슨 이유에서 정세형을 만난 것인지 모르겠지만, 어쨌든 친구를 만난다고 거짓말을 했으니 더욱 화가 났었다.

"하아."

서후는 하온의 입에서 나오는 타는 듯한 신음 소리가 좋았다. 입술을 떼고 하온의 눈에 가볍게 입맞춤을 하였다. 맑은 눈동자가 호수 같았다.

얼굴선을 따라 손등을 쓸어 내려갔다. 양쪽 어깨를 잡아 똑바로 세우고 겉옷을 벗겼다. 두꺼운 코트가 벗겨지고 나자 목까지 올라오는 아이보리색 실크 블라우스가 그녀의 몸매를 고스란히 보여주었다. 서후는 흘러내리는 코트를 바닥에 던져 버렸다.

"여자친구가 아니라, 전 남자친구였어?"

"그게 아니라. 약속 취소한 걸 미안해하는 거 같아서 저도 약속이 있다고……."

"그런데 거기에 정세형 그 새끼가 왜 있냐고?"

하온이 놀라서 뒤로 한 발 물러섰다. 가뜩이나 긴장한 상태에서 그가 소리를 지르니 더욱 놀라서 가슴까지 불규칙하게 쿵쾅거렸다.

"저도 몰라요. 따라왔는지. 따로 약속한 건 아니니까 오해하지 마세요."

하온은 눈을 피하지 않았다. 서후가 오해하는 건 싫었다. 그가 오해해서 내뱉는 말에 상처도 받았고, 그 말 때문에 아팠던 기억이 아직도 생생하다.

"그래? 약속은 아니란 말이지? 당신이 그렇다면 맞겠지. 믿을게."

하온의 말을 믿는다. 화가 나면서도 그녀의 눈을 들여다보면 어느새 마음이 풀어져 버린다. 거짓이 아니라고 말하는 그녀의 진심이 보인다. 순간 질투심에 눈이 멀었던 자신이 한심스러웠다. 서후는 하온을 품에 안으며 그녀를 달래주었다.

"알았어. 믿을게. 소리쳐서 미안해. 오해하지 않을게. 네 말은 믿어."

하온의 귀에 대고 살짝 웃어주었다. 하온은 그의 따뜻한 입김에 사르르 녹아내리는 기분이 들었다. 저도 모르게 숨이 헉 하고 뱉어졌다.

"하아~ 이런 걸 좋아하는 구나?"

"아닌데."

재빨리 거부하는 그녀가 귀엽다.

"그러니까 확실한 거 같다. 부정 속에 긍정."

그녀의 귓불을 살짝 깨물었다. 하온은 서후의 얼굴이 가까워서 숨이 쉬어지지 않았다. 집이 덥지는 않은데 마치, 사우나에 있는 기분이 들었다. 숨이 턱까지 차올라 가슴이 들썩였다.

'하아, 하아. 숨이 안 쉬어져. 미치겠어.'

서후의 한 손이 하온의 가슴을 움켜쥐고 다른 손으로는 블라우스의 단추를 풀기 시작했다. 목을 반이나 가리고 있어 가느다란 목이 보이지도 않았고, 그녀의 목덜미에 키스도 못 한다. 그리고 오늘은 참기 힘들었다.

하온은 도저히 숨을 쉬기 힘들어서 그의 가슴을 밀고 뒤로 물러났다.

"왜 피해?"

벌써 몇 번씩 손길을 피하니 이렇게 물어볼 수밖에 없었다. 하온이 고개를 숙인다. 또 이런다. 죄지은 것도 아닌데 또 이렇게 숙이고 있다. 그녀는 가끔 이렇게 고개를 숙이고 말을 안 할 때가 있었다. 그녀의 턱을 잡아 얼굴을 들었다.

"하온아, 나를 봐봐. 아직 더 기다려야 해?"

서후의 얼굴에는 잔뜩 긴장감이 서려 있다. 아니, 어쩌면 하온의 대답에 따라 서후의 기분은 극과 극이 될 수 있다. '아직'이 아니라, '아직 더'이기 때문이다. 기다리는 시간이 하루가 일 년 같았다. 서후에게는 항상 그랬다. 피하지 않아서 좋았는데. 이제는 피하고, 손길을 거부한다.

"저기, 저. 하아. 저는 사실. 후우……."

이 여자 왜 이렇게 긴장해. 뭐가 두려운 거야?

"하온아."

하온이 대답을 못 하고 입술을 깨문다.

"이제 그만할까?"

하온은 그의 말에 충격을 받았다. 서후가 헤어지자고 한다.

"그럴까?"

하온이 고개를 흔들었다. 눈물이 맺혔다. 가슴이 아파왔다.

"헤어지기 싫어……."

하온의 고갯짓에 서후가 웃으며 다시 키스했다. 아주 부드럽게. 그리고 다시 블라우스 단추를 풀어버렸다. 하온은 몸을 떨었고 그의 팔에 의지해서 힘을 주고 서 있었다. 서후는 스커트도 벗겨 버렸다. 떨고 있는 그녀의 등을 감싸 안으며 입술을 뗐다. 슬립 차림에 하온이 서후를 올려다봤다. 쪽 하고 소리가 났다. 서후가 입술에 입 맞추고 활짝 웃었다.

"왜 울어. 누가 헤어진다고 했어? 그만한다고 했지? 내 말 기억

안 나? 기억력이 없나? 아, 유하온은 기억력이 없다. '나는 온전한 사랑을 원해. 그날 기분에 들떠서 하는 하룻밤 그런 거 말고. 당신이 아직 아니라면 기다린다……' 그래서 이제 그만하자고 한 건데."

"아~"

하온이 시선을 피한다. 이렇게 창피할 수가.

"뭐야? 실망했어?"

서후는 하온의 어깨를 잡고 살짝 자신에게서 멀어지게 한 다음 바라보았다. 그녀의 몸매는 생각보다 굴곡이 있어서 볼륨감이 뛰어나 계속 이대로 서 있기 어려웠다. 말은 그럴 듯하게 멋지게 했으면서, 그녀의 몸에 즉각 반응하는 정직한 몸을 가진 서후는 잽싸게 하온의 옷을 들고 어디론가 사라졌다.

서후는 얼굴로 올라온 열을 식히기 위해 욕실로 들어갔다. 이리저리 움직이다가 욕조에 물을 받았다. 그래도 열은 쉽게 가시지 않았다.

'아이씨! 빨리 나갔다 와야지 안 되겠다. 정세형, 그 자식 먼저 해결하고 와야겠다.'

서후가 가운을 들고 나왔다. 하지만, 하온의 모습을 보니 또 얼굴에 열이 올라 재빨리 그녀에게 가운을 입혀주었다.

"목욕물 받고 있으니까, 목욕하고 있어. 나는 나갔다 와야 하니까."

"어디를……"

서후는 대답하지 않고, 그저 하온의 머리를 넘겨주고 얼굴을 쓰다듬어 줄 뿐이었다. 하온은 그가 세형을 만나러 가는 것을 눈치챘지만, 더는 묻지 않았다.

"옷은 왜?"

"도망갈까 봐 숨겼어. 어디, 갈 테면 가. 옷 찾으면 입고 가버려도 돼.”

“어머! 그게 뭐예요?”

여직 눈물을 글썽거리고 있던 하온이 웃음을 터뜨렸다.

“물에 너무 오래 있지 말고 적당히 해. 몸 불면 내가 못 알아보니까. 알았지?”

“하. 무슨 말이 그래요?”

“진짜야. 옷 속에 감춰 있어서 몰랐잖아. 더 불면 안 돼. 고문이야. 내가 그동안 속았다. 생각보다 어유~ 속았어. 다녀올게.”

하온의 볼에 뽀뽀를 남기고서 서후는 쏜살같이 나가 버렸다.

“뭐야? 속았다니?”

서후가 무형의 가게에 도착하자 무형은 서후에게 봉투 하나를 건넸다. 출발하면서 바로 무형에게 부탁했던 것이 있었다.

“여기 돈.”

서후가 봉투를 열어보고 고개를 끄덕였다. 서후는 이어 서후는 복도 끝에 위치한 룸으로 안내되었다. 테이블에 과할 정도의 안주와 술이 주문되어 있었다.

세형은 서후를 보더니 그래도 일어나서 인사는 했다.

“술은 제가 마음대로 주문했습니다.”

서후는 세형의 말에 대꾸하지 않았다. 오는 길 내내 그를 어떻게 처리해야 좋을까 고민했다. 마음 같아서는 연신 두드려 패서 쫓아내고 싶었지만 일을 크게 만들지 말라는 형의 말이 머릿속에 떠올랐다.

“왜 얼쩡거려? 하온 앞에 얼쩡거리는 이유는 뭐야?”

세형이 잔에 술을 따르다 말고 서후를 봤다. 얼쩡거린다는 말이 심히 거슬렸다.

“하온이는 사장님과 맞지 않습니다. 하온이에게는 다정한 남자가 어울리죠. 사장님은 너무 소유욕이 강하십니다. 아닙니까?"

"아주 제대로 봤어. 소유욕이 강해서 한 여자를 마음에 두면 다른 여자는 눈에 들어오지 않지. 그런데 너는 아니잖아."

"이제야 제대로 보여요. 하온이가 최고라는 게요."

서후는 다리를 꼬고 여유롭게 등받이에 기대어 세형을 노려봤다. 세형은 하온을 물고 늘어져서 서후의 급한 성격을 이용할 생각이다. 서후는 세형의 의도대로 끌려 다닐 생각이 없어서 원하는 것을 들어주고 일어나기로 했다.

"긴말 필요 없고, 네가 원하는 걸 말해. 해외 발령을 원하면 그렇게 해줄 것이고, 돈이 필요하면 그것도 해줄 의향이 있어."

"저를 그런 놈으로 보십니까? 여자나 이용해서 돈이나 요구하는?"

"다행이네. 아주 밑바닥은 아니어서. 그래, 그럼 해외로 보내줄게. 하온이를 힘들게 하지 마. 너도 사랑했던 사람이라면 오히려 행복을 빌어줘야 하는 거 아닌가?"

"행복이요? 저와 있어서 더 행복할 수 있다는 생각은 안 하시나요?"

"네가 양다리 걸쳐서 하온이에게 버림받은 거야. 내가 하온이를 빼앗은 게 아니라고. 그걸 잊었나? 왜 그렇게 당당하지?"

슬슬 짜증이 밀려왔다. 누가 보면 하온을 서후가 빼앗았다 생각하겠다. 제 잘못은 인정 안 하는 찌질한 새끼.

"그거 아십니까? 하온이는 아침에 일어나서 짓는 미소가 가장 아름답습니다. 사장님도 보셨습니까?"

세형은 그렇게 말하고 승리의 미소를 지었다. 서후는 세형의 말에 화가 치밀어 미간이 구겨졌다.

"정세형은 돈도 필요 없고. 해외 지사도 싫고. 그럼 퇴사 조치도 불만 없나?"

"퇴사 조건이 안 됩니다."

"지금부터 만들지 뭐. 이런 대화 그만할까?"

"무슨 말씀이죠?"

세형이 큰 소리로 물었다.

"이제는 대화 끝. 네게 기회는 없다고. 네가 감히, SnI 패션 사장의 애인을 협박, 심지어 사촌까지 농락하며 접근. 이유가 뭘까?"

"지금 무슨 말씀하십니까?"

세형이 소리를 버럭 질렀다.

"하하. 나는 서일그룹 차남이야. 기자들은 누구 말을 들어줄까? 그걸 빌미로 협박하고 돈을 뜯어낼 목적으로 서일그룹 회장에게도 일부러 접근했다면? 그래도 하온은 너를 지나간 사랑으로 알고 있는데. 나쁜 놈이라는 걸 알게 될까 봐 걱정스러운 나머지 나는 정세형을 만나서 돈을 주기로 했다고 말하면, 너는 정말 재기할 방법이 없어. 내가 기회를 줬을 때 잡았어야지."

세형이 잔뜩 겁먹은 얼굴로 벌떡 일어났다.

"사…… 장님. 지금 거짓말로 기사를 흘리겠다는 말입니까?"

"정세형은 일부러 접근해서 우리 둘 사이를 힘들게 하고 있고, 증거도 없는 말로 내게 상처를 줬는데? 나는 그 기사를 막기 위해 정말 기자들을 만나서 후한 대접을 해야겠지? 우리 그룹 이미지 타격은 말도 못 할 테고. 당연히 너를 해고할 상황은 충분하다고 보이는데."

"하온이에게 일부러 거짓 기사를 꾸몄다고 말할 겁니다."

"뭐가 거짓이지? 네가 양다리 걸친 게? 그 양다리가 회장 사촌인데? 내가 만나는 사람은 네 과거의 여자고, 나와 만나 이야기를 나눈 것도 사실인데 뭐가 거짓이지?"

서후는 자리에서 일어났다. 돈을 준비한 자신이 어리석었다.

이 녀석에게는 그런 제안마저 아까웠다. 깔끔하게 행복을 빌어주는 것도 남자로서 멋진 놈 소리 들을 수 있는 것일 텐데, 그것마저 되지 않는 지질히도 못난 인간이었다.

"유하온은 처음이었어. 그거 알아? 나와 보낸 첫날밤을 잊을 수 없겠지. 한서후 사장도 함께 보내셨나? 아니면 아직이신가? 아, 글쎄. 강제로는 가능할지 모르지. 하온이가 여간 힘든 게 아니거든? 어디를 좋아하는지 알려줄까?"

"정말 끝을 보는구나. 더러운 새끼."

서후가 돈 봉투를 세형에게 던지자, 눈이 날리듯 넓게 퍼지며 돈이 날렸다. 세형은 갑작스러운 서후의 행동에 놀라서 눈이 휘둥그레졌다.

"이거, 네 퇴직금이다. 그리고 남는 돈은 병원비."

그 말을 끝으로 서후는 술병을 집어 세형을 향해서 던졌다.

퍽!

세형의 얼굴 바로 옆으로 아슬아슬하게 병이 부딪혀 깨지며 파편이 튀었다. 갈색 액체가 벽을 물들이며 흘러내렸다.

그때까지 꼼짝도 하지 못한 세형은 서후가 찬 테이블이 제 배를 치자 충격에 배를 움켜잡으며 몸을 움츠렸다.

"우욱!"

서후는 재빨리 세형에게 다가가서 머리채를 잡고 얼굴을 들어 때리기 시작했다.

퍽! 퍽!

"으악!"

얼굴과 머리, 배, 가슴. 특별히 집중적으로 때리는 곳은 없었지만, 온 힘을 주어 강타했다. 세형은 테이블로 인해 좁은 공간에 갇혀 있는 상태여서 옴짝달싹할 수 없었다. 하물며 몸을 움츠리고 있어서 등까지 발에 차이는 것을 고스란히 맞아야 했다. 서후는 세형을 잡은 손을 놓고 발로 등을 차서 소파에 쓰러뜨렸다. 세형은 누운 상태로 몸을 둥글게 말아서 자신의 몸을 보호하기 위해 막았고, 간혹 다리로 서후를 공격하기도 했다.

세형을 발로 차면서도 오로지 서후의 머릿속에는 하온의 생각뿐이었다. 여태껏 들었던 말 중에 가장 수치스럽고 가장 비열하고 한심한 소리였다. 혹시 이런 말로 여태 하온을 힘들게 한 것은 아닌가 하는 생각까지 들었다.

"하악. 살려…… 주세요……."

세형은 애걸하며 테이블 아래로 도망치려 들었다. 주변을 둘러본 서후는 철제 의자를 찾아 들어 그대로 세형 위로 내려쳤다.

"아아악!"

세형이 팔로 막았지만 머리에 맞아 피가 튀었다. 의자가 바닥에 던져지며 소리가 실내에 울렸다.

쾅~ 콰~ 광! 쿵!

분이 풀리지 않은 서후는 피를 흘리며 바닥에 뒹굴고 소리 지르는 세형을 보자 더욱 화가 치밀었다.

"사람이라면 최소한의 예의는 있어야지. 떠벌릴 말이 있고 아닌 게 있지. 정말 하온이를 사랑했다면 나한테 그런 말은 하는 게 아니지. 어리석은 새끼야."

서후의 머리카락이 땀에 젖어 이마를 덮었다. 세형은 흐르는 피로 얼굴이 점점 새빨갛게 변하고 있었다.

"네 입으로는 다시는 그딴 말 못 하게 만들어줄게. 후우~"

서후가 테이블에 나뒹구는 술병을 집어 들고 천천히 세형에게 다가갔다. 이미 초점 잃은 눈동자의 세형을 잡아 일으켜 앉혔다.

"네 이빨을 모조리 뽑아줄게. 다시는 그 입으로 그런 말 못 하게."

쿵!

괴음에 놀라 달려 들려온 종업원이 놀라 경악했다. 워낙 방음이 잘 되는 VIP 룸이고, 서후가 왔기 때문에 CCTV는 녹화하지 않은 상태였다.

"아아악~! 살려주세요! 잘못했어요. 잘못했습니다. 제발, 살려주세요."

세형이 손이 발이 되도록 빌며 사정했지만, 서후는 아랑곳하지 않았다. 서후가 다시 술병을 들어 올린 순간.

"서후야!"

VIP 룸 안으로 무형이 뛰어 들어왔다. 그 뒤로 줄줄이 무형의 아랫사람들도 들어왔다. 무형이 서후를 뒤에서 안아 끌어당겼고, 서후의 손에 들린 술병도 빼앗게 했다. 무형은 일단 땀범벅이 된 서후를 일인용 의자에 앉혔다.

"그 새끼 눈에 안 보이게 치워! 애 눈에 보이면 그 새끼 죽겠다. 병원에 보내라."

무형의 말에 검은 양복의 남자가 세형을 데리고 나갔다.

"서후야."

"후우. 나 술 좀 주라."

무형이 새 술병을 열어 술잔에 따르려 하자, 서후는 병째로 빼앗아 그대로 입을 대고 마셨다. 독한 술에 미간이 절로 찌푸려졌다. 차가운 액체가 불길처럼 뜨겁게 식도를 타고 내려갔다.

"얼마나 속을 뒤집었으면, 애 머리를 박살 내?"

"훗! 미안하다. 파손된 것 변상은 꼭 할게."

"이 상황에 농담이냐? 여기 걱정 말고, 네 아가씨나 신경 써."

'아, 하온이…… 혼자 있겠지? 집에 가지 않고 있겠지?'

지금 생각나는 한 사람. 머릿속에는 하온 밖에는 없었다. 서후는 손을 흔들어 무형에게 인사하고 재빨리 그곳을 빠져나갔다. 헐레벌떡 떠나는 서후의 뒷모습을 보는 무형의 입꼬리에 미소가 걸렸다. 언제나 이성적이고 차갑던 독설가 친구가 어쩌다 이렇게 사람을 막무가내로 때리며 힘을 쓰게 되었을까.

"오늘 함께 온 녀석에 대해 자세하게 알아봐."

"네."

무형은 서후가 앉았던 자리에 앉아서 엉망진창이 된 룸 안을 휘둘러보았다. 조금만 늦게 들어왔으면 술병으로 남자의 머리를 내려쳤을 것이다. 제대로 맞았으면 어떻게 됐을지……. 무형은 고개를 절레절레 흔들었다.

"깡패도 아니고, 짜식. 힘을 쓰려거든 안 보이는 곳을 때리든지. 아주 작살을 내려고 했나? 누군데 그렇게 흥분해서 그래? 재후 형님이 알게 되면 아주 제대로 잔소리 듣겠네. 훗."

하온이 욕실로 들어가자, 그의 말대로 욕조에 따뜻한 물이 받아지고 있었다. 손으로 물을 만지고 욕조 끝에 앉았다. 그에게 미안한 마음이 들었다. 숨을 쉬기 힘들어서 피한 것인데 거부하는 것으로 오해하게 만들었으니 말이다.

"음? 저건 뭐야?"

물소리가 들려오는 곳으로 하온의 고개가 돌아갔다. 욕조 옆 샤워 부스에 샤워기가 틀어져 있었다.

"어머, 이걸 왜 틀어놨어!"

하온은 서후가 모르고 틀고 나간 것이라 생각했다. 그런데 바닥에 물을 받은 대야가 놓여 있었고 안에는 옷이 담겨 있었다. 하온은 어디서 많이 본 옷이라 생각하며 옷을 집었다. 옷에서 물이 뚝뚝 떨어져 내렸다.

"헐, 이걸 여기에 둔 거야?"

하온의 스커트와 블라우스를 물에 담가두고, 찾아보라고 한 것이다. 서후는 애초에 하온을 보낼 마음이 없었다. 하온은 웃기기도 하고 어이없기도 했다.

"한서후 사장님. 블라우스, 스커트 모두 드라이 맡겨야 하는 옷인데. 뭐, 모르고 하신 건 아니겠죠. 그렇게 함께 있고 싶으세요? 저도 그래요. 저도……. 그런데 정말, 귓가에 숨을 불어넣을 때, 숨이 막혀요. 숨을 쉬기 힘들어요. 그래서 그랬어요. 미안해요."

물은 버리고 옷을 손으로 최대한 꼭 짰다. 내일 세탁소에 맡겨야겠다. 그리고 하온은 생각했다. 그가 오면, 그를 피한 것이 아님을 똑 부러지게 말해줄 것이라고…….

집에 도착한 서후는 일단 하온부터 찾았다.

"하온아. 하온아……."

빈속에 술을 마셔서 이미 취기가 오른 상태였지만, 서후는 최대한 정신을 차리기 위해 애썼다.

혹시 옷을 찾아서 집으로 돌아간 것은 아닌가, 괜한 걱정이 되었다. 물론 옷을 찾아서도 입고 갈 수 없게 만들어놓긴 했지만.

"하온아. 유하온?"

하온은 소파 위에서 옆으로 모로 누워 잠들어 있었다. 나갈 때 입혀준 하얀 가운을 입고 있는 상태였다.

"하아, 여기서 잠들었네? 집에 안 갔어. 유하온……."

서후는 저도 모르게 입가에 미소가 걸렸다.

"방에서 잘 것이지, 왜 여기서 자?"

실실 웃음을 터뜨렸다. 누군가 봤다면 미친놈이라고 했을 것이다.

서후는 하온을 안아 들려 하였는데 팔이 욱신거렸다. 그런데 지금 보니 주먹을 쥐기 힘들 정도로 손이 땡땡 부어 있었다. 통증이 제법 있었지만 그래도 참을 만한 수준이라 하온의 무릎 밑과

목뒤에 손을 넣어 안아 올렸다. '끙' 소리가 절로 나오며 인상이 찌푸려졌지만, 이를 악물고서 겨우 방으로 가서 하온을 침대에 눕혔다.

"아~윽."

서후는 저릿한 손을 쥐었다 펴며 곤하게 잠든 하온을 보고 미소 지었다. 그러곤 바로 샤워를 하기 위해서 욕실로 향했고, 올라오는 취기와 열기 때문에 찬물을 틀었다.

하온은 쏴아아 흐르는 물소리가 들려오자 한쪽 눈을 살짝 떴다.

"뭐야. 무거워서 끙끙거렸어? 아, 정말, 망신스러워서."

하온은 자리에서 일어나서 자신의 몸을 쭉 훑었다.

"그렇게 무겁나? 아. 다이어트 다시 해야겠다."

소파에서 기다리다 잠이 들었었는데 어느새 서후가 안아 드는 느낌에 잠에서 깼고, 눈을 뜨고 일어나려고 했었다. 끙끙대는 소리가 안 들렸다면 그랬을 것이다. 그 후부터는 민망함에 도저히 눈을 뜰 수가 없었다.

"아이, 정말, 이대로 도망치고 싶다."

물소리가 멈추고 부스럭거리는 소리가 들려오자 하온은 누워서 다시 자는 척했다. 한데 놀란 마음에 저도 모르게 털썩 눕는 바람에 침대 끝에 겨우 매달리는 꼴이 되고 말았다.

손에 붕대를 대강 감고 나온 서후는 푹 쓰러지는 하온의 모습을 보았다. 침대 끝에 겨우 누운 하온은 조금 움직이면 뒤로 떨어질 것 같았다.

'뭐야? 잠든 게 아니었어?'

서후는 부러 하온의 발아래에 앉아서 붕대를 감으며 큰 소리로 말을 하기 시작했다.

"큰일이네. 사람이 왔는데, 이렇게 잘 자면 어떡해? 놀라서 깨거나, 아니면 자는 척했다고 해야지. 내가 무슨 짓을 해도 이대로 잘까? 괴롭혀도?"

'괴롭혀? 괴롭힌다는 건……'

서후의 말을 곱씹던 하온은 그때, 저의 다리를 쓰다듬고 올라오는 손길을 느꼈다. 스멀스멀 벌레가 기어 올라오는 줄 알았다. 하온은 발가락에 힘을 주고 터져 나오려는 신음을 참으려 입술을 깨물었다. 급기야 가운 안으로 손을 넣는 느낌이 들자 벌떡 일어났다.

"허억!"

하온의 바로 앞에 서후의 얼굴이 있었다. 깨어 있었다는 걸 눈치챈 건가? 하온은 침을 삼키며 긴장했다. 서후가 몸을 일으켜 바싹 더 얼굴을 가까이 댔다. 입술이 닿을 만큼 가까운 거리였다.

"설마, 이 상태에서도 피하는 건 아니지?"

입술을 삼키며 바로 혀를 넣어 말캉한 혀를 잡아챘다. 키스를 하며 하온의 눈을 마주한 서후의 눈빛이 허락을 구하고 있었다. 지금도 피할 거야? 이대로 그만할까?

하온은 눈을 한번 깜빡였다. 허락의 의미였다. 하온은 눈을 감으며 그가 하는 대로 몸을 맡겼다. 가운이 젖혀지고 어깨부터 살결을 따라 쓸어내리는 서후의 손길이 느껴졌다. 그런데 순간 까칠한 느낌이 제 피부에 느껴지자 하온은 얼른 서후의 손을 바라보았다. 그의 손에 감겨져 있는 붕대를 보고 놀라 서후의 몸을 밀어냈다.

"아, 삐었어."

서후는 감긴 붕대를 재빨리 풀어버렸다. 지금은 상처에 대해 주절주절 설명할 때가 아니었다. 하온의 가운을 벗기고 그녀의 몸을 밀어 침대에 눕혔다. 그녀의 굴곡 있는 몸매가 한눈에 보였다. 그것만으로도 심장이 세차게 뛰었다. 하온은 부끄러운지 온

몸을 움직이며 마주친 시선을 피하려 했다. 이에 서후는 다리를 그녀의 다리 사이에 끼웠다. 네 개의 다리가 서로 엇갈리는 모양새가 되었다.

"아까는 피하더니, 안 피하네? 왜?"

"하아."

서후의 손이 점점 가슴과 배로 옮겨갔다. 하온의 입에서는 대답 대신 신음이 흘러나왔다.

"어떻게 해줄까? 응?"

윽. 그걸 묻는 이유가 뭐야. 어떻게 말하라고. 어쩜, 이 사람은 목소리도 흔들리지 않을 수가 있지?

서후는 하온을 정신없이 몰아붙이며 귓가에 바람을 불어넣으며 환하게 웃었다.

'제발! 제발! 귀는 제발! 하지 말라고!'

하온은 엄청난 쾌감에 말을 잇지 못했다. 어쩌면 그가 더 해주기를 바라는 것일지도 모른다.

"그렇게 좋아? 말해봐. 계속해 줘?"

"으…… 응."

"응? 하하하."

서후가 귀에 대고 웃는 바람에 하온은 하마터면 비명을 지를 뻔했다. 발로 그를 때릴 뻔했다.

"아…… 그만! 저기, 그만해요!"

"무슨 소리야. 이제 시작인데."

그러고 보니 그는 아직 가운도 벗지 않은 상태였다. 서후의 느릿한 움직임에 하온의 입안이 타들어가듯 갈증을 느꼈다. 그는 유려하게 손을 움직이더니 가운을 벗었다. 곧 그의 탄탄한 가슴과 과하지 않는 근육이 드러났다. 처음에는 부끄러워 그를 쳐다보지 못했던 하온이 그의 단단하고 매끄러운 몸을 보는 순간 부끄러움도 잊은 채 서후의 몸을 뚫어져라 바라보았다. 그 순간은 부끄러움도 몰랐다. 그는 하온의 이마에 흐르는 땀을 닦아주고 가볍게 입맞춤했다. 그들의 열정과 환희는 오랜 시간동안 계속 되었다.

"하온아, 배 안 고파?"

뒤에서 포옹하던 서후가 귓가에 속삭였다. 아직 저녁을 먹지 않은 서후는 하온도 자신과 마찬가지로 굶은 것은 아닐까 걱정이 되어 물어본 것이다.

"하온아?"

그녀에게서 대답이 들리지 않자, 서후는 상체를 일으켜 하온의 얼굴을 보았다. 하온은 눈을 감고 있었던 것이 아니었다. 잠이 들었다. 고작 몇 분 사이에 새근새근 소리를 내며 곤하게 잠을 자고 있었다.

"하, 정말 잘 잔다."

서후는 조심스럽게 침대를 빠져나왔다. 땀을 많이 흘렸으니 다시 샤워를 해야 했다. 이럴 때, 함께 샤워를 해도 좋으련만.

서후는 재빨리 샤워를 하고 나와 시트를 끌어 덮어주고 온몸을 감싸 안고 누웠다. 땀에 젖은 머리카락을 넘겨주고 가장 예쁜 코에 입 맞춘다. 이마에도 입을 맞추고 제 몸 쪽으로 당겨 잠을 청했다.

다음 날 아침, 잠에서 깬 하온은 뻐근한 몸 때문에 어제의 기억이 새록새록 났다. 곤히 자고 있는 서후를 두고 침대에서 살짝 빠져 나온 하온은 뜨거운 물로 샤워를 하고 드레스룸으로 가서 그의 티셔츠와 파자마 바지를 꺼내 입었다.

아침을 무엇으로 할까 생각하며 주방으로 가다가 뒤로 까무러치는 줄 알았다. 사람이 있었다.

"안녕하세요. 제가 음식을 맡아서 하고 있어요. 처음 뵙습니다. 약혼녀신가요?"

"약혼녀요?"

"예. 이곳은 신경 쓰지 마세요. 제가 음식은 해놓고 갑니다."

하온이 어떻게 설명해야 하나 고민하는 사이, 오십대로 보이는 인상 좋은 도우미는 웃으면서 아침 준비를 계속했다.

할 일이 없어진 하온은 거실 한쪽에 서 있는 진열장으로 다가갔다. 줄지어 늘어선 장난감 자동차가 한가득 있었다. 어떻게 보면 멋있었지만, 어떻게 보면 아이들이 가지고 노는 장난감 미니 자동차로 보였다.

"흐음. 한참 찾았잖아."

"어! 일어나셨어요?"

하온은 서후의 얼굴을 보기가 부끄러웠다. 어젯밤 일이 떠올라 멀쩡하게 얼굴을 마주 보기가 민망한 것이다. 뒤에서 안아주며 목덜미에 키스하는 서후의 행동에 몸을 피했다.

"또 피해?"

"그게 아니라. 주방에 아주머니가 계세요."

"아, 오늘 토요일이지?"

서후는 아직 잠이 덜 깼는지 눈을 느리게 깜빡였다.

"피곤하면 더 주무세요."

"아니야. 잠은 깼어."

"사장님. 오늘은 운동 안 가고 계셨네요. 아침은 준비했습니다."

도우미가 주방에서 나오며 서후에게 인사했다.

"수고했어요. 치우는 건 제가 할게요."

"네? 아니, 제가……."

"걱정 말고 가세요. 저희 조금 천천히 먹고 싶어서 그래요."

"네. 알겠습니다."

도우미가 사라지자, 서후가 다시 하온을 껴안았다.

"우리 본가에 계시는 분이셔. 어머니가 당신을 당장에 호출하 겠다. 아침에 이런 복장으로 있었으니 말이야. 흐음……."

"뭐라고 하시지 않을까요? 흐윽."

서후는 말을 하면서 하온의 셔츠 속으로 손을 넣어 볼록한 가 슴을 움켜쥐며 만족스러운 미소를 지었다.

"진짜 안 피하네. 이제 안 피하기로 했어?"

"흐윽…… 피한 게 아니라, 귀에만 안 하면 참을 수 있어요. 제 가…… 카악!"

말과 동시에 귀에 바람을 불어넣었다. 도망치는 하온을 잡아당 겨 세게 안았다.

"하지 마요. 아무 때나 이러면…… 흐응."

"좋으면서."

하온의 목덜미에 입술을 누르자, 몸이 휘청거렸다. 그 바람에 하온은 앞으로 밀렸고, 앞에 있는 진열장 유리에 몸이 밀착되었 다. 유리에 비친 하온의 얼굴은 붉게 달아올라 있었다. 하온의 잘 록한 허리를 두 손으로 쓸어내리던 서후는 그녀가 입은 파자마 바 지를 보고 씨익 미소를 지었다. 바지가 커서 접어 입은 그녀의 모 습이 귀여워 저절로 웃음이 나왔다.

"이건 어디서 찾아 입었어? 목욕 가운보다 나은걸? 이런 게 더 섹시해."

"옷이 없으니 찾아서 대충 입었어요. 저기, 그만하고 우리 밥 먹어요. 배고파요."

"응. 잠깐만."

뒤에서 그녀를 껴안은 서후는 그녀를 놓아줄 마음이 없었다. 허리춤에 닿은 그의 손길에 하온은 '흐읍' 하며 숨을 들이마셨다.

"하아, 몰라요. 창피하게……."

"나는 좋은데? 너만 보면 이렇게 몸이 정직해져서?"

"네?"

"몸이 착해져. 아주 정직해. 하아. 미칠 것 같아. 그동안 어떻게 참았는지 모르겠어."

서후는 장난스럽게 말했지만, 그의 몸은 결코 장난이 아니었다. 흥분을 감추지 못한 서후는 하온의 몸을 돌려 시선을 마주했다. 서후는 그대로 하온은 안았다.

"사랑해. 사랑한다, 하온아."

"사랑해요, 서후 씨."

창밖에는 언제 눈이 내렸는지 쌓이기 시작했다. 서후는 하온의 옷을 정리해 주고는 테라스 문을 열어 바닥에 쌓인 눈을 뭉쳐 던지며 하온에게 장난을 쳤다. 겨울이었던 서후의 마음은 어느덧 하온 때문에 따뜻해지고 있었다.

오전에 나눴던 사랑에 이어, 내리다가 만 눈으로 어설픈 눈싸움을 한 결과, 하온의 몸은 지쳐서 쓰러지기 일보 직전이었다. 이대로 널브러져 잠이나 실컷 자고 싶었다. 밥도 먹고 싶지 않았다.

"여기 식사해."

아. 밥 먹고 집에 가서 내일까지 잔다고 할까?

"밥 먹어."

하온이 소파에서 움직이지 않자, 서후가 데리러 왔다. 하온은 눕지도, 앉지도 않은, 몸을 반은 기울인 상태로 서후를 올려다봤다.

"왜? 피곤해?"

"네. 아, 밥이고 뭐고 그냥……."

서후가 옆으로 와서 철퍼덕 앉았다. 그러곤 테이블에 다리를 올리더니 몸을 뒤로 기대고 눈을 감더니 움직이지 않았다.

"왜요?"

"안 먹으면, 나도 혼자 먹기 싫어서."

"하아. 그럼 같이 먹자고 하면 될 걸. 알았어요. 가요."

무슨 심술이래? 옆에서 시위하는 것도 아니고, 먼저 힘들게 한 사람이 누군데.

하온은 그의 손에 이끌려 겨우 식탁에 앉았다. 여느 가정집과 마찬가지로 정갈한 반찬들과 샐러드가 식탁 위에 놓여 있었다.

"의외다."

"또 의외? 내가 하는 것은 다 신기해?"

"빵하고 커피. 그런 거 즐기실 줄 알았어요."

"원래 그렇게 먹어. 그런데 오늘은 주말이잖아. 주말에는 밥을 먹으려고 하거든. 안 그러면 밥을 먹을 시간이 없다고 어머니께서 특별히 정해놓은 규칙이야. 먹기 싫어도 먹어야 해. 자, 먹어. 국은 다시 담았고, 찌개는 여기에 끓이고 있으니까 따뜻해."

그러고 보니 찌개는 플레이트에 데우고 있는 상태였고, 국은 김이 모락모락 나고 있었다. 이런 것을 서후가 직접 했다는 것이 믿기지 않았다.

서후는 그만 놀라하고 밥을 먹으라고 하며 하온에게 물을 따라 줬다. 그때 서후의 왼손이 부어 있는 것이 하온의 눈에 보였다. 하온이 놀라 손을 잡아서 자세하게 들여다보았다. 어제 분명히 삐었다고 했는데, 멍이 보이고 손등이 부었다.

"다치셨어요? 왜 이래요?"

"아무것도 아니야. 그냥 삐었다니까?"

손을 빼내고 아무렇지 않게 밥을 먹는 그는 하온을 향해서 미소를 보였다. 말하고 싶지 않다는 뜻이 보여서 하온도 더는 묻지 않았고, 열심히 식사를 하였다. 다이어트를 하겠다는 결심은 깨끗이 잊고 한 그릇을 뚝딱 비워냈다. 음식도 맛있었지만, 무엇보다 남기면 죽일 것처럼 노려보는 그의 눈빛 때문이었다.

"무겁다고 끙끙댔으면서 왜 이렇게 많이 먹는지 몰라."

하온이 구시렁거리자 서후가 깔깔대며 웃었다.

"내가 설마 힘이 없어서 못 안았을까 봐? 와, 나를 약골로 봤구나?"

하온이 식탁을 치우려는데, 서후가 다가와 그녀를 번쩍 안아 들었다.

"엄마! 내려주세요."

"감히, 어디서 힘없는 사람을 만들어. 윽."

아릿하게 왼손에 통증이 왔지만, 서후는 꾹 참았다. 고통보단 남자로서의 자존심이 우선이었다.

"치워야 하는데."

"걱정 마."

"저, 이제 집에 가야죠."

"누구 마음대로? 안 돼. 여기서 놀다가 천천히 가. 나는 오늘 내일 한가해."

"저는 주말이 바빠요. 청소, 빨래…… 읍!"

손을 꼽으며 제 할 일을 읊던 하온의 입을 서후가 막아버리며 키스를 퍼부었다. 아, 정말 이 남자 좀 누가 말려줬으면…….

하온과 소파에 마주 보고 나란히 누운 서후는 팔베개를 하고 그녀의 허리선을 따라 손가락으로 장난치기 시작했다. 뭐가 그렇게 좋은지 하온의 몸을 두고 한시도 가만히 있지 않았다. 이번엔 귓불을 깨물며 장난을 쳤다. 하온이 도망치려 하자 몸을 당겨 정수리에 가볍게 입 맞췄다.

"내가 무슨 짐승이야? 그러니까 자극하지 말고 가만히 있어."

"저기에 왜 자동차가 많아요?"

후우, 이렇게 만지고 느끼는 시간도 부족한데, 하온은 자꾸만 분위기를 깨고 있었다. 지금 자동차가 중요한가?

하온의 손가락이 가리킨 진열장 쪽으로 고개를 돌린 서후는 몸을 일으켜 재빨리 테이블 아래에 손을 뻗어 컨트롤러(무선 조종기)를 꺼냈다. 버튼을 누르자 씨잉, 소리를 내며 소파 아래에서 무선 자동차가 나타났다. 진열된 것보다 컸지만, 하온이 볼 때는 장난감 무선 자동차였다.

"멋지지? 여기에 앉아서 이걸 조종하면 집 안 전체에 이 녀석이 다녀."

히잉~ 붕붕, 부우웅.

"어려서 혼자서 많이 놀았거든. 항상 혼자 지내서. 집에 이거 하나 있으면 하루가 어떻게 흘러가는지 몰랐어. 시간이 후딱 지나갔어. 이리 와봐."

서후는 하온의 손을 잡고 미니 자동차가 진열된 곳으로 달려갔다. 하온은 자세히 보지 못한 장식장을 구경했다. 한쪽 벽을 꽉 채운 붙박이 형태의 장식장 위에 엄청난 개수의 미니 자동차가 있었다. 종류도 다양했다.

"내가 능력이 됐을 때부터 벌어서 사 모은 것들이야. 내 컬렉션."

"이걸 전부요?"

"응."

"와. 대단, 어! 이런 건 기존 자동차 모양 그대로잖아요."

흔히 아는 유명한 자동차들도 보였다. 현대, 기아, 쌍용을 비롯해서, BMW, 벤츠, 아우디는 기본. 벤틀리, 람보르기니, 롤스로이스 등등. 각 회사에서 출시된 차 종류별로 출시연도별, 색상별로 진열되어 있었다.

"맞아. 새 차가 출시되면 그걸 12분의 1이나, 16분의 1의 형태로 작게 만들어. 똑같이. 정말 정교한 건, 안에 핸들이나 보닛을 열면 엔진도 똑같아."

"와, 이거는 모양이 왜 이래요?"

"이건 F1(Formula 1) 경기 대회에 쓰이는 자동차."

"미니카를 좋아하신다니. 언제 한번 타요랑 경쟁해 봐야겠다."

"타요?"

"아, 꼬마버스 타요. 하하. 제 친구 아들 생일 선물로 사줬거든요. 우리나라에서 만든 애니메이션인데 그게 버스거든요? 그 타요 버스가 정말 인기가 많아요. 그 버스가 실제로 시내에 다녀요. 저 그 버스도 타봤어요."

"허! 이건 리미티드 에디션이라고! 어디 그런 버스와 비교를 해!"

"리미티드 에디션? 그게 별건가? 인기 많으면 되는 거지? 그건 자라나는 새싹들의 희망인데. 타요~ 타요. 이런 노래도 있어요. 그 버스 사다 드릴게요. 여기 진열해 주세요."

흥얼거리며 노래를 부르는 하온은 이까짓 자동차가 대수냐 하면서 꼭 자리를 비워두라고 했다.

"가격도 어마어마해."

"헉! 와우, 아까 힘줘서 무너졌으면, 이게 값이 얼마야. 큰일 날 뻔했어요."

서후는 비웃는 태도로 저를 자꾸 놀려대는 하온을 잡아 벽에 밀어 세웠다.

"너! 내가 웃고 있으니까 계속 장난이지?"

갑작스레 서후의 품에 가둬진 하온이 눈을 찡그리며 잔뜩 긴장했다. 하온은 서후가 화가 난 것으로 오해했다. 장난친 것이 그의 심기를 건드린 것인가? 하였지만, 그러나 그는 웃고 있었다.

"가운데 자리 비워두면 돼?"

"응? 네?"

"사실 여기에 너를 앉혀두고 싶지만 말이야."

"네에?"

하온이 경악하자, 서후가 웃음을 터뜨렸다. 하온의 두 볼을 잡아 입술을 부딪치며 혀로 살살 문지른다. 입술을 당겨 살짝살짝 깨물고 장난치기를 반복하며 다시 웃는다.

"하하, 또 놀란다. 자리는 비워둘게. 처음이야. 여기 자리에 내것 말고 다른 사람 물건 두게 하는 거. 나한테는 엄청난 의미라고."

막 강욱과 전화 통화를 끊은 재후의 표정이 어두워졌다. 재후는 앞에 앉아 의아한 시선으로 저를 쳐다보는 여자의 시선을 무시하고 자리에서 일어났다.

"먼저 일어나야겠어."

평소의 재후와는 다른 칼 같은 말투, 시선, 표정이었다.

"저와 약속이 먼저예요. 점심도 먹지 않고 그냥 일어서나요?"

"왜? 불만이야? 잘됐네. 가서 부모님께 그렇게 말해. 영 별로라고. 아, 따분해."

의무적인 만남이니 재후는 신경 쓰지 않았다. 결혼은 하고 싶지도 않았고, 할 마음도 없었다. 그에겐 일이 우선이었고, 사랑은 항상 두 번째였다.

"약속만 하면 항상 일이 생기고, 얼굴을 봐야 서로가 어떤지 알죠. 이렇게 하다가는 데이트는 하지도 못하고……."

"그런 걸 꼭 해야 해? 나는 상관없는데. 어차피 너도 날 사랑해서 만나는 건 아니잖아. 서로 골치 아프게 이러지 마."

재후는 한껏 조소를 날리고 뒤돌아섰다. 호텔 정문을 나가자 미리 대기하고 있던 자동차 문을 직원이 열어주었다. 뒷좌석에 오른 재후는 차 문이 닫히자 이마를 짚고 눈을 감았다.

"서후한테로 가."

조금 전 여자의 이름이 무엇인지, 나이가 어떻게 되는지 관심 없다. 오랜 시간 사귀면서 미래를 약속한 여자가 있어도 떳떳하게 좋아한다고 말하지 못하는 자신이 한심했다.

오늘따라 처지는 기분이 서후 때문인지, 길을 잃어버린 사랑 때문인지. 재후는 근래 들어 가장 혼란한 주말을 보내고 있었다.

서후는 정말 하온을 일요일까지 붙잡아놓았다. 선녀의 옷을 감춰놓은 나무꾼처럼, 납치를 해놓고 풀어주지 않는 납치범처럼 하온이 집에 가는 것을 거부했다.

"내가 그랬잖아. 저기 거실장 가운데 앉혀놓고 매일 보고 싶다고."

"그런 끔찍한 말씀을……."

"끔찍?"

하온의 한마디에 파장은 엄청났다. 바로 서후에게 안겨 함께 샤워를 해야 했고, 침대에서 내려가는 것 하나까지 일일이 허락을 받아야만 했다.

"원래 이런 성격입니까, 한서후 사장님?"

"질문하지 마. 멀게 느껴지니까."

"저를 너무 가두시는 거 아닙니까?"

"질문하지 마. 확! 또 잡아먹기 전에."

이런, 짐승이 따로 없네.

점심은 피자를 먹자며, 자주 해본 사람처럼 아주 신속하게 주문했다. 얼마 후, 배달된 피자를 먹기 좋게 접시에 담아주고 하온이 먹는 것을 뚫어지게 보고 있다.

"와, 의외야."

"내 별명이 의외야? 툭하면 의외래."

"아니, 무슨 남자가 고작 한 조각? 보통 두세 조각은 먹지 않나?"

하온은 입에 피자를 넣고 오물오물거리며 고민에 빠졌다. 한 조각 먹고 배가 부를까?

"누구야? 어떤 새끼가 두세 조각 먹어? 말해, 누구야? 누가 그렇게 먹어? 알고 보니 유하온의 발이 무척 넓어. 내가 모르는 남자가 또 있는 거야?"

이건 또 무슨 소린가. 하온은 먹던 피자가 역으로 쏠리는 현상까지 경험할 뻔했다. 이 남자 질투를 이런 식으로 하는 건가? 소유욕 발동 걸렸네.

"아, 친오빠요. 친오빠는 1인 1판을 먹어야 하는 줄 아는 사람이에요."

오빠 이야기에 서후가 고개를 끄덕이며, 하온에게 콜라를 따라서 앞에 놓아주었다.

"체하니까 마시면서 먹어. 꼭꼭 씹고. 그런데 네 오빠는 원래 좀 특이한 거 같아."

질투에 소유욕은 부리면서 또 체할까 봐 챙겨주었다.

"또 음, 아는 남자…… 새…… 끼 중에 피자 한 조각 먹는 새끼는 한 모 사장 새…… 끼뿐이어서 지금 무척이나 놀라는 중이었거든요. 하하."

하온은 말을 끝내기도 전에 이미 도망칠 준비를 마친 상태여서 재빨리 주방을 빠져나갔다.

우당탕탕!

요란한 소리가 났다. 의자가 쓰러졌고, 소리가 제법 요란했다. 서후는 입가에 미소를 지우고 눈에 불을 켜고 하온을 쫓았다. 정말 잡히면 죽일 것처럼 눈에 불을 켰다.

"거기 서! 새끼? 하, 유하온 많이 컸어. 기어오르지!"

"원래 키는 좀 컸습니다만, 여자 키가 170에 육박하면 좀 크지 싶은데요?"

거실을 도망치다 숨을 곳을 찾는 하온은 바닥이 미끄러운 대리석이라 빨리 뛰지도 못했다. 더군다나 뛰면서 바지도 잡아야 했다. 헐거운 허리로 인해서 엉덩이까지 금세 내려왔다.

"여기서 컸다는 말은 그 말이 아닌데."

"아니요. 저는 그렇게 들었거든요. 그러게요. 아이고, 숨차. 그런 질투를 왜 하세요?"

아, 이거 운동 부족이야. 에잇! 하온은 포기 상태로 바닥에 철퍼덕 주저앉았다.

"헉헉, 아이고, 숨차다. 하하. 그만요. 항복!"

옆으로 와서 같은 자세로 앉는 서후는 숨이 조금 흐트러졌을 뿐 멀쩡했다.

"운동 부족이다. 고작 그거 뛰고 헉헉거려? 그러게 도망은 왜 쳐? 어디 이런 새끼한테 혼나볼래?"

서후는 무릎 위에 하온을 앉히고 입술에 쪽 하고 뽀뽀했다. 하온의 숨은 아직 돌아오지 않아서 가슴이 들썩거리고 있었다. 흐트러졌던 머리를 넘겨주며 아이처럼 안고 있는 몸을 더욱 감쌌다. 하온도 서후의 허리에 팔을 두르고 가슴에 기대 숨을 고르고 있다.

"흐음."

"숨이 그렇게 차? 운동 좀 해."

"에잇. 그걸 모르시네요. 서후 씨가 안고 있으니까 숨이 차는 거죠. 떨려서."

이 여자 보게. 어르고 뺨치는 거 전문이야. 아주 급이 달라.

"여우가 따로 없어. 아까는 새끼라고 그러더니. 지금은 무슨 짓이야!"

하면서 서후가 입을 맞춘다. 달콤한 입맞춤은 하온의 손이 떨리고 숨이 다시 가빠졌다. 서후가 입술을 물고 놓아주면서 웃었다. 눈이 살짝 감기는 것이 매력적이라고 여기는 하온이었다.

"항상 내가 먼저 표현하고 말이지. 너는 멀리서 구경만 하고."

그래, 그랬지. 항상 표현한다 하고 바라보기만 했지. 그가 오기만 바라고, 다가가기를 두려워했지. 왜 그랬을까?

"제가 떳떳하지 못해서 그랬을 거예요. 깨끗이 마무리했다고 했는데. 그게 조금…… 마음이 무거웠어요."

"무거울 필요가 뭐가 있어. 사람이 만나다가 헤어질 수도 있는데. 내가 그걸 모르는 것도 아니고."

서후는 하온의 코끝을 잡아 흔들며, 단호하게 다시 말했다.

"사람은 말이야 헤어질 수도 있어. 하지만 유하온과 나는 안돼. 우리는 해당사항 없음."

그가 미소를 지으며 이마를 콕콕 때렸다.

"그거 역설(逆說: 어떤 주의나 주장에 반대되는 이론)이에요."

"상관없어. 당신이 헤어지고 오지 않았으면, 나와 사귈 일도 없었을 텐데. 그리고 앞으로 나는 헤어질 생각이 없으니까. 역설이 아니지."

"……."

"왜? 지금 국어시간도 아니고, 꼭 따져야 해?"

"아니요. 그렇게 말해주니까 고마워서요. 진작 말하지 그랬어요, 삼 년 기다리지 말고. 그때, 좋아할 때부터 관심 있다고 말하지 그랬어요."

하온의 말에 서후는 씩 웃었다.

"그러게 그때는 왜 용기가 없었을까? 형이 좋아한다고 생각하고 욕심을 버렸지. 형의 물건에는 절대 욕심 안 냈어. 아주 착한 동생이었지."

"와, 의외다. 회장님이 욕심 없어 보이는데."

"또 의외야. 아주 대놓고 사심이네. 너 말해봐. 형한테 조금이라도 마음 없어? 알고 보면 뭐 짝사랑을 하고……."

"에휴, 피자나 더 먹어야겠다."

하온은 서후를 밀어내고 일어났다. 이런 한심한지고, 의심할걸 의심하고, 질투할 걸 질투해야지. 함께 사랑도 나눈 사람이 저렇다. 하온은 뒤에서 부르는 서후의 목소리를 깔끔하게 무시해주고 식탁에 앉았다.

"유하온, 말해봐. 형한테 조금도 그런 거 없어?"

"아, 정말! 사업하는 거 빼고 마음에 드는 구석이 없어……."

밖에서 이를 지켜보던 재후는 안으로 들어가던 것을 멈췄다. 비밀번호를 알고 있어서 대문은 그냥 들어왔고, 현관을 열려고 하자 창가에 비친 여자 때문에 놀랐다. 대번에 하온이라는 것을 알아챘다. 옷차림도 평상복이 아니었다. 이대로 자신이 들어간다면 둘이 얼마나 민망할까? 들어가서 깜짝 놀라게 해줘?

그사이 강욱이 '문 열까요?' 하며 그를 바라봤지만, 재후는 고개를 흔들고 '그냥 가지' 하며 그대로 발길을 돌렸다.

서후가 무선 자동차 게임을 하자고 했다. 정말 집으로는 보낼 생각이 없는 모양이다.

"저 집에 언제 가요?"

"조금 더 있다 데려다줄게."

"누가 보면 백수로 생각하겠다. 이렇게 한가한 사장님 처음 봤어요."

무선 조종기 조작을 배운 하온이 작동을 하자, 서후는 마치 프레타포르테(Pret-A-Porter) 무대에서 자신이 만든 옷을 입고 무대를 걸어오는 모델을 보는 디자이너처럼 만족스러운 미소를 지었다. 아주 흡족해하며 박수까지 쳤다.

"잘했어."

"이런 칭찬 처음 같아요."

"내가? 내가 칭찬을 얼마나 잘하는데. 나 그렇게 못된 상사 아닌데. 칭찬도 잘하고 멋지게 시상도 하는……."

"오해하면 제대로 독설에 눈물 쏙 빼고, 잘못하거나 실수하면 엄청나게 혼내고, 연대 책임 묻는 아주 무서운 사장님이기도 하죠."

"그걸 어떻게 아시나? 유하온 비서는 내 직속도 아닌데?"

"에이. 비서니까 잘 알죠. 그것도 회장 비서실. 가장 먼저 알고, 가장 핫한 곳이 비서실이잖아요."

서후는 게임을 하다가 자신의 이야기로 주제가 바뀌어서 기분이 묘했다. 하온은 분위기를 바꾸기 위해 컨트롤러를 작동했다. 자동차가 움직이고 부릉부릉~ 준비 태세에 돌입했다.

"출발~"

"뭐야. 반칙!"

먼저 출발한 하온은 열심히 조종했고, 서후와 하온은 그렇게 승부욕이 발동한 채 시간 가는 줄도 모르고 있었다. 하온은 소파가 계단이 내려와서 놓이게 된 이유도 이제야 알게 되었다. 바로 이 자동차 게임을 쉽게 할 수 있도록 새롭게 거실 공사를 한 것이라고 한다.

"정말요?"

"응. 봐, 여기가 갤러리 같아서 네 군데를 돌아다니면서 조종할 수 있고, 사방이 보여서 자동차가 어디에 있는지 다 확인할 수 있어. 자자, 여기 골~인! 앗싸~ 내가 이겼다."

하온은 게임에서 진 것이 억울해서 다시 하자고 제안하려고 했는데 서후가 전화 벨소리에 말을 줄이고 휴대폰을 흔들었다.

"어, 윤 실장님."

형의 비서실장인 윤강욱 실장이었다. 서후는 어느새 진지하게 전화를 받고 있었다. 그러고 보니 하온은 서후의 집에 온 뒤로 휴대폰은 거들떠보지도 않았다.

'어머! 미쳤나 봐. 만약, 회장님이 찾기라도 했으면…….'

하온은 서후가 통화하는 동안 침실로 들어가 가방 안에 둔 휴대폰을 꺼내 확인했다. 다행히 부재중 전화는 없었다.

"네. 아, 그래요? 알았어요."

서후는 전화를 끊고 입을 삐죽 내밀었다.

"통화 끝났어요? 윤 실장님…… 이죠? 무슨 일 있으세요?"

서후는 방에서 나오는 하온을 보고 팔을 벌렸다. 옆에 껌딱지라도 좋다. 붙여놓을까?

"별거 없어. 아, 하품 나온다."

하온을 품으로 당겨 안으며 턱으로 정수리를 꾹 눌렀다.

"저, 옷 주세요. 옷."

"풋! 없어. 알면서 그래."

"아, 옷 아직 세탁 안 됐나?"

서후가 울상이 되어 말하는 하온의 손을 잡았다.

"내가 데려다줄 테니까. 그냥 이거 입고 가. 잘 어울려."

"이걸, 이걸 어떻게 입고 가요. 말이 되는 소리를 좀…….."

하온은 인상을 팍 구기고 서후를 잔뜩 노려봤다.

이 여자 더 놀리다가 울겠다. 그만해야지.

"아, 농담도 못 해. 내가 누구야. 옷 만드는 회사 사장이잖아. 별걱정을 다 한다. 이쪽으로 와."

서후가 주방 뒤로 가더니 문을 열었다. 계단으로 이어졌고 아래로 내려가자 '딱' 소리가 났다. 갑자기 켜진 불로 인해 실내가 환하게 변했다.

"와우! 뭐예요? 멋져요."

"신상품들. 흔히 말하는 애기들."

"네?"

"여자들 그런다면서, 애기들 나왔다고."

"그런가? 명품들도 있네요. 흠. 아니 SnI 패션 사장께서 타사 상품을 이렇게 구입해서 사용해도 되는 거예요?"

하온은 잡화들이 진열된 곳들을 구경했다. 특히, 여자들의 로 망인 가방에 눈이 갔다. 가방은 명품들이 많았고, 신발도 세계적 인 디자이너의 것들이 많았다. 하물며 포장을 뜯지 않은 것들도 있었다.

"이봐요, 유하온 씨. 뭘 모르시네. 전자 회사 사장들은 자기 회 사 제품만 쓸 거 같아? 아니지. 그것만 쓴다고 발전이 있나? 절대 없어. 여러 회사의 제품을 쓰면서 어디가 좋은지 알아야 발전도 하지. 여기는 어떤 것이 좋더라. 여기는 이게 특히 좋더라."

서후가 하온의 몸을 쭉 살피더니 버건디색의 모직 코트를 꺼냈 다. 거기에 맞게 세트를 이루는 베이지 터틀넥 원피스를 꺼내 하 온의 몸에 댔다.

"여기. 참고로 속옷은 없어. 어쩌지?"

은근히 놀리고 있다. 하온은 순간 얼굴이 붉어졌다.

"이 원피스는 속옷 착용을 하지 않아도 되는 옷으로 나온 거야. 내가 이거 런웨이 때 갔었어. 이게 작년 F/W 주력 상품이라고 했 거든. 모델들은 거의 허벅지까지 오는데. 유하온 당신은 무릎까지 올 거야. 모델들은 힐을 신고 나보다 더 키가 큰 사람도 있더라. 그러니까 길이는 걱정 말고 입어도 돼. 그런데 가슴이 쫌⋯⋯."

하면서 서후는 하온의 가슴 크기를 가늠하며 눈으로 몸을 훑 어 내렸다. 그리고 턱에 손을 얹으며, 고민스럽다는 표정을 하고 고개를 갸우뚱거렸다.

"아악! 뭐야. 정말 이럴 거예요? 계속 놀릴 거예요? 가슴이 뭐요. 아, 뭐요? 네? 저 좀 봐요!"

말없이 계단을 오르는 서후의 뒤를 졸졸 따라가는 하온은 연신 큰 소리로 말했다. 무슨 남자가 이렇게 말이 많아지고 능글맞아졌지?

"정말 잠깐 보자고요!"

"얼마든지."

서후가 우뚝 멈춰서는 바람에 하온이 서후의 배에 얼굴을 제대로 부딪쳤다. 탄탄한 복근이 그대로 느껴졌다.

"욱!"

위에서 하온을 내려다보던 서후는 그녀의 얼굴을 감싸고 두 손으로 고개를 들게 했다. 그리고 계단에 앉아 하온을 무릎에 앉혔다. 하온을 뚫어지게 바라보는 눈빛이 반짝반짝 빛났다.

"봤잖아. 말해."

"흠. 네. 뭐……."

"막상 보면 할 말도 없으면서. 아, 갈아입혀 줄까?"

하온의 팔을 잡아 위로 향하게 한다.

"아니야. 아니, 꺄악~ 읍."

서후가 정말 옷을 벗기면 어쩌나 하는 생각은 이미 저만큼 던져 버렸다. 뜨거운 서후의 열기가 맞닿은 입술 사이로 고스란히 느껴졌다. 하온은 밀고 들어올 그의 혀를 은근히 기다리며 눈을 감고 입술을 벌렸다.

"하온아. 눈 감고 뭐 해? 자, 옷 갈아입어. 집에 가자."

입술만 부딪친 상태로 말하는 서후 때문에 심장이 두근댔다. 하지만 그뿐이었다. 키스할 타이밍 아니었나? 실망한 얼굴로 일어나는데, 서후가 웃었다.

"좋아. 인심 썼다."

서후가 하온을 다시 앉히고 두 볼을 감쌌다. 볼에 닿는 그의 손이 엄청나게 따뜻하다고 느끼는 순간, 더욱 따뜻한 입술이 다가왔다.

혹여 열 감기에 걸린 것은 아닐까 하는 착각이 들 정도로 엄청난 열기가 더해져 무척이나 뜨거웠다. 이번에는 입술을 가르고 그의 혀가 단박에 침범했다.

"으읍."

하온의 혀와 입술을 당기고 감고 훑으며 그의 열정적인 키스는 그렇게 한동안 계속되었다.

무형은 침대에서 내려오며 가운을 걸쳤다. 몸 이곳저곳에 상처가 유독 눈에 뜨였다. 침대 옆 커다란 일인용 의자에 앉아 수하의 보고를 듣는 그는 냉정하고 차갑고, 얼음장처럼 냉기가 흐르는 표정에 날카로운 눈빛을 하고 있었다. 그의 표정은 서후와 있었던 그때와는 사뭇 달랐다.

"전치 3주 나왔습니다."

"음."

무형은 다리를 꼬고 담배를 피우기 위해 테이블에 놓인 케이스를 열었다. 불을 붙이려고 라이터를 켜며 '계속해'라고 말했다.

"의자로 맞은 머리는 꿰매서 치료만 받으면 된다고 합니다."

"때린 이유가 뭐래?"

"네. 그게 한서후 사장님의 애인이 전에 만나던 여자였답니다. 문제는……."

"짧게 말해."

무형은 수하의 이야기를 듣는 내내 웃기도 하고, 미간을 찌푸리기도 했다. 뭐 그런 치졸한 녀석이 다 있어? 맞아도 싸구먼.

"그런데 그걸, 한재후 회장이 알았습니다."

화가 난 무형은 테이블 위에 있던 라이터를 집어 던졌다. 바닥에는 카펫이 깔려 있어 소리가 나지는 않았지만 그의 심기가 매우 상했다는 것은 알 수 있었다.

"어떻게 말이 새어 나갔는지 알아봐. 애들 쪽인지. 손님 쪽인지."

"네."

그날 서후가 온다고 했을 때, 다른 룸은 미리 내보냈어야 했다. 아니면 서후를 오지 못하게 했어야 했다.

"우리 중에 있으면 조용히 처리하고, 서후가 모르게."

"알겠습니다."

'재후 형님은 조용히 넘어가지 않을 텐데. 워낙 FM이라서 말이야.'

톡톡. 생각에 잠긴 무형이 손가락으로 가볍게 테이블을 두드리는 소리가 꽤 오랜 시간 방 안에서 울려 퍼졌다.

하온은 그가 챙겨준 옷을 입고 나왔다. 사이즈도 맞았다. 어느새 서후도 정장을 말끔하게 차려입고 나왔다.

"어디 가세요?"

"바래다준다니까?"

그렇게 입고 집에 데려다준다고?

"아, 저는 괜찮아요. 혼자 갈게요."

"됐어. 아까부터 말했잖아. 데려다준다고."

하온의 집으로 향하는 내내 서후는 그녀의 손을 놓지 않았다. 고작 집에 바래다주는데, 슈트 차림일 필요가 있나? 이렇게 멋진데, 다른 여자들 눈에도 그렇겠지? 흠, 근사한 미소까지.

어느덧 서후의 자동차가 하온의 집 앞에 멈춰 섰지만, 하온은 내리지 않고 서후를 빤히 쳐다보았다.

"약속 있으세요?"

"없다니까."

"거짓말 아니죠? 제가 집에 도착할 시간에 전화 드릴게요. 조심해서 가세요. 감사합니다."

"유하온."

"네?"

서후가 차에서 내리려는 하온을 붙잡았다.

"보통 사귀는 사람끼리는 감사하다는 말은 하지 않지. 다른 말로 해봐."

서후의 말처럼 하온은 다른 말을 생각하는지 바로 대답하지 않았다.

'뭐야. 그게 생각에 잠길 말이야? 아, 센스 없네. 사랑해. 그렇게 하면 될걸. 아, 정말……'

여직 고민하는 하온이 못내 답답한 서후는 저가 대신 알려줘야겠다 싶어 입을 열었다.

"저, 사랑……."

"한서후 사장!"

"야! 너 뭐라고 했어?"

"곧장 집으로 가세요. 행여나 한눈팔다가 걸리면 죽는다!"

하온은 손까지 흔들며 여유 있는 동작으로 내리다가 서후가 차에서 내리자 부리나케 도망쳤다.

"유하온! 너 이리 안 와?"

서후는 하온이 던진 폭탄 발언에 정신이 없다. 엉뚱한 여자라고 생각했지만, 가끔은 이렇게 넋을 놓게 했다.

"참 나. 왜 이렇게 귀여운 거야? 하. 참. 정말……."

그나저나 웃고 있을 시간이 없었다. 집에서 걸려왔던 윤 실장의 전화는 상당히 정중했었다.

[한 사장님, 윤강욱입니다. 회장님께서 찾으십니다. 서초 집무실로 오시랍니다.]

언제 올 수 있느냐도 아니고 오라는 명령이었다. 하온이 있어서 제대로 묻지도 못하고 전화를 끊었다.

운전을 하던 서후는 어느 빌라 앞에 도착하여 차를 주차했다. 그곳은 본가(本家)에서 어머니와 지내고 있는 재후가 가끔 일을 할 때 따로 사용하는 사무실이 있는 곳이었다. 집무실이라고 불리지만 회사는 아니고, 재후가 사적으로 사용하는 공간이었다.

"형은요?"

서후가 초인종을 누르자 강욱이 문을 열어주었다.

"서재에 계십니다."

"일요일까지 나오셨네요? 심한데? 집에서 쫓겨나요. 제가 대신 말해줄게요. 자기나 솔로지 윤 실장님은 아이도 있으신데."

서후가 웃으면서 강욱에게 농담을 건넸다. 강욱은 그저 웃기만 했다. 개인적인 이야기는 하지 않는 사람이다. 서후가 노크를 하고 문을 열자 고개도 들지 않고 앉아 있는, 그린색 셔츠 차림의 재후가 보였다.

"골프 치고 왔어?"

"……"

"급한 일이야?"

"……"

도대체 왜 저래? 아주 냉기가 뚝뚝 흐르네. 문을 닫고 안으로 들어가서 형의 맞은편에 앉았다. 여전히 고개도 들지 않는 형을 언제까지 기다려야 하나.

그때 휴대폰이 울렸다. 하온에게서 걸려온 것이었다. 이번에는 영상통화였다. 서후는 바로 받으며 목소리를 최대한 작게 냈다.

"여보세요. 나야……."

재후는 대한민국 상위 1%만 출입한다는 술집에서 서후가 정세 형과 몸싸움을 벌였다는 이야기를 듣게 되었다. 그런데 하필이면, 평소 서후를 못마땅하게 여기던 그룹 내 신진세력이 이를 목격했다고. 하나라도 치부를 찾으려 안달 난 사람들이 씹어대기 좋은 가십거리였다. 증권가 찌라시에 유용한 기삿거리가 될지도 모를 일이었다.

"한서후! 너…… 헉!"

재후는 생각을 정리하며 동생을 혼내려 말을 하려던 순간 서후가 하고 있는 행동에 넋을 잃고 말았다. 휴대폰을 무릎에 놓고 두 손을 머리에 올리고, 동시에 작은 소리로 '사랑해'라고 말하고 있었다.

"사랑해."

서후는 머리에 하트를 그리고 하온의 동작을 따라 했다. 저가 보이는 곳에서 애정표현을 안 한다고 툴툴거리던 서후를 위해 하온이 영상통화로 '사랑해요'라고 말하며 하트를 그려대니, 서후의 입가에 저절로 미소가 지어지며 이를 따라 한 것이다.

"사랑해. 하하."

"다 했냐?"

아주 깔끔하고 절도 있는 이 목소리의 정체는 바로 보나마나 앞에 있는 형인 한재후다.

'이런, 젠장!'

서후는 속으로 욕을 했다. 하온과 전화 통화를 하느라 형과 있다는 것을 잊었다. 잊을 것이 따로 있지. 나 참, 모양 빠지게…….

"하온아. 내가 조금 이따가 전화할게. 쉬고 있어."

팔짱을 끼고 책상에 엉덩이를 붙이고 앉은 재후는 서후를 한껏 노려보았다. 그동안 무게만 잡고, 독설을 날리고, 한 성질하고, 얼음이라 불리는 그런 동생이 이제는 한심하다 못해서 못나 보이기까지 했다. 사랑에 빠져서 머리 위에 하트나 그리는 남자라니.

"아, 저기, 내가, 뭐 좀 부탁했거든."

"음. 그래. 좋구나. 사랑하는 사람과 하트도 그리고. 이렇게 느긋한 한서후를 볼 때가 있네."

빈정대는 건지, 칭찬하는 건지. 재후의 말투는 변함없었지만, 눈빛은 날카로웠다.

"아, 말해줘야 알지. 내가 천재도 아니고 말이야. 요즘 자주 형한테 혼나는 거 같은데. 무슨 일이야?"

"정세형."

세형의 이름이 나오자 서후의 미간이 좁아졌다. 무형이 술집에서 일어난 일을 안 건가?

"누가 봤나? 거기, 룸이었는데?"

"너는 왜 그렇게 여유가 있어? 내가 조용하게 넘어가라고 했지? 그런 비즈니스 클럽에서 말썽을 일으킬 필요가 뭐가 있어? 그것도 아주 시끄럽게 작살을 냈더라."

"형이 작살이라는 말을 써? 우와……."

"한서후! 내가 지금 말장난이나 하자고 너를 불렀어? 무슨 대단한 사랑이기에 이렇게 요란하게 하나? 이성을 잃을 정도로 그래야 했어?"

"조용하게 끝내려고 했어. 나도 많이 참았어. 진짜 참다 참다 못 참아서……."

"말로 충분히 타일렀어야지. 내가 분명히 말했지. 너는 평범하지 않다고!"

"그땐 어쩔 수 없었어. 형이었어도 그랬을 거야."

"너한테 유하온이 뭔데?"

서후는 따지듯이 말하는 재후를 이해할 수가 없었다. 사랑하는 사람을 뭐냐고 물으면 대답을 어떻게 해야 하는 건가.

"왜 대답을 못 해? 지금, 감정에 치우쳐서 유 비서를 잠시 만나는 거냐? 잠깐 데리고 노는 거야?"

그 말에 서후가 일어나서 재후에게 다가갔다. 조금 전까지 웃고 있던 서후의 눈이 지금은 매섭고 사나운 눈빛으로 재후를 노려보았다. 재후가 하는 말에 속까지 울렁거렸다. 여자를 즐기는 사람이 아닌 형의 입에서 이런 말이 나오니 속이 뒤집혔다.

"내가 지금 무슨 생각이 들었는지 알아?"

재후는 대답 없이 동생 서후를 응시했다. 서후의 눈을 피할 이유가 없었으니까.

"형이 아니었으면, 한 대 칠 뻔했어."

더 이상 이곳에 있을 이유가 없다. 괜히 불려와 좋았던 기분을 다 망쳤다. 서후는 냉정하게 재후에게서 뒤돌아섰다.

"너도 내 말에 그렇다고 했으면 나한테 맞았을 거야."

문 앞에 멈춰 선 서후가 숨을 고르고 뒤돌았다. 웃음이 걸린 재후의 얼굴을 쏘아보았다.

"도대체 뭘 원해? 왜 불러서 기분을 망치느냐 말이야?"

"어떻게 알게 된 건지 나도 모르지만, 그룹 내에 너를 견제하는 사람들이 눈에 불을 켜고 있어. 이걸 걸고넘어질 거야. 각오하고 있어. 이 말 해주려고 불렀다."

형의 진심 어린 조언에 서후는 고개를 끄덕이곤, 방을 나갔다.

서후의 뒷모습을 보는 재후의 입가에 또다시 웃음이 어렸다. 재후는 서후가 진심으로 하온을 어떻게 생각하는지 확인하고 싶었다.

"꽤 진지하네, 녀석. 때렸으면 마무리나 잘하지……."

재후는 서후가 나간 곳을 보며 생각에 잠겼다. 이제 마무리만 잘하면 되는 건가 하는 생각에 골치가 아팠다.

하온은 서후와 영상통화를 하였다. 그는 어제오늘 아주 다른 사람이었다.

[사랑해.]

머리 위에 하트를 만들며 저와 같은 동작을 하는 그를 보며 엄청 크게 웃었다. 의자에 앉아서 두 다리를 번갈아 왔다 갔다 하며 까르륵 웃기도 했다.

"저도 사랑해요. 하하."

[사랑해. 하하.]

목소리는 작았지만, 그가 또 말했다. 하온은 '귀여워요'라고 말해주었다. 그러는 도중에 당황하는 서후의 모습이 보였다.

[다 했냐?]

어머! 회장님이다. 이런, 회장님…….

[하온아. 내가 조금 이따가 전화할게. 쉬고 있어.]

분명히 이따가 한다고 해놓고 그는 전화를 끊지 않았다.

아, 이러면 곤란한데. 엿듣게 되는데.

통화 종료 버튼을 눌렀다고 생각한 서후는 휴대폰을 대충 옆자리에 던져 두었다. 하지만 그것은 서후의 착각이었다. 전화기 버튼을 잘못 눌러 통화가 종료되지 않은 것이다. 전화기 너머의 소리는 크고 뚜렷하지는 않았지만 확실히 들리기는 했다. 중요한 이야기일 수도 있고, 사생활일 수도 있어서 하온은 전화기를 끄려 했다.

[정세형…….]

'정세형? 정세형을 때린 거야? 휴. 그래서 다친 거야?'

서후의 부은 손이 생각났다. 정세형이 또 얼마나 속을 긁었을지 안 봐도 비디오다. 작살? 그래. 그 성격에 작살냈겠지.

[말로 충분히 타일렀어야지. 내가 분명히 말했지. 너는 평범하지 않다고!]

평범하지 않은 사람. 그랬다. 그는 평범하지 않다. 그런 사람이 하트를 그려주고, 사랑한다고 말해주는데.

[너한테 유하온이 뭔데?]

갑자기, 느닷없이, 뜬금없는 이 질문에 하온은 잔뜩 긴장해서 귀를 쫑긋 세웠다. 말은 없고 잡음만 들렸다.

[왜 대답을 못 해? 지금, 감정에 치우쳐서 유 비서를 잠시 만나는 거냐? 잠깐 데리고 노는 거야?]

"헉! 회장님. 이런 질문을 하다니. 하아. 좀 심하다는 생각이 드네요. 잠깐 데리고 놀다니……."

대답은 한동안 이어지지 않았다. 하온은 진짜? 설마, 진짜? 전화기를 보며 침을 삼켰다. 건너편에서 들릴 말을 기대하며 기다리고 있었다. 하온은 쉽게 끄지 못하고 계속 전화를 붙들고 있는 자신이 한심했다.

하온은 전화기를 끄고 눈을 감아버렸다. 그가 대답을 했든, 안 했든, 못 했든, 상관없다. 잠깐 만나더라도 사랑한다는 것은 사실일 테니까.

다음 날. 회의실은 소란스러운 목소리로 인해서 정신이 없다. 우려했던 일이 현실이 되었다. 흘러나오는 목소리는 언성이 높아지고 있었다. 서후는 자신을 깔아 내리고 있는 이사들을 보며 입꼬리를 말아 올리고 있을 뿐이다.

"그룹 망신입니다. 주먹질을 하다니요. 때가 어느 땐데 사장이 주먹을 휘둘러서 말이 나옵니까? 그것도 술집에서."

"사람인데 술도 못 마십니까?"

빈정거리며 서후가 말했다.

"술 마신 걸 뭐라고 하는 것이 아니라. 사람을 때리고 다닌 게 문젭니다. 깡패도 아니고. 이번 인사 때, 이 문제는 이사회에서 걸고……."

"이런 걸로 인사까지는 심합니다."

"회장님께서 감싸주시니까……."

똑똑.

"죄송합니다. 늦었습니다."

늦게 들어온 남자에게 모두의 시선이 쏠렸다. 남자는 자리에 어울리지 않게 윙크까지 하며 자리에 착석했다.

그런 무형이 못마땅하여 잔뜩 인상을 쓰고 있는 재후의 얼굴이 눈에 들어왔다. 무형은 그것을 모르지 않았다. 자신은 고작 술집이나 경영하는 사람이고, 회의에 참석할 사람이 아니라는 눈빛이 다분하니까. 그래도 마음껏 들어올 수 있다는 것은 그만큼의 자격이 된다는 소리 아니겠는가. 무형이 가방에서 서류들을 꺼내면서 여유 있게 웃었다.

"저는 한서후 사장의 문제로 참석했습니다."

서후는 회의 시작 전 무형의 전화를 받았다. 자신의 가게에서 일어난 일이니, 마무리도 자신이 하게 해달라는 부탁이었다.

"네가 왜 나서. 내가 일으킨 일인데."

[이곳은 일반 술집과는 달라. 누가 와서 마시고 갔는지 비밀인데. 말이 새어 나간 것 자체가 나한테는 마이너스야. 그러니까 너는 아무 말도 하지 말고 있어.]

무형이 말한 것이 이거였나? 서후는 회의 내내 잠자코 있었다.

"하하. 저를 이상한 눈으로 보지는 말아주십시오. 함부로 이곳에 들어온 것은 아닙니다. 저도 주주로 참석했다는 것만 알아주십시오. 물론 제게 이사 직함이 있는 것은 아니지만, 제가 운영하는 곳에서 일어난 일이니, 책임은 제게도 있습니다."

지금 무형은 평소와 다름없이 슈트 차림으로 깔끔했지만, 약간의 변화가 있다면 매서운 눈빛을 가리기 위함인지 안경을 착용하고 있었고, 평소 즐겨 입는 검은색 슈트 대신 베이지와 골드가 섞인 밝은 색 계통의 옷을 입었다.

더군다나 웃고 있는 모습에서 절대로 어둡거나 차가운 모습은 보이지 않았다. 말투도 아주 정중했다.

"무슨 말을 하고자 하는 거요? 여기가 어딘 줄 알고 온 거야?"

백발에 가까운 머리색을 하고 줄무늬 감색 양복을 입은 남자가 무형에게 크게 소리쳤다. 옆에 자리를 잡고 있던 남자가 다가와서 무형에게 귓속말로 무어라 일러주자 씩 하고 한쪽 입꼬리를 올려 웃는다. 무형의 비서로 보였다. 아마, 소리친 남자의 관해서, 이름과 직위를 알려준 모양이다.

서후는 친구 녀석의 꿍꿍이가 궁금해 가만히 그의 행동을 지켜보았다. 그러면서도 평소 무형을 마뜩찮아 하는 재후의 눈치를 슬쩍 보았다.

재후는 입을 꾹 닫고 무형에게서 시선을 떼지 않고 있었다.

"제가 그날 한 사장님과 있었습니다. 거하게 대접하고 싶어서요. 제가 함께 마시다가 일이 일어났으니, 모든 책임은 제게 있습니다. 그래서 오늘 병원에 다녀왔고요. 다행히 잘 마무리가 됐습니다."

무형이 합의서로 보이는 각서를 내밀었다.

"사실, 이런 걸 보여 드리는 것이 무슨 소용 있겠습니까? 남자들이 술 마시다가 티격태격하기도 하는 거지."

클럽이라고 해도 사업하는 사람이 대부분이고 모든 것은 비밀리에 붙여지는 것이 원칙이다. 그것도 친구의 일이라서 더욱 빨리 진행한 것뿐이다.

"흠흠. 이봐요. 이건 한 사장의 자질 문제지! 말썽을 일으킨 것 아니요?"

"저는 참고로, 클럽을 여러 개 운영합니다. 이름은 다 다릅니다. 여기서 이름을 말할까요? 제가 말하는 이름 중에 한 번도 안 가본 클럽이 있다면 자질에 관해서 말해도 상관없습니다. 아미가, 제우스, 에로스, 헤라……."

무형이 읊어대는 이름을 듣고 사람들의 얼굴이 일그러졌다. 그도 그럴 것이 모두 한 번쯤 들어봤을 이름이다.

"저를 아시는 분도 있으실 텐데요. 하하. 가끔 아가씨 얼굴에 상처를 내서 합의금을 물어주신 분도 있으실 테고요. 제가 여기서 실명을 거론할까요? 그것은 조용히 넘어가면서 싸움 하나로 이러시는 건 아량들이 작으신 걸로 보입니다. 이건 자질 문제로 거론된다면……."

"그만합시다."

재후가 일어나면서 이 말만 남기고 회의실을 빠져나갔다. 어두운 얼굴이라서 아무도 그를 막지 않았다. 나머지 사람들은 무형을 노려보며 나갔고, 서후의 일은 더는 거론하지 않았다.

서후는 아직도 무형을 보며 놀란 눈을 하고 있었다.

"네가 말한 게 이거였어?"

"내가 하는 일은 비밀을 지키는 게 가장 중요해, 너 아닌, 대통령 할아버지가 와도 비밀이 가장 중요해. 누군가 일부러 흘렸나 봐. 미안하다."

무형은 안경을 벗어 내렸다. 말없이 나간 재후가 신경 쓰였다. 그는 한 번도 자신을 서후의 친구로 인정해 주지 않았다. 부모도 없는 깡패 친구라며 저를 싫어했다.

"재후 형님은 아직도 나를 싫어하시는군."

"형은 나도 못마땅하게 여겨."

"그걸 위로라고 하냐?"

"위로 아니야. 형 표정 못 봤어? 이런 걸로 말이 나온 내가 못마땅한 거야. 말없이 나가는 거 봐봐. 부드럽게 생겨서 고집은 왜 그렇게 센지 말이야."

재후는 무형과 서후가 어울리는 꼴은 싫어했었다. 그렇다고 서후가 비행청소년이었던 것은 아니었다. 모범생인 재후에 비해 좀 놀았던 반항아였을 뿐, 공부에 소홀한 학생은 아니었다.

무형은 서후가 부러웠다. 부자에 부모님과 형도 있는 모범생. 오히려 반항하는 것을 이해 못 할 정도였다.

서후는 재후에게 혼나면서도 무형과 어울렸다. 무형의 처지를 알고 유일하게 편견 없이 대해준 친구가 서후였다. 처음에 무형은 그런 서후가 싫었지만, 차츰 마음을 열며 둘도 없는 친구가 되었다.

"그런데 누군가 일부러 소문낸 거야?"

"네가 관련된 일인지는 모르겠지만, 누가 자꾸만 외부에 흘려서, 그건 알아보는 중이야."

"중간에 들어온 종업원인가? 그때 소리가 컸으니까. 아니면 정세형 그 자식인가?"

그날 무형이 밖에서 지키고 있었고, 그날 갔던 곳은 룸 형식의 술집이다. 별도의 홀이 없었다. 누가 왔다 갔는지 철저한 비밀이 보장이 되는 곳이다. 대화 도중 무형의 전화벨이 울렸다.

"응."

[정세형, 정확히 8주 나왔습니다.]

"음. 알았다."

전화를 끊은 무형이 서후를 향해서 웃으면서 말했다.

"그날 네가 혼낸 녀석은 이제 더는 안 나타날 거야. 돈을 두둑하게 챙겨줬거든."

"왜 맞고 나니까, 돈을 받는다고 해? 비겁한 자식. 역시, 돈 앞에는 장사 없나?"

무형에게 서후는 유일하게 믿는 친구이기 때문에 대신 혼내주었던 것이다. 서후가 구설수에 오르는 것이 싫었다.

서후가 진하를 시켜 알아보니, 세형이 퇴원했고, 다시 누군가에게 맞아서 입원했다고 말해주었다. 혹시, 때린 사람이 무형의 아랫사람이 아닌가 하는 생각이 들었다.

"너, 혹시……."

"응?"

"아니다."

서후가 무형을 향해 웃자, 무형은 '싱겁긴' 하며 덩달아 웃었다.

회장실로 들어온 재후는 표정이 부드럽지 않았다. 주주라고 들어온 무형이 어떻게 사업을 하고 재력을 얻게 되었는지 모르겠지만, 올바르게 일으킨 사업은 아닌 것은 분명할 것이다. 서후의 친구고 과거부터 알던 사람이지만 못마땅했다.

똑똑.

하온이 들어와서 재후 앞으로 차를 내려놓았다. 회의가 끝난 것은 알고 있는데, 먼저 나온 회장은 기분이 상당히 저조해 보였다.

"블루마운틴입니다. 향이 상당히 좋아요, 회장님."

커피를 즐겨 마시는 재후는 벌써부터 부드럽게 퍼지는 향기에 기분까지 풀어지는 것 같았다.

"기분을 이렇게 잘 맞추니, 우리 서후가 유 비서를 좋아하나?"

"네?"

"유 비서, 사무실 짐이 좀 많지? 오늘 중으로 짐 좀 다 챙겨요."

갑작스러운 명령에 하온은 눈을 동그랗게 뜨고 무슨 말인지 모르겠다는 표정으로 재후를 보았다.

10
질투의 화신

어제 하온은 퇴근이 늦어 만나지 못했고, 무형의 일로 여전히 재후도 냉랭했다. 또 율하는 유치원으로 출근하지 않겠다며 단식 투쟁을 벌여 급기야 쓰러졌다고 한다. 연락을 받고 서후는 병원으로 갔다.

"서후야, 우리 율하가 잘못한 것은 알지만, 그래도 유치원 파견은 심한 것 같다."

서일 메디컬센터 원장인 작은 아버지, 태윤은 서후를 보면서 사정했다. 율하의 단식으로 많이 놀란 것 같았다.

"그럼, 회사를 그만두라고 할까요?"

"서후야!"

"그런 말씀, 저한테는 안 통하는 거 아시지 않습니까?"

태윤은 제 조카를 노려보았다. 어찌 저리 융통성이라고는 없는지. 율하가 잘못했어도 사장으로서 봐줄 수 있는 문제 아니던가. 그러면서도 조카에게 함부로 하지 못하는 제 스스로에게도 화가 났다.

병실로 들어간 서후는 눈을 감고 침대에 누워 있는 율하를 보고 한숨을 쉬었다. 아직도 철없이 부모의 그늘에 있는 율하가 한심했다.

"한율하, 너 깨어 있는 거 알아. 네가 단식 투쟁해 봐야 몸 버리고 마음 상하는 건 네 가족과 너뿐이야. 정세형도 이미 회사 그만뒀어. 유하온은 나와 사귀고. 이러는 거 너만 손해라는 걸 왜 몰라? 나한테 동정심 따위 바란다면 오산이야. 너를 복귀시킬 거라는 생각도 버려. 그나마 휴가 처리가 가능할 때 출근해. 무단결근 길어지면 구제할 방법도 없으니까."

그는 조용하게 말하고 병실을 나왔다. 율하는 들었을 것이다.

서후는 운전하는 내내 기분이 좋지 않아 손에 힘을 주면서 화를 삭였다. 회사에 도착하자 로비에서부터 진하가 스케줄을 읊었다. 빡빡한 일정으로 머리가 다 아파왔다.

"조서예 비서는 아직인가?"

조 비서가 보이지 않았다. 아직 출근 전인가?

"사장님, 저기……."

"묻잖아. 지각이냐고? 출근한 지 얼마나 됐다고 지각이야? 아, 마음에 안 들어."

서후는 갑갑하게 느껴지는 넥타이를 끌어 내리고 사장실로 들어가면서 진하에게 소리쳤다.

"도대체 몇 번을 말해야 아나? 내가 지각을 얼마나 싫어하는지 몰라? 몇 번을 말해야……."

서후는 사장실 안에 있는 사람을 발견하고 놀란 표정을 감추지 못했다.

"안녕하세요, 사장님."

귀신을 보았을까? 못 볼 것을 본 것처럼, 서후는 재킷도 벗지 못하고 그대로 멈췄다.

"지금 환기시키는 중인데. 추울 수 있으니까 잠시만 옷을 입고 계셔주세요."

하온이었다. 그런데 그녀가 왜 여기에 있을까?

"어디서 명령을……."

뭐냐, 한서후. 목소리를 낸 거냐, 만 거냐?

"오늘부터 SnI 패션 사장실 비서를 맡게 된 유하온 대리입니다. 잘 부탁드립니다, 사장님."

그녀는 방긋 웃으며 자신을 소개하고 서후에게 재킷을 건네받아 구겨지지 않게 장에 걸어놓았다.

"형이 가라고 했어?"

"어제 짐 싸라고 하시던데요."

어제 재후는 하온에게 말했었다.

"서후의 비서로 가줬으면 해. 그 녀석이 화도 잘 내고 승부욕도 강하고 욕심도 많지만, 한 번도 나를 이기려고 한 적 없거든. 욕심이 많은 애가 왜 나에게는 승부욕이 발동하지 않을까. 심지어는 어려서부터 좋아했던 장난감도 양보했었어. 처음에 유 비서에게 고백하지 못한 것도 우리 둘 사이를 오해해 나랑 잘되라고 물러섰던 게 아닌가 싶어. 그래서 이번엔 내 차례 같아."

"멋진 분 같아요. '잘 부탁해, 유 비서' 하시는데. 동생에 대한 사랑이 넘치셨어요."

"정말 우리 형 좋아하는 거 아니야? 그건 안 될 일이잖아. 형제가 나란히."

"저, 나가보겠습니다."

말을 해서 무엇 하리. 또 저렇게 헛다리짚는데.

서후는 자리에 앉아 그녀와 책상을 번갈아 보았다. 신문이 가지런히 놓여 있고, 못 보던 파일이 있었다.

"잠깐. 이건 뭐야?"

서후가 파일을 들추며 하온에게 물었다.

"보고를 받으셨을지 모르겠는데, 이번에 발표된 금년도 컬러 트렌드입니다. 색이 조금 변했다고 하던데요."

서후의 인상이 대번에 변했다. 못 들었다는 소리다. 당장에 서후는 인터폰을 눌렀다.

"디자인 실장 불러."

수화기를 내려놓고 하온을 보는 그의 눈빛이 금세 풀어지며, 입가에는 미소가 번졌다. 하온은 여전히 딱딱하지만, 그러면 어떠랴. 이렇게 보기만 해도 좋았다.

"직접 오겠다고 하지는 않았어?"

"저는 이곳에 오고 싶지 않았습니다."

허, 이 여자 보게. 끝까지 저런다. 옆에서 얼굴 보며 지내면 더욱 좋다니까. 고집불통!

"그래. 알았어. 나가봐."

"하지만……."

화가 난 채 의자를 돌려 버린 서후가 하온의 말소리를 듣고 다시 몸을 돌렸다.

"막상 오고 나니까 좋아요. 음. 이런 기분이구나 싶은 게. 박하차 드릴까요?"

금세 기분이 풀어지는 서후였다. 이 여자 정말 고단수야. 서후가 고개를 끄덕였다. 하온은 서후가 가장 좋아하는 박하차를 내왔다. 그리고 잠시 후, 디자인 실장이 헐레벌떡 뛰어와서는 문 앞에 서서 옷매무새를 정리했다. 다소 긴장했는지 노크를 하고 들어가면서도 연신 혀를 내밀어 입술을 핥아댔다.

"디자인 실장 자리에 앉혀놓은 게, 나중에 당신 경력 사항 항

목 채우기 위해서는 아닌데 말이야. 어째서 그걸 빠뜨릴 수 있지? 내가 분명히 그거 파일로 만들어서 샘플링 하라고 했을 텐데."

"잘못했습니다."

"이것 봐. 지금 학교에서 학생이 혼나고 있나? 잘못했습니다? 잘 들어. 변경 전과 변경 후, 봄과 여름, 남성과 여성, 청소년과 성인 모두 분류해서 홈피에 자료 올리고, 페이스북에도 목록 줄줄이 올려서 모두 스크랩해서 북으로 만들어. 보기 편하게."

"네, 사장님."

"오늘 중으로 내 책상에 올려두고 퇴근하도록 하고, 이번 주 내로 샘플링한 것은 1층 로비에 전시해서 반응들 살피고. 가장 인기 있는 색상은 무엇인지 자체 조사도 해. 우리가 꼭 외국 취향에 따라갈 필요 있나?"

"알겠습니다, 사장님."

서후는 자신이 딱히 혼을 내는 것도 아니고 그저 시킬 일에 대해서만 말하고 있는데, 뭐가 그렇게 떨리는지 디자인 실장은 비 오듯 땀을 흘리고 있었다. 서후가 나가보라는 듯이 고개를 끄덕이자 그는 재빨리 사장실을 나왔다. 등은 흐르는 땀으로 축축했다. 아직까지 오싹한 기운에 머리카락이 쭈뼛거렸다.

"아, 저 물 좀 마실 수 있습니까?"

하온이 자신의 책상 아래에 있는 미니 냉장고에서 생수병을 꺼내 주자, 실장은 꿀꺽, 꿀꺽, 옆에서 보는 사람이 안타까울 정도로 벌컥벌컥 마셨다.

"무슨 땀을 그리 흘리세요?"

진하가 티슈를 꺼내서 통째로 주었다.

"아. 이곳은 사우나보다 뜨거운 곳이에요. 눈빛 온도가 100도야. 하하. 새로 온 비서분이시군요. 박세찬 디자인 실장입니다."

"유하온입니다."

세찬이 손을 내밀어 악수를 청했다. 물까지 주고, 전에 있는 비서보다 밝아 보여서 하온이 마음에 들었다. 그 순간.

쾅!

세차게 문이 열리며 문소리가 크게 들렸다. 그것은 단순히 문을 세게 열어서 난 것이 아니라, 주먹으로 세게 쳐서 난 것이었다. 그리고 그 문 앞에는 세찬의 손을 노려보고 있는 서후가 서 있었다. 마치, 당장에 내밀어진 손을 치우지 않으면 네 손목에 어떤 짓을 할지도 몰라 하는 눈빛이었다. 세찬은 침을 삼키고 조용히 손을 거둬들였다.

"아직 안 가고 뭐하고 있지?"

"물…… 좀 마시고 있…… 었습니다."

세찬은 소리에 놀라 하마터면 물을 뿜을 뻔했다. 물을 마시고 체한다는 말을 듣기만 했는데 정말 체한 것 같았다.

"디자인실은 물이 없나?"

"아, 아닙니다. 안녕히 계십시오."

서후는 헐레벌떡 뛰어가는 세찬을 노려보고 하온을 노려봤다.

"저는 화장실 다녀오겠습니다."

진하는 눈치껏 자리를 피했다. 하온은 그런 진하가 나가는 것을 신경 쓰지 못했다. 서후의 눈빛에 감히, 하온은 다른 곳을 볼 수 없었다.

"유하온, 잘 들어. 아무에게나 웃지 말고, 아무하고 악수도 하지 마. 알았어?"

"어머나, 그런 억지가……."

"나는 눈이 돌아가게 생겼는데. 농담이 나오네."

저벅저벅 다가오는 서후의 행동에 하온은 모든 동작을 멈췄다. 하온은 그가 다가와 할 행동을 상상하기 시작했다.

1번, 화만 내고 만다. 2번, 포옹하고 만다. 3번, 키스한다. 어머나! 무슨 생각이야. 여기는 사무실이고 저 공간은 유리로 되어 있어서 뻥 뚫려 있는데. 누군가 지나간다면 다 보일 텐데……. 흐 흐흐.

하온은 저도 모르게 침을 꼴깍 삼켰다. 서후의 눈빛에 얼굴이 타들어갈 것처럼 달아올랐다. 아까 디자인 실장이 물을 벌컥벌컥 마신 이유가 무엇인지 이해할 수 있었다.

서후가 고개를 숙여 눈높이를 맞추고 얼굴을 더욱 가까이 하며 쳐다보다 눈빛처럼 따뜻한 손으로 하온의 볼을 감싸고는 가볍게 이마에 입을 맞췄다.

"아침부터 화나게 하고 있어."

가만있어 보자, 이건 몇 번인가. 화를 내다 말았고, 키스를 이 마에 했으니까. 에잇! 꽝이다, 꽝!

"꽝!"

서후는 혼자서 '꽝'이라고 소리치는 하온을 돌아보았다.

새로 오픈할 매장 시찰 문제로 진하를 부르려다가 하온이 웃으 며 세찬과 대화하는 모습에 순간 눈이 도는 줄 알았다. 세찬을 얼른 돌려보내고 그녀에게 경고하려는데, 눈을 동그랗게 하고 저 를 쳐다보는 눈빛이 너무나 사랑스러워 다른 말을 하지 못한 것이 다.

그냥 가볍게 이마에 입술만 대는 것으로 마무리했다. 곧 진하 가 들어올 것이다. 저 앞에서 눈치를 보며 머뭇거리고 있는 그림 자는 분명 채진하 실장이 맞을 것이다. 이곳은 막혀 있는 공간도 아니고 유리로 되어 있어서 기회를 놓쳤다.

"유하온. 아쉬워? 나는 지금 당장에 채 실장을 멀리 파견이라 도 보내고 싶어."

하온은 무슨 말인지 모르는 듯했다. 서후는 유리문을 열어서 소리를 냅다 질렀다.

"채 실장! 새로 오픈한다는 매장, 시간 안 늦어?"

"아. 예예. 저는 준비됐습니다. 가시죠."

엘리베이터 홀에 숨어서 그들을 살피고 있었나 보다. 진하는 지금 막 뛰어온 것처럼 연기하며 숨을 헐떡거리기까지 했다. 서후는 옷을 가지러 사장실로 들어가려고 했다. 그런데 어느 순간 하온이 겉옷을 챙겨 나오며 입기 좋게 옷을 벌려주었다.

뭐야. 동작 빠른데?

서후는 입이 찢어질 정도로 기분이 좋았지만, 입술이 벌어지는 것을 막기 위해 힘을 주었다. 이래봬도 한 카리스마 하는 사람인데. 채 실장이 보고 있는데. 단번에 헤벌쭉 웃을 수 없어서, 좋아서 미치기 일보 직전이면서도 서후는 간신히 웃음을 참아냈다.

하.지.만.

"푸흡."

결국은 소리가 밖으로 새어 나왔다. 아닌 척 해봐도, 아닌 척 입을 주먹으로 막아봐도, 얼굴이 새빨갛게 변해서 진하는 금세 알 수 있었다. 간만에 회사에서 기분이 좋은 모습의 사장을 보니, 덩달아 진하도 기분이 좋아졌다. 하온 덕분에 조금은 편한 생활을 할 수 있으려나? 하는 괜한 기대감이 마구 솟아났다.

"점심은 같이 먹자. 맛있는 거 생각해 봐."

"네. 다녀오십시오. 운전 조심하시고요."

"거, 굉장히 사무적이네. 쯧."

싫은 내색을 해도 하온은 정중하게 인사를 했다. 서후는 출장도 없고, 회의 같은 것도 없이 그저 한 사무실에서 일만 했으면 좋겠다고 생각했다.

"가기 싫다."

"네?"

진하는 혼잣말을 하는 사장을 보며 고개를 흔들었다.

잘못 들었나? 가기 싫다니. 새로 오픈하면 실컷 깨고 와야 속이 후련한 사람이. 오호, 이것도 유하온 효과인가?

하온은 혼자 있는 동안 SnI 패션 임원실을 다니며 인사를 했다. 하온의 경우는 회사를 옮긴 것이라서 아는 사람이 거의 없었다. 다행인 것은 회장실에 있었기 때문에 모든 사람과 그나마 조금씩 안면이 있었다는 점이다.

"언니, 점심 안 먹어요?"

애교가 많은 전무 비서 지윤이 일부러 함께 가자고 온 것 같다. 하온은 시계를 보고 고개를 끄덕였다. 아직 도착하지 않은 걸 보니 점심을 그와 함께할 수 없을 것 같았다. 먼저 가야 하나? 괜히 시간이 넘어가는 것보다 낫지. 직원 식당에 사람이 넘쳐 나기 전에 먹고 오는 것이 낫겠다는 생각이 들었다.

하온이 식판을 들고 서 있자 영양사가 다가왔다.

"안녕하세요."

"안녕하세요. 오랜만에 오신 것 같아요."

오래간만에 보는 얼굴이라서 하온이 인사하자 그녀도 알고 있었는지 반갑게 인사한다.

"어머머, 어쩐지 전부터 이상하다고 생각했어. 이제 보니 알겠다. 언니랑 닮았다."

"응?"

"조금 전 영양사요. 두 분 닮았어요."

"무슨 소리야. 어디가 닮아? 키도 내가 크고……."

"키 하고, 덩치만 다르지 생김새는 언니와 닮았어요. 내가 여기 오면 항상 느꼈거든. 이상하다 그랬는데. 그거였어. 닮은 거."

하온은 그 말을 듣고 지나간 영양사를 계속 쳐다보았다. 그녀는 수수하고 어딘가 우수에 찬 모습이다. 어디가 닮았다는 소리야. 하나도 안 닮았는데. 그런데 덩치? 쳇. 그래 너는 날씬하지? 흠! 오늘 밥은 반만 먹어야겠다. 하온은 식판에 평소 먹는 양에 반을 덜어냈다.

"언니, 그걸로 돼요? 사장님 심부름도 꽤 시키신다고 하던데. 그러다가 쓰러져요."

너, 은근히 디스하는 거니?

"괜찮아. 가능해."

배가 하나도 부르지 않았다. 평소보다 조금 먹어 포만감이 없으니 괜히 기운이 빠지는 것 같았다. 대신 차를 많이 마시기로 했다.

"웬일이성?"

오빠 성온에게 전화가 걸려왔다.

[내 자동차.]

하온은 인상을 팍 썼다.

"자동차? 나 타라고 했잖아. 도로 뺏어가? 그런 게 어디 있어?"

[필요해서 그렇다. 사랑하는 동생아.]

"치사빤스. 유치한 남자. 맨입으로?"

입을 삐쭉 내밀면서 불만 섞인 음성으로 말했다. 자동차 키를 가지러 온다는 성온에게 다른 어떤 것을 요구할까 생각 중이었다.

[이 오빠가 말이야. 너를 위해서 뽀뽀해 줄 수는 없고……]

"그런, 더러운 소리 좀 하지 마."

[먹고 싶은 거라도 있어? 입안에서 샤르르 녹는 소프트한 아이스크림? 아니면 말캉말캉한 마시멜로. 야들야들하고 탱탱한 젤리?]

"히히. 아이고, 뭐야. 별소리를 다해."

[이거, 한 사장한테 써봐. 훅 간다. 얼굴 빨개지고.]

"그런 걸 알려주고, 미쳤어!"

[하하. 다음 회가 둘이서 데이트 하는 씬이라서. 어때? 어, 나 곧 도착해. 동생아, 로비로 나와.]

순간 오빠의 옷차림이 걱정되었다. 추리닝을 입고 다니는 성온이, 오늘도 그렇게 입고 오는 것은 아닌가 하고 말이다. 머리도 안 감고 나타난다면 조금은 창피할 것 같았다.

"지금 뭐 입고 있어?"

[옷. 옷 입었지. 너는 여자애가 못 하는 소리가 없냐. 내가 뻘거 벗고 있을까 봐?]

"차라리 벗고 다녀. 그게 덜 창피해. 멀리서 봤는데 거지 같으면, 차 키 바닥에 던지고 그냥 올라올 거야. 알았어?"

[크크큭. 오냐.]

자리에 앉아서 주거니 받거니 통화를 하다 보니 시간 가는 줄 몰랐다. 통화를 듣고 있는 사람이 있다는 것도 모른 채.

"벌써 왔어? 알았어. 내려갈…… 헉!"

목을 돌리고 일어난 하온은 문을 보고 깜짝 놀랐다. 언제 왔는지 서후가 서 있었다. 뒤에는 또 다른 사람이 있었다.

"와우. 사내 커플이시군요?"

강서준이다. 강 PD. 서후는 별말 없이 안으로 들어가고 있었다.

"커피로 두 잔."

이런, 또 심기가 상했나 보다. 말이 간단한 것을 보니 화가 난 것이 분명했다.

하온은 커피를 준비하면서 길게 한숨을 내쉬었다. 먼저, 기다리고 있을 오빠한테 조금 늦게 내려갈 수 있을 거 같다고 문자를 남겼다. 그러고 나서 하온은 사장실 문에 노크하고 안으로 들어갔다. 둘은 회의 테이블에 앉아서 자료를 살피고 있었다. 하온은 커피를 내려놓고 인사 후에 바로 돌아섰다.

"점심 함께하려고 왔었는데, 자리에 없더라고요."

서준이 하온에게 말을 걸자 서후의 표정이 급속도로 어두워졌다.

"전에 따로 만난 적이 있습니다. 단둘이. 한 사장님께는 말씀 안 드렸나 봐요?"

서준은 굳이 단둘이 봤다는 말을 강조했다. 하온은 서준의 말에 사색이 되었다. 얼핏 들으면 약속이라도 잡고 만난 것처럼 들리는, 오해의 소지가 있는 말이었다.

"저, 말을 그렇게 하시면……."

서준이 저렇게 말하는 것이 조금은 얄미워 하온은 그를 노려보았다.

"됐어. 나가 봐."

저기압으로 보이는 서후의 모습 때문에 하온은 마음이 불편했지만, 허리를 숙여 인사하고 밖으로 나갔다.

서준은 카트장에서 봤던 서후의 다혈질 기색이 나올 거라 예상했으나, 서후가 별 반응이 없자 조금은 민망했다. 까칠한 모습의 서후를 보면 하온이 또 실망할 거로 생각했는데. 괜히 어색한 웃음을 지으며 머리를 긁적거렸다.

"하하. 전에 오빠 심부름 왔더라고요."

서후는 서준의 행동이 상당히 못마땅했고 화가 났지만 전부터 맹세했던 것, 하온의 이야기를 듣지 않고 오해부터 하지 않겠다는 생각은 변함없기 때문에 지금 당장은 화를 삼키고, 한참 동안 서준을 보았다.

'무슨 일로 찾아온 것일까?'

한시도 손을 가만히 두지 않고 긴장한 모습이 역력했다.

"새롭게 미니시리즈가 들어가는데, 그 작품 작가님 동생이 지금 저분이세요. 유하온 씨. 이건 사실 비밀인데."

"아. 네. 그렇군요."

서후는 표정에 별다른 변화를 주지 않았다. 솔직히 속으로는 작가라는 말에 놀랐다. 서준이 가져온 작가 프로필을 보니 하온의 오빠 이름이 아니어서, 성별도 여자로 되어 있어 더 성온과 연관을 짓지 못했던 것이다. 그리고 서후는 애초에 성온의 직업을 모르고 있었지만 대꾸하지 않았다. 비밀인데 말하는 이유가 무엇인지 궁금했다.

"이번에 기획 단계부터 제작비 지원에 차질이 조금 있어서요. 주인공이 패션 디자이너인데, 종합적으로 패션에 관한 모든 것을 한 사장님께서 도움을, 음, SnI 패션 협찬이 필요해서 뵙자고 했습니다."

"작가님도 압니까? PD가 비밀을 말하면서 협찬을 직접 요구하고 다닌다는 걸 말입니다. 하나만 물어봅시다. 작가의 부탁입니까?"

서준은 난감했다. 성온은 관련이 없다. 작가가 제작에 무슨 참여를 하겠는가. 연줄이 닿고 있으니, 성온의 여동생 하온과 사귀고 있는 한서후 사장을 약간 이용하려고 했던 것뿐이다.

"대답을 못 하네요."

"흠. 네. 작가와는 상관없습니다."

"그렇다면 나도 할 말이 없네요. 이건 그냥 두고 가요. 협찬 건은 홍보실에서 결정하는데, 함께 살펴보고 결정하죠. 혼자 결정할 문제는 아니니까. 오늘 점심으로 지난번 약속은 지켰으니 앞으로 따로 보는 일은 없도록 합시다."

서후가 먼저 자리에서 일어났다. 오랜 시간을 끌 이유가 없었다.

"아, 한 가지만 묻죠. 오늘, 이 일로 보자고 했나요?"

"꼭, 일 때문에 온 건 아닙니다."

서후가 느낀 것은 맞았다. 일만 하러 온 것은 아니다. 하온에게 사심이 있는 것은 맞다는 소리다.

"저는……."

"잘 가요. 더는 보는 일 없었으면 좋겠습니다."

서후가 손을 내밀어 악수를 청했다. 그를 똑바로 보면서, 볼일 없으니 더는 들어줄 말도 없다는 생각에 말을 끊었다.

서준은 잘못 생각했음을 알았다. 괜히 이미지만 나빠졌다. 둘은 가볍게 악수로 마무리했다.

"참, 강서준 감독. 남을 이용해서 뭘 얻을 생각은 버려요. 그리고 나가면서 앞만 보고 나가. 주변 둘러보지 말고."

앞만 보고 나가라는 말의 뜻은 사장실을 벗어나서야 알게 되었다. 옆쪽에 하온의 데스크가 있었기 때문이다. 일어나서 인사하는 하온을 보고 서준도 인사했다.

"잘 있어요."

'풋! 참, 그 말이었어? 한서후 사장 대단해!'

하온은 서준이 가고 나서 바로 잔을 치우러 안으로 들어갔다. 서후는 자리에서 무엇을 보고 있는지 고개를 숙이고 있었다. 잔을 치우려고 보니 서후의 잔은 입도 대지 않았다.

"누가 온대?"

역시 전화 통화를 들은 게 분명해.

"네. 오빠요."

"오빠? 그럼, 내려갔다 와."

"괜찮아요. 기다리라고 했어요."

"언제까지 기다리라고 할 건데? 차라리, 올라…… 아, 곧 회의다. 다음에 시간 되면 술이나 한잔하자고 전해줘."

"네. 그럴게요."

이제야 얼굴을 본다. 왜 저렇게 차갑게 쳐다보지? 서후는 정말 냉정한 눈빛이었다.

"저기…… 기분 안 좋아요?"

"아니야. 다녀와."

그러더니 고개를 숙인다. 하온은 저절로 쉬어지는 한숨에 가슴까지 답답했다.

로비에 내려온 하온은 주위를 두리번거렸지만 어디에도 오빠의 모습은 보이지 않았다.

"갔나?"

"워!"

"오우! 깜짝이야!"

뒤에서 누군가 등을 툭 쳤다. 하온이 놀라서 쳐다보자 성온이 특유의 미소를 지으며 웃고 있었다. 정말 오빠가 맞나 싶었다. 성온은 깔끔한 비즈니스 정장에 새하얀 셔츠를 입고 나타났다. 머리는 방금 감아서 빗질까지 했는지 말끔히 넘겼고, 구두는 거울처럼 닦아서 파리가 낙상할 정도로 반들거렸다.

"오올. 오빠 맞아? 어디 선 보러 가니?"

"이 녀~ 어석이 놀리고 있네. 여기 선물. 아이스크림은 녹아서 먹었다."

성온이 건네주는 것을 받고도 하온은 여전히 놀란 눈을 하고 있었다.

"그럼 혹시…… 데이트?"

"동생아, 내가 지금 조금 바빠. 나중에 대화하자."

"뭐야. 저기, 사장님이 나중에 함께 한잔 마시자고 하던데. 오빠? 듣고 있어?"

바쁜 걸음으로 로비를 나가는 성온의 뒤에 대고 소리쳤다. 성온은 지하 주차장으로 향하며 '오냐' 한마디 하고 가버렸다.

"아차차! 차에 물건! 오빠! 같이 가!"

하온이 그렇게 말하며 성온의 뒤를 따라가니 곧바로 성온이 하온의 어깨를 감쌌다. 하온이 성온의 팔을 재빨리 쳐 내면서 노려보자 성온이 쿡쿡대며 웃었다.

성온은 물건을 내려주고 바로 출발했고, 하온은 사무실에 오자마자 성온이 건네준 것을 뜯어보니, 안에는 정말 단것들만 있었다. 하온은 당장에 서후에게 가져다주기 위해 사장실에 노크했다.

"응. 들어와."

문을 열자 그는 긴 회의로 많이 뻐근했던 목을 이리저리 돌리며 풀고 있었다.

"왜?"

"아, 저기, 이런 거 좋아하세요?"

하온이 내민 예쁜 접시에 사탕과 초콜릿, 캐러멜 등이 있었다.

"나 원래 단 거 안 좋아하는데."

"하. 멋없어."

하온이 초콜릿을 집어 껍질을 깠다. 아주 느릿느릿. 서후는 하온이 뭘 하나 지켜보며 목을 주무르고 있었다.

"달콤해서 입에서 살살 녹아요. 자요. 두(doux)."

'두[doux]'는 불어로 여러 가지 뜻이 있는데, 하온은 DOUX(와인을 이용한 달콤한 초콜릿)의 상표를 보고, 못하는 불어지만 '두'라는 뜻만 겨우 알아내고 사용했다. 두(doux:du)는 '친절한'이라는 뜻도 있다. 서후는 입으로 초콜릿을 받아먹으며 하온에게 다가왔다.

"유하온."

하온도 모르게 침이 넘어갔다. 뭐야. 긴장되게.

"Tenir de doux propos, murmure de l'amour mielleux."

서후는 유창한 불어로 무어라고 말을 했지만, 하온은 전혀 알아듣지 못했다. 단어만 중간중간 겨우 알아들을 수 있었다.

"뭐라니?"

"aimer les chatterie. 달콤한 것을 좋아해."

하온이 알아듣지 못하자, 이번에는 동시에 통역도 해주는 서후였다.

"언제는 싫다면서요."

"유하온의 달콤함은 좋아해."

하면서, 바로 입술을 겹쳤다. 입안에 달콤한 초콜릿 향이 전해졌다. 쌉싸름한 와인 향과 함께······.

회사라는 것도 잊고 열정적인 키스가 오랜 시간 이어졌다. 밖에 진하가 있다는 것도 잊은 채. 이상하게 생각할 텐데. 하온은 불안한 마음에 서후를 밀어냈다.

"하아······. 이상하게 볼 거예요."

"이상한 눈초리면 그냥 사실대로 말해. 숨길 필요 없어. 채 실장은 이미 눈치챘을걸? 뭐가 걱정이야?"

서후는 한결 부드러운 얼굴이었다. 키스 한 번으로 풀어진 건가?

"저기, 그 사람과는 오해 마요. 오빠 심부름 갔다가 만난 거예요. 그 사람이 PD인 줄도 몰랐고, 우연히 만난 건데 아까 이상하게 말한 거예요. 정말 이상한 사람이야. 그걸로 화났죠?"

하온이 먼저 오버하면서 말했다.

"오해 같은 거 안 한다니까. 그 사람이 뭐라고 해도 네 말을 먼저 들을 거야."

"와, 그런데 그렇게 인상을 쓰고. 정말 눈빛에 타들어가는 줄 알고. 아, 조금 전에 불어 무슨 뜻이에요?"

"뜻? 서로 사랑을 속삭이자. 달콤하게 사랑을 나누자. 밀회도 좋고⋯⋯."

'밀회도 좋고' 이 말은 서후 생각이다. 사랑하니까, 얼굴만 봐도 좋으니까. 아니, 얼굴만 봐도 몸이 반응한다고 해야 옳을 것이다. 미쳤나? 병원에 가봐야 하는 것은 아닌지 고려해 볼 문제다.

"어머! 누가 듣기라도 하면 어떻게 하려고 그래요. 흠. 이건 두고두고 드세요. 저는 이만."

"나도 그렇게 말해줘. 아까 전화로는 아주 애교가 넘치더라. 나한테도 해줘."

서후가 다시 자리에 앉으면서 말했다. 전화 통화 내내 콧소리를 내는 하온의 모습에 처음에는 화가 나 당장에 전화를 끊어버리게 하고 싶었고, 상대가 성온인 것을 알았을 때는 무척이나 부러웠다.

서후는 그냥 넘어갈 수 없었다. 오빠와 다정하게 말하는 것처럼 자신에게도 그렇게 하라고. 다정한 목소리, 애교 있는 말투와 언어로 말해달라고 부탁이라도 하고 싶었다.

하온은 잊기 전에 티슈로 서후의 입술을 닦아주면서, 그건 또 무슨 뜻인가 생각해 보았다.

"오빠랑 전화할 땐 애교가 철철 넘치면서. 나한테는 왜 그러냐? 사무적으로 말하고."

"제가요?"

"조금 서운하던데. 전화 목소리가 나와 대화할 때랑 달라서."

"하, 별걸 다 서운해하시네요. 그런데 오빠가 애교가 많은 거지, 제가 많은 게 아니에요. 어떻게 혼자서 그런 대화가 나오겠어요."

"오빠가 애교가 많아?"

"어디, 애교뿐인가요? 그러니까 남다른 직업을……."

오빠가 비밀로 하고 싶은 것은 바로, 직업이다. 일이 있었기 때문에 하온이 밝힐 수 없었다. 그래도 서후에게는 말해야 했다.

"오빠는 글을 쓰는 직업이라서 조금 남달라요."

"응. 알아. 강서준이 와서 대충 알았어."

"그 사람이 그래요? 와, 친구처럼 지낸다고 하던데. 오늘 일 때문에 온 거 아닌가요?"

"내가 볼 땐 사심이 반, 일이 반이었어. 그 사람에 관해서 말하지 마. 우리 오늘 저녁 먹고 집에 갈래? 줄 것도 있고."

"저도 드릴 게 있기는 한데. 아, 짐이 좀 많아서, 어디 다니기는 좀 그런데."

곤란한 표정을 하며 하온은 어떻게 할까 고민했다. 나중에 가져가면 이곳이 지저분해진다. 회장실에서 사용하던 짐들이 제법 있었다.

"오늘 자동차를 오빠가 다시 가져갔거든요."

"뭔 걱정이야. 내 차에 일단 실어놔."

서후가 초콜릿을 한 개 까서 입에 넣고 혀로 굴려 살살 녹인다. 그러더니 씩 웃었다.

"또?"

조금 전에 했던 키스가 생각나서, 하온의 얼굴이 붉어졌다.

한편 진하는 하온이 준 초콜릿과 캐러멜을 먹으면서, 사장실을 힐끗대며 혼자 구시렁거렸다.

"오전에는 그렇게 매장을 깨더니 회의 때는 또 집중을 못하고 말이야. 참 나, 사랑을 하면 저렇게 되나? 나도 하고 싶다, 사랑."

* ❄ *

오랜만에 보는 얼굴인데 반갑지도 않은지 항상 저런 표정으로 대하는 시은을 보면서 눈이 저절로 찡그려지는 재후였다. 누가 보면 업무상 만나는 사람으로 알 것이다. 그들은 항상 그래왔다. 적당한 거리에서 만나고 변변한 표현 한번 없어도 불만이 없었다.

"밖에서 만나자고 했잖아."

재후가 식탁에 앉아서 투덜거려도 그녀는 분주하게 움직일 뿐 뒤를 돌아보지 않았다. 과일을 들고 온 그를 보며 웃어주는 게 전부였고, 겉옷을 받아서 잘 걸어주고, 셔츠 차림으로 앉게 하더니 움직이지 못하게 했다.

"도와줄까?"

"다 했어요. 쉽다니까요."

대답을 해도 아주 간단하게 했다. 못내 아쉬운지 고개만 갸우뚱거리며 맛을 봤다. 그러면서 국물을 한 술 떠서 재후에게 맛을 보라며 가져왔다. 그녀의 얼굴을 보며 재후가 입을 내밀었다.

"앗! 뜨거워!"

"어머! 어떡해!"

탁! 숟가락을 식탁에 세게 놓고 티슈에 물을 묻혀 바로 갖고 온 그녀는 재후의 입가에 차가운 티슈를 눌러주며 걱정 어린 시선으로 바라보았다. 입술을 누르던 손을 잡고 재후가 자리에 앉혔다.

"이제야 얼굴을 본다."

"일부러 그랬어요?"

"오자마자 밥한다고 주방에서 이러고 있잖아. 밥해 먹으려고 만나? 내가 굶어?"

재후가 불만을 말하자 시은이 살며시 웃었다.

이시은. 그녀는 재후와 인연이 깊다고 볼 수 있다. 그녀는 가족이 없다. 오래전에 자살한 하나뿐인 언니가 유일한 가족이었고,

언니가 죽고 나서 그녀도 삶을 포기하려고 했던 그 순간, 그가 나타나서 후견인 노릇을 해주었다. 그가 아니었으면 지금 자신도 어떻게 됐을지 모르기 때문에 그는 생명의 은인이나 마찬가지이고, 인연을 놓을 수 없는 사람이다. 후원해 준 서일그룹 덕분에 대학까지 무사히 나올 수 있었다. 그것이 모두 재후 덕분이었다.

가슴앓이를 한 것이 칠 년이고, 그 뒤로 재후 곁에 있던 것이 삼 년. 십 년을 그와 있었다. 재후가 시연에게 연인이 되어달라고 고백했던 날은 그녀가 한 외식업체 영양사로 입사한 날이었다. 또 지금은 옆에 있으라며 서일그룹 사내식당 영양사로 입사시켜 주었다. 하지만 그녀가 한 것은 오롯이 아픈 사랑뿐이다. 이제는 그것을 끝내려 한다.

"식사해요. 우리가 할 건 그것뿐인데."

"뭐?"

"부대찌개. 이거 기억나요? 제가 열일곱 살 때, 재후 씨는 대학을 졸업하고 유학을 앞두고 있었죠. 재후 씨가 후원하던 우리 고아원에 위로 방문 온 그날, 메뉴가 이거였어요. 애들은 햄이랑 소시지가 좋은데 메뉴를 바꾼다는 말에 울었죠. 회장님 자제분들 때문에 신선한 웰빙식 위주로 바꿔야 한다고. 그때 애들이 얼마나 울먹이던지……."

재후뿐 아니라 시은도 이런 말을 하는 자신을 이해할 수 없었다. 밥 먹자고 집에 초대해 놓고, 왜 이런 청승을 떨고 있나 싶었다. 이렇게 이별을 고하면 아름답게 보이는 것도 아닌데 말이다.

"그때, 재후 씨가 짠! 하고 나타나서 그랬죠. '나도 그거 좋아하는데. 우리 같이 먹자' 애들이 엄청 좋아했어요. 그런데 그러고 나서 집에 갈 때, 원장 선생님이 저에게 소화제 사 오라고 했었죠. 재후 씨 거요."

"무슨 말을 하고 싶은 거야?"

"그런 분이라고요. 소화가 안 돼도 먹어주고, 친절을 베푸는 남자가 한재후, 한재후 회장님이라고요. 저, 오늘 그만하자고 불렀어요."

상당히 담담하게 말하지만, 그녀의 눈은 슬픔이 가득했다.

"장난하고 있어. 이시은을 알고 지낸 게 십 년인데. 처음이네, 화나게 하는 거."

재후는 화를 내는 사람은 아니다. 화가 나도 잘 참고 조용히 넘기는 그런 사람이다.

"요즘 선 보고 다니는 거 알아요. 옆에 있으면 걸림돌이 될 거야."

"그래. 그렇더라, 걸림돌."

시은의 눈동자가 흔들렸다. 먼저 이별을 말한 것은 자신이지만, 막상 재후가 저렇게 말하니 충격이었다. 가슴에 바윗덩이가 눌린 기분이라 앉아 있을 수가 없었다. 이런 분위기에 맞지 않지만, 시은은 싱크대로 가서 찌개의 불을 줄이며 아무렇지 않게 행동했다.

"아, 이거 다 졸았다."

"걸림돌인 줄 알고 파내려고 했는데 자세히 보니 다이아몬드 원석이었어. 사람들은 다듬지 않아서 그 광물이 다이아몬드인지 몰라. 그런데 나는 알잖아. 아까워서 나만 보려고 했는데. 시은아, 이제 너 안 숨길게. 이제는 밖에 자랑하고 싶어."

재후가 점점 다가왔다. 시은은 뒤를 돌아보지 않아도 알 수 있었다. 등 뒤에서 느껴지는 숨결에 숨을 쉴 수 없었다. 목덜미로 느껴지는 그의 입술에 전기에 감전된 느낌이다. 눈물이 왈칵 쏟아졌다.

"다시는 그런 말 하지 마."

시은은 말을 하지 못했다. 재후가 시은의 얼굴을 돌려 볼을 감싸고 그대로 그녀의 입술을 입으로 막아버렸기에.

"뭐가 이렇게 많아?"

"타요 친구들이요. 로기, 라니, 가니, 씨투, 아, 하하. 귀엽다."

서후는 정말 장식장 중앙을 비워두었다. 그곳에 세워둔 다섯 대의 장난감을 보니 하온은 웃음이 나왔다. 서후는 결코 기분이 좋아 보이지 않았다. 아주 아끼는 컬렉션에 찬물을 끼얹은 느낌이 들었나 보다. 그래도 싫다는 내색은 안 해줘서 고마웠다.

"귀엽네요. 그리고 이거요."

하온이 이번에는 조심해서 상자를 꺼냈다. 퇴근 후에 저녁도 대충 먹고 집으로 오자고 한 이유가 이거였을까. 서후는 상자 한 번, 하온 한 번 계속해서 번갈아 보며 초점이 흐려졌다.

"이거 구하기 힘들었을 텐데."

"네. 힘들었어요. 몰래 구하러 다니기도 힘들었고. 그래도 나의 님을 위해서."

그가 좋아한다는 롤스로이스 모형 중, 고스트 모델을 구하기 위해서 여러 곳에 전화로 알아본 후에야 겨우 구할 수 있었다.

"고마워."

"조금 전과는 반응이 많이 다른데요?"

하온은 자신을 끌어안으며 목덜미에 입술을 누르는 그의 숨결에 잠시 숨을 멈췄다.

"하아. 아까부터……."

'참았다'는 말을 하고 싶었는데 입 밖으로 말하지 않고 키스로 되돌렸다.

그가 그녀를 번쩍 안았다. 그리고 귓가에 바람을 불어 넣는다. 하온이 움찔거리며 부르르 떠는 것을 보며 즐거워한다.

"하지 마요! 일부러 그러잖아요!"

"후우~ 하하, 같이 샤워하자. 전부터 하고 싶었어."

그대로 샤워실로 달려간 두 사람은 떨어질 줄 몰랐다. 서후는 샤워를 하며 노래를 불러댔다. 하온의 몸을 닦아주면서, 거품을 콧등에 묻히고 튀어 올라온 모든 곳에 거품을 얹고 연신 장난을 치며 웃었다.

"왜 그래요. 이러니까 변태 같아요."

"하, 변태? 딱 맞췄어. 나는 변태다. 유하온한테 빠진, 완벽한 변태."

'이렇게 매달려도 되는 걸까?'

시은은 떨려서 재후를 한참 동안 바라봤다. 재후는 떨고 있는 시은을 진정시키기 위해 이마에 가볍게 키스했다. 시은은 재후와 오랜 인연이고 사랑하는 사람이지만, 재후는 단 한 번도 욕망에 사로잡혀서 시은을 가지려 하지 않았다. 오랜 시간이 흘러 사랑을 확인한 후에 몇 번 함께 밤을 보낸 것이 전부였다.

재후는 시은을 조심스럽게 침대에 눕히고 실오라기 하나 걸치지 않은 맨몸을 내려다보며 깊게 숨을 들이마셨다. 옷을 벗기는 손길부터 그는 항상 신중하게, 그녀에게 생채기라도 날까 봐서 부드러운 손길로 어루만져 주며, 입가에 미소도 잊지 않았다.

재후는 시은의 사슴처럼 맑고 투명한 눈을 바라보았다. 빨려 들어갈 것 같은 깊은 눈망울에 초점을 맞추자 그녀도 미소 지어 주었다. 처음 그녀를 보았을 때는 솜털이 뽀송뽀송한 사춘기 어린 소녀였다면, 지금은 화려하지 않지만 청초함이 묻어나는 숙녀로 자랐다. 재후는 여린 듯 강인한 그녀가 좋았다.

"훗."

눈을 감은 그녀를 보니 괜한 웃음이 나오면서 기분이 좋아졌다.

"뭐가, 매번 그렇게 부끄러운 건데?"

그는 부끄러운 듯 고개를 돌려 버리는 시은의 입술을 살며시 머금었다. 가녀리게 떨리는 입술을 벌리고 도톰한 혀를 넣어 깊숙이 키스했다.

시은이 재후의 팔을 잡고 힘을 주었다. 키스 하나에 이리 무너지는 자신이 두려울 정도였다. 온몸에 힘이 들어가서 제 힘으로 도저히 누워 있기 벅찼다. 시은은 숨을 쉬고 내쉬는 것조차 힘에 겨워 숨을 참을 수밖에 없었다.

"오늘은 특별한 날이라고 해야 하나?"

재후가 다시금 깊게 키스했다. 이제 그의 눈빛도 농밀함이 짙어졌다.

"마음껏 사랑하자, 우리……. 내가 그동안 네게 몹쓸 짓을 했다는 생각이 들어. 사랑한다는 말도 안 하고."

그의 말을 이제야 이해한 시은의 눈가가 붉어지고 있었다. 충혈된 눈을 보는 그의 마음도 찢어질 듯 아팠다. 이 여리고 여린 사람에게 표현 한 번 안 하고, 꽁꽁 숨겨서 무얼 하려고 했던 것일까.

"미안해."

흐느끼는 소리가 들려 그녀의 눈을 뜨겁게 응시했다. 그녀는 울고 있었다. 눈에서 흘리는 맑은 눈물이 침대 시트에 떨어졌다.

"미안해. 그동안 숨기고 말 못 해서."

눈가에 입 맞추고, 볼을 타고 내려와서 입술에 입 맞췄다. 시은의 손이 재후의 볼을 감쌌다. 그녀는 그를 보는 것만으로도 좋았다. 시은에게 그는 아버지이며, 스승이며, 생명의 은인이며, 제 목숨보다 소중한 사람이었기에, 옆에 있는 것으로도 위안이 되었고, 힘이 되었던 사람이다.

"그냥 옆에 있는 것만으로도 좋았어요. 굳이 더 가까이하려고 하지 않아도 돼요. 오늘로 끝이라고 해도 원망하지 않아요."

재후는 그녀를 보며 한동안 말을 잇지 못했다. 자신의 말을 분위기에 취한 치기 따위로 여기는 것일까?

"허언으로 말하는 거 아니야. 사랑한다고 하잖아!"

화가 났다. 아니라고! 아니라고 하잖아!

볼을 감싸고 있는 시은의 손이 떨렸다. 아랫입술을 깨물고 있는 시은의 입술을 엄지로 쓸어주며 깨물지 못하게 해주고, 다시금 열정적인 키스로 되돌렸다.

두 번 다시 깨물지 못하게, 영원히 그럴 여력이 없도록.

잠들어 있는 그녀를 두고 샤워를 한 후, 담배를 피우며 창가에 서서 많은 생각을 하며 시간을 보냈다. 숨겨놓은 시간이 그녀에게 얼마만큼 크나큰 상처였을지 알았지만, 한 번도 불만을 말하지 않기에 내색하지 않았던 만남이었다.

이번에 많은 것을 느낀 계기가 서후와 하온 때문이다. 둘은 시끄럽게 연애를 하고 있다. 자신은 소극적이고 숨기는 사랑이라면, 그들은 적극적이고 열정을 다하는 사랑으로 보였다. 그들의 사랑이 부러웠다.

조용한 줄 알았던 유하온, 그녀마저도 시상식장에서 공개 데이트를 하고 싶다는 말을 했다. 둘은 소문이 나는 것을 알아도 숨김없이 만남을 가지고 있었다. 그것에 비하면…… 무엇이 부족해서 꽁꽁 숨겼을까?

다시 방으로 들어가 보니, 엎드려 잠들어 있는 시은이 보였다. 그녀의 온몸을 감싸고 누워서 눈을 감았다. 그러자 시은이 그의 감촉을 느끼고 바로 눈을 떴다.

"오늘 자고 갈게."

"네?"

그의 말에 놀란 시은은 벌떡 일어나 앉았다. 재후도 몸을 일으켜 시은과 눈을 마주했다.

"그 말이, 이 정도로 놀랄 말인가?"

시은은 말없이 고개만 끄덕거렸다. 재후는 그녀를 바짝 끌어 눕히고 당겨 안았다. 그동안 한 것이 사랑인지 아닌지 바보처럼 모르고 있었다. 바보 같은 짓만 해왔고 어리석은 행동이었다. 그녀에게 상처를 줬다면 이제는 절대로 그리하지 않을 생각이었다.

"오늘 자고 갈 거야. 내일 같이 출근하자. 나 쫓아내지 마."

시은이 재후를 이상한 눈으로 봤다.

재후는 놀라서 동그랗게 변한 그녀의 눈에 쪽 하고 입을 맞추고, 한 손으로 턱을 잡아 깊게 키스한 후, 귓불을 잘근잘근 깨물었다. 가운을 벗어 침대 밖으로 던져 버리고, 시은의 몸을 바로 눕혀 위로 올라갔다. 다시 열정을 다하는 그를 그대로 받아들이는 시은이지만, 갑작스러운 그의 변화된 모습은 적응이 안 되고 있었다.

아침 준비를 위해 일찍 일어난 시은은 재후가 쓸 새 칫솔을 챙겨놓고, 그가 입을 셔츠를 다림질해서 걸어놓았다. 아침은 빵보다 밥이 좋을 거 같아서 밥과 국을 준비하기로 했다. 혼자 출근 준비를 하는 것보다 시간이 다소 걸렸지만, 그래도 그와 출근하는 일은 처음이라 설레었다.

시은이 한창 아침을 준비하고 있다 보니 어느새 재후가 씻고 거실로 나왔다. 잠이 조금 부족했는지 얼굴이 까칠해 보였다. 그렇게 보면 아침 준비를 하느라 그보다 한 시간을 빨리 일어난 시은이 더 피곤해 보일 것이다.

"아침 드세요."

"시은아, 이런 거 하지 마. 이걸 시키려고 자고 간다고 한 게 아니야."

"제가 좋아서 하는 거예요."

"내가 싫어."

시은은 뒤로 와서 안아주는 그의 손길이 나쁘지 않았다. 시은의 성격이면 일찍 일어나서 분주하게 움직일 것을 눈치챘어야 했는데. 밤새 괴롭힌 사람이 자신이면서, 마음껏 자고 일어나, 일찍 아침까지 준비해 준 시은을 오히려 나무라고 있다.

"앞으로는 아무것도 하지 말고, 그냥……."

"내가 무슨 마네킹인가? 셔츠 다려주고, 그걸 입은 모습 보는 거, 제 소원이었어요. 그건 하게 해줘요."

"풋!"

"꺄아악~~!"

시은이 화들짝 놀라서 소리를 질렀다. 바로, 재후가 시은의 목덜미에 입을 갖다 대고 깨물다 웃었기 때문이다. 뜨거운 그의 숨결이 고스란히 느껴졌다. 밥을 먹고 나서도, 출근하는 길에도 재후는 시은을 놀라게 했다. 화들짝 놀랄 때면, 늘 무표정한 시은의 모습이 섹시하게 변한다며 좋아했다. 반면, 시은은 재후의 모습에 도무지 적응할 수 없었다. 그러면서도 마음속에 차오르는 행복감에 입가에 미소는 끊이지 않았다.

11

당신 거기 있어줄래요?

한차례의 사랑이 폭풍처럼 흘러갔다. 하온은 서후가 했던 귀엽다는 말이 믿기지 않아 다시 말해주기를 바랐지만, 서후는 쑥스러운지 아까와는 다르게 웃기만 했다. 함께 사랑을 나눌 때는 야릇한 소리도 좋다고 했던 사람이 지금은 왜 쑥스러워하는 것인지 모르겠다.

하온의 휴대폰이 울렸다. 하온은 '엄마다'라면서 재빨리 전화를 받았다.

"엄마. 별일 없죠?"

[지금 할머니께서 말이지······.]

오랜만에 통화하는 엄마는 할머니 걱정에 하온의 인사는 받지도 않고, 하고 싶은 말을 쉴 새 없이 퍼부었다. 서후는 편하게 통화하라며 자리를 비켜주었다. 마음 같아서는 옆에서 듣고 싶었는데.

"할머니 많이 안 좋아요? 그럼, 서울로 옮겨요. 엄마 혼자 힘들어요."

[여기 공기가 좋아서 서울보다 나아. 할머니 친구분들도 계셔서 오히려 즐거워하셔. 너는 어떠니?]

"뭐가요?"

하온은 엄마가 어떤 것을 묻는지 알아채지 못했다.

[전에 그 싸가지, 아니 그 사장은 잘 만나니?]

"아아, 뭐 그럭저럭 잘 만나요."

[잘 만난다니 다행인데, 엄마 말 잘 들어. 너무 쉽게 마음 주지 말고 몸가짐도 잘해야 돼. 알았어? 남자는 쉬운 여자 싫어해.]

"무슨 소릴 하고 싶어서 그래요?"

괜한 걱정을 하는 엄마가 하온은 마음에 들지 않았다.

[어쨌든, 잘하라는 소리야. 그리고 너 말이야, 사장실 발령이 그 뭐냐, 좌천은 아니라는 거지?]

하온은 서후의 비서로 가게 된 일을 부모님께 잘 설명했다고 생각했는데, 정옥은 잘 다녔던 곳에서 밀린 것 같아 불안했던 모양이었다.

"좌천 아니에요. 회장님이 동생에게 저를 일부러 보내신 거예요. 우리 사귀는 거 알고요."

[그럼 다행이고.]

"엄마, 다음 주말에 한번 갈게요."

[됐어. 와도 고작 하루 쉬면 끝인데. 피곤하게 뭐 하러 와. 엄마 말이나 명심해.]

"네. 알았어요."

하온은 한숨이 나왔다. 엄마의 걱정이 무엇인지 알고 있다. 둘이 사귀다가 헤어질 경우를 염려하는 것이다. 또 상처받을 수도 있으니까. 통화를 마치며 시계를 확인하니 자정이 넘어가고 있었다. 하온은 집에 가야겠다는 생각에 아예 옷을 갈아입고 거실로 나갔으나, 아무리 보아도 서후가 보이지 않아 크게 그의 이름을 불렀다.

"나 여기 있어!"

말소리가 들려오는 곳으로 가니, 서후는 서재에서 노트북을 보며 무엇인가 하고 있었다.

"여기 있었어요?"

"어! 뭐야? 옷을 왜 입었어?"

"가려고요. 바빠요?"

서후는 시간이 많이 늦어서 하온이 당연히 자신의 집에서 자고 갈 것이라 생각했는데 갈 준비를 하고 나온 모습에 표정을 일그러뜨리고 그녀에게 다가갔다.

"지금 간다고? 자고 가."

"갈아입을 옷도 없잖아요. 이러고 어떻게 출근해요?"

서후가 잔뜩 골을 내자 하온은 어떻게 반응해야 할지 난감했다.

"그런 표정은 좀 안 하면 안 돼요? 매번 그러니까 말을 못 하겠네."

하온은 막상 시선을 어디에 둬야 할지 몰랐다. 서후의 가운 앞섶이 벌어져 상체가 고스란히 보였다. 얼굴이 붉어져 그를 바로 볼 수 없을 정도로 부끄러웠다.

"내 집에 널린 게 여자 옷이다. 자고 가, 응? 같이 자자. 응?"

서후는 어린아이처럼 하온에게 매달려 안 하던 애교까지 부렸다.

'이 남자, 혓바닥에 버터를 바르셨나. 웬 애교까지 부린대?'

"저기 말투는 왜 그래요? 혀 짧은 소리…… 아까부터 좀 거슬렸어요."

"거슬려? 이상하다. 이런 거 안 좋아해? 이상하네."

서후가 가운 주머니에 손을 찌르고 고개를 흔들며 책상에 놓인 노트북을 하온이 볼 수 있도록 해주었다. 하온의 다가가서 노트북 화면을 보았다. 그가 보여준 것은 메일이었다. 제목은 '까칠한 말투 → 부드러운 말투로 고치는 법'이었고, 중요한 문서 표시까지 되어 있었다. 이런 스팸 메일로 뭘 하고 있었던 것일까. 어수룩한 사람 같으니⋯⋯.

"이걸 믿어요? 정말로 이걸 믿었다는 말이에요? 이건 그냥 스팸 메일일 뿐인데."

"이건 이미지메이킹 강사가 보내준 '현대 언어 지침서' 같은 거야. 내가 부탁했어."

서후는 서일그룹 임직원 유치원 원장인 강미애 원장에게 언어 순화에 관한 자료를 부탁했다. 사실 그는 하온에게 잘 보이기 위해 노력 중이다. 하온과 성온이 통화하는 모습을 보고 많은 생각을 했다. 그렇지만 막상 방법을 몰랐기에 우선 글로 배우기를 선택한 것이다.

"강사한테 부탁했다고요?"

"그래. 당신이 나보다 오빠한테 더 살갑게 구는 걸 보고 질투가 났다면 이해돼?"

하온은 서후가 질투 났다는 부분을 쉽게 이해하기는 힘들었다. 어려서부터 오빠와 편하게 지냈던 터라 다른 사람이 볼 때 질투가 날 정도라고 생각해 본 적 없었다.

"그게 신경 쓰였어요?"

"응, 상당히. 그런데 근본적인 원인이 나한테 있는 것은 아닌가 싶어. 이건, 잠이 안 오면 간혹 읽던 책이야. 주로 프랑스에 있을 때 봤지."

서후가 책장에 꽂힌 책을 꺼내왔다. 모두 같은 작가의 책이었다. Guillaume Musso(기욤 뮈소).

"아, 이 작가는 알아요."

하온은 불어는 까막눈이라 봐도 모르기에 책의 겉표지만 봤다. 그녀가 봤던 책도 있었다.

"서후 씨가 소설을 봤어요? 안 믿어져."

"나도 신기했어. 내가 이런 책을 읽다니 말이야. 읽어봤어?"

"저는 '7년 후'는 봤어요. 쉬엄쉬엄. 처음에는 매력 있었는데. 취향은 아니더라고요. 추리나, 스릴러가 들어가서 약간 긴장감이 있었지만, 지루하기도 했어요."

서후가 고개를 끄덕이더니 다른 책을 들었다.

"Seras-tu la(당신 거기 있어줄래요)? 처음에는 연애소설인가 해서 별로 마음에 와 닿지 않았어. 그런데 첫사랑을 잊지 못해서 삼십 년 전으로 돌아가는 거야. 막 끌리더라. 나는 지금까지 삼 년을 짝사랑했는데……."

서후는 과거로 돌아간다면 시간 낭비하지 않고 싶다고 이야기하며 눈을 빛냈다. 그의 말을 집중해서 듣고 생각해 보니, 사랑하고 있다고 고백하지 못한 것에 대한 후회가 아닐까 싶었다. 간혹 그의 말에 섞여 있는 불어는 알아듣지 못했지만, 첫사랑과 짝사랑의 소중함을 말하는 것은 알 수 있었다.

"만약에 시간을 돌려서 당신과 다시 만날 기회가 주어져서, 강하게 밀어붙이기보다 부드럽게 다가갔다면…… 그때의 당신은 나를 기억해 주었을까?"

하온은 눈물이 쏟아지려고 했다. 이렇게 노력하고 있다는 것도 모르고, 매일 화만 내고, 성질부리고, 오해를 밥 먹듯 하는 사람으로 알고 있었다니.

"미안해요. 제가요, 최선을 다해서 옴팡지게 애교를 부릴게요."

하온은 서후의 허리를 끌어안고 가슴팍에 얼굴을 파묻었다. 그의 심장이 쿵쾅거리며 울렸다. 이 남자도 떨고 있구나.

"유하온. 항상 내 옆에 있어줄래? 내가 노력할게."

"Will you be there(당신 거기 있어줄래요)?"

하온은 서후의 가슴에 기대어 아주 작은 소리로 속삭였다. 하온의 고백에 서후의 심장도 요동쳤다. 그는 웃으며 고개를 끄덕이고 그녀의 이마에 살포시 입맞춤했다.

부스스한 머리, 부은 얼굴, 한쪽 눈을 겨우 뜨고 일어난 하온은 여느 때와 마찬가지로 회사에 출근하기 위해 침대에서 내려왔다.

"아! 맞다. 집이 아니지."

침대 옆 콘솔 위에는 갈아입을 옷과 화장품 파우치가 보였다. 옆에는 메모도 보였다.

―써여.

"이건 어디서 났을까?"

하온은 메모를 읽고 화장품 파우치를 살폈다. 여자 화장품까지 구매해서 사용해 보는 걸까? 하온은 궁금증을 남기고 욕실로 향했다. 샤워를 끝내고 하온은 파우치 속 화장품을 꺼내 사용했다. 기초 화장품을 비롯해 색조 화장을 할 수 있도록 기본적인 것은 모두 갖춰 있었다. 화장을 마치고 나간 거실에서 고소한 냄새가 나자, 하온은 코를 큼큼거리며 주방으로 향했다.

"와우!"

하온의 입에서 감탄사가 저절로 나왔다. 서후가 아침을 준비하는 것을 사진으로 담지 못해 안타까웠다.

"일어났어? 앉아."

서후는 재킷만 입지 않았을 뿐 이미 출근 준비를 마친 상태였다.

"와아."

"뭐 해. 앉으라니까."

서후는 저가 챙겨준 옷을 입고 나온 하온이 움직이지 않고 있자 결국 직접 의자를 빼내어 그녀를 앉혔다. 그리곤 그 옆에 나란히 앉아 하온을 흐뭇하게 바라보았다. 옷은 상당히 잘 어울렸다. 블랙 블라우스, 베스트, A라인 스커트, 트위드 재킷.

"와우!"

"이봐, 감탄사만 몇 번째야?"

"정말, 놀랄 노 자다. 한서후 씨께서 만들어준 음식을 먹어보다니."

"이럴 때는 그냥 '고마워요' 하면서 답례를 하면 돼."

서후는 얼굴을 내밀었다. 하온은 그의 볼에 뽀뽀하려고 입술을 내밀었지만 어느새 서후는 하온의 볼을 잡고 입술에 키스했다. 달콤한 키스 후에 그는 곧바로 숟가락을 하온의 손에 쥐어주었다.

"하아, 오랫동안 키스하고 싶지만, 수프가 식으면 곤란해서. 먹어봐, 옥수수콘 수프야."

서후의 말투에는 오랫동안 키스를 못 한 아쉬움이 묻어 있었다.

"이런 것도 만들 줄 알아요?"

"아니, 평소에는 안 하지. 지금은 특별히 누구한테만 하는 거고."

서후가 빵과 함께 먹으라며 베이글에 크림을 발라서 내밀었다. 따뜻한 얼그레이 티도 함께였다.

"저건 뭐예요?"

싱크대 옆에는 라탄으로 된 피크닉 박스가 있었다.

"이걸 미리 반조리 식품으로 준비해서 새벽에 갖고 와. 그럼 난

데워서 먹으면 끝. 왜, 처음부터 만든 게 아니어서 실망했어?"

하온은 빵을 한 입 베어 물고 입술을 꾹 다물며 고개를 저었다. 실망이라니. 그럴 리가.

"3분 요리 해줘도 실망은커녕 감탄했을걸요? 누가 믿기나 하겠어요? 한서후 사장님이 음식을 직접 요리해서 먹는다고. 해가 서쪽에서 뜰 일이이지."

서후가 픽 하고 웃으며 엄지로 하온의 입술에 묻은 생크림을 닦아냈다. 하온은 그의 손가락이 남기고 간 열기로 입술이 타오를 듯 뜨거웠다. 괜히 발그레해지는 얼굴이 부끄러웠다. 하온은 재빨리 티슈를 꺼내 서후에게 내밀었다. 서후는 하온의 손을 보기만 할 뿐 티슈를 받지 않고 생크림 묻은 손가락을 쪽 빨았다. 민망해하는 하온의 표정에 그는 콩 하고 꿀밤을 주었다.

"민망해하기는. 잠깐만, 먹고 있어. 겉옷 챙겨서 나올게."

서후가 일어나서 주방을 빠져나갔다. 뒷모습이 날렵해서 쭉 뻗은 다리가 멋졌다. 하온은 빵을 오물오물 씹으면서 그에게 눈을 떼지 못했다.

'오늘 정말 감탄사가 저절로 나오네. 와우! 저 히프 업, 어쩔 거야. 아주 거꾸로 하트가 딱! 어머나, 엉큼한 생각! 하하!'

잠시 후, 서후는 완벽한 슈트 차림으로 나왔다. 팔에는 코트를 걸쳤고 한 손에는 가방이 들려 있었다.

"더 먹어, 천천히. 우유 줄까?"

"아뇨. 안 드세요?"

"난 됐어."

서후는 가방에서 작은 상자를 꺼내 하온에게 와서 손목을 잡았다. 상자를 식탁에 놓고 뚜껑을 열어 하온이 볼 수 있도록 했다. 하온의 손목에 상자 통째로 대보며 그녀의 표정을 살폈다.

"마음에 들어?"

"음……."

"음?"

"갑자기……."

"마음의 선물. 원래 사랑하는 사람이 생기면 뭐든 해주고 싶고 그런가 봐."

핑크색 손목시계였다. 서후는 얼마 전 손목시계가 고장 나서 수리를 맡겼고 찾아오는데 예쁜 시계가 눈에 들어왔다. 인디언 핑크색은 여성에게 인기 많다고 하는 직원의 말에 바로 사버리고 말았다. 하온의 마음에 들었으면 좋겠다는 생각만 했는데…….

"마음에 안 들어도 그냥 해."

서후가 하온의 손목에 시계를 채워주었다. 하온은 손목시계가 있어도 착용하지 않았다. 매일 착용한다는 것이 귀찮기도 했고, 요즘은 스마트폰으로 시간을 주로 확인하게 되어 그다지 필요하지 않았다.

"예뻐요. 사실 핑크는 즐기는 색은 아니지만. 헤헤."

"이럴 때는 솔직한 성격이 그다지 좋은 건 아닌 거 같다."

손목을 내려다보며 하온의 입술이 벌어졌다. 좋아하는 색은 아니었지만, 그가 주는 선물인데 왜 좋지 않겠는가. 서후를 보며 활짝 웃었다.

"고마워요. 멋지다."

"가자. 좋아하니까, 나도 기쁘다."

서후는 내심 기분이 좋았다. 어쨌든 그녀에게 처음 하는 선물인데 마음에 든다니 다행이지 않은가.

"아, 무거워. 아, 정말 무거워. 이걸 어째?"

정원에 다다랐을 때 하온이 소리쳤다. 서후는 하온이 무엇이 무겁다고 하는지 몰라서 그녀의 손을 살폈다.

"응, 무거워? 무거운 짐이 있어? 어디?"

"아, 무거워서 팔을 들지 못하겠어요."

하온은 팔을 힘겹게 높이 들었다가 바로 떨어뜨리면서 무겁다고 했다. 손목시계가 채워진 팔이었다.

"유하온! 그게, 뭐가 무거워?"

"이게 얼마나 무거운데. 내가 사랑하는 사람의 사랑이 넘쳐 나서 무거워요. 이 시계에는 한서후 씨의 모든 사랑이 들어갔어요. 아, 지탱하지를 못해요. 그 사랑이 넘쳐 나서."

정원을 가로질러 대문까지 걸어가는 내내 한쪽 팔을 무릎까지 내리고 허리를 숙여 걸어가는 하온의 모습을 서후는 움직이지 못하고 바라보고 있었다.

"옴팡지게 보여주겠다는 애교가 이런 거야? 하아……. 이런 걸 말한 거야?"

하온의 귀에 들린 말은 '……한 거야?' 이 말뿐이었다. 움직이지 않고 있는 서후가 이상하다고 생각했지만, 하온은 머리 위 하트를 하고 크게 외쳤다.

"한서후! 사랑하는 한.서.후! 시간이 멈추지 않는 한, 당신을 사랑해요!"

서후는 하온이 집에서 해준 말 덕분에 지금 기분이 찢어질 듯 좋아서 그녀의 손을 꼭 잡았다. 하지만 하온은 그런 서후의 마음을 모르는지 그를 노려보고 있었다.

"눈 똑바로 해. 그러다가 찢어지겠다."

"한서후 사장님. 지금 놀러 가는 게 아닙니다. 소문이 나면 좋을 게 없어요."

"이미 소문났을지 몰라. 회장 비서가 어느 날 내 비서로 왔다는 건 충분히 직원들 입방아에 오르고도 남을 문제거든. 특히, 유하온이 시상식 날 나에게 데이트 신청한 게 결정적이었지."

하온은 계속해서 노려보았다. 어쩌면 소문이 났으면 하는 것이 그의 진심이 아닐까 싶었다. 이미 그의 말처럼 많은 사람들 입방 아에 오르고 있을 수도.

'어쩌면 쉬쉬하는 걸 수도 있어. 한서후라는 사람을 함부로 건드릴 수는 없잖아.'

하온은 차를 회사 멀리 세워서 걸어가길 원했다. 직원들 눈에 띄는 건 좋지 않을 테니까.

"소문나는 건 괜찮아요?"

"괜찮아. 난 더 좋은데?"

"저도 싫다는 게 아니라, 지금은 출근 시간이잖아요. 함께 밤을 보낸 후잖아요. 저기, 제 입장도 좀……."

곤란한 표정의 하온을 보며 서후는 더는 말하지 않았다. 집에서 본 그녀의 애교 때문에 더 오랜 시간 보내고 싶었을 뿐이었는데. 그녀를 미처 배려하지 못한 꼴이 되었다니.

"그것까지는 몰랐어. 저기 앞에 지하철역에서 세워줄게. 옆길로 빠지지 말고 바로 와. 다른 직원에게 눈길 주지 말고. 나 눈 돌아가니까."

"아이고, 그런 질투는 이제 사양하고 싶어요."

서후는 표정 하나 바꾸지 않고 질투 섞인 말들을 뱉어냈다. 하온은 서후의 그런 말들이 싫지 않았다. 서후는 지하철역 입구에 차를 세우며 비상등을 켰다. 하온이 '고마워요, 나중에 봐요' 하면서 문을 여는데 문이 열리지 않았다.

"어! 문이 안 열린다. 이렇게 좋은 차가 고장인가 봐요."

가까운 지하철 입구를 두고 그가 차를 세운 곳이 가뜩이나 외진 곳이어서 뛰어가야겠다고 생각했는데 문까지 말썽이었다.

"그 문은 한 사람만 열 수 있어. 누굴까?"

"누구요?"

"유하온."

"누구요? 저요?"

하온은 서후가 웃으면서 안전벨트를 풀고 다가오는 것을 보았다. 혹시, 장난이야?

"여기 보는 사람 많아요. 문 열어요."

"누가 안 연다고 했어? 유하온이 열어. 방법을 생각해 봐. 똑똑한 당신이 열쇠를 쥐고 있다니까?"

"아, 진짜!"

하온은 인상을 쓰면서 밖을 살폈다. 사람이 있는지 없는지를.

"아아. 유하온. 나 시간 없어. 오전부터 스케줄이 꽉꽉 찼어."

하온은 서후의 볼에 뽀뽀했지만, 문은 열리지 않았다.

"이런! 비밀번호가 틀렸나 봐."

"정말 이럴 거예요?"

다소 격양된 목소리를 내는 하온 때문에 서후는 도어록을 열었다. 아쉬워도 어쩔 수 없었다. 출근길부터 그녀의 기분을 상하게 할 수는 없으니까.

"천천히 조심해서 걷고. 계단에서 뛰지 말고. 특히, 나보다 빨리 올라올 생각 말고."

"……네."

서후는 어린아이를 길거리로 내보내는 심정이었다. 그의 걱정 어린 말투에 마음이 약해진 하온은 재빠르게 그의 볼을 잡아 입술에 제법 길게 입을 맞췄다. 그제야 만족했는지 입가에 미소가 생긴 서후를 보면서 하온이 입술을 떼려고 했다. 그러나 이번에는 서후가 하온의 턱을 잡아당겨 입을 떼지 못하게 하고 키스에 열중했다.

하온을 내려주고 차를 돌리던 서후의 눈에 재후의 차가 보였다. 재후는 뒷좌석에 앉아 있었다. 그런데 재후는 혼자가 아니었다. 선팅이 진한 차창 너머로 두 개의 인영이 보였다.

"음? 누가 함께 출근했나?"

서후는 궁금증이 생겼지만 더는 확인할 수 없었다. SnI 패션 주차장을 가기 위해서는 좌회전을 해야 했고, 재후의 차는 직진을 해야 했기 때문이었다.

하온은 지하철역에서 내려주는 서후를 뒤로하고, 그의 말과 다르게 조금 서둘렀다. 그래도 비서로서 출근을 서두르고 싶었다. 로비를 지나 엘리베이터에 오르고 나서야 안도감이 생겼다.

웅성웅성.

하온의 뒤가 따끔거리며 직원들의 시선이 날카롭게 꽂히는 것만 같았다. 차츰 엘리베이터 안에 직원이 줄어들자 하온은 점점 더워지고 있었다. 폐소공포. 혼자 있을 때 더 많이 느껴지는 공포. 그때 들리는 소리가 있었다.

"아니, 뭐가 아쉬워서 저런 사람과 만나지?"

"그러게. 남자가 한둘이 아니라며?"

뒤에서 소곤대는 소리가 들렸다. 여직원들은 아는 사람이 아니었는데, 둘이서 이야기를 나누고 있었다. 하온이 살짝 뒤를 보니 노려보고 있었다.

"야, 들리나 봐."

당연히 들리지. 그렇게 크게 말하는데.

"예전에 디자인팀 정 팀장님도 피해본 거라며?"

"완전 남자 킬러 아니야? 우리 사장님도 꼬시려고 왔나? 붙여시가 비서라니……."

"아니 로비에서 그 사람……."

"저기요? 지금 무슨 말을 하는 거죠?"

참다못한 하온이 그들에게 말했다. 그들은 뜨끔했는지 말을 멈추고 하온의 눈치를 볼 뿐이었다. 엘리베이터가 멈추자 그들은 후다닥 내렸다.

'저 사람들 나 들으라고 일부러 저러는 건데. 나, 이상하게 소문난 거야?'

혼자 남은 하온은 마음이 무거웠다. 멍하니 있다가 내려야 할 층에 엘리베이터가 멈춘 것도 잊을 정도였다. 문이 닫히는 순간에 화들짝 놀라 겨우 내렸다.

하온은 바로 사장 집무실로 들어와 일간지를 책상에 올려두고 창문을 열어 환기했다. 잠시 후에 서후가 들어왔다. 하온은 서후가 좋아하는 박하차를 갖고 사장실로 들어가 책상에 놓았다.

"차 맛있는데?"

서후가 차를 한 모금 입에 넣고 음미했다.

"바로 품평회 가보셔야 해요."

"알아. 점심 때 올 수 있을지 모르겠어. 식사 맛있게 해."

"사장님도 거르지 마시고 드세요. 참, 오늘 품평회 잘되면 보너스 나온다고 하던데, 저 회사 옮기고 처음이니까 많이 주세요."

품평회에서 선보이는 옷들은 주로 유행할 색상을 토대로 제작된 옷들인데, 대표로 참석한 직원들이 그중 마음에 드는 것을 선택한다. 그런 후 자체 패션쇼에 선보이기도 하고 상품으로 개발하여 출시하기도 했다. 출시한 것들 중 매출에 효과가 있으면 그 공로로 성과급이 주어지기도 했다.

"아이고 어쩌나, 좋다 말았다. 관리부서는 해당사항 없네."

"그런 게 어디 있어요? 관리부서는 직원 아닌가? 사기진작 차원에서 전 직원 다 주셔야, 사장님 인기도 있어지는 거죠."

"현장 파트만 지급했어. 사무직은 별로 수고스럽지 않았다는 의견이 많아서."

"에이. 그건 아니라고 봐요. 보너스를 꼭 돈으로 주라는 법 있어요? 명절에 부모님 옷 사드리라고 상품권으로 지급하고 후에 직원은 개선점 등을 적게 해서 제출하면 참고할 수 있죠. 직원들은 명절 때 부모님께 효도하니까 좋고. 직원은 회사에서 나오는 상품권으로 자랑도 하고 좋잖아요."

서후는 하온의 의견을 듣고 고개를 끄덕였다. 회의 때 참고할 수는 있을 것 같았다.

"그건 문제가 좀 있어. 부모님 안 드리고 중고시장에 팔거나 할 수도 있거든."

"시중에 유통되는 상품권과 차별화하면 되죠. 그게 곤란하면 서일호텔 뷔페 이용권이나 숙박권을 주는 거죠. 1박 2일 가족 이용권 패키지를 사은품으로 해서 의견을 모으는 것도 방법 같아요."

"그 의견은 좋아. 그럼 하나 말해봐. 당신은 어떤 의견이 있는데? 우리 회사 옷 잘 입고 다녔잖아."

"많지 않은데, 한두 벌 있나? 저는 SnI 패션 옷은 보너스가 나와야 사요. 비싸서 못 사 입어요."

서후는 고개를 끄덕이며 하온의 말을 경청했다. 마지막 비싸다는 말은 깊이 생각할 필요가 있었다.

"비싸다?"

"여자 옷은 아주 비싸요."

"좋아. 그거 참고할게. 비싼 만큼 값을 하는지. 중저가 상품이 필요한지 논할 가치는 있겠어."

서후가 하온에게 살며시 웃어주고 사장실을 나갔다. 하온이 그 뒤를 따랐다.

진하는 지금 사내 게시판에 올라온 사진 때문에 곤란했다. 서후를 보자마자 멈칫거렸다. 사장이 이걸 본다면 분명히 노발대발

할 텐데. 이를 어쩐다?

'먼저 보고해야 하나, 품평회 끝나고 보고해야 하나?'

진하는 딜레마에 빠져서 선택을 하지 못하고 있었다.

'에라, 모르겠다. 매도 먼저 맞는 게 낫지.'

진하는 먼저 보고하기로 했다. 나중에 알게 된다며 후폭풍도 만만치 않을 것이기에.

"사장님, 먼저 보셔야 할 게 있습니다."

하온은 진하의 표정이 심각한 것을 보았다. 무슨 일이 생겼는지 궁금했지만, 예의가 아닌 것 같아서 탕비실로 자리를 비켜주었다. 진하는 서후에게 모니터를 보여주었다. 서후는 강렬한 눈빛으로 모니터를 바라보다 급기야 호탕하게 웃기 시작했다.

"하하. 하하하! 하하, 하하하!"

서후가 정신없이 웃어대자, 진하는 어찌할 바를 몰라 멍하게 서 있을 수밖에 없었다. 진하는 서후가 완전 돌아버린 것으로 생각했다. 저였어도 그랬을 것이다. 다른 남자가 애인의 어깨를 감싸고 걷고 있는 사진을 보았으니.

'사장님, 제정신이 아니야. 완전 미쳤어. 유하온 대리, 이제 어떻게 하냐……'

12
사장이기 이전에 남자로서

"채 실장, 이 사진 누가 올렸어?"

"오늘 아침에 게시판에 올라왔습니다. 익명으로 올라왔지만, 추적이 가능합니다. 금세 확인할 수 있을 겁니다."

진하는 이제 진정된 사장이 조용하게 물어오자 당황했다. 평소의 사장이었으면 소리치고 물건이라도 던졌어야 했다. 얼마나 충격을 받았으면 미친 사람처럼 웃을까?

"잠깐 들어와. 아! 그전에 못 보게 차단해."

유하온 대리가 못 보도록 조처하라는 소리죠? 네, 네. 그래도 유 대리 생각은 끔찍하시군요. 진하는 피식거리며 웃었다.

"왜 웃지?"

"아닙니다."

"품평회는 조금만 미뤄. 한 시간이면 되겠어."

"네, 사장님."

진하는 웃음기를 싹 거두고 입을 다물었다.

"유하온!"

서후가 큰 목소리로 하온을 불렀다. 눈치껏 자리를 피한 하온은 아직도 탕비실에 있었다.

"사장님, 부르셨어요?"

하온이 탕비실에서 나왔을 때 서후는 이미 사장실로 향하고 있었다.

"홍보 실장 좀 들어오라고 해요."

서후는 하온을 향해서 미소 지었다.

서후가 사장실 회의 테이블에 다리를 꼬고 앉아서 홍보 실장을 쳐다보고 있었다. 홍보 실장은 얼굴에 땀이 나는지 연신 손수건으로 닦으며 어쩔 줄 몰라 하고 있다.

"우리가 할 게 무지하게 많아졌어요. 이걸 한 시간 내로 못 찾아낸다는 말인가? 지금 시간은 계속 흐르고 있네요. 똑, 딱, 똑, 딱."

서후가 홍보 실장에게 지시한 사항은 간단했다. 한 시간 내로 사내 게시판에 올라온 사진을 모두 삭제하고, 홍보실에서 기획했던 저와 하온의 데이트 사진도 내리라는 것이었다.

"사장님, 사보 건은 다시 생각해 보시죠."

"실장님. 사보에 올릴 사진 찍을 때 뭐라고 하셨습니까? 그 사진 유출 안 되도록 잘 관리한다고 했죠? 그런데 어머니께서 갖고 계신 건 어떻게 설명하실 겁니까? 일단, 그 부분은 그냥 넘어가겠습니다. 결국 사실이 되었으니까요."

홍보 실장은 서후가 하는 말을 듣고 놀라서 입을 벌렸다. 하온이 시상식장에서 데이트를 제안했을 때 이슈가 될 수도 있어 사장에게 일일 데이트를 부탁했고, 자연스러운 모습을 담은 사진을 사보에 실었다. 사장과 비서답지 않게 잘 어울린다 생각했는데, 사실이 되었다니.

"실장님이 사진을 보내신 걸로 아는데."

"죄송합니다. 이사장님께서 관심을 갖고 계셔서……."

"이사장님께서 연락하시면 사진 건은 저한테 들켰다고 하세요."

"알겠습니다."

홍보 실장은 침을 넘기는 소리가 들릴 정도로 긴장한 것이 역력했다. 서후를 바로 보지 못하고 고개까지 숙이고 있었다.

"됐습니다. 나가보세요."

홍보 실장이 벌떡 일어나서 인사했다. 그는 줄행랑치듯 사장실을 빠져나갔다.

서후가 잠시 생각에 잠겼을 때 진하가 노크 후에 들어왔다.

"사장님, 사진을 올린 사람을 찾았습니다. 오늘 품평회 명단에 있습니다."

"그래? 그럼 그쪽으로 가지."

이제야 품평회 장소로 향하는 서후를 보는 하온은 표정이 밝지 않았다. 그래도 그가 밝은 얼굴이었기에 마음은 놓였지만, 혹여 다급한 일이라도 생겨서 품평회 시간을 늦추었던 것은 아닐까 하는 걱정이 되었다. 그의 뒤를 따라가는 진하에게 넌지시 물어봐도 진하는 대답 대신 웃기만 할 뿐이었다.

'도대체 무슨 일이야?'

하온은 SnI 사내 게시판이 생소해서 들어가지 않아서 자신의 일이라는 것도 전혀 생각하지 못한 상태였기에 마음이 무겁기만 했다.

＊❆＊

S/S TREND COLOR –INFORMATION BASED ON PANTONE*

–아쿠아마린(AQUAMARINE): 몽환적인 느낌의 블루, 자연 속에서 편안함이 느껴지는 블루.

–스쿠버 블루(SCUBA BLUE): 상쾌한 터키석의 컬러. 이국적인 낙원을 연상하게 하는 시원한 블루.

–글래셔 그레이(GLACIER GRAY): 무채색 컬러. 빙하의 그늘, 빙하의 휴식을 표현한 컬러.

–루시그린(LUCITE GREEN): 다시 돌아온 컬러. 신선하고 상쾌한 민트.

–클래식 블루(CLASSIC BLUE): 강렬하지만 신뢰성이 강해 보이는 컬러.

–티타늄(TITANIUM): 어디에서나 잘 어울리는 무채색. 클래식하고 세련된 컬러.

–스트로베리 아이스(STRAWBERRY ICE): 매력적인 핑크. 시크한 느낌을 보여주는 핑크.

–탠저린(TANGERINE): 달콤하고 친근감 있는 오렌지컬러.

–커스터드(CUSTARD): 달콤한 햇살. 즐거운 휴식과 편안한 음식을 연상케 하는 컬러.

(출처: http://www.pantone.com/pages/)

색상표가 스크린에 하나씩 발표되면서 모델들이 옷을 입고 무대로 나왔다. 그럴 때마다 박수와 함성이 울렸다. 품평회는 런웨이와 달리 회의실이나 소강당에서 진행하는 행사라 규모가 상당히 작았다. 예정된 시간보다 늦어진 만큼 품평회도 속도를 내고 있었다. 참석 인원의 대부분은 각 부서의 부서장이나 사원 대표가 주였다. 그들은 나누어준 표에 부서와 이름을 작성했고, 자신이 선택한 의상에 동그라미 표시를 했다. 주로 남성은 무채색, 여성은 밝은 색 계열의 색상을 선호하는 편이었다.

"올해 유행 컬러는 독특한 모던 컬러입니다. 이런 모던한 컬러의 아이템들은 국내에서 쉽게 찾을 수 있는 컬러들은 아닙니다. 또 눈에 띄는 건 데님 소재입니다. 클래식 블루는 강해 보이면서 톡톡한 원단을 사용해 시원함을 강조했습니다. 살펴보시죠."

디자인 실장은 설명하는 것을 들으며 모델들의 모습에서 눈을 떼지 않았다. 서후는 중앙에 앉아서 물을 마시며 나오는 모델마다 유심히 살폈다. 모델들이 단상을 내려와 돌아다닐 수 있도록 했으며 직원들이 직접 만져 볼 수 있도록 했다. 평가가 좋으면 기성복으로 제작하여 유통하기도 했고 그 옷의 주인공인 디자이너는 이름을 내걸고 런웨이에도 설 수 있도록 기회를 주기도 했다.

"오늘 품평회는 자체적으로 심사를 하는 것이기 때문에 사진 촬영과 외부 유출을 금지하도록 하겠습니다. 적발될 시에는 법으로 처벌받을 수 있음을 명심하시기 바랍니다. 마지막으로 사장님의 말씀이 있겠습니다."

서후는 앞으로 나와서 마이크를 잡았다. 게시판 사건이 아니었으면 이렇게 마이크 잡고 앞으로 나올 일도 없었을 것이다. 서후는 크게 숨을 쉬며 뜸을 들였다.

진하는 사장이 긴장하는 모습을 처음 보았다. 무슨 말을 하려고 저렇게 긴장할까. 조금 전 사진을 올린 사람을 알았으니 당장 불러다가 시말서를 내라 호통이라도 칠 줄 알았는데. 서후는 품평회 내내 잘 참고 있었고 침착함을 잃지 않았다.

"한서후입니다. 오늘은 사장이기 이전에 남자로서 말 좀 합시다."

서후는 말을 하다 말고 물을 마셨다. 그는 또 갑갑했는지 넥타이를 조금 당겨 풀었다. 마이크를 빼서 단상 아래로 내려와서 의자에 앉아 있는 직원들과 눈높이를 맞췄다. 긴장했던 사람들은 조금씩 긴장을 풀었다.

"제 나이를 아는 직원 있습니까? 마음껏 손 들어봐요."

눈치를 보더니 한 명 손을 들었다. 바로 진하였다. 서후가 웃으면서 턱을 까딱했다.

"서른둘입니다!"

"네. 맞아요."

이야기의 물꼬를 트기 위해 진하가 먼저 선수 친 것이다. 이제 완전히 분위기가 부드럽게 변했다.

"입사는 언제 했을까?"

"작년이요?"

"땡."

"삼 년 됐습니다."

"어느 부서 누구죠?"

"의류 마케팅 지원 본부 기획을 맡고 있는 이성하입니다."

"뭐가 이렇게 길어. 부서 외우는 데 한 달 걸리겠어요. 직원 식당 일주일 공짜."

웃음소리가 들리면서 함께 참석한 임원들도 웃기 시작했다. 서후가 무엇을 말하고자 하는지 다들 의아해했다. 스무고개를 하는 것인지 그는 자기 자신에 관해서 묻고 답하면서 심지어 농담도 했다. 참으로 낯선 모습이었다. 이런 모습이 처음이어서 진하 또한 낯설었다.

"좋아요. 이제 궁금한 걸 물어봐요."

다들 눈치를 보며 웅성거릴 때 용기를 내서 여직원 한 명이 손을 들었다.

"디자인팀 대리 이수아입니다. 아침에 사진은 보셨나요? 소문이 삽시간에 퍼졌는데."

웃는 사람도 있었고, 그 여직원을 막는 사람도 있었다. 웅성거리며 강당이 소란스러워졌다. 짐작하건대, 그 사람이었다. 게시판에 사진을 올린 사람. 서후는 웃지 못했다. 그녀는 일부러 사람들에게 알리려고 하는 것이다. 품평회가 있기 전에 사진을 게시판에 올려 서후가 참석하면 어쩔 수 없이 막지 못하게 하는 것. 사진이 내려진 것은 모르는구나?

"음, 한 번쯤 그 사람이 누구와 있는 것일까 생각은 해봤나? 가족입니다. 친오빠."

성온이 회사에 자동차 키를 가지러 왔을 때 로비에서 하온과 장난치며 어깨에 팔을 올리고 함께 걸어갔던 그 모습이었다. 사진을 올렸던 수아의 얼굴이 험상궂게 변했다. 주변에서 그녀를 경멸하는 눈으로 쳐다보며 멀리하기 시작했다. 야유하는 소리가 들리기 시작했다.

"제가 여기서 하고 싶은 말이 있습니다. '나도 남자다. 나도 연애하고 싶다. 결혼하고 싶다.' 이 말입니다. 지금 저에게 사랑하는 사람이 있습니다."

모두에게 예상 못 한 말이었기에 사방에서 함성과 박수가 동시에 터졌다. 한동안 강당이 시끄러웠다.

"아아. 축하를 받자고 말하는 것이 아닙니다. 사랑을 하고 있는데 그게 소문이 나니까, 그 사람이 힘들까 봐 걱정이 돼요."

순식간에 박수와 함성은 야유로 바뀌었다. 서후는 그래도 상관없었다.

"아직은 이르지만, 억측과 추측은 삼가주십시오. 예쁘고 아름다운 사랑을 한 후에 결혼도 하는 거 아닙니까? 정략결혼은 딱질색이거든요. 훗날 청첩장 나오면 게시판에 먼저 올릴게요. 그때 박수 쳐 주고 축복해 주세요. 그전까지는 그냥 조용하게 지켜봐 주세요. 부탁합니다."

전 직원을 두고 선언한 것은 아니지만 각 부서 대표 직원들에게 말했으니 이상한 추측이나 소문은 금세 사라질 것이다. 서후가 정중하게 인사했다. 사장이 아닌 남자로서 하는 부탁의 말이었다.

　서후는 접견실로 디자인팀 이수아 대리를 불렀다. 마주 앉은 수아는 입을 꾹 다물고 있었다.

　"어제 그 시간에 어떻게 딱 맞추어 정면 사진을 찍을 수 있었지?"

　"……."

　"바로 앞에서 찍은 게 맞나? 그랬다면 유 대리가 가만히 있지 않을 텐데."

　수아는 사장이 쏘아보는 것이 겁나서 똑바로 쳐다볼 수 없다. 그는 마치 레이저를 쏘는 것 같았다.

　"죄송합니다. 제가 둘 사이를 오해하고 확인도 안 한 상태로 올렸습니다."

　"왜?"

　"제가 사귀는 사람이 보안팀에 있습니다. 그때 거기에 커피를 가지고 갔다가 CCTV에 보이는 그 모습을 보고 저장한 화면을 올렸습니다."

　"우리 회사에 이렇게 시기하고 질투하는 사람이 많은가? 왜 사람을 가만히 두질 않지?"

　"부럽기도 했고. 회장님 비서로 있을 때 사귀던 남자가 팀장님인 것도 알고 있었어요."

　팀장님이란 단어에서 서후의 표정이 일그러졌다. 정세형을 말하는 것이니까.

　"저는 유하온 대리가 싫습니다. 정 팀장님은 제가 먼저 좋아했는데 그를 가로챈 것도 유하온 대리고, 정 팀장님이 회사를 갑자기 그만두게 된 것도 유하온 대리 때문이라고 들었어요. 그게 사장님께로 마음이 기울어서 그런 거잖아요. 결국은 잘난 사람이 나타나니까 돌아선 것밖에……."

"하하. 소설 쓰고 있네. 쯧!"

서후는 수아의 말에 웃을 수밖에 없었다. 어떻게 말이 흘러간 것인지 모르겠다. 하온을 겨눈 아주 악의적인 소문이었다. 정세형, 아주 끝까지 말썽이구나!

"악사천리(惡事千里: 나쁜 일에 대한 소문은 빠르게 널리 퍼져 알려짐)라고 했어. 꼬리에 꼬리를 물고 소문은 만천하에 퍼지지. 이수아 대리는 소문만 믿고 곧이곧대로 퍼뜨렸다는 생각은 안 해봤어?"

"죄송합니다. 제가 반드시 사과하겠습니다."

"아니, 하지 마. 그 사람은 모르게 할 거야. 더 이상 알려지는 거 원하지 않거든? 이대로 그냥 덮지."

"감사합니다."

서후의 입가에 살짝 미소가 어렸다. 이 일을 덮는다고 했지. 그냥 넘어간다고 한 것은 아니다.

"감사할 것까지야. 시말서 제출하도록. 시말서 하나가 어떤 영향을 끼치는지는 알지? 이번 고과는 최하점을 받게 되겠네."

서후는 그 말을 끝으로 접견실을 나갔다. 홀로 남겨진 수아는 잠시 멍하게 앉아 있었다. 차갑고 냉정하다는 소문이 파다했던 사장은 사랑하는 사람에게만 다정한 게 확실했다. 수아는 그냥 덮자는 그의 말이 용서해 준다는 뜻인 줄 알았는데, 그것은 저만의 착각이었다. 그래도 시말서로 끝낸 것이 어디란 말인가. 수아는 잠시 앉아 있다가 접견실을 나왔다.

시계를 보는 서후는 점심시간이 지나가고 있어서 서둘러 나갔다. 접견실 밖에서 대기하고 있던 진하에게 하온이 어디 있는지 알아보라고 했다. 진하가 '그걸 어떻게 확인합니까?'라며 당황해했다.

"전화해 보면 되잖아."

"사장님께서 직접 하시면 더 좋아할 겁니다."

"놀라게 해주고 싶어서 그래. 하온이는 그런 장난을 좋아해."

진하는 움직임을 멈추고 얼음이 되었다. '얼음송곳'은 '얼음'처럼 썰렁한 남자가 되어 있었다. 그런 장난을 좋아할 거란다. 그러면서 웃고 있었다.

"저, 그렇게 말하면 유 대리가 웃습니까? 하하. 유 대리도 썰렁하네."

서후가 진하를 노려봤다. 진하는 그 눈빛에 심장이 멎는 줄 알았다. 진하는 바로 전화를 걸었다. 속으로 '유하온 대리, 빨리 전화 받아라. 저 얼음송곳으로부터 살려주라!' 하면서 다급한 마음이 들었다.

"어, 유 대리? ……님?"

선임 과장인 진하는 대리인 하온을 부르며 저도 모르게 '님' 자를 붙이며 존대를 했다. 이건 순전히 아직도 저를 노려보고 있는 서후 때문이었다. 그녀가 미래에 사장 '사모님'이 될 수 있기 때문이었다.

'뭐야. 갑자기 웬 존대?'

밥을 입에 욱여넣고 전화를 받았던 하온은 갑자기 존대를 하는 진하 때문에 한참을 전화기를 노려보며, 뭐 잘못 먹은 것이 있나 오해했다. 고작 어디냐고 묻기만 하는 진하는 끝까지 존댓말을 했다.

"왜요? 무슨 일 있어요?"

오늘도 전무 비서인 지윤과 함께 직원 식당으로 왔다. 지윤은 작년에 이 회사에 입사했는데, 대학은 사범대를 나왔으나, 교생실습 후 적응이 안 되어 그냥 취업전선에 뛰어들었다고 한다. 지윤은 자신이 비서업무에 이렇듯 적성에 맞을 줄 몰랐단다.

"채진하 실장님 있잖아. 재미있는 거 같아."

"난 실장님 너무 좋아요. 멋지고, 멋지고, 멋지고."

"계속 멋져? 소개해 줄까?"

"응! 그럼 제가 한턱 쏠게요."

"오~ 한턱은 어떻게 쏘는 거야?"

하온은 지윤의 턱을 손으로 가리키면서 장난쳤다. 그러자 지윤이 젓가락으로 찌르는 흉내를 냈다.

"콕콕! 하하하. 이렇게요."

"어! 언니. 이거…… 이 시계. 못 보던 건데. 언니네 좀 살아요?"

"무슨 말이야? 좀 살다니?"

지윤이 시계를 가리키자 하온은 황당한 질문에 시계와 지윤의 얼굴을 번갈아 보았다. 시계는 서후가 선물로 준 것이었다.

"이거, 와우! 이 시계! 우리 같은 사람이 차고 다니기 힘든 건데. 멋지다. 언니 보는 안목도 있고. 가격이 엄청나잖아요. 한 7,000달러 정도 하죠?"

"뭐? 그렇게 비싸?"

대략 한화로 칠백칠십만 원이다. 그렇게 비싼 시계라니? 손목이 무거운 게 사랑만 들어간 것이 아니었다. 정말 무거운 시계였다.

"언니가 직접 산 거 아니에요?"

"응? 어. 선물 받아서. 사실 이렇게 비싼 건 줄 알았으면 거절할 걸 그랬다."

지윤이 입을 삐죽거렸다. 아무래도 하온의 생각이 틀렸다고 느낀 모양이었다.

"언니! 선물을 주는데 비싸다고 거절해요? 그럼, 싼 것만 받고 비싼 건 거절해? 그 사람이 어떤 마음으로 주느냐가 중요하죠. 집 팔아서 준 거 아니면 '감사합니다' 하고 받아요."

'어째, 얘가 더 어른 같냐. 나는 지금도 부담 팍팍 되는데. 하아. 이 남자는 왜 이렇게 비싼 거를 주냐.'

하온은 고개를 끄덕였지만, 그다지 마음이 편하지 않았다. 괜스레 시계에 자꾸만 눈이 가면서 주변 사람들의 시선이 신경 쓰여서 옷으로 가리기 시작했다.

"어머! 안녕하십니까, 사장님!"

지윤이 갑자기 벌떡 일어나더니 꾸벅 인사를 했다.

"갑자기 사장님이라니? 지윤 씨, 뭐 잘못 먹…… 헉!"

하온은 말을 잇지 못하고 있었다. 서후가 온 것이었다.

"괜찮아요. 앉아서 먹어요."

"아니요. 저 다 먹었어요. 먼저 갈게요. 맛있게 드세요."

"지윤 씨! 더 먹고 같이 가. 지윤아……."

그가 사내 식당에 나타난 것도 놀랄 일인데, 그는 식판에 음식을 잔뜩 담은 상태로 하온의 옆자리에 냉큼 앉았다. 직원들은 하나둘 서후에게 인사했다. 그럴 때마다 서후는 다정하게 인사를 받아주었다.

"여기는 웬일이에요?"

"밥 먹으러 왔지."

하온은 괜히 눈치가 보여서 최대한 소리를 작게 하였다. 그러자 서후도 덩달아 작게 말했다.

"풋! 이렇게 많이 먹으러 왔어요? 이건 거의 3인분인데?"

"어. 나 처음 와서 인기 엄청나게 많다. 막 담아주시네. 인심도 좋아. 사번 인증도 필요 없대. 공짜로 준대."

"여기를 처음 왔어요? 너무했다."

"사장으로 와서 딱 한 번 얼굴 비추고 갔지. 밥은 안 먹고. 이게 다 유하온 덕분이다. 여기 와서 밥도 먹고. 하하."

"네네. 말이라도 못 하면. 빨리 드세요. 식기 전에."

하온이 물을 따라주었다. 그들의 모습을 보는 직원들의 표정에 부러움이 가득했다. 식사가 얼추 끝날 무렵, 시은이 다가왔다. 서후에게는 처음 인사하는 시은은 긴장되기 시작했다.

"안녕하세요, 사장님. 저는 영양사 이시은입니다. 처음 뵙겠습니다."

"네. 반가워요. 한서후입니다."

하온은 서후의 반응에 기가 막혀서 말이 나오지 않았다. 시은과 인사를 나누고 실실거리며 웃고 있는 것이었다.

"영양사는 원래 두 명이 있습니다. 원래 둘 다 나와서 인사를 드려야 하는데, 한 명은 위생 교육을 갔어요. 식사는 괜찮으셨는지, 불만이나 개선사항 있으시면 말씀해 주세요."

"괜찮네요."

서후의 얼빠진 표정에 제대로 기분이 상한 하온은 목이 타서 물을 벌컥벌컥 마셨다. 시은과 안면이 있으니 웃고는 있었으나 표정 관리가 되지 않았다.

"음식은 좋습니다. 그런데 간이 조금 세네요. 잘 먹었어요."

아주 목소리도 간드러지네, 간드러져.

'이시은이라는 여자는 누가 봐도 예쁘니까. 눈에 들어올 만하지. 그래도 이렇게 대놓고 반한 표정을 하고 있으면. 나를 무시한 것밖에 안 되잖아. 왜, 침까지 흘리시지?'

급속도로 기분이 나빠진 하온은 대화를 나누는 도중이라 예의가 아닌 것을 알면서도 자리에서 일어났다.

끼익. 바닥에 의자 긁는 소리가 요란하게 났다.

"먼저 실례할게요. 말씀 나누세요. 점심시간이 지나서요."

하온은 아직 다 먹지 않은 식판을 들고 자리를 벗어났다. 또각 또각. 구두 소리가 요란하게 울렸다.

하온의 속은 부글부글 끓고 있었다. 뒤도 돌아보지 않고 엘리 베이터에 올라탔다.

"스톱! 같이 가!"

서후의 목소리가 들렸지만 절대로 같이 갈 마음이 없는 하온은 닫힘 버튼을 세게 눌러 버리고 눈을 감았다. 혼자만의 공간에 있 는 공포. 숨을 멈춰서 참고 눈을 감았다. 동요, 가요 할 것 없이 흥얼거리면서 엘리베이터가 멈추기만을 기다렸다.

서후는 하온의 갑작스러운 행동에 황당했다.

"어이없네. 같이 가면 될 걸, 왜 혼자 가고 난리야."

서후는 이시은이라는 영양사를 본 순간 어디서 본 듯한 사람이 라고 생각했다. 그러다 하온과 너무나 닮아 있다는 것에 놀랐다. 식사를 하다말고 엘리베이터를 타고 혼자 올라가 버린 하온만 아 니었으면 물어봤을 것이다. 하온이와 닮아서 헷갈렸던 것이 분명 했다. 설마, 형제여서 닮은 여자를 좋아하는 걸까?

'하온과 어딘가 닮았어. 그냥 보면 모르겠지만, 이미지가 닮았 어. 진짜 닮았어.'

서후가 사장실로 왔지만, 자리에 있어야 할 하온이 보이지 않 았다. 서후는 일단 겉옷을 벗은 후에 양치질을 하고 세수를 하고 다시 비서실로 나가보았지만, 아직도 하온의 모습이 보이지 않았 다. 그런데 탕비실에서 덜거덕거리는 소리가 들렸다.

"유하온 안에 있어?"

대답이 없어서 서후는 문을 열고 들어갔다. 탕비실 안에는 혼 자 구시렁거리며 무엇인가 하는 하온의 뒷모습이 보였다.

"알고 보면 순 바람둥이야. 쳇! 아닌 척하면서 말이야. 요구하는 건 많고. 에잇!"

서후가 재빨리 하온의 손을 잡아챘다.

"정신이 있어 없어! 뭐 하는 짓이야!"

컵을 닦는 하온은 이가 나간 것도 모른 채 유리를 문지르고 있었다. 제 손이 베인 것도 몰랐는지 손에서는 피가 나고 있었다.

"어! 왜 들어왔어요? 나가요!"

"시끄러워. 피가 나는데 뭐 하고 있는 거야? 지혈할 거 없어?"

"언제 다쳤지?"

"후우, 진짜! 왜 이렇게 둔해! 어떻게 다친 것도 몰라!"

서후가 피가 나는 손가락을 빨았다. 피가 많이 흐르지는 않았다. 선혈이 한두 방울 떨어진 정도였다.

"빼요!"

서후는 하온이 손을 빼내려 당겨도 놓아줄 생각이 없는지 더욱 세게 손가락을 빨았다. 처음에는 피를 멎게 하려고 했는데 이제는 혀로 손가락을 살살 문지르니 전율이 느껴졌다.

"으윽, 빼요! 변태!"

하온은 서후가 손가락을 빠는 내내 황홀함에 몸 둘 바를 몰랐다. 자극이 되는 것을 참을 수 없어 하온은 서후를 밀어내 겨우 손가락을 빼내고 흐르는 물에 씻어냈다. 가슴이 두근거렸다.

"갑자기 왜 화를 내?"

"누가 화를 냈다고 그래요?"

"그럼 이것도 옴팡지게 내는 애교야? 이런 애교는 사양하고 싶어. 딱 질색이니까!"

쾅!

문소리가 요란하게 났다. 서후는 일부러 문을 세게 닫고 탕비실을 나가 버렸다.

그 후, 서후는 하온이 왜 그랬는지 이유를 묻지 못했다. 바쁜 업무로 서로 얼굴을 보고 대화할 시간이 없었다. 오후에는 매장 지점장들과의 미팅이 있었다. '패션 플래그십 스토어(Fashion flagship store)' 매장은 각 지역별로 할인 행사를 하기로 했다. 기간은 지역별로 정하는 것으로 했다.

"이번에 뉴욕에 새롭게 오픈한 '에버 모나코'에서 초대장이 왔습니다. 어차피 패션위크데이를 맞이해서 다녀오시는 것이 좋을 듯……."

"매년 다녀왔는데 또 갑니까?"

서후는 이번에는 빠지기를 원했다. 초대되어 가도 사람들에 치이고 술 마시는 것이 대부분이고 정작 패션 연구는 뒷전이었다.

"'패션 플래그십 스토어의 브랜드 아이덴티티 구축을 위한 공간 구성 요소와 표현 방법에 관한 연구' 학술 세미나도 그곳에서 개최합니다."

굳이 세미나를 미국까지 가서 하는 이유가 무엇일까. 그래도 멀어도 한꺼번에 한다는 것으로 위안을 삼아야 하나?

한편, 하온은 서후가 탕비실에서 화내고 나간 후부터 눈길도 주지 않는 것이 신경 쓰여 아무것도 하지 못하고 있었다. 하온은 그의 매정함에 그리고 자신의 질투로 인한 복잡한 마음에 울먹이며 머리를 쥐어박고 있다가 바로 앞에서 느껴진 인기척에 화들짝 놀라 벌떡 일어났다.

"언제 오셨나요?"

하온은 무의식중에 그렇게 인사를 하고 말았다.

"이제 자해도 하나? 그런 모습 내 사무실에서 보고 싶지 않은데. 잠깐 들어와."

다시 까칠 모드로 돌아간 서후가 앞장서서 사장실로 들어가 버리자 정말 울고 싶은 하온이었다.

"우리 사장님 변덕은 카멜레온 저리 가라야. 무슨 잘못한 거 있어? 아니면…… 싸움?"

진하도 오후 내내 진땀을 뺀 상태라 둘의 애정에 문제가 있는 것은 아닐까 생각했다. 하온은 고개를 저었다.

'그걸 어떻게 말하나요. 손가락을 쭉쭉 빨아 당기는 게 무척이나 황홀한 것에 놀라 빼냈는데, 그걸 오해했다고요. 뭐, 그전에 다른 여자한테 부드럽게 말한 것도 진짜 싫었는데, 이시은, 그 여자가 그 뒤로도 계속 생각나서 미치겠다는 것을 어찌 말하냐고요.'

하온은 사장실로 들어가 문 앞에 멍하니 서 있었다. 서후는 책상에 앉아서 고개를 숙인 상태로 하온을 쳐다보지 않았다.

"앉아."

'어디에 앉을까요? 얼굴 좀 보고 말하시죠, 사장님.'

"소파 아무 곳에나 앉아."

'확! 팔걸이에 앉을까 보다.'

하온은 날카로운 눈빛을 한 서후를 보면서 장난칠 타이밍이 아니라는 생각에 가장 끝자리에 앉았다. 서후가 일어나더니 다가왔다. 아니, 하온은 자신에게 올 거라고 생각한 서후가 밖으로 나가자 놀랐다.

'아니, 앉으라고 하더니. 쌩! 하고 찬바람을 일으키며 나가네.'

나가야 하나 계속 앉아 있어야 하나 하고 멀뚱하니 기다리기를 잠시, 문소리가 나서 돌아보니 서후가 커피 두 잔을 양손에 들고 들어왔다.

"아……."

하온은 자신이 가져왔어야 할 커피를 서후가 갖고 왔다는 것에 민망해졌다. 하온이 재빨리 일어나서 커피를 받으려고 했다.

"앉아. 내가 할게."

서후의 말투는 조금 전과 다르게 부드럽게 변해 있었다.

"말씀하시죠. 제가 타 올 텐데요."

"됐어. 내가 주고 싶어서 갖고 왔어. 졸리지? 오후가 되니까 조금 나른하다."

서후는 상석이 아닌 하온의 옆자리에 앉아서 그녀의 어깨를 감싸고 편하게 앉았다. 테이블에 다리까지 올리면서 등을 깊숙이 소파에 기대었다.

"지금부터 한 시간은 자유 시간이야. 눈 감고 쉬어도 되고, 여기서 나를 괴롭혀도 돼. 또 손가락을 내 입에 넣어도 되고, 아까처럼 내 흉을 봐도 돼. 대신 한 시간이 지나면 무슨 일로 속상했는지 다 말해줘. 알았어?"

서후는 하온이 점심시간 이후 컨디션이 나쁘다는 것은 알고 있었다. 대화를 해야겠다는 생각은 했는데 바로 이야기 나누면 언성이 높아질 터. 서로 생각할 시간을 갖다가 이야기를 한다면 소리 높이지 않고 오해 없이 넘어갈 수 있을 거라고 생각했다.

"저기, 채 실장님은 어떻게……."

"심부름 보냈어, 원단 공장으로. 거기서 바로 퇴근할 거야."

서후의 입가에 미소가 가득했다. 하온의 입술에 가볍게 입맞춤했다.

"한 시간 내내 키스해도 되고."

"한 시간 키스라고요? 하하. 미쳤어."

"뭐? 해봐?"

하온이 커피를 한 모금 마시면서 몸을 똑바로 했다. 아무리 단둘이 있다고는 하지만 이곳은 엄연한 회사였다. 키스하는 동안 누가 들어오면 어쩌려고?

"겁나? 내가 덮치기라도 할까 봐?"

하온이 깜짝 놀라 서후를 쳐다보았다. '덮친다'는 말은 왠지 모르게 그와 어울리지 않았다.

"말투가 조금……."

"이상한 건 당신이지. 점심 먹은 후부터 이상하게 행동했잖아."

"이상하게 굴었잖아요. 여자 보고 침 흘리고, 헤헤거리면서 말하고요. 다른 여자한테 관심 보이는 남자는 별로 마음에 안 들어요."

"여자? 침을 흘려? 내가 언제?"

"언제라니요? 영양사……."

서후가 사무실이 떠나가라 웃었다. 이렇게 커다랗게 웃는 모습은 본 적이 없어서 그저 신기한 하온이었다. 한참 웃던 서후가 하온의 어깨를 더욱 세게 감싸 안으며 자신의 옆에 붙들어 놓았다. 하온이 그에게 화를 냈던 이유가 이제야 감이 왔다.

"놔요."

"쉿! 가만히 있어봐. 솔직히 너무 놀라서 말을 못 했는데 당신이랑 쌍둥이로 착각했어."

"에? 뭘 쌍둥이. 비슷하다고 듣기는 했지만, 그건 아니죠. 보는 눈이 영 별로네요."

"닮았어. 쌍둥이는 아니지만 닮았더라. 그래서 놀랐어. 혹시, 내 모습 보고 질투한 거야?"

"질투요? 다른 여자 보고 그렇게 말하면 당연히 화나죠. 그게 무슨 질투야."

"질투가 맞아. 하하. 기분은 좋네. 질투도 해주고."

"웃지 마세요. 정말 화났거든요? 웃지 말라고요!"

하온이 서후의 어깨를 때렸지만, 그는 그저 웃을 뿐 꿈쩍도 하지 않았다. 그렇게 한 시간의 휴식은 눈 깜짝할 사이 지나갔다. 서후가 생각한 대로 하온과는 오해 없이 풀렸다.

"이제 다시 일 해볼까?"

서후가 집무 책상으로 이동하며 진지하게 말했다.

"다음 주에 있을 뉴욕 출장 준비해."

"네. 비행기 표와 호텔은 초청한 에버 모나코에서 마련해 주기로 했습니다. 에버 모나코에 확인해 보니 이상 없었습니다. 그리고 뉴욕 일정은 사흘이니까 세미나와 겹치지 않도록 하겠습니다."

"방은 따로 잡아야 하나? 하긴, 보는 눈이 있어서 안 되겠다. 비서와 한 방을 사용할 수는 없잖아."

"네? 저도 가요?"

"뭘 그렇게 놀라? 비서가 같이 안 가면 누가 가? 참석하는 사람들도 많고 신경 쓸 일이 많아서 힘들 거야. 일정도 빠듯할 거고."

"네. 준비할게요."

방금 전까지 투정부리고 질투했던 하온은 서후의 지시에 따라 메모했다. 출장을 함께 간다는 것은 처음 듣는 말이어서 조금은 긴장되기도 했다. 연애하고 처음 가는 출장이니까.

며칠 후, 하온은 조금 더 길어질 출장에 맞추어 짐을 챙기고 있었다. 연말을 미국에서 보내게 될 수도 있을 거라며 짐을 단단히 챙기라는 서후의 지시가 있었다는 말을 진하에게 전해 들었다. 캐리어가 하나는 더 늘어야 할 것 같았다.

서후는 연말 모임이 있다고 했으니 가족들과 시간을 보내고 있을 것이다. 오늘은 특별히 형이 소개를 할 사람이 있다면서 꼭 참석하라고 하여 못 볼 것 같다는 문자가 미안하다는 말과 함께 조금 전 하온에게 도착했다.

"미안하기는요. 괜찮아요."

하온이 혼잣말하면서 서후에게는 괜찮다는 답장을 남긴 그때 오빠에게 전화가 걸려왔다. 잘됐다, 여행 가방을 빌릴 참이었는데.

"오빠, 전화 잘했어. 나 출장 가는데, 가방 좀 빌려줘."

[하온아. 지금 제주도 가야 할 것 같아. 할머니께서 조금 안 좋으신가 봐. 그런데 너 출장 가? 언제? 어디로 가는데? 그럼 나 혼자 갈게.]

성온은 평소처럼 장난기는 없었고 하온이 대답하기도 전에 계속해서 질문을 했다.

"지금 제주도 가려고?"

[나는 주말이라서 같이 가려고 했지.]

"많이 안 좋으신 거야?"

[…….]

"오빠? 왜 말이 없어?"

[할머니께서 지금 우리를 찾고 계신대. 특히 너를 많이 찾으시나 봐. 연세가 많으셔서 그런 거지, 안 좋을 정도는 아니야. 내가 가서 말씀드릴게. 그냥 출장 다녀와.]

하온은 기억이 돌아와서 찾는다는 할머니를 외면할 수 없었다. 언제 또 기억이 돌아올지 모르는 할머니인데. 보고 싶었다.

"비행기 시간이 언제야? 잠깐만 기다려 줘."

전화를 끊고 바로 서후에게 전화를 걸었다. 오늘 가족 모임이 있다고 했던 서후에게 전화하는 것이 미안했지만, 제주에서 뉴욕으로 바로 간다면 출장에는 특별한 지장이 없을 것이라는 생각이 들었다. 서후가 전화를 받지 않아 문자를 남겨야 하는지 고민하던 하온은 일단 옷을 챙겨 입고 짐을 마저 챙겼다. 오빠에게 캐리어를 하나 가져다 달라고 다시 전화를 하려던 차에 서후에게 전화가 왔다.

[전화했었네.]

"네. 안 그래도 할머니 때문에⋯⋯."

[지금 조금 바쁜데. 급한 일이야?]

"제주도에 가야 할 것 같아요. 그 말 하려고."

[제주도? 잠깐만. ⋯⋯정신 차려요. 여기에 기대⋯⋯. 저 때문에 괜히, 여기에 누워요. 하하, 아, 취했나 봐요⋯⋯.]

여자의 목소리와 웃음소리가 전화기 너머로 들렸다. 누굴까, 가족 중 한 명일까? 하온은 궁금했지만 꾹 참고 서후의 목소리가 다시 들리기를 기다렸다. 툭!

뚜뚜뚜.

"여보세요? 서후 씨? 이런⋯⋯."

하온은 전화가 끊어져서 다시 걸었지만 서후는 전화를 받지 않았다. 잠시 후, 성온이 하온의 집에 도착하여 공항으로 출발했다. 공항으로 가는 중간에도 하온은 서후에게 계속해서 전화를 걸었지만 그와 통화를 할 수는 없었다.

탑승 수속을 마치는 동안이라도 서후에게 전화가 왔으면 좋겠다는 바람으로 하온은 계속해서 휴대폰을 꼭 쥐고 있었지만, 전화가 울리는 일은 없었다.

13
퍼스트 클래스

서일 호텔 한식당에 연말을 맞이해 가족 모임이 있었다. 가족이라고 해봐야 서후의 가족인 서 여사, 재후, 서후와 병원장인 작은아버지, 어머니, 율하 오빠 두 명과 올케 두 명, 그리고 율하가 전부였다. 아직 결혼을 안 한 서후의 막내 삼촌이 한 명 있는데 이번에도 참석하지 않을 모양인지 그는 보이지 않았다. 분위기는 나쁘지 않았다.

모두가 일 이야기에 빠져 있어서 서후는 지루한 시간이 빨리 흘러가기를 원했다. 모임은 저녁 무렵에 끝났다. 서 여사를 집에 먼저 들어가게 하고 재후는 술을 더 마시자며 서후를 라운지로 데리고 갔다. 그리고 분위기가 무르익을 무렵 한 여자가 나타났다.

바로 이시은이었다.

"아……."

서후는 시은을 보고 순간 당황하여 재후의 옆구리를 툭 쳤다. 왜 놀라게 하느냐며 입을 벙긋거렸다.

"처음, 아니, 전에 인사드렸죠? 이시은입니다."

"형 동생이에요."

서후는 다른 식의 인사말은 생각나지 않았다. 이런 자리였었다면 하온을 데려왔어도 좋을 뻔했다. 서후와 사적으로는 처음 만나는 자리이지만 시은은 거리감 없이 잘 어울렸다. 기분이 좋았던 탓일까. 재후가 술을 많이 마셔서 몸을 가누지 못하게 되었다. 서후는 다음 날 떠날 출장길에 부담이 될 것 같아 일부러 술을 마시지 않고 있었다. 재후와 시은의 다정한 모습을 보고 있자니, 하온이 보고 싶은 마음과 괜히 부러운 마음까지 들었다.

'시도 때도 없이 보고 싶으니 원······.'

"하하. 네가 시은이를 보고 착각한 거라니까?"

혀가 조금씩 꼬이기 시작하는 재후는 했던 이야기를 연신 반복했다. 서후가 처음 시은을 보고 하온과 착각했던 것을 이야기 해주었더니, 계속해서 그 일을 놀리고 있었다. 게다가 서후가 그 둘을 오해했던 모습이 시은이 재후 몰래 다른 회사에 입사해서 화내고 있었던 모습이었다. 더구나 그땐 서후가 하온을 좋아하기 시작한지 얼마 안 된 시점이라 자신의 사랑이 이루어질 수 없다는 생각에 그 실망감은 엄청났었던 기억이 떠올랐다.

재후가 웃는 횟수가 늘고 몸을 점점 가누지 못하자, 서후는 안 되겠다 싶었는지 시은에게 잠시 재후를 맡기고 라운지를 나갔다. 잠시 후 식당 룸으로 돌아온 서후는 작게 한숨을 내쉬며 재후의 얼굴을 물수건으로 닦아주고 있는 시은에게 말하였다.

"여기에 방을 하나 잡았어요. 형을 여기에서 재워야겠는데, 함께 있을 수 있습니까?"

서후의 말투는 여전히 딱딱했지만, 형을 생각하는 동생의 마음은 따뜻해 보였다. 시은은 고개를 끄덕였다. 함께 있으라는 말이 마치, '형을 믿고 맡기니 부탁해요'라는 소리로 들렸다. 저만의 착각일 수 있으나, 시은은 서후가 자신에 대해 전혀 묻지 않고 믿어줘서 고마웠다.

룸에 올라갈 때는 서후가 재후를 부축했다. 재후는 계속 웃으면서 비틀거렸고 서후에게 매달리기도 했다.

"취한 모습은 처음이에요."

시은은 다소 놀란 표정을 지었다.

"술이 약해요. 자주 마시지도 않고요. 함께 마신 적 없어요?"

"저희는 특별히……."

서후는 시은이 말이 없고 조용하다고 생각했다. 자세히 보니 하온과도 다르게 생겼다. 하온은 눈부터 모든 것이 큼직한 편이라면 시은은 작고 섬세한 편이었다. 말투도 나긋나긋했다. 그러고 보니 하온은 일할 때만 꼼꼼했다.

서후가 재후를 침대에 눕힐 때 시은은 시트를 걷으며 옆에서 거들고 있던 그때 서후의 주머니에 넣어둔 휴대폰에서 진동이 마구 울려댔다. 재후를 부축하고 있느라 미처 받지 못한 전화는 끊어졌다. 축 처진 재후를 침대에 눕히고 나서야 발신자가 하온인 것을 확인하고 바로 전화를 걸었다.

"전화했었네."

시은이 서후가 통화하는 것을 보고 물을 가지러 나갔다.

[네. 안 그래도 할머니…….]

"급한 일…… 이야?"

재후가 침대에서 떨어지려고 하자 서후는 다시 그를 밀어 올려주었다. 서후도 형의 이런 모습을 처음 보는지라 웃음이 나왔다. 재후 때문에 정신이 없어서 나중에 전화해야겠다는 마음이 들었다.

[제주도에 가야 할 것 같아요. 그 말 하려고.]

"제주도? 잠깐만……."

서후는 제주도라는 말 때문에 목소리가 크게 나왔다. 그러는 사이 시은이 물을 갖고 와서 재후를 무릎에 받치고 물을 주었다.

"정신 차려봐요. 여기에 기대……."

서후가 그 모습을 보고 눕기 편하게 재후의 머리를 받쳐 주었다.

"가보셔야죠. 저 때문에 괜히 못 가시는 거죠. 아, 진짜 많이 취했나 봐요……."

시은이 머리를 받쳤는데도 불구하고 재후는 가누지 못하는 몸 때문에 다시 굴러떨어지려고 했다.

툭!

서후의 전화기가 바닥에 떨어졌다. 서후는 재빨리 재후를 잡아서 반듯하게 눕히고 나서 휴대폰을 집어 들었지만, 이미 전화는 끊어진 후였다. 서후는 할 수 없이 나가서 전화해야겠다고 생각을 했다.

"형은 맑은 국을 좋아해요. 내일 아침도 부탁해요. 내일 제가 출장 가요. 형이 저 찾으면 말해주세요. 필요한 거 있으면 윤강욱 비서실장님께 전화하세요."

"고맙습니다. 아무것도 묻지 않아서요."

서후가 룸을 나가려는데 시은의 목소리가 들렸다.

"형이 좋아하면 저도 좋아요."

시은은 서후를 문 앞까지 배웅하며 다시 한 번 고맙다고 말했다. 서후는 급하게 호텔을 빠져나갔다. 하온이 제주도라고 했던 걸 보면 일이 생긴 것이 분명했다.

"할머니!"

"아이고, 이게 누구야. 우리 강아지. 우리 하온이. 하온아."

제주도에 도착한 하온은 노 여사에게 안겼다. 하온을 알아보며 안아주는 할머니 품은 언제나처럼 따뜻했다. 어렸을 때 하온은 할머니와 한 방을 쓸 정도로 엄마보다 할머니가 좋았다. 따뜻한 품에 있으니 옛날 생각에 눈물까지 나오려고 했다.

"복구는?"

"오빠? 곧 들어올 거야. 너무 좋아, 할머니."

하온은 노 여사의 품을 더욱 파고들었다.

"아니, 복구 말이야, 복구."

하온이 고개를 들었다. 주름이 가득한 얼굴에 온화한 미소를 지어주는 할머니. 노 여사는 고개를 저으며 하온의 얼굴을 찬찬히 살폈다. 손자, 손녀가 많아도 유독 예뻐했던 하온은 지금쯤 결혼을 했어야 했는데 아직 혼자라서 걱정이었다.

"왜 여태 혼자야? 할미가 살아 있을 때 결혼해야지."

"그런 말씀 하지 마요. 오래오래 살아서 나 결혼하고 아기 낳으면 아기도 봐줘요."

"나한테 애 맡기고 너는 놀러 가려고?"

"하하, 할머니도 참."

문이 열리고 재민이 노 여사가 먹을 약과 물을 갖고 들어왔다.

"어머니 약 드세요."

노 여사에게 약 봉투와 물을 건네고 그 곁을 지켜보는 재민의 얼굴이 수척해 보였다. 그동안 노 여사 걱정에 풍채 좋던 사람이 살이 쭉 빠진 것이다.

"무슨 약이에요?"

"요즘 두통이 있으셔. 피곤하신데 쉬게 해드려."

재민의 말투가 이상하게 퉁명스러웠다. 그리고 바로 성온이 들어왔다. 장난기 가득한 성온을 보자 노 여사도 게슴츠레 눈을 뜨고 손자를 노려보았다.

"할무~이, 잘 계셨어? 나 안 보고 싶었어?"

"이놈아! 너는 한 개도 안 보고 싶었다. 전화만 하고 얼굴도 안 비치는 녀석이 무슨. 저리 가!"

"아아, 할머니."

그러나 곧 성온의 살갑게 구는 모습에 노 여사의 표정도 장난스럽게 바뀌었다. 그사이 하온은 슬쩍 방에서 빠져나왔다. 정옥이 전화 통화를 하고 있는 모습이 방문 사이로 보였다. 그 순간 정옥과 하온의 눈이 마주쳤지만 웃음을 머금은 얼굴로 슬쩍 방문을 닫는 정옥이었다.

정옥이 오늘 유난히 자신을 피하는 것 같아 이상했던 하온은 의아해하며 제주도에 내려오면 항상 묵던 방으로 들어갔다. 다시 서후에게 전화를 해보았지만 여전히 전화를 받지 않는 서후가 괜히 미웠다. 이불을 목까지 덮고 잠을 자려고 해도 쉽게 잠이 오지 않아, 결국 하온은 겉에 두꺼운 점퍼를 입고 밖으로 나갔다.

가을에 서후와 나란히 걷던 농장을 거닐었다. 눈꽃, 오렌지꽃, 서후가 나중에는 유하온 꽃이라고 했던 말이 떠올랐다. 이제는 앙상한 가지만 남아 있는 나무를 보니 매서운 추위가 고스란히 느껴졌다. 옷을 감싸고 여며도 추위가 깊게 파고들었다.

"아, 맞다. 일단은 채 실장님한테 전화를 해줘야겠지? 아니다. 정 안 되면 인천으로 가서 바로 출발하지 뭐. 아, 복잡해."

하온은 갑자기 제주도를 오게 되어 출장에 지장이 가지 않도록 진하에게 전화를 했다.

[비행기 표를 알아봐야겠다. 주말이라 있을지 모르겠어.]

"그러게요. 없으면 어쩌죠? 걱정이다."

[사장님께는 말씀드렸어?]

"아니요. 전화가 안 돼요. 혹시 전화 통화 되면 말씀드려 주세요."

하온은 진하에게 부탁하고 전화를 끊었지만, 찜찜한 기분은 여전히 남아 있었다. 전화가 안 되니 서후가 걱정이 되기도 했지만,

화도 났다.

"에이, 모르겠다. 이제는 될 대로 되라지."

'케 세라 세라(Que sera sera: 될 대로 되라)'라는 말이 있듯이 하온도 그렇게 생각하기로 했다.

다음 날 아침.

기지개를 켜면서 전화기를 확인한 하온은 걱정스러운 아침을 맞이했다. 아직도 서후에게는 연락이 없었다.

"이 남자, 연락을 못 받았나? 아아악~!"

히스테리까지 부리며 이불을 발로 차고 밖으로 나온 하온은 씻지 않은 상태로 바로 주방으로 갔다. 하온은 밥맛이 없어서 잔에 물을 가득 따라서 벌컥벌컥 마셨다. 잠시 후, 주방으로 들어오는 한 사람. 놀란 그녀와 다르게 그는 활짝 웃고 있었다.

어젯밤. 서후가 호텔에서 나와서 전화할 때, 그 앞에 나타난 사람이 있었다. 서후의 삼촌이었다. 그는 서후에게 다가왔다.

"오랜만이구나."

환갑이 다 된 그 옆에는 아리따운 여자가 있었다. 이제 막 마흔 살이나 넘었을까? 서후는 무표정하게 그 둘을 노려보았다.

"인사도 안 하니?"

"자러 왔으면 잠이나 주무세요. 시끄럽게 하지 말고."

"하하. 역시 성격은 나랑 판박이야. 신기하지? 이제 적응은 한 거냐?"

서후는 머리를 쓰다듬으려고 하는 삼촌의 손을 쳐 내고, 비웃음을 날렸다. 이제 그와 모른 채 살아가고 싶었다.

"들어가시죠, 삼.촌!"

"오냐. 그래. 하하하!"

서후가 그를 지나치니 커다랗게 웃는 소리가 들렸다. 서후가 가던 걸음을 멈추었다.

"남들 앞에 나타나기 꺼려 하면서 여자나 끼고 다니는 건 좋아요? 그런 여자들 주려고 어머니께 손이나 벌리지 마요."

서후는 차에 올라서 한참을 달렸다. 생각 없이 지내는 삼촌을 생각하니 다시 화가 치밀어 올라 핸들을 두드리고 소리를 질렀다.

"늙었으면 얌전히 지낼 일이지! 집안에 피해를 주는 걸 모르고!"

서후는 집에 도착하여 양주잔에 술을 가득 따랐다. 한 잔 마시고 나자 머리가 몽롱하면서 어지러웠다. 그제야 하온에게 전화를 안 했다는 것이 생각났다.

"이런, 바보 머저리. 전화 기다릴 텐데."

하온에게 전화를 했지만 받지 않았다. 서후는 정신이 번쩍 들었다. 하온이 화가 난 것은 아닐까? 제주도에 무슨 일이 생긴 것은 아닐까 싶어 서후는 제주도 하온의 집 연락처를 찾아서 바로 전화를 하니, 정옥이 전화를 받았는데 다행히 목소리가 밝게 들렸다. 서후는 정옥에게 하온이 제주도에 간 이유에 대해 듣고 아침에 가겠다고 말하고 전화를 끊으려 했으나, 정옥이 오히려 하온을 놀리면 재미있겠다고 했다. 서후는 당장에 통화를 하고 싶었지만, 그녀의 속이 타들어가고 있다는 말에 놀려주고 싶기도 했다.

서후는 하온을 찾으러 제주도에 갔을 때가 생각났다. 연락이 안 돼서 친구에게 위치까지 부탁했던 그때 애태웠던 자신이나 지금 애태우고 있을 그녀나 같은 마음일 것이다. 서후는 그때나 지금이나 마음은 매한가지였다. 당장에 하온에게 달려가고 싶은 마음뿐이었다.

서후는 출장 준비를 마치고 첫 비행기로 제주도에 도착했고, 재민과 정옥에게 먼저 인사하고 나서 하온이 깨어나기를 기다렸다. 인기척이 나더니 소리까지 지르고 방에서 나오는 하온이 보였다. 며칠 만에 본 것처럼 애틋함이 밀려왔다. 당장에 다가가서 안아주고 싶었다.

주방으로 들어가는 그녀를 보고 서후는 조금 뒤에 주방으로 들어갔다. 하온은 서후의 얼굴을 보더니 한참을 노려보다가 바깥으로 나가 버렸다.

"어디 가?"

서후는 재빨리 뒤쫓아 나갔다.

"비켜요, 비켜!"

하온은 바로 화장실로 가더니 한참을 기다려도 나오지 않았다. 그사이 서후는 노 여사의 방으로 가서 인사했다. 재민이 기분 좋지 않아 보였던 이유가 아무래도 노 여사의 건강이 걱정돼서 그런 것 같았다.

"안녕하셨어요? 할머니, 저, 기억하세요? 서후입니다."

서후는 절을 올리고 앉았다. 노 여사는 서후의 얼굴을 빤히 보고 한참 말이 없더니, 뒤늦게 그를 알아본 듯 그의 손을 잡으며 미소를 지었다.

"우리 복구구나, 복구."

서후가 어제 정옥에게 들은 내용은 사실이 아닌 모양이다. 기억이 돌아왔다고 하더니. 서후가 웃었다.

"복구라고 해서 기분이 나쁘냐?"

"예?"

노 여사는 따뜻한 손으로 서후의 손을 감싸주며 포갠 손을 문질렀다.

"얼굴이라도 익혀야지 싶어서 하온 어미더러 사진 좀 보여달라고 했어. 복구 네가 우리 하온이 짝이라면서?"

서후에게 내미는 커다란 종이가 궁금증을 해결해 주었다. 사진은 사보에 실린 것을 확대해서 출력한 것으로, 아래에는 '복구'라고 쓰여 있었다. 그래서 서후를 복구라고 기억하는 모양이었다. 옆에서 재민이 소리 내서 웃었다.

"자네 왔다 가고 사보에 사진 실린 걸 보시고 얼굴을 익히셨어. 그 뒤로 손녀사위로 점찍으셨는데."

재민이 설명을 덧붙였다.

"복구는 아직 생각이 없나 봅니다, 어머님."

"음. 그럼 우리 하온이 선이라도 보게 해. 어제 하온이랑 약속했어. 아기 낳으면 봐주기로."

"하하. 네. 그럴게요."

노 여사와 재민이 하는 말에 서후는 잽싸게 끼어들었다.

"안 됩니다. 선이라니요. 말도 안 됩니다. 하하."

"하온이를 복구가 책임질 모양이네. 내가 우리 하온이를 가장 아껴. 따뜻하고 정이 많은 아이야. 부탁해."

앞말은 재민에게, 뒷말은 서후에게 하는 말이었다. 노 여사는 끝까지 서후의 손을 놓지 않았다. 가끔 손을 흔들어주며 토닥거리기도 했다. 서후는 제주도에 오기를 잘했다고 여겼다. 노 여사에게 하온과의 미래를 허락받은 것이나 마찬가지니까.

말끔해진 하온이 모습을 보였다. 서후가 웃었지만 하온은 뽀로통해서는 아침을 먹는 내내 말이 없었다. 서후는 하온의 옆에 앉았지만 그녀의 행동을 가만히 두고 보았다. 어차피 뉴욕 출장 내내 함께 있을 테니 화를 풀어줄 시간은 충분했다.

시간이 촉박했다. 제주도에는 뉴욕 직항이 없어서 인천공항으로 가서 뉴욕 JFK공항으로 가는 비행기를 타야 했다. 또 연말이라 표를 구하는 게 하늘의 별 따기였다. 서후는 하온에게 서두르라고 하고 인천공항으로 출발했을 진하에게도 전화를 해서 출발한다고 말했다.

"출장 가서 이상한 짓은 하지 마요. 그랬단 봐. 회사에 몽땅 소문낼 거니까."

서후가 렌트한 자동차에 짐을 실은 성온은 서후를 보며 날카로운 눈을 하고 말했다.

"뭐라고 소문내요?"

"둘이 사귄다고."

"하하. 제발 소문 좀 내줘요. 그룹 전체에 우리 사귄다고."

성온이 날카로운 눈빛을 보내도 서후는 여유가 있었다. 그 모습이 더 얄미웠다. 서후의 자신만만한 태도에 성온은 주머니에 손을 찌르고 길바닥에 있는 애꿏은 돌을 발로 툭툭 찼다. 서후는 성온과 농담하다가 하온을 보았는데, 그녀의 굳은 표정이 신경 쓰였다.

하온은 마음이 편하지 않았다. 늘 창가에 앉아 손을 흔들어주던 할머니가 이제는 방에서 나오지 못한다니, 무거운 마음에 찜찜함까지 남아 발이 쉽게 떨어지지 않았다.

"엄마, 아빠. 다녀올게요."

"그래. 다녀와. 일할 때는 여기 신경 쓰지 말고 열심히 해."

"네, 아빠."

"나는 우리 한 사장님이 고맙네. 이렇게 와주고."

정옥이 웃어 보이자 하온이 모두를 번갈아가며 봤다. 정옥과 서후가 짜고 자신을 골탕 먹이려고 했다는 사실에 배신감이 들었었다.

"너무했어. 엄마까지 그럴 줄 몰랐어요. 아무튼 다녀와서 봐요."

하온이 벼르고 하는 말임을 잘 알지만 서후는 그저 웃음만 나올 뿐이었다. 갑자기 재민이 서후의 팔을 당겨 어디론가 끌고 갔다. 재민은 제법 심각한 표정을 하더니 서후에게 당부한다며 진지하게 말했다.

"저기, 어머님 말이야……."

재민은 서후의 귓가에 대고 노 여사에 대해 말해주었다. 그러자 서후의 표정이 심각하게 변했다.

"하온이는 모르게 했으면 좋겠어. 걱정하니까."

"네. 알겠습니다."

재민은 서후가 믿음직스러워 등을 두드려 주었다. 처음과는 다르게 하온을 믿고 맡길 수 있을 거란 생각에 말해준 것이었다. 재민은 끝까지 하온을 잘 부탁한다고 했다.

하온은 아버지가 서후를 데리고 가자 걱정이 앞섰다. 또 이상한 테스트를 한다고 하는 것은 아닌지 말이다. 성온은 아버지께 혼날 짓 한 건 아니냐며 괜히 겁을 주었다. 하온은 성온의 장난을 무시하면서도 안절부절못했다. 하지만 막상 서후는 아버지가 무슨 말을 했는지 알려주지 않았다.

서후와 하온은 바로 출발했다. 서후가 공항으로 가는 내내 말이 없어서 괜스레 걱정이 앞서는 하온이었다.

"아빠가 뭐라고 하세요? 이상한 말씀하셨으면 그냥 한 귀로 흘리세요."

"이상한 말씀 안 하셨는데. 좋은 말씀 하셨어."

"어떤 말씀?"

"으음……. 당신 딸이 아깝지만, 확! 잡아먹는 걸 허락한다고 하셨어. 돌아와서 좋은 소식이나 들었으면 좋겠다고."

⁂

눈을 뜬 재후는 낯선 환경에 깜짝 놀랐다. 호텔 로고가 새겨진 베개와 침대 시트를 보니 자신의 방이 아닌 것이 확실했다.

"아, 머리야. 어떻게 된 거지? 죽겠네."

재후는 침대 옆 콘솔에 놓인 물을 따라 마셨다. 제 몸을 살펴보니 바지는 그대로이고 셔츠는 벗겨진 상태였다. 어제 서후에게 시은을 소개한 것은 생각났지만 이곳에는 어떻게 왔는지 도무지 기억이 나지 않았다. 필름이 끊어진 것은 처음이었다. 슬라이딩 문을 밀고 나가니 소파 테이블에 음식이 놓여 있었다. 때마침 머리에 수건을 두르고 가운을 걸친 시은이 욕실에서 나오고 있었다.

"여기서 잤어?"

"옆방에서 잤어요."

"왜? 왜 함께 안 자고 저기서 잤어? 응?"

"소리 지르는 거예요? 어머, 화도 내는구나."

"왜 따로 잤어?"

"깜짝 놀랐어요. 잠버릇이 그렇게 심한 줄 몰랐어요. 술에 취하니까, 이도 갈고 코도 골더라고요."

시은이 고개를 저으며 피곤하다는 듯이 양 미간을 지그시 눌렀다. 재후는 그런 시은을 보며 농담을 하는 것으로 알았다.

"거짓말하지 마. 처음 들었는데?"

"거짓말 아니에요. 도저히 잘 수가 없어서 도망친 건데."

"이시은, 그런 거짓말도 할 줄 알아?"

"정말로 맹세!"

손을 높이 들어 올리는 그녀의 모습에서 재후가 인상을 쓰고 말았다. 증명할 길이 없으니 그냥 포기하고 두통약이나 먹고 싶었다.

"아, 두통. 알았으니까 저기, 약 없어?"

"국물이 낫지 않을까요?"

시은이 테이블로 다가가서 아래에 놓인 종이 박스를 꺼내고, 테이블에 놓인 음식 중에 뚝배기 뚜껑을 열었다. 박스 안에는 휴대용 가스레인지가 있었다.

"이건 뭐야? 어디서 났어?"

"이거 걸리면 안 돼요. 여기서 몰래 사용해야 해요. 탑 시크릿!
빨리 오세요."

뚝배기 안에는 콩나물 북엇국이 있었다. 재후는 도대체 이것들
이 어디서 났는지 알 수 없어 궁금할 뿐이었다.

"한서후 사장님은 오늘 출장을 간다고 하시더라고요. 그러면서
제게 특별히 부탁을 하셨어요. 형은 맑은 국을 좋아한다면서요.
직접 만들어주고 싶었는데 그건 차마 양심상 할 수가 없었어요.
그래서 룸서비스를 불렀고, 윤 실장님께 전화해서 버너만 부탁했
어요."

"아이디어 좋은데? 직원한테 걸리면 진짜 쫓겨나는 거 아니
야?"

"이럴 때 서일그룹 회장이라는 특권을 좀 누려봐요. 아주 진상
손님 되는 거지. 블랙리스트에 오르려나?"

뚝배기를 올리면서 불을 켜는 시은을 보는 재후의 얼굴에 웃음
이 가득 생겼다. 말이 이렇게 많았던 적이 있었나 싶었다.

"언제부터 우리 이시은 씨가 이렇게 수다쟁이셨을까?"

목덜미에 입술을 누르며 말했기 때문에 또 시은은 까르륵 소리
를 내며 멀리 도망치려고 했다. 하지만 재후가 그녀를 놓아주지
않았다.

"사실 기분이 좋아요. 한서후 사장님이 아무것도 묻지 않았어.
그냥 그것만으로 기분이 좋아요. 왠지 모든 장애물을 통과한 느
낌이라고 할까요?"

재후의 얼굴이 어두워졌다. 어떤 허락이 필요하단 말인가. 허
락 따윈 필요 없었다.

"서후가 뭐라고 했는데?"

"형이 좋으면 자기도 좋다고요. 무조건 신뢰하는 느낌이었어요."

"그래. 그 녀석은 그래. 항상 그랬어. 내가 바퀴 모양이 네모라고 해도 그렇다고 할 녀석이지. 서후는 그러고도 남지. 그런데 시은아. 누구든 우리를 반대할 일도 없지만 그런다고 해도 물러서지 마."

국이 끓어 넘쳤다. 시은은 불을 끄고 그가 먹기 좋게 그릇에 덜어주었다. 맛있게 먹는 재후를 바라보며 그를 욕심 내지 않겠다고 다짐했지만, 요즘은 더욱이 욕심이 나고 있었다.

❅❅❅

하온은 안내 책자를 덮고, 심호흡을 하다가 귀에 이어폰을 꽂았다. 보통 간부급 이상은 프레스티지석을, 그 외에는 일반석을 이용하게 되는데, 마일리지가 있던 하온은 일반석에서 프레스티지석으로 업그레이드가 되었다. 마일리지를 이럴 때 써먹다니 천만다행이었다. 얼마 전 다녀왔던 프랑스 출장은 일반석이었다. 지금은 공간이 넓어져서 그나마 나은 출장길이 아니던가. 서후가 일등석으로 끊으라고 했지만 그럴 수는 없었다. 단둘이 가는 여행도 아니니까. 업그레이드가 되니 하온 혼자 자리가 지정되었다. 일행과 떨어져서 가니 조금은 심심했다. 그녀는 눈을 감고 마음을 안정시키려 애썼다. 그런데 누군가 옆에 앉아서 손을 잡아주었다. 하온은 화들짝 놀라서 눈을 떴다. 그 사람은 바로 서후였다.

"괜찮아?"

하온은 이어폰을 뺐다. 그가 왜 이곳에 있을까.

"저기, 여기는 어떻게⋯⋯."

"놀랐지? 내가 왜 여기에 있는지."

"네."

"이렇게 떨고 있을 거 같았어. 그래서 왔지. 여기 기대고 긴장 풀고 가."

서후가 하온의 머리를 자신의 어깨에 기대게 하고 귀는 손바닥으로 막아주었다. 항상 이렇게 해주고 싶었다. 처음 이렇게 해주었을 때는 들뜨는 기분이 들었었는데, 이제는 안쓰러운 마음이 더 큰 서후였다.

"사람들이 봐요. 우리 출장 가는 거라고요."

"볼 테면 보라고 해. 여기 우리를 아는 사람도 없어. 그리고 부러워서 보는 거야. 내가 좀 멋져야 말이지."

"그래요. 그건 맞아요. 멋져요. 그런데 원래 자리 주인은 어디 갔을까요?"

중년의 남자였던가? 하온은 정확한 기억은 없지만, 제법 번잡스러운 사람인 것은 기억났다. 잠시도 가만히 있지 않았던 사람이었으니까.

"나랑 바꿨어. 여기가 이제는 내 자리야."

"정말? 퍼스트 클래스랑 여기랑?"

하온이 몸을 바로 하고 서후를 똑바로 보았다. 그는 퍼스트 클래스다. 여기와 비교도 안 되는 자리. 그런 자리를 여기와 바꿨다고?

"응. 눈 감아. 함께 가면 그만이야. 이제는 내 생각만 해. 그럼 어지럽고 힘든 게 사라질 테니까."

홀로 편한 좌석에 앉았던 서후는 내내 화가 났다. 자신은 퍼스트 클래스인 반면, 하온은 그렇지 못하니 불만이 가득했었다.

"이걸 누가 정한 거야!"

버럭 소리를 지르는 서후에 놀란 승무원이 당장에 뛰어왔다.

불편한 것이 있느냐고 물으니 서후는 프레스티지석에 있는 진하를 불러달라고 했었다. 이륙 후 한 시간이 지난 후였다.

"채 실장, 유하온 좌석이 어딘지 알아봐."

"네, 네?"

진하가 알아본 결과 일반석이라고 생각했던 것과 다르게 마일리지로 업그레이드 됐다는 소리에 그나마 다행이라고 생각했다. 그래도 이렇게 갈 수는 없었다. 하온의 옆자리에 앉는 사람이 남자라는 말에는 당장 바꿔야겠다며 승무원을 불렀다. 하온의 옆자리에 남자가 앉아가도록 둘 수는 없었다. 승무원은 비행하는 도중에 자리를 바꿀 수 없다고 했다. 그러자 서후가 냅다 소리쳤다.

"고소공포증이 있는 사람에게 이상이라도 생기면 당신이 책임질 겁니까?"

절대 안 된다는 승무원에게 자리만 옮겨 앉고 내릴 때는 다시 원상태로 돌아가겠노라 말한 후에 하온 옆자리로 바꿀 수 있었다.

하온의 옆자리에 앉아 있던 남자는 얼씨구나 하며 자리를 바꿨다.

"후회하시는 건 아니죠?"

의심이 많은가.

"절대로!"

서후가 남자를 향해 소리쳤다. 후회 같은 건 하지 않는다. 오히려 지금 하온의 곁으로 가지 못한다면 후회할 것이다. 불편한 것이 대수겠는가. 사랑하는 사람과 함께 있는 것이 곧 퍼스트 클래스라고 생각하는 서후였다.

이제 좀 진정이 되는지 하온의 얼굴이 한결 편안해 보였다.

"앞으로 출장 갈 때는 네 비행기 표는 내 카드로 끊어. 나는 마일리지가 엄청 많아. 일등석도 가능할 거야. 아! 아니다. 다음에는 형한테 말하고 가는 걸로 하자."

"회장님이요?"

"응. 전용기 좀 빌리지, 뭐."

"기막혀."

'기막혀'를 연발하는 하온의 머리를 다시 기대게 하는 서후의 입가에 미소가 지워지지 않았다.

'기막히기는. 그렇게 해서 네가 편안하게 나와 같이 가면 그만이지.'

시간이 흘러 하온이 잠이 들었다. 잠든 그녀 얼굴을 보는 서후의 신경은 온통 제주도에 있었다. 건강이 많이 안 좋으신 할머니. 그 사실을 알면 출장을 포기할 하온을 위해서 거짓말을 부탁하는 그녀의 아버지. 서후는 재민의 귓속말이 끝나고 하온은 출장에서 제외시키겠다고 말하려고 했다. 그 순간 재민은 고개를 저었다.

"됐어. 회사까지 빠지면서 하온이를 여기에 잡아두고 싶지 않아. 이러다가 오래 계실 수도 있고."

제주도를 떠나기 전, 재민은 서후의 등을 두드려 주면서 하온을 부탁한다는 말을 몇 번이나 했다. 노 여사처럼 재민도 서후를 믿고 있었다.

뉴욕에 도착해서 각자 짐을 정리하고 나서 쉬는 시간이 주어졌다. 저녁쯤에 '에버 모나코'에서 준비한 미팅이 잡혀 있었다. 에버 모나코 측에서 나와 내일 있을 패션 플래그십 스토어 오픈 행사에 대해 설명해 주었다. 그녀의 얼굴엔 피곤한 기색이 역력했다. 하지만 하온은 정신을 차리려는지 눈을 깜빡거리며 집중하는 모습이 보였다. 서후는 저절로 미소가 지어졌다.

서후를 객실까지 안내하는 사람은 '에버 모나코'의 총지배인인 얀과 클레어였다. 클레어는 한국으로 말하면 지점장이라고 할 수 있는데 금발에 모델로 봐도 손색없을 정도의 미모의 소유자였다. 얀은 총지배인이지만 40살에 젊고 유능해 보였다. 얀의 눈에는 서후가 상당히 거만하게 보였고, 요구하는 것이 많아 대하기 불편했다. 인상도 날카로운 서후는 그와 동행하는 비서와 일행 모두에게 숙소도 디럭스 이상으로 제공하라고 했다.

"푠 하게 시~시오."

얀이 한국어로 말하자 서후가 그에게 웃어주었다. 얀은 그제야 안도의 한숨을 내쉬었다.

하온은 저녁을 거르고 침대에 누웠다. 샤워도 대충하고 나와서 머리는 다 말리지도 않았다. 몸이 천근만근인지 푹 가라앉은 느낌이 들었다.

띠리링.

초인종 소리에 겨우 몸을 일으켰다.

"Who is it(누구세요)?"

"룸서비스."

하온은 서후라는 것을 단박에 알았다. 하온은 머리에 수건을 두르고 있다는 것도 잊은 채 그의 목소리만 듣고 그대로 문을 열었다.

"누군 줄 알고 바로 문을 열어?"

서후의 손에는 포장된 음식과 꽃이 들려 있었다. 서후는 테이블 위에 들고 온 것을 내려놓고 하온의 머리에 두른 수건을 벗기고 머리를 말려주었다.

"이러다 누가 오면 어쩌려고요."

서후는 아무런 대꾸도 하지 않고 하온을 번쩍 안아서 성큼성큼 걸어 침대로 향했다.

"이게 무슨 짓이에요?"

"좀 자. 눈 밑에 검은 아이패치 붙여놓은 거 같아."

하지만 서후는 하온을 그냥 재울 생각이 없었다. 하온의 위로 올라와 입술을 혀로 문질렀다. 혀에 묻은 타액이 하온의 입술에 옮겨 가 윤기가 흐르고 있었다.

"흐음. 이건 나를 더 피곤하게 하는 건데?"

"하아, 좋다."

서후는 하온이 걸치고 있는 옷을 밀어 올리고 가슴을 가볍게 움켜쥐었다. 서후가 몸을 가까이 해서 귓불을 깨물자, 하온은 눈을 스르르 감고는 그의 뜨거운 숨결을 느꼈다.

"하아, 졸린데, 기분이 너무 좋아요."

서후는 그녀의 말이 끝남과 동시에 하온의 입술을 혀로 가르고 들어갔다. 게슴츠레하게 뜬 눈으로 하온의 얼굴을 바라보았다.

"하아, 빨리……."

하온은 서후의 손길을 느끼며 앙탈을 부리듯 독촉했다. 하온은 다급해졌는데 여전히 그는 맛을 음미하듯 키스를 이어갔다.

"읏."

하온은 신음을 밖으로 내지 않기 위해 떨리는 입술을 깨물고 손으로 입을 막았다. 그녀가 일부러 소리를 참아내는 것이 느껴져 서후는 입을 막고 있는 하온의 손을 치웠다.

"참지 마. 참으면 병 돼."

약 올리듯 씩 웃는 그가 얄미워 하온은 서후를 잔뜩 노려보았으나 그는 개의치 않았다.

참다가 참지 못하고 내지른 신음의 고통이 어떤지 그는 모를 것이다. 온몸에 짜릿함을 선사해서 신음마저 참을 수 없게 만들어 놓고 그는 정작 아무렇지 않게 웃고 있다. 하온은 야릇한 신음이 나오는 것이 싫었다.

"하온아, 사랑해."

이 나쁜 인간! 이렇게 애태우고 사랑한단다. 하온은 가슴에 불을 지펴놓는 이 남자가 무척이나 야속했다.

"사랑해."

사랑한다고 연달아 말하는 서후의 목소리가 룸 안을 가득히 울렸다.

"사랑해요."

"사랑해, 영원히……."

서후의 나지막한 고백에 하온이 그의 품속으로 파고들었다. 그들은 곧 깊은 잠 속으로 빠져들었다.

고작 한 시간을 자고 일어난 서후는 기지개를 켰다. 아직 일어나지 않은 하온을 서후가 강제로 깨우기 시작했다.

"일어나. 밥 먹자."

하온은 기내에서도 먹은 것이 없어서 이대로 계속 잠을 잔다면 꼬박 하루를 굶게 되는 것이었다. 아무리 시차 때문이라고 해도 깨워야 했다.

"아아앙~ 그냥 둬. 나 좀 더 자게."

"풋! 아양도 부리네."

서후가 하온을 흔들었지만, 그녀는 일어날 생각이 없는지 움직이지 않았다. 귀에 바람을 넣어 봐?

"후~!"

"엄마! 오빠가 또 장난쳐!"

"어쭈! 당신 오빠가 이런 장난도 쳤어? 허! 말도 안 돼! 일어나, 일어나!"

서후가 하온의 몸을 마구 흔들었다. 그녀의 몸이 흔들리며 덮여 있던 시트가 몸에서 흘러내렸다. 고스란히 드러난 굴곡은 마치 산의 능선을 보는 듯했다.

"아앙. 나 졸려. 조금만 더 자면 안 돼?"

"응. 안 돼."

하온은 꿈을 꾸는지 서후를 오빠로 아는 모양이었다. 서후는 하온의 옆에 누워 장난치듯 그녀의 몸을 손끝으로 쓸었다.

"으음, 아앙……."

서후는 결국 하온의 등을 받쳐 제 몸 위로 올리고는 그녀의 엉덩이를 움켜쥐었다. 하온은 깜짝 놀랐는지 눈을 번쩍 떴다. 서후가 몸을 들썩이더니 하온을 번쩍 안아들고 성큼성큼 걸어 욕실로 향했다.

"지금 뭐 해요?"

"물 받아서 쉬다가 저녁 먹어야지. 분위기 좋은 곳에서 칵테일도 마시고. 야경 구경도 하면서. 또 함께 자고."

"오늘 할 게 그렇게 많아요?"

"응. 스케줄이 아주 빵빵하지? 내가 힘들 거라고 했잖아. 이제부터 잠자기 힘들걸? 아버님 말씀처럼 잡아먹는 걸 실천해 보려고."

'아빠가 정말 그렇게 말씀하셨을까?'

서후의 말이 의심이 갔지만 하온은 그의 말에 호응해 주기로 했다.

"와우! 제가 아는 한서후 사장님은 그다지 말을 잘 듣는 사람이 아닌데."

욕조에 물을 받고 있던 서후는 말이 없었다. 하온을 욕조에 앉히고 거품을 푼 다음 그녀 뒤로 들어와 앉아서 뜨거운 거품 목욕을 즐길 뿐이었다. 서후는 하온에게 물을 뿌려주며 어깨를 마사지 했다.

"이상한 생각하고 있지?"

"이상한? 뭘요?"

"계속 엉덩이를 들썩이잖아. 원한다면 내가 또 한 번 힘써볼게."

하온은 그의 말 때문에 얼굴에서 열이 홧홧하게 올랐다. 서후는 하온의 목덜미에 자잘하게 키스하며 흥분한 제 몸을 제어했다. 계속 짐승처럼 그녀에게 달려들 수도 없는 일이 아닌가. 서후는 오랜 시간을 물속에 있어 두 볼이 붉어진 하온을 안아 일으켜서는 샤워기로 헹궈주고 커다란 수건으로 몸을 닦아주었다.

"제가 할게요. 저도 할 수……."

"해주고 싶어서 그래. 누가 못 한다고 했어?"

서후는 그녀의 몸에 로션을 바르고 가운까지 입혀주고 난 뒤에야 만족스러운지 미소를 지었다. 서후는 그녀의 이마에 쪽 하고 입을 맞춘 뒤 침대에 앉혀두고 다시 욕실로 들어갔다.

"참나, 출장 와서 뭐 하는 건지."

서후도 가운을 걸치고 수건으로 머리를 털며 침대 끝에 앉아 있던 그녀의 손을 잡고 일으켜 테이블 위에 놓아두었던 꽃다발을 건네주며 소파에 앉게 했다.

"어때서? 나는 좋기만 한데?"

장미로 된 꽃다발 향기를 맡으며 서후에게 고맙다고 말했다.

"이거는 어디서 났어요?"

"그냥 오기 서운해서 아케이드에서 샀지. 여기는 우리나라처럼 꽃을 풍성하게 만들어 팔지는 않나 봐. 솔직히 여자에게 꽃 선물을 해본 적이 없어. 오늘은 이걸로 만족해."

"믿을 수가 있어야지."

"허! 내가 아무한테나 꽃 선물하는 사람인 줄 알아? 나를 어떻게 본……."

서후가 말을 줄이더니 갑자기 하온의 손목을 잡고 말했다.

"유하온! 너, 시계 어디 있어?"

"아, 시계. 비행기 타자마자 뺐어요."

"왜?"

서후가 몹시 화를 내서 하온은 가방에 있다고 말해주고 손목을 쳐다보았다. 어찌나 세게 잡았는지 손바닥이 하얗게 변해 있었다. 서후는 하온의 손목을 놓고 당장 시계를 가져오라고 했다.

"여기 있어요."

하온은 가방에 보관해 놓은 시계를 케이스 통째로 가지고 왔다.

"왜 뺐어?"

서후는 자신의 성의를 무시하는 건가 싶어 불쾌해하며, 하온의 손목에 시계를 채워주었다.

"잃어버릴까 봐 뺐어요. 여기 미국이잖아요. 이거 비싼 것이잖아요."

"부담 돼?"

"솔직히 그래요."

"선물에 부담을 느끼면 어떡해? 선물은 그냥 선물이지. 나는 바라는 거 없어. 나를 좋아해 주고 옆에 있어주는 유하온이 최고의 선물이야."

"말이나 못하면."

서후가 하온을 안아주었다. 괜히 하온을 오해했었다. 자신이 준 선물이 마음에 들지 않은 것으로. 서후가 그녀의 등을 감싸며 가볍게 입맞춤을 하자 하온이 천천히 눈을 감았다.

"키스, 기다리고 있었어?"

"하, 미쳐 정말."

하온은 서후의 품이 따뜻했고 달콤한 입맞춤이 좋아서 저절로 눈이 감긴 것이었다. 그렇다고 놀리다니. 서후가 얄미워 살짝 밀어냈다. 하지만 그는 아랑곳하지 않고 하온의 가운을 벗기고 있었다. 하온은 그 손길에 화들짝 놀라 뒤로 한 발 물러났다.

"또 왜 이래요?"

"밥 먹으러 가야지. 내가 아는 재즈바(BAR)가 있거든. 옷 갈아입는 거 도와줄게. 왜? 혹시 이상한 생각했어?"

14
사랑하면서 파생된 것들

　호텔에서 얼마 안 가 금세 도착한 재즈바는 사람들로 북적거렸다. 둘은 사람들 사이로 줄을 서서 들어갔다.

　서후는 꾸미지 않은 모습이었다. 청바지에 민트색 라운드 니트, 감색 코트를 걸친 그는 평소처럼 딱딱한 정장 차림이 아니었다. 평소에는 머리도 빗질하여 고정했다면 오늘은 자연스럽게 앞머리도 내려서 훨씬 편하게 보였다.

　그 모습이 생소한 하온이 계속 쳐다보자 서후는 하온의 콧등을 만지고 안으로 걸어갔다. 하온은 혹시 몰라 챙겨온 청바지와 영문이 새겨진 후드티를 입고 오길 잘했다고 생각하고 그의 뒤를 바짝 걸어갔다. 목에 감은 목도리가 거추장스러울 정도로 실내는 무척이나 더워 하온은 당장에 목도리를 풀어버렸다. 하온은 생각보다 사람이 많아서 놀랐다.

　"조금 복잡하지? 하지만 왜 이렇게 많은지 곧 알게 돼. 함성을 지를 거거든."

　"왜요? 멋진 남자라도 나와요?"

"밝히기는. 나 하나도 부족해?"

하온이 어깨를 들썩이자 서후가 기막힌 듯 한숨을 쉬며 웃었다. 사람은 많아도 자리는 좋았다. 앞쪽 중앙 자리였다. 직원이 다가와 주문하겠냐고 했다. 서후는 그의 귀에 대고 말했고 직원은 고개를 끄덕이며 사라졌다.

"정말 유명한 사람이라도 나와요?"

"응. 기대해도 좋아."

하온은 재즈는 즐기는 편이 아니어서 낯설었다. 그래도 둘이서 몰래 하는 데이트여서 스릴이 넘쳤다. 특히 이 먼 곳까지 와서 하는 데이트라 더욱 설레었다.

잠시 후, 환호성과 함께 중앙 무대에 조명이 집중되었다. 그리고 색소폰을 들고 등장한 남자는 하온도 아는 사람이었다.

"어머나! 아는 사람이다. 진짜 유명한 사람이네?"

"개인적으로 잘 알아? 하하."

서후가 놀리는 것을 알았지만, 하온은 개의치 않고 턱을 괴고 무대에 집중했다. 하온은 케니 지의 독특한 머리스타일을 보고 바로 알아볼 수 있었다. 'Blue Note Jazz Club'은 뉴욕에서도 유명한 재즈바다. 여기서 케니 지의 공연을 보게 될 줄이야.

서후는 음악보다 하온에게 집중했다. 이곳에 오길 잘했다. 자주 오는 곳은 아니었지만, 뉴욕을 올 때면 들르는 곳인데, 미리 공연 현황을 알아보니 그래도 유명한 사람의 공연이어서 예약해 두었다. 하온이 좋아할지 걱정이었지만, 집중하고 있는 그녀를 보니 괜한 걱정이었다.

서후가 좋아하는 하온의 모습을 보며 피식 웃는 사이에 주문한 칵테일이 나왔다. 준벽은 하온을 위해 주문했고, 마티니는 서후가 마시려고 주문했다. 연둣빛의 싱그러운 색깔이 아름다운 준벽은 멜론, 바나나, 코코넛, 파인애플, 레몬 다섯 가지 맛이 나는 달콤한 칵테일로 여름에 마시기 좋아, 열기 가득한 실내에서 잘 어울리는 것 같다. 하온이 열기로 더웠는지 칵테일로 입술을 축였다. 상큼한 맛에 비해 알코올의 쓴맛은 없어 하온은 만족스러운 미소를 지었다.

"이런 걸 주문해 주다니, 좋아요. 아주 상큼해요."

"여기서 권해줬어."

직원이 왔을 때 서후가 물었었다. 하온이 좋아할 만한 칵테일을 권해줄 수 있느냐고, 그러자 그는 상큼하고 맑은 술이 있다며 준벽을 권해준 것이었다.

"아하~ 그랬군요."

색소폰 연주가 이어질수록 익숙한 멜로디에 심취되어 시간 가는 것도 모르고 있었다. 시계를 본 하온은 한 시간 반이나 지났다는 것에 놀랐다. 하온은 서후에게 양해를 구하고 화장실로 향했다. 서후가 2층에 있다고 알려주었다. 하온이 계단을 올라가다 내려오던 금발의 남자와 어깨를 부딪쳤다.

"죄송…… Oh, Sorry."

하온이 한국어로 말했다가 부딪친 남자가 외국인인 것을 알고 바로 영어로 말했다. 그는 하온에게 손을 들어주었다.

"Ok, ok."

웃는 모습이 매력적인 남자였다. 큰 키에 금발인 남자는 검은 가죽 재킷에 검은색 가죽 바지를 입었다. 다소 마른 몸매인 남자는 하온을 보며 생글생글 웃고 있었다. 하온은 그 남자에게 고개를 숙여 인사를 하고 다시 계단을 올랐다. 복잡한 것은 화장실도 마찬가지였다. 사람들 틈 사이를 비집고 들어가 겨우 볼일을 보고 나온 하온은 손을 씻다가 더운 것 같아서 볼에 물을 묻혔다. 그런데 손목에 있어야 할 시계가 보이지 않았다.

"이런! 맙소사! 시계! 내 시계?"

조금 전까지 차고 있었던 시계가 사라졌다. 하온은 어디에서 잃어버린 것인지 기억이 나지 않았다. 호텔에서 나올 때만 해도 손목에 멀쩡하게 있었던 시계가 없다는 건, 이곳에서 사라졌다는 것이 확실했다. 그렇다면 조금 전에 남자와 부딪쳐서 떨어졌나? 하온은 화장실을 나가서 계단 아래부터 시계를 찾기 시작했다. 제발, 그 자리에 있어라. 비싸고 좋은 시계라면 애초에 풀린 것이 불량 아닌가?

『이거 찾아요?』

그 남자였다. 금발의 남자.

『맞아요. 제가 잃어버린 바로 그 시계예요.』

하온은 이제 살았다 싶어서 안도의 한숨을 내쉬었다. 남자에게 손을 뻗어 달라는 제스처를 했지만 남자는 손을 뒤로 하더니 고개를 흔들었다.

『오늘 술 한잔 사주는 건 어때요?』

하온은 남자의 말에 혀를 찼다.

'작업이네, 작업. 뭐 이런 사람이 다 있어?'

하온은 이상한 남자라며 소리치고 싶었지만, 시계 때문에 그럴 수도 없었고, 서후를 부르기에는 먼 거리에 있어서 곤란했다. 하온은 이상한 남자를 퇴치할 방법을 생각했다.

『나는 레즈비언은 아니지만, 여자를 좋아하거든?』

하온의 말에 남자가 소리 내서 웃었다. 하온은 남자가 웃으니 괜히 무섭기도 했다. 외국 남자를 혼자서 상대해 본 적이 없으니, 어찌할 바를 모르겠다.

"왜 웃어? 쳇!"

『한국 사람?』

아, 괜히 한국말로 말했네. 그냥 욕이나 실컷 해줄까? 알아듣지도 못할 텐데?

"너! 그 시계 탐나서 그래? 보는 눈은 있어가지고. 좋은 말 할 때 빨랑 내놔. 경찰에 신고하기 전에!"

『소리 지르면 곤란하지.』

남자의 목소리는 조금 전보다 더 낮게 가라앉았고 웃지 않았다. 이제 정말 도움을 요청해야 할 것 같았다. 하온도 이제 참지 못하고 사람을 부르기 위해서 두리번거렸다.

"Help me……!"

"Ah, Ok. 나는 오스카."

"한국말 할 줄 알아?"

오스카는 고개를 끄덕였다. 많이는 아니지만 대충은 알아들을 수 있었다.

"오스카 그랜트. 한국 친구 알고 있어. 너 name."

"나 네임? 이름? 유하온. 하온."

"빠온?"

하온의 이름이 어려운지 발음을 못하는 오스카는 손에 들린 시계를 그녀에게 건네주었다. 하온은 시계를 살폈다. 보아하니 줄이 끊어지면서 빠진 모양이었다.

'이거 완전 짝퉁이잖아. 어떻게 바로 줄이 끊어져?'

오스카가 명함을 꺼내 하온에게 건넸다. 하온은 명함을 받아 남자와 번갈아 보았다. 웨딩드레스 디자이너, 오스카 그랜트. 'THE bride' 사의 대표였다.

"이야, 높은 사람이었네요? 어쨌든 시계 찾아줘서 고마워요. 내 이름은 하온. 유하온."

"휘~온."

"오케이. 발음이 어려워. 오스카 그랜트 씨, 만나서 반가워."

하온은 자신보다 나이가 많아 보이는 오스카에게 말을 놓으며 웃었다. 오스카가 무슨 이유에서인지 계속해서 웃고 있었기 때문이었다.

'왜 자꾸만 웃어? 응?'

서후는 하온을 기다리면서 홀짝홀짝 마티니를 마시고 있었다. 마티니가 도수가 센지 머리가 어지러웠다. 평소 술을 별로 즐기지 않는 편인 서후는 분위기가 좋아서인지 웬일로 칵테일을 몇 잔 마셨다. 그래서인지 취하는 기분이었다. 서후는 한참을 오지 않는 하온을 찾으러 화장실로 향했다. 혹여 길을 잃은 것은 아닐까 괜한 걱정이 앞섰다.

『다음에 이쪽으로 오게 되면 꼭 연락 줘요.』

『그럴게요. 만나서 매우 반가웠어요, 오스카.』

서후가 2층으로 올라가자 하온이 웃으며 이야기하는 모습이 보였다. 외국인과 다정하게 웃으면서 이야기를 나누고 있어? 서후가 다가가서 하온의 손을 잡아 자신의 등 뒤로 세웠다.

"엄마야!"

"지금 여기서 뭐 하고 있어?"

하온은 서후가 잡아당기는 바람에 그의 등에 부딪쳤다. 서후의 목소리가 워낙 커서 아직도 귓가가 얼얼했다. 오스카는 소리치며 다가온 한국 남자 때문에 귀청이 떨어져 나가는 줄 알았다. 아는 사람도 한국 사람인데, 그도 목소리는 컸다. 역시 한국 사람은 목소리가 컸다.

하온은 잔뜩 인상 쓰고 있는 서후에게 오스카에 대해 설명했다. 하지만 서후는 오스카를 당장에 죽일 듯이 노려보며 하온의 말은 듣지 않았다. 아무래도 서후는 오스카를 하온에게 이상한 짓이나 하는 늑대로 본 모양이었다.

한국.

서일그룹 회장실로 누군가 찾아왔다. 한태인. 재후와 서후의 삼촌으로, 그는 아버지와 생김새가 닮아 간혹 착각을 일으키곤 했었다. 특히 웃는 모습이 매우 닮았다.

"어서 오세요. 앉으세요. 오랜만에 들어오셨네요?"

태인이 손을 내밀었다. 재후는 악수를 하고 건너편에 앉은 그를 유심히 보았다. 우선 비서에게 차를 내오라고 지시하고 재후도 태인의 맞은편에 앉았다. 태인은 소파에 등을 깊게 기대고 편하게 앉아 있었다. 재후는 오랜만에 한국에 들어온 그가 어쩐 일로 회사까지 찾아왔는지 궁금했다. 혼자 사는 것이 익숙한 그가 자유가 좋다며 떠돌이처럼 생활한 것이 재후가 알기로는 삼십 년이 넘었다. 태인이 이루지 못한 사랑 때문으로 알고 있다. 세계 각국을 떠돌며 여행을 다녀서인지 피부가 검게 변해 있었다.

"그동안 뭘 하면서 지내셨는데 그렇게 타셨어요?"

"나야 두문불출하는 게 일이지."

좋아하는 여행을 다니고, 칼럼을 써서 출판을 하고, 좋은 배경은 사진을 찍었다. 이 모든 것은 추억이자 그의 소중한 재산이었다.

똑똑. 서예가 들어와 찻잔을 조심스럽게 놓고 나갔다.

"비서가 바뀌었더구나. 안 그래도 궁금했어."

"유 비서를 기억하십니까?"

"그 사람이 유 비서냐? 전에 있던 그 비서는 기억하고 있지. 형님이 많이 아끼던 비서였어."

"네. 그랬죠."

태인은 하온을 머릿속에서 기억이라도 하듯 그림을 그리고 있었다. 다소곳하면서 참한 아가씨였다. 두어 번 본 것이 전부였어도 기억에 남았다.

"왠지 조금 전 비서와는 분위기가 달랐던 거 같아. 어디 갔어?"

"유능해서 서후에게 보냈습니다."

"훗. 그랬구나."

서후의 이름이 나오니 저절로 인상이 구겨졌다. 며칠 전 마주
쳤던 일 때문이었다. 찻잔을 놓고 재후를 보는 태인의 눈빛이 강
렬했다. 재후는 서글서글한 눈매에 부드러운 인상. 서후는 날카
롭고 매서운 인상. 예전에는 회장감으로 서후를 꼽았었다. 재후
는 모질지 못해서 개미 한 마리도 못 죽일 것 같다고, 맺고 끊음
이 강한 서후가 거론되었다.

이미 고인이 된 전(前) 회장은 회사를 이어갈 사람이 장남일 필
요가 있느냐며 서후에게 점수를 후하게 주었었다. 하지만 서후는
점점 삐뚤어졌다. 고등학생 시절은 착실하지 않았다. 비행청소년
이라는 소문이 파다한 그를 좋게 볼 사람은 없었다. 서후가 삐뚤
어지지 않게 다독이는 재후가 있어서 그나마 조금 나아진 것이었
다. 재후는 그 무렵부터 경영 수업을 받았다. 충분한 자질을 평가
받고 나서야 아버지의 눈에 들었던 것이다.

"며칠 전에 서후를 봤다."

'서후를 어디서 보았을까?'

"말투가 제법 거칠더구나."

재후는 웃음이 나왔다. 이 녀석, 또 마음 가는 대로 행동했구
나. 재후나 서후나 태인을 못마땅하게 여기고 있었다. 그렇지만
표현의 차이일 것이다. 서후는 다혈질에 직설적인 반면, 저는 부
드러우면서 세심한 편이니까. 재후와 태인의 눈이 마주쳤다. 웃
는 얼굴을 하고 있었지만 제대로 눈을 마주하는 것은 처음이었
다.

"눈은 형수님을 닮았구나."

태인의 말에 재후는 별다른 반응을 하지 않았다. 어머니를 닮
았다는 소리야 누누이 들었었기에 놀랄 일도 아니었다.

"왜 오셨어요?"

태인은 재후의 표정을 읽을 수 없었다. 표정은 부드럽지만 속내를 알아차리기 힘들 정도로 페이스 조절을 잘하는 사람이었다. 차라리 차갑게 쏘아대는 서후가 다루기에 쉬울 수도 있었다. 태인은 재후의 질문의 이유를 생각했다. 한 가지일 것이다. 갑자기 한국에 와서 찾아온 목적이 있을 터. 그 목적이 무엇인지.

"얼마나 계실 작정이십니까?"

"하하하. 내가 오자마자 쫓아낼 생각인 거냐?"

"조용히 쉬다 가세요. 괜히 집안 시끄럽게 하지 마시고요. 별장도 비어 있으니 거기서 며칠 쉬시는 것도 좋다는 생각이 드는데요. 윤 실장에게 모시라고 하겠습니다."

태인이 웃다가 대번에 표정을 구겼다.

"자리가 사람을 변하게 만드는구나. 너도 냉정할 줄 알고. 하하, 웃으면서 마음은 감추는 것도 알다니, 세월이 흘러서 변한 거냐? 서후는 차갑게 말은 해도 냉정한 녀석은 아니야. 그 녀석은 그리 말해도 속으로 걱정을 많이 해."

"오셨다고 하면 분란이 일까 조바심부터 생겨서요. 조심해서 들어가세요. 멀리 못 나가서 죄송합니다."

"뭐가 그리 두려우냐? 네가 다 가졌으면서? 동생한테 빼앗길까봐 두려워? 뺏을 것이 더 남았어?"

재후는 목울대가 흔들릴 정도로 침을 꿀꺽 삼켰다. 눈빛이 흔들리고 있었다.

"표정이 그리 읽혀서야, 쯧쯧! 이런 것은 형님이 안 가르쳐 주셨어? 말투는 냉정해도 눈빛은 아직 멀었어. 이만 간다."

태인이 웃으며 밖으로 나갔다. 재후는 태인에게 정중하게 인사하면서 입가에 미소를 머금고 있었다. 그가 나가는 것을 보면서 웃던 입술이 파르르 떨렸다. 재후의 미소가 순식간에 사라지고 있었다.

오스카는 서후에게 개인적으로 한국인을 좋아한다면서 악수를 청했다. 그는 하온에게 한국에 친한 사람이 많다면서, 얼마 전에는 자신이 만든 웨딩드레스도 선물했다고 자랑을 늘어놓았다. 하온은 그의 말을 잘 들어주었지만, 서후는 오스카를 노려볼 뿐, 전혀 관심이 없었다.

"비켜!"

『나한테 왜 화를 내는지 모르겠군.』

오스카는 서후가 이상했다. 그가 왜 적대감을 보이며 거리를 두는지 알 수가 없었다.

『시끄럽거든! 그냥 입 닥쳐라!』

서후는 오스카를 노려보았다. 옆에 있던 하온도 그의 반응이 과하다고 여기고 있었다. 서후는 하온의 손을 잡아끌고 그대로 재즈바를 나와 버렸다. 서후는 바로 하온을 차에 태웠다. 좋았던 분위기가 갑자기 냉랭해지자 하온은 그가 하는 대로 따랐지만, 도무지 그를 이해할 수 없었다.

"너는 그냥 시계를 받아서 오면 되지, 거기서 장난을 쳐?"

"장난 안 쳤어요."

"말 받아주는 게 장난이 아니면 뭐야?"

"그 사람이 안 주면서 장난친 거고, 한국인이라면서 반가워하는데 어떻게 그냥 와요? 그리고 소리친 건 서후 씨죠. 말을 하면 좀 들어요. 왜 무조건 화부터 내요?"

"무슨 이야기가 필요해? 내 여자가 외간 남자랑 웃고서 떠드는데?"

호텔로 돌아오는 길에 차 안에서는 계속해서 언쟁이 벌어졌다. 누구 하나 지려고 하지 않으니. 이렇게 되면 싸움이 나는데. 하온은 한숨을 내쉬고 마음을 추슬렀다.

"앞에 들리겠어요."

서후는 스피커를 가리켰다. 리무진은 스피커의 버튼을 눌러야 대화가 가능했다. 뒷좌석과 분리되어 있었다.

"시계 줘."

"왜요."

"주라면 줘."

하온이 손목시계를 서후에게 주었다.

"이거 정말 버리든지 해야지. 인연이 아닌가 봐. 다른 사람이 만진 건 나는 싫어."

줄이 끊어질 거라는 생각은 하지 못했고, 다른 사람 때문에 싸움까지 벌어진 것이 싫었다. 처음부터 하온이 부담스럽게 느꼈던 시계라 인연이 아니라는 생각이 들었다. 서후는 교환을 하든지 다른 선물을 사주는 것이 나을 거라는 생각 끝에 하온에게 시계를 도로 달라고 했다. 그런데 화가 나는 건 참을 수 없었다. 다른 사람이 만진 시계라서 그런가? 서후는 자동차 창문을 열어 손을 밖으로 내밀었다. 하온은 깜짝 놀라 서후의 손을 잡았다.

"뭐 하는 거예요?"

"다른 걸로 사줄게."

"지금 버렸어요? 그게 어떤 건데……."

하온은 믿을 수 없었다. 그걸 어떻게 버릴 수가 있지?

"시계가 중요한 게 아니야. 처음 보는 남자가 네 손을 잡았고, 웃는 것도 봤어. 이건 이제 필요 없어."

하온은 서후의 행동이 기가 막혔다. 그렇다고 그걸 버려? 남자가 만졌다고 버려? 말이 되는 소리를 해.

"세워요. 자동차 멈춰. 내릴게요."

"뭐? 내려?"

"네. 내릴게요. 세워요."

하온의 눈에는 어느새 눈물이 맺혀 있었다. 시계를 주웠으니 그 시계를 만지는 것은 당연한 거고, 시계를 찾아준 사람에게 웃으며 고맙다고 인사했을 뿐이었다. 그게 그렇게 화낼 이유란 말인가? 도저히 그를 이해할 수 없었다.

"차 세워."

서후가 스피커를 켜고 말했다. 자동차는 잠시 후에 멈췄고 하온은 말없이 내렸다. 서후는 하온이 당연히 호텔로 가는 택시를 탈 것으로 생각했는데 반대 방향으로 걸어가고 있었다. 지리가 익숙하지 않은 그녀가 막무가내로 걸어가는 것에 놀라 서후가 차에서 내려 하온의 뒤를 재빨리 쫓아가서 그녀의 손목을 낚아챘다. 하온은 눈물을 흘리고 있었다. 서후는 하온을 또 울렸다는 죄책감에 저 스스로를 탓했다.

'한심하네. 바보 같은 놈.'

서후는 하온의 눈가에 맺힌 눈물을 손끝으로 닦아주었다.

"울지 마. 내가 미안해."

"흐흡……. 시계는 찾아야죠. 그게 어떤 시곈데."

"어떤 시곈데?"

"사랑하는 사람이 준 시계요. 흐읍, 하아, 그걸 버리고 있어."

서후가 손바닥을 펴서 하온에게 보였다. 손목시계는 서후에게 있었다.

"안 버렸어. 이걸 왜 버려. 내가 처음 준 선물인데 줄도 끊어지고, 그 남자가 네게 관심을 보이니까 괜히 짜증이 나서. 미안해. 내가 진짜 미안해."

퍽. 퍽. 퍽.

하온의 심장이 쿵하고 내려앉았다. 하온은 서후의 가슴을 마구 때렸다. 그가 미워서였는지, 안도감이었는지. 하온은 있는 힘껏 서후를 때렸다.

"흐흑, 진짜! 나한테 뭘 원하는 거예요? 나 그냥 인형처럼 얌전히 있어요? 사랑은 집착이 아니에요. 구속하는 것도 아니고. 조금 답답해지려고 해요."

아침이 밝았다.

진하는 지난밤, 사장과 하온이 데이트를 하는 것인지 호텔 밖으로 몰래 빠져나가는 것을 보았다. 하온과 같은 층에 묵는 진하는 배가 덜 찼는지 야식 생각이 났다. 밥이 고팠던 그는 밖에서 끼니를 해결하고 들어오던 길이었다. 막 엘리베이터에서 내렸을 때 둘은 룸에서 나오고 있었다. 진하는 비상구 쪽으로 빨리 뛰어가서 숨었고 그렇게 서후와 하온의 모습을 지켜봤던 것이다. 진하는 어젯밤의 일이 떠올라 저도 모르게 입가에 미소가 걸렸다. 그래서인지 몰라도 서후가 묵은 룸 초인종을 누르면서 괜히 긴장이 되는 진하였다.

룸으로 들어간 진하는 평소와 변함없는 서후의 모습에 입가에 웃음을 머금었다.

"어젯밤은 편하게 보내셨습니까?"

"응."

"클레어가 로비에 도착했다는 연락이 왔습니다."

진하는 서후가 묵는 방에 도착하기 전, 약속한 시간 10분 전에 도착했다는 클레어의 전화를 받았다. 진하는 서후가 가방을 챙기는 동안 혹시 이곳에 하온이 있는 것은 아닐까 하고 주변을 두리번거렸다.

'함께 밤을 보낸 건 아니었나? 쑥스러워서 못 나오나? 그냥 먼저 나가줄까?'

"채 실장, 가지."

"네. 그런데 유 비서는 아직입니까?"

"로비로 바로 올 거야."

"아, 예."

서후는 여느 때와 다름없이 깔끔했다. 흰색 셔츠는 눈부실 정도로 하얗게 빛났고, 깔끔하게 빗어 넘긴 머리카락은 흐트러짐 없이 가지런했다. 한 치의 구김 없는 블랙 슈트는 클래식했다. 신발과 색을 맞춘 서류 가방을 들고 룸을 나온 그는 까칠해진 얼굴을 빼면 모든 것이 완벽해 보였다. 서후의 얼굴은 피곤해서 까칠한 것은 아닌 것 같았다. 그는 근엄하기까지 했다. 분위기가 왜 이래? 진하는 얼굴에 드리워져 있던 미소를 거뒀다.

로비에는 이미 하온이 나와 있었다. 서후를 발견한 하온이 고개 숙여 인사하자 '응. 잘 잤어?'라며 한마디 하고 바로 지나쳐 차에 올랐다. 클레어는 서후에게 반갑게 인사했다. 물론 서양식으로 볼에 가볍게 입을 맞추고, 재빨리 서후의 옆에 올라탔다. 하온은 진하와 운전석 바로 뒤, 차가 진행하는 역방향으로 타게 되어 서후와 클레어를 바라보며 가게 되었다. 클레어는 서후에게 바짝 붙어 주요 일정을 설명했다.

하온은 신경 쓰지 않으려 했지만, 눈이 저절로 가는 것은 어쩔 수 없었다. 클레어가 지나치게 바짝 붙어 있는 것부터 볼에 한 키스까지. 물론 인사였다고 해도. 마음에 드는 것이 없었다.

지난밤, 서후는 하온의 말을 듣고 사과했다.

"흐흑. 진짜! 하아. 나한테 뭘 원하는 거예요? 나 그냥 인형처럼 얌전히 있어요? 사랑은 집착이 아니에요. 구속하는 것도 아니고. 조금 답답해지려고 해요."

"답답해? 내가 그렇게 힘들게 했어?"

"네. 사랑하는 방법이 다른 거 같아서 조금 힘들어요."

눈동자가 흔들려도, 그의 입술이 떨려도 하온은 말을 계속했다. 힘들다는 말에 놀란 것 같았지만 멈추지 않았다.

"힘들게 했다니, 구속이었다니, 어떤 말을 해야 할지 모르겠네. 내가 어떻게 해야 할까. 나는 여기서 미안하다고 밖에는……."

"우리 생각을 좀 해요. 미안하다는 말 듣자고 한 말은 아니에요. 그냥 조금 여유를 갖고 싶어요."

"남자와 웃으면서 말하고 있어서 더욱 그렇게 보였던 거 같아."

"이제, 그 사람과 저를 의심해요?"

"의심? 의심이라……."

서후의 말소리가 작아지며 표정이 굳어졌다. 하온은 이렇게 자신을 의심하는 서후와 지금은 대화를 나눌 자신이 없다.

"내가 많이 사랑해서 집착하는 것일 수는 있어. 하지만 내가 의심까지 할 정도로 여자를 힘들게 하는 사람은 아닌데. 하하하, 이런. 내가 어쩌다가……. 그래. 네 말대로 여유 좀 갖자."

하온은 상처받은 표정의 서후가 신경 쓰였다. 화가 난 것인지. 상처를 받아 말을 줄이는 것인지 도무지 알 수 없었다. 서후가 자동차를 향해 손을 내밀었다. 하온은 별다른 반응을 보이지 않고 차에 타고는 호텔까지 오는 내내 말이 없었다. 서후는 하온을 룸까지 데려다주었다.

"오늘 즐거웠어. 피곤하겠다."

"저기, 제가 말이 조금 심했어요."

"아니야. 저기, 충분히 생각하고. 나도 생각할게. 다음에 얘기하자. 오늘은 푹 쉬어. 내일 아침은 룸서비스 시켜줄게. 먹고 시간 맞춰서 로비로 내려와. 로비에서 보자."

하온은 그래도 함께 아침 먹을까? 하는 기대감이 있었지만, 서후는 끝까지 그렇게 말하지 않았다. 하온이 대신 말할까 하다가 그만두고 고개를 끄덕이며 안으로 들어갔다.

"다 왔어."

하온은 어제 서후와 있었던 일을 생각하다가 자동차가 멈춘 것도 몰랐다. 진하가 옆에서 어깨를 툭툭 치지 않았으면 몰랐을 것이다. 하온은 얼른 정신을 차렸다.

자동차 문이 열리고 클레어와 진하가 먼저 내렸다. 서후는 차에서 내리려다가 하온을 바라보았다.

"피곤해? 무슨 생각을 하느라 넋을 놓고 있어?"

"아무것도 아니에요. 죄송해요."

"알았어. 오늘 신경 좀 써."

서후는 비교적 사무적으로 말했다. 하온은 깊은 한숨이 나왔다. 도착해서 기다리고 있던 얀의 안내로 안으로 들어갔다. 하온의 옆으로 진하가 걸어왔다.

"오늘은 바쁠 거야."

"네. 신경 쓸게요."

"사장님 기분이 안 좋으시던데, 혹시 싸웠어?"

하온은 진하의 물음에 곤란한 표정을 지었다. 진하는 알겠다며 어깨를 다독거렸다.

"채 실장!"

서후의 부름에 진하가 말을 멈추고 재빨리 뛰어갔다. 하온도 뒤를 따르며 중요한 것들은 메모했다. 서후는 사람들을 향해 웃기도 했고 농담을 하며 분위기를 맞추려고 했다. 그러나 간혹 하온과 눈이 마주칠 때는 미소가 사라졌다. 하온은 이런 걸 원한 것은 아니었다. 불편하게 거리를 두자고 말했던 것은 아니었는데.

'나, 힘들어요. 당신의 집착하는 모습에 간혹 힘들었는데, 지금은 왜 당신이 더 힘들어해요?'

에버 모나코 뉴욕 1호점 플래그십 스토어 오픈 행사에 초청된 유명 인사들이 하나둘 들어오면서 플래시 세례가 터졌다. 서후도 그 한 명에 속했다. 얀과 클레어와 함께 사진을 찍었다.

"안녕, 빠온."

"오스카?"

어제 재즈바에서 시계를 찾아주었던 오스카가 하온을 알아보고 어깨를 두드리며 인사했다.

"여기는 어떻게 왔……."

하온은 말을 하다 말고 입을 닫았다. 순간 서후와 눈이 마주쳐서 당황한 하온은 고개를 흔들었다.

'오스카, 말 시키지 마.'

『왜 말을 하다 말아, 빠온?』

오스카가 물었지만 하온은 계속 고개를 저었다. 오스카가 하온의 어깨를 두드리며 물었지만 그녀는 그의 손을 뿌리치며 대꾸하지 않았다.

"그냥 가요. 오스카. 나한테 질문하지 마. 말하고 싶지 않아. 빨리 가. 말 시키지 마."

하온을 이상하게 보며 오스카는 다른 곳으로 걸어갔다. 당최 알아들을 수가 있나?

서후는 사람들과 이야기 나누다 하온과 눈이 마주쳤지만 먼저 눈을 피했다. 서후는 어제의 일로 생각을 많이 했다. 집착에 구속했다는 말도 상처였고, 답답했다는 말을 들으니 이 사람에게 무슨 짓을 했나 싶어서 그저 미안하다는 말밖에는 할 말이 없다.

"이제, 그 사람과 사이를 의심해요?"

한서후 어쩌다 이런 의심도 받게 됐냐? 한심한 놈. 사랑하는 건 맞지만, 의심까지 하게 됐어? 그러다가 나중에 의처증이라는 소리도 들어.

오늘 아침 로비에서 하온을 봤을 때 당장에라도 굿모닝 키스가 하고 싶었는데, 포옹이라도 하고 웃어주고 싶었는데 참느라 혼났다. 짙은 향수 냄새를 풍기는 클레어가 볼에 키스할 때부터 옆에 앉았을 때도 하온은 질투가 나지 않는지 도통 관심을 보이지 않았다. 이런 것인가? 사랑을 많이 하는 쪽이 불리하다는 것이? 서후는 사랑을 많이 하는 쪽이 가슴앓이 하는 것이라 여겼다.

서후는 행사장 이곳저곳에서 연신 터지는 플래시 때문에 정신이 없었다. 한쪽에 서서 저를 바라보고 있던 하온의 옆에 웬 남자가 서 있었다. 그 금발의 남자였다. 오스카라고 했었나? 서후는 오스카와 함께 있는 하온을 노려보다가 서후가 눈을 피할 수밖에 없었다. 하온의 행동에 차마 웃음이 나와서 마주하지 못했던 것이다. 하온은 시선을 피하지 않고 입을 꾹 다문 상태로 '나, 이 남자 절대 몰라요' 하면서 고개를 흔들고 있었다.

'하온아. 그렇게 안 해도 돼. 의심? 그거 의심하는 거 아니야. 내가 너를 더 사랑해서 그래. 더 많이 사랑하는 쪽이 약자라고 했던가? 앞으로 내가 조심할게. 집착하는 거 주의할게. 그러니까 하온아. 너도 조금만 양보해 주면 안 될까?'

오스카는 유명 인사였다. 많은 기자들이 인터뷰를 했고 다니는 곳마다 아는 사람이었다. 포옹하며 인사하느라 현기증을 느꼈다. 오스카는 서후를 발견하고 샴페인 잔을 들고 다가갔다.

『나 기억하지?』

"몰라."

오스카는 인상을 썼다. 어제 분명 인사를 나눴는데.

『뭐라고? 나 오스카야. 몰라?』

"오스칸지, 뭔지. 그냥 가! 너 때문에 지금 내 기분은 엉망이니까 말 시키지 말고."

『말할 때 화 좀 내지 마.』

도무지 이해할 수 없는 사람이었다. 왜 화내지?

"닥쳐!"

『왜 화났어?』

오스카는 서후를 살살 달래듯 조용하게 말하면서 서후가 움직일 때마자 졸졸 따라다녔다. 느닷없이 멈춘 서후의 눈빛에 간절함이 보였다. 그의 시선엔 줄곧 하온이 들어와 있었다. 그의 눈에 사랑하는 연인이 보였다.

서후가 또 소리를 지를 때 하온과 눈이 마주쳤다. 행여나 소리치는 것을 들을까 봐 서후는 입가에 살짝 미소를 지으며 목소리를 낮췄다. 서후는 하온의 눈치를 보면서 피하는 자신이 한심했다.

'젠장, 한서후. 헤어질 마음 없으면 피하지도 마라.'

"사장님, 에버 모나코 창시자 딸인 앨리샤 그린(Alyssa Green) 씨입니다."

진하가 소개한 사람은 에버 모나코의 창시자의 딸이었다. 앨리샤의 아버지는 이미 세상을 떠났고 지금은 전문 CEO 체계로 운영되고 있다. 앨리샤 그린은 재미교포 2세다. 그녀는 한국 문화에 관심이 많아서 특별히 서후를 만나러 나온 것이었다.

『만나서 반갑습니다. 한서후입니다.』

『당신을 만나서 영광입니다.』

앨리샤는 서후에게 포옹했다. 서후 역시 앨리샤의 등을 감싸 안고 반갑게 인사했다.

"스토어 둘러보고 마음에 들어서 이곳에 SnI 패션도 협약했으면 좋겠어요."

"한국말을 제법 잘 하시네요?"

앨리샤가 한국말로 말해서 서후도 굳이 영어로 대화하지 않았다.

"약간이요."

"약간이 아닌데요? 아주 훌륭해요."

앨리샤는 삼십대 중반이었으나, 삼십대 초반이나 이십대 후반으로 보였다. 클레어보다 훨씬 젊어 보였다. 흑갈색의 짧은 단발로 세련된 사람이었다. SnI 마케팅 팀장은 서후 대신 스토어 디스플레이에 관해서 이야기를 나누었고, 앨리샤는 한국 문화 핑계를 대며 서후에게 관심을 보였다. 하온은 서후 옆에 서서 앨리샤를 집중적으로 노려보고 있을 뿐 할 수 있는 것이 없었다.

'여우 같은 것. 어제 이 남자가 느낀 기분이 이런 것이었을까? 옆에서 꼬리 치는 여우가 따로 없네. 귀신같이 화장은 야하게 하고서. 노랑머리, 검은 머리 할 거 없이 다들 가만히 두질 않네.'

하온은 '내 남자에게서 손 떼!'라고 소리치고 싶었지만, 그녀는 이곳에 비서로 있으니 아무런 말을 할 수 없는 처지였다.

'쳇! 이럴 때는 어제 그렇게 말한 게 후회되네. 이 남자가 내 남자다! 하고 밝혀야 하는데 말이야. 나는 고작 비서일 뿐이니 나설 수가 있나? 한서후 사장! 나한테는 화를 내면서 당신은 아무렇지 않게 다른 여자한테 웃어주고 그럽니까?'

저녁에는 호텔 클럽으로 옮겨 파티도 열렸다. 초청된 사람들은 옷도 갈아입고 화려하게 하고 나왔다. 창시자 부인인 지나도 참석했다. 지나와 앨리샤는 서후를 오랫동안 붙들고 놓아주지 않았다.

하온은 한쪽에서 진하를 비롯해서 한국에서 함께 간 직원들과 함께 샴페인과 이름도 모르는 술을 마셨다. 평소보다 많은 양의 술을 마시면서 한시도 서후에게 눈을 떼지 않았다. 하온은 어느새 눈이 풀릴 정도로 술이 취했다.

'나쁘다 정말. 이렇게 복수하는 거야?'

"유하온? 괜찮아? 유하온 대리?"

진하가 어깨를 잡아 흔드는 느낌이 들었지만, 하온은 진하의 손을 치웠다. 하온의 눈에는 오로지 서후밖에 들어오지 않았다. 서후의 웃음소리가 크게 들렸다. 그는 중앙 무대로 나오면서 그들을 향해 어깨를 들썩이며 호탕하게 웃었다.

'아주 좋아 죽는구나. 하하. 내 남자 한서후 씨가 노래를 한다네? 그것도 처음 보는 외국 여자한테. 이씨! 할머니, 아빠, 엄마, 오빠. 내가 어제 잘못한 거야? 내가 조금 참았어야 하는 거야?'

하온은 이미 거하게 취한 상태여서 눈앞이 흐렸고, 몸도 가누지 못했다. 그녀의 입술이 떨렸다.

'바보였어, 유하온. 내가 바보였어. 그냥 참지. 집착이든 구속이든. 그냥 참고 넘어가지. 이런 무관심이 더 힘들잖아.'

"이 곡은 앨리샤와 지나 킴 여사님의 향수를 불러일으킬 수 있는 음악이자, 누군가를 위한 노래입니다."

서후의 말이 끝나고 간주가 흘렀다. 이 노래 'If you give your heart'는 1993년에 일본의 국민그룹인 SMAP의 리더가 영화에 출연하면서 OST로 부른 노래다. 우리나라에서는 최연제라는 가수가 리메이크해서 「너의 마음을 내게 준다면」이라는 제목으로 발표했었다.

서후는 에버 모나코와 협력을 위해서 뉴욕으로 오기 전에 좋은 노래를 미리 알아보았다. 그들이 재미교포라는 점, 지나 킴은 육십대가 넘었다는 점으로 향수를 불러일으킬 만한 노래는 어떤 것이 있을까 고민하다가, 서후는 노랫말이 좋아서 이 곡을 선택했다.

"All alone……."

서후는 부드러운 선율에 맞추어 노래를 불렀다. 모두 그의 노래에 집중했고 서후는 노래 부르는 내내 하온에게서 눈을 떼지 않았다. 이 노래를 선택한 이유는 가사 때문이었다. 모든 내용이 하온에게 하는 말처럼 느껴졌다. 알고 있니? 너를 향한 나의 마음인데. 유하온, 기회를 줘. 네가 누군가 필요해질 때, 널 미소 짓게 해줄게. 내게 널 맡겨. 내가 널 지켜줄게.

"한서후 사장님? 정말 해도 해도, 너무해요⋯⋯."

하온은 서후의 마음을 알 수 없었기에 그저 서운하기만 했다. 이런 상황을 만들려고 한 것은 아니었다. 관계를 회복하자며 시간을 갖자고 한 것이지, 모른 척하자고 한 것은 아니지 않은가. 하온은 서후에게 다가갔다. 제대로 서지 못해 비틀거리며 다가오는 하온을 보고 서후는 노래를 멈추었다. 진하가 하온이 나가지 못하게 붙잡았지만 그녀의 고집은 말릴 수 없었다. 특히 그녀가 부리는 추태를 에버 모나코 직원들은 이해할 수 없었다. 사람들은 하온을 향해서 웅성거리기 시작했다.

"정말 웃겨서. 뭐? 마음이 어째? 이렇게 말하는 거 다 거짓말이야."

하온의 눈에 눈물이 맺혀 있었다. 서후는 얼른 다가와 휘청거리는 그녀를 붙잡았다. 제대로 서 있지 못하는 것을 보니 술을 많이 마신 모양이었다. 오늘 내내 신경 쓰지 못했더니 마음에 상처가 된 모양이었나? 안 하던 행동을 다 하네, 그래, 이 모든 것이 내 부덕의 소치다.

"가서 말하자."

"시러 시러. 여기서 말할 고얌. 여기서⋯⋯."

하온이 행동을 말리려고 에버 모나코에서 고용한 경호원들이 다가왔다. 서후가 멈추라며 손을 들었고, 하온을 번쩍 안았다. 발버둥 치는 하온 때문에 바로 서 있기 힘들었다. 서후가 마이크에 대고 양해를 구하기로 했다.

"이 여자는 제가 사랑하는 사람입니다. 일이 좀 있어서, 죄송합니다. 먼저 실례하겠습니다."

오호~ 뷰티풀~

"채 실장, 여기 마무리 좀 부탁해."

서후는 재빨리 그녀를 데리고 클럽을 나갔다. 모두가 환호했고 박수를 치는 사람도 있었다. 웃음소리가 나기도 했다. 조금 뒤에 진하가 마이크에 대고 모두에게 설명했다.

"마시지도 못하면서 왜 이렇게 많이 마셔?"

서후는 걸어가면서 사람들 시선 따위 신경 쓰지 않았다. 오직 하온이 걱정뿐이었다. 도대체 얼마나 마신 거야?

"알게 모야. 몬 상관이야?"

"혀도 꼬이네. 여기는 참석시키지 말 걸 그랬다."

"완전 바람둥이야. 어디로 가는 거얌? 이것 놔? 이거 놓으라고?"

서후가 차 뒷좌석에 강제로 하온을 태웠다. 타지 않겠다고 반항하는 하온 때문에 한동안 곤욕을 치렀다. 바람둥이와는 함께 갈 수 없다고 고래고래 고함을 지르는 바람에 지나가는 사람들의 구경거리가 되었다.

서후가 묵고 있는 룸으로 들어와 하온을 침대에 눕혔다. 서후도 재킷을 벗어버리고 넥타이를 풀어 바닥에 던졌다. 하온은 커다란 눈을 계속 깜빡거리며 울먹이고 있었다.

"아빠한테 이를 거야. 흑흑……."

"내가 뭘 잘못했다고?"

"다른 사람한테 노래 불러주고 웃고. 하아, 나 그냥 콱! 죽어버려야지. 미국까지 와서 배신을 당하네. 하앙."

서후는 어이가 없어서 웃음이 나왔다.

'후우. 시간을 갖자던 사람은 당신이면서 배신은 누가 배신했다

고 그래? 그리고 죽기는 왜 죽어? 누구 죽는 꼴 보려고?'

"어쩌지? 네가 죽으면 나도 죽는데. 헤어지자고 해도 나는 죽어. 그러니까, 나를 살리는 길은 유하온이 내 옆에 있는 것밖에 없어."

"흐흑……. 그런 사람이 나랑 말도 안 했어? 어제 그 말 때문에?"

"후우. 시간을 갖자고 했잖아. 집착한다, 구속한다는 말에 조금 놀랐어. 의심한다는 말에도 조금 놀랐는데……."

"흐흑……."

하온이 너무 울어서 더 이상의 대화는 불가능했다. 서후는 하온을 똑바로 눕히고 이불을 덮어주었다. 술 때문인지 거친 숨을 내쉬는 것을 보니 주량을 넘어선 것은 확실했다.

"자자. 응?"

하온은 대답은 안 하고 고개를 절레절레 흔들며 눈을 감았다. 서후가 물수건을 가져와서 눈물범벅이 된 하온의 얼굴을 닦아주었다. 민낯이 된 하온을 내려다보던 서후는 붉어진 볼을 다정히 손등으로 쓰다듬었다. 그러자 하온의 눈에 다시금 눈물이 그렁그렁 매달렸다. 그나저나 이 사태를 어쩐다. 업무 체결이 끝난 것도 아닌데, 모두가 알게 되었으니. 서후는 골치가 아파 관자놀이를 눌렀다. 서후는 진하가 잘 설명했을 것으로 생각하기로 했다. 오늘 일이 협약에 문제가 되지 않기를 바랄 뿐이었다.

"원래 취향이 그런 여자들이야? 이상해, 이상해. 금발머리가 뭐가 좋다고. 쳇!"

눈을 감고 있던 하온의 눈이 갑자기 떠졌다. 생각에 빠져 있던 서후는 그녀의 목소리를 듣고 무척이나 놀라 하마터면 화를 낼 뻔했다.

"하아, 이제 그만 눈 감고 자. 어서."

"나는 눈 뜨고도 잘 자요. 진짜, 이상한 노래나 불러주고, 웃고."

서후가 큰 소리로 웃었다. 하온에게 설명해서 무엇 하겠나. 지금 그녀는 만취 상태인 것을.

"영어 잘하잖아. 그 가사 못 들었어? 그 노래는 당신한테 한 거야. 가사를 잘 생각해 보라는 말도 했잖아."

"몰라. 신경 안 썼어. 오로지, 한서후 씨 얼굴만 봤다고요. 나한테는 웃지 말라고 해놓고 자기는 섹시하게 웃어주냐고."

"뭐어? 유하온! 아무리 술에 취했어도 그런 말은 심……."

하온이 갑자기 서후의 양 볼을 감싸고 입에 키스했다. 쪽, 쪼옥. 서후는 그녀의 행동에 놀라 말을 하지 못했다. 서후의 눈이 휘둥그레지며 하온을 바라보니 그녀는 벌써 눈을 감은 채 잠이 들어 있었다.

"하아. 정말."

서후가 하온의 헝클어진 머리카락을 귀 뒤로 넘겨주며 입술에 입을 맞춰도 움직임은 없었다. 불편한 스커트와 블라우스가 보였지만, 잠이 들었으니 우선 재우기로 하고 서후는 먼저 샤워를 하고 나서 진하에게 전화를 했다. 무사히 마무리했으며 에버 모나코에서 내일 일정을 오후로 미루는 것이 좋겠다고 했단다. 둘의 사랑에 축복을 빈다면서 응원을 아끼지 않았다고.

서후는 나른한 몸을 하온의 옆으로 뉘였다. 팔을 괴고 하온의 자는 모습을 보다가 저도 모르게 스르륵 잠이 들었다.

하온은 목이 말라서 눈을 떴다. 하온은 새벽인지 아침인지 확인하려고 주변을 두리번거리다가 등에서 느껴지는 따뜻하고 감미로운 느낌에 고개를 돌려보니 서후가 새근새근 잠을 자고 있었다. 하온은 그와 잠든 이곳이 제 방이 아닌 것을 확인하고 언제 잠이 들었는지 한참을 생각하다 인상을 썼다.

"어떡해. 내가 무슨 짓을 한 거니?"

"하하하."

하온은 어제 저질렀던 실수를 떠올리고는 거의 울 것처럼 혼잣말을 하며 숨을 푹푹 내쉬었다. 그때 갑자기 커다란 웃음소리가 들렸다. 하온은 서후가 깨어났다는 것을 알고 창피해서 그를 볼 수가 없었다.

"왜 일어났어?"

"목이 말라서요."

서후는 하온의 몸을 돌려 자신을 바라보게 하고는 그녀의 얼굴을 살펴보았다. 술을 깼는지. 속은 아프지 않은지를 살펴보던 서후는 그녀의 입술에 베이비 키스를 하고는 '잠시만' 하더니 침대를 빠져나가 차가운 물을 가져다주었다.

하온은 서후가 가져다준 물 한잔을 모두 비웠다. 하온은 그녀의 입가에 묻은 물을 조심스레 엄지로 쓸어 닦아주고는 물 잔을 치우고 돌아오는 서후의 모습을 물끄러미 바라보았다. 민망한 마음에 그를 차마 똑바로 바라볼 수가 없었다.

"아, 어떡해. 실수했죠?"

"왜 이렇게 부끄러워하실까?"

서후가 재빨리 키스했다. 입안을 한껏 탐하고 나서 귓불을 자근자근 깨물며 장난기 섞인 말투로 말했다. 하온은 고개를 뒤로 젖히고 침을 삼켰다. 입술이 타는 듯했다.

"말해봐. 죽겠다고 나한테 막 그랬잖아. 술이 깨니까 부끄러워?"

"에잇, 설마. 정말 죽겠다고 했을까. 집착, 구속 그런 말 했던 거 미안해요. 그래도 서후 씨를 사랑해서 한 말이라는 건 분명해요."

서후는 끄응 하면서 소리를 냈다. 사랑한다는 말을 들으니 더욱 흥분이 되어 참을 수 없었다. 서후는 하온의 거추장스러운 옷가지들을 모조리 벗겨낸 뒤 하온을 눕히고 위로 올라가 내려다보았다. 두 볼은 상기되어 붉게 홍조가 피어올랐고, 가늘고 긴 목을 지나 쇄골은 일자로 곧게 뻗어 음영이 깊게 보여 마치 길이 나 있는 것처럼 보였다.

서후는 똑바로 앉아 맑은 피부를 가진 하온을 내려다보았다. 부드럽고 탄력 있는 몸이 서후의 손아래에서 느껴졌다. 눈을 마주치니 부끄러운지 그녀는 눈을 감아버렸다.

"눈을 떠."

"으으~ 으응."

"풋. 가끔 이렇게 부리는 애교가 엄청 귀여운 거 알아?"

하온은 그 말에 눈을 떴다. 귀엽다는 말은 초등학교 저학년 이후 들어본 적이 없었는데, 어디를 보고 귀엽다고 하는지 모르겠지만 그가 귀엽다고 하니 웃음이 나왔다. 서후는 웃고 있는 하온의 입술을 머금고 혀를 갈라 입안을 탐했다. 한참 후에 서후가 하온을 안고 욕실로 향했다.

"피곤해요."

"피곤하면 그냥 샤워만 해."

서후가 뜨거운 물을 틀어주었고 둘은 가볍게 샤워했다. 하온은 따뜻한 물에 몸을 맡기니 기운이 빠졌다. 서후가 휘청거리는 하온을 잡아주었다. 샤워볼에 거품을 내어 몸을 닦아주고 하온이 감기 걸리지 않도록 커다란 수건으로 몸을 감싸 안고 나와 침대에 눕혔다.

"조금 더 자."

"아침에 일찍 움직여야죠? 방으로 가야겠어요. 옷을 갈아입어야지."

"시간이 조금 미뤄졌어. 자도 돼."

하온이 몸을 돌려 그를 보았다. 모두 자신 때문에 벌어진 일이니 수습도 해야 할 것 같았다. 하온은 서후가 화를 낼 줄 알았다. 그 많은 사람 앞에서 비서가 주정을 부렸으니, 일에 타격이 클 텐데도 별일 없다는 듯이 행동하는 그를 보며 이 일을 어떻게 해결해야 할까 생각했다. 하온은 앨리샤에게 가서 자신이 실수했다고 사과를 하고 이 일을 협약과 연관 짓지 않았으면 좋겠다고 사정을 해볼 생각이었다.

"저, 제가 아침이 되면 가서……."

"좀 자자. 나 졸려."

서후가 하온을 안고 눈을 감았다. 그는 그녀가 어떤 말을 할 것인지 짐작하는 것 같았다. 마음이 불편하여 뒤척이던 하온도 그 옆에 있으니 잠이 왔다. 나른한 몸이어서 곧 깊은 잠에 빠졌다.

널따란 강인지, 바다인지. 발을 담그고 놀고 있었다. 깊이깊이 들어가도 물은 깊어지지 않았다. 하온에게는 무릎에도 오지 않는 깊이였다. 첨벙거리며 놀고 있는 그녀를 부르는 소리에 재빨리 집으로 달려갔다.

"엄마?"

하지만 착각이었다. 집에 엄마는 없었다. 아무리 찾아도 사람이 없어 저 혼자서 덩그러니 있었다. 덜거덕거리는 소리가 들려오자 하온은 소리가 나는 뒷마당으로 갔다. 한 여자가 고추를 따고 있었다.

"할머니?"

하온이 부르자 고개를 돌린 사람은 그녀의 할머니 노 여사였다.

"아가. 춥다. 뭐 하고 있어? 이거 받아. 이거 가지고 집에 가. 가서 혼자 먹어."

"이거를 다? 하하. 할머니, 왜 귤나무에 귤이 안 열리고 고추가 열렸어? 그런데 이거 매워서 어떻게 먹어?"

하온은 그 나무가 워낙 커서 귤나무로 착각한 것이었다. 고추도 여느 고추보다 컸다. 고추 한 개의 크기가 오이에 버금갔다.

"먹을 수 있어. 먹어."

하온은 넓은 광주리에 담긴 고추를 보았다. 그 양이 어마어마해서 무거워 보일 법도 한데, 하온은 광주리를 번쩍 들었다.

"할머니, 이거 그냥 엄마한테 갖다 줄게요. 나는 너무 많아요."

"그건 네 거야. 그냥 가져."

"다 파란 고추네? 왜 빨간 고추가 없어?"

"빨간 거는 나중에 열리는데. 왜? 빨간 것도 주랴?"

하온은 할머니의 말에 고개를 저었다. 필요 없었다. 이렇게 고추가 많은데 색이 무슨 상관이라고.

"이거 된장에도 찍어 먹고, 고추장에도 찍어 먹어야겠다."

"그래, 그렇게 해. 그것 먹고 건강하게 지내라. 알았지?"

"응. 할머니도 건강해. 알았죠? 나 곧 한국 가니까 그때 제주도에서 봬요."

"너는 안 와도 된다. 안 와도 돼. 이렇게 봤으면 됐지. 하온아, 아가, 예쁜 것. 곧 결혼해야지."

"응. 해야지. 그런데 볼 때마다 결혼 타령이야. 할머니, 나 이거 먹어봐도 돼?"

고개를 끄덕이는 할머니는 지금 보다 훨씬 젊었다. 주름도 없었고, 정정하신 것을 보니 하온의 마음은 한결 편했다. 하온의 기분이 날아갈 듯 좋았다. 하온은 이렇게 큰 고추는 본 적이 없다며 고추를 한 개 베어 물었다. 아삭하는 소리가 났고 맵지 않아 계속 먹게 되었다.

"할머니, 맛있어요. 밥이랑 같이 먹으면 좋겠는데, 스읍, 하아,

맛있다. 흐음……."

머리를 쓰다듬어 주는 그 손길은 무척이나 따뜻했다. 하온에게 웃어주는 노 여사의 모습은 점점 멀어지며 형체가 흐려졌다.

"할머니~ 잘 먹을게요. 할머니……, 할머니……."

서후는 잠결에 들리는 소리에 눈을 떴다. 하온이 손을 번쩍 들고 할머니를 부르고 있었다. 꿈을 꾸었나?

"하온아, 하온아. 일어나. 꿈꿨어?"

"으음. 할머니?"

하온이 눈을 뜨니 서후가 머리를 만져 주고 있었다. 그 손길은 할머니처럼 매우 따뜻했다.

"할머니 꿈꿨어?"

하온이 고개를 끄덕거리자 서후가 하온의 모습을 설명했다. 그는 하온이 할머니를 부르며 손을 흔들고 있었다고 했다. 하온은 꿈속의 할머니가 무척이나 생생하게 느껴졌다. 마치 이곳을 다녀간 것처럼.

서후는 정말 전생에 악마가 아닐까 싶다. 에버 모나코에서 얀과 클레어가 도착해서 협약할 부분에 관해 회의를 마치고 나서 나머지 부분도 모두 무사히 끝냈다. 하온은 그들에게 가서 공식적으로 사과했다. 다행히 크게 피해를 본 것은 없었고, 서후가 연인 사이라고 밝혔기 때문에 오히려 응원한다면서 부럽다고 말하기까지 했다. 그렇지만, 서후가 문제였다. 그는 호텔 비즈니스 룸에서 회의를 마치고 하온을 따로 불렀다. 마치 하온을 벌주기라도 할 것처럼 노려보는 눈빛은 매우 강렬했다.

"출장도 업무의 연장이야. 회식도 마찬가지지. 어제 나 때문에 속상해서 마신 술이라고 해도 공은 공, 사는 사. 유하온 비서가 술 마시고 저지른 잘못에 대해서 그냥 넘길 수 없는데?"

"하……."

사랑은 혼자 했나? 함께 해놓고.

"생각해 봤는데, 반성문으로 하지."

"반성문이요?"

"간단해. 앞으로 술 적당히 마시겠다는 뭐 그런 내용으로 깔끔하게 정리해서 갖고 오도록. 나, 아주 관대한 사장이지? 만약, 일이 잘 안 됐어봐, 내가 어떻게 히스테리 부렸을지."

"알고 있습니다. 어젠 제가 잘못한 거 맞아요."

서후의 눈빛에 그저 네네 할 수밖에.

"그리고 오늘 센트럴 파크에 가서 사진 찍어야 해. 별 탈 없이 준비됐지?"

"네, 준비됐습니다. 내일 오전은 세미나가 잡혀 있습니다."

"응, 알고 있어. 그 뒤로 한 이틀 시간이 되던데, 가고 싶은 곳 있어?"

서후는 비는 일정은 단둘이 보내고 싶었다. 뉴욕을 여행하거나, 그녀가 가고 싶은 곳으로 가야지.

"제가 알기로는 웨딩 쇼 초대받으신 걸로 아는데."

하온이 휴대폰에 입력된 스케줄 표를 자세히 살폈다. 진하가 정확한 스케줄 표를 갖고 있으니 그를 찾아 물어봐야 했다.

"웨딩 쇼에도 가야 하나? 가기 싫은데."

서후는 투정을 부리고 있었다.

"유하온, 우리 중요하지 않으면 그냥 땡땡이치자. 어때?"

하온은 그의 말에 웃음을 머금고 진하를 불러오겠다며 비즈니스 룸을 나갔다. 그녀가 자리를 비우자 기다렸다는 듯이 서후의 휴대폰이 요란하게 울렸다.

"네, 한서후입니다."

성온에게 걸려온 전화였다. 목소리가 가라앉은 성온의 이야기를 듣는 서후의 표정이 급속도로 어두워졌다. 그의 말이 거짓이기를 바라면서 눈을 감았다. 서후는 밝은 얼굴로 다시 룸으로 들어오고 있는 하온을 보면서 일단 성온과 통화를 마쳤다.

"하온아……."

"채 실장과 통화 됐어요. 계속 빵을 먹었더니 밥이 그리워서 못 참겠나 봐요. 출출해서 한식당에서 밥 먹고 있대요. 스케줄을 물었는데 곧 올라오겠다고 했어요. 혹시 사장님 컨디션 별로 아니신지 걱정하던데요?"

"언제 집에 전화했어?"

"여기 도착하고 잠깐 엄마랑 했죠. 왜요……?"

하온에게 다가오는 서후의 표정이 어두웠다. 하온은 말을 줄이고 그를 볼 뿐이었다. 뉴욕에 도착해서 엄마와 통화했으니 이틀이 지났다. 별다른 말은 없었다. 하온은 무사히 잘 도착했다는 안부 전화 정도였고, 그녀가 느끼기에 이상한 눈치는 없었다. 전화기 너머에서 웃음소리도 들렸었다.

"할머니?"

하온이 넋을 놓은 사람처럼 휘청거렸다. 서후는 그녀를 재빨리 잡았다. 그녀를 보니 가슴이 아려왔다.

"아침에 꿈에서 할머니……."

"꿈?"

하온은 꿈의 의미를 이제야 알 수 있었다. 먼 길 떠나는 할머니의 마지막 인사였던 것은 아니었을까? 하온의 눈물이 순식간에 볼을 타고 흘렀다. 서후가 끌어당겨 안아 토닥거리기도 하고 등을 어루만져 주기도 했지만, 서후는 하온에게 한마디도 해줄 수 없었다. 그의 가슴에 기대어 우는 하온의 흐느끼는 소리만 들릴 뿐, 비즈니스 룸 안은 적막감이 감돌았다.

문이 세게 열리며 진하가 다급하게 뛰어 들어왔다.

"사장님! 본사에서 전화가 왔는데, 유하온 대리 할머니……."

"쉿!"

서후가 손가락으로 조용히 하라며 입을 막았다. 진하도 전화를 받고 급히 달려온 것인데 먼저 연락을 받은 모양이었다.

"채 실장, 최대한 빠르게 한국에 돌아갈 비행기 편 좀 알아봐."

"네, 사장님."

진하는 서후의 품에 안긴 하온을 안타깝게 바라보다 밖으로 나가며 휴대폰으로 어딘가 전화를 걸었다.

"흑흑, 흐흡…… 흑……."

"하온아. 소리 내서 울어. 속상한 만큼 마음껏 울어. 미안하다. 내가 해줄 수 있는 게 이것뿐이라서."

"사장님. 연말이라서 표 구하기가 하늘에 별 따기입니다. 리턴 날짜를 변경하려고 해도 좌석이 없답니다. 제일 빠른 게 3일 후에나 있답니다."

이런 경우를 엎친 데 덮친 격이라고 했던가? 크리스마스에 연말이어서 비행기 표 구하기가 하늘의 별 따기다. 진하는 여러 곳을 알아보고 왔는지 이마에 땀이 맺혀 있었다.

서후는 자신이 묵는 룸으로 지쳐 있는 하온을 데리고 왔다. 혼자 둘 수는 없었다. 서후도 전화와 인터넷으로 여행사란 여행사를 통해 표를 알아보았지만 쉽지 않았다. 진하의 말처럼 3일 후가 가장 빠른 비행기 표라면 이미 장례식이 끝난 후일 것이다.

"후, 이를 어쩌지?"

"본사와 비서실에서 조문객들이 제주도로 갔다고 합니다. 회장님께서 특별히 신경을 쓰라고 지시하셨다고……."

서후는 당연한 지시라고 생각했다. 회장실에서만 삼 년을 있었다. 착실한 비서였으니 회장으로서 신경 쓰는 것은 당연했다. 서후는 눈이 통통 부은 채 아직도 울먹이고 있는 하온의 곁으로 다가가 손을 잡아주었다.

"많이 슬퍼하면 할머니께서도 가시는 걸음이 무거우실 거야."

하온은 서후를 보며 고개를 끄덕거렸다. 하온은 조금 전 제주도에 있는 가족들과 간단하게 전화를 했다. 함께 있을 수 없어서 가장 힘들고 슬프지만, 지금은 상황이 어쩔 수 없으니 출장에 방해되지 않도록 하라는 아버지의 말이 특별히 마음에 남았다.

하온에게는 더 특별한 할머니였다. 아기 때부터 맞벌이한 부모를 대신해 엄마처럼 정성껏 돌보아주셨다. 성온은 남자고 활달한 반면에 하온은 내성적이면서 겁이 많아서 항상 옆에서 끼고 돌봐주셨다. 오죽했으면, 제 방을 두고 할머니 방에서 생활할 정도로 할머니의 정을 더 느끼고 살갑게 대했을까.

"아, 어쩔 수 없다. 특권 좀 이용하지, 뭐."

서후는 하온이 슬퍼하는 모습을 보고 이대로 있을 수 없었다. 휴대폰을 꺼내 재후에게 전화를 걸면서 아랫입술을 자근자근 깨물었다.

[여…… 보세요.]

재후의 목소리가 깊은 잠에서 자다 깨어난 목소리였다.

"잤어? 나야, 형."

[응. 그래.]

서후는 재후가 '왜 전화했어?'라고 묻지 않아 편하게 부탁하기로 했다.

"전용기 좀 쓰자."

[뭐?]

재후가 움직였는지 전화기 너머로 미세하게 덜거덕거리는 소리가 들렸다.

[뭐라고?]

"서일그룹 한재후 회장님의 전용기 좀 사용합시다."

재후는 잠결에 서후의 전화를 받다 잠이 확 깼다. 어제 연말이라 임원들과 간단하게 모임을 갖고 늦게 들어와서 하온의 일을 보고 받고 제주도에 있는 가족에게 조의를 표하고 겨우 잠들 만했는데, 서후의 전화를 받고 정신이 번쩍 들었다. 재후는 침대에서 일어나 정신을 차리고자 물을 마시기 위해 거실로 나갔다.

'이 녀석이 실성을 했나? 전용기를 사용한다고?'

"지금 뉴욕 아니야?"

[맞아. 나 뉴욕이야. 지금 비행기를 보내줘.]

재후는 자신이 맞게 들었는가 싶었다. 뉴욕으로 비행기를 보내? 그게 무슨 종이비행기냐?

[듣고 있지? 빨리. 급해.]

"응. 듣고는 있다. 네 말이 무척이나 어이없어서 자세하게 듣고 싶기는 하다. 무슨 일이야?"

[알잖아. 유하온 비서 조모상(祖母喪) 때문에. 제주도에 갈 비행기 편이 없어. 부탁해.]

후, 이런 모지리 같은 놈을 보았나. 이런 놈이 어떻게 삼 년 동안 짝사랑을 했지? 머저리 짓만 하는데? 그리고 그 머리로 사업은 어떻게 하는 거냐? 사랑을 하더니, 머리가 어떻게 된 것이 분명하다.

"한서후? 네 말은 돌아올 비행기 편이 없으니까 뉴욕에 전용기를 보내라? 유하온 비서가 타고 올 비행기가 없어서? 너! 정말 이럴 거야? 뉴욕이 옆 동네냐? 비행시간은 안 따져? 기장은 휴식 없이 바로 또 비행해? 그렇게 해도 서른여섯 시간이 넘게 걸려. 너는 무슨 생각으로 그런 걸 부탁이라고 하는 거야?"

재후가 고함을 치고 나서 크게 심호흡했다. 서후의 마음을 모르지 않지만, 제발 사랑에 눈이 먼 동생이 현실을 직시했으면 하는 바람이었다.

[다급한 마음에……]

"속상하고 힘들 거야, 네가 잘 다독거려 줘. 너의 위로가 가장 도움이 될 거야."

[그럴까?]

풀이 죽어 목소리도 작아졌다. 서후는 지금 자신이 하온에게 해줄 수 있는 것이 없다고 여기는 눈치였지만, 재후도 어찌할 도리가 없었다.

"일단, 여기서도 비행기 표는 알아볼게. 취소되는 거라도. 아니면 가까운 일본 경유하는 거라도 알아봐라."

[그래야겠어. 자는 거 깨웠지? 어서 자.]

"그래. 유 비서한테 위로의 말 좀 해줘."

[알았어.]

잠은 이미 달아난 후다. 처음에는 당당하게 말하는 녀석이 전화를 끊을 때는 목소리가 다 죽어간다. 사랑을 하면 저렇게 변하는 게 맞는 것인가?

재후는 담배를 꺼내 물었다. 혼자서 넓은 침대에 누워 불을 붙인 담배를 빨아 당기며 눈을 감았다. 재후는 시은을 떠올렸다. 어머니의 반대가 있을 줄은 몰랐다. 이시은, 그녀가 재단 장학생이라는 것은 이사장인 어머니가 더 잘 아는 사실이라 반대하리라곤 생각하지 못했는데, 결국 가족이 없고 집안이 별로라는 것이 걸림돌이 되다니.

"후우~"

회색 연기에 가려 재후의 얼굴이 흐렸다. 아무래도 쉽게 허락할 것 같지 않아 마음이 무거웠다. 그렇다고 쉽게 포기하지도 않을 것이다. 고통이 따르는 사랑이라도 감수할 만큼의 가치는 충분히 있으니까.

서후는 지금 하온을 볼 면목이 없었다. 지금은 자신이 한심할 따름이었다. 하온은 하온이고, 자신은 남은 스케줄을 소화해야 했다. 이럴 때는 사장 자리도 무용지물이었다. 늦어도 아침까지는 표를 구해야 발인(發靷: 상여(喪輿)가 집에서 묘지를 향하여 떠나는 것)은 볼 수 있을 텐데.

서후는 저녁을 먹기 위해 하온을 밖으로 데리고 나왔다. 하온은 나오고 싶지 않은 눈치였지만, 일부러 데리고 나왔다. 아무래도 혼자 있다 보면 할머니 생각에 눈물이 마를 틈이 없을 것이다. 서후는 차가운 공기라도 쐬면 마음이 편해지지 않을까 싶었다. 이러다가 그녀가 병이라도 날까 봐 걱정이 되었다. 서후는 오로지 하온 생각만 하기로 했다. 뉴요커들이 자주 간다는 한식당으로 갔다. 사람들이 줄을 서서 한국 음식을 먹는다는 그곳은 오늘도 여지없이 사람들이 즐비하게 줄을 서 있었다.

『오, 여기서 만나다니 정말 뜻밖이네? 반가워, 인상파.』

'오스카? 아 정말 자주 보네. 이 인간!'

서후의 표정을 보고 오스카가 바로 손을 들어 저지했다.

『소리치려고? 내가 한국 가면 그쪽에 관해서 안 좋게 소문낼 수도 있어. 성격이 까다롭다고. 그러니까⋯⋯.』

『잠깐, 한국 가? 언제? 거기 빈자리 있어?』

하온은 오스카와 서후의 대화에 집중했다. 그동안 표가 없다는 말에 속상해서 입술만 깨물고 있었는데, 하온의 눈이 순식간에 초롱초롱하게 빛났다.

『남는 자리는 왜?』

『이봐, 우리 하온이가 슬픈 일을 당했어. 급해. 부탁하자.』

하온의 부운 얼굴을 보고 서후의 '부탁하자'라는 진심 어린 목소리를 듣고 오스카도 진지한 표정으로 바뀌더니, 일행을 불러 일정에 대해 물었다. 한참 대화를 나누더니 오스카가 말했다.

『전세기 편으로 내일 아침 6시 정각에 출발. 인원은 한 명만 가능하대.』

『한 명?』

『응. 한 명.』

서후는 미간을 구겼다. 표를 구했다는 것에 만족하고 다행으로 여겨야 하는데, 왠지 오스카에게 하온을 혼자 보내야 하는 것은 마음이 놓이지 않았다.

『빨리 결정해. 나도 바쁜 사람이야.』

서후가 하온을 근심스러운 듯 바라보았다.

"혼자 괜찮겠어? 나는 어차피 스케줄이 있어서 취소 못 해. 하온아, 같이 못 가서 미안해."

서후는 일부러 취소 못 한다고 했다. 하온을 혼자서라도 보내야 했다. 만약 자신이 곤란해하고 보내기 찜찜해한다면, 하온도 안 간다고 할 것이 뻔했다.

"저, 나중에 같이……."

"마지막 가시는 길은 보는 게 옳지 않겠어? 안 그러면 분명히 후회할 거야. 그런데 내가 걱정인 건, 너 비행기 타는 거 무서워서 그게 걱정이야."

서후가 따로 오스카를 불렀다. 부탁할 것이 있다면서. 오스카는 시계를 보면서 바쁘다며 투정을 부렸다.

『우리 하온이 잘 부탁해. 대신 절대로 다른 마음은 먹지 마.』

『걱정하지 마. 나 여자한테 관심 없어.』

서후는 그 말을 여자인 하온에게 관심 없다는 말로 들었다. 시력이 나쁘다고 느낀 서후는 '안경을 껴라, 하온이가 얼마나 예쁜

데?' 이렇게 말했다.

『뭐래? 그리고 누가 공짜로 해준대?』

『그럼?』

『그동안 나한테 소리 지른 거 사과해. 그리고 한 가지 해줘야 할 게 있어.』

빙그레 웃음을 짓는 오스카는 마치, 책략　가(策略家) 같았다.

15
울보 한서후

　하온이 제주도에 도착했을 때는 이미 발인이 시작됐고 선산으로 상여를 운구(運柩)하고 있었다. 가족들은 그녀가 생각보다 일찍 도착해서 놀라는 눈치였다. 까칠한 얼굴의 성온은 그녀를 보더니 귀신에 홀린 것처럼 놀랐고, 저보다 더 힘들어하셨을 부모님은 하온의 등을 두드리며 굳건하게 힘을 보태주셨다. 하온은 마지막 가시는 길을 볼 수 있어서 다행이라고 생각하면서 울컥한 마음에 꺽꺽 소리가 나게 오열했다. 한겨울 차가운 땅속에 묻히는 할머니의 관을 보며 하온은 아무런 생각도 할 수 없었다. 눈물만 계속해서 흘릴 뿐이었다.

　호상(好喪)이라고 했다. 마지막에 모든 자녀들 얼굴을 알아보았고, 한이 없다고 말씀하셨다면서 성온과 하온의 결혼한 모습을 못 보고 가서 가장 안타깝다고 하셨단다. 하온은 꿈속에서 노 여사의 말이 생각났다.

　"······이렇게 봤으면 됐지. 하온아, 아가······ 곧 결혼해야지."

장례식이 끝나고 혹여 걱정하느라 잠도 못자고 있을 서후에게 전화를 걸어 무사히 도착했음을 알렸다. 하온이 오스카와 함께 타고 온 전세기는 뉴욕 JFK 공항에서 인천국제공항에 도착하는 것이었다. 인천에 도착하는 시간에 맞추어 서후가 제주도행 비행기 표는 미리 예약해 주었기에 다행히 늦지는 않았던 것이다.

JFK공항으로 이동하는 내내 서후는 하온을 전쟁터에 내보내는 표정이었고, 함께 못 가서 연신 미안하다고 말했었다.

"이럴 때는 내가 정말 해줄 게 없어서 미안해."

"괜찮아요. 이렇게 신경 써주는 것도 무척이나 고마운데요. 미안해하지 마세요."

손을 잡아주는 그의 표정에서 아쉬움이 묻어났다.

"며칠 있으면 볼 거잖아. 이대로 이별같이 말하지 마요. 이렇게 챙겨주는 것만 해도 든든해요."

어깨를 감싸주며 나지막하게 웃어주었다. 공항에는 오스카와 그의 드레스를 입을 모델들, 스태프들, 사진을 찍을 작가들, 경호원들 할 것 없이 많은 사람들이 움직였다.

한국에는 신상품 홍보 겸 웨딩 페스티벌 참가를 위해 가는 것이라고 했다. 또한 오스카의 이름을 걸고 '브라이드 런웨이'라는 프로그램을 제작하는 건으로 방문을 한다고 말하며 서후를 향해 짓궂은 미소를 짓고 있었다.

오스카가 어떤 부탁을 했기에 서후가 저렇게 죽일 듯이 노려보는 것인지 영 감이 잡히지 않는 하온이었다.

"오스카가 무슨 부탁을 했어요?"

하온은 궁금해서 결국 서후에게 물어보았지만 그는 말하지 않고 잘 가라는 듯이 그녀의 볼에 살며시 입을 맞추어주었다.

"도착하면 전화해. 너무 울지 말고. 곧 보자."

　삼우제가 끝나고 거실에 가족들 모두 모여 다과를 하며 조금씩 여유를 찾고 있었다.
　"이제 올라가야지?"
　정옥이 귤을 한 개 까서 하온에게 건네며 말하였다.
　"아직 사장님 출장 중이시라 월차 더 써도 된다고 했어요. 이럴 땐 집이 멀어서 배려를 해주네요."
　"다행이구나, 며칠 더 있다 가."
　쿵!
　"윽. 이걸 어쩌지?"
　셋째 작은아버지의 아들인 수온의 아들 쌍둥이가 올해 세 살. 성온을 잘 따라서 데리고 놀다가 장난이 심한 아이들이 새 휴대폰을 박살냈다. 성온과 한 살 차이 사촌인 수온은 미안해하고 있었다.
　"형, 미안해."
　"애들이 다 그렇지, 뭐."
　최신형 스마트폰을 자랑하던 성온의 전화기는 구입한 지 얼마 되지 않아서 아이들의 장난감 휴대폰으로 전락해 버리고 말았다. 성온은 싫은 내색을 할 수 없어 속만 쓰렸다.
　"계십니까? 실례합니다."
　그때 누군가 집 안으로 들어섰다. 진하였다. 그 뒤로 서후가 들어서고 있었다. 하온은 그를 보고 벌떡 일어섰다.
　서후는 세미나 일정을 소화한 뒤, 이어지는 웨딩 쇼는 취소하고 최대한 빠른 비행기 표를 알아보았다. 다행히 일본을 경유해서 오는 비행기가 있어 바로 제주도로 온 것이었다. 하온을 보내고 이틀 만이었다.

"늦었습니다."

"어머, 세상에 이렇게 와줘서 고마워요. 어서 안으로 들어와요."

반겨주는 사람은 정옥이었다. 정옥뿐만 아니라 거실에 모여 있던 가족들 모두 그들을 반겼다. 하온의 눈에 눈물이 맺혔다. 그가 어떻게 왔을지 묻지 않아도 알 수 있었다. 그는 일정을 취소하고 급하게 왔을 것이다. 얼굴이 까칠하고 눈이 충혈된 것이 그도 잠을 이루지 못한 것이 분명했다. 블랙 정장을 입은 서후는 어른들께 인사부터 하고 하온을 애틋하게 바라보았다.

'늦어서 미안해. 잘 있었지?'

눈으로 인사만 했는데 그의 눈이 그렇게 말하는 것 같았다. 하온은 그저 고개만 끄덕였다.

진하는 어리둥절했다. 모여 있던 사람들이 상당히 많았던 것이었다. 각자 집으로 가려던 가족들은 모두 안방으로 들어갔다. 정옥이 하온과 만나는 사람이라고 서후를 소개하자 모두 관심이 생긴 것이었다.

"됐어. 절하지 말고 앉아."

서후는 재민의 말대로 자리에 앉고 멋쩍게 웃었다. 쳐다보는 눈이 많아 부끄러웠다. 막상 눈을 어디에 둬야 할지 몰랐다.

"여기부터 둘째, 셋째 작은아버지 내외분들. 이쪽은 넷째와 다섯째 고모. 여섯째 작은아버지."

재민은 순서대로 소개했고 거기에 작은 어머니들, 고모부들. 그의 자녀들을 서후에게 소개했다. 차례로 인사를 나누고 나니 땀이 날 정도였다. 모두 해서 족히 스무 명은 넘어 보였다.

"또 안 계셔?"

서후는 인사드릴 분이 더 없는지 하온에게 살짝 물었다.

"외가 쪽은 모이지도 않았어요. 여기 모이신 분은 친가예요.

참고로 외가는 칠 남매예요.”

“우리 어머니는 사 녀이신데. 그중에 셋째. 두 분은 영국에서 살고 계시고.”

서후가 자랑스럽게 말했지만, 하온에 비하면 댈 것이 아니었다. 하온과 서후가 이야기를 나누고 있을 때 하온의 둘째 작은아버지는 서후에게 궁금한 것이 있다며 말을 꺼냈다.

“그래, 이름이 서후? 내가 중국에 살다 왔는데 서후[ser-fu]는 ‘두려워서 복종하다’는 뜻이 있어. 자네는 직위가 상당히 높지? 권력이 있어서 자기중심적으로 돌아갈 것 같은데, 어때. 내 말이 맞지?”

작은아버지의 예리한 질문에 이미 서후에 대해 알고 있던 재민과 정옥은 놀랐다. 특히 하온이 신기하다며 고개를 끄덕이자 서후가 잠시 그녀를 노려보았다. 그리곤 자신을 변호하듯이 당당하게 말하는 서후였다.

“평온할 서(徐), 임금 후(后). 서후라고 씁니다. ‘훗날, 임금이 된다’라는 뜻입니다. 그리고 ‘훗날에 온화한 비를 맞이한다’는 뜻도 가지고 있습니다.”

“어머머! 온화한 비. 하온의 뜻이 ‘따뜻하고 온화하다’는 뜻이잖아요.”

정옥이 박수 치면서 하온의 이름 뜻을 알려주니, 모두들 천생연분의 인연이라고 놀라며 서후를 환영했다.

“내가 일부러 그렇게 말했는데 주눅 들지 않고 말하는 걸 보니까 배짱도 있네요. 형님, 저는 좋습니다.”

작은아버지의 칭찬에 서후가 간신히 마음을 놓았다. 시험대에 오른 느낌이었다.

“첫 인상은 상당히 차가웠어. 그런데 보면 볼수록 진국이야. 동생 자네가 좋다니까 나도 좋네. 셋째야, 너는 어떠냐?”

재민은 서후를 자랑스러워하면서 형제들이 좋게 보았으면 하는 생각에 계속해서 서후에 대해 물었다.

"형님들이 좋으시다니 저도 좋아요. 시원시원하게 말을 잘해서 좋네요. 이따가 술이나 하세."

하온은 서후가 걱정이 되는지 눈을 찡그리며 바라보았다. 주당이신 셋째 작은아버지가 저렇게 말씀하시니 술을 얼마나 마시게 하려는지 벌써부터 걱정이었다. 서후는 하온을 보며 어깨를 으쓱하고 움직였다. 괜한 걱정 말라는 소리 같았다.

"나는 훤칠하게 생겨서 좋네요."

큰 고모는 연신 서후의 인물에 감탄했다. 훤칠하게 잘생겨서 키도 크고 덩치가 좋으니 농담 삼아 힘도 잘 쓰게 생겼다며 일순간 19금을 만들어 버렸다. 붉어진 얼굴 때문에 하온은 차마 얼굴을 들 수가 없었다.

"쯧쯧. 어째 너는 나이가 들어도 할 말 못할 말 구분을 못 해? 인물이 밥 먹여주냐?"

"어머머, 인물 따지면 어때서요. 능력 있는데 인물도 있으면 좋지. 그렇다고 하온이가 빠지기를 하나. 자고로 예쁜 마누라 얻으려면 비슷해야죠. 아니 그러지 말고 먼 길 온 사람 좀 쉬라고 하고 그만둡시다."

"그래. 이만 나가자고. 식사부터 하고 술이나 한잔해. 비행기 시간은 괜찮은가?"

재민은 이왕이면 서후가 함께 모여 술도 마시고 어울리다 갔으면 했다. 서후가 내일 오후에 돌아가면 된다고 하자 재민은 '시간 많아 좋네' 하면서 가족들을 모두 데리고 방을 나갔다. 그러자 하온과 서후만 방에 남았다.

하온은 서후 앞으로 몸을 돌려 앉았다. 지금까지 그가 가족에게 잡혀 있어서 처음 가까이에서 얼굴을 보는 것이었다.

"정말 그래요? 이름에 그런 뜻이 있어요?"

"응. 아, 그게 중요한 게 아니야. 나 좀 어떻게 해봐."

"네?"

"다리에 쥐 났어. 어떻게 좀 해줘."

"야옹!"

하온이 고양이 소리를 내자 어이가 없는 서후였다. 하온은 웃으면서 서후의 다리를 정성껏 주물러 주었다. 시간이 얼마나 되었다고 다 큰 사람이 죽상이냐고 하면서도 그가 언제 무릎 꿇은 자세로 앉아 있겠냐 싶었다.

"그러게 평소에 운동 좀 하세요."

"악감정 있어? 힘이 들어가는데? 말해봐, 보고 싶었어?"

"이런 분위기에 그런 걸 묻고 있어. 괜찮아요?"

하온은 일어나서 서후의 다리를 들어 올리고 두드렸다. 생각보다 다리가 길다는 생각이 들었다.

"말하라니까? 보고 싶었냐고?"

"당연하죠."

말이 끝나자마자 서후는 하온의 손을 당겨서 품에 안았다.

"나도 보고 싶었다."

"이거 거짓말?"

대답은 안 하고 웃는 서후의 다리를 다시 들어서 쿵 하고 놓아 버렸다. 서후가 으윽 하며 소리 내더니 잔뜩 인상 쓰고 움직이지 못했다.

"코에 침 발라요, 침! 고작 그거 앉았다고 다리에 쥐가 나요?"

하온은 서후에게 얼굴을 가까이 하며 놀렸다. 하온은 가까이에서 서후의 얼굴을 오랫동안 감상하고 싶었다. 고작 이틀이 지났을 뿐인데, 그가 보고 싶었다. 하온은 할머니가 돌아가셨다는 슬픔보다 그의 얼굴을 볼 수 있다는 기쁨이 더 큰 것으로 보아 지금 이 순간은 나쁜 손녀임이 분명했다.

"오해하지 마라. 운동 부족인 게 절대 아니니까. 어쨌든 나를 보고 싶었다는 한마디로 내 다리에 고양이는 필요 없게 됐다."

"……헉!"

서후가 당기는 바람에 하온은 그의 가슴에 얼굴을 부딪쳤다. 그는 곧바로 그녀의 입술에 입을 맞추었다. 스릴 있어 그런지 입맞춤이 더욱 달콤했다. 서후는 더욱 진한 것을 원했지만, 그럴 수 없으니 아쉬울 뿐이었다.

"서후 씨, 여기는……."

"알아. 이러는 거 나쁜 짓이라는 거. 할머님은 잘 보내 드렸지?"

이제야 물어보는 것이 미안했다. 서후는 하온의 등을 두드려 주었다.

"아주 잘 가셨을 거예요."

"다행이야. 걱정했는데."

서후는 하온의 입술에 다시금 혀로 살짝 핥고 웃어주었다. 활짝 웃어주는 하온을 보는 것으로 만족했다.

벌컥!

방문이 활짝 열렸고 성온이 들어왔다. 깜짝 놀란 서후와 하온은 서로를 밀어내며 딴청을 피웠다.

"빨리 안 나오고 뭐 하고 있어?"

"오빠는 노크할 줄도 몰라?"

"여기는 부모님 방인걸? 둘을 불러오라는 특명을 받았는데, 굳이 노크할 필요가 있었을까? 뭐 하고 있었는데? 이제 그만 나와. 어른들을 기다리게 하면 못써."

"하기는 뭘 해? 다리에 쥐 났다고 해서 주물러 줬는데."

하온은 성온이 얄미워서 눈을 흘겼다.

"아, 다리에 쥐가 나서 침을 묻힌 거야? 참! 내가 나가서 늦게 나오는 이유를 말씀드릴까 하는데, 쥐는 다리에 났다고 말할까? 입술에 났다고 말할까?"

성온이 서후와 하온에게 가까이 다가왔다.

"여기에는 어른들뿐 아니라 어린애들도 있다는 걸 명심하셔야지. 합치면 족히 삼십 명은 될 텐데. 어디서 쪽쪽거리고 있어. 혼나려고."

서후는 어째 사람 수가 더 늘어난 기분이 들었다. 성온이 일부러 사람 수를 늘린 듯했다.

"사람이 어째 더 늘어났을까요?"

"우리 집은 개들도 사람으로 쳐요. 알아둬요."

"오빠! 그런 말이 어디 있어?"

"하하하. 여기는 제주도. 유성온 월드라는 말이지. 빨리 나와. 앞으로 딴짓거리 해봐. 확 까발려 줄 테니까."

성온은 하온의 오빠로서 서후보다 더 위라는 소리를 하고 싶었던 거였다. 성온은 서후의 기를 누를 생각이었다. 성온은 이 집안의 장손이니, 가족들은 저의 기를 살려줄 것이다. 성온은 술이나 실컷 마시자며 서후에게 자신 있게 말하고 방을 나갔다.

일이 잘못된 것이 분명했다. 서후의 기를 누르려던 성온의 생각이 단숨에 빗나가 버리고 만 것이다. 한서후라는 인간을 잘못 생각해도 한참을 잘못 생각했다. 그는 잘난 척 대 마왕이었던 것이었다.

"우리 한 사장 대단한데? 안 그래요, 형수님?"

"그럼요."

말술이라 일컫는 셋째 작은아버지의 전폭적인 신임을 얻고 있는 서후는 연신 술잔을 받아 마시고 있었다. 정옥은 자랑을 늘어놓느라 입이 쉴 틈이 없었다. 이번 장례식 때 신경 써준 재후까지 거론되었다. 따로 조의금을 보냈는데, 그 액수가 엄청났다거나, 하온이 휴가를 쓰면 휴가비를 챙겨준 것, 서후가 할머니 생신 때 호텔 뷔페를 불러서 잔치를 한 것. 아는 이야기인데도 다시 화두가 되었다.

정옥의 자랑 덕분에 서후는 가만히 있어도 저절로 점수가 올라갔다. 술잔을 받는 횟수가 늘어나는 것으로 그의 신임도가 올라갔다. 서후는 술을 받아 마시면서 점점 취하고 있었다. 반면 성온은 뒤로 밀려 찾는 이 조차 없어 혼자 술만 홀짝거리며 괜스레 서후만 노려보고 있었다.

"자, 내 술도 받게. 이건 내가 직접 집에서 담근 거야."

셋째 작은아버지가 재민을 위하여 직접 담근 술을 가져온 것이라고 했다. 서후는 이미 정신이 혼미할 정도로 만취 상태였지만, 어른이 주시는 거라 거부할 수 없어서 연신 받아 마셨다.

어느덧 시간이 흘러 어린아이들과 여자들은 잠자리에 들었고, 하온도 일어났다. 서후는 이미 몸을 못 가누었고, 성온도 취해서 얼굴이 빨개져 있었다. 그나마 진하는 술이 센 편이라 이들 중 제일 나았다.

"채 실장님은 괜찮으세요?"

"나야, 뭐. 사장님은 내가 책임질게. 걱정 말고 쉬어."

"부탁드려요."

주변을 대충 치우고 들어간 하온은 자정이 넘어서 다시 나왔다. 걱정이 되어서 잠이 오지 않았다. 거실에는 서후, 성온, 작은아버지 두 분, 쌍둥이 아빠 수온, 진하가 남아 있었다. 소파에서 잠이 든 서후가 몸을 긁적거리며 눈을 떴다. 도저히 참지 못하겠는지 급기야, 박박 긁어대기 시작했다.

"왜 그래요?"

"몸이 이상해. 왜 이렇게 간지럽지? 술이 취해서 간지럽나 봐. 하하."

진하는 소파에 기대 잠이 들어 있었고, 서후와 성온은 몸을 긁어대고 있었다.

"오빠도 그래?"

"왜 이렇게 간지러워."

서후에 비해 성온은 정신은 온전해 보여 증상에 대해 자세히 물었다. 그는 온몸에 두드러기가 나고 있다며 티셔츠를 위로 올렸다. 배에 빨갛게 반점이 올라오고 있었다. 하온은 거실 불을 모두 켰고 부모님을 깨웠다.

"엄마, 아빠! 나와보세요!"

상태는 둘만 그런 것은 아니었다. 그중 둘이 가장 심각했지만.

제주대학 병원 응급실로 급하게 옮긴 둘은 옻술 때문이라는 진단을 받았다. 결국 서후와 성온은 알레르기 반응 검사 후 치료를 받기로 했다.

"이게 옻술이었어?"

한 잔도 마시지 않은 하온은 옻술인 줄은 몰랐다. 집에서 흔히 담그는 과실주인 줄 알고 있었는데, 성온은 알고 있었는지 고개를 끄덕였다. 서후도 몰랐던 것 같았다.

검사를 마친 뒤 상태가 심한 서후와 성온은 입원 치료를, 그나마 괜찮은 진하와 작은아버지는 약물 치료를 받기로 했다.

"저도 들은 얘깁니다만, 옻이 효능은 좋다고 해도 최소한 6개월에서 1년은 지나고 마시는 것이 좋다고 하던데, 담그고 한 달이 채 안 돼서 마셨다면 체질에 따라서 알레르기를 동반한 반점이나 가려움증이 생길 수 있습니다."

치료가 불가피하니 입원 수속을 밟고 오라는 의사의 말에 재민은 서후에게 미안해서 어쩔 줄 몰라 했다.

"약물이나 또 민간요법으로 치료하는 방법이 있으니 알아보세요. 특히, 주의할 점은 혈관주사는 금물입니다. 다른 분들은 두드러기에 바르는 약 처방해 드려도 될 것 같은데 한서후 씨는 입원해서 경과 좀 지켜봅시다. 심해서 올해 안으로 퇴원할 수 있을까 모르겠습니다."

서후는 술도 덜 깨서 골치가 아팠는데 며칠 안 남은 연말을 병원에서 보내야 한다고 하니, 갑자기 두통이 밀려오기 시작했다. 하지만 서후는 그런 내색을 하지 않고 눈이 마주친 하온이 혹여 미안해하지 않도록 일부러 환하게 웃어주었다.

진하는 다음 날 날이 밝자마자 바로 서 여사와 재후에게 서후의 상태를 알렸다. 서후가 입원했다는 말에 서 여사는 당장에 제주도로 날아왔다. 병원에 누워 있는 서후와 옆에서 간호하는 하온을 보면서 한숨이 크게 나왔다. 서후가 하온과 만나는 것을 지켜봐 달라고 했던 말이 생각났지만, 이대로 가만히 있을 수는 없었다.

"유하온 비서, 나 좀 볼까요?"

서 여사는 서후가 잠든 사이 하온을 불러냈다. 바다가 보이는 곳에 자리를 잡고 서 여사와 마주 보고 앉았다. 나이가 제법 있음에도 소녀 같고 순수해 보이는 눈을 가진 서 여사를 자세히 보니 서후가 그녀의 눈을 닮았다는 생각이 들었다. 강하지만 속은 깊은 바다를 품은 듯한 눈빛 그 자체였다. 서 여사가 홍차를 마시겠다고 하여 하온은 홍차 두 잔을 주문했다.

"바다를 보면, 여행을 다니고 싶단 말이야."

서 여사가 바다를 향해 미소를 지었다. 여린 소녀의 마음이 저럴까. 숨을 들이켜는 그녀는 이렇게 오는 것이 휴가라고 했다.

"이상하게 보이죠? 아들을 병원에 눕혀놓고 여유를 만끽하는 게. 이게 다 유 비서 덕분이라고 하면 병실에 있는 서후가 막 뭐라고 할 거야. 그치?"

하온은 서 여사가 긴장을 풀어주기 위한 어른으로서의 농담을 던지는 것이라고 생각했다. 하온이 살며시 웃었다.

"우리 서후 성격 맞추기 힘들 텐데. 대단해."

칭찬일까? 하온은 서 여사를 보고 아무런 대구를 하지 못했다. 서 여사의 말투를 고스란히 회장인 재후가 닮은 것 같았다. 재후는 항상 말을 돌려서 시작하고 핵심은 나중에 꼬집어 말하니까. 나중에 중요한 말을 하기 위한 밑밥이라고 할까? 그것 때문에 서후가 하는 직설적인 말보다 더 긴장이 되었다.

"나이가 스물아홉 되나?"

"네."

해가 바뀌면 스물아홉인데, 나이까지 알고 있을 줄이야. 하기야, 아들과 만나는 것도 진즉 보고 받아 알고 있을 거다. 단둘이 따로 만나 봉투 내미는 갑질 하는 사모님은 아닐까 생각했던 하온이었다. 좀처럼 외부 활동이 없어서 서 여사에 대해 아는 것이 없었다.

'그나저나 심장 떨려 죽겠네. 어떤 말을 하려고 이리 뜸을 들이는 걸까?'

"서후가 내년이면 서른셋. 나도 나이가 꽤 있어요. 우리 서로 성인이고 말 돌려서 하지 않을게요."

그러면서 홍차를 한 모금 마시고 하온을 향해 또 웃었다. 하온은 심장이 쿵쾅거려 미칠 노릇이었다.

서후는 약을 복용하고 잠이 든 사이 하온이 사라졌다는 것을 알았다. 옆에 성온은 연신 책만 읽고 있고 어디에 있는지 말도 안 한다. 진하에게 전화를 걸었더니 모른다고 말하는데 말을 더듬는 것이 수상했다.

"하온이 어디 있는지 몰라요?"

성온이 책을 덮었다. 도저히 시끄러워서 책을 읽을 수 없었다. 안절부절못하는 서후를 보니 놀려주고 싶기도 했다. 어떤 대답을 해줄까? 성온은 조금의 틈만 생기면 어떻게 해서든 그를 놀려주고 싶었다.

"우리 하온이가 힘든 시련의 길에 접어들지 사랑받을지는 돌아와 봐야 알 테고. 한 사장님도 환자복 입고 약 바르고 있으니 보기에 별로다. 하하하. 이미지가 추레하고 그러네."

"그건, 그쪽도 마찬가지고. 아, 누구랑 나갔는지 진짜 몰라요?"

병실에서 소리치는 서후에게 어깨를 으쓱하며 성온은 다시 책을 읽었다. 서후는 속이 부글부글 끓어올랐다. 하온에게 전화를 걸었지만 받지 않아서 미치기 일보 직전이었다. 몸은 간지럽고 약때문에 냄새나고, 옆에 있는 성온 때문에 열은 뻗쳤다. 또 약물치료로 씻지 못해서 성온의 말처럼 진짜 추레한 모습이었다.

'유하온, 오기만 해봐. 아니, 몸이 멀쩡해지기만 해봐. 내가 아주 못살게 굴어야지. 이제 옆에만 끼고 살 거야.'

"네? 사모님. 다시 한 번 말씀해 주세요."

"정확히 들었으면서 뭘 다시 물어. 이제 그만 결혼해요. 엄마가 이렇게 나서서 말한다는 게 참 우습다."

서 여사의 폭탄 발언에 하온은 추운 날씨에도 얼음물을 당당하게 주문했다. 결혼은 생각지도 못한 일이었다. 아직 만난 것도 얼마 되지 않았으니 결혼을 언급할 단계는 아니라고 생각한 하온은 바로 대답하지 못했다.

"왜요? 우리 서후와 만나고 있으면서 결혼은 또 싫은가? 유하온 비서, 내가 이렇게 보자고 하는 게 무척 당황하고 뜬금없었겠지. 혹시, 반대할 거라고 생각했나요?"

"솔직히…… 그렇습니다."

서 여사는 찬성까지는 아니었다. 그녀라고 왜 좋은 며느리를 보고 싶지 않겠는가. 가뜩이나 첫째인 재후까지 지금 말썽인데 말이다. 재후를 반대하고 나섰다고 서후까지 반대할 이유가 없었다. 하온은 전대 회장 시절부터 회장 비서실에 있었기에 자주 오가며 봐왔던 얼굴이라 많이 익숙하기도 했고, 그녀의 학력이나 집안, 성격 및 성실함까지 괜찮았다. 하온의 부모 역시 지금은 낙향을 하여 농장을 운영하고 있지만 예전에는 공무원이었기에 서 여사는 그 정도라면 서후의 짝으로 딱 맞지 않아도 괜찮다고 여겼다.

"유하온 비서는 자기 자신에게 자신이 없어? 동생에게 비서를 보냈을 때는 회장인 형도 이유가 있지 않았겠어? 나는 하온 씨가 잘 보필하라고 보낸 거라 생각해. 나, 그렇게 후진 구시대적인 여자 아닌데. 반대? 서후가 당장 집을 발칵 뒤집을걸? 그 아이 보기보다 순수해서 한 명한테 반하면 헤어 나오지 못할 거야."

"저기, 사모님."

"왜? 이상하네. 결혼하라고 해도 싫어요?"

"싫은 게 아니라, 사장님 생각을 모릅니다. 제가 선불리 판단할……"

"어머! 우리 서후와 그런 약속도 없이 만났어요? 이런, 나쁜 놈이네?"

하온이 눈이 휘둥그레졌다. 서 여사의 '놈'이라는 표현 때문에 무척이나 놀랐다. 회장 사모님이셨던 분이고, 재단 이사장이라서 교양에 밥 말아먹고 예쁜 말에 교양을 쌓아두고 사는 사람으로 알고 있었다.

"나는 이런 말 쓰면 안 돼? 애들 어렸을 때 창립기념일이었어.

재후, 서후 손을 잡고 걷는데, 앞에 시부모님이 걸어가시고 계셨어. 그런데 이 녀석들이 똑바로 안 가고 계속 장난을 치는 거야. 공식적으로 아들 두 명 데리고 처음 가는 행사였거든?"

추억에 젖어 웃으며 말을 하지만 서 여사의 눈가는 어느새 촉촉하게 젖었다.

"나는 긴장이 되는데 이 자식……, 내가 이리 과격해. 이 녀석들이 걸으면서 장난치면서 정신을 쏙 빼더라고. 그래서 등을 냅다 후려쳤어. 눈치 빠른 재후가 서후 손을 잡고 고개 숙이고 잘못했다고 하는데 서후는 울먹이는 거야. 그때만 해도 서후는 울보였어. 울보 서후가 눈을 부라리면서 눈물을 참는 거야."

울보였다고? 천하의 한서후 사장이? 얼음으로 깎아놓은 것 같은 한서후 사장이?

"아들 둘을 키우니까 그룹의 오너 부인. 그런 거 없더라. 서후가 왜 변한 줄 알아요? 욕심이 많은 재후는 겉으로 표현하지 않고 속으로 숨기는 성격이고, 당연히 오너의 자리는 장남인 자신이 될 줄 알았지. 할아버지가 살아 계실 때는 그랬어. 장남에게 물려줘라. 하지만 재후 아버지는 다른 생각이셨던 거야. 우리 서후가 그때부터 사고를 쳤어. 변한 거지."

"일부러 그랬다는 말씀이신가요?"

"응. 분란이 싫었던 거야. 형과 싸울 게 뻔하니까. 자리싸움하는 형제들 많이 봤거든. 어떻게 보면 이런 집안에서 태어난 게 그 아이를 냉철하게 만든 건 아닐까 싶어. 순하고 착했던 울보가 피도 눈물도 없는 냉철한 사업가로 탄생한 거야. 그러더니 항상 참기만 하던 서후가 요 근래에 변했어. 가만히 보니 그걸 하온 씨가 변하게 한 건가 싶어. 그러니 옆에서 우리 서후와 함께해 줄래요?"

하온은 서 여사에게 프러포즈 받은 기분이었다. 우선 알겠다고 대답을 했으나 하온은 이상하게 마음이 무거웠다. 과연 서후는 어떤 마음으로 자신을 만나는 것일까? 진짜 결혼까지 생각하는 것이 맞을까? 하는 생각으로 머릿속이 복잡했다.

그사이 서 여사는 약속이 있으니 오늘은 이만 가고 나중에 병원에 들르겠다고 하며, 하온에게 서후를 잘 부탁한다고 말했다. 그녀는 끝까지 활짝 웃어주고 자리를 떠났다.

과일을 깎고 있는 하온은 끝까지 어디에 다녀왔는지 말하지 않았다. 하온은 손에 장갑을 끼고 옷에 옮지 않는 약을 먹은 뒤에 병실을 마음대로 출입할 수 있었다. 서후는 하온의 얼굴을 보는 것은 좋지만 말을 안 하는 이상 답답해서 미칠 지경이었다. 옆에 있던 성온은 서후의 어리광을 구경하며 하온의 기분을 살펴보았다. 그나마 다행인 것은 하온이 서 여사를 만나고 와서 표정이 나쁘지 않다는 것이었다.

"안 먹어."

하온이 사과를 포크로 찍어 서후에게 건넸지만, 그는 아이처럼 손을 쳐 냈다.

"사과랑 귤인데. 귤은 어제 집에서 가져온 거라 안 드시면 엄마가 서운해하실걸요? 자, 오빠도."

"어째서 내가 두 번째냐?"

되도 않는 성온의 투정에 하온이 인상을 찌푸렸다. 가뜩이나 서후도 투정인데, 오빠도 투정이었다.

"그럼, 여친 불러."

"음. 그건 좀. 아직은……."

"어머! 없다는 소리는 안 하네? 하하. 오빠 여자친구 생겼어?"

성온의 표정이 금세 웃다가 어두워지는 것으로 보아 아직은 말할 단계가 아닌 듯해서 하온은 더는 묻지 않았다. 서후와 눈이 마주친 하온은 입을 삐죽하더니 그의 입에 귤을 까서 넣어주었다. 서후는 얼떨결에 받아먹었지만, 투정은 멈추지 않았다.

"누구를 만났는데. 정말! 말 안 해?"

"아! 귀 따가워. 한 사장님, 여기 혼자 쓰는 병실도 아니고. 목청이 너무 큽니다. 아, 진짜 심하시네."

"누굴 만났는데 말 안 해? 이게 고집부릴 일이야? 남매가 똑같이 비밀 만들고 있어. 쯧!"

서후는 침대에 누우면서 말을 멈추지 않았다. 잔소리 대마왕이 된 지 오래였다. 아파도 입은 살았는지 연신 잔소리를 했다. 하온은 고개를 절레절레 흔들었다.

"울보."

접시와 칼을 치우며 구시렁거리기 시작했다.

"나한테 그랬어?"

서후는 분명히 들었다. 하온이 울보라고 한 것을.

"울보? 누가 울보냐?"

성온은 울보는 누구를 말하나 하면서 서후를 보았다. 한서후 사장한테 말한 건가?

"아, 있어. 그런 사람이."

서후는 고개를 갸우뚱거렸다. 울보는 어렸을 때 별명이었는데, 설마…….

서 여사는 하온을 만나고 나서 볼일이 있다고 하고서 하온의 집으로 왔다. 아마, 서후가 알게 되면 난리 칠 것이 뻔했지만, 제주도까지 와서 그냥 돌아갈 수 없었다.

"계십니까?"

서 여사와 함께 온 기사가 크게 외쳤다.

"내가 직접 하죠."

서 여사는 천천히 농장을 살폈다. 가지만 앙상한 나무가 즐비하게 들어선 농장에는 인적이라곤 찾아볼 수 없었다. 서 여사는 그다지 크지 않은 농장을 두리번거리며 누군가 나오길 기다렸다. 그때 여자 목소리가 들렸다.

　"누구세요?"

　"실례합니다. 저는 한서후, 서후 어미 되는 사람입니다."

　정옥은 자신과 비슷한 또래의 세련된 사람이지만 화려하지 않고 점잖게 생긴 여성을 바라봤다.

　"한서후라면, SnI 패션 사장······."

　"네, 맞습니다. 한 사장 어미 되는 사람입니다."

　서 여사가 명함을 내밀며 소개했다. 정옥은 그것을 받아 들고 나지막이 읽었다. 이사장이라는 것을 보고 여자의 얼굴을 다시 한 번 쳐다보았다. 그녀가 목적이 있어 온 것일 텐데, 하필이면 지금 재민은 옻에 좋다는 것을 구하러 나가서 집에는 아무도 없었다. 정옥은 아무래도 집안이 차이가 나는 것이 비교되는 것은 아닐까 신경 쓰이며 괜한 걱정이 앞섰다.

　"저는 하온이 엄마입니다. 안으로 들어오시죠."

　정옥은 평소처럼 있는 그대로 모습을 보여주는 게 낫겠다고 마음먹고 자연스럽게 행동했다.

　"갑자기 여길 어떻게······. 제가 조금 놀라서요."

　정옥이 바닥에 방석을 깔았다. 서 여사는 웃으며 자리에 앉았다. 특별한 것 없이 평범한 가정집이었다. 소파가 놓인 중앙에 카펫이 깔려 있었고 간단한 다과를 즐길 수 있게 테이블이 놓여 있었다.

　"아, 며칠 전에 망극한 일을 당하셨다고 들었습니다. 죄송합니다. 경황이 없어서. 많이 슬프셨죠?"

　"예. 아휴. 감사합니다."

정옥은 긴장한 나머지 어떤 반응을 보여야 하는지 생각을 못하고 겨우 대답만 했다.

"이사장님, 이건 어디에 놓을까요?"

기사가 트렁크에서 가져온 것들을 내려놓는데, 정옥은 놀라지 않을 수 없었다. 두 손 한가득 포장된 물건이 잔뜩 들려 있었다.

"여기에 놓으세요. 처음 오는데, 그냥 올 수가 없어서요. 어떤 게 좋은지 몰라서 괜찮아 보이는 것들로 샀습니다."

보통 처음 방문할 때 갖고 오는 갈비, 굴비, 과일이었다.

"감사합니다. 뭘 이런 걸 다."

정옥이 모과차를 내오자, 두 손으로 잔을 받치고 한 모금 마신 서 여사는 향기가 좋다며 칭찬을 아끼지 않았다.

"낮에 잠깐 하온 양을 봤습니다만, 병원에 들렀다가……."

"아, 옻술 때문에 입원까지 하게 돼서 정말 죄송하게 됐어요."

"하하. 이참에 쉬면 좋겠다는 생각이 드네요. 이렇게 얼굴 뵀으니 이만 일어나겠습니다. 다음에 기회가 되면 또 뵙죠."

"아, 예. 예. 조심해서 가세요. 아드님은 걱정 마시고요."

"작은댁이 병원을 하니까 옮길까 합니다. 신경 안 쓰셔도 됩니다."

정옥은 기사까지 넙죽 인사하자 어쩔 줄 몰라 여러 번 정중하게 인사했다. 그리고 곧 서 여사가 탄 자동차는 농장을 떠났다. 정옥은 어리둥절했다. 특별히 중요한 용건을 갖고 온 것도 아니었다. 그렇다면 과연 그녀는 왜 왔을까? 서 여사가 떠난 뒤에도 헷갈렸다. 고작 먹을 거 사 들고 오려고 한 것은 아닐 테고, 그렇다고 둘 사이를 반대하려는 것도 아닌 것 같다는 느낌을 받은 정옥이었다. 반대를 할 것이라면 하온이 예쁘다며, 마음에 든다고 할 리가 없으니 말이다.

"참, 알다가도 모를 집이네. 그나저나, 우리 하온이 시집살이는 안 시키겠네. 사람 인상은 참 좋아 보여. 가만 보면 한서후 사장, 그 사람만 싸가지였네. 음."

정옥은 깔깔거리며 웃으며 서 여사가 놓고 간 선물 상자를 펼쳐 보고 입을 다물지 못했다. 한우도 최고급이었고, 굴비도 엄청난 가격을 자랑하는 것들이었다.

서후는 병실로 유유히 걸어 들어오는 어머니를 보고 낮에 하온을 만났다는 것에 확신이 들었다. 웃는 얼굴을 보니 더욱 그렇게 보였다.

"어머니, 하온이 만나셨죠?"

"내가 누구를 만나든 무슨 상관이니?"

"정말 왜 이러십니까? 혹, 이상한 말씀하셨어요?"

"이상한 말을 왜 하니? 너야말로 이상한 말 하지 마라. 나는 두렵다. 옻 옮을까 봐."

"말한다고 옻이 옮나요?

서후는 열불이 났다. 입을 닫고 있는 하온이나, 웃으며 말을 안하고 있는 어머니나 한통속으로 보였다. 도대체 만나서 무슨 말을 한 거야?

서 여사는 진하를 시켜 퇴원 수속을 밟고 서후를 서울로 옮기기로 했다. 서후는 마음대로 하는 어머니 때문에 화가 났지만, 회사를 생각하면 그 편이 낫기는 하여, 하온이 함께 가는 조건으로 옮기기로 했다.

응급 헬기가 도착했다는 연락을 받고 하온은 함께 움직였다. 서후를 보는 내내 하온의 얼굴에서는 웃음꽃이 가득 피었다. 그는 지금 엄마에게 투정 부리는 유치원생 아들 같았다.

서후는 한숨을 크게 쉬고 헬기로 옮겨 탔다. 서울로 가겠다고 했지만, 이렇게 빨리 갈 줄은 몰랐다. 더구나 하온이 함께 가는 줄 알았는데 내일 따로 온단다. 서후는 입을 닫고 있는 하온이나, 괜히 웃으면 말을 안 하고 있는 어머니 때문에 속에서는 열불이 났다. 도대체 무슨 이야기를 나눴을까?

하온과 인사를 나눈 서후는 빨리 오라는 말을 남기고 제주도를 떠났다.

16
1% 확률을 믿어

　며칠 후, 재후의 연락을 받은 서후는 본가가 아닌 집무용으로 사용하고 있는 서초동 집으로 향했다. 생각보다 일찍 퇴원해서 연말은 하온과 보낼 수 있어서 좋았는데, 재후의 축 처진 전화 목소리를 듣고 어쩔 수 없이 그를 만나러 가는 중이었다.

　서후는 초인종 대신 비밀번호를 누르고 안으로 들어갔다. 메인 전등은 꺼져 있었고 벽등이 실내를 은은하게 밝히고 있었다. 재후는 어둑한 공간 속 간이 홈바에 홀로 앉아 술을 마시고 있었다. 서후는 곧바로 다가가 앉아 재후의 양주잔에 얼음을 넣고 술을 따라주었다.

　"무슨 일이야?"

　서후의 말소리에 재후는 고개를 들었다. 흐릿한 서후의 얼굴이 두 개로 보였다. 재후는 픽 하고 웃더니 술을 한 번에 들이켰다. 뻔히 이 자리에 시은이 없다는 걸 알면서, 그녀를 찾고 있는 자신의 모습을 발견하는 재후였다. 그런 자신이 한심하기도 했지만, 그저 며칠을 술로 지내고 있는 재후는 이 난관을 어떻게 헤쳐 나가야 할지 몰라 괴로웠다. 지금 같아서는 모든 것을 때려치우고 싶은 심정이었지만, 도무지 답을 찾을 수 없어 동생에게 SOS를 요청한 것이다. 서후라면 뾰족한 답을 내놓으리라.

서후는 재후를 말없이 지켜보며 술잔이 비워지면 다시 따라주었다. 벌써 많이 마신 것 같았는데 그는 계속해서 술을 필요로 하고 있었다. 그는 사랑싸움 중인지 무척이나 힘들어 하고 있는 것 같았다. 재킷도 벗어 대충 바닥에 던져 놓았고 넥타이는 느슨하게 풀어 놓고 잔뜩 풀어진 눈빛을 하고 있었다.

"한잔할래?"

서후는 재킷을 벗어 의자에 걸치고 잔을 꺼내 내밀었다. 재후는 술에 취했어도 술은 제대로 따랐다. 서후는 투명한 호박색의 술이 든 술잔을 흔들며 재후의 얼굴에서 눈을 떼지 않았다. 술잔을 흔들자 얼음과 섞이며 찰랑거리는 맑은 소리가 들렸다. 서후는 술잔에 입술만 대고 내려놓고, 재후의 잔에도 술을 채웠다. 재후는 이번에는 마시지 않고 손끝으로 잔을 만지작거렸다.

"기분이 나빠 보이네."

"응. 기분이 나빠."

"기분이 나쁠 때 술을 마시면 금세 취해. 천천히 마셔. 둘이 싸웠어?"

"애냐? 싸우게?"

평소에 서후가 자주 사용하는 단어였다. 싸움을 자주 하고 다녔던 서후는 매일 얼굴에 멍이 들어도 곧 죽어도 싸움은 아니라고 했었다. 그때마다 서후는 '애냐? 싸우게?' 그렇게 말하고 웃어 넘겼었다. 재후는 그때 생각이 나 피식 웃지만, 웃는 게 아니었다.

"빨리 말해. 연말에 불러내서 너무 심하잖아. 아무리 형이라고 해도 예의가 아니지."

"공부를 하고 싶대, 공부."

"이해하지 못하겠네."

서후가 고개를 절레절레 흔들었다. 팔짱을 끼우고 재후를 한껏 노려보았다.

"그치? 그 여자를 이해 못 하겠어."

"나는 형을 이해 못 하겠다. 뭐가 문제여서 그래? 공부하고 싶다는 게 이렇게 힘들어 할 일이야? 공부하라고 해. 사랑하는 사람이 공부 좀 한다는데. 뭐가 문제야?"

"일본으로 간다는 거야. 그것도 삼 년 이상."

"이런 씨."

서후는 욕이 나오려는 것을 간신히 참았다. 형의 사랑도 쉬운 것이 아니라는 생각이 들었다. 서후에게는 사랑하는 사람과 떨어져 있는 시간은 악몽 같은 시간이었다. 이번에 하온의 할머님이 돌아가신 피치 못할 사정으로 잠시뿐이었지만, 그 시간마저 힘들었다. 그리고 예전 일이기는 해도 하온이 형과 사귄다고 여겼을 때, 형을 위해 포기하고 바로 프랑스 지사로 갔던 시간도 마찬가지였다.

지금 생각하면 정말 어리석은 선택이었다. 제발 자신처럼 시간 낭비하지 않기를…… 바라며 서후는 아련하게 형을 바라보았다.

"어떻게 했으면 좋겠어?"

재후는 간절한 마음으로 서후를 바라보았다. 서후에게서 답이 될 만한 말이 나왔으면.

"내 의견이 왜 필요해?"

"갑자기 결정한 게 의심이 되기는 해. 얼마 전에 어머니께서 반대를 하셨어. 정해준 사람과 결혼했으면 한다고 하시더라. 선뜻 답은 못 했어. 하아, 이럴 때는 회장 같은 거 정말 싫다."

재후는 웃고 있지만 그 속은 썩어 문드러지고 있었다. 재후를 보는 시선은 늘 그러했다. 장남이라는 기대치가 있어서 실수는 용납하지 않았다. 하지만 서후에게는 관대했다. 실수를 해도 동생이니까 라며 아량을 베풀었었다.

힘들어하는 재후를 보는 서후의 인상이 굳어졌다. 형에게서 회장 자리가 싫다는 말은 처음 들었다. 노력하는 천재, 실수하지 않는 완벽한 사람이기 위해서 무던한 노력을 하는 이가 바로 자신의 형인 재후의 모습이라는 것을 서후는 알고 있었다. 물론 서후 역시 그룹 총수가 되는 꿈과 욕심도 있었다. 하지만 형과 싸워서 이긴들 자신에게 돌아오는 것보다 잃는 것이 많았다. 특히, 형제의 우애는 돈으로도 살 수 없는 것이어서 그 꿈을 접기로 했다.

"서후야, 너라면 어떻게 할 거니? 너라면……."

"부족하다고 여기는 거야?"

'시은을 부족하다고 여기냐고?'

서후의 질문의 뜻을 눈치챈 재후는 고개를 저었다. 감춰둔 사랑을 이제야 소개한 자신이 부족했으면 부족했지, 시은이 부족하지는 않았다. 절대로. 다만, 주변 여건이 뒷받침을 못하는 것이어서 어머니도 반대하는 것이었다.

"이시은 씨가 피하는 거야? 혹시, 어머니께서 협박을 하셨나? 형은 어디까지 물어봤어? 부딪쳐 봐. 제대로 싸워보지 않고 이렇게 술부터 마시는 건 좀 아니다. 이럴 시간에 둘이 머리 맞대고 대책이나 세우지? 어머니를 설득시킬 묘수가 있는지 알아보고."

"역시, 너는 이런 말을 할 줄 알았어. 포기는 안 할 줄."

"반대가 확실한 거야?"

"거의 99%?"

"그러면 나머지 1%의 확률을 믿어봐, 형. 사실은 나도 내 밥 챙기기가 힘들어. 갈게. 행운을 빌어."

재후의 어깨를 두드리고 서후는 자리에서 일어났다. 재후는 쓴 웃음을 지었다. 용기가 부족한 것일까? 항상 부모님 뜻을 어기면 안 되는 착한 아들이어야 했다. 마치 그런 사명을 띠고 태어난 사람처럼.

"나머지 1%가 우리의 사랑인가?"

재후는 어디론가 전화를 걸었다.

[여보세요?]

"나야. 지금 만나자."

하온은 성온의 오피스텔에 밑반찬을 갖다 주러 왔다. 한 해의 마지막 날이니만큼 서후와 보내려고 했으나, 그는 회장님의 다급한 전화를 받고 갔다. 제발 급한 일이 아니기를.

"반찬은 냉장고에 넣어뒀어. 유통기한 날짜 엄마가 적어놓으래서 적었어. 날짜 넘으면 아까워도 버려."

"알았어. 나는 씻어야겠다."

"오케이. 좋은 생각이다. 집 청소는 해준 거 같은데 책장은 어째서 이래?"

집을 오래 비운 사이 관리실에서 종종 청소는 해준 모양인데 이상하게 책장 주변이 엉망이었다. 책장에 책이 대충 꽂혀 있어서 하온이 정리를 하려고 하자 성온이 다가와서 말렸다.

"어어, 어디 아녀자가 남의 물건을 함부로 손대느냐?"

"쳇! 뭐야? 예전에는 실컷 청소만 시키더니."

"앞으로 우리 우연이만 만지게 할 거야."

성온은 말하고 실수한 것인지 입을 막았다.

"오호, 딱 걸렸어. 불어. 우연이가 누구야?"

"봉주르 마드모아젤."

"아, 오빠? 그걸 농담이라고."

"농담 아니다. 동생. 나 옷 벗을 거야."

성온은 웃옷을 벗는 동작을 했다. 하지만 하온은 아랑곳하지 않고 성온 앞으로 다가갔다. 차마 동생이라도 옷을 벗을 수는 없는 성온은 하는 수 없이 간단하게 설명해 주었다. 지금 호감을 갖고 있는 사람이라고.

"오호, 멋져. 이름이 우연이라는 말이지? 오케이 접수 완료. 짝사랑 중이야? 헤헤."

하온은 가방을 들고 나가면서 잘 사귀어보라는 말도 잊지 않았다. 성온은 여자를 만나는 편이 아니었다. 첫사랑에 실패한 후에 이상한 게이설이 돌더니 그 뒤로 연애는 해본 적이 없었다. 하온은 성온이 호감 갖고 있다는 여자와 잘되었으면 하는 바람이었다.

"나 갈게. 밥이나 챙겨 먹고, 옷은 꺼내놨어. 깨끗하게 좀 지내. 또 더럽게 지내면 알아서 해?"

"동생은 오늘 데이트도 못 하고 어쩌냐? 형한테 밀린 기분이 어때?"

하온은 성온을 노려보았다. 가뜩이나 연말에 혼자여서 쓸쓸해 죽겠는데 염장을 지르고 있었다.

"검은색 속옷을 꺼내줄까?"

"못 하는 소리가 없어. 빨리 가."

손을 흔드는 성온을 향해서 하온이 손을 흔들며 장난쳤다. 하온은 올 한 해 마지막 날을 어쩌면 혼자서 보내야 할지도 모른다는 생각에 천천히 밖으로 나왔다.

'이런 건망증. 요즘은 왜 이렇게 건망증이 생기는 거지?'

하온은 서후에게 주려고 산 선물을 두고 나와서 다시 성온의 집으로 향했다. 그때 엘리베이터에서 내리는 누군가와 부딪쳤다.

"미안합니다."

하온이 사과했지만, 그 여자는 앞만 보고 걸어가기에 바빴다.

조금 늦게 집에 도착한 하온은 문 앞에 서서 힘없이 비밀번호를 눌렀다.

띠띠띠띡!

컴컴한 실내에 들어서자 쓸쓸한 마음이 들었다. 12월 마지막 날을 혼자 보내려고 하니 순간 울컥한 마음이 들었다.

"진짜 이게 뭐냐, 혼자서."

이럴 줄 알았으면 친구들이라도 만날 걸 그랬다는 생각이 들었다.

"뭐가?"

"엄마야!"

하온은 갑자기 들리는 남자 목소리에 화들짝 놀라 까무러치는 줄 알았다. 서후가 집 안에서 웃고 있었다. 커다란 그림자는 재빨리 움직여서 하온을 끌어안았다.

"언제 왔어요? 불이라도 켜고 있지. 도둑인 줄 알았잖아요."

"오늘 중으로 오려고 서둘렀어. 나는 아주 기뻐할 줄 알았는데. 반응이 뭐 그래?"

서후는 하온의 시큰둥한 반응에 기운이 빠졌다. 그는 오늘 중으로 오려고 형을 혼자 두고 빠져나와 케이크와 꽃바구니를 들고 왔는데 하온이 집에 없어서 더욱 힘이 빠지던 참이었다.

"왜 이렇게 늦었어?"

"오빠랑 이런저런 얘기 좀 하느라. 그리고 자꾸만 깜빡깜빡해요. 뭘 두고 나와서 다시 들어갔지 뭐예요."

"병원을 가봐. 깜빡깜빡하면."

서후는 샴페인을 잔에 따랐다. 형이 걱정되면서도 하온과 함께 있는 것이 좋았다. 문제다 문제. 아마도 그녀에게 중독되어 가고 있는 것이 확실했다.

"건배할까? 올해는 함께 보내서 영광이야."

"고마워요."

쨍~!

건배하고 하온이 선물이라며 쇼핑백을 서후에게 내밀었다.

"오, 내 선물?"

서후는 마시던 잔을 내려놓고 쇼핑백을 받아 선물을 꺼냈다.

"한 해 동안 감사했습니다. 또 보너스 많이 주셔서 감사하고요."

"칫! 어이없네."

서후는 선물은 박박 뜯는 거라며 포장지를 벗겨냈다. 벨벳 상자 안을 열어본 서후는 한참을 들여다보았다. 선물은 만년필이었다. 하온은 그의 표정을 살폈다. 한동안 말이 없어서 혹여 마음에 들지 않는 걸까, 괜히 걱정이 앞섰다.

"멋지다."

"멋져요."

"마음에 들어."

"제가 보는 눈이 있거든요. 한서후 씨, 너무나 멋져요."

서후는 심장이 쿵 하고 쿵쾅거렸다. 그녀의 말이 선물보다 더한 감동을 주었다.

"그 말이 훨씬 훌륭한데? 난 그냥 볼펜이어도 되는데."

서후에게 선물한 만년필은 하온의 월급으로도 모자랄 정도로 꽤 비싼 것이었다. 무리했을 텐데 고마웠다.

"이런 선물 필요 없어. 하온이 너면 충분해. 진짜 고마워."

서후가 하온의 머리를 쓰다듬었다.

"서류에 멋지게 사인하세요. 전 만년필로 종이에 사인할 때 나는 소리가 듣기 좋더라고요."

이제 서후가 선물을 줄 차례라 하온은 기대에 부풀어서 크게 호흡하고 눈을 말똥말똥 뜨며 그를 뚫어지게 바라보았다. 촛불

컨 케이크 말고, 선물! 선물 없어요? 라는 뜻으로 하온이 서후 얼굴 앞으로 손바닥을 펴서 내밀었다.

"왜?"

"나는 없어요? 나도 선물 줘요."

"나로는 부족해?"

그는 정말 선물을 준비하지 않은 걸까? 싶어 하온의 실망은 이만저만한 것이 아니었다. 하여, 입이 댓 발 나왔다.

재후의 전화를 받고 시은이 왔다. 재후의 목소리가 명령조여서 사달이 날 것처럼 무서워 시은은 안 올 수 없었다. 그가 이처럼 무섭게 변한 것은 처음이었다.

"앉아. 한잔할래?"

술을 많이 마신 것 같았지만, 지난번처럼 쓰러지거나 정신이 없어 보이지는 않았다.

"아뇨. 저는 됐어요."

"그래. 됐으면 강요하지 않을게."

시은은 며칠 전 사직서를 제출했다. 사람을 돌게 만들 작정인지 전화도 꺼두고 만나주지도 않았다. 재후는 최대한 조용히 말하며 화를 삭이고 있었다.

"오늘은 전화를 받아서 놀랐어."

"드릴 게 있는데. 이거요."

"선물?"

"약소해요."

재후에게 주려고 다이어리를 샀다. 재후는 메모하는 습관이 있다. 예전부터 지켜보았던 시은은 그가 좋아할 만한 것으로 구입했다.

"내가 말했지. 너 자체가 다이아몬드라서 아무것도 필요 없다고. 좀 웃어. 웃는 게 보고 싶어."

시은은 어느 순간부터 웃지 않았다. 서 여사를 만난 후부터일
것이다. 재후는 제 탓 같아서 마음이 아프다가도 무뚝뚝하게 변
한 시은을 보면 다시금 화가 치밀어 올랐다.

"많이 취했어요. 쉬세요."

"가려고?"

재후가 시은의 손목을 낚아챘다. 시은은 세게 잡힌 손목보다
거친 그의 행동에 놀라 움직일 수 없었다.

"지금부터 내가 하는 말 잘 들어. 네 말대로 우리가 헤어질지,
계속 만날지는 너에게 달렸어."

시은은 항상 지켜보는 편이었다. 그가 하는 대로, 시키는 대
로. 그가 선을 봐도 묵묵히 그를 기다렸었다. 하지만 이번에는 조
금 달랐다.

그의 어머니는 전적으로 시은을 반대하였고, 그녀와의 만남이
나 결혼을 확실히 밀어붙이지 않는 재후 옆에 있을 자신이 없었던
시은은 서 여사를 만난 후 유학 결심을 하였지만, 여전히 그에게
미련이 남았다.

왜일까? 그에게서 절대로 헤어질 수 없다는 말을 듣고 싶었던
것일까?

"말씀하세요."

"첫 번째, 지금 당장 나랑 어머니께 가서 무릎 꿇고 허락받는
거. 이게 첫 번째."

재후는 시은의 흔들리는 눈빛을 보고 가능성을 보았다. 서후
가 말한 1%의 확률은 이것이었다. 사랑의 가능성. 용기.

"두 번째는 뭐죠?"

시은은 애써 담담하게 물었다. 사실 원하는 답은 이미 나왔다.
재후가 적극적으로 나온다면 그녀도 해볼 만했다.

"두 번째, 제야의 종소리를 듣고 다음 날 함께 가서 무릎 꿇고 허락받는 거. 이게 두 번째."

"네?"

재후가 시은을 당겨 안았다. 그의 입술이 어느새 닿을 것처럼 마주했다. 부드러운 감촉이 느껴졌다.

"이시은. 너 유학 못 가. 내가 회장이 아니라고 해도 나 사랑할 수 있지? 그렇다면 이 자리에서 다 버리고 너만 생각할게. 내 말을 믿는다면 이대로 유학 안 간다고 해."

재후는 말이 끝나기가 무섭게 바로 시은의 입술을 삼키며 다가왔다. 시은의 눈시울이 순식간에 붉어지며 눈물을 흘렸고 재후는 엄지로 눈을 문질러 주었다. 시은은 가슴이 아려왔다. 자신이 뭐라고, 자신 때문에 회장 자리를 놓겠다는 건지. 그게 그렇게 쉬운 것인가? 시은은 그가 얼마나 노력해서 그 자리에 올랐는지 그 누구보다 잘 알고 있었다.

시은은 서 여사에게 재후의 짝은 균형이 맞아야 하는데 그렇지 못하니 깨끗하게 포기하고 떠나라는 말을 들었다. 하여 시은은 그와 어떠한 연결도 짓지 않을 테니 그저 그의 주변에 머물 수 있게만 해달라고 서 여사에게 부탁할 생각이었다.

아무 말도 못하고 울고 있는 시은을 보는 재후의 마음이 아팠다. 또 울리는구나. 이제 대답은 필요 없었다. 시은이 헤어지자고 해도 이제 놓아줄 생각이 없었다. 마음대로 할 것이다. 재후가 지갑을 꺼내서 지폐를 꺼내 시은에게 건넸다. 많이 구겨진 달러였다.

"키스의 대가인가요? 아니면?"

"대가? 엉뚱하기는. 이 지폐는 행운의 2달러야. 내가 한 이십 년을 갖고 다녔던 건데. 내게 항상 행운을 주었다고 생각해. 이제는 이거 네가 갖고 다녀."

"제가요?"

시은은 그에게 행운이었던 것을 왜 주는지 묻고 싶었다. 그에게 행운을 준 것이라면 그가 갖고 있어야지. 시은이 이것을 갖고 있으면 그에게 갈 행운을 빼앗아오는 기분이어서 이상했다.

"싫어요. 이건 제가 왠지……."

"우리가 공유한다고 생각하자. 자, 이렇게 하면 복사되는 거야. 둘이서 공유."

손바닥을 펴서 2달러 지폐를 시은의 손에 얹고, 그 위에 재후가 손바닥을 포개면서 복사라고 속삭였다.

"복사."

시은도 그의 말을 따라 했다.

"잘했어."

재후는 시은에게 다시 입을 맞추며 한 손은 그녀의 어깨를 세게 잡고, 다른 한 손으로는 허리를 세게 끌어당겼다. 눈을 감아버린 시은의 호흡이 거칠어졌고 가슴이 들썩거릴 때 재후가 입술을 당기며 서서히 놓아주었다.

"이제 이 행운은 함께하는 거야. 어때? 함께할 거지?"

"좋아요. 함께해요. 힘들어도 함께."

"좋아. 그런데 이거 유래를 알아?"

시은은 고개를 저었다.

"그레이스 켈리라는 유명한 영화배우가 영화 속에서 만난 프랭크 시나트라로부터 2달러의 지폐를 선물받은 후에 모나코 왕비가 되었어. 그때부터 2달러가 행운을 가져다주는 소중한 지폐로 사랑받게 된 거지."

"어머나, 저에게 한재후의 부인이 되는 행운이 생기는 건가요?"

"하, 이제 웃네?"

시은의 웃음을 보니 이제야 술에 취하는 기분이 들었다. 이제야, 술기운에 눈이 감겼다.

"하아, 어쩌나. 제야의 종소리를 들어야 하는데. 졸린데?"

"자요. 그럼."

"옆에 있을 거지? 옆에 있어."

시은의 손을 이끌고 침실로 향했다. 그는 시은의 손을 놓지 않고 침대에 누웠다.

"어디 가면 안 돼. 이제는 가면 안 돼……."

어쩔 수 없이 시은도 함께 누웠다. 시은은 재후를 보며 숨을 크게 내쉬었다. 서 여사를 만나면 당당해지겠다고 스스로 다짐해 보건만 두려움이 느껴졌다. 하지만 그와 함께한다면 두려울 것도 없을 것이라고 마음먹으며 시은이 몸을 뒤척이자 재후가 팔을 감아 시은의 몸을 든든하게 감쌌다.

서후는 삐쳐서 입이 댓 발 나온 하온에게 가볍게 입을 맞추고 작은 상자를 가져왔다. 포장도 안 한 택배 박스였다. 서후는 테이블에 올려놓고 하온에게 고르라고 했다. 미니 자동차들이 줄 서 있었다.

"이제 저도 이걸 모아야 해요?"

"하나만 골라. 누가 다 준대?"

"쳇. 정말 기막혀서, 선물을 장난감으로 받을 줄이야."

그래도 다 수입 자동차였다. BMW, 아우디, 벤틀리, 포르셰, 벤츠. 국산은 피규어 모델이 흔하지 않다면서 심혈을 기울여 고심하고 고른 것이란다. 말이나 못하면 밉지나 않지. 서후가 준비한 선물이니 하온은 고맙다고 해야 하는데 실망감은 지울 수 없었다.

"그래도 이건 예쁘네요. 화려하고."

하온이 고른 것은 아우디로 바디 전체에 예쁜 큐빅이 박혀서 반짝반짝 빛났다.

"역시, 이걸 고르라고 갖고 온 거야."

"뭐야. 결정도 하고 왔다는 말이에요?"

"이 중에 가장 예쁘잖아. 이건 말이지, 자동차 모형을 한 방향제야. 큐빅이 진짜 예쁘지?"

서후가 아우디 모델을 꺼내서 침대 끝에 가져다 놓고 다른 자동차는 다시 상자에 담았다. 콘솔에 올려놓으니 큐빅이 장식된 자동차 방향제는 그 자체로도 빛을 뿜어내서 예쁘기도 했다.

"고마워요. 향기도 좋아야 하는데."

"고마운데, 왜 울상을 하고 있어?"

"내가 언제."

이제 곧 12시를 알리는 타종 행사가 열릴 것이다. 시계를 본 서후가 하온을 당겨 무릎에 앉혔다. 서운한 표정을 감출 수 없는 하온은 애써 아닌 척했다. 그런 하온이 귀여워서 서후는 하온의 눈, 입술, 볼 할 것 없이 입을 맞췄다.

"케이크나 먹을까요."

"싫어."

"그러면 과일?"

"싫어."

"병원에 있을 때 그렇게 과일 먹고 싶다고 노래를 불렀잖아요. 이번에는 왜 싫대? 평소에 말 안 들었죠. 말썽만 피우고 울고 떼쓰고 그러죠? 아무튼, 사고 치는 아들이었을 거야. 말썽꾸러기."

"투덜대는 거 봐라. 선물 마음에 안 들어서 그래? 완전 투정이네."

"아니거든요!"

"뭐가 아니야. 맞는데."

주변에서 함성이 들렸다. 5. 4. 3. 2. 1. 드디어 해가 바뀌었다.

"해피 뉴 이어!"

"해피 뉴 이어……."

처음 그가 제주도에 왔을 때가 생각났다. 마치 멋진 테리우스가 캔디를 말에 태우고 팔로 그녀의 등을 받치고 멋지게 웃고 있는 모습처럼 지금 하온이 그 캔디와 같은 모습으로 앉아 있었다.

"무겁겠다."

"무드 좀 깨지 말고 가만히 있어봐."

서후가 조금 전 자동차가 들어 있는 상자를 뒤적거리더니 조그만 상자를 꺼냈다. 카키색으로 포장되어 예쁜 리본으로 묶여 있는 손바닥만 한 상자였다.

"이건 뭐예요?"

"선물."

"선물? 선물 줬잖아요. 무슨 선물이 또 있어?"

"그건 어제 준 거고. 이건 오늘 선물. 타종했으니 1월 1일이잖아. 내가 유하온에게 처음으로 선물하는 거야. 최초로 하고 싶었어. 아, 새해 기다리는 거 더럽게 힘드네."

상자를 받아 든 하온의 입이 귀에 걸렸다.

"서프라이즈, 뭐 그런 건가요?"

"서프라이즈는 맞는데. 표정이 그리 바뀔 줄은 몰랐다?"

서후는 하온의 반응에 입꼬리를 말아 웃었다. 하온은 침을 꿀꺽 삼켰다. 그가 웃는데 왜 섹시하게 보이나 모르겠다.

"감동의 쓰나미가 몰려와요. 이렇게 행복해도 되는 거예요?"

"거품 물고 쓰러지지만 마. 새해 첫날부터 병원 가는 일은 없어야 하잖아."

하온은 그가 건넨 상자를 조심스럽게 열었다. 예쁘게 포장된 리본을 풀어가며 상상했다. 목걸이? 팔찌? 그런데 선물은 문제의 시계였다.

"시계다."

"왜 또 실망했어?"

"아니요. 고쳤어요?"

"응. 바꿀까 하다가 그냥 고쳤어. 의미가 퇴색되는 거 같아서."

그가 하온의 손목에 시계를 채워줬다. 입가에 미세한 떨림이 보였다. 이 시계 때문에 싸우기도 했지만 덕분에 그녀의 속마음을 알게 되었다. 저를 한 번쯤 되돌아볼 수 있었던 계기가 되었던 의미 있는 시계여서 미처 바꿀 수가 없었다.

"부탁인데, 이거 마음에 안 들어도 나로 생각하고 차고 다녀. 그런 생각이 들더라. 서로 사랑하면서 항상 좋을 수는 없잖아. 투덕거리면서 싸우고, 마음에 안 들 수도 있는데, 그럴 때마다 바꿀 수는 없잖아. 고치면서 살아야지. 우리 그렇게 사랑하자. 응?"

자존심 강한 서후의 입에서 부탁한다는 말이 나왔다. 하온은 가슴이 떨렸다. 사랑을 해서 사람을 변하게 만들었을까? 아니면 그를 사랑하니까 모든 것이 멋져 보이는 것일까? 하온은 눈앞에 보이는 한서후라는 남자의 모든 것이 멋지고, 멋졌다.

"응. 언제나 서후 씨만 생각하면서 차고 있을게요. 이런 멋진 말도 하는 사람이었어?"

서후가 꿀밤을 때렸다.

"아얏!"

"장난치고 있어."

"장난 아니에요. 이마에 혹 나요, 이거. 저, 책임질 거예요?"

"응. 평생."

'평생, 평생……'

하온은 그의 말에 3만 피트 하늘에 올라와 구름을 탄 기분이었다. 평생이라는 말이 이렇게 달콤할 줄이야.

"이제 약속했다. 그리고 또 하나가 더 있어. 여기 아래 융으로 깔린 게 있지? 그걸 열면 선물이 있는데, 이것도 받아줘."

"네. 또요? 뭐가 이렇게 많아?"

손바닥만 한 상자는 말 그대로 서프라이즈, 아니 매직 박스였다. 원단을 거두니 자동차 열쇠가 보였다. 그런데 신기한 것은 자동차 열쇠 로고가 아우디였다.

"어! 방향제랑 같은 모델이다."

"요즘 자동차 없이 다니잖아. 이거 타고 다녀."

하온이 말없이 자신을 바라보기만 하자, 서후는 그녀가 또 선물이 부담되어 그러는 거라고 생각했다. 고가의 선물이라 부담이 되는 것도 있을 것이다. 하온을 매일 회사에 데려다줄 수도 없고 그렇다고 복잡한 대중교통을 타는 것은 보기 싫었다. 그러기에 선물을 받아주길 바랐다.

"싫어?"

"아니요. 이건 좀 큰 서프라이즈네요. 이걸 언제 준비했어요?"

"요즘 버스에 지하철 타고 다니는 게 힘들어 보여서, 신차 나올 때 연락 달라고 했는데, 병원에 있을 때 연락이 와서 주차장에 갖다 놓으라고 했어. 아침에 보러 가자. 지금은 우리가 할 일이 있잖아?"

서후는 아주 자연스럽게 하온을 안고 침대로 향했다. 하온은 멀뚱멀뚱하니 그를 보았고 입을 벙긋거리기만 할 뿐 말을 하지 못했다. 선물은 크기 자체부터 남달랐다. 어찌하오리까. 그가 이런 사람인 것을⋯⋯.

"벌써 열두시 반이네. 졸리다."

"너 일부러 그러는 거지? 오늘 잘 생각은 버려. 할 일이 아주 많거든. 그리고 잘 기억해. 내가 선물 몇 개 했지? 아직 서프라이즈는 멀었어."

아침 일찍 들이닥친 재후와 시은을 서 여사는 못마땅한 눈초리로 쳐다보았다. 근래 재후는 따로 나가 지내는 경우가 많았다. 서 여사는 재후가 새해를 맞이해 올 줄은 알고 있었지만, 시은까지 함께 올 줄은 생각지도 못했다.

"왔니?"

서 여사의 반응은 냉랭했다. 재후는 이미 그럴 것을 알고 있어서 별로 놀라지는 않았다. 시은을 앞세우고 안으로 들어갔다.

"드릴 말씀이 있습니다."

"함께 오는 걸 보면 같이 있었나 보구나. 신년이라서 떡국은 끓였다. 먹고 가거라."

서 여사의 시선은 시은을 향해 있었다. 살기 어린 눈빛에 시은은 숨조차 편히 쉬기 어려웠다.

'괘씸한 것. 그때 차라리 울고불고하면서 매달릴 것이지. 그때는 조용히 물러나겠다고 하더니, 재후한테 알랑방귀 뀌면서 매달리는 거야?'

재후와 시은은 서 여사를 따라 주방으로 향했다. 둘은 지난밤 함께 뜨거운 밤을 보내며 속마음을 털어놓고 끝까지 함께하기로 약속했다. 재후는 숙취 때문에 몸이 힘들었지만, 행여나 어머니가 외출이라도 할까 봐 걱정이 되어 서둘러 왔던 것이다. 하루라도 빨리 허락받고 시은에게 확신에 찬 모습을 보이고 싶었다.

식탁에 자리를 잡고 앉았다. 서 여사가 중앙에 앉았고 재후와 시은은 마주 보며 앉았다. 정갈하게 놓인 반찬과 함께 먹기 좋게 떡국이 있었다.

"먹자. 음식을 보니까 시장하네."

서 여사가 먼저 떡국을 떠먹었다. 시은은 아직 먹지 않고 식탁을 쭉 훑어보았다.

"아주머니, 여기 배추김치 좀 주시겠어요?"

시은은 서 여사 옆에 서 있던 입주 도우미를 살짝 불렀다. 입을 손으로 가려 작은 소리로 말했고 도우미는 바로 김치를 가져오기 위해 움직였다.

"문제 있나요, 시은 씨?"

서 여사의 말투가 날카롭기는 해도 시은은 서 여사가 이름을 불러주어서 기분이 좋았다.

"죄송합니다. 제 마음대로 배추김치 좀 달라고 부탁했어요."

"흠!"

서 여사는 불쾌한 기분이 들었다. 자기 집도 아니면서 마음대로 무슨 짓이야?

"왜? 무슨 일 있어?"

재후가 서 여사의 눈치를 보며 시은에게 그 이유를 물었다.

"소고기 떡국과 부추겉절이는 어울리는 음식이 아닌 것 같아서요."

떡국 앞에 부추겉절이가 있었다. 시은은 동치미 국물은 소고기 국물과 어울려서 서 여사 앞으로 놓았고 부추겉절이는 멀찌감치 치웠다. 시은은 더 말해도 되냐고 눈으로 물으며 재후에게 도움을 청했다.

"시은아, 부추랑 소고기가 안 어울리는 음식이야?"

음식에 궁합이 있다는 말은 들어서 알지만, 어떤 음식이 좋은지 알지는 못하는 재후가 더 궁금한 듯 물었다.

"음식은 서로 어울리는 음식이 있고 그렇지 않은 음식이 있는데, 소고기와 무는 궁합이 상당히 좋아요. 그래서 뭇국을 끓일 때는 보통 소고기 뭇국을 끓입니다. 비타민이 부족한 소고기에 비타민이 풍부한 부추가 안성맞춤으로 보이지만, 사실은 따뜻한 성질인 부추는 한의학에서는 기름진 음식과 먹는 것을 권하지 않는다고 해요."

서 여사는 조곤조곤 설명하는 시은의 말에 어느새 집중하고 있었다. 왠지 그녀의 말이 설득력 있게 들렸다.

'어떻게 저렇게 잘 알아? 영양사라더니 그래서 잘 아나?'

"또 중국에서는 '소가 부추를 먹으면 쓰러진다'라는 속담이 있을 정도로 부추와는 상극이죠. 이 밖에도 버터, 감자, 밤은 소고기와 어울리지 않아요. 반면에 피망, 배, 파인애플, 무, 와인은 소고기와 아주 좋은 음식이고요. 하아, 제가 너무 길게 말했어요. 떡국이 식었네요. 다시 끓여야겠어요."

재후는 시은을 만난 지 오래됐어도 시은이 이렇게 말을 많이 한 것은 처음이 아닐까 싶었다. 음식 앞에서 설명하는 눈빛에 생기가 느껴졌다. 직업병인가?

"여기 전부 다시 끓여요. 이 부추는 당장 치우고."

서 여사는 가정 식단을 짜는 영양사를 바꿔야겠다고 생각하며 도우미를 불러 다시 상을 차리게 했다. 볼 때마다 수동적인 모습만 보여 답답했던 것과 달리 자신이 하는 일에 관련해서는 똑 부러지게 말도 하고 똑똑해 보이는 시은의 모습에 서 여사는 어느새 시은을 보는 눈빛이 조금은 부드럽게 변했다. 아침을 먹는 동안 특별한 대화는 없었지만, 처음보다는 부드럽게 바라보는 서 여사의 눈빛을 느끼며 시은은 약간의 가능성을 보았다.

서 여사는 후식을 먹은 후 적당히 이야기를 들어주고 자리를 벗어날 생각이었다. 소파로 자리를 옮긴 후 서 여사가 재후에게 물었다.

"할 말이 뭐니?"

"결혼하겠습니다."

서 여사는 둘이 함께 왔을 때부터 둘의 교재를 허락해 달라고 온 것으로 생각했는데, 예상을 깨는 말이어서 조금 놀랐다. 이렇게 갑작스러울 줄이야.

"나는 분명히 말한 걸로 아는데."

"결혼하겠습니다. 어머니께서 시키시는 건 모든 할게요. 무릎이라도 꿇을까요? 회장 자리에서 내려오라고 하면 그렇게 하겠습니다."

"그만 돌아가. 재후 너도 당분간 나가서 지내라."

서 여사의 눈동자가 흔들렸다. 시은이 듣는데 회장 자리를 내려놓는다는 말을 스스럼없이 하다니, 각오를 단단히 한 모양이었다. 서 여사는 도저히 재후의 얼굴을 똑바로 바라볼 자신이 없어 그대로 방으로 들어가 버렸다.

시은은 재후가 말하는 내내 고개를 숙이고 있었다. 아직은 갈길이 멀고 험난해 보였지만, 재후를 보며 착잡한 마음을 숨기며 애써 웃어주었다.

"시은아, 힘들 거 알고 왔잖아. 괜찮지?"

재후는 시은을 달래듯 등을 두드려 주었다.

서 여사의 행동을 담담하게 받아들인 재후는 시은이 걱정되었다. 괜한 상처를 받지 않았으면 해서였다. 재후는 시은에게 잠시기다리라고 하고 서 여사의 방으로 따라 들어갔다.

"어머니."

서 여사는 방으로 들어온 재후의 목소리가 들리자 덮고 있던 이불을 확 치웠다.

"네가 어떻게 이럴 수 있니? 여자 때문에 회장을 관둔다고? 무릎을 꿇어? 그래, 어디 해봐. 왜 호적도 파가지? 나는 서후가 있으니까 너는 필요 없다."

서 여사에게 재후의 이런 말이 배신과도 같았다. 아들들이 있었기에 이 집에서 버틸 수 있었다.

"어머니, 아버지는 어머님을 정말 사랑하신다고 하셨어요. 어머님은 다른 분을 생각하셨어도 그런 분이라도 좋다고 하셨어요.

언젠가 제가 여쭤봤어요. 원망스럽지 않느냐고. 그랬더니 아버지 께서 그러셨어요. '그래도 나는 네 어머니를 차지했으니 됐어.' 어머니, 저도 그러길 바라십니까? 사랑하는 사람을 다른 곳에 두고 살기를 원하세요? 몸은 집에서 마음은 항상 다른 곳을 향해서?"

서 여사는 벌떡 일어나서 재후를 노려보았다. 그녀도 어린 나이 에 집안끼리 정해진 정략결혼을 했었다. 그녀는 사랑 없이 한 결 혼이었지만, 남편의 사랑을 받고 살았다. 남편이 한없이 다정한 사람이었으니까.

"지금 무슨 소리를 하고 있어? 내가 아버지를 사랑하지 않았다 는 말을 하고 싶은 거니? 나이 차이가 많이 나서 처음에 두려웠 어. 그때 나는 너무 어려서 두려웠던 거야. 하지만 금세 네 아버지 를 사랑하게 됐어. 나를 위하는 사람은 그이밖에 없었으니까. 난 떳떳하게 말할 수 있어. 네 아버지만 사랑했다고. 아니라는 거 니?"

"그래요? 그러셨군요. 지금도 삼촌은 집에 오시지 않으시죠. 지금까지 결혼을 안 하고 계시는 이유는 뭐라고 생각하세요?"

"지금 무슨 소리를 하고 싶은 거니?"

서 여사의 호흡이 거칠어졌다. 가슴이 마구 뛰어 가슴이 들썩 거렸다.

"저도 어쩌면요. 시은이 아니면 평생 혼자서 살지도 모른다는 생각을 했어요. 저, 혼자 살기 싫어요, 어머니. 앞으로는 부탁 같 은 거 안 드려요. 저희 성인이에요. 허락 안 받아도 충분히 알아 서 할 수 있다는 걸 알아주세요."

서 여사가 울먹여도 재후는 아랑곳하지 않았다. 마음이 약해지 면 아무것도 얻을 수 없었다. 인사를 하고 나가는 재후에게 서 여 사는 베개를 던졌다. 서 여사는 이제 볼 수 없는 애들 삼촌의 모 습이 문득 생각났다. 그녀의 사랑이었던 한태인. 그렇지만, 집에

서 원하는 상대는 태인이 아니었다. 서 여사는 재후와 서후의 아버지를 선택할 수밖에 없었다. 형제 중 사랑의 피해자는 동생 태인이었다.

재후는 소파에 앉아 기다리고 있는 시은과 함께 집 밖으로 나왔다. 어머니가 어떤 마음이든 이제 중요하지 않았다. 둘의 사랑을 확인한 것으로도 많은 것을 얻었다고 생각한다.

"우리 바람이나 쐴까?"

시은이 고개를 끄덕였다. 재후는 자동차 시동을 걸면서 시은을 향해 환하게 웃어주었다. 시은은 재후의 뜻을 따르기로 해서 어디를 가느냐고 묻지 않았다. 재후와 시은을 태운 자동차는 한가한 도로를 빠져나갔고 곧 고속도로에 접어들었다.

서후와 하온에게는 열락과 환희가 풍부한 시간이었다. 서후는 장난이 심했지만, 열정도 대단했다.

　　"우리 밀애 어때?"

　　"그런 말 좀 쓰지 마요. 불륜 같아."

　　"밀애와 불륜은 다르지 않나?"

　　서후가 휴대폰으로 사전을 눌러 검색하자 하온은 그가 상당히 집요한 사람이라는 것도 새롭게 알았다.

　　"밀애는 뜻이 두 가지가 있어. 밀애, 명사. 빽빽할 밀(密), 사랑 애(愛). 비밀스럽게 사랑을 나눔. 또 밀애, 명사. 꿀 밀(蜜), 사랑 애(愛). 달콤한 사랑. 이렇게 두 가지 뜻이 있어. 우리는 어떤 것이 어울릴까?"

　　"밀애(蜜愛), 달콤한 사랑."

　　"맞아. 달콤한 사랑. 그거네. 그런 의미로 꿀 없어?"

　　"꿀은 왜요?"

　　"달콤한 건 아무래도 꿀 아니겠어? 내가 모조리 먹어줄게."

처음에는 무슨 말인지 몰라 서후의 말대로 하온은 꿀을 가져왔다. 그러나 서후가 하는 것을 보고 꿀이 왜 필요한지 알게 되었다.

"으이 씨. 미쳤어, 미쳤어."

하온이 서후의 가슴을 마구 때렸다. 퍽퍽 소리가 날 정도로 아플 텐데 서후는 마치 이 순간을 즐기는 것처럼 황홀한 표정을 지으며 하온을 바짝 끌어당겨 안았다. 서후는 하온의 가슴에 꿀을 부어 몽땅 먹어버렸다. 물론 하온도 달콤함에 취해 먹을 수밖에 없었다.

하온은 정신을 차리기 힘들었다. 아침인지 오후인지도 모르게 잠을 잔 후에 깨어났고, 헝클어진 머리카락을 정리하려고 머리를 만지는 순간 깜짝 놀랐다. 제 손가락에 끼워진 반지 때문이었다. 엎드려 자고 있는 서후를 흔들어 깨웠다. 이건 분명히 잠든 사이에 일어난 일이다.

"일어나요. 일어나. Wake up."

"흥분하면 영어가 나오나 봐. 왜?"

"손에 이게 뭐예요?"

하온이 손바닥을 펴며 안 보이던 반지를 가리켰다. 네 번째 손가락에 알이 박힌 반지가 있었다.

"반지네."

"그러니까, 이 반지가 뭐냐고요."

"선물. 결혼한다고 했잖아."

"내가?"

잠자는 사이에 무슨 일이 일어난 거야? 전혀 기억에 없는 하온은 반지를 빼서 서후에게 건넸다.

"다시 청혼해요. 이게 뭐야? 싫어요. 안 해."

"If you agree once it's over(한 번 동의했으면 끝이야)!"

"시동."

"쳇! 빨리 말 안 해요?"

"내비게이션에 내가 부르는 대로 입력해."

"진짜, 이럴 거예요?"

"싫으면 당장에 버려."

하온은 숨을 고르고 있었다. 깨자마자 샤워하고 주차장으로 나올 때까지 그가 한 말은 손가락에 끼워진 반지는 허락하에 끼웠다는 것뿐.

"정말로 승낙했다고? 난 기억에 없다니까?"

"내가 더 화 나려고 한다. 그럼 나는 뭔데? 그걸 끼워준 나는?"

'그건 그러네. 이 반지는 그가 끼워줬으니 있는 것이지.'

하온은 서후가 소리치는 것도 이해되었다. 그래도 기억에 없으니, 무효 아닌가? 아, 도대체 왜 기억이 안 나는 거냐고. 하온은 일단 서후가 불러주는 주소를 입력하고 운전해 나갔다.

"고마운데, 기억이 안 나요."

"기억에 없다? 하, 내가 미치겠네. 분명히 대답해 놓고."

"내가 뭐라고 했는데요?"

"이거 끼워줄게. '응.' 진짜다. '응.' 그랬잖아."

하온은 기억에 없으니 생각해 내려 애썼다. 운전하는 동안 생각에 잠긴 하온을 보는 서후는 웃음을 참지 못했다.

'그거 프러포즈 아니야. 내가 근사하게 프러포즈할게. 우선 이걸로 만족해.'

***

지난 새벽, 둘의 대화는 무척이나 끈적였다. 바로 밀애에 관한 이야기로 달콤하다 못해 분위기는 뜨겁게 달아올랐다. 서후는 싱크대에서 꿀을 찾아왔다.

"먹는 거로 이러면 벌 받는다고 했어요. 빨리 갖다 놔요."

"어차피 내가 먹을 건데 뭐."

서후가 하온의 몸에 꿀을 부었다. 이런 건 어디서 알아봤는지. 그의 행동이 자연스러웠다.

"아이고! 너무 많이 부었다. 어쩌지?"

"이게 뭐야?"

하온의 가슴에 꿀을 통째로 들이부어서 흐르는 바람에 이불에도 묻었다. 서후는 생각한 것보다 많이 부어져서 난감했다. 괜히 하온의 눈치가 보였다.

"가만히 있어봐. 내가 먹을게."

"아, 아까운 꿀."

"잠깐, 내가 먹는다고 했잖아."

서후는 달콤한 향을 음미하며 꿀을 먹었다.

"아, 달콤하네."

"어머나!"

"봐. 당신도 좋잖아."

서후의 입술이 하온을 입술을 덮치자, 몽롱함까지 더해졌다. 혼미해질 정도로 정신이 없었다. 잠시 후 고개를 든 그는 인상을 썼다.

"아. 속 아파."

"그만 먹어요. 어리석어요. 과유불급 몰라요?"

아무리 맛있는 꿀이어도 밥숟가락으로 한 술 이상은 먹을 수 없다고 한다. 서후는 머리까지 띵하게 아팠다.

"왜 이렇게 어지러워?"

"그러게요? 어지럽다."

머리가 욱신거리고 가슴이 울렁거렸다. 하온은 그의 얼굴이 두 개로 보이기 시작했다. 갑자기 기억력이 흐려지는 약이라도 먹었나? 술을 많이 마셔서 필름이 끊기는 증세 같다고 할까? 서후는 정신을 가다듬고 욕실로 향했다. 이대로 잠이 들 수는 없어서 먼저 샤워를 하고 나왔다. 하온의 몸에 꿀을 부어 몸을 비볐더니 꿀이 제 몸에도 가득 묻어서 끈적였다. 서후는 하온을 깨워서 씻기려고 했지만, 하온은 잠꼬대를 하는지 혼잣말을 하고 있었다. 말은 전혀 알아들을 수가 없었다.

서후는 꿀이 담겨 있었던 병을 들어보았다. 병에 하온이 쓴 밤 꿀이라는 글씨가 보였다.

"이 꿀 어디서 났어?"

"그거, 게장 비쇼실 이슬 때 메파 서청이라고⋯⋯(그거, 회장 비서실 있을 때 네팔 석청이라고⋯⋯)."

"아, 석청?"

네팔 히말라야 석청. 이걸 그냥 꿀로 알고 마음껏 먹으려고 했으니 문제였다. 정신이 몽롱한 것은 물론 혀도 꼬이고 구토 증세도 나타났다. 별 신기한 경험을 다 했다. 하온을 씻기는 것은 포기해야 할 것 같다. 대신 서후는 따뜻하게 수건을 적시고 꿀이 묻는 몸을 잘 닦여서 재웠다. 서후는 마지막으로 준비한 선물을 꺼냈다.

"이걸 아직 못 줬는데. 유하온 자냐?"

하온의 귓가에 대고 이름을 불러 깨웠다.

"⋯⋯응."

"응? 잔다고?"

"응. 쩝!"

"좋아. 대답은 할 수 있으니까 여기에 반지는 끼울게. 나랑 결혼할 거지?"

"네……."

하온의 대답은 바로 나왔다. 서후는 아주 만족스러운 미소가 지어졌다. 그녀는 자면서도 웃고 있었다.

"하하. 우리 예쁜 유하온. 결혼 약속했다."

"응."

손가락에 반지를 끼워 주고 손등에 입을 맞췄다. 정식 프러포 즈야 나중 문제고, 우선 그녀에게 약속을 받았으니 목적은 달성 한 것이었다.

"약속했어. 다른 말 없기."

"응."

"그래, 사랑해."

서후는 하온의 입에 쪽 하고 입을 맞추고 뒤에서 껴안았다. 그 녀의 대답을 들은 서후는 한결 마음이 편해졌는지 바로 잠에 빠 져들었다.

❄❄❄

서후는 투덜대는 하온을 노려보았다. 분명히 결혼하겠다고 해 놓고 기억에 없다면 그만인가?

하온이 운전해서 도착한 곳은 서후의 집이었다. 하온은 으리으 리한 저택 앞에 차를 멈추었다. 서후가 초인종을 누르자 대문이 자동으로 열렸다. 하온은 어쩔 수 없이 그대로 주차장까지 운전 하여 들어왔다. 서후의 집에 올 것이라 생각 못 했던 하온은 편한 복장이 신경 쓰였다. 하온은 안전벨트를 풀고 문을 여는 서후를 한껏 노려보았다. 그가 내비게이션에 주소를 입력할 때까지만 해 도 목적지가 그의 본가일 거라는 생각은 전혀 하지 못했기에 당황 스러웠다. 이 남자, 나를 완전 초라하게 만들려고 작정을 했나.

"뭐 하고 있어? 안 내려?"

"집에 올 거면 온다고 말을 해야죠. 청바지에 부츠에 스웨터 입고 인사를 드려요?"

"항상 정장을 입으니까 이런 모습도 보기 좋아. 마음에 들어 하실 거야. 또 처음 보는 것도 아니면서 새삼스럽기는."

그래도 하온이 차에서 내리지 않자 서후가 손수 문을 열어주며 하온이 편하게 내릴 수 있도록 팔을 잡아주었다.

"유하온 씨. 나와 결혼하기로 했으니까 신년 인사는 와야 할 거 아닌가? 그러고 나서 제주도 인사도 가야지."

"그건 고려해 봐야겠어요. 이 반지는 약간 비싸 보여서 끼고는 있지만, 기억에 없는 이상 인정 못 해요."

"마음대로 하시죠, 유 여사님."

"헐. 여사래."

"결혼하면 그렇게 되지."

"누구 마음대로 결혼을……."

찌릿! 서후의 눈에서 불꽃이 뿜어져 나왔다. 실로 오랜만에 나오는 불꽃이었다. 하온은 오금이 저리고 발끝이 저릿저릿했다.

"어머니 기다리시겠다. 들어가자."

거절했다가는 눈에서 레이저가 나올 거 같았다. 서후가 팔을 내밀어서 하온은 냉큼 그 팔에 매달리듯 잡았다. 이럴 때는 조용히 그의 말을 따르는 것이 옳았다. 잔소리를 하거나 따지는 날엔 예전처럼 버럭 소리치는 남자로 돌아올 수도 있을지도 모른다는 불안감이 엄습했다.

현관문을 열고 들어가자 안은 쥐 죽은 듯 조용했다. 한기가 느껴질 정도로 고요했다. 서후는 당연히 형이 있을 줄 알았는데 그의 모습도 보이지 않았다.

"오셨습니까?"

도우미가 나와서 서후에게 인사했다.

"집이 왜 이렇게 썰렁합니까?"

서후의 뒤에서 지켜보던 하온도 그렇게 느꼈다.

"오전에 회장님께서 오셨다가 나가셨고, 이사장님께서는 방에 계십니다."

오늘 하온이 데리고 온다고 말씀드렸는데. 형이랑 무슨 일이 있었나?

"형은 혼자 왔어요?"

"아니요. 두 분이 오셨습니다."

서후는 재후에게 전화를 해보려고 휴대폰을 꺼내려다 말았다. 두 분이라는 말에 분위기가 왜 이렇게 변했는지 대충 짐작이 갔다.

"형이랑 같이 온 사람은 여자겠죠?"

"⋯⋯네."

"알았어요."

재후가 시은을 데리고 왔다가 분위기가 썰렁하게 변했다는 것을 짐작한 서후가 하온에게 양해를 구했다.

"잠깐만 있을 수 있어? 어머니 뵙고 나올게."

서후는 도우미에게 하온을 2층으로 안내해 주라고 말했다. 하온은 서후에게 고개를 끄덕였고, 도우미를 따라 2층으로 향했다. 서후는 하온이 사라지자 서 여사 방문에 노크했다.

"어머니, 접니다."

잔뜩 상처받은 얼굴의 서 여사가 서후를 보면서 일어났다. 서 여사는 서후에게는 항상 소녀 같은 어머니다. 재후에게는 강한 어머니의 모습이라면, 서후에게는 부드럽고 다정한 미소를 아끼지 않았다.

"언제 왔니?"

서후가 침대 맡에 앉았다. 서 여사는 힘이 없는 모습이었다. 간신히 머리를 넘기며 표정이 무척이나 어두웠다. 서후가 서 여사의 이마에 손을 얹어 열이 있는지 확인했다. 그러자 서 여사는 더욱 상처받은 표정을 하고 어린아이처럼 투정 섞인 목소리로 말하기 시작했다.

"재후가 선전포고를 하고 갔다. 결혼하겠다고 하더라."

"그래요?"

"뭐야. 안 놀라니?"

"놀라야 하는 건가? 형이 결혼하겠다는데 놀라야 해요? 나이가 있으니까 당연한 건데."

서 여사는 서후의 얼굴을 유심히 살폈다. 서후가 놀라지 않는 것을 보니 재후와 시은이 만나는 것을 알고 있는 모양이었고, 형을 감싸주려는 게 분명했다.

"너도 찬성하는 거니? 나는 그 애가 싫어."

"왜요?"

"당연하잖아. 가족이 없잖아. 집안은 볼 게 있니? 일가친척 하나 없는데."

"집안이 어때서요. 가족이 없는 게 본인 탓인가요? 너무 그러지 마세요."

서 여사는 서후의 반응에 서운한 마음이 한가득 들었다. 서후는 그래도 저를 위할 줄 알았는데, 형을 두둔하고 나서다니. 재후는 엄마의 뜻을 한 번도 거역한 적 없는 착한 아들이었는데 결국 여자 때문에 돌아섰고, 서후는 말썽을 자주 일으켰어도 말은 곧잘 듣는 아이였다.

"너는 꼭 재후를 두둔하더라. 형이 죽으라고 하면 죽을래?"

"어머니, 형이 우리 집 가장인데 지금 저 나이에 삐딱하게 굴어 봐요. 우리 집이 흔들리고, 서일그룹이 흔들려요. 결혼 안 하고

평생 혼자 산다고 하면 어떡해요? 그것 보다는 낫잖아요. 안 그래
요?"

농담이 지나쳤다고 생각했을 때는 이미 늦었다. 서 여사가 매서
운 눈으로 노려보더니 등을 한 대 후려쳤다.

"나쁜 놈. 그게 엄마 앞에서 할 소리야?"

"아! 아직도 우리 서 여사님 손이 이렇게 매워요? 아, 진짜 아
프다."

덩치 큰 남자를 때린들 그게 얼마나 아프겠는가? 서후가 등을
만지며 아프다고 했다. 서 여사가 때린 손바닥이 얼얼할 정도로
아팠다.

"이 녀석이 능청만 늘었어."

"어머니, 형이 결혼한다고 했을 때는 심각하게 고민하고 결정한
걸 겁니다. 그냥 말할 사람 아니잖아요."

서후가 서 여사의 손을 잡아주었다. 서 여사는 서후의 온기에
투정은 잠시 접고 눈을 감았다. 냉정한 서후는 집에선 항상 다정
한 아들이었다. 남들은 차갑고 성질이 나쁘다고 했지만, 그녀에게
서후는 착하고 인정 넘치는 아들이었다. 오히려 그녀에게 냉정한
아들은 재후였다. 눈치가 빠르고 처세술에 능한 재후는 인정은
많을지언정 속정은 아무래도 서후가 넘쳤다.

서후는 항상 혼자 지냈다. 재후가 몸이 많이 약해서 자주 병원
에 있어서 서후는 혼자서 지내는 시간이 많았다. 보모 손에 자란
서후는 부모의 사랑이 언제나 고팠던 아이였다. 서후가 커오면서
차갑고 냉정한 사람이 된 것은 어쩌면 어려서부터 사랑받지 못하
고 혼자서 자란 영향 때문인지도 모른다.

어느 날부터 남편은 서후를 믿고 좋아했다. 재후가 몸이 약한
것 때문에 일찌감치 서후를 후계자로 점찍은 것은 아닐까 싶기도
했다. 그때부터 서후가 반항이 심해졌다는 것을 서 여사는 알고

있었다. 형과 싸우기 싫은 서후는 아버지 눈 밖에 나려고 노력하는 아이처럼 일부러 사고 치고 불량스럽게 행동했었다.

재후가 경영 수업을 받으면서 인정받은 후부터 서후가 정신을 차렸으니, 서 여사는 서후가 일부러 그렇게 행동했다는 것을 알고 있었다. 그렇기에 서 여사는 서후에게 굳이 잔소리를 하지 않았다. 서후를 믿으니까.

"내가 참 못난 어미다. 재후도 너한테는 그러면 안 돼. 재후 보느라, 너는 아예 못 봤잖아."

"어머니, 가끔 외로웠다는 게 생각나기는 해요. 그렇지만 원망스럽지는 않아요. 형도 아파서 그런 걸 어쩝니까. 이제 그만 잊으세요."

한숨을 쉬는 서 여사를 보며 서후가 웃었다.

"편애하는 게 아니었잖아요. 형이 약해서 더 마음을 쓰신 거죠. 저라도 그랬을 겁니다. 아픈 아이한테 신경 쓰는 건 당연해요."

"나는 네 형에게 거는 기대가 컸어. 그 애가 마음에 안 드는 것보다는……"

서 여사는 시은의 얌전하고 청순하게 생긴 모습을 생각했다. 시은만 본다면 싫지 않았다. 그래도 아직은 재후에 대한 원망을 지울 수 없었다.

"혹시, 더한 기대감 아닐까요? 큰아들이고, 서일그룹 회장이니까요. 당연히 훌륭한 신부를 맞이했으면 하는 바람은 있겠죠."

서 여사는 서후의 말에 대답하지 않았다. 서후의 말이 맞다. 재후에게 거는 기대치가 서후보다 컸기에 그에 대한 실망감이 더욱 크게 느껴지는 것이겠지.

"어머니는 형이 다른 여자를 데리고 왔어도 마음에 안 드셨을걸요? 그런데 또 저는 누구를 데리고 와도 상당히 흡족해하실 거고. 바로 그런 기대치죠."

"흐음. 그런 건가?"

서후가 더욱 어른스러워진 거 같네.

"어머니, 제가 청소년 시기에 왜 엇나갔는지 아세요?"

"그야, 네 형을 회장으로 만들기 위해서였지."

"하하. 그런데 이번에 형이 그랬어요. 회장 자리 무척이나 싫다고. 처음 들었어요, 그런 말. 그만큼 이시은 씨가 좋다는 말 아니었을까요?"

"너는? 내가 만약에 너를 반대했으면?"

서 여사는 서후가 어떤 대답을 할지 긴장한 상태로 집중했다.

"저는 아마 못살게 들들 볶았을 거 같아요. 어머니 잠도 못 주무시게. 피부 트러블 생기고, 주름도 늘고, 나이도 열 살은 더 많아 보이게 졸졸 따라다니면서 귀찮게 했겠죠."

"나쁜 녀석."

"하온이랑 함께 오라고 하시고 이렇게 누워 계시면 어떻게 해요? 저희 그냥 나갈까요?"

서후는 마지막에 크게 웃었다.

"이 녀석이. 웃는 게 꼭 나를 놀리는 거 같아. 곧 나가마. 머리라도 정리하고 나가야지."

"네."

"참. 서후야, 재후 어디 있는지 알아봐 줄래?"

서후가 나가다 말고 서 여사를 향해서 웃으며 고개를 끄덕였다. 이제 마음을 조금 풀려고 하는 모양이었다. 서후는 어머니의 마음이 서서히 풀어지더라도 시은을 받아주었으면 하는 바람이었다.

하온이 들어온 곳은 서후의 방이었다. 하온은 방을 둘러보느라 정신이 없었다. 서후의 방은 깔끔하게 정리되어 있었다. 하온은 서후의 방을 보면서 어딘가 모를 낯선 느낌을 받았다. 모형 비행기가 천장에 매달려 있었고, 그가 좋아하는 모형 자동차가 실제로 땅 위를 달리듯 중앙에 전시되어 있었다. 투명한 슬라이딩 도어를 열자 다른 방이 보였다. 영화관처럼 편한 의자와 커다란 TV가 놓여 있었다. 하온은 의자에 편하게 앉았다. 발판에 다리를 올려 뻗었고 팔걸이도 내려 최대한 편한 자세로 앉아 등받이에 기댔다.

"그나저나, 들어가서 어머니한테 소리치는 건 아니지? 제 성질에 못 이겨서."

하온은 서후가 어머니한테도 크게 소리치면서 대드는 것은 아닐까 걱정되었다.

"사람을 불러놓고 뭐 하는 겁니까? 그것도 새해부터 말이죠. 이렇게 불러놓고 혼자 두는 게 큰 실례인 걸 몰라요?"

하온은 서후의 목소리를 흉내 내면서, 앞에 놓인 간이 테이블에 DVD를 꺼냈다. 고전 영화부터 공포 영화 할 거 없이 종류가 많았다. 하온은 DVD를 정리하고 TV 화면 위에 놓인 사진을 눈여겨보았다. 그 사진은 입사 때 단체로 찍은 사진이었다. 그때의 기억이 새록새록 났다. 하온은 갑자기 웃음이 나왔다. 끝에서 인상 쓰고 찍은 남자를 보면서. 그의 이름도 생각났다.

"하하하. 누군지 알았다. 하하하. 와. 이거, 성형발 아니야?"

그때 서후가 방으로 들어왔다. 재빨리 들어와 사진을 빼앗으려고 했다.

"성형발 아니야. 무슨 성형발? 내놔!"

하온의 뒤에 아주 멋진 포즈로 서 있던 서후가 재빨리 걸어와서 사진을 빼앗으려 했다. 웃고 있던 하온은 빼앗기지 않기 위해 사진을 들고 도망쳤다. '나 잡아봐라!' 하면서 달아나는 하온을 서후는 쉽게 잡을 수 있었지만 그는 천천히 걸으며 손만 뻗었다. 장난치는 하온의 모습이 왠지 귀여웠고 예뻤다.

"맞다! 이름도 기억났어요. 항상 인상 쓰고 다니는 사람이다 생각했는데, 얼굴 보니까 이름도 기억나네요, 김치남 씨."

"기억력 참 좋으시네."

서후는 팔짱을 끼고 살짝 비꼬았다. 서후는 이제 하온을 잡을 생각을 하지 않았다. 이제야, 겨우 기억해? 그렇게 힌트를 줬구만.

"하하, 하아. 아이고, 숨차서 못 하겠다!"

"이리 와. 앉아서 숨 좀 고르고 내려가자."

서후가 의자에 앉아서 옆자리를 툭툭 두드렸고 하온은 마지못해서 앉은 것처럼 그의 옆자리에 앉았다.

"치남 씨, 이제 말해봐요. 어머님은 어떠세요?"

"곧 나오신대. 형이 선전포고했대. 결혼 안 시켜주면 회장 그만둔다고."

"와우. 멋지다."

"멋져?"

서후가 눈썹을 꿈틀거리며 하온을 봤고 하온이 어깨를 으쓱하자 그녀의 어깨를 당겨 기대게 했다.

"멋져요. 서후 씨는 우리를 반대하시면 어떻게 할 거예요?"

하온은 서 여사가 찾아와서 결혼하라고 허락했기 때문에 걱정할 일은 없었지만, 그의 생각은 궁금했다. 어떤 방법을 취할지.

"나는 사장 자리 포기 안 해."

"아, 그래요?"

하온의 실망한 표정이 역력했다. 그도 형처럼 '당연히 너를 위해서 다 포기할게'라는 말을 할 줄 알았다.

"나라면 말이지, 나라면……."

'꼭 이런 말을 들을 때는 긴장되게 하더라.'

하온은 서후가 어떤 말을 할지 궁금해서 침을 꿀꺽 삼켰다. 이게 뭐라고 괜한 긴장감을 주었다.

"그런 사랑은 안 할 거 같아. 부모님께 상처 드리면서 반대하는 결혼은 안 해."

"……."

"실망했어? 아니면 뜻밖이라서?"

하온은 고개만 살짝 끄덕였다. 실망했다고 하면 그가 싫어하려나?

"대신 설득을 하지. 왜 이 여자여만 하는지, 왜 좋은지. 어떤 모습이 좋은지를 보여 드릴 거야. 그 사람의 참모습을 보실 수 있도록."

"그래도 안 되면?"

"그래도 안 되면? 자식을 못 믿으시나? 하아, 그럼 혼자 살지 뭐."

"한서후 사장님을 한 이십 년 후에 봤어도 혼자였을 수도 있었겠네?"

"설마, 유하온! 아직도 결혼할 마음이 없는 거야?"

서후는 '안 돼!'라며 쐐기를 박았다.

"흠흠! 비싸게 굴어야지, 김치남 씨한테."

'은근 뒤끝 있어. 반지 끼워준 거는 당신이 기억 못 하는 거지!'

서후는 하온을 더욱 당겨 안았다.

"저기, 그런데 왜 이름이 김치남인가요?"

"아, 그거?"

서후가 이름을 김치남으로 한 이유를 설명해 주었다. 김치남은 전 기수에 합격한 사람으로 실제 인물이라고 했다.

잠시 후, 점심을 먹기 위해 셋은 식탁에 앉았다. 서 여사는 식탁에 놓인 떡국을 또 먹으려니 입맛이 없었다.

"나는 밥 먹고 싶은데. 밥 없어요?"

"사모님, 밥은 새로 짓지 않아서요."

도우미가 곤란한 표정을 지었다. 아들이 온다고 해서 떡국을 끓이라는 지시를 받았던 터라, 새로 밥을 하지 않았었다. 어제 저녁을 먹고 남은 밥이 조금 있을 뿐.

"그거라도 주세요."

도우미가 밥을 갖고 오자 이제야 입맛이 돈는지 서 여사가 '먹자' 하면서 숟가락을 들었다. 서후가 떡국을 맛있게 먹었다. 하온은 그 모습만 보아도 군침이 돌았다. 하온은 음식 투정을 하지 않는 그의 모습이 가장 마음에 들었다. 하온이 김치를 한 점 집었다. 새빨간 김치 색깔이 무척이나 고왔다. 입에 넣자 '아삭' 하는 소리가 났다.

'와우, 너무 맛있잖아.'

"하온 양은 왜 김치만 먹어?"

서 여사가 하온이 다른 반찬은 두고 김치만 먹어서 맛이 없나 싶었다. 비록 떡국이지만, 반찬에도 신경을 썼는데.

"김치가 너무 맛있어서요."

"어머, 호호호. 그래?"

서 여사는 김치가 맛있다는 말이 무척이나 좋았다. 결혼하고 나서 시어머니께 제일 먼저 배운 음식이었다. 그녀도 귀하게 자란 터라서 한 번도 김치라는 것을 담가본 적 없이 결혼했는데, 처음 김장한 날 몸살이 났었다. 달게 받은 시집살이였는데, 이제는 새우젓까지 직접 고르면서 땅에 독을 묻기도 했다.

"김치는 손으로 찢어 먹어야 제 맛인데."

"저희 할머니께서는……."

하온이 할머니의 이야기에 잠시 숙연해졌으나 금세 말을 이었다.

"제가 매울까 봐 어릴 적에는 물에 씻어주셨어요. 크니까 이제는 손으로 먹어야 맛있다고 손으로 찢어주셨어요."

"그랬어?"

서 여사는 하온의 이야기를 잘 들어주었다. 이제는 추억이 되었을 할머니였기 때문이다. 서후는 노 여사의 얼굴이 문득 생각났다.

"하루는 보리굴비라고 TV에서 나온 걸 봤는데, 그게 정확히 뭔지를 모르겠다고 했더니 보리밥에 물 말아서 굴비 가시를 발라서 얹어주시는 거예요. 그러면서 김치를 찢어 얹어주시면서, 이게 보리굴비라고. 그게 정말 보리굴비인 줄 알고 아주 맛있게 먹었어요."

"하하하. 어머나, 보리굴비는 그게 아니잖아."

서 여사는 박수 치며 웃었다. 서후는 저렇게 크게 웃는 어머니의 모습을 오래간만에 보는 것 같아 기분이 좋았다.

"저는 그걸 대학교에 갔을 때 친구들에게 말했다가 망신만 당했고……."

"큭큭!"

서후는 참다가 그게 대학 시절이라는 소리에 결국 참지 못하고 웃었다. 하온이 그런 서후를 보면서 무의식적으로 눈을 흘겼다.

"아, 미안, 미안."

"여기 김치 한 포기 꺼내와요. 통째로. 썰지 말고."

도우미는 서 여사의 말처럼 정갈하게 담긴 김치를 포기째 갖고 왔다.

"그래, 김치는 손으로 찢어 먹어야지. 나는 내 김치 맛있게 먹어주는 사람이 좋더라."

서 여사는 옷을 걷더니 손으로 김치를 잡아 쭉쭉 찢어 앞 접시에 놓아주었다. 서후는 숟가락을 입에 문 상태로 동작을 멈췄다. 하온도 서 여사의 행동에 놀랐다. 손가락에 빨간 김칫국물이 물들었어도 쪽쪽 빨아가며, 그녀는 전혀 상관하지 않았다.

　"먹어봐. 할머니가 주신 맛은 아니겠지만, 할머니 표 보리굴비다, 생각하고 먹어. 맛이 어떤지."

　"네? 네……. 감사합니다."

　하온은 밥을 푼 숟가락에 서후가 얹어준 굴비와 서 여사가 찢어준 김치를 더해서 '할머니표 보리굴비'를 먹었다.

　"너무 마이써용."

　하온은 입안에 잔뜩 넣은 상태로 말했다. 발음이 부정확했어도 맛있다는 말을 알아들은 서 여사는 하온이 한 그릇을 뚝딱 비울 때까지 김치를 계속 찢어주었다. 그리고 집에 가는 길에 서 여사는 하온의 편에 작은 항아리를 건네주었다.

　"김치 몇 포기 담았어. 맛있게 먹어서."

　"아니에요. 김치는 제주도에서 갖고 온 게 있어요."

　"물론, 하온 양 어머니도 맛있게 담그시겠지. 그래도 맛있게 먹어줘서 고맙기도 하고."

　서후는 하온을 예뻐해 주시는 어머니의 밝은 모습에 저절로 입꼬리가 올라갔다.

　"받아. 우리 어머니께서 정말 마음에 드셨나 봐."

　"감사합니다. 잘 먹을게요."

　"그래요. 오늘 즐거웠어."

　하온이 항아리를 차에 싣고 나서 운전석에 올라탔다. 서후는 예쁘게 봐주는 서 여사가 고마워서 넙죽 인사했다.

　"허락해 주신 것 감사해요. 평생 효도할게요."

　"이 녀석 봐라. 벌써 결혼이라도 한 것 같다. 순서는 지켜. 형보다 먼저는 안 돼."

"네? 그럼, 형도 허락하시는 거예요? 잘 생각하셨어요. 형은 지금 별장에 있습니다. 평창이에요."

식사 후, 하온과 서 여사 둘이 거실에서 이야기 나눌 때 서후는 잠시 2층으로 올라갔었다. 재후에게 전화를 했었다. 재후는 평창 별장이라며, 시은과 함께 장을 보고 있다고 했다. 며칠 있을 거라는 말과 함께.

"멀리도 갔네. 알았어."

서후는 어머니가 마음을 바꿔서 편한 마음으로 집에 갈 수 있었다. 서후는 운전석에 앉은 하온을 보면서 조만간 제주도에 가서 하온의 부모님께도 정식으로 허락받아야겠다고 생각했다

며칠 후. 경호원까지 동원하고 SnI 패션 사장실을 찾은 오스카는 매우 화가 난 상태였다. 오스카는 서후에게 약속을 지키라며 따졌다.

『왜 하온한테는 말 안 했어?』

『정신이 없었어. 누가 약속 안 지킨다고 했나? 이렇게 쳐들어와서 뭐하는 거야? 빚 받으러 왔냐?』

『하, 뭐? 그때는 슈렉에 나오는 고양이처럼 불쌍한 눈을 하고 꼭 도와달라고 애원하더니, 이제는 아주 배 째라고 나오시네?』

내가 애원했다고? 허!

『이것 봐, 오스카. 말이 지나치다. 네가 도와준 거는 아주 고마운데. 이렇게 나오는 건 아니잖아. 나랑 싸우러 왔어? 그리고 슈렉에 나오는 고양이는 뭐야?』

서후는 마침내 폭발했다. 아쉬웠던 것은 맞다. 그때는 하온에게 비행기 표가 꼭 필요했으니까. 그래도 약속도 없이 이렇게 막무가내로 와서 따지는 오스카가 못마땅했다. 누가 약속을 안 지

키겠다고 한 것도 아니고. 서후는 오스카의 이런 태도가 불쾌했다.

『이번 주 내로 약속을 지키도록 해. 알았지?』

『이번 주는 좀 심한데? 한국에서는 추모(追慕: 죽은 사람을 그리며 생각함)하는 기간이 있어. 그걸 지나야 해.』

서후는 최소한 49일은 지나는 게 낫지 싶었다. 아무리 화보라고 해도 웨딩 촬영이니까. 사실 그것은 핑계였다. 최대한 날짜는 미루고 싶었다.

『좋아. 그건 이해해 주지. 하지만 내가 나이는 많으니까, 그 호칭은 고쳐.』

아주 약점 제대로 잡혔다, 한서후!

『아, 아. 이제는 형이라고 할게. 좋지?』

『브라더.』

"브라더? 오케이."

오스카는 소년같이 활짝 웃었다. 나이가 서후보다 두 살이나 많은데, 항상 서후가 말을 놓아서 불만이었다. 미국에서야 이름으로 모두 통하지만 한국에서는 형, 동생으로 불리는 것이 부러웠다. 하온에게 비행기를 태워주는 대신 서후에게 형이라 부르라고 했던 것이었다.

하온은 갑자기 들이닥친 오스카 때문에 정신이 없었다. 오스카가 마실 것을 준비하려는데, 빨강 머리의 오스카 비서가 특별히 그가 마시는 차를 갖고 왔다며 하온에게 건네주었다. 하온은 정체불명의 차를 타서 탕비실에서 나왔다. 하지만 그 어떤 귀빈(貴賓)보다 까다로운 접대를 하고 있었다.

먼저, 경호원이 탕비실에 따라 들어왔으며, 그녀가 차를 타는 과정을 지켜봤음에도 불구하고, 또 다른 경호원이 차의 냄새를 맡으며 직접 맛까지 보는 것이다. 임금님 수라상에 독이 있는지 기미(氣味)를 보는 것처럼 굴었다. 검은 선글라스를 낀 남자가 통과를 외친 후, 사장실에 노크하고 나서야 하온은 들어갈 수 있었다.

"이곳은 우리 서후 씨의 사무실이라고요. 이런. 젠장!"

욕이 저절로 튀어나왔다. 아니 실제로 하온은 욕을 퍼부어주었다. 경호원 남자는 어깨를 으쓱하면서 제스처만 보였다. 알아들었든 말았든 상관없었다. 옆에 있던 진하는 황당하기도 해서 연신 쿡쿡거리며 웃었다. 진하의 웃음소리 때문에 농담을 한 것으로 알고 경호원인 남자가 덩달아 웃는 소리가 들렸다.

하온이 사장실로 들어가자 그녀를 본 오스카가 반가운 마음에 활짝 웃으며 자리에서 일어났다.

"오랜만이야."

오스카가 하온에게 다가가 덥석 안았다.

"어! 오스카, 브라더라고 한 말 취소한다. 당장 떨어져! 안 떨어져?"

서후가 오스카의 팔을 잡아 밀어 젖히자 오스카는 소파로 넘어지고 말았다.

"쏠 뻔했어요."

『빠온, 당장 서후랑 헤어져. 폭력은 안 좋아.』

하온의 손에 든 쟁반을 받아 든 서후가 오스카를 잔뜩 노려보며 차를 테이블에 놓았다. 오스카는 하온에게 잠시 앉으라며 팔을 끌어당겼다. 하온이 자리에 앉자, 오스카는 서후를 보면서 하온에게 약속에 대해 말하라고 했다. 서후는 말하려고 헛기침을 하면서 하온은 보았다. 오늘 하온은 속이 안 좋은지 계속해서 명치를 누르고 있었다.

"안 좋아?"

"점심 먹은 게 안 좋았나 봐요."

"그렇게 밥을 너무 급하게 먹었어. 김치도 너무 큰 거를 먹더라."

조금 전 함께 먹었던 설렁탕이 체한 것 같았다. 서후는 괜히 마음이 좋지 않았다.

"거기 김치가 맛있어서."

오스카는 둘의 대화를 알아들을 수 없었지만 약속에 대한 이야기를 하는 것 같지는 않았다. 서후를 보며 크게 소리쳤다.

『빨리 말해, 서후? 한가하게 있을 시간이 없어. 다음 주에 시간을 잡을 테니까 하온도 시간을 비워.』

『무슨 시간요?』

오스카는 의미심장한 미소를 남겼다. 곧 서후에게 화보 촬영과 형이라는 호칭을 모두 받게 되는 것이었다.

메이크업을 받는 하온은 투덜대기 바빴다. 신문에 나올 일이라면서. 오스카의 말처럼 일주일 후에 화보 촬영이 진행되었다.

"그만 투덜거려. 웃어야 예쁘게 나올 거 아니야."

스태프만 수십 명. 스튜디오는 창고를 완전히 개조 보수하여 새로 지은 거나 다름없었다. 전문 모델은 아니어도 오스카 그랜트라는 이름을 걸고 화보를 찍는 것이니 전문가의 손길이 필요하다며 하온의 메이크업에도 스태프가 여러 명이었다. 오스카도 새로운 작품을 소개하기에 서후를 찍는 것이 홍보에 효과가 있을 것이었다. SnI 패션 사장이 새 작품을 입고 화보를 찍게 되었으니까.

『하온, 잘 부탁해.』

『오스카, 아무래도 이거. 잘못 생각하는 거 같아요. 나는 키도 작고, 몸매도 별로야. 얼굴은 또 어떻고. 이러다가 화보 망해요.』

『이번 화보는 동양에 어울리는 드레스를 찍는 거기 때문에 걱정하지 않아도 돼.』

오스카는 하온을 진정시켰다. 주제가 '아모르/템테이션'이었다.

"유혹이라. 주제도 어렵네. 이런 주제는 섹시 화보에나 나올 법한데."

서후는 커다랗게 쓰여 있는 콘티를 살피며 오스카에게 물었다. 하온이 아니면 안 된다는 이유가 무엇인지 알고 싶었다. 뉴욕에서 오스카는 서후에게 꼭 들어주었으면 좋겠다며 간곡하게 부탁을 해왔었다.

『그동안 나한테 소리 지른 거 사과해. 그리고 한 가지 해줘야 할 것이 있어.』

"오스카, 너도 공짜 좋아해? 한국 사람이나 미국 사람이나 공짜 좋아하는 건 똑같네, 똑같아."

한국말로 구시렁거리던 서후는 결국 짜증을 내듯이 물어보았다.

『뭔데? 아, 뭔데?』

『둘이 커플 화보. 특히 하온은 꼭 찍어야 해.』

『이씨. 너 정말 하온이 좋아하는 거 아니야! 그러면서 뭐가 아니래?』

『아니야. 나는 하온을 여자로서는 좋아하지 않아. 그건 내 부모님을 두고 맹세해.』

서후는 그때 오스카가 했던 말을 생각하며 지금은 확실한 대답을 들어야겠다며 다시 물었다.

『오스카? 지금은 말해줘야지? 왜 하온이 아니면 안 되는지?』

오스카는 화보를 찍는 날 저절로 알게 될 것이라고 했다. 행여나 서후가 모르겠다면 자신이 말해주겠다고.

『음, 좋아. 말해줄게. 동양인에게는 없는 글래머러스한 몸매. 처음 보자마자 딱 이 사람이다 느꼈어. 동양인은 가슴이 빈약하거든. 그런데 하온은 아주 만족스러웠지. 내 옷을 입을 자격이 되는 거야. 퍼펙트한 보디 라인~』

『너 좀 맞자! 오스카! 이거 당장 취소야. 취소!』

✵ ❄ ✵

　재후와 시은의 사이를 좋게 보기로 마음먹은 서 여사는 서후와 하온이 다녀간 이후, 별장으로 직접 가서 많은 대화를 나누고 앞으로 자주 만나서 시은을 지켜보겠다고 했다. 결정적으로 아직은 100% 찬성은 아니라고 했다. 그냥 쿨하게 받아주면 좋으련만, 그게 마음처럼 쉽지 않았다. 시은이 사표를 낸 이상 다시 입사를 할 수는 없어 비는 시간에 시은은 집이나 재단으로 서 여사를 찾아와서 그녀가 좋아하는 꽃꽂이를 같이했다.

　"따로 배웠니?"

　시은은 솜씨가 좋았다. 한 번 보면 바로 다음 것을 할 정도로 꽃을 꽂는 자리까지 스스로 찾았다.

　"요즘 학원을 다녀요. 어머님께서 화훼에 관심이 많다고 하셔서 조금 배우면 좋을 거 같아서요."

　"좋아하지 않는데 그럴 필요 없어."

　노력하는 시은의 모습에 서 여사는 은근히 기분이 좋아져서 저녁이나 먹을 마음에 시계를 쳐다봤다. 그러자 시은이 서 여사에게 영화를 보자고 했다.

　"영화? 사람이 많을 텐데."

　"신경 쓰이세요? 저는 어머님과 둘이서 데이트하고 싶었는데요."

이런 면에서는 하온보다는 여우 기질이 있어 보였다. 말도 예쁘게 하고, 호칭도 바로 어머니라고 하면서 다가오는 것을 보면 시은이 더욱 마음에 들었다. 하온과 닮은 듯하면서 약간은 작은 모습의 시은이었다. 아담하다고 하기는 그렇지만, 어딘지 모를 아기자기함이 있었다. 서 여사는 처음보다는 호감을 사려고 노력하는 시은이 점점 마음에 들었다. 어찌하겠는가. 예쁘게 봐주는 수밖에.

"그래. 그러자. 둘이서 하는 데이트가 어떤지 해볼까?"

그렇게 둘이 영화를 보게 되었다. 시은은 커플석으로 예매하고 팝콘과 따뜻한 음료수를 준비했다. 어른들과 함께 보기 좋은 내용의 영화를 정했다. 중간에 슬픈 장면에서는 서 여사도 눈물을 흘렸다. 그럴 때는 시은이 손수건을 주기도 했고, 간혹 눈에 맺힌 눈물을 닦아주기도 했다. 그때마다 이런 모습을 보이기 싫었던 서 여사는 애써 눈물을 지우며 고개를 돌렸다.

"흠……."

영화가 끝나고 나오면서 시은은 조심스럽게 물었다.

"많이 슬프셨어요? 저는 많이 슬퍼서 너무 많이 울었어요."

"얘, 생각보다 별로 안 슬프더라."

"히."

"어머. 얘는 왜 웃니?"

"아니요. 감성이 풍부하신 거 같아서요. 여기는 제가 닦아드릴게요."

시은이 서 여사를 마주 보고 손수건으로 눈물을 꼭꼭 찍어 닦아주었다. 사람들이 나가는 마지막까지 시은은 서 여사의 얼굴에 얼룩이라도 남아 있을까 걱정이 되어 꼼꼼하게 닦아주었다. 행여 화장이 지워졌을까 봐 조심하는 눈치였다.

"어머님, 피부도 참 고우세요."

"그런 아부성 멘트 별로다."

딱 잡아떼며 말했지만, 은근 신경 쓰는 눈치다. 시은은 자신의 화장품을 꺼내 남들이 눈치 못 챌 정도로 가볍게 화장도 고쳐 주었다.

"여기서 이래도 돼?"

"안 고치셔도 예쁘신데. 혹시, 신경 쓰실 거 같아서요. 됐어요, 어머니."

꼬박꼬박하는 어머니 소리도 싫지 않았고, 거부감 없이 가까이하는 것도 좋았다. 딸이 없어서 그런가, 이런 예쁜 딸 하나 있었으면 했다.

'딸이면 얼마나 좋겠니.'

"됐어. 너도 보자."

서 여사도 어느새 시은의 얼굴에 남아 있는 눈물을 닦아주었고, 조금씩 한 걸음씩 가깝게 다가가기 시작했다.

저녁은 서 여사가 잘 가는 곳으로 시은을 데리고 갔다. 그래봐야 호텔 한정식집이다. 이런 날은 자주 모임을 갖는 사람들을 많이 마주치는데, 오늘도 사람들과 마주쳤다. NS호텔 사장 부인, 아르떼 백화점 사장 어머니 그리고 크리스털호텔 사장 부인. 서 여사는 남편이 죽은 뒤 모임은 잘 나가지 않았다. 일부러 남편이 없는 것을 이용하려고 하는지 자신의 과부 팔자를 사사건건 내세우는 것 같았기 때문이었다.

"어머! 이게 누구셔요. 오래간만에 뵙네요."

아르떼 백화점 사장 어머니가 먼저 인사를 건넨다. 안 그래도 서후 때문에 얼마 전부터 기분이 상했다는 말을 건너 건너 들었었다.

"잘 지내셨죠?"

"나야 항상 그렇죠. 이런 자리에서 뵙네요. 통 모임에 안 나오시니, 소식을 들을 수 있어야 말이죠."

"소식을 들어서 뭐 하나요."

소식은 곧 소문일 텐데. 서 여사 옆에 서 있는 시은은 괜히 불편했다. 자신을 보면서 이러쿵저러쿵하고 있을 사람들의 시선이 느껴졌다. 가뜩이나 내세울 것 없는데 얼마나 말들이 오갈지 걱정이 앞섰다.

"옆에 아가씨는 누구? 안 그래도 그 댁은 평범한 아가씨로 며느님을 보신다고."

"네. 저희 아버님께서 그렇게 언질을 드려도 그 댁 작은 아드님께서 거절을 몇 번을 해서 이제는 S 자만 들어가도 싫다고 할 정도로 농담을 해요."

서 여사는 그냥 웃고 말았다. 할 수 없지 않은가, 인연이 아닌 것을. 크리스털호텔 사장 부인은 악의로 하는 말이 아니었다. 아르떼 백화점 사장 어머니의 말이 심해서 농담을 건넨 것이었다.

"그래, 어느 댁 누구? 평범하다고 해도 집안 먹칠할 정도는 아니겠지?"

서 여사는 고개를 숙이고 있는 시은의 손을 잡은 뒤, 앞에 있는 말 많은 사모님 들으라는 식으로 강세를 넣어 말했다.

"시은아, 자리에 가서 주문하고 있을래? 그리고 재후한테 전화해서 저녁에 올 수 있으면 오라고 하겠니?"

"네, 그러겠습니다."

시은이 자리로 들어갔다. 서 여사는 시은이 적당히 멀어진 것을 확인하고 그들에게 조금 다가갔다. 아무래도 목소리가 크게 나올 것 같아서였다.

"저 아이는 한재후 회장과 만나는 아이랍니다. 큰며느리가 될지도 모르죠."

"어머, 그러시구나."

"아이고, 참하다 했어요."

아르떼 백화점 사장 어머니만 빼고 모두 칭찬을 아끼지 않았다. 그녀는 입에 힘을 주고 헛기침을 해댔다. 자신이 실수를 한 것을 눈치챘는지 얼굴을 들지 못하고 있었다. 옆에 있던 여자들은 서로 눈치를 주었다. 말조심하자고.

"보고 배울 점과 절대 배우지 말아야 할 점이 있는데. 저보다 연장자이신 사모님의 성품은 잘 봤습니다. 그런데 사모님의 그 한마디가 얼마나 실례인지 모르시나요? 제 눈에 안경이라죠? 막내 아드님, 아직 혼사 전이라고 들었는데, 사모님 눈에 꼭 맞는 며느리가 들어올 겁니다. 저는 이만."

서 여사가 시은을 일부러 자리로 보낸 것은 그녀가 민망해할까 걱정이 되어서였다. 일부러 재후에게 연락하라고 한 것은 재후의 짝이라고 한다면 나중에라도 시은을 무시하지 못할 것이라고 생각했기 때문이다.

스타일링 담당이라는 여자의 말에 하온도 속치마를 입다가 문을 보고 다시 드레스를 입기 시작했다.

『먼저 이거부터 입어요. 의상이 많아서 조금 힘들 수도 있는데. 어머나!』

그들이 놀라는 이유는 가봉을 하지 않았음에도 옷이 잘 맞는다는 것이었다. 오스카의 눈이 완전히 정확했다는 소리였다. 하온도 신기했다. 어쩌면 이렇게 잘 맞는지 대단하다는 생각이 들었다.

"어색하네. 원래는 결혼할 때 처음으로 보여줘야 하는데."

대기실을 빠져나가자, 서후는 하온이 생각한 기본적인 턱시도 대신 더블 버튼으로 된 코발트블루 재킷과 흰색 바지를 입고 있었다.

"어! 너무 밝은 옷인데요?"

"와우! 아름다운데! 좀 춥지 않아?"

그 말에 하온이 눈을 흘긴다. 벨 라인 드레스는 가슴골이 고스란히 보였다. 허리가 강조된 드레스는 허리 아래로는 넓게 퍼졌지만 가슴 위로는 사실 민망할 정도로 패인 것이었다. 조금 뒤에 나온 오스카가 하온을 보더니 입이 함지박만 하게 벌어졌다.

『오! 하온. 아름다워! 어디 봐. 역시. 라인이 예술이야.』

"오스카. 그만해."

서후가 하는 말을 알아듣기라도 하는지. 그는 바로 입을 다물고 카메라를 향해서 말하기 시작했다. 먼저 하온의 단독 촬영이 이어졌다. 드레스 한 벌 당 고작 몇 컷을 사용한다면서 찍는 컷 수는 셀 수 없었다. 그래도 하온은 요구하는 대로 포즈를 취했다. 하지만 서후는 마음에 들지 않았다. 점점 드레스가 과감해졌다.

찰칵! 찰칵!

『야! 오스카! 드레스가 왜 이렇게 홀러덩 그래? 너무 야하잖아!』

『여름 화보라서 그래. 드레스는 조금 야해도 돼. 아름다운 신부가 몸매를 꽁꽁 숨겨야 되겠어?』

"그건 그렇지. 그래도 만인에게 공개할 일 있나? 이건 뭐, 화보보다가 침 나올 일 있냐?"

하온이 입고 나온 다음 옷은 오스카가 심혈을 기울인 옷이라면서 자랑했다. 서후는 하온의 몸을 뒤덮는 그 드레스가 마음에 들었다. 몸 전체를 가리니 이렇게 좋을 수가. 서후는 만족스러웠다. 안 그래도 오스카에게 가슴이 드러나는 날에는 알아서 하라고 말하려고 했다.

『하온, 이건 뒤를 찍어야 해. 뒤가 예술이거든. 오, 아름다워. 어때, 서후! 예술이지?』

하온이 뒤를 돌았다. 등에는 반짝이는 다이아몬드가 보였지만 맨살에 장식된 것이었다. 모든 스태프들이 넋이 나갔다. 서후는 옷소매를 걷었다. 아름답고 화려함은 보이지 않았다. 오로지 맨살이 보인다. 이 녀석, 오스카를 반 죽여야겠다. 이제는 정말 참지 않으리라.

『오스카. 뭐? 심혈을 기울여? 아름다워? 등이 다 보이잖아!』

『아프로디테가 살아 돌아온 것 같아. 여신이야, 여신. 아름다워.』

오스카는 줄행랑치고 하온은 쫓아가려는 서후를 말리기 시작했다. 사실 등이 고스란히 보이는 것이 맞지만, 전체적으로 망사로 감싸인 상태로 멀리서 보면 맨살로 보이는 것이었고 알알이 박힌 다이아가 줄줄이 엮인 것으로 등을 감싼 것이었다. 어찌 아름답지 않겠는가? 하온의 모습에 넋이 나가는 것은 서후도 마찬가지였다. 단지, 혼자서 그 모습을 눈에 담지 못하는 것이 한이 될 뿐이었다. 결혼식 때 이렇게 꾸며줘야 하는데. 막상 결혼식 때는 하온이 드레스에 실망하면 어떻게 하냐고.

찰칵! 찰칵!

이번 드레스는 뒤가 풍성해서 뒤만 찍었다. 하얀 드레스 자락에 고개만 돌려도 템테이션(유혹)이라는 콘티와 완벽하게 어울렸다. 또 표정은 어쩜 저렇게 모델 같은지. 오스카는 연신 '브라보'를 외쳐 댔다.

『이제는 커플로 찍을 거야. 커플룩으로 공식 석상에 자리할 때 입는 옷이야. 부탁해, 서후.』

서후는 하온의 얼굴이 피곤해 보이는 것을 발견하고 가까이 다가갔다. 이제 단독 컷을 찍었고, 커플로 찍는다니. 하온이 얼마나 힘들까 생각이 들었다.

『오스카? 아무래도 하온이 모델료는 따로 지급해야 할 거 같다. 아니다, 그냥 우리 결혼하면 네가 드레스 책임져. 물론 저런 보석이 들어가면 좋고.』

오스카가 얼굴에 달걀을 문지르며 서후를 잔뜩 노려봤다. 달걀은 왜 문지르고 있는지 궁금한 하온이다.

『알았어. 내가 아주 완벽하게 아름다운 드레스로 선물하지. 자자. 힘드니까, 빨리합시다.』

괜히 오버하는 오스카의 말에 서후가 '약속했다?'라고 했고, 오스카는 진지하게 '응'이라고 했다. 서후는 오스카의 진지해진 표정에 참기로 하고 자신도 옷을 갈아입기 위해 탈의실로 들어갔다. 커플룩이라고 해서 잔뜩 기대했더니, 코발트블루에 이어서 베이비핑크다. 다음은 레드. 거기까지는 참을 만했다. 그런데 이번에는 핫핑크라니.

『이런 턱시도를 누가 입어!』

『말했잖아. 화보라고. 꼭 누가 입어야 디자인을 하는 건 아니야. 나중에 사진 나오면 보라고. 멋질 거야.』

"아이. 진짜!"

"그만해요. 예쁘기만 하네."

"이게 예뻐. 핫핑크가?"

서후는 불만을 가득 품은 상태여서 인상을 잔뜩 썼다.

『자자. 둘이 커플이잖아. 사랑스러운 포즈 좀 취해.』

찰칵! 카메라 앵글에 담긴 그들의 포즈가 마음에 들었는지 오스카의 표정이 밝았다. 서로 바라보다가 입술이 닿을 듯 말 듯 한 표정의 두 남녀. 찰칵! 찰칵! 카메라가 계속 찍히고 있었다. 어느새 서로의 입술이 닿았다.

『그만, 그만. NG. NG. 여기는 호텔이 아니야!』

하지만 서후는 신경 쓰지 않았다. 이 순간을 기다린 사람처럼 하온의 향기에 취하고 있었다.

하온은 요즘 먹기만 하면 체하는 느낌이 들었다. 답답한 것이 오래갔다. 책상에 있는 하온의 상태를 서후가 서서 쳐다보아도 눈치를 못 챘다.

"똑똑."

"어머!"

입으로 말하는 서후를 발견하고 하온이 일어났다. 그러자 서후가 다시 자리에 앉혔다.

"아직도 안 좋아? 약이래."

서후가 비닐봉지를 내밀면서 말했다. 하온은 고맙다고 말하면서도 그의 말투가 웃겼다. 약이면 약이지 약이래는 뭐래?

"일부러 사 왔어요?"

"사 온 건 아니지. 돈을 안 받던데?"

"와우. 싸장님이라 돈도 안 받아?"

"소화제를 너무 자주 먹는 것도 안 좋기는 한데. 그래도 임시방편으로는 먹는 게 낫다고. 오늘은 일찍 들어가. 특별히 허용하지."

오늘은 진하도 급한 일로 잠시 자리를 비워서 서후 혼자 힘들 것이다. 하온은 약을 들여다보며 고개를 저었다.

"오늘만 칼퇴 시켜주시면 감사하겠습니다."

"신경 쓰이니까 그냥 들어가. 차도 두고, 택시 타고 들어가."

하온의 장난에 서후가 살짝 미소를 지었지만, 그녀가 아픈 것은 신경이 쓰였다. 안 그래도 화보인지 뭔지 때문에 며칠 동안 피곤해서 그런지 얼굴색이 더 안 좋았다. 또 봄 신상품 출시 때문에 전국 현황 보고를 받느라 한동안 정신이 없었다. 그동안 강행군을 생각하면 휴가를 주고 싶은 심정인데, 그러지 못해서 몸이라도 축났나 생각이 들었다. 또 하온은 이미 마음고생도 심했다. 할머니 일이 엊그제 같을 테니까.

"옆에 있으면 더 신경 쓰여. 어서."

"은근히 구박이시다. 알았어요."

서후가 이마까지 만져 본다. 행여나 몸살이 온 것은 아닌지 살펴보는 것 같았다.

"아프면 당장에 병원에 가서 영양제라도 맞아."

서후의 다정한 목소리만으로 고마웠다. 바쁜데 이렇게 집에 들어가야 하는 것이 미안했지만, 너무 컨디션이 좋지 않아 어쩔 수 없이 하온이 준비를 마치고 사장실에 얼굴을 빠끔히 비추자 서후가 팔을 벌렸다. 진하도 자리를 비운 상태였고, 서후는 잠시 시간의 여유가 되니 하온이 웃는 얼굴로 재빨리 안으로 들어가 그의 다리 위에 앉았다.

"조금 가벼워졌다. 다이어트 해?"

"응? 아닌데."

"아니기는 가벼워졌는데. 내가 그동안 너무 괴롭혔나?"

서후가 음흉한 눈빛을 빛내며 하온의 입술을 삼켰다. 취해도, 취해도 더 갖고 싶은 욕심에 놓아주기 싫었다.

"이따가 갈게."

"으음. 네."

하온이 서후의 입술에 가벼운 입맞춤을 한 후에 자리에서 일어났다. 그가 웃을 때 이제는 눈가에 살짝 주름이 생겼다. 그는 원래 잘 웃는 사람이었을 거라는 생각이 들 정도로 이제는 자연스러운 미소를 지었다.

"갈게요."

사무실에서 나온 하온은 기운이 없어서 택시를 타려고 했다.

그런데 이미 업무용 차량이 대기하고 있었다. 뒷문을 열어주며 인사하는 기사가 말했다.

"사장님께서 특별히 댁까지 모셔다드리라고 하셨습니다."

서후가 긴히 부탁했다는 기사의 말에 하온은 어쩔 수 없이 차에 올랐다. 하온은 따뜻한 자동차 히터 때문에 스르륵 잠이 들었다. 기사가 집에 도착했다며 깨워서 겨우 일어났다.

"죄송해요. 잠들었나 봐요."

"아닙니다. 여기 맞으시죠? 저는 이만 가보겠습니다."

"감사합니다."

하온은 집에 들어오자마자 눈이 감기는 걸 겨우 참고 바로 서후에게 잘 도착했다고 전화했다. 씻기 위해 욕실로 들어가 클렌징 크림을 꺼내려고 욕실 장을 열었다. 눈에 보이도록 정리해 둔 생리대가 보였다. 이상한 기분이 들었다. 그러고 보니 한 달 이상을 사용하지 않았다. 날짜를 체크하는데 미국 출장 이후로는 생리가 없었다. 해가 바뀌고 한 달. 무려 두 달 가까이 생리가 없었는데 그걸 모르고 넘어갔다니! 그와의 관계 중 당연히 피임을 안 했으니. 하온은 머리를 콩콩 때렸다.

"바보! 나이나 어리니?"

하온은 패딩만 걸치고 지갑을 손에 든 채 약국으로 향했다. 바로 임신진단 시약을 사서 나왔다. 시약을 사는 데 약간의 망설임은 있었지만, 당당하게 요구했다. 하온은 욕실로 바로 들어가서 시약을 뜯었다. 사용설명서를 자세히 읽어본 후에 쓰여 있는 방법대로 검사했다. 초조한 시간이 어느 정도 지나고 시약 막대를 확인한 결과 선명한 두 줄. 임신이었다.

"나, 놀라야 하는 거야. 아니면 당연하게 받아들여야 하는 거야?"

하온은 서성거리다가 배를 만졌다. 남자를 만나면 사랑을 하는 것이니 당연한 결과였다. 그렇다면 서후도 당연하게 생각할까? 예전에 세형과는 일 년 동안 만나면서 횟수는 제한적이었다.

"우리의 미래가 있는데. 벌써부터 아이는 싫어."

세형은 아이는 싫다고 했었다. 서후는 어떤 반응을 보일까?
"그래. 정세형과 한서후가 같아?"
하온은 옷을 갈아입었다. 보다 확실하게 '서프라이즈' 해주고 싶었다. 그가 끼워준 반지를 보고 놀란 것처럼, 그도 확실히 놀라게……. 하온은 웃으면서 오피스텔을 나갔다.

재후는 서후가 회장실로 무형을 데리고 들어오자, 약간 놀란 눈치였으나 내색하지 않으려 애썼다. 여전히 재후는 무형을 못마땅하게 여기고 있었다. 서후는 오래간만에 무형의 연락을 받고 반가운 나머지 회의가 끝나고 회장실로 왔다. 무형은 이곳에 약속이 있어서 들렀다 겸사겸사 서후와 재후를 보러 온 것이었다. 재후는 여전히 저를 반기지 않는 모양이었다.
무형은 예전에 있던 비서가 아니어서 서후의 옆구리를 툭 쳤다. 세형과 문제가 생기고 나서 하온에 대해 알아보니 비서실에서 있다는 것을 알게 되었다. 그런데 바뀐 것이 혹여 정세형 문제로 그녀도 잘렸나 싶어 물어본 것이었다.
"나랑 있어. 내 비서로."
"오, 형님이 그렇게 해주셨습니까? 의외로 로맨틱하시네요?"
무형의 농담에 재후는 인상을 쓰며 노려보았다. 재후는 아직도 집무 책상에 앉아서 소파에 있는 두 명을 노려보고 있을 뿐이었다. 애들처럼 농담하는 것이 못마땅했다.
"농담이나 지껄이려거든 돌아가."

서후가 무형에게 어깨를 으쓱거렸다. 괜히 퉁명스러운 재후 때문에 무형을 보기 미안해진 서후였다.

"무형이가 형 보러 일부러 왔는데 잠시 앉아."

"바빠. 특별한 일 없으면 돌아가."

노크 소리가 들린 후, 서예가 들어와 커피잔을 내려놓기 무섭게 재후의 축객령이 내려졌다.

"됐어. 나가요, 조 비서."

"네, 회장님."

서예는 인사하고 나갔다. 회장이 저렇게 기분이 저조한 건 처음이었다. 걸어가는 서예에게 무형이 살짝 미소 지으며 윙크했다. 그 모습에 서예는 가슴이 콩닥콩닥 뛰었다.

"그래서 무슨 일인데?"

"여기서 누구를 만날 일이 생겨서, 겸사겸사 잠깐 인사하러 들렀어요."

재후가 그제야 얼굴을 들고 무형을 봤다. 잔뜩 노려보는 얼굴을 무형은 피하지 않고 마주했다. 무형은 남아 있는 커피를 마시고 일어났다.

"그만 갈게요. 좋은 소식 들리면 연락 주세요. 뭐 연락 없어도 알게 되겠지만요."

무형은 다음에 보자는 말을 남기고 회장실을 나갔다. 서후는 재후가 친구인 무형에게 대하는 게 냉담해서 조금은 서운했다. 손을 흔들며 간다는 말을 남기고 서후도 무형의 뒤를 따라 나갔다.

서후는 오랜만에 본 친구를 그냥 보내기 아쉬워 자신의 집무실에 데리고 왔다. 소파에 나란히 앉아서 편하게 슈트 단추를 푼 무형은 예전보다는 분위기나 인상이 부드러워 보였다.

"그동안은 어디에 있었어?"

한동안 연락이 없다가 온 무형이어서 서후는 그동안 무엇을 했는지 궁금했다.

"해외 출장."

"출장도 다녀?"

무형이 서후를 노려봤다. 술집 운영도 엄연한 사업이지만, 무형에게 또다른 직업이 따로 있다는 것을 아는 서후가 일부러 장난치는 것이었다.

"죽고 싶지?"

"죽으면 우리 하온이는 어떻게 하라고."

"하, 웃기네."

무형의 말투는 툭툭 뱉어냈지만, 말만 그럴 뿐 마음은 그렇지 않다는 것을 잘 아는 서후는 왠지 정감이 넘친다고 느꼈다. 학교 다닐 때는 서후보다는 더욱 부드러운 아이였다. 지금은 상상이 안 가지만.

"회장님이 요양 중이신 곳에 다녀왔어."

"편찮으셔?"

"뭐 다 그렇지. 자식이 있으면 뭐하냐? 맨날 쌈박질인데."

무형이 넥타이를 당겨 풀고 소파에 편하게 등을 바짝 기댔다.

"너희는 꽤 오래 사귄다? 진전은 있어?"

서후가 피식거리면서 웃었다. 하온의 말만 나오면 그렇게 웃음이 나왔다.

"우리는 평탄하게 가지. 아주 좋아."

서후의 표정을 보면 행복한 모습이 보였다. 그가 진실한 사랑을 하고 있다는 것이 눈과 얼굴, 표정에 여실히 드러나고 있었다.

"잤냐?"

무형의 뜬금없는 질문에 당황한 서후가 한참을 쳐다보았다. 이런 또라이 같은 놈을 보았나. 어처구니없네.

"그런 말 불쾌하다. 그런 사이 아니거든?"

"오해하지 마. 그럴 정도로 깊은 사이냐는 소리였어. 애까지 낳을 생각이냐는 말이었어."

"그럼, 그렇게 묻든가. 앞뒤 다 자르고 이상하게 묻고 있어."

서후는 한 번도 생각하지 않았던 문제라서 선뜻 대답할 수 없었다. 아이라, 아이……. 내게 아이?

"글쎄. 나는 애를 싫어하는데……."

서후는 진지했다. 의자에 깊숙이 등을 기대고 깊은 생각에 잠겼다. 눈까지 감고 생각에 잠긴 서후가 어떠한 대답도 못 하고 있자 무형이 테이블을 두드렸다.

"이런 썩을 놈아. 애는 낳지 마라. 너 같은 놈이 나를 만드는 거야. 고, 아."

"뭐?"

"그렇잖아. 낳아서 키울 생각도 없으면서 무턱대고 낳고 보는 책임감 없는 부모들. 네가 능력과 자질이 있어도 절대로 갖지 말아야 할 것은 바로 무책임이다."

"젠장. 말은 끝까지 들어. 나는 애가 싫었어. 왜냐. 내가 어렸을 때 혼자 지낸 적이 많았잖아. 외롭다는 걸 내색 안 하려고 해도 사실 부모님께 서운했어."

서후가 처음으로 속마음을 털어놓았다. 그때부터 애는 싫었다. 저처럼 외로울까 봐서.

"이렇게 키울 거면 왜 낳았을까? 그런 원망쯤은 한 번씩 하잖아, 왜."

"그렇지. 나도 그랬으니까."

서후와 무형은 각자의 어린 시절을 생각하면서 웃었다. 서후는 하온과 사랑을 나누면서 아이에 관해서는 입 밖으로 꺼낸 적은 없었다. 그녀가 거부감을 가질 것 같았다. 솔직한 마음은 충분한 신혼을 즐기고 나중에 갖고 싶었다. 아이는 얼마든지 나중에 가져도 되니까 말이다. 아, 그러고 보니 피임을 안 했네?

$$\text{\textasteriskcentered} \maltese \maltese$$

하온은 산부인과에 먼저 들렀다. 지금 막 6주에 접어들었다고 했다. 눈물까지 나왔다. 그에게 말하면 어떠한 반응을 보일까? 그의 성격이면 혼자서 병원에 다녀왔다고 바로 손잡고 다시 병원을 오겠지? 와서 이것저것 꼬치꼬치 묻겠지. 생각만 해도 들떠서 수첩과 아기 초음파 사진, 임신이라는 두 줄이 선명한 시약을 봉지에 담아 병원을 나왔다. 하온은 바로 택시를 잡아타고 회사로 향했다. 택시기사에게 서두르라고 하면서 들뜬 마음으로 회사까지 왔다. 하온이 사장실에 노크하려고 손을 뻗는데 살짝 열린 문틈 사이로 말소리가 들렸다. 누가 있나?

"글쎄. 나는 애를 싫어하는데……."

문틈 사이로 들린 말소리에 하온의 표정은 얼음처럼 차갑게 변했다. 서후의 반응에 하온은 그 자리에 있을 수 없어서 도망치듯 빠져나갔다.

18
그를 조금 더 알아볼까?

"많이 그래?"

[조금 쉬면 괜찮을 거예요. 걱정 마세요.]

"내가 갈까?"

옆에서 술을 마시고 있던 무형은 어이가 없어 전화 통화 중인 서후를 노려보았다. 하온을 부르겠다며 술을 마시자고 강제로 끌고 오다시피 한 녀석이 애인이 못 나온다고 하니, 간다고? 그럼, 함께 온 저는 뭐가 되나?

'연애하면 친구도 안 보인다더니, 저 녀석이 그 꼴이네. 눈에 콩깍지가 단단히 끼었어.'

서후는 하온의 기운 없는 목소리를 들으니 옆에 있는 무형은 생각하지 못하고 바로 가봐야 하는 것은 아닐까 싶었다. 조퇴했을 때보다 많이 아픈 모양이었다.

[아뇨. 그러지 마세요. 오랜만에 만나는 거라면서요.]

"그래도 혼자서 괜찮겠어?"

[힘들면 오빠 부를게요.]

"오빠가 더 힘들게 하는 거 아니야? 심부름 많이 시킨다면서?"

서후는 성온에 대해 들어왔기 때문에 하온을 더 힘들게 할 거란 생각이 들었다. 차라리, 없는 게 낫지.

[히히. 이제는 안 그래요. 여자친구가 생겨서. 그때는 히스테리 부리면서 조금 그랬지만.]

"그래. 그러면 푹 쉬어."

[네.]

서후는 하온을 무형에게 보여주기 위해 일부러 하온의 집 근처 술집으로 갔던 것인데, 정작 하온은 나오지 못한다니. 맥이 빠졌다.

"오빠한테도 질투가 생기냐? 아프면 가족 중에 누구라도 불러야지?"

조금 전과 다르게 힘이 없어 보이는 서후를 보고 무형은 괜한 질투라고 생각했다. 그것도 오빠한테 느끼는 질투.

"응? 아. 오빠가 좀 특이해. 동생 일이라면 눈에 쌍심지를 켜고 달려들어. 뭐 처음 만남도 특이해서 그랬지만."

"얼마나 특이했기에 그래?"

"나는 하온이 오빠 행색이 좀 남달라서 납치범으로 착각했었어. 사진하고 생김새도 달랐고. 아무튼, 첫 만남부터 그랬어."

"진짜?"

서후는 무형에게 성온과 처음 만났을 때 이야기를 자세히 해주었다. 배꼽을 잡고 웃던 무형은 급기야 눈물까지 흘렸다. 하긴, 이 이야기는 누가 들어도 기가 막히게 웃을 일이었다. 서후도 기가 막힐 정도로 착각했었으니까. 서후는 무형과 대화를 하면서도 하온 생각으로 집중할 수 없었다. 하온의 목소리는 평소와 다름없이 들렸지만, 어딘가 이상한 기분이 드는 건 왜일까?

"아직 삼촌과는 데면데면한 거야?"

서후는 무형에게 만큼은 숨김없이 이야기했다. 다른 사람들에게 털어놓지 못하는 말들을 속 시원하게 털어놓으며 고민거리를 의논하기도 했다.

"웃기지 않냐? 사랑하는 사람을 두고 아버지와 결혼한 어머니나, 그래도 괜찮다고 하는 우리 아버지나. 또 아이가 안 생기니 힘들어 하는 부인을 위해 동생의 정자라도 어떻게 해볼 생각을 했던 아버지의 마음을 이해 못 했어. 이건 아니잖아. 어떻게 가족이 그렇게 지내냐?"

"확실하지 않다면서. 네가 잘못 들었을 수도 있잖아."

서후는 태인이 생물학적 아버지라고 확신했다. 그래서 태인만 보면 화가 났고, 재후와 다르게 좋은 목소리가 나오지 않았다.

"너 취했다. 가자, 서후야."

"안 취했어. 그래서 내가 애를 싫어해. 애가 없으면 그냥 둘이 오붓하게 살면 되잖아. 하긴, 우리 할머니가 자식 욕심이 많았다고 하더라."

서후는 이렇게 취할 때까지 마신 적이 없었다. 결국, 무형이 서후를 둘러업고 밖으로 나와 바람을 쐬게 했다.

"하아~"

"정신 좀 차려. 저기 하온 씨한테 데려다줄까?"

"어, 안 돼. 이런 모습 보면 속상해할 거 같아. 우리 하온이는 은근히 마음이 약해서 금세 눈물을 뚝뚝 흘려. 그럼 내가 미치거든. 그 눈에서 눈물이 흐르면……."

무형이 자동차 뒷문을 열고 겨우 서후를 뒷자리에 앉혔다. 서후는 혼잣말을 하면서 큭큭 거리며 웃기도 했다. 그리고 잠시 후 서후는 잠이 들었다. 무형은 대리기사가 올 때까지 기다리다가 어디로 갈까 고민 끝에 재후에게 전화를 걸었다. 저를 싫어하는 재후였어도 서후가 취했다고 하니 택시를 타고 나올 정도로 형제애를 보여주었다.

하온은 많은 생각을 했다. 병원에서 받은 아기 수첩과 초음파 사진을 계속 보았다. 서후의 반응은 정말 뜻밖이었다. 나이가 적어서 실수라고 생각하려고 해도 그건 너무 무책임한 생각이고, 그렇다고 다짜고짜 책임지라고 하기에는 서로에게 책임이 있지, 서후에게 무턱대고 책임지라고 할 수도 없지 않겠는가. 하온은 말을 조리 있게 하고 싶어서 먼저 서후에게 할 말들을 생각했다.

"먼저 뭐라고 말하지? 아기 아빠 된대요? 아니, 아니야……."

눈을 감고 생각에 잠겼다. 그런데 회사에서 들었던 말이 계속 머릿속에서 맴돌았다.

"글쎄. 나는 애를 싫어하는데……."

"그래, 뭐. 애는 싫어할 수도 있지. 그런 남자들 많다는데."

그래도 그 말을 들으니 실망이 아닐 수 없었다. 하온은 항상 연초에 다이어리를 샀다. 한두 달 적으며 듬성듬성 빼먹기도 하고 연말이 되면 거의 적지 않아 빈 공간이 더 많아지는 다이어리지만, 올해부터는 육아일기를 쓸 계획을 세웠다.

"참, 태명을 정해야지. 태명도 아직 못 정하겠다. 후우."

하온은 모든 상황이 절망적이었다. 괜히 눈물이 나오면서 가슴이 아팠다. 언젠가 미혼모들의 이야기를 다큐멘터리로 방송한 것을 본 적 있었다. 그때 절대로 아빠 없는 아이는 낳는 것이 아니라고 생각했는데. 하온은 너무 앞서 간다고 생각하면서 혹시 모를 이별까지도 마음먹게 되었다.

'아, 이런 기분이구나. 왜 말을 못 할까? 아기 아빠한테 당당히 말하고 공동으로 책임지자고 해야지. 말 못하는 엄마가 더 바보라

고 생각했었는데……. 지금 보니까 유하온, 네가 더욱 바보야, 바보.'

임신한 것을 알게 된 것이 하루도 지나지 않았는데, 아기는 무슨 죄가 있어서 벌써부터 이런 마음을 먹어야 하는 것인가. 괜스레 코가 시큰해졌다. 하온은 훌쩍거리다가 티슈로 코를 풀고 다이어리를 폈다. 먼저 날짜를 적기 시작하면서 육아일기를 써 내려갔다. 일기에 몰두하고 있을 무렵 서후에게서 전화가 왔다. 서후는 친구가 왔다며 나오라고 했지만, 하온은 지금 그를 보고 싶지 않았다.

'아기가 싫었으면 애초에 피임을 하라고 하지 그랬어? 아니면 당신이 피임을 하든가.'

하온은 서후가 원망스러우면서도 당장 그렇게 말하지 못하고 애써 그를 피하고 있는 자신이 너무 미웠다.

무형은 머리가 까치집이 되어 일어난 서후와 속이 아프다며 명치를 누르고 있는 재후를 동시에 노려보았다. 두 형제 사이에서 녹초가 된 것은 무형 혼자였다. 이 형제의 뒤치다꺼리하느라 혼이 다 빠진 듯했다.

어제 서후가 취했다는 전화를 받고 나온 재후가 서초동으로 가자는 말에 함께 오게 되었다. 제멋대로 소리치고 몸을 가누지 못하는 서후를 무형과 재후는 양쪽에서 부축해 겨우 침대에 눕힐 수 있었다. 재후는 집으로 돌아가려는 무형에게 술을 마시자고 했고, 무형도 싫지 않아 결국 둘은 독한 위스키를 마셨다. 무형은 재후가 술이 상당히 센 줄 알았는데, 웬걸, 서후보다 약했다. 엎드려 잠든 재후는 흔들어 깨워도 일어나지 않았다. 결국 무형은 재후까지 책임져야 했다.

서후는 어제 얼마나 소리를 쳤는지 목젖까지 아팠다. 눈을 떠도 뜬 것 같지 않았다. 목이 타서 물을 마시는데 옆에 있는 무형이 계속 노려보고 있었다.

"이봐 친구, 자네 눈빛이 아주 독해 보이는데?"

"그런 말이 나오지?"

서후는 기억에 없다며 어깨를 으쓱하고 또 물을 마셨고 옆에 있는 재후도 냉장고에서 물병을 통째로 꺼내 마시더니 속이 아프다며, 무형에게는 잘 잤느냐며 아무 일도 기억에 없는 사람처럼 행동했다. 무형은 기가 막혀서 어제 덩치 큰 남자 둘을 부축해서 아픈 허리를 퉁퉁 두드렸다. 괜히 더 아픈 척하며 고개를 흔들었다. 한 기업을 책임지는 회장과 사장이면 무엇 하리. 술 마시면 멍멍이가 되는 건 다 똑같은데.

"아, 정말 두 형제 진상! 이런 진상!"

무형의 말에 재후가 크게 웃었다. 처음이었다. 무형에게 저런 웃음을 보여주는 것은. 무형도 어쩔 수 없이 같이 웃어주는데, 느닷없이 재후가 서후의 뒤통수를 후려쳤다. 퍽하고 소리가 요란하게 울렸다. 무형은 이게 정말 재후가 한 행동이 맞나 싶은 모습에 그저 넋 놓고 있었다.

서후는 너무 놀라서 머리를 만지며 재후를 쳐다봤다. 갑자기 왜?

"형……."

얼마나 세게 맞았는지 눈알이 빠지는 줄 알았다.

"이게 무슨 짓이야. 왜 때리고 그래?"

"너는 네 나이가 설 지나면 서른셋인데. 오해를 해도 그만 오해를 하고 있어? 네가 열세 살 먹은 사춘기냐? 네가 중2야?"

사춘기라니? 나이가 몇 살인데 사춘기라니? 아직도 아픈 머리를 만지는 서후에게 재후가 다시 입을 열었다.

"어제 술 마시면서 했던 말이 사실이야?"

"내가 뭐라고 했는데?"

다짜고짜 맞기부터 했으니, 서후는 억울할 뿐이었다. 재후는 서후의 그 말을 듣고 화가 나서 그때부터 술을 마시게 되었다.

"뭐? 삼촌이 생물학적 아버지? 오해를 해도 어떻게 그런 오해를 할 수가 있어?"

서후는 재후가 무슨 말을 하는지 알 것도 같았다. 어제의 기억은 없지만, 사실을 말했을 뿐이니까. 그것 때문에 맞을 이유는 없다고 생각하는 서후는 억울했다.

"형은 화도 안 나? 정자가 삼촌 거라는 말을 들었는데? 아버지가 삼촌이잖아!"

"뭔 소리야?"

"그걸 왜 숨겨? 그래서 태인 삼촌이 집에 못 돌아오는 거잖아. 우리 보기 그래서."

"거짓말하지 마. 이제 와서 왜 속이려고 해?"

서후는 정말 생물학적 아버지를 삼촌으로 알고 있었기에 도리어 발끈하는 재후가 이해 안 됐다. 아니, 형도 몰랐나?

"무형이도 있는데 내가 뭐 하러 이런 말을 하겠어? 이런 소문이 얼마나 빠른데 그걸 아무도 몰라? 언론이 그렇게 바보인 줄 알아? 나는 네가 가끔 바보 같다는 생각이 들어."

"심하다. 동생한테 바보가 뭐야?"

서후는 아직도 형이 아니라고 하는 것을 믿을 수 없었다.

"잘 들어. 이 바보 같은 녀석아. 아버지보다 열한 살이나 어리신 어머니께서는 문제가 전혀 없으셨대. 그런데 애가 안 생기니까, 할머니는 그렇게 생각을 안 하신 거야. 문제가 어머니한테 있다고 생각하고 그걸 고스란히 시집살이 시키셨지. 어머니는 그대로 스트레스를 받게 된 거고. 그래서 아버지께서 그런 마음을 먹었다고 하시더라. 나도 고등학생이 돼서 들은 얘기야."

재후는 말을 하다가 물을 벌컥벌컥 마셨다. 속이 탔다. 서후가 술에 취해 한 말을 들은 재후는 무척 놀랐었다. 그래서 태인 삼촌을 그렇게 경멸하며 싫어했다니. 옆에 있던 무형은 새로운 사실을 들으면서 놀랐지만 서후의 엉뚱하고 터무니없는 오해는 그저 웃음이 날 뿐이었다.

"아버지는 어머니를 그럴 정도로 사랑하신 거야. 태인 삼촌 정자라도 괜찮다면 시집살이 안 하겠다, 싶었던 거야. 원래 동생이 사랑했던 사람이었으니까. 정자라도. 그런데 그게 가능해? 그럼, 이 집안은 뭐가 되겠어?"

"완전히 콩가루 집안이지요."

재후가 대답을 바라고 물었던 것은 아니었지만, 무형이 옆에서 거들었다. 재후가 그런 무형을 보면서 한숨을 쉬었다. 가족이 아닌 무형이 보는 앞에서 가족의 치부와도 같은 이야기를 하게 됐다니, 재후는 자존심이 상했다. 그래도 서후가 하고 있는 오해를 풀어주는 게 더 중요했다.

"무형이 말대로 그런 집이 되는 거야. 그러면 우리나라 기자들이 가만히 두겠다. 이 한심한 녀석아."

재후가 태어난 것은 부모님이 결혼하고 사 년 만이라고 했다. 그동안에 고비도 많았다고 했다.

"내 위로 쌍둥이를 임신하셨었대. 그것도 인공수정으로. 그런데 그것도 바로 유산되어 버려서 어린 어머니 입장에서는 충격이셨지. 다행히 다음 해에 나를 임신하신 거야. 집에서는 경사였겠지. 하지만, 태어난 나는 그다지 건강하지 않았어. 태인 삼촌은 아버지의 그런 제안 때문에 발길을 끊었고, 괜히 아버지에게 미안했던 건 아닐까 싶어. 삼촌은 다시는 그런 말 못 하게 정략결혼이라도 하자 싶었는데 그것도 쉽지 않았고, 계속 밖으로만 생활하게 되었던 거야. 너는 어떤 얘기를 들었던 거야?"

"형과 아버지의 이야기를 들었지."

서후는 둘의 대화를 들었는데 어설프게 듣고 오해를 했다. '정자를 달라고 했었다.' 이 부분에서 충격이 대단했었다. 서후는 사춘기 탓이었는지, 중학생인 자신을 주체 못 하고 충격에 휩싸였었다.

"그래서 삼촌을 싫어한 거야? 너는 나와 유 비서 사이도 오해하더니. 제대로 듣지 않고 오해하는 거냐? 에라, 이런 못난 놈아!"

재후는 흥분을 감추지 못했다. 서후는 냉철한 사람 같다가도 어딘가 모자란 사람 같기도 했다.

"저렇게 오해를 하니 안 봐도 알겠어. 오죽했으면 유 비서가 사직서 내겠다고 했을까? 알고 보면 사소한 것으로 시작된 거야."

"한서후가 그런 오해도 했습니까?"

순간 무형은 웃고 있었다. 서후는 친구가 비웃고 있는 것을 보고 잔뜩 인상을 썼다.

"나는 왜 그때 그렇게 들었을까?"

"지금 네가 유 비서와 잘돼서 그냥 넘어갔지만, 그때 그 상황을 객관적으로 봐봐. 누가 이해를 하겠는가."

"그래서 내가 사과했잖아. 제주도까지 가서 데려온 건데……."

사소한 오해가 이렇게 커질 줄 몰랐다. 하온의 일도 그랬고, 삼촌의 일도 모두 사소한 오해로 비롯된 일이었다.

"유 비서도 너를 마음에 담고 있지 않았을까?"

재후는 그런 생각이 들었다. 아니고서야, 바로 사과 받아주고, 사귀는 것도 너무 빠르지 않은가.

"에이. 그때 사귀는 사람이 있었는데?"

그때 하온은 세형과 사귀고 있었다. 저를 마음에 두고 있을 리가 없었다.

"유 비서도 너에게 호감이 있었는데, 감히, 엄두를 못 냈던 거야."

"설마……."

"유 비서는 정직해서 양다리 같은 건 모르는 사람이야. 정세형이 좋아한다고 하니까 유 비서도 정세형을 만나가면서 정말 좋아졌겠지. 그리고 너는 그냥 멀리서 지켜본 거야."

"형도 좋아한다는 소리야?"

"아니, 그냥 동경의 상대? 좋아하는 거랑 다르지."

서후는 하온이 울면서 했던 말이 생각났다. 형을 동경하는 거지 좋아하는 건 아니라고 했던 말. 그렇다면 자신도 그저 멀리서 동경의 상대로 바라본 것이었을까?

"가끔 유 비서 때문에 놀랐었어. 내가 좋아하는 커피야 당연히 준비해 두는데, 박하차는 왜 준비해 둘까? 네 비서도 아니었는데?"

"그야, 가끔 가서 회의도 했고……."

"프랑스에서 돌아온다는 말 듣고 바로 물어보더라, 네가 어떤 차를 좋아하느냐고."

서후는 혼란스러웠다. 하온이 저에 대해 물어봤다고? 별다른 기억이 없다고 했는데?

"재후 형님 말씀대로면 서후를 좋아하는데 표현 못 해서 남자친구를 사귀면서 대리만족했다는 말입니까?"

"아니, 그냥 너를 속으로는 다르게 생각한 거는 아니었을까. 네가 좋아하는 걸 아는 사람처럼 행동했으니까. 네가 오는 날은 꼭 그랬잖아. 넥타이며 외모에 신경 써주면서 웃어주고. 유 비서 다른 분들에겐 안 그래."

"하온이는 원래 친절해."

"그냥 조용히 인사만 하는 성격이야. 몰랐어?"

하온은 항상 웃으면서 '오늘은 넥타이가 화사한 게 얼굴이 더 밝아 보여요', '머리 스타일이 멋져요', '오늘은 박하차 향이 무척이나 좋습니다, 사장님' 이런 말로 기분 좋게 했는데 그것들이 나한테만 그런 거라고?

"하온이는 나한테 관심이 없었어."

"서후야. 나도 갑자기 드는 생각이야. 여태껏 생각 못 했다가 느닷없이 들었어. 그래서 유 비서가 너를 쉽게 받아준 게 아닐까 싶다고. 아, 속 아프다. 우리 해장국 먹고 출근하자."

재후는 지나가는 말처럼 했지만, 서후는 이상하게 깊이 생각하게 되었다. 절로 미소가 생겼다. 하온도 좋아하고 있었다? 생각만으로도 기분 좋은 상상이었다. 세 남자는 술에 찌든 상태여서 아침으로 해장국을 먹고 출근했다.

하온은 사장실 창문을 몽땅 열고 잠시 멍하니 밖을 내다보았다. 1월에도 벌써 하순으로 넘어가는 날씨여서 공기가 차가웠다. 하온은 배에 손을 얹고 '추워도 참자' 하면서 책상에 신문을 올려두고 정리가 덜 된 파일을 정리해 나갔다. 정리한 파일들을 서랍 속에 넣기 위해 맨 아래 서랍을 열었다. 그때 하온의 눈에 들어온 것이 있었다.

"어! 이건……."

눈에 익은 에펠탑 스노볼. 스노볼은 두 개였다. 하온은 자리에 쪼그리고 앉았다.

"아, 이걸 서후 씨가 가지고 있었구나. 어! 서후 씨도 이걸 샀네."

이걸 샀던 날이 기억났다. 불어가 서툴러서 고생했던 하온은 옆에 있던 중년 남자의 도움이 아니었으면 쉽게 구입하기 힘들었을 것이다.

"아, 좋은 생각이 났다."

혼자, 여행이라도 다녀올까?

"무슨 생각?"

생각에 잠겨 있던 하온은 서후의 목소리에 일어났다. 인기척 없이 들어온 서후 때문에 놀라서 하온은 가슴을 쓸어내렸다.

"몸은 괜찮아?"

"저보다 별론 건 사장님이시네요. 언제 왔어요?"

서후는 숙취가 심해서 해장을 해도 속이 별로 좋지 않았다. 얼굴도 완벽하게 깔끔하지 않았다. 서후는 그것보다 하온에게 묻고 싶은 게 있었다.

"하온아, 저기……."

"저, 부탁이 있어요."

둘은 동시에 말했다.

"할 말 있어요? 말씀하세요."

하온이 서후에게 먼저 말하라고 했다. 서후는 조금 망설이다가 소파에 앉으라고 했다.

"처음 나를 본 게 언제지?"

"처음? 입사했을 때 처음 봤다면서요?"

"아니, 내가 말고, 유하온 씨가 나를 처음 본 게 언제냐고."

"갑자기 유하온 씨는 뭐래? 그건, 프랑스 지사에 계실 때 통화 먼저 했고, 이듬해였던가? 지사장으로 발령받고 한 번인가 뵀죠. 회장실에서 잠깐. 그리고 출장 때 보았죠."

"날 보았던 느낌은 어땠어?"

서후는 재후의 말이 맞는지 확인해 보고 싶었다. 정말 하온이 자신의 존재를 느끼고 있었는지. 짝사랑한 것이 아니라, 조금이라도 하온이 저를 다른 시선으로 보고 있지는 않았을까 하는 바람으로 물었다.

"느낌? 무슨 느낌요?"

갑자기 그걸 왜 묻지?

"나에 대한 느낌. 아무 느낌 없었어? 나를 조금이라도 다른 마음으로 대했다든지. 조금 더 신경 써주고 했다든지. 인사말이라도 신경 쓴다거나 하는 거 말이지."

"깊게 생각해 본 적 없는데요."

서후는 실망했다. 서운하기도 했다. 지금 사랑하고 있는 것으로 만족했어야 했는데 무엇을 기대했을까? 하온은 애초에 한서후라는 사람을 기억도 못 하지 않았던가. 그런 그녀에게 무엇을 기대한 것일까?

"알았어. 됐어."

분위기가 급속도로 차가워졌다.

"왜요? 이거 중요한 질문이에요? 왜 질문하고 어두워져요?"

"됐어. 나가봐."

서후는 책상으로 돌아갔다.

"나 부탁이 있는데……."

"중요한 거야? 나중에 하면 안 될까?"

서후는 책상 서랍이 열린 것을 발견했다. 기분이 좋지 않은데 서랍 정리까지 안 되어서 괜히 짜증이 났다.

"여기를 열어보고 정리도 안 했어?"

"아, 미안해요. 지금 정리할게요."

"앞으로 함부로 손대는 일은 없었으면 해."

함부로, 함부로. 어떻게 그런 말을 할 수 있지? 하온은 서후가 기분 나쁜 것은 충분히 이해할 수 있었지만, 그것을 일로 연관하여 짜증을 부리는 것은 이해할 수 없었다. 가뜩이나 그가 왜 화가 났는지 모르는 상태였으니. 더군다나 '함부로'라는 말에 자존심까지 뭉개졌다. 더욱이 그녀가 부탁한다는 말은 깡그리 무시하고 듣지도 않았다.

"'함부로'라고 말씀하신 거 취소해 주세요. 불쾌합니다."

하온도 더는 참지 못하고 큰 소리로 말했다.

"뭐?"

"함부로라고 한 말이요. 후우……."

하온은 기가 막히고 숨도 찼다. 서랍에 있던 스노볼을 보고 용기를 냈다. 임신 사실을 말하고 결혼을 서두르는 건 어떻겠느냐 말하려고 했다. 하지만 그는 이야기할 시간도 주지 않았다.

"서랍 정리하다가 우연히 보게 됐어요. 죄송합니다. 그래도 그런 표현은 상사한테 듣는 것도 불쾌하지만, 사귀는 사이라면 더욱 조심해야 하는 거 아닌가요?"

서후는 툭 내뱉은 말이 신중하지 못했다는 것을 알았다. 서후는 서운함을 감출 수 없어서 자신도 모르게 화가 났다. 그걸 하온에게 감정 조절 못 하고 말을 뱉은 모양이었다. 하온이 불쾌한지 얼굴은 붉으락푸르락하며 변하고 있었다.

"그 말은 내가 실수했어. 일단 네 감정이 많이 상한 거 같으니까 마음 추스르고 나중에 얘기하자."

"사장님, 저 휴가 좀 주세요. 간곡하게 부탁드립니다!"

그와 이런 말다툼은 이제 진절머리가 났다. 하온은 말하고 싶지 않아서 인사 후에 나가려고 했다.

"유하온 거기 서! 감정이 나빠져서 쓰는 휴가는 반대야. 내가 미안, 내가 미안하다잖아! 여기가 엉망이어서 기분이 그랬어."

"정리하는 중이었어요. 지금 마저 정리할게요."

"그, 사장이라는 소리 좀 그만해!"

하온은 서후의 소리에 깜짝 놀라서 눈을 감았다. 이러다가 감정의 골만 깊어지겠다. 자기도 모르게 아랫배에 손을 올리고 작게 숨을 쉬었다. 매일 아이한테도 소리만 치는 건 아닐까?

"휴가 좀 쓸게요. 안 되면 아예 퇴사 처리해 주세요."

"그만두겠다고? 너, 내가 이런 말 했다고 화나서 그만두겠다는 소리야?"

"……."

"유하온!"

"소리 좀 그만 질러요. 아, 짜증 나."

서후는 하온의 입에서 그런 말까지 나오자 더 이상은 어떠한 말도 하지 못했다. 하온이 한 말 자체가 머리를 강타했다. 하온 역시 자신이 내뱉은 말에 놀라 손으로 입을 막았다. 이런 말을 뱉어낸 것을 후회했다. 신경이 날카로워진 하온은 골이 더 깊어지기 전에 더 이상의 다툼은 피해야겠다고 생각했다.

"죄송합니다. 제 말이 심했어요. 저 몸이 좋지 않은데 오늘 조퇴 좀 할게요."

하온은 그렇게 말하곤 그대로 사장실을 나가 버렸다. 아무리 화가 나도 저렇게 까칠하게 나왔던 적 없던 하온이었는데 오늘따라 예민한 그녀에게 서후는 시간을 주기로 했다.

시간이 어느 정도 흘러 서후가 하온을 불렀다. 마주 보고 앉아 있는 둘은 오전에 언성을 높였던 터라 그런지 가라앉은 분위기 때문에 실내에는 온기 하나 없었다.

"기분은 좀 가라앉았어? 사실은 네가 알게 모르게 나에 대해 다른 감정이 있지는 않았을까. 나를 의식하면서 챙겨준 것은 아닌가 싶어서 물었는데, 전혀 아니라고 하니까. 그게 서운했나 봐. 순간 욱해서 말이 튀어나왔어. 실수였어. 몸이 안 좋아서 신경이 날카로운 것 같아. 일찍 가서 쉬고 있어."

서후는 퇴근하고 오피스텔로 가겠다는 말을 하려고 했다. 함께 좋은 곳에 가서 저녁이라도 먹으며 기분이라도 풀어주려고 했다.

"휴가 감사합니다."

"유하온! 계속 이럴 거야?"

하온은 대답이 없었다.

"유하온?"

"이만 나가보겠습니다."

하온은 끝까지 대답하지 않았고 사장실을 나갔다.

"하아. 나 미치겠네."

하온은 집으로 와서 일기만 열심히 쓰고 있었다. 서후에게는 아직까지 임심했다는 말도 못 했는데, 이러다가 배가 나와도 말을 못 하는 것은 아닌가 싶었다.

"아가야, 태명은 아빠랑 같이 지으면 좋은데. 미안."

하온은 갑자기 서후에 대해 궁금해졌다. 그가 좋아하는 것은 무엇일까? 삼 년 전 자신의 어떤 면을 보고 좋아했을까? 그랬다면 어떤 면이 그렇게 좋았을까? 생각하다 하온은 그에 대해 얼마나 알고 있을지 기억을 더듬었다. 그에 대해서 얼마나 알고 있을까? 하온이 확신할 수 있는 것은 그를 처음 본 순간 반했다거나 좋아한 것은 아니라는 거였다. 처음에는 서일그룹 둘째 아들이라는 말에 한 번 더 시선이 갔었던 것일 뿐이었다.

하온은 휴가를 쓰면 서후에게 임신 사실을 말하고 제주도에 가서 허락받자고 할 생각이었다. 그가 좋아하든 아니든, 둘이 만들어낸 아이니까 책임도 둘에게 있으니까. 그런데 지금은 생각이 바뀌었다. 서후에 대해 궁금했다. 시간을 돌릴 수 있다면 삼 년 전으로 돌아가 처음부터 서후를 관찰하고 알아보겠지만, 그럴 수는 없으니까 하온은 그나마 기억 속에 서후가 있을 때로 가보자고. 아직은 납작한 배를 쓰다듬며 하온은 배 속에서 자라면서 곧 움직일 아기에게 속삭였다.

"배 속에서 꼬물거리겠지? 꼬물이 좋다. 우리 꼬물이. 아가야. 꼬물아. 우리 아빠에 대해서 조금만 더 알아보고 올까?"

하온은 서후에게 휴가를 내겠다고 문자를 보냈다. 당분간 쉬면서 과거의 일들을 알아보고 싶다고. 그때까지 그에게 여유를 갖자고. 짐을 챙긴 하온은 인천국제공항행 리무진 버스를 탔다. 프랑스 파리행 비행기를 타기 위해서였다.

〈서후 씨 말대로 서후 씨를 알아볼게요.〉

"이 여자 또 오버했네. 아니다. 내가 심했다."

하온의 문자를 받고 서후가 바로 연락을 했지만 하온은 전화를 받지 않았다. 어디로 증발한 것인지 연락이 되지 않았다.

"아, 미치겠다. 얼마나 나를 미치게 만들 생각인 거야?"

서후는 하온이 어디에 있을까 무엇을 할까, 고민에 빠졌다. 그녀를 울렸던 처음처럼 데자뷰 같았다. 제주도에 갔을까? 제주도에 갔다면, 이참에 서후도 제주도를 가서 하온의 부모님께 결혼하겠다고 말씀드리고 허락을 받을 생각이었다. 서후는 하온의 집으로 전화를 걸었다.

[하온이가 오늘 온다고 했어?]

정옥이 걱정스러운 목소리로 서후에게 오히려 물어보았다. 하온이 제주도를 안 갔으면 어디를 갔을까? 하온은 그 어디에서도 찾을 수 없었다.

[혹시, 둘이 싸웠어? 한 사장이 전화한 게 나는 왜 이상한 생각이 들지?]

서후는 오히려 일을 크게 만드는 것은 아닌가 걱정이 되었다. 괜히 전화해서는 걱정거리를 만든 것이 되었으니.

"싸우기는요. 그런 일 없습니다."

[그래, 잘 지내야지. 안 그래도 곧 성온이가 후배들 데리고 온다고 했어. 한 사장도 시간 한번 내는 게 어때?]

"하온이와 같이 가겠습니다."

서후는 하온이 휴가를 내고 연락이 안 된다는 말을 하지 못하고 전화를 끊을 수밖에 없었다.

"안 되겠다. 집에 가봐야지."

서후는 하온의 오피스텔로 가서 기다리기로 했다. 잠시 바람 쐬고 들어올 수도 있었다. 재킷을 집어 든 서후가 급하게 나가려고 문을 여는데 진하가 다급하게 불렀다.

"사장님, 지금 회장실에 이사장님께서 오셨답니다. 그쪽으로 오시라고 하십니다."

"뭐? 어머니께서?"

다급한데 하필, 지금 오셨을까? 서후는 어쩔 수 없이 회장실로 향했다.

[어째 전화가 이상해서. 네가 좀 가봐라.]

"소자가 한 말씀드리겠습니다. 사랑을 하다 보면 조금의 다툼은 생길 수 있습니다만, 일일이 그것을 간섭하다 보면 둘이 더 멀어질 수도 있사옵니다, 어마마마."

[시끄러워! 내가 예감이 이상해서 그런다! 오빠가 걱정도 안 돼?]

"느낌이 이상하시다고요?"

[그러니까 잠깐 들여다보고 와. 감기라도 걸려봐. 하온이는 몸살 걸리면 병원에 입원할 정도로 끙끙 앓잖아. 출근했다는 애를 왜 여기서 찾아? 전화도 못 받을 정도일까 봐 그래.]

"알았어요."

정옥의 전화를 받고 성온은 급하게 하온의 오피스텔로 갔다가 바로 회사로 왔다. 전화를 걸어도 통화가 안 됐다.

"한서후 사장."

안내 데스크에 무작정 말하고 서 있는 성온이었다.

"네?"

"나는 유성온이라고 해요. 사장님 계시죠? 빨리요. 급해요."

"약속은 하셨나요?"

"약속을 했으면 이렇게 급하게 내 이름까지 말하면서 아가씨한테 부탁 안 하겠죠. 부탁 좀 합시다."

안내 데스크에서는 진하에게 연락을 해주었고 성온은 진하에게 하온의 오빠라고 설명했다. 진하는 성온을 사장실로 안내했다.

서후는 회장실에 들렀다 하온에게 가려다 말고 다시 돌아오는 길이다. 진하가 성온이 찾아왔다는 연락을 해주어서 급하게 차를 돌렸다. 성온이 만나러 온 이유는 모르겠지만, 평소 하온이 어디를 잘 가는지 알 수는 있을 것으로 생각했다.

성온은 서후가 들어오자마자 자리에서 일어났다. 성온의 얼굴은 웃음기는 찾아볼 수 없을 만큼 표정이 굳어 있었다.

"한서후 사장님, 내가 그동안 사람을 잘못 봤나 봐요."

"무슨 말이죠?"

성온은 서후에게 조금 더 가까이 갔다. 오빠로서 동생을 지키지 못한 남자를 혼내주고자, 그는 있는 힘껏 서후의 얼굴에 주먹질을 했다.

퍽!

서후의 얼굴이 돌아갔다. 그는 맞아야 하는 이유를 몰라 성온을 잔뜩 노려보았다. 커피를 준비해서 들어오던 진하가 그 모습을 보았다. 그는 사장이 맞는 모습에 놀라 입을 벌린 상태로 그들이 눈치채지 못하게 조용히 다시 나갔다.

"이게 무슨 일이야. 무슨 일인데 사장님을 때려?"

서후가 휘청거리며 성온을 노려보았다. 성온은 시큰거리는 주먹을 흔들었다. 너무 세게 때린 탓이었다.

"오늘은 오빠로서 참을 수가 없네."

"알고 맞읍시다."

"입은 살았어. 엉? 이유를 막론하고 이런 사태가 벌어졌으니까 잘잘못을 따지지 맙시다. 하지만 이건 무슨 이유입니까? 애가 임신하자마자 사라져요?"

"임신? 그게 뭔데? 알아듣게 말해요, 알아듣게."

성온이 들고 있던 다이어리를 서후의 앞으로 던졌다. 다이어리가 벌어지면서 안에 있던 산모수첩과 초음파 사진이 보였다.

"이게 뭔데 그래요?"

서후는 아직도 얼얼한 볼과 턱을 만지면서 떨어져 있는 사진과 수첩을 집어 들었다. 서후는 처음에는 무엇인지 몰라 한참을 살폈다. 한참 후에 사진은 초음파 사진이고 수첩은 산모 수첩인 것을 알았다. 산모란에 '유하온'이라는 이름이 적혀 있는 것을 보고 하온이 임신했음을 알았다.

"임신?"

"똑똑한 척은 혼자 다 하면서 이걸로 싸웠어요? 애 싫다고? 아무튼, 둘 다 바보 같아."

성온의 말에 반박도 못 하고 있었다. 이 일로 둘 사이가 틀어졌다고 여기는 성온이었다. 무책임한 서후 때문에 하온이 떠났다고 생각했고, 성온은 그런 것이 맞느냐고 다시 물었다.

"몰랐어요."

"뭐라고요?"

"임신인 걸 몰랐다고요."

산부인과 수첩에 적힌 날짜가 무형이 온 날이었고, 일기를 쓴 날이 다툰 날이었다. 하온은 말하려고 했을 텐데, 싸우는 바람에 말을 못 한 것이라는 생각이 들었다.

"하온이가 과거를 알아보고 싶다고 했네요. 그 과거가 뭔지 모르겠지만, 아직 아버지께는 말씀 안 드릴게요. 둘 사이가 벌어져서 하온이 증발하고 그게 임신 때문이란 걸 아시면, 둘은 다리가 남아나지 않을 거예요. 그냥 잠깐 다툰 걸로 해요."

성온은 서후를 노려보다가 그대로 밖으로 나가 버렸다. 서후는 의자에 철퍼덕 주저앉았다. 한동안 넋을 놓은 사람처럼 멍하게 앉아 있었다. 손에는 그녀의 다이어리를 들고서. 임신해서 축하받아야 할 사람에게 화내고 기억 못 한다고 서운해했으니 하온이 속상했을 마음이 느껴져 가슴을 후벼 팠다.

"함부로 만진다고 타박이나 하고."

서후는 이렇게 있을 수는 없었다. 우선 그녀를 찾아야 했다. 무슨 일이라도 생긴다면. 서후는 생각하기 싫은지 머리를 마구 흔들었다. 그녀가 프랑스에 간 것은 확실했다. 일기에 쓰여 있었다. 혹시 프랑스에 갔다면 출장 때 다녔던 곳 위주로 다닐 것이란 생각에 서후는 그곳 지사에 연락을 취해놓고, 앞으로 해야 할 계획을 세웠다.

19
내게 용기를 준 사람

하온은 파리에 도착해서 먼저 출장을 왔을 때 지냈던 호텔로 왔다. 무계획으로 온 여행이라서 무섭기도 했고, 무엇보다 꼬물이가 걱정이기도 했다. 하온은 산부인과에 미리 허락도 받았다. 임신 초반이라 여행은 아무래도 조심해야 할 것 같아서. 또 비행기를 타면 나타나는 두려움이 동반되어서 두 배는 더 힘들었다.

"Excusez-moi! Je voudrais reserver(실례합니다. 예약하고 싶어요)."

"Quelle chambre voulez-vous(어떤 방을 원하시죠)?"

하온은 관광책자에 쓰여 있는 대로 열심히 혀를 굴려 발음했다. 하지만 호텔 직원의 말은 하온이 알아듣지 못했다.

"뭐?"

하온은 저절로 한국말이 나왔다. 그때 젊은 남자가 다가와서 유창한 불어로 말을 하더니, 하온에게는 한국말로 물었다.

"어떤 방을 원하느냐고 하는데요?"

"저기, 어떤 방이냐니요?"

"아, 혼자 쓸 거냐? 그런 거."

하온은 생각했다. 여기서 혼자라고 하면 왠지 무시할 거 같아서 손가락을 두 개 들어 올렸다. 마치, 누군가 함께 온 것처럼.

"두 명."

"Une chambre pour deux personnes, s'il vous plaît(2인실 부탁합니다)."

"고맙습니다."

하온은 그 남자에게 인사를 잊지 않았다.

"별말씀을요. 문 꼭 걸고 주무십시오."

"네? 네. 감사합니다."

젊은 남자는 정중하게 고개를 숙이고 자리를 벗어났다. 하온은 그 남자의 말대로 문을 꼭 잠그고 먼저 몸을 씻었다. 노곤한 상태로 샤워를 하니 아무 생각도 나지 않고 그저 잠이 오기 시작했다.

"잠순이 되겠다. 그치, 꼬물아? 하하."

뭐가 그렇게 신이 나는지, 꼬물이와 대화하고 나서 밖을 바라봤다. 전망은 아주 좋은 곳으로 예약해 주었다.

"이 방, 일반 룸 맞아? 그거에 비하면 꽤 좋은데?"

파리의 야경에 심취해서 시간 가는 줄 모르고 하온은 머리를 말리고 잠에 빠졌다. 오래간만에 깊은 잠에 빠진 것 같았다. 하루는 고스란히 호텔에서 보냈고, 하루는 시내를 돌아다녔다. 시내를 활보하는 것도 나쁘지 않았다. 다행인 것은 파리는 한국처럼 춥지 않다는 것이었다. 하온이 파리에 온 것도 벌써 삼 일이나 지났는데 그동안 서후에게는 연락하지 않았다. 시간을 갖고 싶어서였다. 그러는 동안 점점 서후가 궁금해지고 보고 싶었다.

"떨어져 있으니까 많이 보고 싶다. 지금도 보고 싶기는 해, 꼬물아."

그렇게 또 하루가 흐르고 나흘째 되는 날, 하온은 상쾌한 아침을 맞이해서 그런지 컨디션이 좋았다. 이제는 차츰 파리에 적응이 되었다. 하온은 바람을 쐬고 여행을 다니니 원래 온 목적을 잊어버렸다는 생각에 오늘부터라도 샅샅이 구경하기로 했다.

먼저 몽마르트 언덕으로 향했다. 출장을 왔을 때 회장님을 보필하는 비서들은 시간이 남아서 단체로 이곳은 와서 사진을 찍었었다. 예술가들의 낭만을 느낄 수 있는 몽마르트 언덕. 사진을 찍었던 계단 앞에 하온이 섰다. 그 계단에서 하온은 그날의 기억을 되살렸다.

"그때, 서후 씨는 사진을 찍었나? 그건 기억나지 않네."

사람이 많았다. 그때도 많았었는데. 천천히 걷다 보니 아베스 역으로 나오게 되었다. 바로 앞에 작은 공원이 있었는데 이곳은 확실히 기억났다.

"사랑해. 사랑해 벽."

사랑해 벽. 사랑해라고 각국의 말로 쓰여 있는 '사랑해'라는 말이 인상적이어서 사진을 꼭 찍고 싶었다. 중간을 보면 한국말로 '사랑해', '나는 당신을 사랑합니다.'라고 쓰여 있는데, 그곳은 한국인들에겐 일명, 포토존이라고 한다. 특이한 것은 '나는'이라는 글자가 거꾸로 쓰여 있었다.

"여기는 기억난다. 여기는……."

작년 출장 때, 사랑해 벽 앞.

이곳에 서후도 있었다. 특별히 대화도 나눠본 적 없었던 서후가 하온이 그 앞에 서 있을 때 다가와 했던 말이 있었다.

"유하온 비서는 사랑한다는 말을 몇 개 국어나 알아요?"

서후는 그때 하온에게 물었다. 하온은 그의 질문에 생각했다. 고작 아는 것이라고는.

"우리나라 말로는 '사랑해'라는 말이 있고요. 영어로는 I love

you(아이 러브 유), 일본어는 愛している(아이시떼이루)."

"오, 듣기만 해도 좋은데?"

"네?"

"좋다고요."

"아, 네에."

"사랑한다는 말은 좋은 말입니다. 유하온 씨. Je vous aimerai éternellement(즈 부제므헤 에떼흐넬멍). 영원히 당신만을 사랑해 요. 불어로 이렇게 말해요. 좋죠. 말로 말고 마음으로 느껴져도 좋을 거 같은데. 그런 사람 있습니까?"

서후의 웃는 모습을 그때 처음 본 것 같았다. 하온도 같이 웃 어주었다. 혹시 그때도 서후는 일부러 물어보았을까?

하온은 출장 때 생각에 빠져서 정신이 없었다. 과거를 찾는 것 이 아니라, 하온 자신을 찾는 기분이 들었다. 한서후 사장님? 아 니, 서후 씨? 나란 사람은 당신한테 뭘까요?

갑자기 꼬르륵거리는 우렁찬 소리에 하온은 손을 배에 올렸다. 그러고 보니 밥때를 놓쳤음을 깨달았다. 이런 심각한 상황에 배 가 고프다니. 하온은 배고픈 것은 어디까지나 꼬물이가 있어서라 며 음식점을 찾다가 근처 노천식당으로 갔다. 계단이 높아서 전 망이 좋아 샌드위치를 주문하고 구경하고 있었다.

"꼬물아, 우리 여행 잘 온 거 같아. 여기 와서 보니까 기억이 날 것도 같아. 아빠는 정말로 많은 시간을 엄마한테 투자했나 봐."

이제는 엄마 아빠라는 말이 자연스럽게 나왔다. 하온은 꼬물 이와 대화하듯 시간을 보내면서 샌드위치를 먹는데, 문득 혼자 있는 것이 외로웠다. 서후에게 전화라도 해볼까 하다가 고개를 흔 들고 나서 다시 샌드위치를 먹었다.

"걱정 많이 할 텐데. 꼬물아, 언제 집에 갈까?"

그렇게 말하면서 하온은 이제 돌아가면 당당하게 말하겠다고 다짐했다.

"아! 그거! 그거 사갖고 가자!"

하온은 느닷없이 박수를 쳤고 재빨리 샌드위치를 먹었다. 드디어 그녀도 서후에 대해 생각난 것이 있었다.

"Ca fait combien(이건 얼마예요)?"

"Ca fait cinq cents euros(500유로예요)."

"Ca coûte cher(비싸요)."

하온은 가장 아름답다고 생각하는 것을 들고 흥정을 하고 있다. 물론 불어 책자를 마구 뒤져 가며 침까지 묻히고 열심히 문장을 찾아가면서 말하고 있었다.

"Faites-moi une rEduction(좀 깎아주세요)."

"Nous vous offrons une rEduction de 20%(이십 퍼센트 할인해서 해드리는 거예요)."

"뭐? 이십? 가만 이십이면 400? 응?"

하온은 500이 아닌 400이냐며 손가락을 네 개 폈고, 점원은 고객을 끄덕였다.

"C'est le meilleur prix(이게 제일 잘해 드리는 가격이에요). Si je casse les prix, il ne me reste rien(이 가격으로는 남는 것도 없어요)."

"오케이, 오케이. 위위. 알았어. 빨리 주세요. 크레디트 카드 오케이?"

하온은 점원이 다른 말을 할까 봐서 재빨리 카드를 내밀었다. 가격은 비쌌지만, 그가 좋아할 걸 생각하니 하온도 기분이 좋아 저절로 미소가 지어졌다. 그때 지나가면서 서후가 힐끗 보았던 것을 기억했다. 유일하게 기억난 것이어서 그것을 꼭 사고 싶었던 것이다.

"Merci(감사합니다)."

"Merci beaucoup(정말 감사합니다)."

하온은 포장된 선물을 들고 인사를 했다. 기분이 좋았다. 점원도 아주 친절하게 인사하고 문까지 열어주었다. 이제 한국으로 돌아가서 서후에게 당당하게 선물을 주면서 과거도 기억났다고 말하고 미안하다고 할 것이다. 하온은 서후에게 줄 선물을 사서 밖으로 나왔다. 조금 걷다 보니 다시 몽마르트 언덕을 오르고 있었다. 시간이 갈수록 다리가 무척이나 아팠다. 봄 같은 날씨에 땀이 흘렀다. 하온은 올라왔던 계단을 돌아보았다. 마을 풍경이 모두 한눈에 들어왔다. 먼 곳은 앵발리드가 보였다.

"음. 내일쯤 돌아갈까? 꼬물아, 그럴까? 따 라라라라~ 라……."

저절로 입에서 흐르는 허밍에 하온은 길에 놓인 의자에 앉아 노래를 불렀다.

"내게 전해줘 따 라라라~ 라……."

"If you give your heart(너의 마음을 내게 준다면)……."

이 순간 들릴 리가 없는 서후의 목소리가 들렸고 하온은 소리가 나는 쪽으로 고개를 돌렸다.

계단 맞은편에 서 있던 서후는 웃고 있는 그녀의 표정과 반대로 어두운 얼굴이었다. 힘들지 않을까? 오로지 그 한 가지 생각뿐이었다. 서후는 할 일이 있어 바로 파리로 올 수 없었다. 이미 마음은 파리에 있었지만. 당장 하온에게 달려오고 싶은 마음을 꾹 참느라 혼났다. 비행기 안에서도 하온 걱정에 잠을 통 이루지 못했었다.

하온이 파리에 갔다는 것을 알고 연락한 사람은 치남이었다. 김치남. 그에게 서후는 하온의 보호를 부탁했다. 서후가 보내온 하온의 사진을 보고 그녀의 얼굴을 익히고 공항에서부터 하온의 뒤를 따른 그는 호텔로 들어가는 것을 확인했다며 전화로 알려주었다. 르아호텔은 출장 때 비서와 임원이 묵었던 호텔인데 아주 고급은 아니어도 야경이 좋은 호텔이었다. 서후는 하온 모르게 룸을 디럭스급 이상으로 예약해 주라고 지시했다. 너무 높여서 예약하면 하온이 눈치챌 수 있어서 야경이 잘 보이는 룸으로 부탁했었다. 치남은 서후의 말대로 하온은 모르게 룸을 업그레이드 했고, 차액을 지급한 후에 호텔을 나왔었다.

공항에 도착한 서후는 그녀가 몽마르뜨 언덕에 있다는 소리를 듣고 바로 온 것이었다. 며칠 동안 그녀는 이 먼 곳까지 와서 고작 시내 구경을 한 것이 전부라고 했다.

"벌써 아기 생각하는 거야? 아니면 체력이 약해서 그래?"

원래 체력이 약한 것을 알기에 걱정이 되었던 것이다. 서후는 내내 걱정에 사로잡혀 있었다. 하온이 '사랑해 벽' 앞에 있는 것을 봤을 때는 당장 그녀에게 다가가고 싶은 것을 꾹 참았다. 그녀와 길게 대화했던 것이 사랑해 벽 앞에서였다.

"그때 사랑한다는 말했던 거 기억나?"

혼자 구시렁거리고 있는 하온이 보이자 서후도 그날 했던 말을 혼자 중얼거렸다.

"우리나라 말로는 '사랑해'라는 말이 있고요. 영어로는 I love you(아이 러브 유), 일본어는 愛している(아이시떼이루)."

"불어로 Je vous aimerai éternellement(즈 부제므헤 에떼흐넬멍), '영원히 당신만을 사랑해요'라고 내가 했었지. 이 말은 그때나 지금이나 진짠데."

서후는 샌드위치로 끼니를 때우는 하온이 보여서 조금은 화가 나기도 했다.

"잘 좀 먹지, 고작 샌드위치야? 힘들면서."

서후는 그렇게 말하면서 안타까운 마음을 숨기지 못했다. 그러는 서후 역시 정작 비행기 안에서도 하온 걱정에 물만 겨우 마셨을 뿐이었다. 하온이 또 움직이고 있었다. 서후도 뒤를 천천히 따라갔다. 행여나 그녀가 알아챌까 봐, 살살 걸었다.

하온이 어느 잡화점에 들어갔다. 서후는 무엇을 사는지 궁금했지만 미처 따라 들어갈 수 없었다. 그러자 옆에 있던 치남이 그녀를 며칠 동안 따라다녔어도 그녀가 눈치채지 못했다며 보고 오겠다며 가게를 기웃거렸다. 서후는 행여나 들킬세라 치남의 자동차 안에서 기다렸다. 한참 후에 치남이 나오더니 운전석으로 재빨리 올랐다.

"하마터면 들킬 뻔했습니다."

"뭘 사는 거야?"

"예쁜 거였는데. 자세히는 못 봤는데 비싼 거였어요."

"아이고, 또 바가지야?"

서후는 하온이 무엇을 샀든지 바가지 썼다고 확신했다. 지난번에도 그랬으니까.

"또요? 또?"

"그래, 또."

서후는 하온의 뒤를 졸졸 따라다니다가 그녀가 바가지 쓰는 것을 보고 중년의 프랑스 남자에게 부탁해서 가격 흥정을 도왔던 적이 있었다. 그때가 에펠탑 스노볼을 샀을 때다. 하온은 그것도 모르고 가격을 많이 깎아서 잘 샀다며 자랑을 늘어놓았었다. 그날 서후도 그 에펠탑 스노볼을 눈여겨보고 있다가 샀었다.

"차라리 영어로 말하지. 아니면 보디랭귀지 있잖아. 굳이 안 되는 불어는 왜 하는데?"

하온이 잡화점에서 나오는 모습이 보였다. 활짝 웃고 있는 그녀는 저가 산 물건이 마음에 드는지 가슴에 안고 있었다.

"잔뜩 바가지 쓰고서 또 뭐가 좋다고 저렇게 웃고 있는지 모르겠네."

"제가 따질까요?"

치남이 서후에게 씩 웃었다. 치남은 서후에게 이름을 빌려주었던, 그 김치남이다. 파리 SnI 지사 [KOO-POL]이라는 남성 캐주얼 브랜드를 맡고 있는 책임자였다. 나이는 서후와 동갑이고, 아직 결혼을 안 한 싱글남이었다.

"이러다가 놓치겠습니다."

마치, 하온을 따라다니는 것을 탐정놀이라도 하는 것처럼 즐기는 치남을 서후가 노려보았다.

"아주 재미있지?"

"하하. 재미있죠. 아! 아니요!"

뭔 걸음이 저렇게 빨라?

서후는 치남이 말하는 것은 듣지 않고 하온에게 눈을 떼지 않았다. 며칠 만에 보는 것이지만 오랜 시간 못 보았던 것처럼 마음까지 아려왔다.

"가게 들어가서 잔돈 받으면 그건 당신 보너스로 해. 그리고 한 번 더 그런 꼼수 부리면 가게 문 닫을 각오하라고 해."

"네. 그런데 카드로 결제했을 텐데요. 그렇게 큰돈을 갖고 다녔을까요?"

"얼마나 비싸게 샀는데 그래?"

"어쨌든 금액은 제가 알아서 받겠습니다. 즐거운 시간 되십시오."

눈웃음을 짓는 그는 서후가 봤을 때 매력이 있었다. 혹시 호텔에서 이렇게 웃었나?

"앞으로 내 여자 앞에서 그렇게 웃으면 죽을 줄 알아!"

"네? 무슨 그런 말을 하십니까?"

치남은 서후를 보며 혀를 찼다. 한국에서 전화할 때는 다 죽어 가는 목소리로 잘 부탁한다고 했으면서 이제는 웃으면서 죽인단 다.

"칫! 구해주니까 봇짐 내놓으라고 하네! 그런데 마들(모델)이 야? 뭔 폼을 저렇게 잡고 걸어? 칫!"

치남은 서후가 걷는 방향을 한껏 노려보다가 하온이 나온 잡화 점으로 들어가서 바가지 쓴 것을 따져 물었다. 점원은 노발대발하 고 난리를 치다가, 치남이 경찰을 부른다고 하니까 결국은 200 유로에 합의를 보았다. 그래도 치남은 200유로, 우리 돈으로 약 25만 원의 이득은 본 것이었다.

"아니, 얼마를 후려친 거야? 순 도둑놈들."

If you give your heart. 이 노래는 하온이 먼저 불렀었다. 서후는 이 노래를 불렀던 하온에게 매료되어 푹 빠져 헤어나오지 못했었다. 그런데 정작 그녀는 뉴욕에서 이 노래를 불렀을 때 몰 랐다고 했었다.

"유하온, 이 노래도 기억이 난 거야? 출장 마지막 날 이 노래 불렀는데. 이거 오래된 노래라고 사람들이 놀렸잖아."

"서후 씨……."

하온은 꿈만 같았다. 서후가 코트를 입고 서 있었다. 정말 꿈 만 같은 기분에 재빨리 다가갔다. 바로 앞에서 바라봐야 그가 맞 는지 확신할 수 있을 거 같았다.

"어, 맞다. 한서후."

"하, 그럼. 다른 남자이길 바랐어?"

하온이 고개를 저었다. 그녀는 금세 눈시울이 붉어졌다. 이대로 꿈이 깨면 사라져 버릴까 두려운 기분에 그에게 안기지 못하고 그를 바로 바라볼 수도 없었다.

'또 화내면 어쩌지?'

"말도 안 하고 이렇게 사라지면 나는 미쳐 버리라는 거야?"

서후가 하온의 어깨에 손을 올렸다. 그의 손은 미세하게 떨리고 있었다. 서후의 목소리도 화를 내는 거 같으면서도 떨리고 있었다.

"하아. 배 속에 아기가 있으면 말을 해야지. 그것도 말 안 하고. 나를 어디까지 나쁜 사람으로 만들려고 했어?"

"어떻게 알았어요? 아, 미안해요."

"우선 좀 안아보자. 보고 싶었어."

하온은 말없이 서후의 넓고 따뜻한 품에 눈을 감고 얼굴을 대고 안겼다.

"왜 파리에 오게 되었는지는 나중에 들을게. 먼저 내 말부터 들어."

하온은 침을 삼켰다. 그가 어떤 말을 해도 아이는 지킬 것이다. 손에 낀 반지처럼. 서후가 싫다고 해도 그녀는 헤어짐을 감수하고라도 이 아이는 지킬 것이다.

"오빠한테 들었어. 임신 말이야. 나한테 말을 해야지 왜 말 안 해. 임신 초기에 이렇게 멀리 온 것도 마음에 들지 않고. 우리 아이한테 제일 먼저 인사 못 한 것도 불만이야. 그리고 당신한테 제일 먼저 축하한단 말 하지 못해서 가장 불만이야."

하온이 서후의 품을 벗어나서 얼굴을 올려 보았다. 그는 분명 아이는 싫다고 했었다.

"싫다고, 분명히 그렇게 들어서 말을 못 했는데."

"내가? 언제? 나한테 묻기는 했어? 아, 아아. 혹시, 회사에서 무형이랑 있는 거 봤어?"

산모수첩에 적힌 날짜와 무형이가 온 날짜가 같았다. 혹시나 그날 하온이 무형과 했던 대화를 들었을지 모른다고 짐작했었다. 하온은 고개를 끄덕이고 있었다. 그 모습에 서후는 한숨이 터져 나왔다.

"아니야. 그게 아니야. 네가 끝까지 듣지 않은 거야. 임신은 생각 안 해봤어. 한 번도 우리에게 생명이 찾아올 거란 생각을 못 하고 있었어. 나는 이런 기분일 줄 정말 몰랐는데, 진짜로 좋아. 기분이 너무 좋아서 밤을 새울 정도였어. 그날 네 오빠한테 맞았어도 꾹 참았……."

"뭐라고요? 오빠가 때렸어요? 어디를? 이런 씨! 유성온, 죽었어! 감히, 누구를 때려!"

오빠의 일로 잔뜩 성나 있는 하온을 서후는 살살 달래주며 달콤한 키스를 했다. 누가 믿겠는가. 프랑스 파리에 와서 그것도 몽마르트 언덕에서 노을을 보며 사랑하는 사람과 달콤한 키스를 나눴다면 말이다. 서후가 치열을 훑었다. 하온은 서후의 열기가 느껴져 온몸이 화끈거렸다. 등줄기로 올라오는 열기는 황홀함 그 자체였다. 붉어지는 노을처럼 얼굴도 차츰 그 붉기와 비슷해지고 있었다. 그의 혀가 모든 감각을 마비시켰다. 하온은 신발 속 발가락이 간질거려 힘을 주고 있었고, 숨까지 멎을 것 같았다.

'나, 이러다가 숨이 멎을 거 같아.'

"하아."

저절로 잇새로 나오는 숨 때문에 그에게서는 옅은 웃음소리가 들렸다.

"이제 흥분하지 마."

"음. 알았어요. 사람들이 다 쳐다보니까 그만해요."

"좋으면서 그만하라고 하네?"

"하, 내가 언제요?"

부끄러움에 고개를 들지 못하다가 갑자기 어디를 맞았을까 생각하니 또 오빠 때문에 화가 나는 하온이었다. 감히, 꼬물이 아빠가 될 사람을 때려?

"아니, 그걸 맞고 있었어요? 그냥, 어퍼컷, 훅을 날려 버리지."

"어떻게 그렇게 해? 족보로 따져도 내가 아랫사람인데. 그래도 아버님께는 이르지 않겠다고 했어."

"하아. 칫. 아주 인심 쓰고 있어. 조금만 싸우는 기색만 보여 봐. 내가 아주 염장을 지를 거야. 아유, 열 받아. 아유, 열 받아!"

"어어, 진정해. 진정."

하온이 손바닥으로 부채질까지 하자 그는 또다시 깊고 뜨거운 키스를 선사했다.

서후의 집착이 시작되었다. 그는 호텔로 돌아오자마자 하온을 침대에 눕히고 꼼짝 못하게 했다. 한국에 있는 가족 주치의까지 함께 올 정도였으니, 말을 해서 무엇 하겠는가. 심지어 밥도 침대에서 먹으라고 하며 하온을 환자 취급했다.

"또 시작이다, 한서후 사장님."

"사장이라고 하면 이제는 혼나."

서후는 하온의 볼에 살짝 입을 맞추고 웃어주었다. 서후는 하온의 짐을 스위트룸으로 옮기고 저녁을 함께했다. 그때부터 하온을 환자 취급하는 것이었다.

"제발요. 이러면 더 스트레스 받아요."

"알았어. 스트레스는 만병의 근원이라고 했어. 좋아. 안 그럴게."

서후와 함께 나란히 누워서 많은 대화를 나누었다. 그는 이참에 여행이라도 하면 좋겠지만, 빨리 한국으로 돌아가야 한다고 했다.

"좋은 소식과 별로 좋지 못한 소식이 있어. 어떤 것부터 들을래?"

"어차피 둘 다 들어야 한다면 좋은 것부터 들을래요. 기분이라도 좋은 게 낫잖아요."

서후는 고개를 끄덕이더니 잠시 뜸을 들이다가 마침내 말을 이었다.

"형이 허락을 받았어. 결혼 허락."

"와우. 잘됐어요. 혹시, 이시은 씨?"

"응."

"정말 축하할 일이다. 이게 기쁜 소식? 그럼, 안 좋은 소식은?"

하온은 듣기 전부터 인상을 썼다. 미간에 주름이 잡히자 서후가 이마에 손가락으로 주름을 펴주기도 했다.

"미리 겁부터 먹고 그래. 하하. 다음 주가 약혼식이야."

"그건 나쁜 소식이 아니잖아요."

서후가 하온의 손을 잡았다.

'이 남자 왜 이래? 왜 뜸을 들이고 그래?'

"어머니께 아이를 가졌다는 말씀을 드렸는데. 약혼식이 먼저 잡혔어. 이미, 사람들에게 연락이 되어서 우리가 밀렸다는 거야. 아마, 많은 축하를 못 받을 거 같아."

"아, 축하? 우리 꼬물이가 축하를 못 받아요?"

"조금은 밀리는 기분이 들어서 화가 좀 나네. 미안해. 형한테 밀렸어."

"꼬물이는 엄마, 아빠가 사랑해 주면 되니까, 이해하지 않을까요?"

"그러겠지? 일정이 잡혀서 내일 하루 여행하고 돌아가야 해. 당분간 여행이 힘들 수도 있는데. 아쉽지 않아?"

"나는 괜찮아요."

서후가 하온의 배에 손을 댔다. 그의 손은 항상 느끼지만 무척이나 따뜻했다. 옷 위에서도 따뜻함이 느껴졌다.

"있잖아. 그거 할 때 조심하면 가능하다더라? 특히 임신 초기에만 조심하라고 하더라? 난 그거 빼면 괜찮아."

"정말! 못 말려!"

"하하."

서후가 이상한 행동하기 전에 하온이 선물을 주었다. 그는 선물을 보고 놀라더니 꿀밤을 때렸다.

"유하온, 너를 어쩌면 좋냐. 이게 나한테 왜 필요해? 이건 여자들 액세서리 넣는 오르골 보석함이잖아."

"출장 왔을 때, 이거 구경했잖아요. 나는 그래서 샀는데?"

"그 옆에 파이프로 된 오르간 모양이었지. 이게 아니라."

하온이 구입한 선물은 회전목마 모양의 오르골이었고, 서후가 사고 싶었던 것은 파이프 오르간 모양의 미니어처 장식품이었다. 서후는 살까 말까 망설이다가 스노볼을 사는 바람에 그냥 그것을 포기했었다.

"이걸 400유로에 샀어?"

"어떻게 알았어요?"

"아는 수가 있지."

서후는 자신이 따라다녔다는 말은 하지 않았다. 어쨌든 하온이 선물을 잘못 샀지만, 이건 하온의 마음이 보이는 것이어서 서후는 고맙게 받는다고 했다.

"파리에 온 소감은 어때?"

"혼자 오니까 재미는 없어요. 외롭고, 많이 보고 싶었어요."

"진짜? 감동인데?"

"사랑해요."

"나도 사랑해."

서후는 하온에게 사랑 고백을 들으니 가슴이 마구 뛰었다. 서후가 하온에게 팔베개를 해주자 잠시 이야기를 나누다 그녀는 일찍 잠이 들었다. 서후는 잠을 잘 수 없었다. 흥분이 되어서. 아기가 있다는 하온의 배에 손을 얹고 있다가 겨우 잠이 들었다.

　다음 날, 그들은 예정대로 파리 관광을 하기로 했다. 하온이 힘들 것을 예상해서 멀리 안 가고 노트르담 대성당을 거닐면서 사진을 찍었다. 서후는 하온이 걷는 것이 걱정이 되는지 계속해서 물어왔다.
　"괜찮아? 힘들지 않아? 우리 차로 이동할까?"
　"괜찮다니까. 이렇게 걸으면서 구경해야 자세히 보죠. 진짜, 극성이라니까요? 아, 스트레스!"
　"알았어, 알았어. 가장 안 좋은 게 스트레스니까. 오케이, 잔소리 그만할게."
　센강을 끼고 가면 시테섬에 자리한 노트르담 대성당이 보이는데 인파에 치이는 줄 알았다. 입구에서부터 혀를 내둘렀다. 그래도 건축물에 감탄하고 입을 내미는 하온을 사진으로 담는 서후의 입가에 미소가 지워지지 않았다.
　"장엄하다."
　"저기 중앙으로 가볼래?"
　스테인드글라스의 명 측이 줄을 잇고, 중앙 부근에 익량 끝 부분에는 지름이 13m나 되는 유명한 장미 모양의 창과 아름다운 조각이 보였다. 하온은 고개를 들고 그 모습을 보고 있다.
　"목 아파."
　서후가 하온의 목을 받쳐 주었다. 지나가던 관광객들이 서후를 보고 엄지를 치켜들었다. 그의 배려에 감탄해서였다. 서후는 어젯밤에 잠을 안 자고 했던 말을 생각하며 하온의 배에 손을 얹었다.

"꼬물아? 이제야, 말을 하는구나. 꼬물아? 내가 아빠야. 아빠는 엄마와 네가 사라진 며칠 동안 정말, 어떻게 해야 할지 몰랐어. 먼저, 네게 고맙다고 하고 싶었어. 이렇게 예쁜 엄마 몸속에 자라는 거 무척이나 고마워."

서후는 숨이 가쁜지 눈을 감았다. 조금 후에 깊게 숨을 쉬다가 다시 눈을 뜨고 하온의 얼굴을 보다가 배에 시선을 옮겼다. 얼굴을 숙이고 아직은 납작한 배에 귀를 댔다. 또 입술을 대고 키스를 했다.

"꼬물아. 언젠가 짝사랑한 걸 후회한 적이 있었어. 무척 힘이든다고 생각했거든. 그런데 그건 힘들다기보다는 내게 용기가 없다는 걸 알게 됐어. 네 엄마는 아빠에 비하면 용기도 대단하다? 엄청난 사람들 사이에서도 데이트 신청도 하고. 이렇게 혼자 여행도 오고. 너도 지켜내고. 아빠도 용기가 없었으면 아마도 세상에서 가장 소중한 것을 놓쳤을 거야. 네 엄마, 유하온이라는 사람과 너를 말이야."

힘들 걸 생각한 것일까? 아니면, 기존 비행기 자리가 불편하다고 여겼을까? 지금 그와 하온은 서일그룹 전용기를 타고 파리 르부르제 공항에서 한국으로 가고 있는 중이다. 하온의 의자를 뒤로 눕혀 편하게 해주고 담요를 덮어준 서후는 막상 자신은 앉아서 열심히 노트북에 무언가를 두드리면서 화면만 응시하고 있다. 일을 하는 것으로 보였다. 저렇게나 바쁘면서 파리까지 와주고.

"바쁜데 뭐 하러 왔어요? 그냥 기다리면 갈 텐데."

"참나, 안 왔으면 나중에 원망할 거였으면서, 꼬물이한테 다 말하려고?"

"하하. 아주 눈치는 빠르시네요. 그러면서 오해는 왜 그렇게 잘

하게 하셨을까요?"

서후는 하온의 말에 화면에서 눈을 뗐다. 하온을 노려보며 별다른 말을 하지 않았다.

"눈 감고 자."

"네. 눈 뜨고는 못 자니까요."

"하아, 정말."

하온은 한마디도 지지 않고 웃고 있었다. 이렇게 좋아서 웃는 걸 단 며칠을 못 봤을 때는 어떻게 견뎠을까 싶어 서후는 그냥 웃으면서 하던 일을 마저 했다. 하온 역시 안 그래도 잠을 좀 자려고 했다. 요즘은 등만 기대면 잠이 쏟아졌다. 이러다가 나중에는 살이 엄청 쪄서 아무도 못 알아보는 것은 아닐까 싶었다.

하온의 얼굴에 따뜻한 손길이 닿았다. 몸이 붕 뜨고 있어서 눈이 저절로 떠졌다. 비행기 의자에서 잠이 들었던 하온은 어느새 널따란 침대에서 편하게 잠을 자고 있었다.

"아함."

하품을 하면서 기지개를 켜고 일어났다. 하온 앞에는 서후가 있었다.

"서후 씨?"

"안 그래도 깨우려고 했어. 그동안 잠을 못 잤어? 와, 잘 자더라. 이제 곧 한국에 도착해."

"벌써요?"

꼬박 여섯 시간을 자다니. 하온은 믿어지지 않았다.

"여기는 어디예요?"

"침대. 쉬는 곳이지. 보면 몰라?"

서후가 옆으로 다가와서 하온 옆으로 누웠다. 그러고 보니 그의 옷이 편한 셔츠 차림에 트레이닝복으로 바뀌었다.

"같이 잤어요?"

"당연하지. 나는 뭐 계속 일만 하나?"

그의 손은 어느새 하온의 옷 속으로 들어와 더욱 풍만해진 가슴을 움켜잡았다. 그러고 보니 하온의 옷도 편한 잠옷 원피스 차림이었다. 말이 원피스지 거의 슬립이었다.

"옷은 어떻게 된 거지?"

"자는 사람을 갈아입히는 건 진짜 어렵더라."

서후는 자는 하온을 옮기고 옷을 갈아입힌 후에 옆에서 잠을 잤고, 일어나서 활동하는 동안에도 하온은 계속 잠을 잤다. 그동안 파리에서 혼자 지내는 며칠이 굉장히 힘들었는가 보다.

잠시 후 한국에 도착한다는 기장의 안내 방송이 흘러나왔다.

방송이 나오고 자리에 앉아서 안전벨트를 착용하자, 서후가 손을 잡고 자신의 어깨에 기대게 하고 귀를 막아주었다.

"자, 한결 좋아졌지? 원래 자세를 바르게 해야 하는데. 이렇게 하고 가. 모든 두려움이 사라질 거야."

눈을 감는 하온의 귓가에 나지막이 속삭이는 그의 목소리만 들렸다.

잠시 후, 비행기가 무사히 인천공항에 도착했다.

2월도 중순에 접어들어 날씨가 제법 포근해졌다. 서후는 하온을 데리고 서 여사에게 인사를 갔다. 그곳을 다녀오면 곧바로 제주도에 가기로 했다. 하온은 일단 회사에 휴가를 신청했고, 재후의 약혼이 끝나면 다시 출근하기로 했다. 서후는 집에 가는 내내 결혼을 서두르자고 말했다. 임신한 이상, 오래도록 미룰 수는 없었다. 하온도 그 생각에는 찬성이라고 했다.

서후와 하온이 차에서 내리자 서 여사가 마중 나와 있었다. 그러더니 바로 병원에 가서 진찰과 함께 하온의 건강 상태를 검사받자며 곧바로 병원으로 향했다. 서 여사는 하온에게 연신 고맙다며 손을 놓지 않았다.

"세상에 네가 복덩이다. 이런 경사가 어디 있니? 순서가 있으니까 어쩔 수 없이 재후가 먼저 해야겠지. 하지만 재후 약혼식이 끝나면 너희도 바로 하면 돼. 서운해하지 마. 알았지?"

"예. 서운하지 않아요."

"그럼 다행이고. 나는 네가 서운해서 떠난 줄 알고 간이 철렁했어."

"네? 어머, 아니에요. 죄송해요. 미리 말씀드렸어야 했는데."

서 여사의 말에 하온은 괜히 찔리기도 했다. 자신을 탓하는 것이라는 생각이 들었다.

"어머니, 그 문제는 말씀 안 하시기로 하셨잖아요."

"어어. 그래. 그게 하온이 잘못은 아니지. 서후, 저놈이 처신을 잘못해서 그래."

조수석에 앉은 서후가 인상을 잔뜩 찡그렸다. 하온이 사라진 것을 안 서 여사는 서후를 나쁜 놈 취급했었다. 아들은 자신인데, 하온을 더 챙기는 모습이었다. 임신한 아이가 도망간 이유는 하나밖에 없다며 전적으로 잘못했다며 하온을 보면 당장에 잘못했다고 빌라고 했었다. 재후마저 애초에 잘하지 그랬냐는 질책을 쏟아내기도 했다. 그러면서 개인적인 일에 사용할 수 없다며 전용기 사용은 금하라고 했었다. 서후는 개인적인 일에는 분명하나, 지금처럼 촉각을 다투는 일도 없다고 했다. 이번 일로 하온과의 사이가 틀어질 수도 있는 것이니 잘 생각해 보라고 했다. 조카가 생기느냐 마느냐 한 중차대한 일이니까.

"부탁해. 나는 그동안 시간 낭비가 무척 많았어. 또 그럴 수는 없잖아. 이 한 번의 기회가 나뿐만 아니라, 하온이, 하온이 배 속 아기까지 살리는 거야."

"하, 한서후! 너를 어떻게 말려!"

"한 번만 부탁해. 나를 믿고. 연료는 사비로 처리할게."

"그게 전용기와 무슨 상관있는지 모르겠지만, 어쨌든 조카가 생긴다니 기분 좋다. 아무튼 축하한다, 한서후."

서후는 그렇게 온 가족에게 극성을 부려서 하온을 데리러 갔던 것이었다. 서 여사도 아들이 다급하게 파리를 다녀온 것을 아는데 가만히 자리보전하면서 며느리를 맞이할 수 없었다. 서 여사는 산부인과를 미리 예약해 두었고 그 덕분에 병원에 도착하자마자 하온은 바로 진찰실로 들어갈 수 있었다.

하온은 피 검사를 시작으로 산전 검사를 모두 다시 받았다. 하온은 생각보다 건강했기 때문에 태아의 상태는 양호하다고 했다.

"어머나! 이걸 모르고 넘어갔나 보네. 하긴 너무 빠르면 발견이 안 돼. 6주로 알고 있다고 했죠?"

초음파 검사를 하던 의사는 새로운 것을 발견했다며 화면을 보여주었다. 화면을 확인한 하온과 서후가 다소 놀랐다. 의사는 고개를 갸우뚱거렸고 하온의 배에 초음파 액을 뿌리고 집중하며 검사했다.

"지금 정확하게 7주 2일이에요."

"네에."

하온은 고개까지 끄덕이면서 배에 묻은 액체의 끈적임 때문에 인상을 조금 쓰고 있었다.

"검은 것으로 두 개. 여기랑 여기. 이게 아기집인데. 아마 처음에는 한 개만 보였나 봐요. 쌍둥이네요."

의사는 검은 동그라미 같은 걸 표시해 준다. 초음파로 정확하게 아기집이 두 개 보였다. 하온은 신기했다. 며칠 전에는 아기집은 한 개만 보였었는데.

"네? 쌍둥이요?"

"어머나, 정말?"

서 여사는 활짝 웃었다.

"축하해요. 쌍둥이네요."

서후는 그 말이 믿기지 않아서 계속 묻기만 했다. 쌍둥이는 생각도 못 했다. 서 여사도 그랬다. 쌍둥이라는 의사의 말이 믿기지 않았다.

"아니, 쌍둥이라는 걸 늦게 발견하기도 하나?"

"10주가 넘어서도 발견되니까, 많이 늦지는 않았어요. 아기집 하나가 숨어 있었나 봐요. 우선은 산모님이 건강해서 다행이기는 한데. 쌍둥이는 많이 조심해야 해요. 한 명보다는 둘이라서 힘들잖아요. 그렇다고 꼼짝 안 하면 그것도 안 되고."

"네. 조심할게요. 운동도 열심히 하고요."

하온의 목소리가 떨렸다. 한 명일 때도 기뻐서 떨렸는데. 초음파를 확인하고 심장 소리를 들었을 때 왈칵 쏟아지는 눈물을 참을 수 없었는데. 배 속에 두 명의 꼬물이가 자라고 있다는 말에는 기쁨이 두 배가 아니라 천 배는 넘는 기분이 들었다. 그리고 이상하게 제일 먼저 서후의 반응을 살피게 되었다. 서후는 하온이 침대에서 내려올 수 있도록 손을 잡아주었고 표정에는 별다른 변화가 없었다. 기쁘지 않은 것인지, 확인할 방법이 없었다. 주의 사항을 듣고 다음 병원 예약 일을 잡고 나오면서 가슴이 진정되지 않는 하온은 계속 서후가 신경이 쓰였다.

그는 기쁘지 않은 것일까?

집으로 오는 내내 생각에 잠긴 서후는 말이 없었다. 무슨 생각을 저렇게 하는 것일까? 도무지 알 수가 없었다.

"어머니, 저 통화 좀 하고 오겠습니다."

"그래라."

서후가 잠시 통화를 하느라 2층으로 사라진 사이에 서 여사는 하온과 거실에서 앉아 대화를 이어 나갔다.

"하온아! 세상에나, 이렇게 고마울 때가 있니? 이제는 아무것도 신경 쓰지 말고 네 몸만 신경 쓰도록 해. 제주도에 가서 말씀드려야겠다. 재후 약혼식을 거기에서 하기로 한 건 잘한 거 같아. 서후 말 듣기를 잘했어."

"서후 씨가 거기서 하자고 했어요?"

"그래. 재후 약혼식은 거기서 하자고 하더라. 원래는 내가 하온이 부모님을 서울로 모시려고 했더니, 농장 비우기도 힘들다고 하셔서 서후가 제주도에서 하자고 말하더라. 어차피 시은이가 가족이 없어서 자기도 좋다고 했고."

"아, 예."

"하온이는 회사는 어쩔 생각이야?"

하온은 이런 문제까지 벌써 말이 나올 줄은 생각 못 했다. 그만둘 생각도 못 했고, 아직 구체적으로 생각해 본 것이 없어서 어떻게 말해야 할지 난감했다.

"쌍둥이라서 일을 계속하는 건 힘들 수도 있을 텐데. 괜찮겠어?"

"아직, 그 문제는 생각해 본 적 없어서요."

"그래? 나는 그런 걸로 이래라저래라 말하고 싶지는 않아. 그렇지만 몸 관리는 본인이 해야 하는 거잖아. 그렇지? 어쨌든 오늘은 둘이 오붓한 시간 보내도록 해."

서 여사도 이 문제를 지금 말하는 것은 빠르다고 생각했다.

"네? 네."

"그리고 이거. 네가 먹고 싶은 거, 사고 싶은 거. 이걸로 사라고."

"어머니, 저 이런 거 받기는 싫어요."

"어머, 얘. 내가 서후 떠나라고 돈 봉투 주는 거니? 내가 같이 다니면서 다 사주고 싶은데 그게 얼마나 불편하겠어. 나는 시어머니잖아. 네가 다니면서 예쁘고 마음에 드는 걸로 사. 똑같이 시은이도 줬어. 큰아이라고 더 주고, 작은 아이라도 덜 주고 그러지는 않았다는 소리야."

"네. 어머님, 감사합니다. 잘 쓸게요."

"응. 그래."

"저도 주세요. 저는 용돈도 잘 안 주시면서."

서후가 내려오면서 농담 삼아 말했다. 눈을 흘기면서 서 여사가 노려보아도 서후는 하온의 옆으로 와서 앉으면서 넉살 좋게 웃기만 했다.

"으이그, 너는 됐다. 나는 이만 나가야 하는데. 재후랑 시은이 약혼식 때 옷 본다고 하더라."

"저희도 나가볼게요."

서후는 하온의 손을 잡고 일으켰다.

"그래라. 하온이 무리하지 않게 해. 아직은 추우니까 바람 쐬지 말고."

"네, 다녀오겠습니다. 가자."

서후가 하온의 겉옷을 입혀주었고 하온은 그저 그가 하자는 대로 하고 있을 뿐이었다.

여전히 말이 없는 서후 때문에 하온은 계속 신경이 쓰였다.

"저기요. 왜 계속 말이 없어요? 아니, 쌍둥이라고 하니까 화가 났어요?"

"아니야. 화가 나기는……. 감개무량하여 말이 안 나오는데?"

운전하면서 손을 잡아주었다. 이 사람에게 무슨 감탄사를 바라겠는가 싶었다. 눈물을 흘리겠는가? 아니면, 포옹하면서 엉엉 울겠는가?

"우리 태명은 어떻게 하지? 꼬물이가 둘이네요?"

"꼬물이 원. 꼬물이 투."

"정말 간단하네."

집에서 출발하고 30분 정도 달리고 나서 주차했다. 그는 미리 주소까지 알고 왔는지 내비게이션에 입력을 했고 안내에 따라서 왔다.

"여기는 어디예요?"

"그냥 따라오세요, 꼬물이 엄마."

서후는 들어가서 예약자 이름을 말했다.

"유하온으로 예약했어요."

"아, 조금 전에 예약하셨죠? 이쪽으로 오시겠어요. 유하온 님, 여기에서 탈의하고 나오시겠어요?"

"네? 여기가 뭐 하는 곳이에요?"

"어머, 모르고 오셨어요? 남편분 멋지시네요. 여기는 임산부들을 위한 마사지 클럽입니다. 족욕 스파와 마사지 예약하셨어요."

어리둥절한 하온에게 직원이 웃으면서 설명해주었다.

"임신 초기는 별로 붓지 않는데, 아주 자상한 분이신가 봐요. 보통 배가 트거나, 부종이 심하신 분들 위주로 오시는데 장거리 여행 다녀오셨다면서 예약하고 싶다고 하시더라고요."

"예?"

"쌍둥이라면서요? 예약하시면서 이것저것 물어보셨어요. 어떤 걸 좋아하시는지. 그런데 기다리기 지루하실 텐데."

하온이 옷을 갈아입고 나오자 개인 침대가 보이고 족욕마사지 시설이 보였다. 서후는 책을 보면서 기다리고 있었다.

"이걸 예약했어요? 언제?"

"아까. 집에서 통화했잖아."

"나는 왜 서후 씨가 별로 좋아하지 않은 거로 보였지? 나는 그렇게 보였는데."

"사실은 파리 다녀온 후에 생각을 했는데. 병원에서 쌍둥이라는 말에 선물도 두 개를 해야 하나 싶었지. 조금 놀라기도 했고, 기분이 좋기도 했고. 진짜 내가 어떻게 해줘야 하나 싶었어."

"뭘 어떻게 해요. 평생 사랑하고 살면 되지. 이 선물 고마워요. 임신이 특권도 아니고. 이거 특별한 선물인데요?"

"특별한 선물은 배 속에 꼬물이들이지. 고마워. 마사지 받아."

"시간이 좀 걸린다고 하던데. 어떻게 해요?"

"얼마든지 기다리지요. 좀 쉬어."

족욕을 시작으로 몸을 풀어주는 직원의 손길에 하온은 즐기고 있었다. 혈액순환이 잘되는 것은 물론 나른함에 눈이 저절로 감겼다. 서후는 그런 하온의 모습에 자신 또한 기분이 좋아졌다.

이런 것일까? 네가 기쁘니 나도 기쁜 것? 하온아, 네가 좋아하니까. 나도 좋아. 하하.

"시원해?"

"으음."

"하하. 목소리까지 노곤하게 나오네."

"좋아요. 이거 계속 받고 싶다."

"다음에 임신하면 또 예약해 줄게."

"이런…… 쌍둥이 말고 또 임신을 하라고? 욕심도 많아."

웃는 서후에게 눈을 흘기는 하온은 그래도 그가 고맙기만 했다.

비익연리(比翼連理)

며칠 후, 제주도 S호텔에서 서일그룹 한재후와 이시은의 약혼식이 치러졌다. 약혼식에는 가까운 지인들만이 참석했다. 시은의 단아한 아름다움이 돋보였다. 또 단연 화제가 된 것은 두 형제 모두 평범한 사람을 배우자로 맞이한다는 것이었다.

"서후 씨, 오늘 오빠 못 봤어요? 계속 피하기만 하네. 어머! 이게 뭐예요? 이건 있을 수 없는 일인데?"

하온은 지금 일어난 일에 눈이 휘둥그레져서 하던 말을 멈추고 오렌지 나무를 한참 쳐다보고 있었다. 모든 행사가 끝난 후에 서후는 하온과 단둘이 '눈꽃 농장'으로 돌아와서 그녀를 오렌지 나무 아래로 따로 불렀다. 오렌지 나무에는 2월임에도 불구하고 눈꽃이 활짝 피어 있었다. 만약, 실제로 피었다면 기적과도 같은 일이었다. 오렌지 나무에 오렌지 꽃이 활짝 피어 있었다. 그가 말했던 눈꽃이 만개하여 하얀 꽃의 꽃잎이 날리고 있었다. 그리고 앞에는 피아노가 놓여 있었다.

"이 꽃은 도대체 어떻게 한 거예요?"

"비밀. 내가 마술 좀 부렸지."

❀ ❀ ❀

하온 혼자서 파리로 떠나간 날 서후는 일이 손에 잡히지 않았다. 그날 바로 파리로 가는 비행기 편을 알아보고 하온을 찾으러 갈까 아니면, 다른 방법을 생각할까 하다가 일단 다른 방법을 먼저 생각했다. 하온의 행방을 알아본 후에 일기를 읽고 오랜 시간을 생각했다. 이대로 가서 하온을 데리고 오는 것도 중요하지만 그것보다 정식으로 프러포즈를 하고 결혼 준비를 하는 것에 대한 계획을 미리 세운 뒤 그녀를 데리고 오고 싶었다.

서 여사에게 하온의 임신 사실을 알리고 나서 제주도로 향했다. 재민과 정옥은 혼자 찾아온 서후를 반갑게 맞아주었으나, 곧 불같이 화를 냈다. 금이야 옥이야 키운 딸이 임신도 모자라서 지금 타국에서 혼자 고생하고 있다는 말에 재민은 당장에 서후를 안 볼 것처럼 호통을 쳤다.

"지금 여기 와서 통보를 하는 건가? 내 딸이 임신했고, 그래서 결혼해야겠으니 허락을 해라?"

재민은 서후의 말도 듣지 않고 바로 소리부터 질렀다. 서후는 재민의 호통에 아무런 대꾸를 하지 않고 고스란히 듣고 있었다.

"여보. 이렇게 화만 내지 말고……."

"화를 안 내게 생겼어? 임신까지 한 애가 그 먼 곳으로 갔다고 하는데. 그럼 자네는 애를 데리고 오든지 해야지 여기는 왜 왔어?"

재민은 지금이라도 당장 하온을 데리러 가야 하는 서후가 이곳에 와서 말하고 있는 것이 이해되지 않았다. 당장 딸에게 가야 하는 거 아닌가 싶었다.

"먼저 말씀을 드리는 것이 옳다고 생각했습니다."

서후가 무릎을 꿇었다. 재민과 정옥이 놀랐다.

"뭐하는 겐가? 일어나!"

급기야 재민이 서후를 일으켜 세웠다.

"하온이는 제가 책임지고 데리고 오겠습니다. 그전에 부탁드리려고요. 하온이 오면 화가 나서도 혼내지 마시고, 저한테만 화내시라고요. 임신도 했고, 이제 그만 울리고 싶어서요."

"하! 그동안 무척이나 울렸나 보구먼."

"제가 좀 힘들게 했나 봅니다. 그래서 임신했는데도 말도 못 하고 끙끙대고 그랬나 봅니다. 이제 좀 편하게 해주려고요. 아버님, 어머님께서도 그냥 너그럽게 용서해 주세요. 부탁드립니다."

재민이 혀를 툴툴 찼다. 하온을 누구보다 사랑하는 재민이다. 딸 바보라는 소리까지 들어가면서 애지중지 키웠다. 오죽했으면 아들과 딸을 차별하느냐는 말을 들었을 정도였다. 그만큼 하온도 말을 잘 듣고 예쁘게 자라주어서 기특하다 여겼는데 그런 하온을 임신시켜 놓고는 와서 한다는 말이 혼내지 말라니.

"그러니까 하온이가 파리에 간 게 출장이 아니라, 자네 때문이라는 말인가?"

"예?"

"여보, 성온이가 그랬다면서. 출장이 불가피해서 어쩔 수 없이 갔다고 했잖아."

"전화로 그렇게 말하던데요. 임신인 건 사부인께 들었고. 경사라면서 아주 좋아하셔서, 저도 좋다고 했어요. 뭐 둘이 사랑하고 하온이 나이도 있으니까. 요즘은 혼수처럼 아이도 기본이라면서 좋아하시더라고요. 아주 멋쟁이 사부인이시더라고요."

재민과 정옥의 말을 들으니, 서후는 자신이 입방정을 떨었나 싶었다. 다리가 또 저려오고 쥐가 나는 것 같았다.

"이보게, 한 사장. 아니, 한 서방. 지금 나한테 죄지었어? 바로 앉아."

재민의 말이 조금은 누그러졌다. 서후는 재민과 정옥의 웃는 얼굴을 보며 다시 편하게 자리를 잡고 앉았다.

"우리 하온이 그동안 왜 울렸는가?"

"네? 아……."

서후는 그 질문에는 말을 하지 못했다. 왜 울렸지? 딱히, 왜 울렸는가에 대한 답은 없었다. 하온을 특별히 힘들게 했던 부분이 생각나지 않았다.

"내가 볼 때는 사랑싸움 아니겠나 싶은데. 살면서 우리는 셀 수 없이 싸웠어. 부부는 그런 거야. 하물며, 둘은 결혼도 안 했는데 싸움이야 말도 못 하게 많이 할 것이네. 그런데 문제는 풀지 않고 넘어가면 그게 일이 커진다는 거야. 앞으로 싸우면 그 자리에서 풀어. 그리고 전에 있었던 일은 잊고. 알았나?"

"네, 아버님."

"그래. 하온이한테는 언제 갈 건가?"

"여기에서 볼일이 좀 있습니다. 그게 끝나면 바로 갈 겁니다."

"그래. 임신 초기라 조심해야 해. 그 애가 혼자는 여행도 별로 안 다녔는데."

정옥이 씽긋거리며 웃자 재민도 너털웃음으로 마무리 지었다. 서후가 무릎까지 꿇고 죄인처럼 넙죽 엎드리자 오히려 재민과 정옥은 서후를 감싸준 것이었다.

서후가 인사를 하고 방을 나가자 재민의 인상이 다시 굳어졌다. 딸이 무척이나 걱정되었다. 사실 성온의 전화를 받을 때만 해도 재민은 하온과 서후를 당장 갈라놓아야겠다고 결심했었다. 하지만 잘못했다는 얼굴로 와서 나 죽었소 하니 어쩌겠는가, 결국

져 줄 수밖에 없었던 것이다.

"잘 참았어요."

"선수야. 무릎까지 꿇고 하온이 올린 것 죄송하다고 먼저 선수 치는 거라고. 내가 반대할까 봐. 결혼 허락이 아니라, 혼내지 말라잖아. 자신감은 타고났어. 아주 잘난 맛에 사는 놈이야."

"둘이 사랑하니까 눈감아줍시다."

"뭘 눈감아. 눈에 넣어도 안 아픈 내 딸인데. 이제는 혼내지 말라는데. 자기가 다 혼나겠다는데. 그 말 들으니까 더 혼내고 싶어."

"질투하시우?"

"질투는 무슨 질투야?"

재민의 큰소리에 정옥이 웃었다.

"질투 맞네 뭐. 딸내미 빼앗기니까 질투하면서."

"글쎄. 아니래두."

서후는 일단 어른들께는 허락을 받았고 계획을 실행하기 위해 오스카에게 전화를 걸었다. 뉴욕에 있는 오스카의 시간 따위는 안중에도 없었다. 한국 시간은 오후 4시를 넘어갔고, 뉴욕은 새벽이었다.

[『야? 나는 지금 자는 시간이야.』]

『급해서 그래.』

[『급하면 화장실 가.』]

『오스카. 농담할 시간이 없어. 너희 오렌지 꽃 있어?』

[『그 꽃은 뭐야? 끊어..』]

『너 끊으면, 화보는 출간 못 하는 거야.』

오스카는 잠을 자다가 벌떡 일어났다. 이제는 이것으로 협박을 한다. 서후는 가지만 앙상한 오렌지 나무를 보면서, 머릿속으로 그렸던 프러포즈에 대한 계획을 실행해 나가기 시작했다.

『오렌지 꽃은 왜? 그건 부케를 만드는 데 많이 쓰이는 꽃이야.』

『내가 몽땅 살게.』

『서후? 너, 돈 많은 거 알지만, 안 팔아.』

『알았어. 화보는…….』

『아이 씨. 왜?』

『나, 프러포즈할 건데 많이, 엄청나게 많이 필요해. 몽땅 살게. 돈은 달라는 대로 줄게. 알았지?』

『아, 나는 왜? 남들 프러포즈하는 데 이렇게 이용만 당해야 하는 거지?』

오스카가 보내온 오렌지 꽃은 일일이 사람 손으로 나뭇가지에 붙였다. 그 아르바이트는 때마침 놀러온 성온의 후배들이 도와주었던 것이다.

*❄ ❄

"2월이라 꽃은 안 피지. 그치?"

"네. 신기하다. 정말 어떻게 한 거예요?"

"그게 뭐 중요한가? 하온아, 나와 결혼해 줘."

서후는 그녀에게 참고 기다렸다 하고 싶었던 말을 했다. 그는 주머니에서 작은 케이스를 꺼냈다.

"하온아, 나와 결혼해 줘."

서후는 다시 말했다. 장난이 아닌 진지한 표정을 보고 하온도 진지하게 변했다. 서후의 손에 들린 반지 케이스는 커플링으로 보였다.

"이건 또 뭘까요?"

"다른 반지는 아니고 원래 한 쌍으로 이루어진 반지야. 그리고 이건 내 거."

역시, 자신의 손가락에 들어갈 반지가 있었다.

"여기 반지를 봐."

서후가 웃으면서 두 개에 쓰인 글자가 보였다. 하온에게 지난번 끼워준 반지보다는 심플하고 단순한 반지는 글자가 쓰여 있었다.

"연리지(連理枝)?"

"응. 하온이 네 거에는 연리지. 나는 비익조(比翼鳥). 들어봤어?"

"연리지는 알아요. 두 개의 나무가 자라면서 하나로 합쳐지는 거."

"중국 백거이의 장한가에 나오는 시조. 헌종과 양귀비의 사랑을 비유한 시조야. 在天願作比翼鳥(재천원작비익조). 소원하건대, 하늘에선 비익조가 되어 만나고. 在地願爲連理枝(재지원위연리지). 땅에서는 연리지가 되어 만나길 원합니다."

그는 제법 진지하게 설명했다. 미리 조사라도 하고 온 것일까? 하온의 앞으로 와서 반지의 문구를 자세하게 설명하고 보여줬다.

"비익조는 중국 전설에 나오는 새야. 암수가 각각 눈이 한 개, 날개가 하나씩이어서 언제나 깃을 가지런히 하여 하늘을 날아다닌다고 해. 혼자는 절대 날 수가 없어. 그 새가 비익조. 연리지는 나무의 뿌리는 각각이지만, 자라다 보면 가지가 맞닿아서 나중에는 하나의 나무로 보이지. 화목한 부부나 깊은 남녀의 관계를 가리키는 말을 비익연리(比翼連理)라고 해."

"멋지다."

"그렇지? 멋지지? 그래서 각각의 반지에는 그렇게 쓰여 있고, 이걸 합쳐서 안을 보면 비익연리(比翼連理)라고 쓰여 있어."

"정말요?"

이건 직접 서후가 한자를 새기라고 주문한 것으로 오렌지 나무를 보고 생각한 글자였다.

"우리도 비익조, 연리지처럼 화목하고 다정한 부부로 거듭났으면 하는 바람으로 새겼어. 마음에 들었으면 좋겠는데."

"마음에 들고 말고가 어디 있어요. 이건 대박인데. 정말 글씨가 보인다. 와우, 괜히 머리가 좋은 게 아니었어."

"끝까지 장난이야."

"장난 아니에요. 멋져요. 진심으로 멋져요. 눈물 나려고 하는데요?"

"울지는 마. 이제는 울면 안 돼. 내가 약속했거든. 안 울리기로."

"응?"

"있어, 그런 게."

하온을 살포시 안아주는 서후의 입에서 거친 숨이 터져 나왔다. 또 울리는 것이 마음에 걸렸다.

"오늘 약혼식 보면서 많이 부러워하더라?"

"하하. 제가요? 흠. 그랬나?"

"하온아, 내가 이럴 때는 파워가 좀 있어서 먼저 밀어붙였으면 좋겠지만, 우리보다는 어렵게 허락받은 형이어서 내가 먼저 하겠다고 말 못 했어. 그 부분은 이해해 줄래?"

하온이 고개를 끄덕이자 서후는 만족한 얼굴로 미소를 지으며, 그녀의 볼에 가볍게 입맞춤을 한 후에 미리 준비해 둔 의자에 하온을 앉혔다. 지금 서후는 코발트블루의 재킷과 흰색의 바지를 하온은 전체적으로 레이스로 되어 있고 색상이 모두 블루인 원피스를 입고 있어 누가 봐도 커플룩으로 맞춰 입은 모양새였다. 바로 오스카 그랜트 화보에서 입었던 옷으로 품격 있는 예복으로 프러포즈하는 데에도 딱이었다.

"춥지 않지?"

"네."

자리에 앉아서도 하온의 눈은 오로지 눈에 보이는 눈꽃, 오렌지 나무에 피어난 오렌지 꽃에 향해 있었다. 그가 피아노에 가서 앉는 동안, 하온의 손에는 반지가 반짝거리며 빛을 반사하고 있었다.

"내가 가수는 아니지만, 꼭 말하고 싶은 것이 있었어. 멋없는 프러포즈 받아줘서 고맙고 우리도 비익연리처럼 멋진 부부가 되도록 하자. 알았지?"

"응. 노력할게요. 고마워요."

피아노를 치는 그의 손은 점점 **빨라졌다.** 그는 피아노도 잘 쳤다.

노래는 이석훈의 '그대를 사랑하는 10가지 이유'라는 노래다. 템포가 빠른 노래여서 처음에 하온의 어깨가 저절로 흔들렸다. 피아노 선율에 맞춰 몸을 흔들던 하온의 눈에 어느샌가 눈물이 흘렀다. 밝은 노래여서 꾹 참았는데 결국 참지 못하고 눈물이 줄줄 흘렀다. 눈에는 화장 때문에 검은색 눈물이 흘렀다.

'이런, 이런 날까지 망신이다. 아, 끝까지 멋지면 어쩌라는 거야.'

손등으로 대충 눈물을 닦았다. 손등에는 속눈썹도 떨어져서 눈이 새카맣게 변했다. 가족사진을 비롯해서 언론에 뿌릴 사진이 필요하다면서 아침 일찍 메이크업도 했던 하온의 얼굴은 지금은 말도 못 하게 엉망이 되었다.

"아, 안 돼. 오지 마요."

서후가 다가오자 하온은 고개를 숙이고 말을 하지 못했다. 이 상태로 그의 얼굴을 볼 수는 없었다. 그에게 받기만 했을 뿐, 준 것은 아무것도 없었다. 사랑하는 이유가 열 가지나 된다고 하는 이 노래와는 완전히 달랐다.

"미안해요. 이 가사와는 제가 맞지도 않을뿐더러, 울어버려서 지금 엉망이니까. 오지 마요!"

"하하. 그 모습도 예쁘니까 걱정 마."

서후는 가슴에 꽂혀 있던 행커치프를 꺼내 하온의 눈가에 묻은 것을 닦아주었다. 그의 따뜻한 손길에 하온의 눈에서는 굵은 눈물방울이 더욱 흘러내렸다. 다정한 남자 같으니라고.

"이번에는 노랫말을 제대로 들었어? 내가 가수라면 노래가 아주 멋졌을 텐데 말이야."

"이 정도를 못 부른다고 하면, 우리나라 가수는 다 죽었다."

"하하. 칭찬이야?"

"네."

"고마워."

서후의 포옹에 가슴이 두근거렸다. 따지고 보면 언제나 그의 포옹은 가슴을 두근거리고 숨을 쉬지 못하게 만들었다. 그래서 피한 것으로 오해하게 만들었고, 그를 멀리했던 것으로 오해하게 만들었다. 오해로 시작해서 오해로 얽힌 인연인 것이었다.

"고마워요. 사랑해요. 이런 거 해줘서 고맙고, 노래도 고마워요."

"응. 오케이!"

손가락을 딱! 하고 소리를 내자, 눈꽃에서 빛이 났다. 어둑어둑해진 눈꽃 농장에는 어느새 나무에 불이 하나둘씩 밝혀지고 있었다.

서후가 배 속에 꼬물이 원, 투가 놀랄 걸 생각해서 폭죽은 자제했고 불꽃놀이도 할 수 없었지만, 시간에 맞추어 전구에 불을 밝히기를 예약해 두었다. 바로 비서 진하에게 부탁했었다. 전구에 불을 점등하는 것으로 프러포즈는 대성공을 이루었다.

'시간을 딱 맞췄네.'

"아름다운 밤이야. 유하온 사랑해."

어느새 서후와 하온의 입술이 맞닿았고 길고 긴 입맞춤이 이어졌다. 그의 오랜 키스는 추운 줄도 모르고 시간이 오래도록 흐르는 것도 모르고 있었다. 그리고 하늘에서는 그들의 행복을 축하해 주려는 듯 진짜 눈꽃이 휘날리고 있었다.

21

눈꽃에 물들다

봄이 오는 경칩이었다. 겨울잠을 자는 벌레나 개구리가 깨어나 꿈틀대는 시기라고 했지만, 날씨는 시샘을 부리는지 추위가 극성을 부려서 다시 꽁꽁 싸매고 다녀야만 했다. 특히 하온이 감기라도 걸릴까 노심초사한 서후는 잠시라도 그녀에게서 눈에서 떼지 않았다.

서후는 연신 뭐 마려운 강아지처럼 하온의 뒤꽁무니를 졸졸 쫓아다니고 있었다. 지금은 하온이 성온을 만난다고 해서 함께 나왔다.

서후를 때린 이후 좀처럼 성온을 만나기 어려웠다. 그래서 하온이 초강수를 두었다. 이번에 나오지 않으면, 방송사에 유성온이라는 사람의 신상을 널리 퍼뜨려 주겠다고 협박을 하자 그제야 먼저 연락이 왔다.

방송사 커피숍에 앉아서 서후와 하온은 함께 성온을 기다렸다. 멀리서 걸어오는 성온은 예전처럼 꼬질꼬질하고 지저분했던 유성온이 아니었다. 이제는 깔끔했고 제법 귀공자 같은 모습으로 자리에 앉았다. 오랜만에 보는 그는 서후를 때렸다는 것을 잊었는지 팔짱까지 끼고 당당하게 눈을 치켜뜨고 있었다.

"나를 왜 보자고 했어?"

흥. 적반하장도 유분수지. 우리 서후 씨를 때리고도 이렇게 큰 소리친다 이거지?

"오빠! 오랜만이야!"

"나를 왜 보자고 했느냐고?"

"하도 얼굴 보기가 힘들어서 말이야."

"잘 지내셨어요?"

하온과는 다르게 서후는 부드럽고 친절하게 인사를 해오자 성온의 입가에는 미소가 걸렸다. 그러면 그렇지. 자기도 별수 있나? 내가 오빠잖아. 하하하. 여기서는 서열이 우선이라고.

"나는 잘 지냈지. 요즘 미니시리즈 들어가서 바빠. 할 일이 많아서 오래 앉아 있을 시간이 없어. 동생, 할 말 있나? 빨리하시지?"

예전과는 다른 말투에 거만한 표정으로 보아 하온과 신경전을 벌이고 있는 것이었다. 왜 이렇게 거만하게 구는 걸까? 유성온. 아. 여친이 생겨서 그런 거니?

"오빠, 여자친구는 잘 지내? 우연 씨라고 했던가?"

"응. 너희는 결혼식 해야지? 그것도 형님께 밀린 거냐?"

깐죽거리는 성온의 모습에 서후는 입술이 꿈틀거렸다. 하온의 임신과 파리 도피 사건 이후부터 성온은 줄곧 서후를 제 여자도 챙기지 못하는 무능한 사람이라고 놀려댔었다. 숨을 몰아쉬는 서후의 모습에 하온이 손을 잡아주었다.

"오빠, 이거."

하온이 종이봉투를 성온에게 내밀었다. 이것은 무엇인가? 동생이 준 것이 궁금해서 참지 못하고 거만한 표정으로 봉투를 열어보았다.

"이런 씨! 동생아, 이건 뭐다니?"

"내가 사실은 이걸 좀 보관해 뒀었지. 일명 찌.라.시! 아니다. 오빠의 과거? 여자친구가 생기면 주려고 했던 지난 일들? 이걸 확 뿌리기 전에 우리 서후 씨에게 사과해."

"뭘?"

"정말 모른다고? 때렸다면서? 빨리! 사과해! 아니면, 여기서 당장 오빠의 여친인 그 우연인지 뭐시기인지를 부르도록 하겠어."

성온은 팔짱을 풀고 고자세에서 저자세로 돌아왔다. 예상치 못한 임신을 한 동생을 위해 서후를 때린 것이 잘못되었다고 생각하지 않았다. 그런데 제 신랑이라고 형제인 자신을 배신을 하는 모습을 보니 아직 여자친구를 공개하지 못한 자신의 처지가 서러운 성온이었다.

"이것 봐, 동생. 나는 그때 동생 편이었어."

"응. 알아. 하지만 나는 사랑이 더 위대하다고 생각해. 내 남자를 때렸다는 말에, 그래, 그럴 수도 있다 여겼는데. 그 뒤로 오빠가 나를 피하고 다녔잖아. 당당했으면 왜 피하니?"

"이런 배신녀."

"형님, 말씀이 좀 심하십니다."

"하, 누가 형님이야? 아직, 결혼도 안 했으면서!"

"아, 형님 소리도 듣기 싫고, 사과하기 싫다는 소리구나? 알았어. 우연 씨 전화번호가 뭐였더라. 이 기사 보면 충격일 텐데. 이건 누가 봐도 오빠가 남자를 좋아한다는 말 같잖아."

성온은 친구를 위해 첫사랑을 포기했는데, 그 친구가 돈 때문에 그녀를 배신했다는 것을 알고 결혼식을 무산시키기 위한 작전을 짰었다. 친구와 매우 친밀하고 은밀한 느낌으로 행동해서 결국 결혼식은 무산되었다. 하지만 다음 날부터 그의 이야기가 뉴스에 대서특필되었다. 친구 녀석과 결혼할 뻔했던 여자가 국내 유명 기업의 둘째 딸이라 이야기가 순식간에 퍼져 버렸기 때문이다.

그 뒤, 성온은 아버지에게 몽둥이세례를 받았고, 어머니가 몸져눕는 사태까지 벌어졌다. 심지어 소문도 그가 게이라는 말과 기업 간의 음모설 등으로 무성했다. 그 사건으로 인해 성온은 숨어 지내는 은둔형 작가로, 실명이 아닌 필명 작가로 활동하게 되었다. 그래서 그로부터 삼 년이 지나도록 그의 실체를 아는 사람은 거의 없을 정도였던 것이다. 그런데 이 일을 여친이 알게 된다면 바로 헤어지자고 할 것이 뻔했다.

"미안해. 때린 건 미안하지만, 나는 또 그런 일이 벌어진다면 지금도 마찬가지야. 오빠로서 당연하잖아!"

성온은 어디까지나 오빠로서 때린 것이지 다른 마음은 없었다. 그래서 당당했다.

"푸핫! 하하."

하온이 갑자기 웃기 시작하더니, 기사가 들어 있는 봉투를 집어서 자신의 가방에 넣었다. 이게 이렇게 유용하게 쓰일 줄은 몰랐다.

'서후 씨 것도 하나 만들어놔야겠어. 좋네. 좋아.'

"하하. 사과하셨으니. 결혼 선물 드려야겠네요."

"응? 뭔 선물?"

서후가 양복 안주머니에서 청첩장을 꺼냈다. 사실 오늘 만나기로 한 이유는 청첩장을 건네주기 위해서였고, 성온이 하도 나오지 않아서 골탕을 먹이기 위한 것도 있었다.

"4월 초에 결혼식 날짜가 잡혔어요. 청첩장 드리려고 뵙자고 했는데. 하하. 사과도 받고 좋네요."

"하온 양. 동생. 아주 좋은 경험이었어. 음. 이렇게 오빠를 놀리니까 좋아?"

"오빠, 우연 씨가 정말 좋아? 아니면, 우연 씨 도망갈까 봐 무서워? 하하. 아 웃기다. 우리 꼬물이들이 좋아서 막 움직여."

"진짜? 어디, 어디."

"아이고, 아이고. 한심해라. 나도 아는 것을. 한서후 사장님. 바보 멍텅구리라고 아시나요? 네? 이건 먹지도 못합니다. 아무튼, 결혼 축하해요."

성온은 자리에서 일어나다가 서후를 약을 올렸다. 서후는 성온이 아직도 바보 멍텅구리라고 면박을 준 이유를 모르고 있었다.

"서후 씨. 배 속의 꼬물이들은 아직 움직이지 못해요. 오빠는 그걸 뭐라고 한 거지."

"그런데 왜 움직인다고 했어?"

"그냥. 비유한 거지, 뭐."

"아. 나는 정말 움직이는 줄 알고. 아~ 우리 꼬물이들. 너희는 언제 아빠의 말에 움직여 줄래? 응?"

서후가 갑자기 몸을 숙이더니 하온의 배에 기대어 말하기 시작했다. 눈을 감는 서후의 입가에는 그동안은 보기 드문 활짝 웃는 미소가 보였다. 회사 사내 게시판에도 그들의 청첩장이 올라갔다. 서후는 그가 말했던 것을 지켰고, 그는 멋진 사장으로 거듭났다. 이제 그는 거칠고, 막말하고, 독설을 퍼붓는 사람이기보다는 가정적이고, 다정한 사람이었다.

다음 달, 오스카 그랜트가 만든 화려한 웨딩드레스를 입은 하온과 서후의 결혼식이 치러졌다. 벨 라인 드레스는 가슴까지는 타이트했지만, 임신한 하온을 위해서 허리 부분은 조금 느슨하게 재단된 것이 특징이었다. 재후보다는 먼저 치른 결혼이었다. 결혼식은 무엇보다 많은 하객이 줄을 이었고, 특히 오스카는 태어날 쌍둥이의 돌잔치까지 책임을 진다고 큰소리치고 갔다. 서후가 오스카에게 '우리 꼬물이 웃보다, 당신 결혼이 먼저 아니겠느냐'고 말하는 바람에 또 한 번 싸움이 일어날 뻔했다. 하지만 오스카는 아직 특별히 누구를 마음에 두고 있지는 않다고 했다.

『오스카? 아직, 남자를 좋아해?』

『아니, 나도 이제 여자를 좋아해.』

그의 대답에 모든 사람의 이목이 집중되었다. 즉각 대답이 나와서 놀랐다.

『행복한 모습이 보기 좋아. 이제 한국 여자를 알아볼까 봐.』

그 한마디에 또 웃음바다가 되었다.

신혼여행은 특별히 멀리 가지 못하고 서후의 별장인 평창으로 왔다. 쌍둥이라서 그런지 하온의 몸이 많이 무거워져 그렇게 하자고 했던 것이다. 가벼운 산책 후에 하온이 커다란 앨범을 들고 나오자, 서후는 그녀에 몸에 무리가 될까 봐 행여나 너무 무거운 것을 드는 것은 아닐까 하는 염려스러움에 바로 들어주었다.

"무거운 걸 왜 들어?"

"안 무거워요."

소파가 아닌, 바닥에 앉아서 서로 마주 보았다.

"이건 뭔데. 뭐, 어렸을 때 사진이라도 있어? '나 똥글이 안경 썼던 사람이니까 놀라지 마요' 뭐, 그런 엄청난 비밀이라도 있는 거야?"

"하하, 그건 아니고. 결혼 선물이 딱히 없어서 앞으로 하고 싶은 선물 좀 할까 하고요. 이건 앞으로 우리가 해나가야 할 숙제예요. 매년 결혼기념일이 되면, 그러니까 오늘이죠? 매년 오늘이 되면 사진을 찍어서 한 장씩 여기에 꽂는 거지. 기념일마다."

하온이 앨범을 가리키며 한 장씩 넘기며 설명했다. 이곳에 둘의 사진이 담겼으면 했다.

"의미 있겠네."

"서후 씨에 비하면 나는 너무나 약소해서 미안해요. 하지만 앞으로 행복하게 살아가는 모습을 담는 거니까. 그건 미래에도 가능한 거잖아요? 의미도 있고. 그렇게 해줄래요?"

"아. 지금 키스해도 되나?"

"어?"

서후가 물어보고 키스한 것은 처음이었다. 무릎을 세운 상태로 하온에게 다가온 서후는 두 볼을 감싸고 입술을 겹쳤다. 오랜 키스는 아마도 무릎이 아프지 않았으면 계속되었을 것이다.

"왜 묻고 했어요?"

"그냥 멋있어 보일까 해서. 지금 내가 한없이 초라했거든. 나는 반지 끼워주고, 노래 불러준 것이 다였잖아. 당신은 이렇게 의미 있게 해줬는데. 하하."

머리까지 긁적이는 서후의 모습에 하온도 웃는 것으로 대답을 대신하고 말았다.

하온은 만삭이 된 몸으로 재후와 시은의 결혼식에 참석했고 그 다음 달 건강하게 두 딸을 출산했다. 그리고 앨범은 한 장씩 또 한 장씩 채워져 가면서 가족사진은 완성되었다.

"엄마, 빨리 나와. 빨리."

"다 됐어. 아빠를 닮아서 아주 급해. 녀석이."

"엄마가 꼴등이야!"

하온은 자신이 좋아하는 바이올렛 원피스를 입었고, 공산당도 싫어하는 중2 쌍둥이 딸들은 아이보리에 바이올렛으로 허리에 포인트만 준 원피스를 입고 있었다. 그리고 남편인 서후, 그는 지금도 멋지고 근사하게 미소를 지으며 딸들과 자상하게 이야기를 하고 있는 좋은 아빠였다.

서후는 하온이 걸어오자 자연스레 시선을 그쪽으로 돌렸다. 눈가에 주름이 잡히는 것만 빼면 그들이 결혼했을 때와 별달리 달라진 것 없었다. 늦게 나온다며 핀잔을 주는 이제 막 여섯 살이 된 아들 녀석의 고사리 같은 손을 잡고 하온이 뒤늦게 자리를 했다.

　"엄마, 어서 오셔."

　"엄마, 아름다운데?"

　"빈말은."

　"아니야. 아름다워. 여기서 가장 아름다워. 이 꽃보다도 더."

　서후가 말하고 나서 동그랗게 눈꽃으로 만든 만들어진 부케를 건네주었다. 하온이 눈꽃이라고 이름 지은 오렌지 꽃이었다.

　이들은 지금 결혼 십오 주년을 기념하여 사진을 찍고 있었다.

　"자자. 스마일 하시고. 웃으세요. 김치!"

　찰칵! 찰칵!

　앨범에는 이렇게 또 한 장의 사진이 채워졌다. 그렇게 한 장, 한 장 사진이 늘어날 때마다 그들의 이야기는 새로운 이야기로 채워져 나갈 것이었다.

에필로그
아무도 모르는 이야기

"응. 지금 가요. 가면 바로 전화할게요."

하온은 대학을 마치고 뉴욕으로 어학연수를 떠났고, 이 년의 연수 과정을 마치지 못하고 일 년을 겨우 마친 후 한국으로 돌아가는 길이다. 적성에도 맞지 않았고, 건강이 급속도로 나빠진 할머니의 소식에 연수를 채 마치지 못했다.

한숨을 쉬는 하온은 지금부터가 걱정이었다. 공포증이 문제다. 매번 느끼는 것이지만, 높은 곳만 올라오면 느끼는 공포가 가장 두렵다. 이어폰을 끼고 앉은 하온의 옆에는 아빠보다는 약간 연세가 드신 분이 앉았다. 그는 근엄해 보였고 제법 무게가 느껴졌다. 비행기가 이륙하자 하온은 극심한 공포가 느껴졌다. 저도 모르게 손잡이를 잡는다는 것이 그 신사분의 손을 잡게 되었다.

"어머. 죄송합니다."

"괜찮네."

한국 사람인가 봐. 생긴 것은 그렇게 보여도 종종 일본인인 경우가 있는데. 한국 사람인 것을 보니 괜히 마음이 편하다고 할까?

"후우. 따라라, 따라 라라."

하온은 평소 할머니께서 즐겨 부르시는 노래를 허밍으로 불렀다. 오래된 노래였다.

"백만 송이, 백만 송이 꽃은……."

"이봐, 아가씨가 그 노래를 아는가?"

처음으로 그 신사는 하온의 얼굴을 보고 말을 건넸다. 계속해서 눈을 감고 있던 남자의 얼굴을 처음으로 보게 된 하온은 참 잘생겼다는 생각이 들었다.

"아, 이 노래요? 저희 할머니께서 좋아하시는 노래예요. 하하. 죄송해요. 시끄러웠죠?"

"아니. 가사를 처음부터 알아?"

"네? 완벽하게는 모르지만. 음. 대충은요."

"내가 제일 좋아하는 노래야."

"아. 그러세요?"

그 신사의 웃는 모습도 그때 처음 보았다. 아버지 정도의 연세인 중년의 남자는 좋은 인상의 남자였다.

"여행 다녀오세요?"

"아니. 아들이 자동차 사고가 났다고 해서 혼쭐을 내고 왔지. 화가 나서 나 혼자 한국으로 먼저 가는 중이야."

"어머나, 많이 다쳤어요?"

"이놈이 하라는 건 싫다고 하고 땡깡을 부려."

신사의 목소리가 처음으로 격양되었는데, 뒤에 일행으로 보이는 사람이 헛기침을 하자 신사가 그를 노려보았다.

"으. 속상하셨겠다. 저희 부모님은 제가 감기만 걸려도 속상해하시는데 얼마나 속상하셨겠어요."

"이놈은 그걸 몰라. 프랑스에 있는 걸 돌아오라고 했더니, 몰래 뉴욕으로 가서는 사고가 났지 뭔가."

속상한지 눈을 지그시 감는 신사의 주름진 눈가가 파르르 떨리는 것이 보였다. 하온은 아버지와 비슷한 연배의 그를 유심히 바라보았다. 그에게서는 고급스러운 스킨 향이 났다.

　"그럴 때, 저희 아빠는 다리몽둥이를 그냥 뚝! 그러시는데."

　"안 그래도 다리가 부러졌어."

　"어머! 죄송해요."

　얼마나 속상했을까. 하온이 민망해하자 신사는 크게 웃어 보였다. 무척이나 자상한 아버지 같았는데 아들은 아주 말썽꾸러기 같았다.

　"아, 이름이라도 알면 내가 부르기 좋을 텐데."

　"저는 유하온이라고 합니다."

　"하온. 이름이 참 예쁘네."

　"감사합니다. '따뜻하고 온화하다'라는 뜻이에요."

　하온은 저도 모르게 말이 많아지고 있었다. 왠지 신사가 편했다. 아빠인 재민처럼.

　"그래. 뉴욕엔 여행 다녀오나?"

　"아뇨. 어학연수요. 그런데 그다지 많은 걸 배우지는 못했어요. 한국에서 학원 다니는 것도 괜찮은 거 같아요. 사실은 완벽하게 끝난 건 아닌데 얼마 전에 입사원서를 낸 게 서류 합격이 되었어요. 이렇게 외화 낭비 말자 싶어서 그냥 돌아가는 거예요."

　"음. 중도 포기한 건가?"

　"……포기라니까 좀 안 좋아 보이시죠? 할머니께서 조금 편찮으시거든요."

　하온의 눈에는 어느새 눈물이 맺혔다. 얼마 전 할머니께 전화를 드렸는데 하온의 존재를 잘 기억하지 못하셨다. 치매라고 하셨다. 하온이라고 하면 자다가도 벌떡 일어나셨던 할머니이신데.

　"저런……."

"괜찮아요. 괜찮으실 거예요."

"그럼. 괜찮으실 거네."

신사는 조용히 하온을 위로해 주었다.

"아드님도 금방 나을 거예요. 너무 걱정하지 마세요."

하온은 어른께 이런 말이 옳은 것인지 모르겠지만, 걱정에 한숨이 가득한 아버지로 보여서 그렇게 말했다.

"고마워. 그리고 하온 양, 포기는 또 다른 시작이 될 계기도 돼. 어쨌든 면접을 볼 기회는 주어졌지 않은가?"

"네. 그래서 도전해 보려고요."

"그래. 꼭 도전해서 반드시 이번에는 포기하지 말고 성공하길 바라네."

하온은 그 신사에게 좋은 말을 듣고 선물도 받았다. 바로 만년필이었다. 보기만 해도 고급스러웠다.

"이걸 왜……?"

"몇 시간 동안 말동무해 준 기념이라고 해두지. 그리고 언젠가 백만 송이 장미를 영어로 들었으면 좋겠구먼."

"그게 영어로도 있나요?"

"있지. 어학연수를 다녀왔다니 한번 공부해 보게. 그럼 좋은 시간이었어, 하온 양."

그 신사는 정말 하늘에서 내려온 신사 같았다.

얼마 후, 하온은 면접을 보게 되었다. 준비도 많이 못 했고, 남들보다 좋은 대학도 뛰어난 성적도 아니어서 큰 기대는 하지 않았다. 하온의 면접이 시작되었다. 인사를 마치고 자리에 앉아서 자기소개를 하라고 했다. 그때 하온의 앞에 눈에 들어온 사람이 있었다. 그도 놀라고 하온도 놀랐다.

"어……."

"흐음."

이런 것을 인연이라고 하나? 하온은 씽긋 웃어 보였지만 그 신사는 웃지 않고 하온을 뚫어지게 보고 있을 뿐이었다. 그때 알았다. 자신을 이상하게 보고 있다는 것을 말이다.

'혹시, 일부러 알은 체했던 것으로 안 건가? 그런 사람으로 오해를? 회장님에게 일부러 접근한? 저 그런 사람 아닙니다. 에휴, 보나마나 면접은 떨어졌다. 100%.'

외국어를 묻는 질문에 옆 사람들은 기본이 영어, 러시아어, 불어, 중국어까지 모든 빵빵한 실력의 소유자들인데 반해 하온은 고작 영어와 일본어 조금이 전부였다. 심지어 하온의 차례에는 묻지도 않고 건너뛰었다.

'하아. 실망이어라.'

"유하온 씨는 우리 회사에 왜 지원했나요? 열의가 보이지 않네요?"

이런! 애초에 질문이나 했나요?

회장 옆에 앉은 사람이 물었다. 그녀는 당당하게 일어나서 아주 당당하게 말했다.

"Million Of Red Roses(백만송이 장미)."

"뭐라고요?"

"열의라고 하셨습니까? 이건 제가 열의나 성공과는 별개로, 지금 이 자리가 아니면 불러 드릴 기회가 없을 것 같아서 불러 드리고 싶습니다. 기회가 된다면 꼭 불러 드리고 싶습니다."

"유하온 씨, 지금 장난칩니까?"

"그냥 부르게 둬. 어디 들어나 보자고."

"감사합니다."

목을 가다듬은 하온은 'Million Of Red Roses'를 열창했다.

짝짝짝!

"그래요. 잘 들었어요."

"감사합니다."

"그래. 해석도 가능한가?"

"네? 네."

"그래요. 뭐. 해석이 중요한가? 알았어요."

하하하.

주변에서 웃고 난리가 났다. 처절한 망신이었다. 그날 하온은 술을 마셨고, 하루를 꼬박 잠을 자고 일어났다. 그런데 이런, 대.반.전. 하온은 며칠 후에 최종 합격 통지서를 받았다.

〈유하온. 서일그룹 최종 면접에 합격한 것을 축하합니다. 신입사원 연수 프로그램 참가. 일시: 20XX년 00월……〉

❊❊❊

"네? 신입사원 교육을 받으라는 말입니까?"

"뭐가 어때서? 왜 자신이 없느냐?"

"아니, 뭐가 믿기 힘들어서 그러시는 건데요? 그렇게 믿기 어려우세요?"

서후는 병원에서 퇴원하자마자 바로 귀국했다. 뉴욕에서의 생활은 프랑스 유학을 막기 위한 아버지의 유배나 다름없었다. 귀국하라고 해서 좋았는데, 이제는 신입사원 연수를 받으라니.

"네가 노는 놈이 아니고 네 모습이 완벽하다고 생각한다면 너를 보여줘 봐. 망나니처럼 생활하지 말고."

"정말 너무하십니다. 형은 후계자 수순을 고스란히 밟게 하시고 저는 신입사원과 동등하게 연수를 받으라고요? 네네. 알겠습니다. 그렇게 하죠. 나중에 후회나 하지 마십시오."

"내가 왜 후회를 하냐?"

서후는 아버지인 한 회장의 말대로 신입사원 연수에 참가했다. 그런데 이름도 후졌다. 김치남이 뭐냐고!

신입사원들은 전국 각지에서 모였고, 그가 회장 아들이라고 아는 사람은 관계자 외 몇 명밖에 없었다.

"어!"

인상을 쓰고 있던 그때 그의 눈에 들어온 단 한 사람.

서후는 연수원에서 처음 그녀를 보았다. 아주 새침하고 도도하고 까다롭게 생긴 여자, 그것이 서후가 느낀 그녀의 첫인상이었다. 갸름한 턱선, 단발머리, 새카만 흑발의 그녀는 남자들의 시선을 한 몸에 받을 정도로 우아한 몸짓으로 걸어 다녔다. 하지만 그것은 어디까지나 겉모습이었다. 소탈한 웃음소리. 남들과 잘 어울리는 말솜씨를 지녔는지 항상 시선을 끌어당겼다. 그녀는 예뻤다. 그리고 사진을 찍는 모습에 넋이 나갔다. 서후는 김치남으로 사는 동안 행복했다.

안대를 들고 고민하는 모습의 그녀와 손을 처음 잡았다. 두려운 것인지 손을 떨면서 안대로 눈을 가리는 것이 보였다. 서후는 그녀의 짝인 남자, 이름도 모르고 관심도 없었던 남자에게 가서 어깨를 툭 쳤다.

"뒤로 가요."

"정해진 짝이……."

"뒤에서 그쪽하고 바꿔달래."

서후가 뒤에 서 있던, 원래 자신의 짝인 여자 연수생을 가리키며 말하자 남자는 어쩔 수 없이 자리를 바꿨다. 원래 누군가가 위치를 정해준 것도 아니었다. 짝을 맞추어 서다 보니 줄이 맞춰지는 것이라 쉽게 자리를 바꿀 수 있었던 것이다. 그사이 눈을 가리고 있던 하온은 가슴이 들썩거리고 있었고, 말을 하지 못하게 되어 있는 서후는 마스크를 쓰기 전에 주위를 살피고 한마디 했다.

"내 손 꼭 잡아. 그러면 괜찮아."

서후의 한마디에 하온은 해맑게 웃으면서 고개를 끄덕였다. 서후의 심장이 두근거렸다. 손을 먼저 내밀며 웃어주는 그녀의 미소가 좋았다.

사랑은 그렇게 시작되었다. 아무도 모르게…….

〈The End〉